Seit Jahrzehnten wird vor dem Cold Creek Highway gewarnt. Tramperinnen sind verschwunden, und Frauen, die eine Autopanne hatten, wurden nie wieder gesehen. Hat man jemals richtig nach ihnen gesucht? Ein Täter ist nie gefasst worden.

Hailey McBride ist in Cold Creek aufgewachsen und hat erst vor kurzem ihren Vater bei einem Unfall verloren. Als sie bei ihrer Tante und deren Mann, einem hartgesottenen Cop, einziehen muss, wird ihre Lage schwierig – und auch bedrohlich. Hailey trifft einen schwerwiegenden Entschluss.

Ein Jahr später kommt Beth Chevalier aus Vancouver nach Cold Creek, um an einer Gedenkfeier für die Opfer des Highways teilzunehmen. Sie hat ihren ganz persönlichen Grund, hier zu sein. Beth muss feststellen, dass in Cold Creek mehr als eine Person lügt. Heimlich macht sie sich auf die Suche nach dem Mörder. Und ahnt nicht, wie lebensgefährlich nahe sie der Wahrheit kommen wird.

»Chevy Stevens hat wieder geliefert: ›Tief in den Wäldern‹ zeichnet brillante Figuren und ist voller Wendungen und Action. Ein echter Pageturner!« Portland Review

Bestseller-Spannung made in Canada:
die Thriller von Chevy Stevens bei FISCHER

»Still Missing – Kein Entkommen«
»Never Knowing – Endlose Angst«
»Blick in die Angst«
»That Night – Schuldig für immer«
»Those Girls – Was dich nicht tötet«
»Ich beobachte dich«
»Tief in den Wäldern«

Chevy Stevens ist die einzige Kanadierin unter den internationalen Top-Thrillerautor:innen. Sie lebt in Nanaimo auf Vancouver Island mit seiner beeindruckenden Natur. Ihre eindrücklichen Thriller um starke Frauen, die ums Überleben kämpfen, stehen weltweit auf den Bestsellerlisten. Chevy Stevens ist auf einer Ranch aufgewachsen und liebt Wandern, Paddeln und Zelten mit ihrem Mann, ihrer Tochter und ihren Hunden.

Weitere Informationen finden Sie auf www.fischerverlage.de

CHEVY STEVENS

TIEF IN DEN WÄLDERN

THRILLER

Aus dem Amerikanischen
von Maria Poets

FISCHER Taschenbuch

Erschienen bei FISCHER Taschenbuch
Frankfurt am Main, Juli 2023

Die Originalausgabe erschien 2021 unter dem Titel
›Dark Roads‹ im Verlag St. Martin's Press, New York

Redaktion: Alexander Groß
Satz: C.H.Beck.Media.Solutions, Nördlingen
Druck und Bindung: CPI books GmbH, Leck
Printed in Germany
ISBN 978-3-596-70648-8

FÜR JENNIFER ENDERLIN
UND MEL BERGER

INHALT

PROLOG

Niemand wacht einfach so auf und denkt: Heute Abend werde ich auf einer dunklen Straße sterben, *aber genau darum geht es. Du bist jung und frei und hast dein ganzes Leben noch vor dir. Du bist damit beschäftigt, dich zu verlieben, dich wegen irgendwelcher blöder Sachen mit deiner Familie zu streiten und dir den perfekten geistreichen Kommentar für Instagram auszudenken. Du riskierst etwas. Du fährst zu schnell und trinkst zu viel. Die Zeit dehnt sich vor dir aus wie ein üppiges, buntes Garnknäuel. Du glaubst, du hättest noch Jahre Zeit, alles auf die Reihe zu kriegen. Dann, wie aus dem Nichts, triffst du die falsche Person, und es ist aus.*

Der Tod kam nicht als ein wunderschöner Lichterfunken zu mir, da sangen auch keine Engel oder so. Da war nichts als ein scharfer, stechender Schmerz, er starrte mir in die Augen, während er mich würgte, und es kam überraschend. Selbst als mein Kehlkopf brach und die Blutgefäße in meinen Augen platzten, dachte ich noch, dass bestimmt gleich jemand den Highway entlangfährt. Dass irgendjemand es sieht. Es würde Scheinwerfer und laute Schreie geben.

Nun, es wurde tatsächlich geschrien. Bis er, wie gesagt, den letzten Rest aus mir herausgepresst hatte.

Ich bin nicht die Einzige hier. Viele von uns warten immer noch, hängen in der Luft wie ein leises Wispern. Wir sprechen nicht über unsere Tode oder über unsere fatalen Fehler, aber ich denke, dass wir alle vom Cold Creek Highway wussten, lange bevor unsere Leichen in einen Graben geworfen oder im Wald unter einer Decke aus feuchtem Moos verscharrt wurden. Du kannst nicht im Norden aufwachsen, ohne dass deine Eltern dich warnen oder der Angestellte an der Tankstelle dir sagt, du sollst vorsichtig sein, oder ohne an Plakaten mit den Opfern und ihrem süßen, hoffnungsvollen Lächeln vorbeizulaufen. All diese körnigen, unscharfen Fotos reihten sich aneinander, als bildeten sie irgendein tragisches Jahrbuch. Abschluss im Nirgendwo.

Wie viele Opfer gibt es? Die Zeitungen werden dir verraten, dass zwanzig Fälle mit dem Highway in Verbindung gebracht werden, mehr als die Hälfte davon betreffen Angehörige der First Nations, allesamt junge Frauen. Die Wahrheit ist, dass niemand es mit Sicherheit weiß. Ihre Knochen sind verstreut, ihre Namen eine kurze Notiz auf der Liste der vermissten Personen.

Du fragst dich, wie jemand damit davonkommen kann, wie all diese Morde unbeachtet bleiben konnten? Das ist eine berechtigte Frage – wenn du niemals den fast fünfhundert Meilen langen Highway entlanggefahren bist, der wie ein wellenförmiges graues Band von Ost nach West durch die Berge zur Küste führt. Die Ortschaften und Gemeinden der First Nations sind klein und liegen weit verstreut, es gibt weder Busse noch andere öffentliche Verkehrsmittel.

Der Wald bildet eine Mauer aus dicken Bäumen und dichtem, undurchdringlichem Unterholz, das die Haut, die bereits von Mücken zerstochen ist, weiter aufkratzt. Die Berghänge sind steil, zerklüftete Felsen fassen die tiefen Schluchten ein. Loser Schotter kann einen Leichnam bis nach unten mitreißen und ihn nie wieder zurückbringen. Die Flüsse schwellen bei Regen an und verschlucken alles in ihrem Bett. Bären, Pumas und Wölfe tragen die Knochen fort. Sträucher und Farne wach-

sen über dem Rest. Das Land ist dafür geschaffen, etwas zu verbergen.

Es gibt nur wenige Polizeistationen, manche bloß mit einer Handvoll Officers besetzt. Früher war es nicht so wie heute, mit Computern und Datenbanken. Es gab keinen Austausch, kein eindeutiges Muster bei den Morden. Vielleicht war es auch offener Rassismus, der die Polizei das Problem nicht hat erkennen lassen. Was bedeutete ihnen schon eine weitere vermisste Frau der First Nations? Tausende wurden bereits im ganzen Land vermisst oder waren umgebracht worden. Weißen Opfern wurde mehr Aufmerksamkeit geschenkt, sie tauchten häufiger in der Presse auf.

Als die Royal Canadian Mounted Police begriff, dass jemand im Norden nicht nur auf Wild Jagd machte, und eine Task-Force bildete, lagen die ersten Fälle bereits Jahrzehnte zurück. Zeugen hatten entscheidende Details vergessen. Beweise waren verloren gegangen oder zerstört worden. DNA-Proben konnten noch verwendet werden, aber es gab unzählige Proben, die niemals irgendjemandem zugeordnet werden konnten. Anfangs hatte man einen Trucker oder Holzfäller im Verdacht, jemanden, der sich nur vorübergehend in der Gegend aufgehalten hatte. Man spekulierte, dass er gestorben war und ein anderer – oder mehrere – seinen Platz eingenommen hatte.

Die Stadt stellte eine Plakatwand auf, um Frauen davor zu warnen, per Anhalter zu fahren. Als könnte das ein Mädchen aufhalten, das fest vorhatte, wegzulaufen oder sich zu amüsieren. Die Polizei versprach, die Patrouillen zu verstärken, während bewaffnete Bürgerwehren nachts über den Highway fuhren und schworen, der Sache ein Ende zu bereiten. Doch es verschwanden weiterhin Frauen. Manchmal vom Highway, andere Male aus den Ortschaften in der Nähe der Straße. Sie wurden auf einer Party oder dem Heimweg gesehen und dann nie wieder.

Die Menschen im Norden sagten, in diesen Bergen würde etwas Böses hausen. Der Highway sei verflucht, genau wie die Stadt Cold Creek – der letzten Möglichkeit, zu tanken und die Vorräte aufzustocken, bevor du dein Glück auf der dunklen Straße vor dir versuchst. Es war auch der letzte Ort, an dem mehrere Frauen zuletzt gesehen worden waren.

Andere sagten, dass Gefahren in dieser rauen und abgeschiedenen Gegend einfach zum Leben dazugehörten. Der Tod war auf irgendeine Weise immer präsent. Gelangweilte Jugendliche brachten sich in Schwierigkeiten. Armut führte zu Gewalt.

Touristen sprachen über plötzlich auftauchende, blendende Scheinwerfer in ihren Rückspiegeln, die genauso rasch wieder verschwanden. Teenager erzählten sich am Lagerfeuer Geschichten und jagten einander auf dunklen Pfaden Angst ein, dann kicherten sie erleichtert, wenn ihre Freunde hervorsprangen. Der Highway war das Lieblingsthema bei Übernachtungspartys und am Ouija-Brett. Jedes Jahr verkleidete sich zu Halloween jemand als Killer-Trucker.

Vielleicht fragt ihr euch, warum jemand so einen schrecklichen Ort besuchen oder gar dort leben sollte? Nun, der Norden nimmt, aber der Norden gibt auch. Das Tal zwischen den Bergen ist fruchtbar, und die Feldfrüchte gedeihen besser als anderswo. Man kann jagen und fischen, das Land ist billig, man bleibt unbehelligt von lästigen Nachbarn und städtischen Vorschriften. Die meisten Menschen im Ort leben dort in der dritten oder vierten Generation, doch andere kommen auf der Suche nach Arbeit als Holzfäller oder Minenarbeiter und bleiben.

Ich glaube, man konnte sich ganz leicht einreden, dass nur unvorsichtige Frauen dem Highway zum Opfer fallen. Sie waren zu vertrauensselig. Zu leichtsinnig. Jetzt waren die Menschen klüger.

Und sie hatten recht, zumindest für eine Weile.

Mehrere Jahre vergingen, ohne dass irgendeine Frau das Pech hatte, umgebracht zu werden. Die Stadt entspannte sich, und das war der erste Fehler. In jenem Sommer stieg die Temperatur, sämtliche Hitzerekorde wurden gebrochen, und die Teenager strömten an den Wochenenden hinaus zum See. Mädchen gingen allein zu den Waschräumen, badeten nackt im Mondschein und strahlten die Trucker an, bis eine weitere Leiche im hohen gelben Gras neben der Straße gefunden wurde. Ein unglücklicher Autofahrer hatte angehalten, um Wildblumen zu pflücken, und mehr gefunden, als er sich gewünscht hatte. Man verdächtigte die tote Frau, eine drogenabhängige Prostituierte zu sein.

Es gab eine öffentliche Mahnwache und ein Gemeindetreffen zum Thema Sicherheit, doch insgeheim dachten die meisten Leute, dass die Frau mit ihrem Lebensstil selbst für ihren Tod verantwortlich war. Wer weiß, ob es nicht ihr Zuhälter oder ihr Dealer gewesen war? Doch dann, keine zwei Jahre später, verschwand eine Schülerin der Highschool von einer Party auf einer Rinderweide, die an den Highway grenzte. Keine Beweise, keine Verhaftungen. Tage später zerrte der Hund des Farmers ihre halbverweste Leiche aus einem Entwässerungsgraben. Ihr Foto kam mit auf die Plakate.

Amateurdetektive entdeckten das Internet, gründeten Facebook-Gruppen und Reddit-Threads, spürten Autokennzeichen und alte Gefängnisakten auf. Journalistinnen schrieben Hintergrundartikel und handelten Buchverträge aus, in der Hoffnung, sie könnten dort Erfolg haben, wo die Polizei versagt hatte. Aber das hatten sie nicht. Niemand hatte Erfolg.

Unsere Familien und Freunde sorgen dafür, dass unsere

Kreuze am Straßenrand immer gestrichen sind. Sie bringen frische Blumen, Teddybären und LED-Kerzen. Sie flackern wochenlang, bis ihre Batterien leer sind. Die Menschen sprechen stumme Gebete, wenn sie vorbeifahren. Wir hören sie, und dann sehen wir zu, wie ihr uns hinter euch zurücklasst.

Ihr wollt wissen, welche ich bin, wo in dieser langen Reihe zerstörter Leben ich mich einfüge? Spielt das eine Rolle? Unsere Geschichte ist immer die gleiche, auch wenn unsere Mörder verschieden sind, und wir wollen euch unsere Geheimnisse erzählen. Aber das ist so eine Sache mit dem Flüstern. Ihr müsst gut zuhören, um uns zu verstehen.

TEIL I

1

HAILEY | Juni 2018

Knarrend öffnete sich die Tür hinter mir. Schritte schlurften über den Fußboden bis dahin, wo ich auf der Seite lag, Gesicht zur Wand, und durch die Fotos und Videos auf meinem Handy scrollte. Kurz vor dem Bett blieb er stehen. Er hielt sich für raffiniert, doch die Matratze sackte ein, als er sich vorbeugte, mir seinen Atem in den Nacken blies, so dass die Haare dort sich bewegten. Der Duft von Zahnpasta mit Kaugummigeschmack hing in der Luft.

»Hailey? Bist du wach?«

Ich drehte mich um und sah meinen kleinen Cousin an. Seine braunen Augen leuchteten begeistert, sein dunkles Haar war feucht und stand in alle Richtungen ab, als hätte er es mit einem Handtuch trocken gerubbelt. Er kletterte ins Bett, legte sich neben mich auf den Rücken, den Kopf auf meinem zweiten Kissen, und strampelte mit einem Bein in der Luft. Er trug Shorts, seine Knie waren zerkratzt. Er roch nach Sonnenmilch.

»Bist du immer noch traurig?«

Ich blinzelte heftig. »Ja.«

Er drehte sich auf die Seite, rutschte näher und ließ sein Spielzeugauto mit einem *Brumm-brumm* über meine Schulter bis zum Hals fahren. »Mommy sagt, dass ich dich nicht nerven soll.«

»Und warum bist du dann hier?« Ich kniff die Augen zusammen, doch er kicherte nur und legte seinen Kopf unter mein Kinn. Sein feines Haar kitzelte mich an der Nase.

»Darf ich mitkommen, wenn du zum Doktor gehst?«

»Was redest du da?«

»Vaughn sagt, wenn es dir nicht bald besser geht, bringen sie dich zum Doktor. Da gibt es Spielzeug im Wartezimmer.« Hoffnungsvoll sah er mich an.

»Ich bin nicht krank.«

Lanas Stimme rief aus der Küche. »Cash? Wo steckst du?«

Er riss die Augen auf. »Hier, du kannst Billy zum Schlafen haben. Das ist mein Lieblingsauto.« Er drückte mir einen roten Truck in die Hand und rannte aus dem Zimmer. Er schlitterte auf den Socken, als er um die Ecke bog.

Ich stellte den Truck auf meinen Nachttisch. Mein Wasserglas war leer, und ich musste ins Badezimmer. Ich setzte mich auf und ließ den Kopf hängen, während ich versuchte, mit den Händen durch das Haar zu kämmen, doch es war völlig verfilzt. Mein Telefon auf dem Bett summte. Ich wischte mit dem Daumen über das Display. Jonny.

Komm heute Abend zum See.

Ich schrieb zurück. *Bin nicht in Stimmung, Loser.*

Es könnte dir guttun, Lahmarsch.

Mit einem Finger schob ich den Truck vor und zurück. Die Räder quietschten auf der Holzoberfläche. Der See. Ich war seit Wochen nicht mehr dort gewesen. Das Wasser würde inzwischen wärmer sein. Ich lauschte auf den Lärm in der Küche. Lana knallte mit den Tellern, Cash bettelte um weitere Kekse. Sie rochen gut. Vielleicht könnte ich heute etwas essen. Ich holte bebend Luft und antwortete Jonny.

Ich überlege es mir. Melde mich später bei dir.

Die Wände im Flur hingen voll mit Fotos von Cash als Baby und als Kleinkind. Die letzten zeigten ihn mit seinem Baseballschläger über der Schulter. Fotos von Vaughn und Lana an ihrem Hochzeitstag. Cash stand zwischen ihnen, hielt ihre Hände und lächelte stolz in seinem Anzug. Eine Zeichnung von einem RCMP-Officer auf seinem Pferd, neben einer offiziellen Urkunde. Ich betrachtete sie genauer. *Erik Vaughn.* Ich hatte ganz vergessen, dass sein Vorname Erik lautete. Nicht einmal Lana nannte ihn so.

Ich ging in ihre hübsche Küche im Landhausstil mit dem sauber geschrubbten Tresen und der fröhlichen gelben Schale mit roten Äpfeln.

Meine Tante Lana stand an der Arbeitsfläche und mixte etwas zusammen. Das Eis machte laute knirschende Geräusche, als es zersplitterte. Sie entdeckte mich aus dem Augenwinkel und stellte die Maschine ab.

»Hailey!« Sie deutete auf die grüne Pampe. »Möchtest du etwas von dem Smoothie abhaben?«

»Ich könnte einen Kaffee vertragen.«

»Setz dich. Ich bringe dir eine Tasse.«

»Danke.« Sie stellte den Kaffee vor mich, dann flitzte sie durch die Küche, schnitt Obst und arrangierte die Stücke mit ein paar Keksen auf einem Teller. Sie trug den Teller zum Tisch und stellte ihn vor mich. Sie hatte den Apfel und die Orange geschält und sie in kleine Happen geschnitten, als wäre ich wie Cash sechs Jahre alt.

Sie setzte sich mir gegenüber an den Tisch. Ihr Haar war schwarz, wie es das meiner Mutter gewesen war, aber Lanas war zu einem glatten Bob geschnitten, der ihre gebräunten Schultern streifte. Sie machte Yoga und Pilates, stand früh auf und bereitete Vaughn sein Frühstück zu. Sie bügelte seine Uniformen und begrüßte ihn immer an der Tür. Ob es wohl hart war, die Frau eines Polizisten zu sein? Ob sie sich wohl Sorgen machte, dass er eines Abends nicht mehr nach Hause kommen könnte? Früher habe ich mir Sorgen um Dad gemacht, wenn er allein hoch in die Berge fuhr. Wie sich herausstellte, hatte ich mir zu Recht Sorgen gemacht.

Cash blickte von seinen Legosteinen auf, mit denen er vor dem Fernseher etwas baute. Ich streckte ihm die Zunge raus. Er grinste, wobei er seine breite Zahnlücke zeigte. Dann sah er meine Kekse und schaute stirnrunzelnd seine Mom an.

»Das ist ungerecht!«

»Wenn du dein Zimmer aufräumst, kannst du noch mehr bekommen.« Cash stöhnte, und Lana wandte sich wieder an mich. »Denk daran, dass du das Fenster weit öffnest, bevor du duschst. Wir haben den Ventilator noch nicht repariert. Wenn du Shampoo, Conditioner oder Seife brauchst, sag mir Bescheid.«

»Ich kann mir mein persönliches Zeug selbst kaufen. Ich hatte gehofft, einen Job im Diner zu bekommen.«

»Wie du meinst. Aber du wirst ein wenig Geld haben, sobald das Haus verkauft ist. Vaughn plant, etwas davon auf dein Collegekonto einzuzahlen. Und dir vielleicht ein Auto zu kaufen.«

»So viel ist es vielleicht gar nicht.«

Sie legte ihre Gabel ab. »Wir sollten allmählich die Habseligkeiten deines Dads durchsehen.«

»Kann das nicht warten?«

»Nun …« Sie fühlte sich sichtlich unbehaglich, und irgendwie wirkte alles dadurch nur noch schlimmer. Endgültiger, wenn das überhaupt möglich war. »Vaughn findet, wir sollten das Haus bald anbieten, damit es im Sommer zu einem guten Preis verkauft werden kann. Er kennt jemanden, der die Werkzeuge von deinem Dad kaufen will, und …«

»Nein.« Als ich ihren erstaunten Blick sah, fügte ich hinzu: »Sie gehören mir.«

»Wo willst du mit dem ganzen Werkzeug hin?«

»Es bei Jonny unterstellen.«

Bei meinem Tonfall runzelte Lana die Stirn. »Ich bin sicher, dass Vaughn nichts dagegen hätte, wenn du es in unserer Garage lagerst.«

»Ich weiß nicht …«, murmelte ich. »Er achtet so darauf, dass es da sauber ist.«

Sie sah mich prüfend an. »Er macht dich nervös.«

Er machte jeden nervös. Ich schüttelte den Kopf, aber ich konnte ihr nicht in die Augen sehen.

Sie seufzte. »Ich weiß, dass ihr Teenager ihn Iceman nennt, aber so ist er gar nicht. Du siehst doch, wie er mit Cash umgeht. Er ist nur so hart, weil er sich um diese Stadt sorgt.«

Ja, es stimmte – dafür, dass er nicht sein Vater war, schien Vaughn ganz okay mit Cash umzugehen. Er beschwerte sich auch nicht über das Spielzeug, das überall herumlag, oder dass er sich immer wieder dieselben Disneyfilme ansehen musste. Aber wenn Vaughn seine Uniform anhatte, verpasste er jedem einen Strafzettel, der auch nur einen Tick zu schnell fuhr, und dann würgte er einem noch eins rein, weil die Nummernschildbeleuchtung nicht funktionierte. Er hatte schon Leute über Nacht eingeknastet, weil sie ihm *widersprochen* hatten. Ich habe Lanas ersten Mann nie kennengelernt, irgendein Fotograf aus Seattle, der sie mit gebrochenem Herzen sitzengelassen hatte. Er besuchte Cash nie. Als sie vor zwei Jahren zurückgekommen war, hatte sie Vaughn auf einer Gedenkfeier für die Highway-Opfer kennengelernt. Jetzt brauchte sie nur noch halbtags im Blumengeschäft zu arbeiten, fuhr einen glänzenden Acura mit Ledersitzen und lebte in einem großen Haus. Es war, als gäbe es zwei Vaughns. Ich wollte mit keinem von beiden zu tun haben.

»Es ist einfach alles so anders.«

Lana ergriff meine Hand. »Ich weiß. Lass dir ruhig Zeit. Wir müssen das Haus nicht sofort ausräumen. Es ist so hübsch. Es wird sich schnell verkaufen lassen.«

Ich formte ein höfliches Lächeln mit den Lippen. »Danke.« Ich zog meine Hand langsam weg und hoffte, dass sie nicht merkte, dass etwas nicht stimmte. Sie warf mir trotzdem einen besorgten Blick zu.

»Vaughn hat heute Abend ein Treffen im Jagdclub. Was hältst du davon, wenn wir uns Popcorn machen und uns einen Film ansehen? Wir können auch einfach nur reden.«

»Ein paar Freunde von mir wollen sich den neuen *Avengers* im Kino ansehen, und ich wollte eigentlich mitgehen. Ich nehme das Rad, dann musst du mich nicht fahren.« Ich wollte nicht lügen, aber ich musste für ein paar Stunden hier raus. Jonny hatte recht. Ich brauchte den See. Den Wald.

»Okay. Aber bleib nicht zu lange weg.« Sie schien zu überlegen, um welche Uhrzeit eine Siebzehnjährige passenderweise zu Hause sein sollte. »Vielleicht elf Uhr?«

»Es ist ein langer Film, und danach gehen wir vielleicht noch etwas essen.«

Zögernd sah sie mich an, und ich begriff, dass sie nicht sicher war, ob sie vielleicht strenger sein sollte. Für sie war diese neue Beziehung genauso merkwürdig wie für mich.

»Ich schick dir eine Nachricht.«

»Das wäre super.« Ihre Gesichtszüge entspannten sich.

Ich stand auf und brachte mein Geschirr zur Spüle, räumte alles weg und schob mir ein paar Kekse in den Ärmel. »Ich dusche jetzt.« Bevor ich das Wohnzimmer verließ, ging ich neben Cash in die Hocke, ließ die Kekse in seine Hand fallen und flüsterte ihm ins Ohr: »Danke für den Truck.«

Vier Textnachrichten – eine, in der sie fragte, ob ich gut beim Kino angekommen sei, eine zweite, in der sie mich bat, ihr

Bescheid zu geben, wenn der Film zu Ende war, zwei weitere, als sie glaubte, ich sei im Dairy Queen. *Ich hoffe, ihr habt Spaß!* Und kurz darauf: *Sag mir Bescheid, wenn du dich auf den Nachhauseweg machst.* Dabei war das Haus von Lana und Vaughn nicht mein Zuhause. Ich schrieb ihr, dass mein Akku fast leer war. Ich würde versuchen, um elf zurück zu sein.

Ich schob das Telefon in meine Tasche, schlang die Arme um meine Knie und presste mein Gesicht an meine kalte Haut. War es so, wenn man eine Mom hatte? Hätte meine Mom mir die ganze Zeit Textnachrichten geschickt? Ich erinnere mich nicht mehr besonders gut an sie. Nur an kleine Dinge, dass sie mir zum Beispiel mit witzigen Stimmen Geschichten vorgelesen hat, und an den Geruch ihrer Ölfarben. Dad hat gesagt, sie sei locker und witzig gewesen, aber sie starb, als ich fünf war. Vielleicht hätte sie sich geändert. Vielleicht hätten wir uns gestritten.

Dad würde sagen, ich sollte Lana eine Chance geben. Es war nicht ihr Fehler, dass sie den Großteil meines Lebens nicht hier gewesen war. Als Mom krank wurde, hatte Lana jeden Tag angerufen und Blumen geschickt, und als Mom im Sterben lag, hatte sie sie besucht. Sie war bis zur Beerdigung geblieben. Sie hatte versucht, den Kontakt zu halten, aber Dad und ich waren froh, wenn wir unser eigenes Ding machen konnten, und als sie schließlich zurückkam, waren wir Fremde füreinander.

Meine Gedanken wurden von einem Schrei unterbrochen, als eines der Mädchen vom Steg in den See sprang – um diese Zeit des Abends ein schwarzer Abgrund. Im Licht der Scheinwerfer und Laternen standen Leute herum. Mehr Gespritze, dann Gelächter. Musik pulsierte über das Wasser – Southern Rap mit heftigen Bässen. Ich kniff die Augen fest zusammen, konzentrierte mich auf die Hitze vom Lagerfeuer, auf das flackernde orange Licht. Mein Shirt war fast trocken, und das Band meines Bikinitops hatte sich in meinem Haar verheddert, doch die Unterhose in meinen Shorts war immer noch nass.

Jemand setzte sich neben mich und stieß mich an der Schulter an. Ich öffnete ein Auge – dann beide, als ich Jonny erkannte. Seine Brust war nackt, gebräunte Haut mit Gänsehaut, und von seinen weiten Shorts tropfte es in den Sand. Er starrte ins Feuer, seine Arme ruhten locker auf den gebeugten Knien. Ich zog meine Finger durch den feinen Kies und warf eine Handvoll auf die Fahrspur eines Dirt Bikes.

»In den Kurven musst du noch schneller werden.« Ich stieß einen Finger kräftig in den Sand. »Ich habe mir das Video von deinem letzten Rennen noch einmal angesehen. Du bleibst zu lange mit dem Fuß auf der Hinterbremse.«

Jonny schaute nach unten und grinste, dass seine weißen Zähne aufblitzten. »Danke, Coach.« Er trug seine Ray-Ban aus dem Ramschladen auf dem nassen Haar. Normalerweise war es hellbraun, doch jetzt war es dunkel wie Schokolade. Er ließ es in zerzausten Locken wachsen wie ein Surfer, seine Koteletten mündeten in einem Schatten am Kinn. Er fühlte sich größer an, so nah neben mir. Ich wusste nicht, ob es daran lag, dass er mehr Muskeln bekommen hatte, weil er mehr auf der Farm arbeitete, oder daran, dass ich mich in letzter Zeit so klein fühlte.

Er sah mir in die Augen. »Alles in Ordnung bei dir?«

»Yeah.«

Wir schauten eine Weile zum Steg. Er klopfte eine Zigarette aus der Packung und klemmte sie sich zwischen die Lippen, während er in seinen Taschen nach einem Feuerzeug suchte. Ich runzelte die Stirn.

Er zuckte die Achseln. »Meine letzte Packung.«

Ich starrte ihn von der Seite an, bis er seufzte und die Zigarette im Sand ausdrückte. Ich nahm ihm die Packung weg und goss den Rest von meinem Bier darüber.

»Scheiße, Hailey. Die habe ich gerade erst gekauft.«

»Blödmann.«

»Das ist mein zweiter Name.« Er öffnete die Arme weit, bis ich mich zu einem Lächeln zwang. Wenn ich nicht reagierte, würde er sich nur weiter selbst fertigmachen. Ich hasste das genauso, wie er es hasste, wenn ich traurig war.

»Ich muss zurück, bevor Vaughn nach Hause kommt.«

»Ich kann es immer noch nicht fassen, dass du bei Iceman lebst.«

»Wem sagst du das.« Meine Knie zitterten leicht, als ich aufstand und meine Tasche über die Schulter schwang. Zwei Bier. Genug, damit mir schwindelig war, aber nicht so viel, dass es Lana auf jeden Fall bemerken würde.

»Nimmst du den Forstweg? Heute Abend scheint kein Mond.«

»Mein Fahrrad hat gute Scheinwerfer.«

Jonny sah mich prüfend an. »Vielleicht solltest du bei jemandem mitfahren.« Ich sah mich um, überall wurden Zelte aufgebaut und Schlafsäcke ausgerollt. Die meisten Leute wollten hier übernachten, und es gab niemanden, mit dem ich den ganzen Weg zurück in die Stadt zusammenhocken wollte.

»Mir passiert schon nichts.«

»Okay. Schreib mir.« Er stieß mir leicht gegen die Wade.

Die Reifen meines Mountainbikes rollten leise über den Kiesweg, als ich an einer Gruppe Camper vorbeikam, die vor ihren Feuern und Gaslampen saßen und an einem Picknicktisch Karten spielten. Niemand beachtete mich. Die Straße, die vom Zeltplatz wegführte, war rabenschwarz, und die Musik wurde leiser. Ich beugte mich vor und stellte die Fahrradlampe an, die am Lenker befestigt war. Als ich den Highway erreichte, hielt ich an und schaute nach links und rechts. Keine Autoscheinwerfer. Ich schob meinen Rucksack ein Stückchen höher. Ich musste ein paar Meilen bis zum alten Forstweg auf der anderen Seite fahren – eine Abkürzung zurück in die Stadt. Trotzdem würde es noch gut dreißig Minuten dauern.

Während der ersten Meile konnte ich mein Tempo gut halten, doch als ich die gelbe Plakatwand erreichte, stand ich auf und strampelte kräftiger. Mein Atem ging keuchend. Ich fuhr schon tagsüber nicht gerne an dem Schild vorbei, und mitten in der Nacht war es noch unheimlicher. Die Gesichter und Namen der Frauen schienen zu leuchten, und die Worte schimmerten weiß. *Frauen – fahrt nicht per Anhalter. Gefährlicher Highway!* Vermisstenanzeigen für einige der Frauen klebten noch an den Pfählen rund um die Tafel. Sie sahen aus wie Grabsteine. Selbst die Luft wirkte hier draußen kühler und kroch mir unter meinem Hoodie bis auf die Knochen.

Als ich die Plakatwand hinter mir hatte, trat ich langsamer in die Pedale und ließ mich ein Stückchen rollen. Mit einer Hand zog ich mein Telefon aus der Vordertasche und schaute auf den Ladebalken des Akkus. Fünf Prozent. Ich stellte das Telefon ab, um Strom zu sparen. Ein Auto kam über die Hügelkuppe, doch ich sah es rechtzeitig, denn die Scheinwerfer schnitten sich in den Nachthimmel. Ich warf das Fahrrad in den Graben und versteckte mich hinter einem Busch, noch während die Räder sich drehten.

Der Wagen fuhr vorbei. Ich stieg wieder aufs Rad. Der Highway führte in einer sanften Steigung auf eine Anhöhe und oben auf der Kuppe über eine lange Brücke. Betonpoller am rechten Brückenrand sollten verhindern, dass Fahrzeuge in die Schlucht und den Fluss tief unten stürzten. Ich fuhr wieder schneller, die Reifen summten, der Rucksack zog wippend an meinen Schultern. Es fühlte sich besser an, in meinem Körper zu sein anstatt in meinem Kopf, und die Anstrengung war mir vertraut – tief zu atmen, meine Beinmuskeln zu beugen, gegen den Schmerz anzuarbeiten. Dann, auf halber Strecke den Hügel hinauf, ein neues Geräusch. Das Dröhnen eines großen Fahrzeugs, das rasch näher kam. Scheinwerfer tauchten die Straße vor mir in helles Licht. Verdammt – ich hatte keine Möglichkeit, mich unsichtbar zu machen.

Die Tonlage des Motors veränderte sich. Das Fahrzeug wurde langsamer.

War es jemand, der mich kannte? Einer der Typen vom Zeltplatz? Wahrscheinlich sollte er Bier holen. Ich schaute über die Schulter. Die Scheinwerfer waren hoch und blendeten mich. Es war eindeutig ein Pick-up-Truck, aber ich konnte den Kühlergrill nicht erkennen und auch den Fahrer nicht sehen.

Ich drehte mich wieder um und strampelte weiter. Der Truck kroch jetzt fast. Wenn es einer der Typen vom See war, würde er den Kopf aus dem Fenster stecken und etwas sagen. Es sei denn, er versuchte mir Angst einzujagen – in diesem Fall würde ich ihm in den Arsch treten.

Ich trat mit aller Kraft in die Pedale und hielt meinen Blick starr auf die Stelle ein paar Meter vor mir gerichtet, wo die Betonpoller aufhörten.

Reifen ganz dicht neben mir. Ich spürte das heiße Gummi. Das Surren eines Fensters, das heruntergelassen wurde.

Ich wagte einen Blick und verlor fast das Gleichgewicht, als ich mit dem Vorderreifen in ein Schlagloch geriet. Ein weißer Chevy Tahoe Truck. Blaue und gelbe Streifen und darunter noch ein roter. Ein Lichtbalken am Dach. Kein widerlicher Fiesling. Nur ein Cop auf Patrouille auf dem Highway. Doch mit meiner Erleichterung war es vorbei, sobald ich die Stimme hörte.

»Hailey? Was zum Teufel machst du hier?«

Ich ließ das Rad langsam ausrollen und schaute durch das offene Fenster. Vaughns Gesicht wurde vom Armaturenbrett kaum erhellt, doch ich erkannte das blonde Haar, das so kurz geschnitten war, dass man seine Schädelform sehen konnte, die blassblauen Augen und das Stirnrunzeln, bei dem sich mir der Magen zusammenzog.

»Warst du am See?«

Was für einen Zweck hatte es, zu antworten? Er wusste bereits Bescheid. Es gab keinen anderen Grund, warum ich hier draußen sein sollte, und meine Haare waren immer noch feucht. Wir sahen uns an. Vaughns Stirnrunzeln wurde tiefer.

»Wirf dein Fahrrad hinten rauf.«

Ich öffnete die Heckklappe und hob mein Rad auf die Ladefläche. Vaughn hatte den Warnblinker eingeschaltet; das regelmäßige rote Blinken beleuchtete die Straße und spiegelte sich in meinem Gesicht. Er stieg nicht aus, um mir zu helfen, was ganz gut war. Ich brauchte Zeit zum Nachdenken, wie ich die Sache erklären sollte. Ich öffnete die Tür und stieg ein. Er sah zu, als ich mich anschnallte, dann stellte er die Heizung an und beugte sich vor, um den warmen Luftstrom auf mich zu richten. Er legte den Gang ein und fuhr wieder auf den Highway.

Er schaute zu mir herüber. »Lana sagte, du wolltest dir einen Film anschauen.«

»Wir sind danach noch zum See gefahren.«

»Hast du ihr das erzählt?«

»Mein Telefon hat den Geist aufgegeben.« Ich rieb mir meine kalten Beine und nestelte an meiner Halskette herum, geschnitzte Elchknochen an einem Lederriemen. Dad hatte sie mir geschenkt. Als ich das letzte Mal in Vaughns Truck gefahren war, war er zum Haus gekommen, um mir von dem Unfall zu erzählen. Er war so leise gefahren, dass ich den Motor nicht gehört hatte, sondern nur das Klopfen an der Tür. Dann seine Worte. Wie ein Rauschen im Radio.

Über die Leitplanke geflogen. Zu schnell gefahren. Sofort tot.

Ich holte ein paarmal tief Luft, blinzelte die verschwommenen Punkte fort und scharrte mit den Füßen. Sie stießen gegen etwas. Im Fußraum lag eine schwarze Tasche, und ich schob sie beiseite.

»Vorsicht. Darin ist die Kameraausrüstung.« Er sah mich erneut an. Ich wünschte, er würde auf die Straße achten. Jedes Mal, wenn unsere Blicke sich trafen, fühlte ich mich unbehaglich. »Warum bist du allein?«

»Alle anderen bleiben heute Nacht auf dem Zeltplatz.« Ich hielt den Blick starr auf die weiße Linie gerichtet. »Ich dachte, du hättest ein Treffen der Jagd-Lodge.«

»Ich bin früher gegangen. Ich wurde zu einem Fall von häuslicher Gewalt gerufen.«

»Oh.« Ich biss mir auf die Lippe und überlegte, ob ich die Leute kannte, um die es gegangen war. Hinter dem See gab es nur noch die Sommerhütten und ein paar Farmen. Es war merkwürdig, dass Vaughn keinen anderen Officer losgeschickt hatte, immerhin trug er noch nicht einmal seine Uniform. Ich war überrascht, dass er nicht beim Zeltplatz angehalten hatte. Iceman liebte es, Jugendliche wegen allem Möglichen hochgehen zu lassen – er brauchte keine Ausrede, um uns zu schikanieren.

Er sah mich streng an. »Hast du getrunken?«

»Ich bin noch minderjährig.« Ich lehnte den Kopf gegen den Sitz und schloss die Augen bis auf einen schmalen Schlitz. Der Sitzbezug roch nach Orangen, aber mit einer erdigen, bitteren Note. Parfüm? Es roch nicht nach Lana. Vielleicht hatte er das Auto vor kurzem sauber gemacht. Das Armaturenbrett und die Tür glänzten. Ich musterte ihn von der Seite. Sein eckiges Kinn ragte ein wenig vor, sein Blick war starr, seine riesigen Hände umklammerten das Lenkrad. Jonny sagte, Vaughn würde den Leuten gerne zeigen, wie machtlos sie waren, und es funktionierte. Seit ich in sein Haus gezogen war, hatte ich das Gefühl, mir alles von ihm erlauben lassen zu müssen.

»Versuch nicht, mich zu verarschen. Ich kann das Bier riechen.«

»Dad wäre es egal.«

»Um Himmels willen, Hailey. Weißt du, wie viele Mädchen in deinem Alter sich ihr Leben ruinieren? Sie hängen mit den falschen Kerlen ab, trinken und nehmen Drogen.«

»Ich nicht.«

»Klar doch.« Er lachte. »Und Jonny Miller ist ein Heiliger. Ich wette mit dir, dass wir alle möglichen Teile von gestohlenen Dirt Bikes finden würden, wenn wir jetzt die Farm seines Dads durchsuchen würden. In letzter Zeit hat es ein paar Diebstähle gegeben.«

Mir drehte sich der Magen um. Im Truck war es heiß. Vaughns Rasierwasser vermischte sich so mit diesem fruchtigen Parfümgeruch, dass mir schlecht wurde.

Er schwieg, dann seufzte er frustriert. »Hör zu, ihr glaubt, ihr wärt schon erwachsen, aber Cold Creek ist ein raues Pflaster. Ich habe einen Haufen übler Dinge gesehen, okay? Hier in der Gegend kann man sich ganz leicht Ärger einhandeln. Jemand wie du, ein hübsches Mädchen ohne Dad, muss besonders vorsichtig sein.«

Ich starrte aus dem Fenster. Dad hatte mich früher auch hübsch genannt, aber bei ihm hatte es sich nicht so angehört, als sei es etwas Schlechtes.

»Wie du aussiehst, was du trägst, erregt Aufmerksamkeit.« Vaughn rutschte auf seinem Sitz herum. Ich schaute zu ihm.

Er sah auf meine Shorts. »Das bringt die Leute auf falsche Gedanken.«

Hitze kroch in meiner Kehle hoch, in meinem Gesicht. Warum sagte er solche Sachen? Meine Shorts waren weder zu eng noch zu kurz. Die Hälfte der Mädchen in der Stadt trug sie deutlich kürzer.

»Ich war nur für ein paar Minuten auf dem Highway. Ich wollte den Forstweg nehmen.«

»Meinst du, jemand könnte dich nicht in ein paar Minuten töten?«

»Niemand wird mich töten.« Ich versuchte, nicht die Augen zu verdrehen, aber er musste den Spott in meiner Stimme gehört haben, denn sein Kopf wirbelte herum.

»Findest du das witzig? Lanas Freundin wurde auf diesem Highway umgebracht, schon vergessen? Sie wollte auch nur ein bisschen zum See, und sieh dir an, was mit ihr passiert ist.«

»Sie ist getrampt«, murmelte ich. »Es ist schon lange her.«

»Ja, aber seitdem wurden noch andere Mädchen umgebracht. Solange du bei uns lebst, wird es keine Partys und keinen See mehr geben.«

»Keine Party? Kein See?«

»Nicht ohne mich oder Lana.«

»Das ist doch verrückt. Warum kann ich …«

»Das ist die Regel. Wenn du sie brichst, werde ich dein Fahrrad wegsperren, ist das klar?«

Ich biss die Zähne so fest zusammen, dass ich das Knirschen hörte. Er hatte gewollt, dass ich mal aus meinem Zimmer herauskam, also war ich endlich ein paar Stunden unterwegs gewesen – und das ist das Ergebnis? Geschah mir ganz recht. Wieso hatte ich auch gedacht, irgendetwas könnte so werden wie früher? Ich hätte im Bett bleiben sollen.

Schweigend fuhren wir weiter, bis wir den Highway verließen und durch die ruhige Wohngegend fuhren, in der sie lebten. Am Ende der Straße vor den Briefkästen hielt er an. In der Ferne konnte ich die weiße Fassade ihres Hauses erkennen. Verwirrt sah ich zu Vaughn.

Im Truck war es dunkel, die Beleuchtung des Armaturenbretts war ausgeschaltet. Sein Körper war ganz nah. Er war groß, die Schultern waren kompakt. Das Radio hatte er ausgemacht. Ich hatte es gar nicht mitbekommen.

»Ich fahre noch aufs Revier, um einen Bericht zu schreiben.« Er legte den Arm über die Rückenlehne und drehte sich zu mir um. »Ich werde unser nächtliches Abenteuer für mich behalten.«

»Du wirst Lana nichts erzählen?« Was ging hier vor? Er hatte gerade erst seine blöde Regel verkündet, und jetzt ließ er mich ungeschoren davonkommen?

»Deine Tante braucht nicht noch mehr Probleme. Sie hat schon genug, mit dem sie fertig werden muss, meinst du nicht?«

Richtig. Noch ein hungriges Maul zu füttern. Eine Sorge mehr. Ein Kind, das keiner von beiden wollte.

Ich nickte.

»Braves Mädchen.« Er tätschelte mein Bein, dann beugte er sich über mich. Ich zuckte zusammen und drückte mich in den Sitz. Die Tür schwang auf. »Geh schon. Ich warte, bis du im Haus bist.«

Ich stieg aus dem Truck, schloss leise die Tür, um Lana nicht zu wecken, falls sie schon schlief, und hob mein Fahrrad von der Ladefläche. Erst als ich die Vordertreppe erreichte, hörte ich den Truck davonfahren. Ich blickte über die Schulter zurück und sah die roten Rücklichter zwischen den Bäumen aufblitzen.

Lana saß zusammengerollt in einem Sessel im Wohnzimmer,

ein Buch in der Hand, das Gesicht vom weichen Licht der Lampe beleuchtet. »Hi, Süße.« Sie schenkte mir ein warmes Lächeln. »Hattest du eine schöne Zeit?«

Ich blieb in der Tür stehen. Ich wollte ins Bett und diesen ganzen Abend hinter mir lassen. »Ja. Sorry, dass ich so spät komme. Der Akku war alle.«

»Du musst gedacht haben, ich bin völlig durchgedreht mit all meinen Nachrichten.« Sie lachte. »Ich muss mich wohl noch daran gewöhnen. Ich dachte, ich hätte noch ein paar Jahre Zeit, bis ich einen Teenager im Haus habe.« Sie schaute auf Uhr und gähnte. »Ich sollte auch ins Bett. Vaughns Treffen dauert ziemlich lange.«

Ich zwang mich, sie anzulächeln und ihr eine gute Nacht zu wünschen. Beim Zähneputzen dachte ich über das nach, was sie gesagt hatte. Vaughn musste ihr gesagt haben, dass es später werden würde, *bevor* er mich aufgelesen hatte, denn er hatte nicht telefoniert, solange ich mit ihm zusammen gewesen war. Warum wollte er nicht, dass Lana wusste, dass er heute Abend zu einem Einsatz gerufen worden war? Ging es da um eine große Sache? Er wurde ständig irgendwohin gerufen. Es sei denn, das war eine Lüge, und er war in Wirklichkeit ganz woanders gewesen. Ich dachte an den leichten Parfümhauch an seinem Sitz. Ich hielt mit dem Zähneputzen inne und starrte mich mit großen Augen im Spiegel an, als es mir dämmerte.

Er deckte nicht *mich*. Ich deckte ihn.

2

Der Kunststoffsattel meines Fahrrads war glühend heiß, als ich ein Bein darüber schwang. Ich blinzelte in die helle Sonne und rollte um das Gebäude, wobei ich meinen Schoko-Banane-Milchshake auf dem Lenker balancierte. Der Parkplatz grenzte an einen kleinen Bereich mit Picknicktischen und Totempfählen. Den höchsten zierte oben ein Adler mit ausgebreiteten Schwingen, die Schnitzereien waren rot, schwarz und weiß angemalt.

Mason's Diner und Dairy Queen waren die Orte, an denen die meisten von uns abhingen, weil wir uns nur dort das Essen leisten konnten. Jonny saß auf der offenen Heckklappe seines Trucks, Andy und ein paar der anderen Jungs standen um ihn herum. Ich war einmal mit Andy im Kino gewesen, vor allem, weil er immer wieder gefragt hatte. Ein misslungenes Experiment.

Zwei Mädchen liefen vorbei. Sie starrten in ihre Smartphones, die Daumen zuckten hin und her. Motocross-Groupies. Sie redeten nur dann mit mir, wenn sie glaubten, ich könnte sie mit Jonny verkuppeln. Alles, was mit Schule zu tun hatte, war für mich Zeitverschwendung, und ohne Jonny würde es im nächsten Jahr noch schlimmer werden. Wenigstens ging er nicht fort auf irgendein College.

Im Schatten hinter dem Gebäude blieb ich stehen, zog mein Handy aus der Tasche und suchte meinen letzten Chat mit Jonny heraus. Wir hatten uns geschrieben, nachdem er vom

See wieder zu Hause war, aber ich wartete noch damit, ihm von meiner Fahrt mit Vaughn zu erzählen. Am Morgen konnte ich Lana kaum in die Augen schauen. Ich war stundenlang in meinem Zimmer geblieben, dann hatte ich ihr erzählt, dass ich ein paar Bewerbungen in der Stadt verteilen wollte.

Meine Finger huschten über die Tastatur und führten unseren langen Chat fort. *Hi, Loser. Ich komme nicht durch deinen Fanclub durch. Wir sehen uns in Dads Werkstatt.*

Jonny schaute auf sein Smartphone, lachte und blickte sich auf dem Parkplatz um, bis er mich entdeckte. Er hob einen Daumen. Hinter seiner Schulter sah ich etwas Weißes aufblitzen, das die Straße entlangkam. Vaughns Truck? Ich wollte es nicht herausfinden. Ich drehte mich so schnell um, dass ich ein Mädchen mit dem Vorderrad am Bein erwischte. Sie verlor am Rand des Gehwegs ihr Gleichgewicht und hätte beinahe ihren Burger fallen lassen. Ich erkannte Simone, als ich ihr pechschwarzes Haar und die hippe Brille sah. Andys Schwester.

»Hey! Pass doch auf!«

»Sorry.« Ich radelte davon, flitzte zwischen den Gebäuden hindurch, bis ich draußen vor den Picknicktischen war. Ein paar Teenager lachten und schubsten sich herum, während sie auf ihr Essen warteten. Ich versteckte mich hinter ihnen, schaute über die Schulter, um sicherzugehen, dass die Luft rein war, dann schoss ich über das Baseballfeld und verschwand im Wald. Ich nahm den Forstweg und hielt mich dann an die Seitenstraßen. Jonny und ich hatten ein paar geheime Routen. Bevor er seinen Truck hatte, sind wir immer mit unseren Fahrrädern um die Wette nach Hause gefahren.

Cold Creek war klein, und noch kleiner, wenn man die Fahrradstrecken kannte. Das Zentrum bestand nur aus ein paar Straßen, mit einem Truckstop, dem Diner und einem Motel. Der Rest des Ortes war sehr ländlich, mit großen Farmen und

Menschen, die andere Menschen nicht besonders mochten. Vor diesen Häusern standen normalerweise immer ein paar Pick-ups, auf den Höfen lagen zusammengefallene Zäune und alte Dachpappe. Hühner liefen frei herum, dazu gab es einen oder zwei Hunde. Ich fuhr nicht über diese Grundstücke, sonst würde ich mit ein paar Schrotkugeln im Rücken enden.

Zehn Minuten später raste ich um die Hausecke meiner Nachbarn und bremste so hart, dass die Reifen quietschten. Ich rollte über ihre Auffahrt, beruhigte ihren Hund, als er bellte, und fuhr zwischen den Bäumen hindurch zu meinem Haus. Am Rand unseres Grundstücks hielt ich an, um mich umzusehen. Kein weißer Truck. Mein Herzschlag verlangsamte sich, meine Haut wurde kühler, und ich atmete wieder normal. Wie dumm von mir. Natürlich verfolgte Vaughn mich nicht. Ich lehnte mein Fahrrad gegen das Geländer und stieg die Stufen hoch.

Lana hatte recht – mein Haus war schön. Dad hatte einen alten Obstschuppen umgebaut, eigenhändig einen Kamin aus Felssteinen geformt und die Holzfußböden aufgearbeitet. Sie rochen immer noch leicht nach Apfel. Ich konnte mir einfach nicht vorstellen, dass jemand anders hier wohnen sollte. Was würden sie verändern? Würden sie die Wände anstreichen? Die himmelblauen Schränke und den Esstisch rauswerfen, die Dad aus den alten Schuppentüren gebaut hatte?

Seit der Beerdigung war ich ein paarmal hier gewesen, einmal mit Lana, um mehr Kleidung zu holen, und einige Male mit Jonny. Wir hatten schweigend zusammengesessen, hatten Videospiele gespielt, *Fortnite*, *Call of Duty*. Wenn ich den Bildschirm nicht mehr erkennen konnte, weil ich so heftig weinen musste, hat er meinen Kopf an seine Schulter gezogen.

Dads rot karierte Jacke hing am Haken neben der Tür. Diese Jacke hatte er getragen, wenn er Buschwerk verbrannt oder

Holz gehackt hat. Ich schob meinen Arm in die Ärmel und sog den Rauchgeruch und sein Old-Spice-Rasierwasser ein. Sein Kaffeebecher stand in der Spüle. Ich schloss meine Hände um den Becher, legte die Finger genau an die Stellen, an denen seine gelegen hätten, und trug ihn mit mir herum, während ich durchs Haus lief.

Mein Lieblingsfoto von Dad und mir befand sich auf seiner Kommode. Wir standen an einem Ufer aus Kieselsteinen, unser Kanu hinter uns. Es leuchtete hellrot vor dem blaugrünen See im Norden. Unser alter Jagdhund, Boomer, hatte die meiste Zeit geschlafen, während wir die Fische einholten. An jenem Tag waren wir nicht zu bremsen gewesen. Dad sagte, es sei fast ungerecht den anderen gegenüber, wir waren so ein gutes Team. Er ließ mich unseren größten Fang halten, eine Regenbogenforelle, und beugte sich vor, den Arm um meine Schulter geschlungen, den Kopf an meinen gelegt. Das gleiche kupferrote Haar, die gleichen blauen Augen, die gleichen Sommersprossen. Er hat immer gesagt, wir hätten auch das gleiche Herz, aber seines hatte aufgehört zu schlagen, und jetzt tat meines die ganze Zeit weh.

Neben dem Bild von Dad und mir stand eines von meinen Eltern an ihrem Hochzeitstag. In den Silberrahmen waren ihre Namen und das Datum eingraviert. *Finn & Rachel McBride. Aus zwei werden eins.* Dad sah jung aus in seinem Anzug, erst dreiundzwanzig. Sein normalerweise wildes Haar war ordentlich geschnitten und zurückgekämmt. Meine Mutter lächelte zu ihm hoch, schwarze Locken und weiße Haut, ein Kleid mit Glockenärmeln. Ein ätherisches, feenartiges Geschöpf, das sich irgendwie in einen schwerfälligen Holzfäller verliebt hatte.

Ich sah mir die Bilder an, die meine Mutter gemalt hatte und die überall im Raum hingen. Hübsche Landschaften, die alle Szenen hier aus der Gegend zeigten. Wenn ich so weit wäre, würde ich Lana bitten, die Arbeiten meiner Mutter und ein wenig Haushaltskram einzulagern. Ich konnte mir nur schwer vorstellen, dass ich eines Tages ein eigenes Haus haben würde. Wie würde es wohl sein, so ohne Eltern? Meine Zukunft war eine lange Brücke über ein dunkles Loch.

Ich setzte mich im Schneidersitz vor den Kamin, wo ich früher mit meinem iPad oder fernsehschauend gewartet hatte, bis Dad nach Hause gekommen war. Wo ich auf das Knirschen seiner Reifen auf dem Kies und das Schlagen der Trucktür gelauscht hatte. Ich schloss die Augen und stellte mir vor, er würde hereinkommen und mir aufgeregt erzählen, was er im Wald entdeckt hatte – einen Schwarzbären, einen neuen Pfad, eine gute Stelle zum Angeln.

Warum bist du so schnell gefahren, Dad? Du wusstest doch, dass es gefährlich war. Wir hatten Pläne. Du und ich gegen die Welt. Das hast du gesagt. Mom an den Krebs zu verlieren sollte das Schlimmste sein, was ich je durchmachen musste, aber jetzt bist du auch tot, und ich weiß nicht, wie ich das schaffen soll. Warum hast du das Testament nicht geändert? Wie konntest du mich bei ihm lassen?

Ich wartete. Vielleicht würde irgendwo ein Klopfen ertönen, mich ein geheimnisvoller kalter Luftzug streifen. Die Leute erzählten sich so etwas. Dass sie Botschaften von ihrer Familie oder von Freunden bekamen, nachdem diese gestorben waren. Doch das Haus blieb stumm.

Die Werkstatt lag hinterm Haus in einem ehemaligen Lagerschuppen der Obstplantage. Dad hatte Fenster eingebaut, das Gebäude gedämmt und eine Werkbank hineingestellt. Er hatte gesagt, dass jeder Mann eine Wolfshöhle brauchte. Seine Wurfmesser, vier Stück, steckten immer noch in der Zielscheibe. Ich zog sie heraus und stellte mich in Position. Ich trug ein Tanktop, so dass mein Bizeps sich geschmeidig beugte. Ich hielt den Atem an und ließ das Messer los. Mein Ziel war es, ein Stück Schnur durchzuschneiden. Ich hatte eine Ecke eingeritzt. Nicht gut genug. Zurück in Position, hob ich den Arm, doch ein Klopfen am Fenster erschreckte mich, und der Wurf ging daneben. Das Messer steckte in der Wand. Jonny sah mich durchs Glas an und verzog das Gesicht.

Ich öffnete die Tür. »Du hast aber lange gebraucht.«

»Ich musste einen Zwischenstopp einlegen.« Er zog einen Hocker neben die Werkbank und griff nach den Gläsern und dem Whiskey, die wir hinter alten Farbeimern versteckt hatten. Er goss jedem von uns ein, und wir stießen an. Dads letzte Flasche.

Ich lehnte mich gegen die Bank und musterte das Ziel, das ausgefranste Stück Schnur.

Jonny folgte meinem Blick. »Du solltest wieder mehr an deinen Ninjakünsten arbeiten.«

»Du bist nur neidisch, weil du scheiße zielst.« Ich sog etwas von dem Whiskey durch die Zähne, wie ich es manchmal bei Dad gesehen hatte. In der Werkstatt spürte ich seine Nähe noch stärker. Sein Werkzeug lag nach wie vor auf der Werkbank, seine Armbrust und die Angelrute hingen über dem Waffenschrank, seine Angelstiefel und die Outdoor-Jacken an Haken bei der Tür. Sein Quad war noch schlammverspritzt von der letzten Fahrt.

»Hast du dich für das Rennen angemeldet?«

»Ja.«

»Die Piste ist ziemlich sandig, du musst also dein Gewicht hinten lassen.« Jonny fuhr schnell und riskant – das Bike schwebte, wenn er einen Jump machte, die Beine flogen hinter ihm in der Luft, eine Hand ruhte am Sitz. Er brauchte nur noch ein paar Rennen zu gewinnen und einen Sponsor zu finden, dann könnte er Profi werden.

Er nickte. »Lass uns nächstes Wochenende zur Grube fahren.«

»Okay.« Ich sah zu meinem aufgebockten Dirt Bike. »Ich will noch mal zur Silbermine fahren, aber solange wir das Rad nicht repariert haben, kann ich nirgendwohin.« Dad hatte alles über die Berge hier in der Gegend gewusst, aber die alte Hütte der Minenarbeiter hatte er außer mir niemals jemandem gezeigt. Sie lag so tief im Wald, war so verborgen und abgeschieden, dass man sich dort fühlte wie in einer anderen Welt.

»Dein Wunsch ist mir Befehl.« Jonny zog ein in Zeitungspapier gewickeltes Bündel aus seinem Rucksack und hielt es wie eine Trophäe in die Höhe.

»Du hast den Vergaser! War jemand auf der Farm?«

»Nur die Hunde. Sie hätten mich fast gebissen!« Er lachte.

»Ich habe dir doch gesagt, du sollst Räucherlachs mitnehmen. Hast du die Welpen gesehen?« Ich nahm ihm den Vergaser ab und überprüfte ihn. Monatelang hatte ich mich nachts in Coopers Schuppen geschlichen, hatte die Hunde besucht und mit der Mom gespielt, einer hübschen Bordercollie-Hündin. Sie hatte vor ein paar Wochen geworfen. Ich wollte Dad einen der Welpen zum Geburtstag schenken, aber Cooper hatte die Preise erhöht.

»Sie sind niedlich. Willst du dich rüberschleichen und sie dir ansehen?«

Ich schüttelte den Kopf. »Wir dürfen nicht auffallen. Vaughn hat mich gestern Abend erwischt. Er hat direkt neben mir angehalten. Ich hätte fast einen Herzanfall bekommen.«

»Ach du Scheiße.« Er riss die Augen auf, blaue Seen in seinem gebräunten Gesicht.

»Yeah. Und er weiß von den Diebstählen. Er hat von dir gesprochen.«

Wir hatten nicht vorgehabt, zu Dieben zu werden, aber Bikes waren teuer. Ich habe zwei Sommer lang mit Dad zusammengearbeitet, um die Hälfte des Geldes für meine Honda CRF 150 zusammenzubekommen, und Jonny reparierte Bikes und Rasenmäher, um seine 250 abzubezahlen. Wir brauchten ständig Ersatzteile und Benzin. Wir klauten nur bei reichen Leuten, bei denen, die wir nicht ausstehen konnten. An Zielen mangelte es uns nicht. In Cold Creek gab es eine Menge Idioten.

»Iceman.« Jonny zog das Wort in die Länge. Er dachte an den letzten Herbst, als Vaughn ihn dabei erwischt hatte, wie er mit seinem Dirt Bike auf befestigten Straßen gefahren war. Es war nur ein kurzes Stück gewesen, trotzdem hatte Vaughn sein Bike beschlagnahmt und ihn gezwungen, mit seiner gesamten Ausrüstung nach Hause zu laufen.

»Falls du irgendetwas auf eurem Grundstück herumliegen hast, sieh zu, dass du es loswirst.«

»In Ordnung.« Er runzelte die Stirn. »Was hat er sonst noch gesagt?«

»Er hat mir einen Vortrag über mein Outfit gehalten und meine Shorts angestarrt. Genau *hier.*« Ich spreizte eine Hand über meinem Schenkel.

»Glaubst du, er hat dir nachspioniert?«

Ich zog das Messer aus der Wand und dachte daran, wie Vaughn meine Beine angesehen hatte. »Ich glaube eher, dass er mich warnen wollte. Aber jetzt darf ich ohne ihn oder Lana nicht mehr zum See.«

»So ein Mist. Was hat er überhaupt da draußen zu suchen gehabt?«

»Das ist das Merkwürdige daran. Er meinte, er sei zu einem Fall von häuslicher Gewalt gerufen worden. Dann hat er zu mir gesagt, dass es unter uns bleiben soll – ich glaube, er wollte nicht, dass Lana erfährt, dass er nicht auf dem Treffen vom Jagdclub war. Ich schwöre dir, in seinem Truck hat es nach Parfüm gerochen.«

»Er betrügt sie.«

»Vielleicht.« Ich schleuderte das Messer, wie Dad es mir beigebracht hatte, und das Metall blitzte auf. Das Messer drehte sich ein paarmal in der Luft, dann blieb die Klinge genau im Schwarzen stecken. Ich ging hin und zog das Messer aus der Zielscheibe.

»Wirst du es ihr erzählen?«

»Ich habe keinen Beweis.« Ich zuckte mit den Achseln und dachte an Vaughns andere Warnung. »Ich will keine Probleme machen. Ich werde den Mund halten.«

Jonny machte ein nachdenkliches Gesicht. »Du könntest versuchen, ihn zu ertappen.«

»Zum Teufel, nein. Ich werde mich da raushalten – und du auch.« Ich deutete mit dem Messer auf ihn. »Hilfst du mir jetzt, mein Bike zu reparieren oder nicht?«

Ich schnappte mir Dads Werkzeugkasten, ohne auf Jonnys Antwort zu warten, ging vor meinem Bike auf die Knie und begann, den alten Vergaser auszubauen. Kurz darauf spürte ich Jonny neben mir.

Als wir zum ersten Mal zusammen an einem Dirt Bike geschraubt hatten, war ich acht Jahre alt, und unsere Väter unterhielten sich in unserer Auffahrt – Jonny und sein Dad waren gekommen, um Hirschwürste abzuholen. Jonny war ein schüchternes, mageres Kind und trug die abgelegten Klamotten seiner Brüder. Nichts passte ihm jemals richtig. Er war eine Klasse über mir, aber ich wusste, wer er war. Ich hatte schon oft gesehen, dass er in der Pause allein herumsaß oder seinen Brüdern überallhin folgte. Ich hatte versucht, die Kette an meinem Bike zu spannen, und gespürt, dass er mich beobachtete. Nach ein paar Minuten schlurfte er über den Kies und kam näher, dann hockte er sich neben meinen Reifen.

»Was machst du da?«

»Kennst du dich mit Bikes aus?«

Er zuckte mit den Achseln. »Ich kenne mich mit Traktoren aus.«

»Schnapp dir einen Schraubenschlüssel.«

Er warf einen raschen Blick auf seinen Dad und fragte leise: »Hast du was zu essen für mich?« Ich plünderte unseren Kühlschrank, dann zeigte ich ihm, wie man die Zündkerzen wechselt und die Kette und den Luftfilter reinigt. Er begann, nach der Schule und am Wochenende vorbeizukommen, und ich brachte ihm das Fahren bei. Schon bald war er besser als ich.

In der Junior Highschool wurde er größer und kräftiger und erwarb sich den Ruf, jeden zu verprügeln, der mich ärgerte. Die Mädchen beschlossen, seine blauen Augen und die dunklen Wimpern, seine gebräunte Haut und seinen frechen Humor zu mögen. Alle bewunderten ihn dafür, dass er sich auf die Rennpiste wagte. Er hatte viele Freunde, aber ich blieb immer noch für mich. Wir verbrachten jedes Wochenende zusammen. Es war, als glaubte er, in der Schule der coole Jonny sein zu müssen, doch wenn er mit mir zusammen war, konnte er darüber reden, dass seine Brüder ihm das Leben schwermachten oder dass seine Familie Geldprobleme hatte. Wir verrieten einander unsere Träume. Ich würde eine Holzhütte an einem See und einen eigenen Hund haben. Jonny würde überall auf der Welt Rennen fahren. Niemand würde uns aufhalten.

Ich wollte, dass das immer noch so war.

3

Im Mason’s Diner roch es nach Burgern, selbstgebackenem Brot und in der Pfanne gebratenem Speck. Es war perfekt, und es tat weh. Dad und ich waren mindestens einmal in der Woche zum Lunch hier gewesen. Manchmal hat er mich für den Rest des Nachmittags aus der Schule genommen, damit wir uns das Kanu schnappen und uns unser Abendessen fangen konnten. *Komm schon, du brauchst eine Pause. Lass uns etwas frische Luft in die Lunge bekommen.* Es gab so gut wie nichts, was sich Dads Ansicht nach nicht durch einige Zeit im Wald wieder geradebiegen ließ.

Die meisten Tische und Nischen waren mit Holzfällern, Bauarbeitern und Handwerkern besetzt. Dann gab es noch die Trucker, deren Caps und Hemden die Schriftzüge von großen Firmen trugen. Johnson Hauling, A&D Transport, Northern Freight. Am Tresen war noch ein Platz unbesetzt.

Ich rutschte auf den freien Hocker zwischen ein paar alten Kerlen. Amber entdeckte mich sofort und blieb neben mir stehen, die Speisekarten unter dem Arm.

»Hi! Bleibst du zum Lunch?«

»Vielleicht.« Ich hatte es nicht vorgehabt, bis ich sie sah. Normalerweise arbeitete sie abends. Ihre weiße Bauernbluse stand am Hals offen und zeigte ihre glatte, gebräunte Haut und mehrere herunterbaumelnde Halsketten. Sie roch nach Kokosnusslotion und sah aus wie eine Folksängerin, mit ihren langen, kirschrot gefärbten Haaren, einem Nasenring und ohne jede Schminke um die hellblauen Augen. Perlenohrringe. Sie arbeitete seit ein paar Monaten im Diner, aber ich kannte nicht ihre ganze Geschichte – sie kam nicht von hier.

»Arbeitet Mason?«

»Natürlich. Der Mann macht nicht einen Tag frei.« Sie verdrehte die Augen. »Er ist im Lagerraum, aber er wird gleich zurück sein. Ich bediene besser mal an seinem Tisch.« Ich sah ihr aus dem Augenwinkel nach, als sie ging. Ihre ausgewaschene Jeans hing locker auf der Hüfte.

Mason kam und wischte sich die Hände an einem Handtuch ab. »Haywire! Schön, dich zu sehen!«

»Dich auch.« Ich entspannte mich ein wenig. Er hatte meinen Spitznamen benutzt, »durchgedreht«. Den hatte er mir verpasst, nachdem er einmal zugesehen hatte, wie ich mit meinem Dirt Bike über die Piste gebrettert war. Mason könnte gut ein Holzfäller sein, der sich zur Ruhe gesetzt hatte, und es ging das Gerücht, dass er einmal Mitglied in einer Bikergang gewesen sei – er fuhr eine coole Harley. Aber für mich war er eher mein Lieblingsonkel. Graumeliertes Haar, grauer Bart und ernste braune Augen, die mir das Gefühl gaben, er würde wirklich zuhören, wenn ich redete. Als er den Diner vor ein paar Jahren gekauft hatte, hatte er Dad gebeten, ihm die Geschichte zu jedem Schwarz-Weiß-Foto an den Wänden zu erzählen. Es gab sogar einen Schnappschuss von der Hütte der Minenarbeiter. Ich fand es cool, dass Mason nicht die ganze alte Deko runtergerissen hatte.

»Was ist das?« Mason deutete auf den Umschlag, den ich auf den Tresen gelegt hatte.

»Meine Bewerbung. Ich habe nicht viel Erfahrung, aber ich lerne schnell.«

»Für den Sommer könnte ich eine tüchtige Kraft gebrauchen.« Er nahm den Umschlag und zog meinen Lebenslauf heraus. Ich wollte ihm gerade sagen, dass ich jede Arbeit machen würde – Geschirr spülen, kochen, kellnern –, als er zur Tür schaute. Seine Schultern wurden steif, sein freundliches Lächeln verschwand.

»Guten Morgen, Officers.«

Hastig drehte ich mich um. Vaughn war mit einem anderen Cop hereingekommen. Constable Thompson. Er war jünger als Vaughn, vielleicht dreißig. Hochgewachsen, mit ordentlichen schwarzen Haaren, sauber rasiert und der einzige First-Nations-Cop in der Stadt. Er war Anfang letzten Sommers angekommen, und eine Menge Leute glaubten, er sei hier, um die Anspannung wegen des Highways zu lindern. Aber nachdem man das letzte Opfer entdeckt hatte, war es nur noch schlimmer geworden. Die Mutter des Opfers war eine Angehörige der First Nations, die Familie überall bekannt und beliebt. Thompson schien ganz in Ordnung zu sein. Er war auf ein paar Partys aufgetaucht, sogar ein- oder zweimal auf der Rennpiste, aber er hatte niemanden schikaniert.

Ich sprang auf. Zu spät. Vaughn kam bereits auf mich zu, während Thompson zu einem freien Tisch ging. Vaughn warf einen Blick auf den Lebenslauf in Masons Hand.

»Suchst du einen Job?«

»Ja, aber jetzt gehe ich besser. Lana braucht Hilfe.« Ich packte meine Geldbörse und wandte mich mit einem freundlichen Lächeln an Mason. »Meine Handynummer steht auf der Bewerbung. Ich kann jederzeit anfangen.«

»Okay, Kleine. Ich melde mich.«

»Cool.« Ich war schon auf dem Weg zur Tür, als Vaughns Hand meine Schulter umklammerte.

»Es ist ein heißer Tag. Ich fahre dich.«

»Ich bin mit dem Rad hier und …«

»Das legen wir hinten rein.« Er drehte sich zu dem anderen Cop um. »Können wir den Kaffee verschieben, Thompson?«

»Kein Problem.« Der Cop lächelte mir höflich zu. Amber stand an seinem Tisch. Sie lehnte an der Bank der Nische, den Kopf zu ihm geneigt, als er eine Frage zur Speisekarte stellte. Mason war zur Registrierkasse gegangen. Niemandem fiel auf, dass Vaughns Hand immer noch auf meiner Schulter lag. Sein Daumen bohrte sich in meinen Nacken, als er mich zur Tür führte.

Dann sah ich sie – dieses Mädchen aus meiner Schule. Unsere Blicke trafen sich. Mir fiel ihr Name wieder ein. Emily. Schwarzes Haar, Kurzhaarschnitt, viel dunkles Make-up, einen Ring in der Lippe. Sie hatte die Schule schon früh verlassen, irgendetwas war da mit Dealen und Drogen gewesen. Ihr Blick wanderte von mir zu Vaughn und blieb an seiner Hand an meinem Nacken ruhen. Ihr Blick wurde leer, die Lippen wurden hart.

Sie wandte sich dem alten Paar an ihrem Tisch zu und verbarg ihr Gesicht. Ich konnte nicht sehen, ob Vaughn sie bemerkt hatte. Wir waren bereits an der Tür, und er stieß mich nach draußen.

Dann waren wir beim Truck. Mit einem Nicken deutete er auf die Beifahrertür und öffnete sie mit der Fernbedienung. Ich kletterte hinein und saß steif auf dem Beifahrersitz, während er mein Fahrrad hinten auflud.

Emily sah durch das Fenster zu, wie Vaughn mit mir davonfuhr.

Er summte das Lied im Radio mit, seine Hand lag locker auf dem Lenkrad, und die Augen waren hinter der Sonnenbrille verborgen, während er den Truck durch die Straßen steuerte. Er *tat* ganz ruhig, doch die Luft in der Fahrerkabine fühlte sich dick an, obwohl die Klimaanlage auf Hochtouren lief. War er immer noch sauer, weil er mich am Samstagabend auf dem Highway aufgelesen hatte? Er hatte in den letzten Tagen viel gearbeitet, so dass ich ihn nur zum Abendessen gesehen hatte, wenn Lana zu Hause war.

Ich drückte mich eng gegen die Tür und wartete auf eine weitere Predigt. Ob es den ganzen Sommer so weitergehen würde, dass ich ständig mit Vaughn in seinem Truck durch die Gegend fuhr? Als die Minuten verstrichen, begann ich mich zu entspannen. Dann stellte er das Radio aus.

Vaughn schaute auf sein Smartphone in der Halterung und tippte etwas mit einem Finger ein. »Wir müssen kurz raus zum See. Möglicherweise campt da jemand unbefugt neben den Hütten.«

Der See lag zwanzig Minuten außerhalb der Stadt. Ich würde für fast *eine* Stunde bei ihm festsitzen, ehe wir wieder in der Stadt waren. »Ich wollte Lana bei der Hausarbeit helfen.«

»Du willst doch Wildnisführerin werden, oder? Wie dein Dad.«

Ich runzelte die Stirn. Das war kein Geheimnis – jeder wusste, dass ich Dad geholfen hatte. Aber ich begriff nicht, warum Vaughn das jetzt zur Sprache brachte, und mir gefiel auch nicht dieses dumpfe Schwindelgefühl, als ich daran dachte, wie Dad und ich über die Zukunft gesprochen, unser Logo entworfen und uns eine Website ausgemalt hatten.

»Könntest du dir auch vorstellen, bei der Umweltschutzbehörde zu arbeiten? Da verdienst du besser. Du würdest Anrufen wie diesem nachgehen, Wilddieben das Handwerk legen und Jäger dingfest machen, die außerhalb der Saison jagen. Das wäre eine gute Erfahrung für dich.«

»Lana erwartet mich, und …«

»Schreib ihr eine Nachricht.« Er drehte seinen Kopf zu mir,

dunkle Sonnengläser verbargen seine Augen. »Egal, ich mach's.« Er nahm sein Smartphone und tippte einhändig auf dem Display herum. Ich hätte ihn am liebsten zur Rede gestellt, weil er beim Fahren unerlaubterweise mit dem Handy herumspielte, doch je mehr wir einander in Ruhe ließen, desto besser. Er schickte die Nachricht ab. Er fuhr so schnell, dass wir die Stadtgrenze schon fast erreicht hatten.

»Hör zu, Hailey. Du kannst nicht im Diner arbeiten.«

»Warum nicht?«

»Da hängt zu viel Gesindel herum. Ich mache dir einen Vorschlag. Warum hilfst du uns nicht mit Cash? Wir packen das Geld auf dein College-Konto, und du bekommst ein Taschengeld.«

Er wollte, dass ich Babysitterin wurde? Meine Gedanken rasten. Ich würde die ganze Zeit in ihrem Haus festsitzen – und was meinte er mit *Taschengeld*? Dass ich nicht über mein eigenes Geld bestimmen dürfte?

»Aber im Diner bekomme ich Trinkgeld.«

»Ja, und du wirst ständig von Männern belästigt.« Er sah mich an. »Und dann? Willst du abends mit dem Fahrrad nach Hause fahren? Oder morgens, wenn die Straßen leer sind?«

Das durfte doch nicht wahr sein. Er konnte unmöglich so paranoid sein.

»Das mache ich schon seit Jahren.«

»Willst du so enden wie sie?« Er deutete durch die Frontscheibe. Ich wusste, von wem er redete, ohne die Leitplanken und den betongrauen Entwässerungsgraben vor uns anzusehen. Shannon Emerson. Wir waren zusammen zur Schule gegangen. Sie war hübsch gewesen, mit großen braunen Augen und dunklen Haaren. Achtzehn. Nur ein Jahr älter als ich. Ich hätte genauso gut auf dieser Party gewesen sein können – die Zeltparty auf der großen Wiese war jedes Jahr ein Riesenevent. Aber Dad und ich hatten einen Angelausflug gemacht. Jetzt ließ der Farmer niemanden mehr auf seine Wiesen.

Das Kreuz auf dem Seitenstreifen strahlte immer noch in frischem Weiß. Ihr Name, das Geburtsdatum und der Tag ihres Todes in schwarzer Schrift. Ihr Foto stand am Fuß des Kreuzes in einem Goldrahmen. Es gab noch weitere Kreuze entlang des viele Meilen langen Highways. Wann immer Dad und ich nach Forgotten fahren mussten, der nächsten Stadt im Norden, warf ich einen kurzen Blick auf sie. Ich wollte sie nicht sehen, aber ich hatte das Gefühl, dass ich es tun musste. Sie waren so unheimlich und wirkten so verloren. Das verrottete Holz war moosbedeckt, die Namen ausgewaschen, die Blumen vertrocknet. Verschimmelte Teddybären, die irgendwann umfielen.

Jemand hatte Shannon frische Blumen gebracht, einen Strauß rosa und weißer Nelken. Ihre Eltern hatten die Stadt verlassen, doch für die Gedenkfeier im letzten Monat waren sie zurückgekommen. Alle Gesichter der Opfer waren mir vertraut, genau wie ihre Namen. Ich war noch ein kleines Kind oder nicht einmal geboren, als die meisten von ihnen starben, aber ich war mit ihren Fotos und ihren Geschichten groß geworden. Dad und ich waren zusammen bei der Gedenkfeier gewesen.

»Es ist jetzt ein Jahr her«, sagte Vaughn, »und dieser Jahrestag wird bei vielen Leuten etwas auslösen. Den Geruch von Sommer, ein Lagerfeuer, eine abgemähte Wiese. Er wird diese Nacht zurückbringen. Vielleicht werden sie sich daran erinnern, dass sie Scheinwerfer gesehen haben. Einen Truck am falschen Ort. Vielleicht haben sie einen Streit mit angehört, auf den sie damals gar nicht geachtet hatten. Etwas, was dazu geführt hat, dass Shannon verschwunden ist.«

Ich wollte nicht mit Vaughn über Shannon oder über irgendjemand anderen reden, aber etwas an dem, was er sagte, kam mir merkwürdig vor. »Du glaubst, es war jemand von der Party?«

Er zuckte mit den Achseln. »Ich weiß es nicht, aber mir ist nicht ganz wohl dabei. Ich gehe gerade noch einmal alle Aussagen durch und rede mit ein paar der Jugendlichen, die damals dort waren.«

Ich starrte sein Profil an. »Alle sagen, es sei der Highway-Killer gewesen.«

»Es hat niemals nur *einen* Killer auf diesem Highway gegeben. Im Laufe der Jahre waren es mindestens zwei, vielleicht sogar drei, aber das war jemand Neues. Ich kam als Erster zu ihrer Leiche, und von ihr war nicht mehr viel übrig, aber das Bild hat sich in mein Gedächtnis eingebrannt. Hast du jemals den Begriff *Übertöten* gehört? Der Leichenbeschauer sagt, der Täter hat sie so heftig geschlagen, dass er ihr fast sämtliche Knochen gebrochen hat, und danach hat er sie erwürgt. Wer immer dieser Kerl ist, es hat ihm gefallen, ihr weh zu tun, und jetzt wird er nicht mehr aufhören.« Vaughn nahm die Kurven schnell, mit quietschenden Reifen, und ich wurde gegen die Tür gedrückt. »Ich wette mit dir, dass er bereits nach seinem nächsten Opfer Ausschau hält.«

Mir war schlecht; es brannte sauer in meinem leeren Magen und kroch langsam die Speiseröhre hoch. Ich packte den Türgriff, als er eine weitere scharfe Kurve nahm. »Warum erzählst du mir das alles?«

»Du glaubst, du wärst sicher, solange du nicht per Anhalter fährst. Aber ich sage dir, dieser Killer ist anders.« Mit einem Daumen deutete er auf mein Rad, das hinten auf der Ladefläche klapperte. »Du weißt, wie einfach es wäre, dich vom Rad zu pusten, oder? Er muss dich nur einmal mit der Stoßstange antippen, und schon liegst du am Boden.«

»Du versuchst, mir Angst einzujagen.«

»Ich versuche, dich am Leben zu halten.« Er warf mir einen Blick durch die Sonnenbrille zu und konzentrierte sich wieder auf die Straße. »Du magst mich nicht besonders, oder?«

Ich blinzelte und hielt den Atem an. Wollte er wirklich, dass ich dazu etwas sagte? Ich konnte ihm unmöglich antworten, ohne ihn anzulügen.

»Hey, ich verstehe das. Cops sind der Feind, richtig? Wir sprengen eure Partys und verderben euch den Spaß. Aber du und ich, wir haben mehr gemeinsam, als du denkst. Mein Dad hat den Abflug gemacht, als ich ein Kind war, und meine Mutter hatte Probleme. Sie hat eine Menge Männer gedatet, okay?« Er schob die Sonnenbrille hoch und warf mir einen raschen, harten Blick zu. »Ich habe versucht, auf sie aufzupassen, aber man hat ihr trotzdem weh getan. Darum bin ich Cop geworden. Ich kümmere mich um meine Familie. Diese *Stadt* ist meine Familie. Als ich deine Tante geheiratet habe, wurdest du zu meiner Familie.«

Ich senkte den Blick und starrte meine Füße an. Er irrte sich – wir hatten überhaupt keine Gemeinsamkeiten. Mein Dad und meine Mom hatten sich geliebt, und mein Dad hatte nicht *den Abflug gemacht.*

»Meine Exfrau und ich haben uns getrennt, weil sie keine Kinder wollte, und weißt du was? Ich fahre immer noch bei ihr vorbei und sehe nach, ob alles in Ordnung ist. Ich überprüfe immer noch jeden Kerl, den sie mit nach Hause nimmt. Ich passe auf meine *Leute* auf.« Er unterstrich jedes Wort mit einem Schlag auf das Lenkrad. Ohne zu blinzeln, sah er mir in die Augen. »Verstehst du, was ich sage, Hailey?«

Und ob ich verstand. Dieser Typ hatte einen Heldenkomplex und erwartete Dankbarkeit von mir, weil er mich als sein neuestes Projekt ausgewählt hatte. »Du willst mich beschützen.«

Er schlug erneut auf das Lenkrad. »Jetzt hat sie es begriffen.«

Der Truck wurde langsamer. Wir waren am Eingang zum Zeltplatz. Verwirrt sah ich ihn an.

»Ich werde zuerst hier eine Runde drehen.« Vaughn fuhr langsam auf den Platz und blieb auf dem Hauptweg, während sein Blick nach links und rechts schoss. Er überprüfte die Zelte und die Camper.

Er starrte eine Gruppe Mädchen an. Ein bisschen älter als ich, in knappen Shorts und bauchfreien Shirts, nippten sie an ihren roten Partybechern, in denen sich vermutlich Cider oder Eistee mit Schuss befand.

»Siehst du die? Sie werden irgendwann betrunken sein, allein durch den Wald spazieren oder zum See laufen, um ein letztes Mal zu schwimmen. Danach werden sie in ihren Zelten bewusstlos, und jeder kann mit ihnen rummachen.« Ein Kopfschütteln. »Sie schreien geradezu nach Ärger.«

»Sie haben Spaß. Es ist nicht ihre Schuld, wenn die Kerle Arschlöcher sind.«

»Wenn die Maus dumm genug ist, vor die Katze zu laufen, wird sie gefressen.«

Ich würde mich nicht mit ihm streiten. Ich wollte es nur endlich hinter mich bringen. Stirnrunzelnd starrte ich aus dem Beifahrerfenster. Wir hatten eine Runde über den Zeltplatz gedreht und machten uns jetzt auf den Weg zum anderen Seeufer.

Wir fuhren ein Stück über den Highway und bogen auf die Schotterpiste ab, die zum See führte. Die Sonne ging bereits unter, und die Schatten unter den Bäumen wurden allmählich dunkler. Ich kaute auf der Innenseite meiner Wange herum.

Wir kamen an einer Hütte nach der anderen vorbei. Er hielt an ein paar von ihnen an, schaute die Auffahrt hoch und erklärte mir, wonach er suchte – zerbrochene Fenster, Vandalismus, Müll.

»Mieter lassen immer jede Menge Müll liegen. Sie hinterlassen einen Saustall und locken damit Bären an. Die Besitzer sind meistens ganz vernünftig. Sie rufen mich an, damit ich nach dem Rechten sehe. Im Laufe der Jahre lernt man sie besser kennen.«

Bei jedem Halt starrte ich aus dem Fenster und ignorierte seine Stimme. Ich ertrug es nicht, mir noch eine einzige seiner Theorien anzuhören, aber wir hatten fast das Ende des Sees erreicht. Er bog in einen schmalen, zugewachsenen Weg ein. Ich musste mich am Armaturenbrett festhalten, um nicht hin und her zu schaukeln. Auf einer Lichtung hielt er an.

Der Truck stand mit der Schnauze zum See. Der Zugang zum Ufer war durch Rohrkolben und Farne versperrt. Am Ende des Platzes, nah an den Bäumen, stand eine windschiefe, heruntergekommene Bruchbude. Jemand hatte seine Initialen an die Seitenwand gesprüht. Halbverbrannte Holzscheite lagen in einer Feuerstelle, daneben stand die Sitzbank aus einem Truck.

»Manchmal zelten hier welche.« Vaughn stellte den Motor aus. Ich wusste, dass hier hin und wieder Partys stattfanden, aber hier hingen vor allem die Metaller und die Drogis ab. Wir hielten uns von denen fern.

»Es ist ein Privatgrundstück«, sagte Vaughn, als er ausstieg. »Aber das scheint sie nicht aufzuhalten. In den warmen Monaten komme ich fast jeden Tag her. Das Letzte, was wir brauchen, ist ein Waldbrand.« Er winkte mir zu. »Komm. Der Blick von hier oben ist ganz nett.« Er knallte die Tür so kräftig zu, dass der Truck wackelte.

Ich zögerte, die Hand am Griff. Ich wollte nicht, dass er glaubte, wir würden Freunde werden, aber ohne die Klimaanlage war es in der Fahrerkabine höllisch heiß. Vermutlich war es besser, wenn ich mitspielte.

Als ich ausstieg, blickte er über den See. »Hier draußen gibt es viele Vögel. Adler, Reiher. Ich habe ein paar gute Bilder geschossen.« Er schaute kurz zu mir zurück. »Fotografierst du gern?«

»Eigentlich nicht.«

Ich stellte mich vor den Truck, ein paar Schritte von Vaughn entfernt. Wir standen direkt gegenüber vom Strand auf der anderen Seeseite. War er am Abend der Party hier gewesen? Aus dieser Entfernung konnte ich nicht viel erkennen, aber er hätte vermutlich das Lagerfeuer sehen können. Er hatte uns nicht befohlen, es auszumachen.

Im Moment lief er auf der Lichtung herum, starrte auf den Boden, schob ein paar Dinge mit den Stiefeln herum. Wonach suchte er? Nach Zigarettenstummeln? Spritzen? Er hob eine Bierdose auf und warf sie in die Feuerstelle. Dann leuchtete er mit einer Taschenlampe durch die kaputte Tür der Hütte.

»Können wir jetzt wieder zurück?«

»Hast du es eilig?«

»Ich habe Hunger.«

Er kam auf mich zu, und ich dachte, das würde bedeuten, dass dieser seltsame Ausflug endlich vorbei war. Doch er blieb stehen und lehnte sich an die Motorhaube seines Trucks. Die Sonne stand tief am Himmel und machte seine blonden Augenbrauen fast unsichtbar. Seine blassen Augen wirkten undurchsichtig.

»Dein Dad und ich haben uns ein paarmal unterhalten. Er hat dich viel zu oft allein gelassen.«

»Dad wusste, dass er sich um mich keine Sorgen zu machen brauchte.«

»Ach ja?«

»Ja.« Ich spie das Wort aus. »Ich weiß, wie man eine Waffe abfeuert.«

»Waffen taugen nichts, wenn ein Mann dich schon am Boden hat.«

»Dazu wird er keine Gelegenheit haben.«

»Du glaubst, du könntest es mit einem Mann aufnehmen, der doppelt so groß wie du, high vom Adrenalin und wer weiß was noch alles ist? Sobald er dich am Boden hat, musst du reagieren. Bleib nicht ruhig liegen, in der Hoffnung, dass er dich gehen lässt, sobald er fertig ist. Ziele auf seine Augen, seine Nasenlöcher, seine Eier. Benutz deine Zähne und Nägel.«

»Ich habe gerade gesagt, dass ich selbst auf mich aufpassen kann. Ich brauche keine Nachhilfe.« Er versuchte, mir Angst zu machen, und wollte, dass ich mich hilflos fühlte. Er hatte mich die ganze Fahrt über auf die Probe gestellt, und ich hatte die Nase voll.

Er warf mir einen prüfenden Blick zu, dann machte er einen Schritt auf mich zu. In einer raschen Bewegung packte er meine Schulter, schob sich hinter mich und zog mich gegen seine Brust, mit einem Arm über meiner Kehle. Ich versuchte, mich wegzudrehen. Er hauchte mir ins Ohr: »Versuch, dich zu befreien. Na los, probier es.«

Ich zappelte in seinem Arm und trat um mich.

Er grunzte. »Nimm die Schultern hoch, drück dein Kinn runter. Greif nach oben und bohr mir deinen Daumen ins Auge, in die Nase. Versuch es.«

»Nein! Lass mich los!«

»Komm schon.« Seine Stimme brummte tief in meinem Ohr, meine Haut prickelte, sein Waffenholster drückte hart gegen meinen Rücken. Panik stieg in mir hoch, und ich warf mich nach vorn. Er verstärkte seinen Griff und zwang mein Kinn höher. Ich trat nach hinten aus, in der Hoffnung, seine Eier zu erwischen, doch er schlug mir die Beine weg und versetzte mir einen Stoß. Ich krachte auf den trocknen Boden. Die Luft wurde aus meiner Lunge gepresst, und ich war so hart auf dem Rücken gelandet, dass meine Zähne aufeinanderschlugen.

Er setzte sich rittlings auf meine Hüften und hielt meine Arme links und rechts neben meinem Kopf fest. In meinen Schultergelenken knackte es laut, als die Sehnen überdehnt wurden.

Sein Gesicht war direkt über meinem. Seine eisblauen Augen. Triumphierend blickte er mich an – und furchteinflößend. »Siehst du, wie einfach das war? Er würde es darauf anlegen, dich so schnell wie möglich zu Boden zu bringen. Die meisten Frauen versuchen, sich aufzurichten, aber du musst dich zur Seite drehen, in seine Ellbogen.« Zappelnd versuchte ich, mich zu befreien, aber seine Beine waren wie Stahlklemmen. Sein Gesicht war so nah, dass ich sein Rasierwasser riechen und die Schweißperlen auf seiner Stirn sehen konnte.

»Mehr schaffst du nicht? Gib dir mehr Mühe.«

»Nein.« Ich drehte den Kopf zur Seite und weigerte mich, ihn anzusehen.

Er ließ meine Handgelenke los und stand auf. Mit der Sonne hinter seinem Kopf wirkte sein Gesicht fast schwarz. Ich lag im Dreck, alle viere von mir gestreckt, versuchte, wieder zu Atem zu kommen, und rieb mir die Schultern.

»Wenn das ein echter Überfall gewesen wäre, wärst du inzwischen tot.« Er machte einen großen Schritt über mich hinweg und stieg in den Truck.

Er raste über den Highway und bremste vor den Kurven so scharf, dass die Reifen quietschten. Sein Mund war eine dünne Linie, und die Sonnenbrille verbarg seine Augen, so dass ich seine Stimmung nicht einschätzen konnte. Er redete kein einziges Wort mehr mit mir und kam schließlich am Ende seiner Auffahrt schlitternd zum Halten. Ich rüttelte an der Tür. Er beugte sich vor und packte mein Knie, um mich festzuhalten.

»Jemand hat auf Coopers Farm einen Vergaser gestohlen. Weißt du irgendetwas darüber?«

Ich schüttelte den Kopf und versuchte, keine Miene zu verziehen.

»Was hat Jonny am Sonntagabend gemacht?«

»Keine Ahnung.«

»Jonny ist nicht mehr minderjährig.«

»Na und?«

»Er könnte jederzeit angehalten und sein Truck durchsucht werden. Er könnte im Knast landen.«

»Warum erzählst du mir das?«

»Ich will nicht, dass du dich weiter mit ihm triffst.«

»Du glaubst wohl, du könntest ...«

»Ich kann machen, was ich will.« In seiner Stimme schwang kein Zorn mit, in seinen Worten keine Gewalt. Er brauchte sich nicht zu beweisen. Er sah mich an, als wäre ich *nichts*. Ein Lufthauch in einem Tornado.

Er hielt meinen Blick noch ein paar Augenblicke länger fest. »Verstanden?« Er wartete, bis ich nickte, erst dann entriegelte er die Türen. Ich riss am Türgriff und fiel fast aus dem Wagen. Ich kletterte auf die Ladefläche, um mein Rad zu holen, und warf es auf den Boden. Er fuhr erst los, als ich im Haus war.

Mein Smartphone in der Tasche vibrierte.

Schließ die Tür hinter dir ab.

4

Lana und Cash schliefen, Vaughn würde bald nach Hause kommen. Im Dunkeln rollte ich mich aus dem Bett, lief auf Zehenspitzen zu meinem Schrank und öffnete langsam die Tür. Kleider streiften meinen Kopf, als ich mich auf den Boden kauerte und die Schuhe beiseiteschob, um Platz zu schaffen. Mein Smartphone erhellte den winzigen Raum, als ich Jonny anrief.

»Was ist los?« Seine Stimme klang gedämpft. Ich stellte mir vor, dass er in seinem Zimmer war, seine Eltern schliefen oben, seine zwei Brüder hinten im Erdgeschoss.

»Vaughn sagt, wir dürfen uns nicht mehr sehen. Er hat mich zum See mitgenommen, wie auf Patrouille oder was auch immer, und ist über den Zeltplatz gefahren. Er hat von den Morden gesprochen.« Die Worte kamen hastig heraus, vor lauter Wut verhaspelte ich mich fast. »Er hat mir eine der Hütten gezeigt und so getan, als würde er mir ein paar Selbstverteidigungstricks beibringen, aber er hat mich auf den Boden geworfen – richtig *hart* – und mich festgehalten.«

»Machst du Witze?« Er flüsterte nicht länger. Ich sah ihn vor mir, wie er sich im Bett aufsetzte und das Licht anmachte. »Ich werde ihn umbringen.«

»Halt den Mund. Du wirst gar nichts tun.« Trotzdem fühlte ich mich besser mit diesem Angebot. Dad wäre mit einem Gewehr bei ihm aufgetaucht. Aber wenn Dad noch leben würde, hätte Vaughn es nie gewagt, mich anzurühren. »Er weiß von dem Vergaser – er hat mir Fragen gestellt. Du musst das Ding wieder loswerden.«

»Warum setzt er dir dermaßen zu?«

»Weil er machtgeil ist? Ich weiß es nicht, aber er meint es wirklich ernst. Er könnte dir jederzeit was in den Truck schmuggeln.«

»Mach dir meinetwegen keine Sorgen. Ich kann mit ihm umgehen.«

»Die Cops schieben den Leuten ständig etwas unter. Drogen, Diebesgut. Damit hättest du keine Chance mehr, Sponsoren zu finden.« Dieses Mal sagte er nichts. Er wusste, dass ich recht hatte. »Lösch all unsere Nachrichten. Wir können über Facebook Messenger in Kontakt bleiben. Ich werde darauf achten, dass ich immer aus allem ausgeloggt bin.«

Ich glaubte nicht, dass Vaughn mir mein Smartphone wegnehmen würde – er musste mich überwachen können, wenn ich auf Cash aufpasste.

»Ich will nicht, dass du meinetwegen Probleme bekommst«, sagte Jonny.

»Das werde ich nicht. Ich muss nur herauskriegen, ob er Lana betrügt. Dann werde ich irgendeinen Beweis dafür finden, und er wird mich in Ruhe lassen müssen – oder ich erzähle es ihr.« Bei den Häusern jenseits des Sees handelte es sich größtenteils um Farmen, die von verheirateten Paaren bewirtschaftet wurden. In manchen lebten auch Männer aus dem Ort, wie Mason, der dort draußen ein großes Grundstück besaß. Es musste eine Frau sein, die in einer der Hütten wohnte. Die perfekte Tarnung.

»Du willst ihn erpressen?«

»Das ist der Plan.«

Er stieß einen langen Pfiff aus. »Ich werde meinen Dad wegen des Jagdclubs fragen. Er kennt ein paar der Typen, die da mitmachen. Vielleicht hat Vaughn auch schon bei anderen Treffen gefehlt.«

»Das wäre gut. Wenn es irgendein Muster gäbe oder so.«

»Wenn er *irgendetwas* Zwielichtiges treibt, werden wir es herausfinden«, versprach Jonny.

»Es könnte schwierig werden. Wahrscheinlich ist er vorsichtig.«

»Typen wie er glauben nie, dass man sie erwischen könnte.«

»Ich will nicht, dass *du* erwischt wirst. Wann kannst du den Vergaser wieder ausbauen?«

»Morgen muss ich arbeiten. Ich kümmere mich darum, so schnell ich kann.«

Sonnenlicht fiel durch die durchscheinenden Vorhänge und malte ein scheckiges Muster auf die gegenüberliegende Wand. Die Uhr über dem Bett sagte, dass es neun war. Ich trat die Bettdecke weg, drehte mich um und starrte zur Tür. Ich hörte, wie Lana und Cash in der Küche rumorten und sich unterhielten. Sie hatten einen Termin beim Friseur für Cash. Lana hatte mich gestern Abend gefragt, ob ich mitkommen wollte, aber ich hatte abgelehnt.

Ich wusste nicht, wann Vaughn nach Hause gekommen war, aber ich hatte ihn vor etwa einer Stunde herumlaufen hören. Er hatte die Mülltonne und die Recyclingtonne zum Ende der Auffahrt gezerrt. Anschließend war er wieder hereingekommen, um sich von Lana zu verabschieden. *Hab einen schönen Tag, Schatz. Soll ich auf dem Heimweg irgendetwas mitbringen?*

Jetzt hörte ich das Geräusch des Garagentores, das nach oben glitt. Lana fuhr davon, das Motorengeräusch entfernte sich. Rasch stand ich auf und überprüfte die Garage und die Auffahrt, um sicher zu sein, dass sie wirklich fort waren, dann schlich ich in Lanas Zimmer. Ich schnüffelte an jeder Parfümflasche, jeder Lotion, jedem Deo. Keines von ihnen verströmte diesen schweren Orangenduft. Im Kleiderschrank des Schlafzimmers durchsuchte ich die Taschen von Vaughns Jacken, suchte auf den Jackenaufschlägen nach Haarsträhnen, durchwühlte seine Schubladen. Nichts.

Ich schenkte mir eine Tasse lauwarmen Kaffee ein und aß ein wenig Biomüsli, das aussah und schmeckte wie Pappe. Lana kaufte immer online in einem Bioladen ein. Ich habe einmal die Rechnung gesehen und konnte nicht glauben, wie teuer das alles war. Je länger ich darüber nachdachte, desto mehr fragte ich mich, woher Vaughn eigentlich so viel Geld hatte. Ihr Fernseher war das beste Modell, jeder von ihnen hatte ein iPad, sogar Cash, und das neueste iPhone. Alles im Haus war neu – Haushaltsgeräte, Möbel. Sie hatten sich alles direkt nach der Hochzeit gekauft. Ich konnte verstehen, dass sie einen Neuanfang machen wollten, aber es war, als hätten sie im Lotto gewonnen und einen Kaufrausch bekommen. Im letzten Jahr waren sie in Cancún im Urlaub gewesen. Lana sagte, das Hotel sei ein Traum gewesen und Cash habe einen Heidenspaß im Kid's Club gehabt. Sie hatte Vaughns Arm berührt, als sie mir das erzählte, und hatte ihn gedrückt, als wollte sie sich bei ihm bedanken. Er hatte ihre Hand getätschelt.

Als Floristin verdiente Lana vermutlich nicht viel. Wie viel mochte Vaughn als Sergeant bekommen? Ich hätte mir gern eine Gehaltsabrechnung von ihm angesehen, aber ich fand überhaupt keinen Papierkram im Haus. Nicht einmal die Rechnungen für Strom und Wasser. Sie mussten alles online erledigen. Frustriert machte ich eine Pause, um zu duschen.

Als ich fünfzehn Minuten später aus der Kabine trat, war das ganze Badezimmer voller Dampf, und von den Wänden lief Kondenswasser. Ich hatte das Fenster nicht geöffnet. Ich wischte alles ab und hoffte, dass es niemandem auffallen würde. Wahrscheinlich war ich die Einzige, die das Badezimmer im Flur benutzte. Cash hatte ein eigenes, und das Elternschlafzimmer hatte ein riesiges Bad mit einer Doppeldusche *und* einer gigantischen Badewanne.

Ich wickelte mir ein Handtuch um den Körper und schob das Fenster auf. Durch das lange Rechteck hatte ich einen klaren Blick auf den Gray Shawl Mountain. Der Berg wurde so genannt, weil die Wolken sich oft wie ein grauer Schal um die Gipfel legten. Heute war es heiß, und ein diesiger Schleier lag in der Luft. Ich ballte die Fäuste. Ich sollte dort oben sein. Nichts war vergleichbar mit dem sommerlichen Geruch des Waldes nach warmer Erde und Tannennadeln. Ich sollte mit Dad und Jonny mit meinem Bike fahren und dann zu Hause den frisch gefangenen Lachs mit ihnen grillen.

Ich dachte an all die Male, wenn wir bis zur Westküste gefahren und mit einem riesigen Ketalachs zurückgekehrt waren. Anschließend wurde er geräuchert, in einem 200-Liter-Fass, das Dad umgebaut hatte. Oder auf die traditionelle Art der First Nations über offenem Feuer. Wir nahmen den Fisch aus, legten ihn in Salzlake und rieben ihn mit braunem Zucker oder Ahornsirup ein. Wenn er fertig war, fädelten wir Cheddarspieße durch das Fleisch und garten das Ganze langsam über Erlenholz. Am liebsten mochte ich den kandierten Lachs in langen, klebrigen Streifen.

Vaughn kaufte den Lachs im Supermarkt, warf ihn auf den Grill und tat, als sei das etwas ganz Besonderes. Ich starrte zum Gartenhaus, ganz hinten am Rand des Grundstücks, das er als Büro nutzte. Es sah hübsch aus mit der blauen Verkleidung und den weißen Fensterrahmen. Vom Dach hingen zwei Blumenampeln. Der Blick auf das Nachbarhaus wurde durch ein paar Bäume und einen Zaun versperrt. Ich konnte mir vorstellen, dass das ein ruhiger Ort zum Arbeiten war. Lana sagte, dass Vaughn es immer verschlossen hielt. *Manchmal muss er heikles Material zu seinen Fällen mit nach Hause nehmen, und er will nicht, dass Cash etwas davon zu sehen bekommt.*

Was denn – Autopsieberichte? Beweisbeutel mit blutiger Kleidung? Wurde so etwas nicht auf dem Polizeirevier aufbewahrt? Das ergab doch keinen Sinn. Cash würde schließlich nicht die Akten lesen. Selbst, wenn darin Fotos wären – Vaughn bräuchte sie nur in einen Schrank oder eine Kommode zu sperren.

Normalerweise ging Vaughn nach draußen, sobald er zu Hause war, und dann noch einmal nach dem Abendessen. Wenn er eine Affäre hatte, musste er irgendwie mit der Frau kommunizieren. Ich hatte ihn schon oft mit einer Laptoptasche nach Hause kommen sehen, aber er ließ sie niemals irgendwo im Haus liegen. Sie musste im Gartenhaus sein. Zumindest würde er dort Aktenordner und Kreditkartenabrechnungen haben, die ich mir ansehen könnte.

Ich zog Shorts und T-Shirt an. Mit noch nassen Haaren lief ich hinaus in den Garten. Als ich mich dem Gartenhaus näherte, stellte ich fest, dass die Innenseite der Fenster mit schwarzer Folie beklebt war. Sollte sie die Hitze draußen halten? Oder neugierige Blick abwehren? Es kam mir ziemlich übertrieben vor. Ich presste mein Gesicht an das Glas und beschattete meine Augen. Alles im Inneren der Hütte war düster.

Probeweise rüttelte ich am Türgriff. Eindeutig verschlossen. Ich suchte oben auf dem hölzernen Türrahmen, auf dem Fenster, in den Blumenampeln, unter ein paar Steinen in der Nähe. Möglich, dass der Schlüssel sich irgendwo im Haus befand, aber das bezweifelte ich. Vermutlich trug Vaughn ihn immer bei sich.

Ich trat zurück, die Hände in den Hüften, und schaute zum Dach hinauf. Es schien kein Oberlicht und keine Lüftungsschlitze zu geben, und wahrscheinlich gab es auch keinen Dachboden. Der einzige Weg hinein führte durch diese Tür oder das Fenster.

Hinter mir hörte ich ein Geräusch – die Hintertür wurde geöffnet.

Als ich herumwirbelte, kam Lana mit einer Tasche in der Hand heraus. Ich hatte die Garage und das Auto nicht gehört. Ich musste vorsichtiger sein.

»Da bist du ja.« Ihre Stimme wehte fröhlich über den Rasen, und sie lächelte, aber ihr Blick huschte von mir zur Tür des Gartenhäuschens.

»Eine Wespe ist unter die Dachschindeln geflogen.« Ich deutete auf das Dach. »Ich habe nachgesehen, ob sie dort ein Nest haben.«

»Wespen!« Cash duckte sich unter ihrem Arm, rannte auf mich zu und spähte zum Dach hinauf.

»Ja, aber ich glaube nicht, dass da noch mehr sind.«

»Kannst du mich auf der Schaukel anstoßen?«

»Klar.« Ich fuhr ihm durch das frisch geschnittene und ordentlich gekämmte Haar, mit dem er ein bisschen wie ein kleiner Buchhalter aussah. Er rannte zu seiner Spielecke, und ich schaute noch einmal zu Lana.

Sie hob die Tasche an. »Ich habe dir ein paar Sachen vom Friseur mitgebracht. Sie werden deinen tollen Kupferfarbton noch mehr zur Geltung bringen.«

»Das musst du nicht.« Mein Gesicht fühlte sich bereits heiß an, aber jetzt brannte es förmlich. Sie war immer so großzügig und freundlich, und ich dachte daran, ihren Mann zu erpressen.

»Es ist nett, ein Mädchen zu haben, dass ich verwöhnen kann.« Sie zuckte kurz mit den Achseln. »Ich stelle die Sachen in dein Badezimmer.«

»Danke.«

»Möchtest du etwas essen?«

»Mir geht's gut. Ich wollte nachher noch in die Stadt und ein paar Bewerbungen abgeben.«

Mit großen Augen sah sie mich an. »Ich dachte, du würdest auf Cash aufpassen.« Sie schaute zu ihrem Sohn.

»Ich habe mir überlegt, ich könnte beides machen. Du weißt schon, ein paar Schichten im Diner, für das Trinkgeld und damit ich mal aus dem Haus komme. Das tut mir vielleicht ganz gut.«

Sie formte ein Lächeln mit den Lippen, aber es wirkte gepresst und reichte nicht bis zu ihren Augen. Ich fragte mich, was Vaughn ihr erzählt hatte. »Natürlich. Wir wollen nur, dass du glücklich bist.«

Ein weiteres angespanntes Lächeln, dann drehte sie sich abrupt um und verschwand im Haus.

Ich gab Cash auf der Schaukel Schwung. Er flog in die Luft und schrie aus vollem Hals: »Höher!« Ich schaute zurück zum Haus und sah eine Bewegung am Badezimmerfenster, das ich vergessen hatte zu schließen. Lana, das Smartphone ans Ohr gedrückt. Sie sprach mit jemandem, während sie zwei Plastikflaschen auf die Ablage stellte, dann verließ sie, immer noch telefonierend, den Raum.

Vaughn. Sie konnte ihm erzählen, was sie wollte. Es war nichts Falsches daran, im Diner zu arbeiten, und schließlich konnte er mich nicht dazu zwingen, babyzusitten.

Unterdessen würde ich einen Plan schmieden, wie ich in dieses Gartenhaus einbrechen könnte.

Der Parkplatz des Diners war so gut wie leer. Die Flaute zwischen Frühstück und Lunch. Vaughns Truck war nirgendwo zu sehen, trotzdem stellte ich mein Fahrrad für alle Fälle im Durchgang bei den Mülltonnen ab.

Als ich die Tür aufstieß, drehten sich ein paar Leute zu mir um. Einige mit neugieriger Miene, andere mitfühlend. Ein Mann nickte mir knapp zu und berührte den Rand seines Baseballcaps. Ich wusste, dass sie es aus Respekt vor Dad taten. Er war in Cold Creek aufgewachsen, war jahrelang Wildnisführer gewesen, und seine Geschicklichkeit war legendär. Er hatte Pumas, Elchbullen und Grizzlys ausgetrickst, und einmal wäre er fast in einem Schneesturm erfroren. Doch er hatte alles überlebt – nur, um in einer Haarnadelkurve zu sterben.

Ich fuhr mir mit den Händen übers Haar, strich mir ein paar Strähnen aus dem Gesicht und hoffte, dass ich nicht zu rot und verschwitzt war, nachdem ich in der Sonne mit dem Rad gefahren war. An den meisten Tagen trug ich nur T-Shirt und Jeans, doch heute Morgen hatte ich mir Mühe gegeben und saubere weiße Shorts und eine blaugrüne Bluse angezogen. Meine Haare hatte ich zu einem Pferdeschwanz zurückgebunden. Ich hatte sogar etwas Lipgloss und Mascara aufgelegt.

Ich hatte mich gerade an den Tresen gesetzt, als Amber mit zwei Tellern aus der Küche kam. Sie lächelte, sobald sie mich sah. Automatisch erwiderte ich das Lächeln und war überrascht über das Kribbeln im Bauch.

»Hi! Wir können reden, sobald ich die Teller weggebracht habe, okay?«

»Okay.« Sie redete mit mir, als wären wir Freundinnen oder als hätte sie auf mich gewartet. Ich sah ihr hinterher. Mason kam aus der Küche.

»Haywire. Schön, dich zu sehen.«

»Ich hatte gehofft, wir könnten über diesen Job reden.«

Er zuckte zusammen, und in seinen braunen Augen tauchte ein schmerzlicher Ausdruck auf. »Tut mir leid, Hailey. Ich kann dich nicht einstellen. Vaughn hält das für keine gute Idee, und ich kann keinen Ärger gebrauchen.« An der Art, wie er mich ansah, merkte ich, dass ich ihm nicht nur wegen des verpassten Jobs leidtat, aber das war egal. Vaughn hatte schon wieder gewonnen. »Möchtest du etwas essen?«

Ich schüttelte den Kopf. Ich wollte im Diner nicht in Tränen ausbrechen, aber meine Kehle war so eng, dass ich das Gefühl hatte zu ersticken. Amber kam zu mir, sah mir ins Gesicht und lehnte beiläufig ihre Hüfte gegen mich, als wollte sie mich stützen. Die Wärme fühlte sich gut an, die Festigkeit ihres Körpers. Der Schmerz in meiner Kehle ließ weit genug nach, dass ich wieder atmen konnte. Ich blinzelte heftig, um die Tränen zurückzudrängen.

»Kann ich Pause machen?«, fragte Amber an Mason gewandt.

»Klar. Ist ja nichts los.«

Sie lächelte mich an. »Wollen wir an die frische Luft gehen?« Als ich nickte, sagte sie: »Wir treffen uns an der Hintertür. Ich muss noch etwas holen.«

Ich wartete an die warmen Ziegel gelehnt und betrachtete die verrostete grüne Mülltonne vor mir. Fliegen umschwirrten mich. Amber stieß die Seitentür auf und lehnte sich neben mich an die Mauer.

»Willst du auch mal ziehen?« Sie hielt mir einen Joint hin.

»Nein, danke. Davon muss ich nur husten.«

»An manchen Tagen ist es das Einzige, was mich durchhalten lässt.« Sie strich sich die Stirnfransen aus dem Gesicht. »Ich bewahre einen Plastikbeutel davon in der Decke des Lagerraums auf. Eine der Platten ist locker.« Sie grinste. »Einmal bin ich da hochgeklettert und habe den Rauch durch die Belüftungsklappe im Dach gepustet.« Sie lachte.

»Echt?«

»Mason habe ich erzählt, dass ich mich um Frauensachen kümmern muss.« Sie lachte erneut, und es gefiel mir, dass sie sich mir gegenüber ganz normal verhielt. Ich versuchte, ebenfalls zu lachen, doch der Laut klang gezwungen, wie etwas, von dem ich vergessen hatte, wie es ging. Sie streckte die Hand aus und strich über meinen Arm. Ich erschauderte.

»Es muss hart sein, mit Vaughn zusammenzuleben«, sagte sie, und prompt wurde mir kalt.

»Allerdings. Ich will etwas Eigenes haben.«

»Cool. Wir könnten ja zusammenziehen.« Sie schenkte mir ein freches Lächeln, ihre Lippen zuckten. Als würde sie flirten. Ich stellte mir vor, die ganze Zeit mit ihr zusammen zu sein. Es war eine bescheuerte Idee, völlig unmöglich.

»Ich muss wieder zurück an die Arbeit.« Sie schwieg. »Warum wartest du nicht auf mich? Meine Schicht ist fast zu Ende. Wir könnten zum See fahren.«

Lana erwartete mich zu Hause. Vaughn könnte nach mir suchen. Es war riskant.

»Ja, okay.«

Sobald wir wieder hineingegangen waren, räumte Amber in einer Nische auf und brachte mir eine Tasse Kaffee und ein Stück Zitronenbaiser. »Das geht aufs Haus.« Ich schickte Lana eine Nachricht, ich hätte ein paar Freundinnen getroffen. Ob sie etwas dagegen habe, wenn ich shoppen ging? Sie schrieb zurück: *OK!* Und ich schickte ihr einen grinsenden Smiley.

Ich scrollte auf meinem Smartphone durch ein paar Kleinanzeigenseiten. Es gab nicht viele Zimmer zur Miete, und ein paar klangen, als würde es sich dabei nur um einen Schrank mit einer Kochplatte handeln. Doch das wäre mir immer noch lieber, als mit Vaughn zusammenzuwohnen. Die meisten Jobs wurden im Ort oder auf den Farmen angeboten. Wie auch immer, ich würde viel Fahrrad fahren müssen. Ich markierte alles, was vielversprechend klang. Ich schickte ihnen meine Bewerbung, dann suchte ich heraus, wie ich dorthin kam.

Amber und ich saßen auf einem Picknicktisch am Ende des Zeltplatzes, wo der Ufersand einen schmalen Strand bildete, außer Sichtweite des Stegs. Ich konnte Gelächter hören, das Platschen, wenn Leute ins Wasser sprangen, und dachte an das letzte Mal, als ich mit Jonny hier gewesen war. An den Abend, an dem Vaughn mich eingesammelt hatte.

»Alles in Ordnung bei dir?« Ambers Stimme riss mich in die Gegenwart zurück. Ich drehte mich um, um ihr zu antworten, doch der Anblick, wie eine Brise ihr Haar über ihre Wangen, die Nase und die Lippen blies, raubte mir den Atem. Wir waren noch nass vom Baden, hatten die Handtücher um unsere Hüften gewickelt, so dass die Bikinioberteile zu sehen waren. Sie hatte mir einen Bikini mit blauem Paisleymuster geliehen, mit Schnüren an den Hüften und im Nacken. Ihrer war schwarz und hatte ein Bandeau-Top. Ich versuchte, nicht auf die Gänsehaut zu starren, die ihre Brüste bedeckte.

»Yeah.«

Sie lachte. »Du redest nicht viel, was?«

Meine Haut wurde warm. Ich musterte die rosa Blumen am Rand des Sees. »Ich höre gern zu.«

»Das sind Wildrosen«, sagte sie und zeigte auf die Sträucher. Ich sah sie an, und sie lächelte. »Aber das weißt du bestimmt. Wahrscheinlich kennst du jede Pflanze und jeden Baum.«

»Wahrscheinlich nicht.« Ich stand vom Picknicktisch auf und pflückte ein paar Rosenblüten. Die Blätter waren wie Seide. Ich hielt sie Amber hin, und sie lächelte so breit, dass ihr schiefer Schneidezahn zu sehen war. Sie zog eine Rose heraus und steckte sie mir hinters Ohr. Die Berührung ihrer Finger an meiner Wange ließ mich zittern, und dieses Mal war sie diejenige, die auf meine Brust schaute. Dann wandte sie mit geröteten Wangen den Blick ab. Ich setzte mich neben sie.

Sie verbarg ihre Nase in dem Rosenstrauß und sah mich mit

einer hochgezogenen Braue an. Erneut kribbelte es in meinem Bauch. Sollte sich das so anfühlen? Aufregend und furchterregend zugleich? Ich wollte stundenlang mit ihr zusammen sein. Sie machte mich benommen. Ihr Geruch, die Art, wie sie lachte, ihr Selbstvertrauen.

»Lass uns ein Selfie machen.« Sie rutschte näher, bis unsere Oberschenkel sich berührten, und hielt ihr Smartphone hoch. Mir gefiel es, unsere Gesichter zusammen zu sehen, die Haare ineinander verwoben, die Augen von der Sonne beschienen. Sie machte ein paar Aufnahmen. Wir schnitten witzige Gesichter. »Ich schick dir die Bilder«, sagte sie, und ich gab ihr meine Nummer. Die Fotos kamen angesaust, und mein Telefon machte Ping. Lächelnd scrollte ich durch die Bilder.

»Die meisten meiner Selfies zeigen mich mit Jonny. Du bist viel hübscher.«

Sie lachte, doch ihre Stimme klang ernst, als sie fragte: »Läuft da was zwischen Jonny und dir?«

Ich schüttelte den Kopf. »So ist das bei uns nicht. Ich habe schon ein paar Typen gedatet, aber ich weiß nicht recht. Ich war noch nie mit jemandem zusammen. Wahrscheinlich warte ich auf jemand ganz Besonderen.« Unsere Blicke trafen sich. »Was ist mit dir?«

»Ich mag Jungs und Mädchen.« Sie zuckte mit den Achseln. »Ich spüre einfach was, und dann bin ich verknallt.« Dieses Mal fühlte ich ein warnendes Ziehen im Bauch. Vielleicht würde sie morgen für jemand anderen etwas empfinden oder an einem anderen Tag. Vielleicht bedeutete ihr dieser Augenblick am See nicht besonders viel.

»Cool.«

Sie hielt meine Hand. »Ich spüre etwas *Gutes*, wenn ich mit dir zusammen bin.« Mit dem Daumen malte sie einen Kreis auf meine Handfläche. »Es ist so, die Sache mit deinem Dad tut mir leid …« Meine Hand versteifte sich. Sie strich über meine festen Muskeln und sah mir in die Augen. »Aber ich bin glücklich, weil ich mit dir zusammen bin.«

Ich berührte das zierliche goldene Armband an ihrem Handgelenk und spürte das sanfte Flattern ihres Pulses. Sie hatte nur einen einzigen Anhänger an der Kette. Eine kleine grüne Schildkröte. »Die ist hübsch.«

»Es kommt aus Hawaii. Ich war mit meiner Familie dort.«

»Wo leben sie?«

»Vancouver. Ich rede nur noch mit meiner Schwester.« Sie hielt immer noch meine Hand, aber an ihrem Tonfall merkte ich, dass es ihr weh tat, das laut auszusprechen. »Ich bin abgehauen.«

»Echt jetzt?«

»Irgendwie schon. Sie wissen, dass ich hier bin, aber sie sind sauer, weil ich die Schule geschmissen habe und weil ich ständig Party mache und weil ich Mädchen date.« Erneut sah sie mir in die Augen. »Als ich ein Kind war, haben sie Jesus gefunden und fingen an, zweimal in der Woche zur Kirche und zu Betgruppen zu gehen. Mir wurde ganz elend – von diesen Lügen, und wie falsch alle waren. Ich wollte nach Yukon, um mich dort mit ein paar Freunden zu treffen, und habe hier angehalten, um zu tanken. Mason hatte ein Schild im Fenster …« Sie zuckte mit den Achseln.

»Wie alt bist du?«

»Achtzehn seit letztem Monat. Aber egal, lass uns nicht über so ernstes Zeug reden, okay?«

Ich tippte mit meiner Sandale gegen den Picknicktisch. Warum musste ich unbedingt die Stimmung verderben? Ich spürte, dass ihr Körper neben mir kühler wurde; das Strahlen in ihren Augen wurde schwächer. »Tut mir leid.«

Sie legte einen Finger unter mein Kinn und drehte mein Gesicht zu sich. »Ich möchte nur an dich denken.« Ihr Finger war warm, ihre Stimme heiser. Sie beugte sich vor, und ich begriff, dass sie mich küssen würde. Auf dem Zeltplatz waren Stimmen zu hören. Leute könnten uns sehen, aber das war ihr egal, und mir auch – weil diese schöne Frau mich wollte.

Ihre Lippen waren weich und schmeckten von der Schorle, die wir uns geteilt hatten, leicht nach Pfirsich. Ich verlor mich in ihrem samtigen Mund. Ich fühlte mich ein wenig high, ein wenig betrunken, ein wenig wie all die guten Dinge im Leben.

An meiner Hüfte vibrierte es. Mein Telefon auf dem Tisch. Ich ignorierte es. Versuchte, mich wieder zu verlieren. Das Telefon klingelte weiter. Amber hielt inne und zog sich zurück. »Musst du nicht rangehen?«

»Nein.« Ich schüttelte den Kopf, und das Vibrieren hörte auf. Als eine Textnachricht ankam, piepte mein Smartphone. Jonny war vermutlich auf der Rennpiste. Was, wenn er sich verletzt hatte?

»Nur eine Sekunde.« Ich nahm mein Smartphone und wischte mit dem Finger über das Display.

Wir brauchen dich zu Hause, damit du auf Cash aufpasst. Ich starrte auf den Satz. Vaughn. Ich wollte Amber nicht verlassen. Ich legte das Telefon weg, doch es piepte schon wieder.

Amber beobachtete mein Gesicht. Sie runzelte die Stirn. »Was ist los?«

»Es ist Vaughn. Sie wollen, dass ich für sie babysitte.«

»Dann musst du vermutlich gehen.« Sie meinte das nicht als Frage. Sie musste wissen, wie Vaughn tickte, und einen Moment lang war ich versucht, ihr alles zu erzählen. Vielleicht würde sie verstehen. Aber möglicherweise würde sie sich ihm gegenüber dann anders verhalten, wenn er im Diner war, und er würde Verdacht schöpfen.

»Ja, das muss ich.«

Sie rutschte vom Tisch und fegte ein paar Tannennadeln von ihrem Handtuch. Wir hatten unsere Shorts auf der Motorhaube ihres Wagens gelassen, damit sie in der Sonne warm wurden. »Okay.«

Auf der Rückfahrt schwiegen wir. Ihr Auto war ein silberner Mazda, dessen Armaturenbrett von der Sonne ausgeblichen war. Die Sitze waren zerschlissen, aber es war ordentlich und roch nach Ambers Kokossonnenmilch. Am Rückspiegel hing ein kleines Einhorn, weißer Plüsch mit einem silbernen Horn. Ich stieß es mit dem Finger an und ließ es kreisen. Ich wollte Amber sagen, dass ich mich von ihr wie verzaubert fühlte, dass alles in mir überquoll und sich drehte, doch ich sagte nichts.

Als wir an der Plakatwand vorbeikamen, machte sie das Kreuzzeichen. »Ich denke an sie«, sagte sie. »An diese Shannon. Ich hoffe, sie hat nicht gelitten.«

»Ich auch«, murmelte ich, doch nach dem, was Vaughn mir erzählt hatte, wusste ich, dass Shannon wahrscheinlich unter starken Schmerzen gestorben war. Sie musste solche Angst gehabt haben. Das war der Teil, der mich am meisten beunruhigte. Was mochte sie wohl in diesen letzten Momenten gedacht haben? Hatte sie aufgegeben? Hatte sie bis zum Ende gekämpft? Ich warf Amber einen kurzen Blick zu. »Fahr nicht allein auf dieser Straße, okay? Und halt nicht an, für niemanden.«

Sie sah mich nervös an. »Du jagst mir Angst ein.«

Es gefiel mir nicht, dass ich fast genau dasselbe zu Vaughn gesagt hatte, aber das hier war etwas anderes.

»Es ist wichtig. Versprich es mir.«

»Okay«, sagte sie leise und mit großen Augen. »Ich verspreche es.«

Wir waren auf der Straße in der Nähe des Hauses meiner Tante. »Kannst du mich hier rauslassen? Vaughn …«

»Klar, sicher doch.« Sie fuhr langsamer und parkte dann den Wagen. »Chatten wir später noch?«

»Yeah.« Ich hoffte, sie würde mich noch einmal küssen, aber in diesem Moment piepte eine weitere Textnachricht. Ich zog mein Smartphone aus der Tasche und stellte es auf stumm.

»Bekommst du keinen Ärger, wenn du nicht antwortest?«

»Nein. Er schreibt nur, dass ich nach Hause kommen soll.« Achselzuckend schnappte ich mir meinen Rucksack und tat, als würde das ständig passieren. »Wir reden später.«

Ich ging um die Ecke, und das Haus kam in Sicht. Die Auffahrt war leer. Wenn keiner von ihnen zu Hause war, warum hatte er mir dann eine Nachricht geschickt? Ich schaute über die Schulter zurück. Amber war bereits weg. Kies knirschte unter meinen Füßen, als ich auf das Haus zuging. Grillen zirpten im Gras. Cash liebte es, sie zu fangen. Ich würde ihm stundenlang dabei helfen, nur um nicht drinnen zu sein.

Ich schloss mit meinem Schlüssel auf, ging ins Haus und hängte meinen Rucksack an die Garderobe. Als ich mein Handy einschaltete, hatte ich keine neuen Nachrichten. Ich hängte mein Smartphone zum Laden ans Kabel. Vielleicht hatte Lana in der Garage geparkt. Ich rief laut, aber sie antwortete nicht. Das Haus war leer.

Auf der Arbeitsplatte standen ein paar Teller und Gläser, also stellte ich sie in den Geschirrspüler, warf einen Spültab hinein und stellte die Maschine an. Obwohl Lana sagte, ich würde zur Familie gehören, fühlte es sich immer noch an, als müsste ich mir meinen Aufenthalt hier verdienen. Ich hatte nicht vergessen, dass Vaughn mich ein Problem genannt hatte.

In der Speisekammer entdeckte ich eine Tüte Chips und ging gerade aus der Küche, als die Eingangstür geöffnet und dann krachend wieder zugeschlagen wurde. Vaughn trug Jeans und eine schwarze Windjacke. Wie angewurzelt blieb ich stehen.

Über den Lärm des Geschirrspülers hatte ich seinen Truck nicht gehört.

Er stellte seine Kameratasche auf den Tisch. Sein Blick wanderte zu meinem nassen Haar, dann an meinem Körper herunter. Ich trug noch Ambers Bikini, nur mit meinem T-Shirt darüber, und alles war noch feucht. Ich verschränkte die Arme vor der Brust. Die Chipstüte baumelte lose in meiner Hand.

»Du hast gesagt, du bräuchtest mich, um auf Cash aufzupassen.«

»Wir gehen aus.«

»Lana ist nicht hier.«

»Du hast nicht gefragt, ob du zum See darfst.« Er holte sich ein Bier aus dem Kühlschrank, zog die Lasche auf und nahm einen Schluck.

Ich trat neben den Tresen. »Ich habe mich erst in letzter Minute entschieden.«

»So, wie du Amber geküsst hast, sah es aus, als hättet ihr schon viel Zeit zusammen verbracht.« Er nahm noch einen Schluck Bier. »Ich habe angehalten, um ein paar Fotos zu machen, und habe alles gesehen.«

Meine Wangen standen in Flammen. Das Beste in meinem Leben, das Wahrste, und er hatte dabei zugesehen. Ich konnte nicht sprechen. Ich brachte keinen Ton heraus, und starrte auf seine Kameratasche.

Mein Smartphone auf dem Tresen piepte. Eine Textnachricht. Ich drehte mich um, aber nicht schnell genug. Er schnappte sich mein Telefon. Das Display war hell. Ich hatte es nicht gesperrt.

»Das gehört mir!« Ich versuchte, es ihm aus der Hand zu reißen, aber er wich einen Schritt zurück.

Er wischte mit dem Finger über mein Display. Las meine Textnachrichten, und ich konnte nur zuschauen und vor Wut schäumen. Zum Glück hatte ich meine Chats mit Jonny gelöscht. Vaughn tippte auf das Display, wischte herum, tippte erneut. Was sah er sich an? Meine Fotos? Facebook?

Nach einer Weile hob er den Kopf, und seine geisterhaften Augen wurden schmal. »Ich hätte dich für klüger gehalten, Hailey. Ohne Geld kannst du dir kein Zimmer mieten, und ich kenne jeden Geschäftsinhaber in dieser Stadt. Glaubst du, sie würden ein nichtsnutziges Mädchen wie dich einstellen? Ich werde dafür sorgen, dass sie es nicht tun.«

»Die Leute *kennen* mich. Ich wohne schon mein ganzes Leben hier.«

»Das hat nichts zu bedeuten. Das Jugendamt wird dich nicht bei Pflegeeltern unterbringen. Nicht, wenn du bereits ein stabiles Zuhause hast.« Er warf mein Smartphone auf den Tresen, drehte es mit der Hand und sah zu, wie es auf den Rand zurutschte. »Du hättest deine Suchchronik löschen sollen.«

Ich atmete heftig. Konnte er das wirklich tun, mein Leben auf null zusammenschrumpfen lassen? Ich stürzte mich auf mein Telefon, doch ehe ich zwei Schritte getan hatte, war er schon da, packte die Vorderseite meines T-Shirts mit der Faust, zog mich an sich und riss mich fast von den Beinen.

»Du hast Fahrradverbot, und du wirst nirgendwo hingehen, bis du bewiesen hast, dass ich dir vertrauen kann. Weder allein noch mit irgendeinem deiner schäbigen Freunde.«

Er ließ mich los, und ich taumelte zurück. »Meine Freunde sind nicht *schäbig*.« Mein Smartphone lag auf dem Tresen, endlich in Reichweite. Ich schnappte es mir und presste es an meine Brust. »Du kannst mich nicht einsperren.«

»Bist du dir da ganz sicher? Vielleicht sollte ich mal in der Werkstatt deines Dads vorbeischauen und mir dein Dirt Bike genauer ansehen. Wenn ich Coopers vermissten Vergaser finde, hast du ein großes Problem.«

»*Drohst* du mir?«

»Man nennt es Druckmittel. Mach keinen Ärger, dann brauchst du dir um nichts Sorgen zu machen.«

Meine Brust war vor Wut so eng, dass ich kaum noch atmen konnte. Stammelnd suchte ich nach einer Antwort. »Das wirst du nicht machen. Du willst Lana nicht aufregen.«

Für einen angespannten Moment sahen wir uns in die Augen. Ich hatte es zu weit getrieben. Hatte es darauf ankommen lassen. Ich wartete darauf, dass er die Beherrschung verlor, aber sein Gesicht blieb kühl und ungerührt.

»Ich weiß nicht, was du dir dabei denkst, aber dieses Spiel willst du lieber nicht mit mir spielen. Du wirst niemals gewinnen.« Er nahm sein Bier und ging den Flur hinunter. Ich dachte, er würde in ihr Schlafzimmer gehen, um zu duschen, doch kurz darauf hörte ich die Hintertür ins Schloss fallen.

Von meinem Schlafzimmer aus sah ich, wie draußen in seinem Büro das Licht eingeschaltet wurde.

5

Ausgelassen tobte Cash auf dem Spielplatz herum, kletterte auf die Rutsche und lief zum Klettergerüst. Er grinste mich an, seine hellen Augen funkelten. Seit wir angekommen waren, war er ständig in Bewegung. Gelegentlich rannte er zu mir, um geräuschvoll schlürfend aus seiner Wasserflasche zu trinken, dann stürmte er wieder los. Ich fragte mich, wie es ihm ergehen würde, mit Vaughn als Stiefvater. Würde er groß werden und sich zu einem fiesen Typen entwickeln? Würde er auch Cop werden? Sein richtiger Vater spielte in seinem Leben keine Rolle, also hatte er keine anderen Vorbilder. Er hatte bereits angefangen, Spielzeugpolizeiautos zu sammeln, mit denen er Autorennen veranstaltete, und er bettelte Vaughn ständig an, das Blaulicht einzuschalten. Ich hasste die Vorstellung, dass der süße Cash glaubte, Vaughn sei sein Held.

In den nächsten Tagen blieb ich mit Cash dem Haus möglichst viel fern. Wir gingen ins Freibad oder auf den Spielplatz. Ich hatte Vaughns Schichtplan abfotografiert, aber er konnte jederzeit vorbeischneien, um mich zu überwachen. Ich hatte Anzeichen entdeckt, dass er zum Lunch nach Hause kam. Brotkrümel, einen Becher im Spülbecken, schmutzige Tupperdosen. Lana wusste, dass Vaughn mir Fahrradverbot gegeben hatte, weil ich zum See gefahren war – und weil ich sie angelogen hatte. Ich hatte mich am nächsten Morgen entschuldigt. »Es tut mir leid. Wir *waren* einkaufen, aber es war so heiß, ich dachte nicht, dass es so ein großes Problem wäre.«

»Zwei Mädchen, allein am See? Das ist nicht sicher.« Ihr Blick wanderte ziellos umher, als könnte sie mir nicht in die Augen schauen. Ich fragte mich, worüber sie sonst noch gesprochen hatten. Hatte er ihr von dem Kuss erzählt?

»Ich *brauche* mein Fahrrad.«

Sie schüttelte den Kopf, ihre Lippen waren eine schmale Linie. »Ich weiß, dass du eine schwere Zeit durchmachst, aber das ist kein Grund zu lügen. Cash ist in einem Alter, in dem er leicht beeinflussbar ist. Er schaut zu dir auf.« Sie erhob sich und begann, die Küche aufzuräumen, ohne mir ein Frühstück anzubieten. Es war klar, worin die wahre Strafe bestand. Sie hatte angeboten, mich zu bemuttern, doch jetzt zog sie ihr Angebot zurück. Meinetwegen. Das würde den nächsten Teil einfacher machen.

Jonny im Park zu treffen war riskant. Ich zweifelte nicht daran, dass Vaughn seine Drohungen wahr machen würde, wenn er mich erwischte. Ich hatte meine gesamte Anrufliste gelöscht. Wir schickten uns keine Nachrichten mehr – nur noch über Facebook, doch die löschte ich auch und achtete darauf, mich immer auszuloggen. Zum Glück hatte er den Vergaser wieder aus meinem Bike ausgebaut.

Bis jetzt hatte Cash nicht gemerkt, dass Jonny mit tief ins Gesicht gezogener Baseballcap auf der anderen Seite des Baumes stand, aber ich behielt ihn scharf im Auge, während ich mit Jonny redete.

»Vaughn hat ein paar Treffen der Lodge ausfallen lassen, oder er ist erst später gekommen«, sagte Jonny. »Das geht schon eine ganze Weile so. Niemand beschwert sich, weil es Vaughn ist.«

»O Mann, er ist so ein Arschloch. Er muss sie tatsächlich betrügen. Ich werde in sein Büro einbrechen und Beweise dafür suchen.« Druckmittel. So hatte er es genannt. Ich schob das Wort in meinem Mund hin und her.

»Wie zum Teufel willst du das machen?«

»Ich habe immer noch das Lockpicking-Set von meinem Dad.« Dad hatte ständig seine Schlüssel verloren. »Ich mache es heute. Vaughn muss zur Präsentation eines neuen Sicherheitskonzepts.«

»Bist du *sicher*, dass es keine Alarmanlage gibt?«

»Ich habe keine Verkabelung gesehen.« Es gab keine Bewegungsmelder an der Ecke des Gartenhauses oder am Haus. Das Haus hatte keine Alarmanlage. Vaughn glaubte nicht, dass irgendjemand sich mit ihm anlegen würde, und er brauchte sich definitiv keine Sorgen zu machen, dass Lana seine Befehle missachtete. Er war ihre Sonne, ihr Mond, einfach alles für sie. Ich schwöre, dass sie aufhören würde zu atmen, wenn er es ihr sagen würde. Sie zog sich immer extra für ihn um und legte Parfüm auf, bevor er nach Hause kam. Wenn sie ihm sein Abendessen brachte, rührte sie ihres kaum an, bis er den ersten Bissen genommen hatte. Sie schien sich nur dann wirklich zu entspannen, wenn er ihr an bestimmten Abenden seinen »Spezialmartini« mixte und dabei tat, als sei das romantisch. Dabei wollte er sie nur betrunken machen, damit sie früh ins Bett ging. Dann verschwand er nach draußen in sein Büro.

Eines Abends kam ich auf der Suche nach meinem iPad ins Wohnzimmer, und er stand da und scrollte darin herum. Er reichte es mir wortlos, aber ich wusste, dass er die Nachrichten zwischen mir und Amber gelesen hatte. Wir schrieben uns jeden Abend, und wir hatten uns auf Facebook befreundet. Amber Chevalier. Selbst ihr Name war wunderschön. Ich schaute mir all ihre Fotos an und fand ein paar von ihrer Schwester, Beth, die auch hübsch war, aber ernster. Blondes Haar, meistens zu einem Pferdeschwanz zusammengebunden, Strähnen, die ihr ins Gesicht fielen, leichtes Make-up, ein nachdenklicher Gesichtsausdruck. Nur auf wenigen Bildern lächelte sie. Wie Amber hatte sie einen schiefen Schneidezahn. Beth wollte Rechtsanwältin werden, und Amber sagte, sie sei superklug. Vielleicht würde ich sie eines Tages kennenlernen. Wir drei würden zum Lunch in den Diner gehen, lachen, glücklich sein. Amber würde unter dem Tisch meine Hand halten.

Sie fragte, ob wir uns wieder treffen könnten, und ich erzählte ihr, dass Vaughn mir Hausarrest aufgebrummt hatte – ich kam mir dumm vor, das zuzugeben. Dad hat mich *nie* mit Hausarrest bestraft. Ich erzählte ihr, dass ich mir etwas ausdenken würde. Ich hatte zu große Angst, um mich wegzuschleichen. Meine einzige Chance war, Vaughn in seinem eigenen Spiel zu schlagen.

»Er wird es merken, wenn irgendetwas nicht an seinem Platz steht«, sagte Jonny.

»Ich werde es nicht vermasseln. Ich rufe dich später an.«

Als er weg war, rief ich Cash zu mir. Auf dem Heimweg hielten wir an, um eine Packung Eis zu kaufen. Kirschvanille, um den Geschmack von Benadryl zu überdecken.

Sobald Cash eine ganze Schale davon gegessen und auf dem Boden vor dem Fernseher eingeschlafen war, schlich ich mich hinten raus in den Garten. Ich brauchte ein paar Minuten, um das Schloss zu knacken. Ich musste meine Hände ganz ruhig halten und angestrengt lauschen, bevor das Türschloss nachgab. Mit einem raschen Blick über die Schulter vergewisserte ich mich, dass Cash nicht zu sehen war, öffnete die Tür und betrat das Büro.

Es war klein, der Boden war mit Laminat bedeckt, Regale säumten die Wände. In einer Ecke summte eine tragbare Klimaanlage, in der anderen standen ein Lesesessel und eine Lampe. Ich hatte noch nie gesehen, dass Vaughn im Haus ein Buch zur Hand genommen hätte. Auf seinem Schreibtisch lag nichts Persönliches. Keine Fotos von ihm und Lana oder von

Cash. Keine Papiere, keine Notizzettel. Auf jeder Seite standen zwei Aktenschränke, aber sie hatten Nummernschlösser. Wenn ich versuchte, sie aufzubrechen, würde ich das Metall zerkratzen.

Ich setzte mich in seinen Stuhl, klappte den Laptop auf und rieb meine verschwitzten Hände an der Hose ab. Der Mac-Bildschirm tauchte auf, Sanddünen in der Wüste und ein weißes Rechteck. Passwort geschützt. Natürlich.

Lanas Name funktionierte nicht. Auch nicht ihre Telefonnummer. Ihre Geburtstage oder Jahrestage kannte ich nicht. Ich starrte das weiße Eingabefeld an, dann klappte ich den Laptop zu. Bevor ich ging, schob ich den Stuhl auf die alte Stelle zurück und überprüfte, ob kein Haar auf den Schreibtisch gefallen war. Das Letzte, was ich brauchte, waren kupferrote Haare, die verkündeten: *Hailey war hier!*

Als ich mich wieder ins Haus schlich, schlief Cash immer noch im Wohnzimmer. Lana würde bald nach Hause kommen, aber ich hatte noch etwas Zeit. Jonny hob beim ersten Klingeln ab.

»Sein Laptop ist passwortgeschützt«, flüsterte ich ins Telefon, während ich mich im Flur herumdrückte, nah genug, um Cash zu sehen, aber hoffentlich weit genug weg, um ihn nicht aufzuwecken. »Und seine Aktenschränke kann ich nicht öffnen.«

»Mist.« Jonny schwieg und dachte nach. »Okay, du musst ihm über die Schulter schauen. So wie die Leute Passwörter an der Tankstelle oder am Bankautomaten stehlen, weißt du?«

»Alter! Ich kann nicht durchs Fenster schauen. Sie sind abgedunkelt.«

»Bau eine Kamera mit Bewegungsmelder ein und richte sie auf den Schreibtisch. Dann kannst du ihn beobachten, wenn er sein Passwort eintippt.«

»Wo bekomme ich eine Kamera her? Wie teuer ist so etwas?« Vaughn zahlte das gesamte Geld, das ich mit dem Babysitten verdiente, auf ein Bankkonto ein, und Lana gab mir nur fünfundzwanzig Dollar pro Woche für persönlichen Kram.

»Ich besorge alles. Halt noch ein paar Tage durch.«

»Okay.« Ich löschte die Anrufliste und steckte mein Smartphone in die Tasche.

Vaughn verpasste das Abendessen. Ich merkte, dass Lana Angst hatte, obwohl sie nichts sagte. Sie lief hin und her, berührte das Silberbesteck, das sie für ihn aufgedeckt hatte, und schaute aus dem Fenster. Schließlich nahm sie seinen Teller, deckte ihn mit Folie ab und stellte ihn auf die Arbeitsplatte. Ich lag auf der Couch, spielte mit meinem Smartphone herum und tat, als würde ich nichts mitbekommen. Doch als sich unsere Blicke trafen, schenkte sie mir ein halbherziges Lächeln.

Wir hörten das Knirschen der Reifen auf dem Kies im selben Moment. Sie stürzte zur Vordertür, und ich rannte den Flur hinunter. Ich hatte es noch nicht in mein Zimmer geschafft, als ich hörte, wie die Tür geöffnet wurde.

»Vaughn, ich habe mir Sorgen gemacht!«

»Tut mir leid, Schatz. Es war eine lange Sitzung. Ich wollte dir eine Nachricht schreiben, aber …«

»Ist schon in Ordnung. Hast du Hunger? Ich habe Schweinekoteletts gemacht.«

»Klingt großartig. Lass mich vorher nur schnell duschen.«

»Ich habe dein Essen auf die Arbeitsplatte gestellt. Ich muss kurz zum Laden, um Milch zu holen.«

»Schläft Cash schon?«

»Ja. Hailey muss auch schon ins Bett gegangen sein. Vor einer Minute war sie noch hier.«

»Fahr vorsichtig. Heute ist viel Wild unterwegs.«

Es gab eine lange Pause, in der sie sich vermutlich umarmten. Ich schlüpfte in mein Zimmer und schloss leise die Tür hinter mir.

Das Garagentor wurde geöffnet, und Lanas Wagen fuhr davon. Im Wohnzimmer wurde der Fernseher eingeschaltet. Klang nach Sport, vielleicht Hockey. Etwas, wo laut angefeuert wurde. Ich starrte meinen Türknauf an.

Schritte näherten sich über den Flur. Ich versteifte mich, aber sie wurden nicht langsamer. Die Hintertür knarrte. Ich ging zum Fenster, hob den Vorhang an und spähte hinaus. Vaughn öffnete die Tür zum Gartenhaus. Licht flackerte auf, ein trübes Glimmen, wahrscheinlich die Schreibtischlampe. Ich sah zu, bis das Licht ein paar Minuten später ausging, dann ließ ich den Vorhang fallen, sprang ins Bett und hörte, wie die Hintertür geöffnet wurde. Schritte verschwanden im Elternschlafzimmer, dann lief das Wasser. Endlich.

Ich lehnte mich an mein Kissen, das iPad balancierte auf meiner Brust. Gut. Er hatte keine Ahnung, dass ich in seinem Büro gewesen war. Ich schickte Jonny eine Nachricht über Facebook, dann blätterte ich durch die Fotoalben. Ich hatte ein paar von Ambers Fotos hier abgelegt – für den Fall, dass Vaughn mir meine Geräte wegnahm.

Halt. Schritte. Die näher kamen. Ich setzte mich auf. Ein scharfes Klopfen an meiner Tür, dann wurde sie geöffnet. Vaughn stand da. Ich zog meine Knie bis an die Brust und verbarg das Display des iPads. Sein Gesicht war eine leere Maske, als er sich gegen den Türrahmen lehnte, die Daumen locker in die Hosentaschen gehakt.

»Hast du Lust, dir mit Lana und mir einen Film anzusehen?«

»Nein danke … Ich schaue mir ein paar Videos an.«

»Alles in Ordnung?«

»Ja. Ich bin nur müde.«

Er kam ins Zimmer und schaute sich auf eine Weise um, bei der sich alles in mir zusammenzog. Er setzte sich auf das Bett neben meine Füße, und die Matratze wurde von seinem Gewicht nach unten gedrückt. »Bist du sicher? Oder gibt es irgendetwas, das du loswerden willst?« Er sah mir in die Augen. Ich konnte nicht sagen, ob er es ernst meinte oder ob das seine unheimliche Art war, mir mitzuteilen, dass er wusste, dass ich in seinem Büro gewesen war.

»Mir geht es gut.« Ich zuckte mit den Achseln. »Vermutlich muss ich das alles erst noch verarbeiten.«

»Falls du mal angeln gehen möchtest, könnte ich mir einen Tag freinehmen.«

»Nein, danke. Ohne meinen Dad wäre es nicht dasselbe. Er war der Beste.« Es war ein Schlag, aber Vaughn schnappte nicht nach dem Köder. Nur seine Augen wurden ein wenig schmaler.

»Wir wissen es sehr zu schätzen, was du alles mit Cash unternimmst. Er sagt, dass du jeden Tag mit ihm in den Park gehst. Das ist doch bestimmt ziemlich langweilig für dich.«

Hatte er Verdacht geschöpft? Er war auf einmal so nett. Es fühlte sich an, als wollte er auf etwas Bestimmtes hinaus, aber worauf?

»Ich sehe ihm gerne zu, wenn er Spaß hat.«

Er merkte, dass ich mein iPad umklammert hielt. »Was machst du gerade?«

»Ich schaue mir ein paar Bilder an.«

»Ach ja?« Er riss mir das iPad aus der Hand, bevor ich ihn aufhalten konnte, und begann, durch mein Facebook-Album zu scrollen. »Du hast einen guten Blick.«

»Gib es mir zurück!«

Er hielt es einfach nur in die Höhe, außerhalb meiner Reichweite. Meine Wangen brannten. Amber hatte mir Selfies geschickt – im Bett, das Haar über das Kissen drapiert, schläfriger Blick. Ich hatte eines zurückgeschickt, auf dem ich im Bikini vor dem Spiegel im Badezimmer stand, die Beleuchtung gedämpft, den Rücken durchgebogen. Sie hatte mit einer ganzen Reihe flammender Herzen geantwortet.

Er schüttelte mich von seinem Arm ab. »Das ist gefährlich, weißt du das nicht? Jemand könnte deinen Account hacken, und dann kursieren deine Bilder überall im Internet. Es nützt nichts mehr, wenn du sie löschst. Dann gibt es schon Tausende Screenshots.«

»Ich passe auf.«

Er hielt das iPad hoch und zeigte mir das Selfie von Amber und mir am See. »Das hier ist nett.« Wie konnte er diese Worte so furchteinflößend klingen lassen, ohne dass sein Gesicht irgendetwas verriet? Amber hatte dieses Bild auf ihre Facebookseite gepostet, mit der Unterschrift: »Meine Lady vom See.« Ich war nervös gewesen, aber auch aufgeregt. Sie hatte uns öffentlich gemacht. Sie schämte sich nicht, so wie Vaughn es mich fühlen lassen wollte. Ich kroch vorwärts, zerrte noch einmal an seinem Arm und streckte mich nach meinem iPad.

Reifen knirschten auf der Kiesauffahrt, das Garagentor öffnete sich quietschend. Lana war wieder da.

Vaughn gab mir mein iPad zurück und stand auf. »Achte darauf, dass du es an einem sicheren Ort aufbewahrst. Wenn ich eines gelernt habe, dann, dass du niemals unachtsam werden darfst. Nicht einmal bei deinen besten Freunden. Du weißt nie, was sie wirklich vorhaben.« Er lächelte. »Gute Nacht.«

6

Vaughn arbeitete, Lana war mit Cash beim Schwimmunterricht. Kaum war ihr Auto um die Ecke verschwunden, ging ich nach draußen und machte mich daran, das Schloss des Gartenhauses zu knacken. Drei Tage hatte Jonny gebraucht, um eine Überwachungskamera zu finden, die klein genug war. Danach hatten wir im Park geübt, nahmen Videos von uns und von seinem Truck auf, bis wir die beste Entfernung für eine klare Aufnahme gefunden hatten.

Ich benutzte Vaughns Sessel als Schemel und balancierte vorsichtig darauf, um die Kamera auf dem Regal neben seinem Schreibtisch zu platzieren. Ich stellte sie in eine dunkle Ecke, oben auf ein Buch. Mit der App auf meinem iPhone testete ich die Kamera und vergewisserte mich, dass sie von der Seite genau auf die Tastatur zielte.

Wenn alles nach Plan lief, würde die Kamera ausgelöst werden, sobald Vaughn sein Büro betrat, und ich würde ihm über die Schulter schauen können. Anschließend hätte ich das Passwort für seinen Laptop.

Nach dem Abendessen klagte ich über Bauchkrämpfe. Lana brachte mir eine Schmerztablette und eine Tasse Tee und bot mir an, mir eine heiße Wärmflasche zu machen, was ich mit gespielt müder Stimme annahm.

»Das ist wahrscheinlich nur der Stress«, sagte ich zu ihr, als sie mit besorgter Miene meine Stirn fühlte. Das war keine komplette Lüge. Ich hatte kaum etwas von dem Schmorbraten herunterbekommen, den sie zubereitet hatte. Vaughn dagegen hatte es sich schmecken lassen, hatte Lana gelobt, das Fleisch sei unglaublich zart. *Man braucht nicht einmal ein Messer, um es zu zerschneiden, Schatz.* Und sie strahlte vor Glück.

Ich lag im Dunkeln und wartete, bis alle schlafen gegangen waren. Ich hatte schon fast aufgegeben, und die Augen fielen mir zu. Vaughn würde heute Abend nicht ins Gartenhaus gehen.

Dann hörte ich es – oder spürte es. Das Gefühl, dass jemand im Haus herumlief. Wurde da nicht mit leisem Klicken eine Tür geöffnet? Stirnrunzelnd versuchte ich zu enträtseln, ob es eine Badezimmertür oder die Hintertür war. Als ich nichts weiter hörte, schlich ich zum Fenster.

Ich starrte in die Dunkelheit, wartete und wurde belohnt, als ein mattes Licht in seinem Büro aufflackerte. Vielleicht rief er die andere Frau an oder schickte ihr eine E-Mail. Viellcicht könnte ich einen Screenshot davon machen. Ich konnte es nicht erwarten, in seinen Laptop zu kommen. Zehn Minuten später war das Büro wieder dunkel. Ich kletterte rasch wieder ins Bett.

Die Hintertür öffnete sich, seine Schritte waren im Flur zu hören, bis zum Schlafzimmer. Ich starrte an die Decke. Morgen würde ich herausfinden, was er in seinem Büro getan hatte.

Mein Smartphone vibrierte unter meiner Hand und weckte mich. Facebook-Messenger. Amber. Ich blinzelte im schwachen Licht und sah auf die Uhr. Sechs. Sie würde bald im Diner anfangen. Ich drehte mich auf die Seite, den Kopf auf dem Kissen, und öffnete ihre Nachricht.

Guten Morgen, du Schöne. Wie ist das Gefängnisleben?

Ach, weißt du, Gitter vor den Fenstern und altes Brot unter der Tür.

Iss kein Gluten. Hast du Facetime?

Vaughn ist noch hier.

Mason hat nach dir gefragt. Ich habe ihm gesagt, dass du nirgends hindarfst.

Was hat er gesagt?

Er hat nur den Kopf geschüttelt, aber ich schwöre dir, er hat Vaughns Burger absichtlich anbrennen lassen. Ich mache mich besser für die Arbeit fertig. Reden wir später über Facetime?

OK. Bis später! XO

Im Bad des Elternschlafzimmers lief das Wasser. Vaughn duschte. Lana war in der Küche, öffnete und schloss den Kühlschrank. Ihre Slipper schlurften über den Flur. Sie brachte ihm eine Tasse Kaffee. Wie sie es jeden Morgen tat. Dann schenkte sie ihm den Edelstahlbecher voll ein, damit er ihn in seinem Truck mitnehmen konnte. Die Dusche wurde abgestellt. Stimmengemurmel. Vaughns tiefe Stimme, ihre helle, als sie über irgendetwas lachten. Die Schranktür glitt auf. Das Klappern eines Gürtels. Normale Alltagsgeräusche. Kein Hinweis auf seine heimlichen nächtlichen Aktivitäten.

Als sie kurz still waren und Lana leise kicherte, begriff ich, dass sie sich küssten, und hielt mir mit dem Kissen die Ohren zu.

Sie kamen an meinem Zimmer vorbei. Vaughns Rasierwasser war durch die Tür hindurch zu riechen. Cash quatschte in der Küche mit ihm, Besteck klapperte. Vaughn versprach, dass sie später ein Videospiel spielen würden. Als er endlich aufbrach, ging ich erst ins Bad und holte mir dann einen Kaffee.

Lana drehte sich um. Sie stand am Spülbecken und wusch ab. »Du bist schon wach! Hier, ich habe Muffins gebacken.« Sie legte einen auf einen Teller und schob ihn mir zu.

So viel zu der Idee, wieder in mein Zimmer zu entwischen. Ich ließ mich auf einen Stuhl sinken. »Danke.«

Lana setzte sich mir gegenüber und begann, mir Fragen über mein Haus zu stellen. Ob ich etwas von dem Geschirr haben wollte, die Bilder meiner Mutter, und dann sagte sie, dass sie mit ein paar Kartons hinfahren und Dads persönliche Sachen durchsehen wollte. Ich knirschte mit den Zähnen, als ich das hörte. Wir hatten vereinbart, damit noch zu warten.

»Vaughn findet, wir sollten die Outdoor-Ausrüstung deines Dads über Kleinanzeigen verkaufen, aber das müssten wir bald machen. Er sagt, das Haus ist eine Zielscheibe, wenn niemand darin wohnt.«

»Ich bin gerade erst aufgewacht. Können wir später darüber reden?« Das war das zweite Frühstück, bei dem Lana versuchte, eine schwere Unterhaltung durch ihre Backkünste leichter zu machen. Es funktionierte nicht. Bei der Vorstellung, dass Vaughn die Sachen meines Dads durchwühlte, Preise festlegte, mit Leuten verhandelte und ganz sanft und höflich wurde, sobald er mit ihnen einig wurde, empfand ich nagende Verzweiflung. Er hatte nicht das *Recht* dazu.

»Natürlich. Bitte entschuldige.«

Ich stand hastig auf, meine Knie stießen gegen den Tisch, und der Stuhl hinter mir rutschte laut scharrend zurück. Lana zuckte zusammen, wahrscheinlich dachte sie an ihren Holzfußboden. Ich spülte meinen Teller ab, schenkte mir Kaffee nach. Ich schaute über die Schulter. Lana beobachtete mich besorgt. Ich war sehr kurz angebunden gewesen. Möglicherweise erzählte sie Vaughn, dass ich unhöflich war. Er könnte einen neuen Weg finden, mich zu bestrafen.

»Brauchst du Hilfe bei der Hausarbeit?«

Ihre Miene hellte sich auf. »Das wäre wunderbar.«

Wir wuschen die Wäsche und bezogen die Betten neu. Sie staubsaugte, während ich Staub wischte. Wir putzten sogar die Fenster, worüber sie ganz begeistert war. »Vaughn liebt es, wenn das Haus sauber ist, wenn er heimkommt.« Es war mir bereits sehr sauber vorgekommen, doch ich lächelte und putzte weiter. Es wurde Mittag, und ich aß ein Sandwich, dann hängte ich die Laken draußen in der Sonne auf. Immer wieder schaute ich zum Gartenhaus. Ich wollte endlich wieder hinein.

Ich wischte gerade die Kühlschrankfächer ab, als ich die frische Milchpackung umstieß, die daraufhin auf den gefliesten Fußboden fiel. Alles wurde von einer weißen Flutwelle überschwemmt.

Ich kniete mich mit einem Putzlappen hin. »Es tut mir leid, Lana.«

»Ist schon in Ordnung.« Sie hockte sich neben mich und wischte die Schränke ab. Cash kam angerannt, als er den Krach hörte, und sah mich vorwurfsvoll an.

»Du hast meine Milch verschüttet!«

»Wir müssen zum Laden«, sagte Lana. »Ich brauche ohnehin noch ein paar Dinge fürs Abendessen.«

Perfekt. Sie würde mindestens eine Stunde fortbleiben. Ich machte ein ausdrucksloses Gesicht und wischte weiter die Milchpfütze auf.

Cash schlenderte wieder aus der Küche und warf sich auf die Couch. »Ich will hierbleiben. Ich will mir meinen Film ansehen.«

Lana stand auf. »Macht es dir etwas aus? Dann könnte ich noch ein paar Sachen besorgen, und ich würde gerne auch wieder am Salon anhalten und eine Maniküre machen lassen.«

Mist. Natürlich wollte sie Zeit für sich haben. Ein paar Stunden ohne Kind waren wahrscheinlich der reinste Luxus für sie. Ich überlegte fieberhaft, was ich als Ausrede vorbringen könnte, aber ich hatte keinen vernünftigen Grund, warum ich nicht eine Weile auf Cash aufpassen sollte. Keine Schule. Kein anderer Job.

»Kein Problem.«

Ich machte Cash Popcorn, schenkte ihm etwas Saft ein und sah nach, wie weit er mit seinem Film war. Ich hatte mir *Cars* so oft mit ihm angesehen, dass ich ihn fast auswendig kannte. Gleich würde eine Actionszene kommen. Wenn ich mich beeilte, könnte ich wieder im Haus sein, bevor er etwas brauchte.

»Hey Cash, ich gehe raus, etwas Unkraut zupfen, okay?«

»Okay.« Er tauchte seine Hand in die Schüssel mit dem Popcorn und schaute nicht einmal auf. Sehr gut. Ich nahm mir Handschuhe, Lanas Tasche mit den Gartenwerkzeugen und legte sie vor ein Blumenbeet.

Ein Blick über die Schulter, eine Minute, um das Schloss zu knacken, und ich war drin. Die Kamera stand noch an derselben Stelle. Ich zog sie hervor und spielte das Video ab. Vaughn saß an seinem Schreibtisch. Seine Schultern waren gebeugt, und er trug ein Baseballcap. Mit raschen Bewegungen klappte er den Laptop auf und gab das Passwort mit einer Hand ein. Ich hielt das Video an und tippte die Folge aus Zahlen und Buchstaben in die Notizdatei auf meinem Smartphone. Sie bildeten kein Wort und keinen Code, den ich wiedererkannte.

Etwas füllte seinen Bildschirm aus, eine Website oder Fotos in dunklen Farben. Er nahm seine Kamera aus der Tasche und verband sie per Kabel mit dem Laptop. Er überspielte die Fotos.

Ich versuchte, die Bilder zu erkennen, aber alles, was ich sah, waren die Thumbnails, und die waren zu klein. Er steckte etwas anderes an den Computer – vielleicht eine externe Festplatte.

Nach ein paar Minuten entfernte er es wieder und schloss den Laptop. Er hatte keine Mails gecheckt und auch nicht telefoniert. Keinen Aktenschrank geöffnet. Er hatte nur diese Fotos überspielt. Sein großer Schatten bewegte sich zur Tür. Er blieb stehen und schaute zurück, und einen entsetzlichen

Moment lang vergaß ich, dass er mich nicht sehen konnte. Das war nur eine Videoaufzeichnung, keine Liveaufnahme. Der Bildschirm wurde schwarz. Er hatte das Licht ausgeschaltet.

Ich setzte mich auf seinen Stuhl und tippte das Passwort in seinen Laptop. Der Schreibtischbildschirm öffnete sich. Es funktionierte! Welchen Ordner sollte ich zuerst nehmen? Ich klickte auf ein paar. Steuern, Bankinformationen. Ein Ordner trug den Namen »Vögel«. Ich öffnete ihn und stieß auf eine Reihe anderer Ordner. Sie trugen keine Namen, sondern waren durchnummeriert. Mein Herz begann, schneller zu schlagen, mein Mund wurde trocken. Was, wenn das Bilder von Leichen waren?

Meine Hand schwebte über dem Trackpad, dann klickte ich. Thumbnails. Ich öffnete eines, und ein verschwommenes Schwarz-Weiß-Bild füllte den Bildschirm aus. Wie ein Standbild aus einem Video. Ich war mir nicht sicher, was ich da sah, doch dann begriff ich, dass es eine öffentliche Toilette war – und dass die Kamera zwischen die Beine einer Frau zielte.

Wie auf Autopilot klickte ich weitere Fotos an. Frauenbeine, heruntergezogene Unterwäsche, das Aufblitzen eines Tattoos irgendwo auf dem Unterbauch, helle Farben, die Mulde eines Bauchnabels. Niemals war irgendein Gesicht zu sehen. Ich öffnete einen weiteren Ordner mit einer Nummer. Neue Bilder tauchten auf. Ein Mädchen schlief in einem Bett, die Aufnahmen waren körnig und bläulich. Dann erkannte ich die Bettwäsche.

Mein Herz setzte aus, konnte das rasende Tempo nicht länger durchhalten, als sei es vom Schock erschöpft. Ich klickte durch die Fotos. Mein Gesicht war nie zu sehen, als wollte er gar nicht *mich* sehen, sondern nur meinen Körper. Mein weißes Tanktop, unter dessen dünnem Stoff die Nippel gut zu erkennen waren, meine nackten Beine, die unter der Decke hervorlugten. Meine Unterwäsche, der Schatten zwischen meinen Schenkeln. Die Aufnahmen waren von oben gemacht worden, immer aus demselben Winkel. Ich konnte weder das Fenster noch den Kleiderschrank sehen. Die Kamera war nur auf das Bett gerichtet.

Es gab noch weitere Aufnahmen, von mir auf dem Fahrrad, Nahaufnahmen von meinem Po auf dem Sattel, von meinen nackten Beinen, der Rückseite meiner Oberschenkel. Und von mir im Badezimmer. Ich ziehe mich aus, ziehe das T-Shirt über den Kopf, streife die Unterwäsche ab. Trockne mich nach dem Duschen ab, das Handtuch lose um die Brust, das nasse Haar auf den Schultern.

Weitere Bilder von mir in der Ferne. Ich sitze im Bikini am Strand, schaue nach unten, das Gesicht im Schatten. Der See im Abendlicht. Ich schaue genauer hin. Jonny steht mit ein paar Typen am Anleger. Hatte er an dem Abend des Lagerfeuers diese Shorts getragen? Als Vaughn mich mitgenommen hat?

Ich öffnete den nächsten Ordner. Amber und ich auf dem Picknicktisch – nicht unsere ganzen Gesichter, nur unsere zusammengepressten Münder, die Hände im Haar der anderen, Handtücher um unsere Hüften, die Brüste berühren sich.

Ein lautes Krachen hallte durch den Garten – die Hintertür. Hastig sprang ich auf.

»Hailey! Wo bist du?« Cash.

Ich schlug hastig auf die Tasten, um mich auszuloggen, klappte den Laptop zu und steckte die Überwachungskamera in die Tasche. Als ich aus dem Büro trat, lief Cash gerade durch den Garten, den Blick auf das Blumenbeet auf der anderen Seite des Rasens gerichtet, und suchte mich.

»Was ist los, Kumpel? Ist der Film schon zu Ende?«

Er blieb stehen, die Hände auf den Hüften, die knochige Kinderbrust nackt. Seine Camouflage-Shorts waren zu groß, darunter lugte der Saum seiner Dinosaurierunterwäsche hervor. »Warum warst du in Vaughns Büro?«

»War ich doch gar nicht. Ich habe nur nach ein paar Pflanzen hinter dem Häuschen gesehen.«

»Was für Pflanzen?« Neugierig kam er auf mich zu. Ich hatte vergessen, dass man Kinder nicht anlügen kann, jedenfalls nicht so leicht. Sie wollten einen Beweis für alles haben.

»Kratzige. Sie brennen.«

Unvermittelt blieb er stehen und sah mich mit großen Augen an. »Sie brennen?«

»Ja. Brennnesseln.« Ich lief zu ihm, griff nach seiner Hand und schwang sie unbekümmert hin und her. »Wollen wir nachsehen, ob noch etwas Eiscreme übrig ist?«

Er schaute zu mir hoch, das Gesicht zerknittert. »Deine Hand zittert.«

»Ich freue mich so auf das Eis. Komm, wer als Erster beim Haus ist!«

7

Mit leerem Blick starrte ich auf den Fernseher. Cash lehnte an mir und lachte über den Film, als hätte er ihn nie zuvor gesehen. Dann kletterte er vom Sofa, um mit seinen Spielzeugautos auf der Rennbahn zu spielen, und fragte mich, ob ich ihn heute Abend ins Bett bringen könnte, weil er es so gerne mochte, wenn ich ihm aus seinem Lieblingsbuch über Trucks vorlas. »Du machst die besten Motorgeräusche!« Aber seine Stimme kam aus weiter Ferne, und ich war nicht sicher, ob ich ihm antwortete.

Er hatte immer noch Hunger, selbst nach dem Eis, also holte ich ihm eine Tüte Chips und schaltete zu *Spy Kids* um. »Ich bin gleich wieder da.« Ich ging in mein Zimmer und tat, als würde ich nur ein paar Sachen holen – das Ladegerät fürs Smartphone, Lippenpflege, ein Paar Socken –, während ich die ganze Zeit nach der Kamera suchte. Sie musste in der Nähe des Bettes sein. Die Kommode, das Fenster und der Schrank waren auf keinem der Fotos zu sehen gewesen. Dann fiel mir die Wanduhr auf, direkt gegenüber der Matratze. Natürlich. Dieses Arschloch.

Ich zwang mich, wieder ins Wohnzimmer zu gehen. Wie sollte ich je wieder in diesem Haus duschen können, mich je wieder in dieses Bett legen? Ich dachte an all die Male, wenn ich am Telefon oder über Facetime mit Amber gesprochen hatte. Machte die Kamera auch Audioaufnahmen? Ich war froh, dass ich mich im Schrank versteckt hatte, als ich Jonny angerufen hatte. Ich wollte *jetzt* mit ihm reden. Ich musste es ihm erzählen. Mein Onkel hatte *Nacktfotos* von mir. Was hatte er mit ihnen angestellt? Ich malte mir aus, wie er an sich herummachte, während er mich ansah, und mein Körper zuckte in der Sofaecke zusammen, während Cash mit seinen Spielzeugtrucks über die Polster fuhr.

In der Nacht, in der ich ihn ausspioniert hatte, musste Vaughn die Fotos überspielt haben. Solche gruseligen Typen hatten doch Online-Foren. Im Darknet. Meine Fotos konnten längst auf irgendwelchen Pornoseiten gelandet sein. Männer auf der ganzen Welt könnten mich sehen. Von mir träumen. Zu meinen Bildern masturbieren. Und wer waren all die anderen Frauen?

Soweit ich wusste, hatte er keine Fotos von mir in anderen Räumen gemacht, trotzdem hatte ich das Gefühl, beobachtet zu werden. Ich behielt die Beine angezogen und die Arme vor der Brust verschränkt. Von meinem Platz auf der Couch aus schaute ich mich um. Wie würde die Kamera aussehen? Sie könnte in allem Möglichen versteckt sein. Ich war noch nicht wieder in meinem Schlafzimmer gewesen. Ich hatte Angst, er könnte merken, dass ich sein Geheimnis kannte – an der Art, wie ich ging oder mich benahm. Sollte ich die Gelegenheit ergreifen, mir seinen Laptop schnappen und damit zur Polizei gehen?

Ich hatte kein Auto. Cash würde mir nach draußen folgen.

Vaughn würde mich umbringen.

Als Lana nach Hause kam, dachte ich, ich könnte für eine Weile entkommen, aber wo sollte ich hin? Sie hatte es eilig, warf ihre Geldbörse auf den Tresen und fragte: »Kannst du mir beim Abendessen helfen?« Sie öffnete den Kühlschrank und reichte mir das Gemüse.

Ich schnippelte los. Zerpflückte Salat. Hinter mir rumorte meine Tante in der Küche herum. Wie konnte sie nicht wissen, dass er ein solcher Widerling war? Hegte sie überhaupt keinen Verdacht gegen ihn? Sie hatte mich sogar daran erinnert, das Badezimmerfenster zu öffnen. Mir wurde schlecht vor Schmerz. Als hätte sie mich verraten.

Der Salat war fertig. Lächelnd sah Lana ihn an. »Du bist ein Engel.« Sie bat mich, die Nudeln zu kochen, und erklärte mir, wie sie die Soße zubereitete, deutete auf die Gewürze. Stirnrunzelnd sah ich die blubbernde Flüssigkeit an und drängte die Tränen zurück, als ich begriff, dass sie mich bemutterte und mir ihre Rezepte verriet. Lana gab die Spaghettisoße auf einen Teller mit dampfender Pasta und reichte ihn mir.

»Ta-da!«

Ich hielt den Teller in den Händen und starrte auf das Essen. Meine Kehle war so eng, dass ich mir nicht vorstellen konnte, auch nur einen Bissen davon herunterzubringen. »Ich habe eigentlich überhaupt keinen Hunger.«

Sie sah mich an. »Was hast du heute gegessen?«

Meine Gedanken tasteten umher. Hatte ich überhaupt irgendetwas gegessen? Der Morgen schien Jahre her zu sein. Der Tag war wie leergefegt.

Cash schrie: »Sie hat gar nichts gegessen! Nicht einmal Eiscreme!«

Ich lächelte schwach, stellte den Teller auf den Tisch und ging zurück in die Küche, um Lana zu helfen, den Rest auf die Teller zu füllen. Vielleicht konnte ich es irgendwie durchstehen. Später würde ich fernsehen und so tun, als wäre ich auf der Couch eingeschlafen. Ich würde Jonny eine Nachricht schicken und ihn morgen irgendwo treffen. Vaughn hatte eigentlich Spätschicht, aber dann hörte ich den Truck und schaute aus dem Vorderfenster.

»Kannst du den Cash geben?« Lana hielt mir einen anderen Teller entgegen.

»Vaughn kommt gerade.« Ich würgte fast bei diesen Worten. Wusste er, dass ich die Fotos entdeckt hatte? Was würde er tun?

»Sehr schön! Er muss früher Schluss gemacht haben.« Sie machte eine kleine Bewegung mit dem Teller, um meine Aufmerksamkeit zu bekommen. Ich schaute die Pasta an und knallte den Teller auf den Holztisch vor Cash, der auf seinem Tablet ein Videospiel spielte. Erschrocken blickte er auf, aber ich wandte mich schon wieder ab. Ich wollte ins Bad gehen, sagen, dass die Bauchkrämpfe zurück seien.

Zu spät. Vaughn kam durch die Tür, seine dunkle Gestalt ragte drohend im Flur auf, die Stiefel polterten auf den Holzdielen. Ich war zwischen Esstisch und Küche gefangen. Er hielt einen Rosenstrauß in der einen Hand und in der anderen etwas, das aussah wie eine Weinflasche in einer Papiertüte. Sein Blick streifte mich kurz, dann wurde er freundlicher, als er Lana entdeckte.

»Da ist sie ja!«

Lachend wirbelte sie herum. Er reichte ihr die Rosen, zog sie für eine Umarmung an sich und tanzte ein paar Schritte mit ihr durch die Küche. Cash kicherte. Ich brachte keinen Ton heraus und konnte mich nicht bewegen. Ich war wie gelähmt. Wie konnte er nur so *normal* wirken? Es war schrecklich, Lana so mit ihm zu sehen. Sie musste blind sein, wenn sie sich auf die Art von ihm anfassen ließ.

Als Vaughn Lana endlich losließ, drehte sie sich lächelnd zu mir um. »Kannst du die in eine Vase stellen, während ich weiter das Essen auftrage?« Sie gab mir die Rosen in ihrer Folie.

Vaughn lehnte am Küchentresen und stibitzte sich ein Stück Knoblauchbrot, woraufhin Lana ihn ermahnte. Sie sprachen leise, ihre Stimmen klangen vertraut und innig. Ich beschnitt die Rosen. Dornen bohrten sich in meinen Daumen. Ich packte zu, bis das Blut hervorquoll, dann ließ ich die Blumen mit einem Aufschrei fallen.

»Ich brauche ein Pflaster.« Ich eilte ins Badezimmer – in das Bad neben Cashs Zimmer –, wo ich keuchend um Luft rang und mir kaltes Wasser ins Gesicht spritzte.

Ich drückte meine Handflächen ans Gesicht, auf meine Wangenknochen, und starrte den Rand der Badewanne an, bis ich wieder klar sehen konnte. Einer von Cashs Spielzeugtrucks stand auf der Ablage. Cash hatte mich gebeten, ihm später noch vorzulesen. Ich nahm den Truck, drehte die Räder und schmiedete einen Plan.

Als ich mich ruhiger fühlte, ging ich zurück in die Küche. Ich setzte mich neben Cash, der mich treuherzig fragte: »Alles gut bei dir, Hailey?«

»Klar doch.« Ich küsste ihn auf die Wange.

Lana lächelte und schob mir die Schale mit dem Parmesan zu. Ich sah Vaughn nicht an, doch ich konnte seine Gegenwart am Ende des Tisches spüren. Der Übelkeit erregende süßliche Rosenduft vermengte sich mit dem der Spaghettisoße. Was wohl los wäre, wenn ich quer über den Tisch kotzen würde? Wäre ich dann entschuldigt? Irgendwie schaffte ich es, Käse über meine Soße zu streuen, auf meine Gabel zu pusten, um den Bissen abzukühlen, und anerkennend zu nicken.

Ich sah zu Lana. »Ist es okay, wenn ich Cash heute Abend vorlese? Ich dachte, dass ich vielleicht bei ihm auf dem Boden schlafen könnte – meine Matratze müsste da hinpassen.« Ich wandte mich an Cash. »Wäre das nicht witzig?«

»Dann schläft er ja nie ein.« Vaughns Stimme klang streng. Fand Lana deswegen, dass er so ein guter Dad war? Weil er Regeln festlegte? Dabei war er einfach nur ein kranker Kontrollfreak. Wahrscheinlich war er deswegen Cop geworden –

weil er dann sicher sein konnte, dass man ihn bei seinen schmutzigen Geschäften niemals schnappen würde.

»Doch, ganz bestimmt!«

Ich ließ Lana nicht aus den Augen. »Nachts ist es echt hart, weißt du.« Ich zögerte und schob die Pasta auf meinem Teller herum. »Ich denke an meinen Dad, und dann fühle ich mich so allein …«

Ihr Blick wurde weicher. »Natürlich. Wir bauen dir nach dem Essen ein Bett.«

»Danke.« Ich nahm ein Stück Knoblauchbrot. »Nur, bis es mir wieder besser geht.« Cash plapperte davon, dass wir eine Burg bauen könnten, während ich langsam kaute, nickte und lächelte. Ich sah Vaughn immer noch nicht an. Kein einziges Mal. Doch ich hörte jedes Kratzen seiner Gabel auf dem Teller.

Das Fenster ließ sich nur einen kleinen Spalt öffnen. Mit der Taschenlampe meines Smartphones leuchtete ich den Fensterrahmen ab. Hinter mir lag Cash quer auf seinem Bett und schnarchte leise. Lana hatte eine Menge Wein zum Abendessen getrunken, Vaughn ebenfalls. Hoffentlich bedeutete das, dass sie beide tief und fest schliefen. Amber hatte mir eine Nachricht geschickt, als sie um elf Feierabend hatte, aber ich hatte nicht geantwortet. Ich konnte nicht so tun, als würde ich mich ganz normal unterhalten. Nicht, wenn ich an diese Fotos dachte. Sobald ich Beweise hatte und Vaughn verhaften lassen konnte, würde ich ihr alles erzählen.

Am Fenster gab es eine Art Kindersicherung – hoch oben. Ich könnte sie nur erreichen, wenn ich ein Regal mit Spielsachen verrücken würde. Legos, Musikinstrumente … genauso gut könnte es mit Rattenfallen bestückt sein. Die Hintertür war zu dicht am Elternschlafzimmer. Ich musste vorne raus.

Langsam drehte ich den Türknauf und hielt den Atem an,

während ich Cashs Umrisse in der Dunkelheit anstarrte. Er lag ganz still. Ich schlich in den Flur und schlüpfte im Eingangsbereich in meine Sandalen. Die Tür öffnete sich ganz leicht, und ich nahm einen anderen Schuh, um sie zu verkeilen, damit sie nicht hinter mir ins Schloss fiel. Ehe ich mich aus dem Schutz der Veranda wagte, hielt ich inne und lauschte. Ich wartete, bis meine Augen sich an die Dunkelheit gewöhnt hatten. Vaughns Polizeiwagen leuchtete weiß in der Auffahrt, das Mondlicht wurde von den Streifen zurückgeworfen.

Im Haus rührte sich nichts. Nirgendwo gingen Lichter an.

Schnell lief ich über den Rasen.

Im Dunkeln war es schwerer, das Schloss des Gartenhauses aufzubekommen, weil ich blind mit dem Werkzeug herumtasten musste. Jedes Mal, wenn ich hier einbrach, riskierte ich es, den Türrahmen anzuritzen oder einen Kratzer zu hinterlassen. Das musste das letzte Mal sein. Ich betete tonlos. Dann endlich, ein Klicken, und der Türknauf ließ sich drehen.

Mit ausgestreckten Händen ertastete ich mir meinen Weg durch den Raum. Nur das schwache Leuchten meines Smartphones wies mir den Weg. Mit dem Knie stieß ich gegen Vaughns Stuhl. Ich griff nach seinem Laptop – und berührte eine glatte Holzplatte. Ich leuchtete mit meinem Smartphone auf den Tisch. Sein Laptop war verschwunden. Ich starrte auf eine leere Fläche.

Er musste nach dem Abendessen hier draußen gewesen sein. Oder als ich Cash gebadet hatte. Bedeutete das, dass er wusste, dass ich sein Geheimnis herausgefunden hatte? Gab es hier eine Kamera? Ich sah mich im Büro um. Keine Lichter, keine kleinen Geräte. Sie könnte in allem Möglichen versteckt sein. Ich musste hier raus.

Es war einfach, wieder ins Haus zurückzukommen. Die Tür fiel geräuschlos ins Schloss. Ich schlüpfte aus meinen Sandalen und lief durch das Wohnzimmer, wobei ich mein Smartphone als Leuchte benutzte. Der Laptop war weder in seiner Aktentasche noch auf dem Wohnzimmertisch oder in der Küche. Ich wog das Risiko ab, mich in ihr Schlafzimmer zu schleichen, während sie schliefen. Unmöglich. Er würde sofort aufwachen, und welche Erklärung hätte ich dann? Vielleicht schaffte ich es, wenn er am Morgen unter der Dusche stand. Ich könnte so tun, als wollte ich Lana etwas fragen.

Ich verließ gerade die Küche, als ich das unmissverständliche Geräusch von Schritten hörte. Jemand lief langsam und vorsichtig durch den Flur. Ich schaltete mein Smartphone aus und drückte mich an den Kühlschrank.

Vaughns große Gestalt bog um die Ecke. Das Licht ging an, und unsere Blicke trafen sich. Er hielt eine Waffe in der Hand. Ich starrte in die Mündung, dann wieder in sein Gesicht. Langsam ließ er die Waffe sinken.

»Was zum Teufel tust du hier?« Seine Stimme war leise, aber heiser vor Wut.

»Ich hatte Hunger.« Ich deutete auf den Kühlschrank.

»Ich hätte dich erschießen können, Idiotin!«

»Tut mir leid.« Aber es hätte genauso gut Cash sein können. Vaughn hätte doch nicht geschossen, wenn er sich nicht sicher gewesen wäre, oder? Ich begann zu schwitzen und spürte Panik in mir aufsteigen. War das seine Art, mich zu warnen, bloß den Mund zu halten?

»Und? Willst du jetzt was essen oder nicht?«

Ich zog den Kühlschrank auf, nahm mir ein paar Scheiben Käse und Brot und schmierte etwas Butter darauf. Ich biss von dem hastig zusammengeschusterten Sandwich ab und murmelte mit vollem Mund: »Lana macht das beste frische Brot. Ich schwöre, ich habe davon geträumt.«

Er schwieg, doch er entspannte die Hand, mit der er die

Waffe hielt. Er trat zur Seite, machte Platz für mich, damit ich an ihm vorbeikam, dann deutete er mit der Waffe auf den Flur mit den Schlafzimmern. »Du gehst besser wieder ins Bett.«

Er folgte mir nicht in den Flur. Kurz darauf hörte ich gedämpfte Stimmen, es klang wie die Spätnachrichten im Fernsehen. Ich verstand nicht, warum er nicht ins Schlafzimmer zurückkehrte, es sei denn, er wollte sichergehen, dass ich das Haus nicht noch einmal verlassen konnte. Ich rutschte auf meiner Matratze näher an Cash heran. Sein Atem war leise und regelmäßig, doch ich konnte nicht einschlafen. Jedes Mal, wenn ich die Augen schloss, sah ich mein nacktes Ich auf Vaughns Computer und dachte an ihn dort draußen im Wohnzimmer. Hatte er Angst? Wenn jemand diese Bilder sähe, wäre es das Aus für seine Ehe und seine Karriere. Vielleicht löschte er gerade alles von seinem Laptop.

Ich musste eingeschlafen sein. Stunden später wachte ich abrupt mit klopfendem Herzen auf. Im Haus war es ruhig. Er hätte am Zimmer vorbeigehen können, und ich hätte ihn nicht gehört. Ich drehte mich auf die Seite und stellte fest, dass neben mir auf dem Boden etwas stand. Ich leuchtete mit dem Display meines Smartphones.

Es war ein Teller mit ein paar Scheiben Käse und Brot. Ein Glas Milch. Er verhöhnte mich. Ließ mich wissen, dass er meine lahme Ausrede, ich hätte Hunger, durchschaut hatte.

Es war egal, wo ich schlief. Er kam trotzdem an mich heran.

In der Morgendämmerung brachte Lana Vaughn zu seinem Truck und verabschiedete sich in der Auffahrt von ihm. Sie versuchten, leise zu sein, aber ihre Stimmen wehten durch das offene Fenster. Lana sagte: »Sei vorsichtig!«, und er antwortete: »Das bin ich doch immer.« Ich wollte schreien. Wahrscheinlich fuhr er mit dem Laptop davon.

Ich blieb den ganzen Morgen auf dem Sofa liegen und jammerte erneut über Bauchkrämpfe, als Lana mich fragte, ob ich mit ihr und Cash an den See fahren wollte. »Ich werde mir nur ein paar Filme anschauen, vielleicht etwas spazieren gehen, wenn es mir besser geht.« Ich verzog das Gesicht und drückte die heiße Wärmflasche an meinen Bauch. Sie machte sich Sorgen, dass ich nicht genug aß. Ich versprach ihr, etwas Joghurt und Obst zu essen.

Vaughn hatte mir in der Nacht zuvor etwas beigebracht. Ich ließ den Fernseher im leeren Haus laufen, während ich mich ein paar Straßen weiter mit Jonny traf. Ich ging davon aus, dass ich jetzt doppelt abgesichert war – falls einer der Nachbarn mich draußen sah, hatte ich Lana schon gesagt, dass ich vielleicht einen Spaziergang machen würde, und wenn Vaughn mich tatsächlich durch die Kamera in meinem Schlafzimmer belauschen konnte, dann würde er nicht wissen, dass ich gegangen war.

Neben den Briefkästen, hinter denen ich mich versteckte, wurde Jonnys Truck langsamer. Ich sprang in die Fahrerkabine und legte mich flach auf den Boden. Wir fuhren zum Truckstop. Es war einer der letzten Orte in der Stadt, an dem noch eine Telefonzelle stand. Für den Fall, dass es Überwachungskameras gab, versteckte ich meine Haare unter Jonnys Baseballcap, zog seine Arbeitsjacke an und lief breitbeinig wie ein Junge.

Die Polizeieinheit von Cold Creek bestand aus insgesamt elf Cops, und die meisten von ihnen arbeiteten seit Jahren mit Vaughn zusammen. Sie würden nicht glauben, dass er nicht sauber war, aber Thompson war jünger und noch nicht so lange hier. Vielleicht war er nicht so voreingenommen und schaute sich die Sache wenigstens an.

Die Rezeptionistin des Polizeireviers stellte mich direkt zu Thompson durch. Ich rechnete mit seiner Mailbox, auf der ich eine anonyme Nachricht hinterlassen könnte. Als er sich mit »Thompson hier« meldete, war mein erster Impuls, aufzulegen. Mit einem echten Menschen zu sprechen, stellte ein großes Risiko dar, aber Vaughn könnte die Zeit nutzen, die Beweise loszuwerden – oder mich. Ich dachte an die Waffe, mit der er direkt auf meinen Kopf gezielt hatte.

Ich legte eine Hand über die Sprechmuschel und senkte meine Stimme zu einem heiseren Flüstern. »Ich möchte einen Polizisten melden, der Dreck am Stecken hat.«

Ein langes Schweigen. Zu lang. Es war ein Fehler gewesen, ihn anzurufen. Wahrscheinlich gab er Vaughn gerade ein Zeichen, dass er sich das Gespräch mit anhören sollte. In diesem Moment könnte er bereits zu einem zweiten Hörer greifen.

»Wirklich?« Weiteres Schweigen. Ich schielte um die Seitenwand der Telefonzelle herum und überprüfte den Parkplatz. »Was ist das Problem?«

Hörte er wirklich zu, oder wollte er Zeit schinden? Die Polizei würde doch Anrufe wie diesen nicht orten, oder? Ich wusste nicht, wie so etwas ablief. Vielleicht wurde jedes Wort aufgezeichnet.

»Er ist ein perverses Schwein. Er macht mit versteckter Kamera Bilder von jungen Frauen.«

Eine weitere lange Pause. »Woher wissen Sie das?«

»Ich weiß es einfach, okay? Er installiert Kameras in Toiletten. An öffentlich zugänglichen Orten.« Ich wusste nicht, wie viel ich ihm erzählen durfte. Wenn ich etwas Falsches sagte, könnte ich meine Identität verraten.

»Das ist eine ziemlich schwerwiegende Anschuldigung.«

»Ich *weiß*«, zischte ich ungeduldig. »Was werden Sie deswegen unternehmen?«

»Nun, zuerst einmal brauche ich eine Aussage. Ich könnte Sie irgendwo treffen …«

»Nein. Auf gar keinen Fall. Ich werde ihn nicht offiziell anzeigen.«

»Ich verstehe nicht. Warum rufen Sie dann an?«

»Damit *Sie* die Kameras finden. Dann können Sie ihn verhaften.«

»Wer ist der Officer?«

Ich warf einen Blick über die Schulter und vergewisserte mich, dass niemand darauf wartete, dass das Telefon frei wurde. »Vaughn.«

Er schwieg erneut. Das dunkle Echo leerer Luft. Es gab keine Geräusche im Hintergrund, nicht einmal Atemgeräusche. Hatte er aufgelegt?

»Und er installiert Kameras an öffentlichen Orten, um Bilder von jungen Frauen zu machen?« Seine Stimme war ruhig.

»Ich weiß, wie sich das anhört. Aber bitte – ich sage die Wahrheit. Er hat einen Laptop und eine teure Kamera mit langem Objektiv. Er beobachtet die Frauen und Mädchen am See. Dort können Sie ihn schnappen.«

»Lassen Sie uns mit Ihrem Namen anfangen, okay?« Ein Sattelschlepper fuhr auf den Parkplatz des Truckstops, der Motor dröhnte laut. Thompson könnte das Geräusch erkennen.

Ich legte auf, zog den Kopf ein und lief am Truckstop vorbei und über die Straße zu Jonny. Mein Herz raste, mir war so schwindelig wie damals, als ich zum ersten Mal eine Zigarette geraucht hatte. Ich hatte es getan. Ich hatte es jemandem erzählt, aber würde das etwas ändern? Ich konnte nicht sagen, ob Thompson irgendetwas von dem, was ich erzählt hatte, glaubte. Was, wenn er es tatsächlich überprüfte und keine Kameras fand? Was, wenn er einen offiziellen Bericht über meinen Anruf schrieb? Den Vaughn möglicherweise las?

Ich musste raus aus dem Haus, raus aus dieser Stadt.

8

Jonny und ich saßen in der Werkstatt meines Dads auf dem Boden, den Rücken an der Wand, die Schultern aneinander, und aßen Hamburger aus dem Dairy Queen. Er schüttelte die Pommes in der Schachtel, auf der Suche nach den extra salzigen, und schaute mich an.

»Hat Vaughn jemals versucht … dich anzufassen?«

»Es sind nur die Fotos.« Ich zwang mich, noch einmal von meinem Burger abzubeißen, doch das Brötchen blieb mir im Halse stecken, das Fleisch schmeckte fettig, und ich musste hart schlucken.

»Du musst nicht weglaufen.« Jonny veränderte seine Sitzposition, so dass er mich ansehen konnte. Er hatte mich direkt nach einer Tour mit seinem Dirt Bike abgeholt, und seine braunen Haare standen in alle Richtungen ab. Sein T-Shirt roch nach Motoröl und Staub. »Komm zu uns, da kannst du bleiben.«

»Er wird es nicht zulassen.«

»Du könntest zu einer Pflegefamilie gehen.«

»Du hörst nicht zu, Jonny.«

»Okay, dann rede noch einmal mit Thompson. Sag ihm, dass *du* die Anruferin warst.«

»Dann wird Vaughn mich auf jeden Fall umbringen.« Allein beim Aussprechen dieser Worte, dieser nackten Tatsache, wurde mir noch schlechter. Ich warf meinen Burger auf das Wachspapier und wischte die Finger an meinen Shorts ab.

»Er kann dich nicht einfach ausschalten, Hailey.« Seine Stimme war sanft.

»Willst du darum wetten? Er könnte es wie einen Selbstmord oder einen Unfall aussehen lassen. Er kennt wahrscheinlich hundert Methoden, jemanden aus dem Weg zu räumen.« Ich zog meine Knie an und drückte die Stirn an den Jeansstoff. »Ich haue ab.«

Ein paar Sekunden sagte Jonny nichts, seine Schulter ruhte wieder an meiner. Ich spürte, wie das Blut unter seiner Haut pulsierte, er war mir so nah wie ein Bruder. Manchmal habe ich das Gefühl, ich hätte ihn schon gekannt, bevor ich geboren wurde. Als wären wir niemals *nicht* zusammen gewesen. Und ich wusste, was er jetzt dachte.

»Du darfst dich nicht mit ihm anlegen, Jonny.«

Sein Gesicht war rot vor Ärger, sein Blick glühte. »Ich könnte ihn echt fertigmachen.«

»Er könnte *dich* fertigmachen. Ich habe darüber nachgedacht, und ich habe einen Plan. Dads Dirt Bike hat noch jede Menge Benzin. Ich kann damit auf Nebenstrecken bis zur Busstation fahren. Ich werde nach Vancouver gehen und dort auf der Straße leben oder in einem der Youth Hostels. Ich werde Amber anrufen, und sie kann sich mit mir treffen. Ihre Schwester wohnt dort.«

»Du *hasst* große Städte. Und wovon willst du leben?«

Darüber hatte ich auch schon nachgedacht. »Ich könnte Dads Sachen verpfänden. Seine Messer und Waffen sind eine Menge wert, und etwas von dem Schmuck meiner Mutter könnte ich auch verkaufen. Aber nicht ihren Ehering – den würde ich nie versetzen.« Ich hasste die Vorstellung, irgendetwas von dem wegzugeben, was ihnen wichtig gewesen war, doch ich würde einen Weg finden, alles zurückzukaufen.

»Und dann? Was ist mit deiner Zukunft?«

»Nächstes Jahr werde ich achtzehn. Das Haus wird verkauft, und das Geld muss auf ein Treuhandkonto für mich eingezahlt werden. Lana und Vaughn können es nicht ausgeben, es sei denn, ich bin nachweislich tot.«

»Wann willst du los?«

»Heute Nacht.«

»O Mann, Hailey. Lass mich dich wenigstens fahren.«

»Auf gar keinen Fall. Du musst zu Hause sein, oder Vaughn wird dich verhaften, weil du einer Minderjährigen geholfen hast oder wegen irgendwas Bescheuertem. Versprich mir, dass du dich von ihm fernhältst, okay? Er wird ausflippen.«

Mit frustrierter Miene schüttelte er den Kopf. »Na gut, aber ich werde dich nicht allein auf der Straße leben lassen. Ich komme mit dir nach Vancouver. Wir schaffen das schon. Wir sind ein Team, stimmt's?«

Ich lehnte den Kopf an seine Schulter und holte tief Luft. »Stimmt.«

Ich drehte mich um und sah auf mein Smartphone. Drei Uhr morgens. Ich schnappte mir meinen Rucksack und schob ihn mir leise über die Schultern, wobei ich Cashs schlafendes Gesicht beobachtete. Die Lippen öffneten sich leicht, wenn er schnarchte, sein Arm lag über seinem Kopf. Ich würde ihn vermissen. Er war den ganzen Abend meine Rüstung gewesen. Wir hatten gespielt, ich hatte ihn gebadet und ihm in den Schlafanzug geholfen, und danach hatte ich ihm vorgelesen. Lana fragte, ob ich Hilfe bräuchte, und ich schickte sie weg. »Entspann dich, schau fern.« Die ganze Zeit über spürte ich, dass Vaughn mich beobachtete.

Ich hatte in Leggins und Tanktop geschlafen, jetzt brauchte ich nur noch einen Kapuzenpullover. Ich hatte auch nicht viel eingepackt.

Der Plan war, dass ich Jonnys Mountainbike abholte, das er im Wald verstecken würde, und zu meinem alten Haus fuhr, wo ich ein paar von Dads Sachen und Moms Schmuck einstecken würde. Jonny hatte zwei Prepaidhandys gekauft, damit wir in Verbindung bleiben konnten. Sobald ich in Vancouver war, würde ich Amber anrufen.

Ich schlich aus Cashs Zimmer und achtete darauf, dass die Tür nicht laut zufiel, dann lief ich direkt in einen Körper hinein. Ich stieß gegen Vaughns Brust wie gegen eine Mauer und prallte zurück. Er hielt mir den Mund zu und zerrte mich ins Badezimmer. Es war so dunkel, dass ich nichts sehen konnte und nicht wusste, wo ich nach irgendetwas greifen sollte. Ich tastete blind nach der Ablage.

»Wir haben keine Brennnesseln im Garten, du Idiotin. Glaubst du, ich würde nicht bei Cash nachfragen, was du im Schilde führst? Glaubst du, ich wüsste nichts von deinen Treffen mit Jonny?«

Ich versuchte, mich seinem Griff zu entwinden, aber er hielt meinen Ellbogen fest.

»Hör auf«, knurrte er mir ins Ohr und verstärkte den Druck seiner Hand auf meinem Mund. Ich wollte ihn beißen, ihn dazu zwingen, mich loszulassen, aber ich bekam meinen Kiefer nicht auseinander. Ich hasste das Gefühl seines Körpers an meinem. Er riss mir den Rucksack von den Schultern und warf ihn mir vor die Füße.

»Was immer du gedacht hast, in meinem Büro finden zu können, es existiert nicht, kapiert? Und wenn es wieder auftaucht, dann nicht auf meinem Computer. Sondern auf Jonnys.«

Ich sah alles überdeutlich vor mir. Die Fotos würden ins Internet gelangen und zu Jonny zurückverfolgt werden können. Die Polizei würde sein Haus stürmen und seinen Computer mitnehmen. Sein Phone und sein iPad. Vaughn würde die Beweise sammeln. Er konnte machen, was er wollte. Die Mädchen auf den Fotos waren womöglich alle noch minderjährig. Jonny würde ins Gefängnis kommen.

»Haben wir uns verstanden?« Ich konnte mich kaum rühren, doch ich nickte leicht. »Wird es ein Problem geben?« Er zog seinen Arm unter meinem Kinn hoch. Ich gab einen krächzenden Ton von mir.

Nein, kein Problem.

»Schrei nicht, und rühr dich nicht von der Stelle.« Er nahm die Hand von meinem Mund. Ich hörte Geräusche hinter mir. Er hatte meinen Rucksack aufgehoben.

»Was hast du hier drin?« Das Geräusch von Reißverschlüssen, als er jedes Fach durchsuchte. Leises Plumpsen und Rascheln, als einige meiner Habseligkeiten auf die Badematte fielen. Während er abgelenkt war, ließ ich meine freie Hand in die Tasche des Hoodies gleiten, zog das Prepaid-Handy heraus und schob es leise auf die Ablage, wo er es nicht sehen konnte. Dann hielt ich den Atem an und betete, dass er nicht das Licht einschaltete oder mich filzte. Er könnte das Messer spüren, dass ich mir an die Wade geschnallt hatte. Es gab ein dumpfes Geräusch, als er den Rucksack fallen ließ.

»Du solltest mir dankbar sein. Mit dem Kram wärst du nicht weit gekommen.«

Das Klicken des Türknaufs, dann seine leisen Schritte im Flur. Er hatte die Tür offen gelassen. Ich hob meinen Rucksack auf und presste ihn an meine Brust.

Jonny fuhr mit Höchstgeschwindigkeit von meinem alten Haus weg und drehte noch weiter auf, sobald wir um die Ecke gebogen waren. Unwillkürlich warf ich einen Blick über die Schulter, obwohl ich wusste, dass Lana, Vaughn und Cash auf dem Jahrmarkt waren. Ich sollte eigentlich mit ihnen zusammen dort sein. Am Morgen hatte ich Lana in der Küche getroffen, als sie das Frühstücksgeschirr abräumte, während Vaughn mit Cash auf dem Boden tobte.

»Ich glaube, du hast recht«, sagte ich mit leiser, resignierter Stimme zu Lana. Vaughn hörte zu, und ich musste meine Rolle perfekt spielen. »Ich muss anfangen, Dads Sachen durchzusehen – ich kann es nicht ewig aufschieben. Vielleicht habe ich deswegen solche Albträume. Kannst du mich hinfahren?«

»Heute? Aber wir wollten doch zum Jahrmarkt …«

»Du willst das doch bestimmt nicht alleine machen.« Vaughn richtete sich auf, und Cash warf sich auf seinen Rücken und versuchte, ihn in den Schwitzkasten zu nehmen. Vaughn kitzelte ihn, bis er kichernd schrie.

»Genau das ist der Punkt.« Ich sah weiterhin Lana an und füllte meine Augen mit Tränen. »Ich habe das Gefühl, ich *muss* das allein machen. Und ehrlich gesagt, mit euch als Familie zusammen zu sein, fällt mir schwer.«

»Ach, Hailey.« Lana berührte mich an der Schulter. »Das verstehe ich. Du musst deinen eigenen Weg finden. Wir können sie doch hinfahren, nicht wahr, Vaughn?« Sie drehte sich zu ihm um.

»Natürlich.« Er lächelte, aber ich merkte, dass er mich scharf musterte. Ich hielt die Mundwinkel unten und biss mir auf die Unterlippe, als hätte ich Mühe, meine Tränen zurückzuhalten. *Du wirst schon noch sehen, Arschloch.*

Drei Nächte waren vergangen, seit Vaughn mich im Badezimmer bedroht hatte. Drei Nächte, in denen ich mich gefragt hatte, ob er beschließen würde, dass ich ein zu großes Risiko darstellte. Dann hatte es Klick gemacht.

Ich würde trotzdem abhauen, aber nicht nach Vancouver. Das wäre ohnehin ein Fehler gewesen. Vaughn hätte dafür gesorgt, dass die Polizei nach mir suchte. Sie würden Flyer verteilen, die Leute würden mich wiedererkennen. Ich musste ganz von der Bildfläche verschwinden. Irgendwohin, wo er mich niemals finden würde. Ich würde im Wald leben, bis ich volljährig war.

Jetzt sah Jonny mich über den Truck hinweg an. »Bist du dir *ganz* sicher?«

Wir hatten uns bei meinem Haus getroffen. Er hatte die Karten in der Werkstatt meines Vaters abgenommen, während ich ein paar Sachen in Kartons gepackt und Fotos gemacht hatte, damit ich Lana zeigen konnte, wie produktiv ich war. Ich postete ein paar der Bilder auf Instagram. #baldzuverkaufen #hauszuverkaufen #werkzeugundwerkstattausstattung #machensieeinangebot

Vaughn würde mich für dumm halten – das war praktisch eine Einladung für Diebe. Doch genau darum ging es. Wenn ich dafür sorgte, dass mein eigenes Haus ausgeraubt wurde, und Vaughn mich deswegen unterschätzte – umso besser.

»Nichts anderes wird funktionieren.«

»Die Hütte ist mehr als fünfzig Jahre alt. Dort gibt es Bären und Pumas, Hailey.«

»Ich habe *Gewehre*, und ich würde lieber allem gegenübertreten, was in diesen Wäldern lebt, als Vaughn.«

»Was ist mit Lana und Cash?«

Das war der schwerste Teil – mir auszumalen, wie sie reagieren würden. Lana würde vielleicht ausflippen, und Cash war so lieb. Was würde das mit seinem sechsjährigen Verstand anstellen? Aber ich hatte keine Wahl.

»Es ist doch nur, bis ich achtzehn bin.«

Ich hatte jeden Schritt geplant. Jede Stunde. Trotzdem konnte immer noch so viel schiefgehen. »Du solltest auch abhauen. Vaughn wird dich nicht mehr in Ruhe lassen.«

»Auf gar keinen Fall. Ich werde dich dort draußen nicht allein lassen.«

»Dann besorg dir Überwachungskameras. Und etwas für deinen Computer. Eine massive Firewall oder so etwas.«

»O Mann, das ist echt krass.«

Ich starrte ihn an, bis er mich ansah. »Du musst mir nicht helfen. Ich würde es verstehen.«

»Halt den Mund.« Er beugte sich über die Sitzbank und boxte mich in den Oberarm. Seine Art, mir zu sagen, dass er mich liebhatte, aber ich konnte es nicht erwidern. Die Worte fühlten sich an wie ein Fluch. Jeder, den ich geliebt hatte, war gestorben. Ich drehte mich um und starrte aus dem Fenster. Wir mussten nur die Hütte finden, und dann würde alles gut werden.

Der Berg würde mich beschützen. Seit ich klein war, hatte Dad angefangen, mich vorzubereiten. Wir waren ständig campen gewesen. Bei Regen, Sonnenschein oder Schnee. In den Ferien oder mitten unter der Woche. Dad war das egal. Er schaute sich meine Zeugnisse kaum an und sagte, er bräuchte sie sich nicht durchzulesen, da er mir vertraute, und dass er mir mehr beibringen könnte, als ich jemals in vier Wänden lernen würde. An vielen dieser Wochenenden nahmen wir Jonny mit. Dad zeigte uns, wo wir einen Unterschlupf und Wasser finden und Beeren und Pilze sammeln konnten. Wir orientierten uns mit Hilfe des Kompasses und der Sterne. Wir heulten mit den Wölfen in der Ferne. Dad nannte uns sein Rudel. Seine wilden Welpen.

Manchmal waren Dad und ich nur ein paar Tage zu Hause, ehe er wieder hinten im Garten stand, den Berg anstarrte und mich zu sich winkte. Er legte seinen Arm um meine Schulter und zog mich an sich, so dass ich unter dem warmen Gewicht geborgen war.

Fühlst du das? Der Berg ruft nach uns, mein Mädchen. Er will, dass wir nach Hause kommen.

9

Die Glasscherben, die den Holzfußboden in Dads Werkstatt bedeckten, knirschten unter meinen Sohlen. Der Waffenschrank lag auf der Seite, das Metallschloss war verbogen und von einem Schneidbrenner angekokelt. Dads Quad war verschwunden, genau wie sein Dirt Bike. In diesem Zustand sah die Werkstatt leer aus. Langsam drehte ich mich einmal im Kreis. Die Angelruten und die Armbrust waren nicht in ihren Halterungen. Die gesamte Campingausrüstung, Dads Outdoor-Klamotten, sein Winterschlafsack, die Messer und Werkzeugkisten fehlten ebenfalls.

Im Haus war es nicht besser. Die Umzugskartons waren aufgerissen, die Kleidung herausgezerrt worden. Geschirr war zerbrochen, Töpfe und Pfannen lagen überall verstreut, als hätte jemand nach Schmuck, Geld oder Elektrogeräten gesucht. Nach irgendetwas, das sich verkaufen ließe. Es fehlten auch noch andere Dinge, aber sie waren für einen normalen Dieb ohne Wert, und der Polizei würde es nicht auffallen. Kerzen, Batterien, Taschenlampen, Klebeband, Wasserflaschen, ein paar Fotoalben. Die großen gerahmten Fotos musste ich zurücklassen.

Nachdem wir uns vergewissert hatten, dass die Hütte der Minenarbeiter noch stand, hatten wir uns beeilt, alles vorzubereiten. Vaughn hatte schon davon geredet, dass ich wieder in meinem eigenen Zimmer schlafen sollte, und irgendwann würde Lana nachgeben. Jetzt, wo ich Dads Sachen eingepackt hatte, wollten sie das Haus schon bald verkaufen und meinen persönlichen Besitz in ihrer Garage einlagern.

Unter der Woche fuhr Jonny ohne mich hoch, bereitete die Hütte vor und legte Vorräte an. Er musste ein paarmal mit dem Quad seines Dads und einem Anhänger hochfahren. Er bezahlte mit seinem eigenen Geld, bis er meine Sachen verkaufen konnte.

Jonny und ich hatten den fingierten Einbruch für einen Tag geplant, an dem Lana mit Cash bei einer Geburtstagsparty war und Vaughn eine Betriebsversammlung hatte. Lana setzte mich mit ein paar Kisten ab, damit ich im Obstgarten die letzten Äpfel pflücken konnte. Ich hatte ihr erzählt, dass man daraus das beste Apfelkompott zubereiten konnte.

Sie würden glauben, das Haus sei in der Nacht zuvor ausgeraubt worden und dass es mir nur deshalb nicht sofort aufgefallen sei, weil ich hinten war, um die Äpfel zu pflücken. Jonny hatte bereits Stunden damit verbracht, die Sachen wegzuschaffen. Er hatte in der Morgendämmerung angefangen und mein Dirt Bike, Dads Quad und sein Bike zur Wasserrinne an der Rückseite des Grundstücks gefahren. Sobald es dunkel war, würde er Dads Fahrzeuge mit dem Truck abholen und zu einem Typen bringen, der sie auseinandernehmen und die Einzelteile verscherbeln würde. Dasselbe geschah mit Dads Elektrowerkzeugen, seinen Uhren und Moms Schmuck. Jonny würde die Seriennummer von meinem Bike feilen, es in Tarnfarben anmalen und weit oben in den Bergen verstecken.

Dads Waffen würde ich auf keinen Fall verkaufen. Drei Gewehre, zwei Schrotflinten und Dads Lieblingswaffe, sein 45er Smith & Wesson. Er hatte den Revolver geliebt, und ich brauchte ihn. Waffen zu verkaufen war ohnehin viel zu gefährlich. Jonny schätzte, dass wir ein paar Tausender für die Bikes und die Werkzeuge bekommen würden. Von dem Geld würden wir Vorräte kaufen – und was ich sonst noch brauchte, um in einem Jahr ein neues Leben anzufangen.

Jonny war vor ein paar Minuten aufgebrochen, nachdem er mir geholfen hatte, die Obstkisten mit Äpfeln zu füllen. Ich brauchte etwas Zeit für mich, ehe ich Lana anrief. Ich öffnete Ambers Nachricht von diesem Morgen. Sie hatte mir ein Foto vom Sonnenaufgang geschickt.

Glaubst du, die Sonne wünscht sich jemals, sie könnte ausschlafen?

LOL. Kann schon sein. Ich wünschte, ich könnte einen Sonnenaufgang mit dir sehen.

Ich auch. Ich vermisse dich.

Ich las die Unterhaltung noch einmal, dann schloss ich die App und setzte mich auf dem Boden in die Ecke, in der früher Moms Staffelei gestanden hatte – Dad sagte, sie mochte das Licht vom Fenster. Auf dem Boden waren ein paar kleine Farbflecken. Ich strich mit dem Finger über die glatten Erhebungen. Wenn ich heute aus der Tür ging, würde es das letzte Mal sein; das letzte Mal, dass ich hier war, in unserem Haus; das letzte Mal, dass ich meinen Eltern so nah war. Meine Kehle wurde eng, und ich wollte alles abblasen. Ich wollte Lana zwingen, mich das Haus behalten zu lassen. Aber es war sinnlos. Ich konnte keine Hypothek bezahlen.

Ich holte ein paarmal hastig Luft, damit ich abgehetzt klang, dann machte ich den Anruf.

»Lana, in mein Haus ist eingebrochen worden! Sie haben alles mitgenommen – mein Dirt Bike, Dads Werkzeuge. Jemand hat das Fenster eingeschlagen.« Ich begann zu schluchzen, ertränkte ihren erschrockenen Aufschrei, ihre Ankündigung, dass sie Vaughn anrufen würde. Ich beendete den Anruf und setzte mich auf die Couch.

Wirklich schade, dass ich diese Bilder auf Instagram gepostet hatte. Dass wir keine Alarmanlage hatten. Zu blöd aber auch, dass das Schloss an der Werkstatt so alt war und dass so viele Leute wussten, dass das Haus leer stand.

Es hätte jeder sein können. Buchstäblich jeder.

Lana spielte hinten im Garten mit Cash, aber sie würde schon bald nach mir sehen. Ich hatte die Nacht und den Großteil des Morgens mit gespieltem Geheule über den gespielten Einbruch verbracht. Im Moment versuchte ich vorgeblich, vor dem Fernseher abzuschalten. Stattdessen hatte ich den Apparat laut genug gestellt, um meine Stimme zu übertönen, und beobachtete Lana und Cash durchs Fenster, während ich mit Amber telefonierte.

»Ich muss dir etwas sagen.«

»Schieß los.«

»Ich haue am Wochenende ab, aber ich kann dir nicht sagen, wohin – noch nicht.«

Für die schmerzhafte Länge eines Herzschlags herrschte Schweigen. Vielleicht hasste sie die Vorstellung, dass sie ein Geheimnis hüten sollte, war es leid, ständig in mein Drama hineingezogen zu werden. Es gab andere Frauen, deren Leben weniger kompliziert waren.

»Echt jetzt?«

»Ich muss von Vaughn weg.«

»Komm zu mir.« Sie klang aufgewühlt, ihre Stimme war heiser. Ich wünschte, ich könnte meine Tasche packen und zu ihr ziehen. Ich hatte ihre Souterrainwohnung gesehen, wenn wir über Facetime gesprochen hatten, die frischen Blumen auf dem Tisch, ein Bett, übersät mit bunten Kissen. Sie würden nach ihre Kokosnusslotion riechen.

»Ich muss weg aus Cold Creek. Ich habe Fotos auf Vaughns Computer gefunden. Von mir und von anderen Frauen. Nacktfotos, aber ohne Gesichter. Er hat versteckte Kameras – im Diner könnte auch eine sein.«

»Wie bitte?« Sie zischte die Worte. »Das ist ja widerlich!«

»Ich habe anonym bei der Polizei angerufen, aber ich habe keine Beweise. Vaughn hat mich bedroht, du darfst es also *niemandem* erzählen. Versprichst du es mir?« Cash sprang von der Schaukel. Sie kamen ins Haus.

»Ich verspreche es, aber Hailey …«

»Ich muss aufhören. Wir dürfen uns nichts davon schreiben. Jonny wird dir Nachrichten zukommen lassen. Du kannst ihm vertrauen. Ich liebe dich.« Ich beendete den Anruf, ehe ich begriff, was ich gesagt hatte, und meine Wangen heiß wurden.

Das Smartphone in meiner Hand vibrierte. Ich schaute nach unten.

Ich liebe dich auch.

Fünf Tage später ließ ich Cashs roten Lieblingstruck auf seinem Nachttisch stehen, küsste ihn sanft auf die Stirn, während er schlief, und ging selbstsicher in den Flur. Dieses Mal war Vaughn nicht da – er war diese Woche für die Nachtschicht eingeteilt. Als Sergeant bräuchte er nicht nachts zu arbeiten, aber er sagte, er wollte, dass die anderen Officers hin und wieder eine Pause bekamen. Ich hatte das Gefühl, dass er andere, persönlichere Gründe dafür hatte. So konnte er unbemerkt seine versteckten Kameras überprüfen und Frauen durch hell erleuchtete Fenster beobachten.

Ich achtete darauf, nicht auf die knarrenden Bodendielen zu treten, aber ich machte mir keine allzu großen Sorgen, dass Lana aufwachen könnte. An diesem Abend war ich diejenige gewesen, die ihr einen Spezialcocktail gemixt hatte, und ich hatte es ziemlich gut gemeint. Während sie ihren Drink genossen hatte, hatte ich Cash eine Schüssel Eiscreme zubereitet, etwas Benadryl hinzugetan und das Ganze mit Schokoladensoße gekrönt. Die beiden würden gut schlafen.

Der Einbruch hatte Vaughn verärgert. Er hatte mir so viel Fragen gestellt, dass Lana sogar dazwischenging, als ich in Tränen ausbrach. Ich kleidete mich in düsteren Farben, duschte kaum und redete, als sei ich leicht benommen. Ich schaute YouTube oder chattete mit Amber. Wir erwähnten meinen Fluchtplan nie, aber ich spürte die Angst in ihren Nachrichten, wenn sie mich fragte, ob alles in Ordnung sei.

Ich vertraute Lana an, dass ich deprimiert sei, weil ich diese letzte Verbindung zu meinen Eltern verloren hatte. Ich tobte, weil jemand uns ausgeraubt hatte. Ich jammerte darüber, dass ich sie gebeten hatte, mit dem Räumen des Hauses noch zu warten. Vaughn hörte auf, mich auszufragen, und bat mich stattdessen, für die Versicherung eine Liste der gestohlenen Gegenstände zu erstellen. Ich schob es hinaus, sagte, es würde mich zu sehr aufregen und dass ich mich nicht an alles erinnern konnte. Ich würde daran arbeiten, versprochen. Sie riefen den Makler an und boten das Haus zum Verkauf an. An diesem Abend ließ ich das Abendessen ausfallen und ging zur selben Zeit ins Bett wie Cash. Es war nicht mehr die Rede davon, dass ich in mein Zimmer zurückzog, aber ich hörte lautes Geflüster. Sie stritten sich. Vielleicht würde Lana erleichtert sein, wenn ich weg war. Dann konnten sie und Vaughn wieder in der Küche tanzen.

Es wurde Zeit. Ich schob meinen Rucksack über die Schultern, ging geradewegs zur Vordertür hinaus und schickte Jonny eine Textnachricht, wie wir es verabredet hatten.

Ich haue ab.

Lass den Scheiß!

Ich hasse Vaughn. Er lässt mich überhaupt nichts machen.

Komm zum See. Dann reden wir, okay?

Ich melde mich später. Der Akku ist leer.

Ich schaltete mein Smartphone aus. Sobald ich als vermisst gemeldet war, würden die Cops meine Handydaten überprüfen und feststellen, dass mein Telefon keine Signale mehr ausgesendet hatte, als ich noch in der Stadt war. Jonny zeltete mit Freunden am See. Er hatte Selfies mit ihnen gemacht und sie bei Facebook gepostet, so dass sie zeitlich zugeordnet werden konnten, und er würde dafür sorgen, dass er niemals allein war. Später am Abend würde er mir eine Nachricht schicken und fragen, ob bei mir alles okay sei, und am Morgen, wenn er nichts von mir gehört hatte, würde er Lana anrufen. Dann würde es losgehen.

Alle würden glauben, ich hätte die Stadt verlassen, weil ich unglücklich war. Jonny würde hoffentlich keine Probleme bekommen, aber Vaughn würde ihn scharf im Auge behalten. Er würde erwarten, dass ich mich bei Jonny melde.

Amber arbeitete im Diner, danach würde sie ebenfalls raus an den See fahren. Die Leute würden sie dort sehen. Wenn die Polizei unsere Textnachrichten las, würde es für Vaughn keinerlei Anhaltspunkte dafür geben, dass ich ihr von den Fotos erzählt haben könnte. Nur weitere Beweise, dass es mir schlecht ging.

Da jetzt eh alles egal war, nahm ich mein Fahrrad und fuhr zum Eckladen, kaufte ein paar Schokoriegel, eine Dose Cola und eine Tüte Rauchfleisch, damit ich auf den Überwachungskameras zu sehen war. Anschließend radelte ich durch die Seitenstraßen, als sei ich unterwegs zur Busstation – für den Fall, dass es an den Häusern Videoüberwachung gab –, doch dann bog ich in einen dunklen Waldweg ab. Ich folgte ihm bis zu Coopers Farm, dem letzten größeren Privatgrundstück vor dem Highway. Danach gehörte das Land entweder den Holzfirmen oder dem Staat.

Ich ließ das Fahrrad am Rand des unteren Feldes zurück und lief das restliche Stück zum Stall zu Fuß. Ich kletterte über Zäune oder kroch darunter hindurch und versuchte, die Tiere nicht aufzuschrecken. Einer der Hunde begann zu bellen, und ich pfiff hoch und klar. Prompt kam ein wedelndes Fellbündel angerannt und sprang an meinen Beinen hoch, dann kamen noch zwei. Erleichtert, dass sie mich von meinen letzten Besuchen wiedererkannten, ließ ich meinen Rucksack fallen und zog den Räucherlachs heraus, den ich aus Lanas Kühlschrank stibitzt hatte. Er war aus dem Laden und vermutlich rot gefärbter Zuchtlachs, aber den Hunden schien es egal zu sein. Gierig schlangen sie ihre Happen herunter und bettelten um mehr. Ich streichelte das weiche Fell am Hals der Hündin und ließ mir von ihr die Finger sauber lecken. Ihre Zitzen waren voll und schwangen unter ihrem Bauch hin und her. Sie säugte ihre Jungen immer noch.

Zwei der Hunde trollten sich und liefen um die Ecke, zurück zu ihren Schlafplätzen auf der Veranda des Farmhauses. Ich folgte der Hündin durch die Seitentür in den Schuppen und dimmte meine Taschenlampe zu einem matten Licht, damit ich sehen konnte, wohin sie ging. Ihre Welpen lagen in einer der Stallboxen. Sie ließ sich auf den Boden plumpsen, während ich wegen der kleinen Fellknäuel ganz aus dem Häuschen geriet und sie streichelte. Es waren sechs.

Ich konnte ein Junges, das noch gesäugt wurde, nicht seiner Mutter wegnehmen. Enttäuscht ließ ich mich zurücksinken. Die Welpen purzelten übereinander. In der Ecke lag ein anderer Hund und beobachtete mich. Ein blaues Auge, ein braunes, den Mund zu einem Lächeln geöffnet. Er sah jung aus, hatte helle weiße Zähne und war ziemlich mager. Vierzig Pfund vielleicht, bei einer Größe wie ein Border Collie. Sein schwarzes Fell war struppig und verwahrlost, die Ohren büschelig. An der Brust hatte er einen weißen Fleck, und eine seiner schwarzen Pfoten sah aus, als hätte er sie in weiße Farbe getaucht.

Ich kannte ihn nicht. Er musste neu sein. Viele von Coopers Hunden wurden von Leuten zur Farm gebracht, die sie nicht länger behalten wollten. Oder es waren Streuner, die sich allein vom Reservat der First Nations bis hierher durchgeschlagen hatten, angezogen von den Tieren oder den anderen Hunden. Cooper war in vielerlei Hinsicht ein fieser alter Knacker, aber die Tiere auf seiner Farm wurden immer gut gefüttert.

»Hi«, flüsterte ich. »Willst du ein Leckerli?«

Er tappte zu mir und kümmerte sich nicht um die kleinen Welpen, die spielen wollten. Er wandte den Kopf von einem der frechen Jungen ab, der versuchte, sein Ohr zu schnappen, und trat über ein anderes.

Als ich den Arm ausstreckte, schnupperte er vorsichtig an meiner Hand, dann setzte er sich und blickte zu mir auf. Er legte den Kopf schräg, als wartete er darauf, dass ich mich erklärte.

Ich bot ihm ein Stückchen Lachs an. Vorsichtig nahm er es mir aus den Fingern. Dabei beobachtete er mich aufmerksam, während seine weichen Lippen meine Haut streiften. Als er den Happen in seine Ecke trug, um ihn dort zu verspeisen, ging ich zur Stalltür. Der junge Hund hob den Kopf und beobachtete mich.

»Willst du mitkommen?« Ich schlug auf meinen Oberschenkel und machte ein schnalzendes Geräusch.

Er rührte sich nicht. Er wedelte nicht mit dem Schwanz, und er wackelte auch nicht am ganzen Körper. Er starrte mich nur an, sein einzelnes blaues Auge funkelte. Ich schnalzte noch einmal mit der Zunge. Er legte sich hin, den Kopf zwischen den Pfoten.

»Okay, Junge. Ich hab's kapiert.«

Auf dem Highway hielt ich nach Trucks und Autos Ausschau und versteckte mich im Graben, wenn sie an mir vorbeifuhren. Noch eine Haarnadelkurve, und ich war auf dem letzten geraden Stück vor der Plakatwand. Auf der Brücke, auf der Vaughn mich nach der Party am See aufgegabelt hatte, blieb ich stehen und schaute über den Rand. Hier ging es steil nach unten bis zum Bach am Grund der Schlucht. Der Wald war dicht und felsig. Es gab keine Wege. Ein letzter Blick über die Schulter, dann hob ich mein Fahrrad hoch, schleuderte es über die Betonmauer und hörte, wie es beim Fall immer wieder gegen den Felshang krachte.

Ich kletterte über den Rand und rutschte die Böschung auf dem Po hinunter. Ich hielt mich an Wurzeln und Felsvorsprüngen fest, um meine Abfahrt zu bremsen. Steine rissen meine Handflächen auf und gruben sich in die weiche Haut meiner Arme. Am Grund der Schlucht fand ich mein Fahrrad. Es war zerkratzt und verbeult, funktionierte aber noch. Ich versteckte es im Unterholz und bedeckte es mit Zweigen und trockenem Laub. Ich würde es abholen, wenn sich die Lage wieder beruhigt hatte.

Ich bahnte mir einen Weg durch die Büsche, kroch über umgekippte Bäume und Felsbrocken, bis ich eine kleine Lichtung am Rande des Baches erreichte. Auf einem nassen Stein balancierend, zog ich meine Schuhe aus und befestigte sie mit den Schnürsenkeln am Rucksack. Das Wasser betäubte meine Füße, als ich mich Richtung Westen in Bewegung setzte. Meine nackten Füße glitten auf einem Stein aus, und ich taumelte mit ausgestreckten Armen zur Seite. Etwas fiel platschend ins Wasser. Ich überprüfte die Schuhe an meinem Rucksack. Sie waren noch da. Ich tastete in der Tasche meines Hoodies. Mein Smartphone! Das Dad mir zum sechzehnten Geburtstag geschenkt hatte! Er hatte die Hülle hervorgezogen, silbern mit

Sternen und Monden. Meine Fotos waren auf meiner iCloud, aber dieses Telefon *bedeutete* mir etwas.

Mit der Taschenlampe suchte ich den Bach ab. Wegen der Strömung konnte ich nichts erkennen, also tastete ich mit der Hand über dunkle Felsen und Steine. Meine Arme wurden bis zum Ellbogen steif vor Kälte.

Ein Fahrzeug näherte sich auf dem Highway über mir. Ich schaltete die Taschenlampe aus, voller Panik, dass Vaughn alles herausgefunden hatte, doch der Truck fuhr weiter, und schon bald konnte ich ihn nicht mehr hören.

Ich musste weiter. Ich bewegte mich langsam, während ich den Bach mit meiner Taschenlampe nach tiefen Stellen und Baumstämmen absuchte, über die ich stolpern könnte. Das einzige Geräusch war das leise Plätschern des Baches. Ich würde ihm ein paar Meilen folgen, bis er in den Fluss mündete. Dann würde ich am felsigen Ufersaum weiterlaufen, und sobald ich die Forstwege erreichte, würde ich in östliche Richtung wandern, bis ich auf mein Dirt Bike stieß.

Beim angeblichen Einbruch hatte ich Jonny das letzte Mal gesehen. Wir hatten im Wald gestanden, sein Truck war beladen, und wir konnten einander fast nicht ansehen. Wir hatten uns noch nie zuvor voneinander verabschiedet. Nicht so wie jetzt. Er boxte gegen meine Schulter. Ich nannte ihn einen Loser. Einen Moment lang sah er ängstlich aus.

»Du wirst bei meinem nächsten Rennen nicht dabei sein.«

»Du wirst es großartig machen.«

»Niemand sonst weiß, dass ich Angst habe.«

»Du hast seit zwei Jahren nicht mehr vor einem Rennen gekotzt.«

»Mit wem soll ich jetzt reden?« Er meinte nicht den alltäglichen Kram – dafür hatte er jede Menge Freunde. Aber niemand wusste, dass Jonny zwei Seiten hatte. Die eine, die ohne

Nachdenken mit dem Bike durch die Luft flog, und die andere, die sich vor Schlangen und Fledermäusen fürchtete. Dem es peinlich war, wenn die Leute nett zu ihm waren, und der immer Wechselklamotten im Truck dabeihatte, weil er nicht wollte, dass irgendjemand ihn für einen dreckigen Farmer hielt. Das war der Jonny, dem zweimal das Herz gebrochen worden war. Ich hasste beide Mädchen abgrundtief.

»Was weiß ich! Die Motocross-Groupies werden sich um den Job reißen.«

»Yeah. Wie du meinst, Lahmarsch.« Er schenkte mir sein Grinsen von der Seite. War wieder der coole Jonny.

»Vergiss nicht. Zwei Wochen.«

Wir würden uns in den Bergen treffen, an einer Stelle, an der wir im letzten Sommer mit meinem Dad gecampt hatten. Bis dahin sollte die erste Suche vorbei sein. Vielleicht gab es dann schon Plakate an der Busstation und solchen Stellen, und ich war einfach nur eine weitere Ausreißerin. Ein Fall für die Statistik. Spurlos verschwunden.

10

Ich trat aus dem Wald auf den Schotter hinaus und hielt inne, um wieder zu Atem zu kommen. Über Wildpfade war ich dem Fluss gefolgt und hatte mich dabei an die Routen gehalten, wo das Unterholz nicht so dicht und somit das Risiko geringer war, Blätter und Zweige abzubrechen. Ich war Felsabhänge hinaufgeklettert und hatte Kahlschläge überquert, die zentimeterdick mit getrocknetem Schnittgut bedeckt waren – Baumstämmen, Borke, Rinde und Brombeeren, die zwischen den Resten wucherten. Jetzt war ich ausgepowert, und meine Beine waren von den Adrenalinschüben geschwächt, die immer wieder gekommen und gegangen waren. Ich zog meinen Kapuzenpullover aus und band ihn mir um die Taille. Prompt wurde mir kühler, als ich nur noch mein Camo-T-Shirt und schwarze Leggins trug.

Mondlicht erhellte die Forststraße und tauchte alles in einen geisterhaften Silberschein. Ich wandte mich nach rechts und lief auf dem Seitenstreifen, wo der Schotter verdichtet war. Im Wald war es still, nur die üblichen Geräusche der Nacht waren zu hören, das Rascheln der Mäuse, das leise *Uh* einer Eule, doch dann hörte ich ein anderes Geräusch hinter mir. Ein Scharren. Knackende Zweige. Etwas rannte durchs Unterholz.

Ich erstarrte.

Langsam drehte ich mich um und leuchtete mit der Taschenlampe ins Unterholz. Der Lichtstrahl erfasste ein Paar funkelnde Augen. Einen Schatten. Die Gestalt bewegte sich, verschwand hinter einem Baum. Eine Rute blitzte auf. Ein Puma? Mein Herz hämmerte gegen meine Rippen. Nein. Die belauerten ihre Beute. Einen Puma hörte man erst, wenn es zu spät war. Ein Wolf? Er könnte jung und hungrig sein. Verzweifelt. Meine Nackenhaare stellten sich auf.

Mit einer Hand zog ich mein Messer aus dem Gürtel, mit der anderen leuchtete ich weiter ins Unterholz und ließ den Strahl der Taschenlampe hin und her wandern. Ein Geräusch auf der anderen Seite von mir. Ich drehte mich um, zielte mit dem Lichtstrahl. Nichts. Ich hielt den Atem an. Minuten verstrichen. Vielleicht hatte ich das Tier verscheucht. Ich ging weiter und blieb stehen, als die glühenden Augen mitten auf dem Weg direkt vor mir auftauchten.

Ich packte mein Messer fester und stellte mich in Kampfposition. »Verschwinde!« Ich wollte groß und wütend klingen, aber meine Stimme zitterte. Was *war* das? Würde es mich angreifen?

Der Schatten rannte auf mich zu. Ich schrie auf. Dann sah ich den weißen Fellstreifen und das blaue Auge. Ich ließ das Messer sinken und stieß in einem langen Atemzug die Luft aus.

»O Mann, Hund, ich dachte, du wärst ein Wolf!« Der Hund kam zu mir getrottet und setzte sich vor mich. Er starrte meine Tasche an, dann mein Gesicht.

»Du willst mich auf den Arm nehmen. Du bist mir gefolgt, weil du Lachs möchtest?«

Der Hund starrte erneut meine Tasche an und winselte leise.

»Ich habe nichts mehr.« Ich schaute die Straße entlang. Wenn er mir vom Highway durch den Wald gefolgt war, hatte er vielleicht Pfotenabdrücke hinterlassen, die direkt zu mir führten.

»Geh nach Hause.« Ich fuchtelte mit den Armen, um ihn zu

verscheuchen. Er rührte sich nicht. Ich klatschte laut in die Hände. Er spitzte ein pelziges Ohr und sah mich an. Ich stampfte mit dem Fuß auf und riss die Arme hoch. »Verschwinde!«

Der Hund erschrak, wich tänzelnd zurück und stürmte in den Wald. Ich blieb noch einen Moment stehen und lauschte. Ich konnte ihn nicht hören. Hoffentlich lief er zurück zur Farm.

Ich ging weiter, und bald erreichte ich das Straßenschild, das Fahrer davor warnte, dass es im Winter zu Erdrutschen und Steinschlag kommen konnte. Direkt hinter dem Schild befand sich die alte Holzbrücke. Sie war letztes Jahr zusammengestürzt, doch das Holzfällerunternehmen hatte sie noch immer nicht repariert, und man kam nur noch mit dem Bike, per Pferd oder zu Fuß weiter.

Mein Dirt Bike wartete wenige Schritte hinter dem Schild versteckt im Unterholz. Ich fand es und schickte Jonny einen stummen Dank. Und meinen Eltern, weil sie auf mich aufpassten. Ich war fast frei.

Die Scheinwerfer warfen gespenstige Schatten auf den Weg, als ich langsam über die Piste fuhr und dabei nach umgestürzten Bäumen Ausschau hielt, die mir den Weg versperren könnten. Ich war so auf die Straße vor mir konzentriert, dass ich den neben mir laufenden Hund erst sah, als ich einen raschen Blick auf eine kleine schwarze Gestalt erhaschte. Ich fuhr langsamer, bis ich fast stehen blieb, und er tauchte wie aus dem Nichts vor mir auf. Ich trat auf die Bremse und kippte wie in Zeitlupe um, wobei das Bike auf meinem Bein landete. Ich blickte auf. Der Hund stand über mir und hechelte mir ins Gesicht.

Ich vergewisserte mich, dass ich nicht verletzt war. Alles in Ordnung. Ich war langsam genug gewesen, und das Bike hatte mich in eine weiche Sandmulde gestoßen. Ich richtete das Bike auf und untersuchte es. Auch hier war alles in Ordnung. Ich atmete vernehmlich aus und wandte mich wieder dem Hund zu, der die ganze Prozedur interessiert beobachtet hatte. Als hätte er nichts mit dem Unfall zu tun. Ich stemmte die Hände in die Hüften. »Wir müssen an deinem Timing arbeiten.«

Wir setzten uns auf die Böschung und teilten uns etwas Wasser – das er aus meinen zur Schale geformten Händen trank – und ein paar Streifen von meinem Trockenfleisch. Er leckte mir die Finger sauber und beobachtete mein Gesicht, als würde er erwarten, dass ich ihn reinlegte und im letzten Moment meine Hand wegriss. Er hatte gelernt, niemandem zu vertrauen. Das hatte ich kapiert.

Ich gab ihm noch ein Stück Fleisch, dann stand ich auf, um auf mein Bike zu steigen. »Du kannst mir nicht folgen. Es ist zu gefährlich.« Ich musterte ihn scharf. Er musterte mich. »Das wird nicht funktionieren, Hund.«

Er stellte sich auf die Hinterbeine und stützte sich mit den Vorderpfoten auf meine Oberschenkel.

Ich beugte mich vor und versuchte, ihn hochzuheben. Mit einem scharfen Bellen befreite er sich zappelnd und sprang zurück. »Dann geh nach Hause.« Ich startete das Bike, die Beine an den Seiten, und ließ den Motor mit zwei raschen Drehungen aus dem Handgelenk ein paarmal aufheulen, in der Hoffnung, ihn zu erschrecken. Er sah auf den rauchenden Auspuff und dann wieder aus schmalen Augen zu mir. Als wäre er *beleidigt*.

»Ich habe nichts mehr zu essen.« Ich hob die Hände. Er rührte sich nicht. »Hör zu, Wolfshund, du kannst nur mitkommen, wenn du lernst, auf einem Dirt Bike zu fahren. Das ist die einzige Möglichkeit.« Ich schlug auf den Sitz vor mir.

Der Hund sprang hoch, seine Vorderpfoten landeten auf

dem Tank, sein Hinterteil auf meinem Schoß. Erschrocken packte ich ihn, um ihn festzuhalten, doch er saß perfekt ausbalanciert vor mir. Er lehnte sich an mich, den Blick auf die Straße vor uns gerichtet. Ich rührte mich nicht. Was war das denn? Ich dachte an die Farm. Die Traktoren. Vielleicht war dieser Hund mit den Arbeitern mitgefahren. Er sah mich über die Schulter an.

»Okay. Versuchen wir es.«

Das Scheinwerferlicht streifte das orange Leuchtband, das Jonny an einen Zweig gebunden hatte, um den Anfang des Pfades zu markieren. Ich riss das Band ab, dann bog ich von der Forststraße ab, rumpelte die Böschung hinunter und fuhr vorsichtig zwischen den uralten Bäumen hindurch. Ich konnte ihn noch nicht hören oder sehen, aber ich wusste, dass der schmale Wildpfad dem Verlauf des Flusses folgte. Ich erreichte die nächste Markierung, entfernte das Band und bog ein weiteres Mal ab. Ich fuhr weiter nach oben, bis ich den Felsgrat fand, der aus dem Boden aufragte.

Als ich den Motor abstellte, sprang der Hund vom Bike und begann, herumzuschnüffeln. In der Dunkelheit konnte ich ihn kaum erkennen. Ich versteckte das Bike hinter einem Baum, hängte den Helm an den Lenker und zog die Taschenlampe aus dem Rucksack. Ich lief leise los und leuchtete mit der Lampe zwischen die Bäume. Der Hund blieb mir dicht auf den Fersen. Ob er Angst hatte, ich könnte ihn zurücklassen?

Ich kämpfte mich durch das Unterholz und kletterte über umgefallene Bäume und Felsen. Wir waren am Fuß des Steilhangs – einer großen Steinplatte, die vor vielen Millionen Jahren von einem Gletscher aufgerichtet worden war. Der Strahl der Taschenlampe leuchtete den Pfad vor mir aus und erfasste die kaum erkennbaren Umrisse eines Gebäudes. Die Hütte.

Der Hund lief an mir vorbei und trottete vertrauensvoll auf die Tür zu, als wäre das unser Zuhause und wir kämen gerade vom Einkaufen zurück. Ich folgte ihm, aber langsamer, wobei ich auf jedes Detail achtete. Jeder andere würde glauben, die Hütte sei verlassen, dunkel und kalt, mit Wänden, die auf beiden Seiten bis zur Hälfte in eine Felsspalte gebaut waren. Sie würden die grauen, moosbedeckten Holzbalken sehen, die halb verrottet waren und sich ineinander verkeilt hatten, und würden denken, dass man das nicht mehr reparieren konnte. Das Dach mit den Zedernschindeln war unter einer Schicht aus Fichten- und Tannennadeln begraben. Verwachsene Bäume verdeckten den Himmel und ließen keinen Sonnenstrahl durch.

Ich fand es wunderschön.

Ein paar kräftige Stöße, und die Tür sprang knarrend auf. Vorsichtig machte ich ein paar Schritte und versuchte, den klaffenden Löchern im Fußboden auszuweichen. Die würde ich als Erstes reparieren müssen. Der Holzofen war zu einem hellen Braun verrostet. Jemand hatte das Ofenrohr dort, wo es aus dem Dach austrat, eingemauert, aber der Mörtel zerbröselte stellenweise, und Wasser drang ein. Ich würde es säubern und nach Löchern absuchen müssen, bevor ich versuchte, ein Feuer zu machen, oder der Rauch würde mich aus der Hütte treiben.

Es gab keine menschlichen Hinterlassenschaften bis auf ein paar Metallbehälter und verstaubte Becher, die Jonny und ich beim letzten Mal gefunden hatten. Meine gesamten Vorräte waren in der Mitte aufgestapelt – Flaschen mit sauberem Wasser, Essen in bärensicheren Dosen, auch Obst und Gemüse. Die frischen Sachen würden nicht lange reichen. Danach würde ich von Dosenessen und Trockenfleisch leben müssen.

Ich fand meine Laterne auf dem Vorratsstapel und hängte sie an einen rostigen Nagel, der aus der Wand ragte. Die Hände auf den Hüften, betrachtete ich den Rest meiner Ausrüstung, dann holte ich tief Luft.

Ich hatte es geschafft. Ich war Vaughn endlich los.

In den ersten Tagen blieb ich in der Hütte und wagte mich nur kurz raus, um den Hund, der jetzt Wolf hieß, pinkeln zu lassen. Mit einer Packung Haarfarbe, die Jonny für mich besorgt hatte, färbte ich meine Haare dunkelbraun und spülte die Farbe anschließend mit einem Krug Wasser aus. Als ich fertig war, nahm ich Dads alten Reisespiegel und seine Schere und schnitt die Haare hinten und an den Seiten kurz. Nur die Stirnfransen ließ ich lang, damit sie mir seitlich ins Gesicht fielen und meine Augen bedeckten.

Jonny gegenüber hatte ich mich knallhart gezeigt, aber ich fürchtete mich vor Grizzlys. Auf der Suche nach Fressen konnten sie ganze Gebäude einreißen, und das machte mir Angst. Sobald ich draußen war, sah ich mich vor und suchte nach Anzeichen, ob sich vielleicht einer hier in der Gegend herumtrieb – umgedrehte Steine, abgerissene Baumrinde, Kot oder Kratzspuren. Ich bewahrte ein Gewehr neben der Tür auf und ein zweites unter dem Bett, das ich mir aus dünnen Holzstämmen selbst zusammengenagelt und auf das ich eine Luftmatratze gelegt hatte. Ich schlief mit der Smith & Wesson meines Dads unterm Kissen.

Ich bemühte mich, die Hütte bewohnbar zu machen. Ich hatte ein paar der Werkzeuge meines Vaters hier. Keine Elektrowerkzeuge, die würden wir verkaufen, aber die Grundausstattung. Hammer, Säge, Schraubendreher. Ich stopfte Löcher mit Klebeband oder Holzstücken, ersetzte verrottete Balken, quartierte Spinnen und Käfer aus. Als Tisch diente mir eine umgedrehte Holzkiste, aus geschälten Baumstämmen baute ich ein Regal. Ich fühlte mich noch nicht sicher genug, um allzu viel auszupacken, und versteckte alles Persönliche unter den Bodenbrettern, eingewickelt in Plastiktüten. Bilder von meinen Eltern, Fotoalben, ein paar der kleineren Bilder meiner Mutter, die wir aus meinem Haus mitgenommen hatten.

Mein Rucksack war stets gepackt, mit Erste-Hilfe-Set und genug Überlebensausrüstung, um mich in Sicherheit zu bringen, falls ich die Flucht ergreifen müsste. Hinter einer niedrigen Felsplatte baute ich eine Latrine – damit ich gleichzeitig nach Tieren Ausschau halten konnte. Ich baute eine Alarmanlage mit Stolperdraht, Dosen und Glöckchen.

Jonny und ich hatten geplant, dass ich einen von Coopers Welpen mitnähme, also gab es in der Hütte Hundefutter, Knochen und ein paar Sachen, die Jonnys Familienhund gehört hatten. Als ich Wolf zum ersten Mal einen Ball zuwarf, sah dieser ihm nach, als er an ihm vorbeihüpfte, und schaute dann mich an.

Bälle holen? Was glaubst du denn, was für ein Hund ich bin?

Mit den Leckerlis war es eine andere Geschichte. Egal, wie wild ich zielte, er konnte sie jedes Mal in der Luft schnappen. Er sprang, verdrehte den Körper und landete geschickt wie eine Katze auf allen vieren. Ich hatte das Gefühl, dass er nicht viel Zuwendung bekommen hatte. Er akzeptierte es, wenn ich ihm den Nacken kraulte oder den Bauch rieb, aber er mochte es nicht, wenn ich ihn umarmte, und wenn ich versuchte, ihn zu küssen, drehte er den Kopf weg oder legte mir eine Pfote mitten auf die Brust.

Nachts schlief er auf dem Hüttenboden, während ich auf dem Bett lag und im Schein der Laterne Dads Survival-Bücher las. Er hatte mir alles, was auf diesen Seiten stand, selbst beigebracht, aber jetzt, wo ich allein war, war es anders. Ich studierte die Bilder mit den Tierspuren, prägte mir den Unterschied zwischen dem Abdruck eines Schwarzbären und eines Grizzlys ein und was man im Falle eines Angriffs zu tun hatte. Hin und wieder hob Wolf den Kopf, starrte zur Tür und stieß ein warnendes Knurren aus. Dann sah er zu mir, um sich zu vergewissern, dass ich aufpasste. Ich griff nach dem Revolver und wartete mit pochendem Herzen. War das ein Grizzly? Wenn Wolf spürte, dass die Gefahr vorbei war, ließ er den Kopf wieder zwischen die Vorderpfoten sinken. Er sprang niemals auf oder bellte. Kein einziges Mal. Nach ein paar Tagen fragte ich mich, ob er mich nur auf die Probe stellte.

In den Bergen waren selbst im Sommer die Nächte kalt, und ich lud Wolf ein, bei mir auf der Pritsche zu schlafen. Er ignorierte mich und blieb auf dem Boden, doch in den frühen Morgenstunden spürte ich, wie die Luftmatratze sich bewegte, als er sich neben meinen Füßen darauf niederließ. Als wir erwachten, schlichen wir für unser Morgengeschäft nach draußen. Nach unserer ersten Nacht in der Hütte hatte ich ihm ein Halsband angelegt und ihn angeleint, doch er hatte sich keinen Schritt gerührt. Er setzte sich auf seinen Hintern, und als ich versuchte, ihn zu ziehen, warf er sich auf die Seite.

Schließlich ließ er sich widerwillig von mir mit Leckerlis nach draußen locken und pinkelte an einen Baum, doch er würdigte mich keines Blickes. Dann warf er in einem Anflug von Sturheit den Kopf hoch und wich zurück, und das Halsband rutschte ab. Er rannte nicht davon. Er machte keine zwei Schritte. Er setzte sich nur und sah mich an. Eins zu null für ihn. Er kam nie wieder an die Leine, aber ich band ihm ein Bandana von mir um, und er schien nichts dagegen zu haben. Zumindest stöhnte er mich nicht an, jenes Geräusch, das er machte, wenn er unglücklich war.

Er redete. Eine ganze Menge sogar. Er machte unterschiedliche Geräusche, je nachdem, ob er rauswollte, etwas hörte oder etwas fressen wollte. Ob er mit mir nicht einer Meinung oder sauer war, weil ich versuchte, mit ihm zu knuddeln. Sie reichten von Winseln über Fiepen bis zu Knurren, Stöhnen und kurzen Belllauten.

Morgens markierte er sämtliche Bäume um die Hütte herum, während ich nervös in den Wald schaute, die Smith & Wesson in der Hand, das Gewehr über der Schulter. Wenn Wolf die Aufgabe zu seiner Zufriedenheit erledigt hatte, gingen wir wieder hinein und frühstückten zusammen. Trockenfutter für ihn, Müsli mit Trockenmilchpulver für mich. Obwohl Wolf mager und hungrig war, nahm er ein Maul voll Futter, legte es auf dem Boden ab und schnupperte erst an jedem Brocken, ehe er ihn fraß.

Ich wartete bis zur Dunkelheit, ehe ich mir etwas auf dem Gasofen kochte, damit der Rauch mich nicht verriet, aber ich musste die Tür offen lassen, um zu lüften, und hatte Angst, dass der Geruch auch ein paar Tiere zum Essen einladen würde. Meistens aß ich nur kalte Mahlzeiten.

Wolf und ich verbrachten jeden Tag viele Stunden zusammen, und ich probierte ein paar einfache Kommandos bei ihm aus – Sitz, Platz, Hierher, Bleib. Es brauchte nur wenige Anläufe, und ich fragte mich, ob jemand ihn bereits erzogen hatte. Ich machte mir Sorgen, dass er irgendwo vielleicht einen rechtmäßigen Besitzer hatte. Sobald er eine Sache begriffen hatte, hörte er damit auf und sah mich an. *Und jetzt?* Ich begann, ihm Handzeichen beizubringen, dann ein paar Tricks. Er sollte zum Beispiel eine bestimmte Stelle an der Wand mit der Pfote berühren, vom Stuhl aufs Bett springen oder verschiedene Gegenstände aufheben und sie zurückbringen. Sobald ich damit aufhörte, bellte er mich an.

Nach der ersten Woche begannen Wolf und ich das Gelände zu erkunden, sobald die Sonne untergegangen war, aber ich wagte mich nicht weit von der Hütte fort. Das Dirt Bike wollte ich noch nicht benutzen. Ich hatte keine Ahnung, was in der Stadt los war und ob man möglicherweise im Wald nach mir suchte.

In der Morgendämmerung, wenn die Vögel zu singen begannen, schlichen Wolf und ich uns zum Fluss. Meine Füße und seine Pfoten liefen über den weichen Boden. Er schien meine Angst zu spüren, denn er streifte niemals durchs Unterholz oder rannte voraus. Wenn ich stehen blieb, hielt auch er an. Und wenn *er* stehen blieb, hielt ich ebenfalls inne.

Wir blieben am felsigen Ufer, wo wir keine Spuren hinterließen, und fischten in den tiefen, ruhigen Stellen im Fluss. Ich säuberte meinen Fang im Wasser, wie Dad es mir beigebracht hatte, und ließ den Kopf und die Eingeweide zurück, damit keine Tiere uns zur Hütte folgten. Wenn Dad gejagt hatte, hatte er immer dem Land gedankt, mit einem Gebet der First Nations. Einigen der Wildführer gefiel es nicht, dass die First Nations das ganze Jahr über jagen und mit Netzen im Fluss fischen durften, aber Dad war nie so gewesen. Ich konnte mich nicht erinnern, welche Worte er benutzt hatte, also dachte ich mir meine eigenen aus, umklammerte dabei meinen Elchanhänger und reckte das Gesicht zum Himmel.

Danke für den Fluss. Danke für diesen großartigen Berg. Danke für dieses Geschenk.

Wolf wartete, bis ich fertig war, dann setzte er sich gerne dicht neben mich und starrte auf die kleinen Wellen, wo meine Angelschnur unter der Wasseroberfläche verschwunden war. Eines Morgens steckte er den Kopf unter Wasser und tauchte mit einem Flusskrebs im Maul wieder auf. Danach stupste er mich den ganzen Weg bis zum Fluss hinunter sanft in die Kniekehlen.

Ein paarmal sahen wir Rehe, die majestätisch ihren Kopf

zum Wasser senkten, um zu trinken. Mein Gewehr war immer in Reichweite, doch ich konnte keines von ihnen erschießen. Ich würde von Fisch leben müssen. Wolf neben mir erstarrte und hob eine Pfote, als würde er jeden Moment lossprinten. Ich hielt ihn am Bandana fest und erklärte ihm, dass Rehe absolut tabu waren. Er schmollte, aber er versuchte es nie wieder. Er jagte Kaninchen und Moorhühner, und manchmal leckte er sich noch das Blut von der Schnauze, wenn er zurückkam. Wir redeten nicht darüber.

Zum ersten Mal, seit mein Dad tot war, spürte ich, wie die Dunkelheit allmählich zurückwich. Ich wachte schneller auf, stand voller Vorfreude auf den Tag auf und freute mich darauf, etwas zu tun. Dort *draußen* zu sein. Die Gerüche des Waldes, das Gewicht der Angelrute, das Zischen, mit dem die Angelschnur durch die Luft schnitt, wenn ich sie auswarf, der Köder, der ins Wasser eintauchte. Die Pfade riefen mich. Die Auen und die versteckten Bäche, gesäumt mit dunklem Farn und beschattet von Bäumen. Jeder Atemzug an der frischen Luft machte die harten Knoten in meinem Inneren weicher. Ich hatte gar nicht gemerkt, wie gefangen ich mich in der Stadt gefühlt hatte, umgeben von dem Krach, den Menschen, der allgegenwärtigen Besessenheit von den sozialen Medien. Klamotten, Haare oder Make-up waren mir egal, ich hasste Politik. Nichts davon war wichtig. Ich gehörte *hierher.* Ich war nicht einsam, noch nicht, aber ich vermisste Jonny und Amber. Cash fehlte mir, sein Kichern, wenn er morgens aufwachte.

Für den Fall, dass mir etwas zustieß, hatte ich ständig ein Notizbuch in meinem Rucksack dabei. Darin schrieb ich alles auf, was Vaughn getan hatte. Als ich damit fertig war, füllte ich die Seiten mit Skizzen von Blumen – Hahnenfuß, Weidenröschen, Glockenblumen. Und von Vögeln, die ich sah. Meisenhäher, Meisen, Weißkopfseeadler, Raben mit ihrem gurgelnden

Krächzen. Ich versuchte, ihre Rufe genau zu bestimmen, und übte sie, während Wolf zusah, den Kopf zur Seite gelegt. Ich dachte mir ein paar Pfiffe für ihn aus und kombinierte sie mit den Handzeichen, die er bereits erlernt hatte.

Ich zeichnete Karten in mein Heft, markierte Pfade, die möglicherweise von Bären stammten, und Lichtungen mit Sträuchern voller Stachelbeeren und Brombeeren, Felsenbirnen, wildem Wein und winzigen Walderdbeeren. Auf moosbedeckten Baumstümpfen wuchsen Heidelbeeren. Wolf liebte es, an den unteren Zweigen die Früchte mit den Zähnen abzuziehen, und dabei war er so vorsichtig, dass er niemals auch nur eine einzige Beere verlor.

Ein paarmal fand ich Bärenkot mit frischen Beeren darin, oder Wolf begann mich zu umkreisen und machte ein leises Geräusch, halb Bellen, halb Winseln, dann lief ich eilig zurück zur Hütte.

Manchmal tat ich so, als würde ich Amber schreiben. Ich gab mich Tagträumen hin, in denen ich ihr eines Tages die Hütte zeigen würde. Wir würden auf den Wiesen picknicken und zusammen im Fluss schwimmen. Das würde ihr gefallen. Ich dachte daran, mit dem Dirt Bike in die Nähe des Sees zu fahren, dann könnte ich ihr vom Wegwerfhandy aus eine Nachricht schicken, aber dafür war es zu früh. Vaughn suchte sicher noch nach mir. Manchmal bildete ich mir sogar ein, ich würde das Dröhnen eines Hubschraubers in der Ferne hören. Ich stellte mir vor, wie er mit einem Fernglas den Wald absuchte und mich entdeckte, wie ich geduckt zwischen den Bäumen hindurchlief. Ein Tier, das um sein Leben rennt.

Als Jonnys Dirt Bike näher kam, beobachtete Wolf den Pfad aufmerksam. Seine Ohren bewegten sich zuckend vor und zurück. Dann drehte er sich um und sah mich an.

»Guter Junge. Warte.«

Jonnys Dirt Bike tauchte auf der Lichtung auf. Die rot-weiße Farbe hob sich scharf vom grünen Wald ab, ein willkommener Anblick. Ich blieb zwischen den Bäumen und duckte mich tief, bis er den Helm abgenommen und unseren Pfiff ausgestoßen hatte, eine leise, trällernde Melodie. Ich pfiff zurück. Ein erleichtertes Lächeln legte sich über sein Gesicht. Er war sonnenverbrannt, sah aber dünner aus, und die Wangenknochen standen spitzer hervor.

»Mir ist niemand gefolgt«, rief er. Er fuhr sich mit der Hand durchs Haar und lockerte es dort, wo es an der Stirn geklebt hatte. Ich trat aus dem Unterholz, mit Wolf auf den Fersen. Seine Schnauze stieß gegen meine Wade. Jonny drehte sich zu mir um und riss die Augen auf. »Wow!«

»Was ist?«

»Du siehst ganz anders aus mit diesen Haaren. Echt krass. Niemand würde dich wiedererkennen.« Er reckte die Daumen in die Höhe, dann sah er Wolf an, der neben mir saß. »Ich dachte, du wolltest dir einen Welpen holen.« Er stieg vom Bike, ging in die Hocke und klopfte sich aufs Bein. Wolf rührte sich nicht.

»Er hat mich ausgesucht. Ich habe ihn Wolf genannt.« Ich schaute nach unten. Wolf musterte mich eingehend. Als er zufrieden war, weil ich entspannt war, trottete er zu Jonny, schnüffelte an seiner Hand und ließ sich von ihm tätscheln, bevor er auf Erkundungstour im Wald verschwand.

Jonny stand auf und zog mich in seine Arme. So standen wir eine ganze Weile da. Er fühlte sich warm, fest und vertraut an. Als er mich losließ, fragte er: »Bei dir alles in Ordnung?«

»Es geht mir gut. Was sagen die Leute?«

Er holte tief Luft. »Man hat dein Fahrrad gefunden.«

»Aber ich hatte es versteckt!« Mein Magen zog sich zusammen. Was hatten sie noch gefunden?

»Ein Straßentrupp hat die Brücke repariert, und einer der Landvermesser ist ein Stück am Fluss entlanggegangen, um aus einiger Entfernung Fotos davon zu machen oder so was in der Art.«

Ich konnte es mir vorstellen, jeden schrecklichen, glücklosen Augenblick. Der Arbeiter hatte wahrscheinlich angehalten, um sein Sandwich zu essen oder zu pinkeln. Er sah Metall aufblitzen und schob die Zweige zurück.

»Durchsuchen sie den Wald?«

»Ja, allerdings. Sie haben auch dein Smartphone im Bach gefunden. Alle glauben, du wärst entführt worden.«

»Sie glauben, jemand hat mich *entführt*?«

»Das sagen die Gerüchte. Wegen des Highway-Killers.«

Ich presste meine Hände an den Kopf, als könnte das den Wirbelsturm aus Panik aufhalten, der meine Gedanken umherwirbelte. »Wenn sie meine Spuren entdecken ...« Es war zwei Wochen her. Lange genug, wie ich hoffte.

»Sie hatten einen Spürhund, aber er hat nichts gefunden. Manche Leute machen sich am Wochenende immer noch auf die Suche. Die Jungs und ich haben auch ein paarmal mitgemacht. Es fühlt sich scheiße an, sie anzulügen.«

»Ich wollte nicht, dass die Leute glauben, ich sei umgebracht worden!« Ich dachte an Lana und Cash und wie sehr sie das mitnehmen musste. Cash war noch ein Kind. »Hast du mit Amber gesprochen?«

»Ich habe ihr gesagt, dass es dir gut geht. Sie glaubt, du wärst in den Norden gegangen. Vaughn hat sie befragt, aber sie hat ihm erklärt, dass sie lieber das Fett direkt aus der Fritteuse essen würde, als mit ihm zu reden.«

»Verdammt. Wieso legt sie sich mit ihm an?«

»Sie ist sauer, dass du abhauen musstest. Sie hat ihm gesagt, dass es seine Schuld ist, wenn dir irgendetwas zustößt, weil er so ein Kontrollfreak ist, und dass er mal einen Meditationskurs belegen soll.«

Mit offenem Mund starrte ich ihn an. »Er wird ausrasten.«

»Er hat gerade eine Menge um die Ohren. Es hat Mahnwachen gegeben, dein Plakat hängt überall in der Stadt, und du bist in den Nachrichten. Alle reden nur noch über den Highway. Die Mädchen haben Angst, allein zu sein.«

»Hat er dich befragt?«

»Thompson hat mit allen gesprochen, die auf der Party waren, so dass ich aus dem Schneider bin, aber Vaughn hat mich ständig im Auge. Ich kann nicht eine Meile schneller fahren als erlaubt.« Er sah Wolf an, als dieser ein Stück Holz anschleppte. »Cooper hat gesagt, dass er einen Hund vermisst. Ich dachte erst, er meinte einen der Welpen, aber dann erzählte er einem der Rinderzüchter, dass ein Streuner bei ihm aufgetaucht und wieder verschwunden ist.«

»Wieso kümmert Cooper das?«

»Er sagte, das Tier sei ziemlich klug, und falls er auf einer der anderen Farmen auftaucht, will er ihn zurückhaben.« Jonny musste die Angst in meinem Gesicht gesehen haben, denn er fügte hinzu: »Das sind gute Neuigkeiten. Wenn er ein Streuner ist, kannst du sagen, der Hund sei dir gefolgt, wenn das alles vorbei ist.«

»Wie soll das alles je vorbei sein? Ich kann jetzt nicht einfach so wieder auftauchen.«

»Ich habe darüber nachgedacht. Du könntest sagen, du bist dem Killer entwischt. Du hast sein Gesicht nie gesehen – oder du denkst dir eine Beschreibung aus. Es ist nicht zu spät.«

»Es ist *viel* zu spät, Jonny. Sie werden mir das niemals glauben.«

»Und was hast du stattdessen vor?«

»Weitermachen wie geplant. Vielleicht ist es sogar besser, wenn Vaughn denkt, ich sei tot.«

»Wie willst du an dein Geld kommen?«

»Das überlege ich mir, wenn ich achtzehn bin. Es ist doch nicht meine Schuld, wenn man glaubt, ich wäre entführt worden. Ich bin weggelaufen, in den Norden getrampt oder so und habe keine Nachrichten gelesen.«

Zweifelnd sah Jonny mich an.

»Ich werde jetzt nicht zurückgehen. Selbst, wenn ich deswegen Ärger bekomme. Du weißt nicht, wie es ist, mit einem Mann am Tisch zu sitzen, der *Nacktfotos* von dir gemacht hat.«

Jonny fuhr sich durchs Haar und gab einen frustrierten Laut von sich. »Wie ich diesen Kerl hasse. Ich hoffe, man erwischt ihn eines Tages. Im Knast würden sie ihm eine gewaltige Abreibung verpassen.«

»Das hoffe ich auch.« Es war eine nette Vorstellung, dass Vaughn im Knast würde büßen müssen. Dann würde er auch diese krasse Scham spüren, die ich mit mir herumtrug, seit ich diese Bilder gesehen hatte. Aber ich glaubte nicht, dass das wirklich passieren würde, und das konnte ich Jonny nicht sagen. Er musste weiterhin daran glauben, dass Gerechtigkeit möglich war.

Wir redeten eine Weile, über unsere Bikes, die Hütte, Wolf und Amber. Wir machten Pläne für das nächste Mal, wenn Jonny und ich uns treffen würden. Ich wollte alles über sein letztes Rennen wissen, aber er sagte, es sei verschoben worden, weil ich verschwunden war. Doch er war ziemlich ausweichend, und ich hatte Angst, dass er es einfach hatte ausfallen lassen. Als er ging, hinterließ er eine Staubwolke, und ein leichter Benzingeruch hing in der Luft. Wolf und ich liefen ihm nach, folgten seiner Spur durch den Wald. Irgendwann blieb ich stehen und lauschte dem immer schwächer werdenden Dröhnen seines Motorrads.

11

Der Sommer hielt sich bis Ende August. Meine Haut war goldbraun, die Sommersprossen dunkel wie Muskat. Wolf schlief jetzt regelmäßig in meinem Bett – und machte sich immer breiter. Nacht für Nacht rutschte er höher, übernahm allmählich mein Kissen und drückte mich mit den Pfoten weg, bis ich an die Holzwand gequetscht aufwachte. Ich musste mich umdrehen und ihn zur anderen Seite schieben, wobei er knurrte und leise bellte, bis ich mich schließlich an seinen Rücken schmiegte. So nah bei ihm fühlte es sich an, als sei sein Herzschlag mein eigener.

Jonny und ich trafen uns noch einmal am Fluss. Er stahl sich von seinen Kumpels am Zeltplatz weg, erzählte ihnen, er würde weiter flussaufwärts Fliegenfischen. Es gefiel ihm nicht, dass wir uns im Notfall nicht einmal eine SMS schicken konnten, also besorgte er zwei kleine Funkgeräte. Jetzt konnte ich den Wetterbericht und Musik hören und die Holzfällerfirmen belauschen. Die Reichweite war ganz ordentlich, aber wenn es dicht bewölkt oder schlechtes Wetter war, konnte er von mir nur statisches Rauschen hören. Wir einigten uns auf eine private Frequenz und gaben uns die Codenamen H150 und H250 – die Nummern auf unseren Bikes.

Die Suche nach mir war eingestellt worden, und die meisten Leute waren zu dem Schluss gekommen, dass ich ein weiteres Opfer des Highway-Killers geworden war, auch wenn die Polizei das weder bestätigte noch dementierte. Ich empfand eine merkwürdige Mischung aus Erleichterung und Schuldgefühlen. Jonny sagte, dass die Vermisstenanzeigen in der ganzen Stadt hingen, an Telefonmasten, an Tankstellen und auf Briefkästen. Er hasste es, an ihnen vorbeizulaufen. Mason hatte zwei Plakate im Fenster seines Diners hängen.

Amber und Jonny redeten miteinander, und er versicherte ihr, dass es mir gut ging – und dass ich kein Mordopfer war. Mitte September beschloss ich, dass es jetzt vermutlich ungefährlich für mich sein würde, mich zu melden. Ich könnte ihr einen Brief schreiben. Vielleicht könnten wir uns sogar treffen. Die Idee verfolgte mich bis in meine Träume. Ich könnte sie berühren, sie festhalten.

Jonny hörte Gerüchte, dass Vaughn die Officers zweimal am Tag auf dem Highway patrouillieren ließ, für den Fall, dass der Killer erneut zuschlug oder dass meine Leiche auftauchte. Freiwillige hatten die Gräben an beiden Seiten der Straße abgesucht. Jonny ging zu Thompson und fragte nach Neuigkeiten. Wir hatten entschieden, dass er das getan hätte, wenn mein Verschwinden echt gewesen wäre. Nicht, dass Thompson mehr gesagt hätte als: »Die Ermittlungen sind noch nicht abgeschlossen.«

Es waren nicht die einzigen Gerüchte. Emily, das Mädchen, das ich im Diner gesehen hatte, als Vaughn mich dort rausgeholt hatte, war eines Abends am See aufgetaucht.

»Ein paar Leute saßen um Andys Camper herum und tranken Bier«, sagte Jonny, »und sie fragte mich immer wieder, ob ich etwas Stärkeres als Gras kaufen wollte. Sie hat mich richtig gedrängt.«

»Sie dealt also damit?«

»Ich glaube, sie steckt richtig tief drin. Ich habe mich später mal umgehört, und jemand sagte, sie sei eine Informantin. Sie arbeitet für Vaughn. Verpfeift die Leute gegen Geld.«

»Echt jetzt?« Vielleicht war es gar keine Furcht gewesen, die ich in ihrem Gesicht gesehen hatte. Vielleicht war es eher so etwas wie Wut gewesen. Wie bei einem Menschen, der von jemand anderem kontrolliert wird.

»Ja. Außerdem hat sie mich gefragt, ob ich glaube, dass du noch lebst, was mir ziemlich auf den Sack gegangen ist. Ist mir egal, wie betrunken sie war. Keine Angst, ich halte sie von meinem neuen Haus fern.«

Durch einen Glücksfall hatten Jonnys Großeltern einen bezahlbaren Platz in einem Seniorenheim gefunden und waren aus ihrem alten Haus ausgezogen. Sie hatten Jonny angeboten, es zu mieten. Früher war es einmal eine Schaffarm gewesen, mit Werkstatt, Garten, Obstbäumen und Hühnern. Er konnte seine Dirt Bikes in die Werkstatt stellen, und die nächsten Nachbarn waren meilenweit weg. Hinter seinem Haus führten mehrere Pfade zum Labyrinth aus Forstwegen. In Zukunft wäre es weniger riskant, uns zu treffen, trotzdem hatte er sich Überwachungskameras besorgt.

»Vielleicht solltest du dich mit Emily anfreunden.«

»Nie im Leben.«

»Sie könnte etwas wissen.«

Er stöhnte. »Ich werde darüber nachdenken.«

Ich raste den Forstweg entlang, mit Wolf auf seinem Platz hinter mir – in einer Milchkiste, die ich auf dem Rücksitz befestigt hatte. Er war ein guter Beifahrer und verlagerte das Gewicht, wenn ich in die Kurven ging. Wenn er aufgeregt war, stellte er sich in der Kiste hin, legte mir die Vorderbeine auf die Schultern und schnüffelte im Wind, bis er mir in den Nacken nieste. Manchmal rannte er lieber parallel zu mir durch den Wald und tauchte immer wieder zwischen den Bäumen auf. Einmal lief er auf einer hohen Böschung und sprang mit einem Satz in seine Kiste, was mich fast vom Bike holte. Danach fuhr ich langsamer und lernte, den Aufprall abzufangen. Und er lernte, seinen Sprung besser zu timen.

Es war die erste Septemberwoche, und meine Mitschüler mussten wieder zur Schule. Ich dachte daran, dass ich einmal eine von ihnen gewesen war, meine Bücher bekommen und meinen Spind gesucht hatte. Ich war froh, dass ich jetzt frei war, aber ich machte mir Sorgen wegen der Berge. Es war heiß, vom herannahenden Herbst keine Spur. Im Norden brannten immer noch Feuer, und die Luft roch nach Holzkohle. Jeden Morgen hörte ich mir im Radio die aktuellen Berichte an. Der Himmel war grau, und Asche fiel wie Schnee durch dunstiges Sonnenlicht. Zweige und Blätter knirschten unter meinen Stiefeln, als ich Richtung See unterwegs war. Der Fluss führte nur wenig Wasser, und das Holz war so trocken, dass es lediglich einen Funken bräuchte, um den Wald in Flammen zu setzen.

Es war noch früh am Tag, doch die Luft war bereits abgestanden vor Hitze, als ich den Hang auf der anderen Seite des Highways erklomm. Mein Dirt Bike hatte ich eine Meile weiter oben am Berg versteckt und dann den Highway in einem Entwässerungskanal unterquert. Ich wollte herausfinden, woher der Wind wehte, und sehen, wohin der Rauch blies.

Als ich die Hügelkuppe erreichte, von wo aus ich den Highway, den See und die Bergkette überblicken konnte, war ich außer Atem und verschwitzt, und ich hatte Durst. Wolf und ich teilten uns etwas Wasser. Während er schlürfend aus seiner Schale trank, streichelte ich sein heißes Fell. Von dem guten Fressen hatte er zugenommen. Ich konnte seine Rippen nicht mehr ertasten, und seine Hüften bestanden aus festen Muskeln. Als er genug getrunken hatte, warf er sich im Schatten einer Tanne auf den Boden und hechelte mit ausgestreckter Zunge.

»Wir bleiben nicht lange, Kumpel.« Er seufzte, streckte sich und legte den Kopf zwischen die Pfoten, zu faul, um auch nur ein paar Eichhörnchen aufzustöbern. Ich schaute in den Himmel und beobachtete mit dem Fernglas den Rauch in der Ferne. Die tiefhängenden Wolken waren dunkel und zogen Richtung Westen. Im Moment war der Wind auf meiner Seite, trotzdem würde ich mir weiterhin den Wetterbericht im Radio anhören. Das größte Risiko stellten irgendwelche Idioten dar, Raucher auf dem Highway oder Camper, die glaubten, sie seien immun gegen Gefahr.

Ich kroch näher an den Rand des Felsvorsprungs und suchte mit dem Fernglas den Zeltplatz am See ab. Durch das dichte Blätterdach der Bäume würde ich nicht viel erkennen können, aber ich wollte mich vergewissern, dass niemand über Nacht ein Feuer hatte glimmen lassen oder beschlossen hatte, dass sie jetzt unbedingt eines brauchten, um sich Würstchen und Speck zum Frühstück zu braten. Soweit ich sehen konnte, war alles in Ordnung. Ich ließ den Blick über das hohe gelbe Gras entlang des Highways und über die staubtrockenen Sträucher schweifen. Ich suchte nach Müll und Verpackungen. Glasflaschen im Graben konnten ebenfalls Brände auslösen.

Durch einen dünnen Waldsaum sah ich dort, wo ein alter Forstweg parallel zum Highway verlief, etwas aufblitzen. Metall? Ich ließ das Fernglas sinken, wischte mir den Schweiß ab, der mir in die Augen gelaufen war, und richtete das Fernglas erneut auf die Stelle. Das runde Blickfeld sprang auf und ab. Ich hielt meine Hände ruhig, dachte schon, ich hätte nur eine Lichtspiegelung gesehen, doch dann erkannte ich eine Form. Die geraden Linien eines silbernen Autos. Ich stellte das Fernglas schärfer, versuchte, zwischen den Bäumen hindurch etwas zu erkennen. Das Auto stand merkwürdig schief. Das hintere Ende lag tiefer als das vordere. Stimmte etwas mit einem Reifen nicht?

Die Besitzer würden irgendwann wiederkommen, aber vielleicht hatten sie etwas im Wagen gelassen. Kleidung, Wechselgeld, etwas zu essen. Ich schnappte mir meinen Rucksack und machte mich auf den Weg hügelabwärts. Wolf schlich neben mir her. Als ich den Highway erreichte, lauschte ich, ob sich ein Wagen näherte, dann rannte ich über die Straße.

Ich brauchte ein paar Minuten, um mich durchs Gebüsch zu kämpfen, dann folgte ich dem Forstweg, bis ich um eine Kurve kam und die Frontseite des Autos mit dem glänzenden Kühlergrill vor mir sah. Versteckt hinter einem Baum, hob ich mein Fernglas und stellte es auf die Windschutzscheibe ein. Etwas baumelte am Rückspiegel. Ich stellte das Glas erneut scharf. Weißer Plüsch, ein silbernes Horn. Ein Einhorn.

War das etwa Ambers Auto?

Ich packte das Fernglas fester, schwenkte es auf der Suche nach ihr langsam herum. Nur Bäume und Sträucher und weiter hinten der graue Asphalt der Straße. Ich wandte mich wieder zu ihrem Auto um, stellte die Schärfe ein. Auch im Auto keine Spur von ihr. Hatte sie auf dem Rückweg vom See einen Platten bekommen und war ausgestiegen, um zur Stadt zu laufen? Der Gedanke, sie zu sehen, und sei es nur für einen kurzen Moment, elektrisierte mich.

Ich hielt mich unter den Bäumen und schlich näher zum Auto, bis ich die Seite sehen konnte. Vorsichtig setzte ich meine Schritte zwischen Äste und Zweige, vermied es, auf irgendetwas zu treten, das knacken könnte. Wolf folgte mir dichtauf, ich spürte seinen heißen Atem an meinen Beinen.

Der hintere Reifen war platt, ein Ersatzreifen lag daneben auf dem Boden, und der Kofferraum stand einen Spalt auf. Auf der Erde lag ein Montierhebel. Es sah aus, als sei sie gerade erst aufgestanden und davongegangen. Ich kauerte mich tief auf den Boden und überlegte, ob ich einen genaueren Blick ins

Wageninnere werfen sollte. Sie könnte eingedöst sein. Aber die Fenster waren geschlossen, und es war unwahrscheinlich, dass jemand in der Hitze schlafen konnte. Sobald ich aus dem Unterholz trat, würden meine Stiefel Spuren auf dem sandigen Forstweg hinterlassen. Ich kaute an einem Fingernagel.

Ein kehliger Vogelschrei, laut und vertraut, zerriss die Luft. Raben, die sich um etwas stritten. Ich drehte mich um, versuchte abzuschätzen, von wo das Geräusch kam, aber es klang verzerrt und hallte von den Bergen wider. Ich fand eine mächtige Tanne in der Nähe, kletterte mühelos am Stamm hoch und zog mich auf den untersten Ast. Ich kletterte weiter, bis ich über das Blätterdach der Bäume blicken konnte.

Etwa eine Meile weiter nördlich zogen drei Raben weite Kreise neben dem Highway, hinter dem Zeltplatz, auf der anderen Seite der Straße. Sie hatten Gesellschaft. Geier. Vielleicht ein Wildkadaver? Ich schluckte und klammerte mich so hart an den Ast, dass die Rinde sich in meine Haut bohrte. Ich begann, wieder hinunterzuklettern.

Wolf begrüßte mich am Fuß des Baumes, umkreiste mich, ein leises Winseln stieg in seiner Kehle empor. Ich lief auf die Vögel zu, doch er blieb zurück. Er hatte die Ohren angelegt und die Rute zwischen die Beine geklemmt. Als ich mich weiter von ihm entfernte, bellte er mich an, dann lief er mir nach. Er folgte mir dicht auf den Fersen und berührte meine Haut mit seiner Nase. Er hechelte stark.

Ich musste den Highway erneut überqueren und lief durch den Wald, bis ich den Zeltplatz hinter mir gelassen hatte. Nach wenigen Minuten roch ich es. Der Gestank kam mit einer Brise und traf mich unvermittelt. Ich beugte mich vor und hielt mir den Bauch. Wolf winselte lauter, es klang wie ein langes, trauriges Stöhnen. Ich ignorierte ihn, schob mich durch die Zweige. Sie schlugen nach mir, zerrten an meinen Armen, verfingen sich in meinem Haar. Meine Augen wurden feucht. Ich atmete schwer durch den Mund, riss mir mein Bandana von der Stirn und band es mir vor Mund und Nase. Es reichte nicht. Tränen liefen mir über die Wangen.

Sonnenlicht schnitt durch eine Lücke zwischen zwei hohen Tannen und fiel auf ein Stück offene Fläche vor mir. Der Graben neben dem Highway, eine niedrige Böschung auf der anderen Seite. Ich erstarrte. Ich wollte in den Wald zurücklaufen, wollte so tun, als hätte ich das Auto nie gesehen. Doch die Vögel kreischten und trieben mich voran.

Ich trat hinaus in das hohe Gras. Zwei weitere zögernde Schritte, und ich erblickte am Boden des Grabens eine kleine freie Fläche zwischen einigen Sträuchern. Kirschrote Haarsträhnen lagen aufgefächert auf der Erde. Eine weiße Hand war ausgestreckt, zu einer Kralle erstarrt, eine wunde Stelle um ein blutunterlaufenes Handgelenk, an dem früher ein Armband gehangen hatte.

12

Die Raben hockten auf einem Ast über mir, die Geier in einem anderen Baum. Ruhig und aufmerksam. Wolf bellte. Die Raben kreischten auf und erhoben sich in die Luft. Die Geier blieben.

Mit der Hand vor dem Mund sah ich Amber an. Eingerissene Fingernägel. Dunkelrote Striemen an den Armen. Fliegen erfüllten die Luft mit einem unaufhörlichen Summen. Tränen brannten auf meinem Gesicht, und ich machte ein merkwürdig verstümmeltes Geräusch. Wolf bewegte sich ein paar vorsichtige Schritte auf sie zu und schnüffelte in der Luft.

»Nein.« Ich hielt sein Bandana fest. »Bleib hier.«

Er warf sich neben mir auf den Boden, sein leises Winseln mischte sich unter das Summen der Fliegen.

Vögel hatten ihr das Gesicht zerhackt. Sie sah nicht mehr real aus. Eher wie eine Puppe aus einem Horrorfilm, eine Requisite im Albtraum eines anderen. Ihre Haut war zu weiß, die Verletzungen durch die Schnäbel und Klauen zu grauenhaft. Ihr Mund war zu einer breiten Grimasse verzerrt. Sie trug einen weißen Spitzen-BH, dessen Ränder vom Blut braun verfärbt waren, und ihr schwarzes Top war um ihre Kehle gewickelt. Ihre Halsketten waren im Stoff verheddert. Eine hing zwischen ihren Brüsten.

Sie hatte eine Jeansshorts getragen. Sie lag ganz in der Nähe auf einem kleinen Fleckchen Sand, als hätte man sie weggeworfen. Der oberste Knopf war abgerissen. Ich wollte es nicht sehen, wollte nicht wissen, welchen Schmerz sie erlitten hatte, aber meine Augen konnten nicht aufhören, alles aufzunehmen. Die Art, wie ihre Beine weit geöffnet waren, die Prellungen an ihrer Hüfte. Bisswunden an ihrer Seite und an ihrer Brust. Eine Sandale baumelte an ihrem Fuß, die andere war zur Hälfte im Sand vergraben. Sie hatte die Füße in den Boden gestemmt, hatte um ihr Leben gekämpft und versucht, den Täter von ihrem sterbenden Körper zu stoßen.

Die Hitze und der Geruch waren zu viel, mein Blickfeld verschwamm und wurde an den Rändern dunkel. Nie zuvor hatte ich so viel Böses an einem Ort gespürt. Es lähmte mich. Mein Kopf und meine Augen begannen zu pochen. Das Blut raste wie ein donnernder Sturzbach durch mein Herz und meine Adern. Ihr Schmerz und ihre Angst waren in die Moleküle der Umgebung eingebrannt. Ihre Schreie hingen noch in der Luft.

Eine Fliege lief über ihren Hüftknochen, über die farblose Haut. Ihr flacher Bauch war aufgebläht vom Gas ihres sich zersetzenden Körpers. Ich wollte die Fliege verscheuchen, aber ich durfte mich ihr nicht nähern. Ich würde Haare hinterlassen, Stiefelabdrücke. Sie musste schon seit ein paar Tagen hier liegen, sonst wäre der Geruch nicht so heftig. Seit Freitagabend vielleicht. Ich biss mir in den fleischigen Teil meiner Handfläche, um meine Schreie und heftige Schluchzer zu unterdrücken. Die Fliege setzte sich auf ihrem Venushügel auf etwas, das aussah wie ein Tattoo.

Ein kleines laufendes Einhorn, dessen Mähne und Schweif im Wind flatterten. Ich hatte es nie zuvor gesehen. Es war unter ihrem Bikini verborgen gewesen. Ich dachte an das Einhorn, das an Ambers Rückspiegel baumelte. Dann dachte ich an die Bilder auf Vaughns Computer. Den Rand eines Tattoos auf dem Unterbauch einer Frau. Die hellen Farben. Es war *Ambers* Bauch gewesen.

Mein Herz schlug zu heftig, ein stechender Schmerz zog durch meine Brust. Ich hatte Krämpfe. Ich schnappte nach Luft, doch nichts davon erreichte meine Lunge. Ich presste meine Hand an die Brust, schlug mir auf den Brustkorb. Vor meinen Augen tanzten schwarze Punkte. Mit gesenktem Kopf fiel ich auf die Knie. *Nicht ohnmächtig werden! Ich darf nicht ohnmächtig werden!*

Wolf stieß mir seine feuchte Schnauze in den Nacken, warf sich auf den Bauch und versuchte, unter meine Arme zu kriechen und mir das Gesicht abzulecken. Ich machte ein paar kleine Atemzüge. Ich musste mich zusammenreißen. Ich musste nachdenken.

Wahrscheinlich suchte man bereits nach ihr. Sie hatte einen Vermieter, einen Job, Freunde. Ihre Familie. Ich wollte nicht, dass Suchtrupps durch den Wald zogen oder mit Hubschraubern darüber flogen. Und ich wollte nicht, dass sie ganz allein hier draußen lag, bis jemand sie fand. In der Hitze und mit den Tieren.

Wolf und ich liefen erneut den Berghang hinauf. Die Sonne brannte heiß auf meine Schultern. Ich trank einen Schluck Wasser und gab auch Wolf etwas. Ich rutschte zur rechten Seite des Steilhangs, damit ich einen besseren Blick am See vorbei hatte. Ich überprüfte die Stelle mit dem Fernglas. Der Highway war ruhig. Die Geier und Raben waren wieder am Boden, doch von der Hügelkuppe aus konnte ich sie nicht sehen.

»911, was für einen Notfall möchten Sie melden?«

Ich legte meine Hand über das Mikrofon, um meine Stimme zu dämpfen. »Ich bin auf dem Highway gefahren und habe gesehen, wie Geier über einem Graben kreisten. Es hat ganz übel gestunken. Ich glaube, da liegt etwas Großes.«

»Können Sie die Stelle genauer beschreiben?«

»Eine halbe Meile stadtauswärts hinter dem Zeltplatz.«

»Und Ihr Name?«

Ich legte auf. Wolf und ich warteten auf der Hügelkuppe – er unter einem nahen Baum, ich ausgestreckt auf dem heißen Felsen. Mit dem Fernglas beobachtete ich jeden Truck und jedes Auto, die vorbeikamen.

Wolf wurde ungeduldig und begann zu winseln und zu schnauben. Ich warf ihm einen Teil meines Proteinriegels zu. Er fing ihn in der Luft auf, dann erstarrte er am ganzen Körper und lauschte mit zur Seite geneigtem Kopf Richtung Süden.

Ich drehte mich um und suchte mit dem Fernglas die Straße ab. Ein Chevy Tahoe. Weiß. Lichter auf dem Dach. Welcher Cop war das? Der Truck wurde langsamer, als er am Zeltplatz vorbeifuhr, dann hielt er am Straßenrand. Ganz in der Nähe von Amber. Entweder, der Fahrer hatte die Vögel gesehen – oder es war Vaughn, der genau wusste, wo er anhalten musste.

Wolf kam zu mir, und ich zog ihn nach unten. Sein Schnauben wurde zu einem Knurren, als er den Truck anstarrte. Seine Ohren zuckten, während er lauschte. Ich versuchte, in die Fahrerkabine zu spähen, aber die Windschutzscheibe reflektierte zu stark. Ich rutschte näher an die Kante. Wolf kroch neben mich.

Die Tür des Trucks schwang auf. Ein Bein tauchte auf, dann ein Mann. Vaughn.

Er schaute hinter sich, musterte den Highway. Ich presste mich an den Felsen und drückte Wolfs Kopf nach unten. Hoffentlich hatte Vaughn die Spiegelung der Sonne auf den Linsen nicht gesehen. Er drehte sich um und ging am Rand des Grabens entlang. Dann blieb er stehen, den Arm vor dem Mund. Er zog ein Taschentuch heraus und hielt es sich vor die Nase, bevor er in den Graben kletterte, wo er in die Hocke ging. Das hohe Gras verbarg ihn. Ich starrte die Stelle an. Was machte er?

Er blieb ein paar Augenblicke unten, dann stand er auf und ging zum Truck. Er holte ein Paar Handschuhe – und seine Kamera. Zurück im Graben, verschwand er erneut. Ich stellte mir das Klick-Klick-Klick vor. Seine Kamera, die sich mit Bildern füllte. Er würde Nahaufnahmen machen, Fotos von jedem Teil von ihr.

Als er fertig war, stieg er in den Truck und knallte die Tür zu, doch er fuhr nicht davon. Er musste auf die anderen Cops warten, vielleicht auf den Coroner. Ich wartete mit ihm.

Die Polizei blieb stundenlang – drei oder vier Streifenwagen und ein Van, vermutlich der Coroner. Sie zogen sich weiße Overalls über ihre Kleidung, aber ich erkannte Thompson an seinem hohen Wuchs und dem schwarzen Haar. Er war der Einzige, der keine Sonnenbrille trug. Ich konnte seine Augen sehen. Er wirkte echter. Nicht so wie die anderen Uniformierten. Und er hielt sich vom Graben fern, von Amber. Vielleicht dachte er an all die Tage, an denen sie ihn im Diner bedient hatte.

Sie stellten ein Zelt auf, um den Tatort zum Highway hin abzuschirmen, und sperrten eine der Fahrspuren. Die Autos wurden langsamer, wenn sie vorbeifuhren. Ich war sicher, dass die Leute Fotos und Videos machten, um sie in den sozialen Medien zu posten. Ich war froh um das Zelt. Ich wollte nicht, dass jemand anders sie sah. Die Sonne ging unter, als ein schwarzer Minivan anhielt. Die Männer kletterten mit einer Bahre in den Graben und trugen Amber in einem Leichensack heraus. Ich starrte auf die formlose Gestalt und gab acht, dass sie vorsichtig mit ihr umgingen, als sie sie in den Leichenwagen schoben. Wie konnte Amber dort drin sein? Wie konnte so ein wunderschönes, lebhaftes, lachendes Mädchen in einem schwarzen Plastiksack enden? Man würde sie ins Leichenschauhaus bringen. Man würde sie aufschneiden und Beweise sammeln. Sie würde ihrer Familie zurückgegeben werden. Ich dachte an ihre Schwester, wie sie die Nachricht erhielt, und Tränen liefen mir übers Gesicht. Die Cops blieben noch etwas länger. Ambers Auto wurde abgeschleppt.

Der Coroner fuhr davon, Vaughn folgte. Nur ein Auto blieb zurück. Thompson. Er stand neben der Fahrertür. Machte sich auf einer Art Klemmbrett Notizen. Papierkram.

Ich wählte die eingespeicherte Nummer auf meinem Handy und sah, wie Thompson sein Telefon herauszog und aufs Display schaute. Durch mein Fernglas konnte ich seine gerunzelte Stirn deutlich erkennen.

»Thompson hier.«

Ich senkte die Stimme und legte die Hand über das Mikro. »Ich habe Ihnen doch gesagt, dass er gefährlich ist, aber Sie haben mir nicht zugehört.«

Eine Pause. Schweigen. Er blickte von seinem Papierkram auf und starrte auf den Highway. Er drehte sich ein paarmal um und fragte sich, ob er beobachtet wurde. »Wer spricht da?«

»Haben Sie überhaupt nach den Kameras gesucht?«

»Ich konnte keine finden. Ohne weitere Informationen kann ich nicht …«

»Ich sage Ihnen, er *hat* sie versteckt. Vielleicht wechselt er die Stellen, wo er sie aufbaut.« Ich wollte schreien und brüllen, aber er könnte meine Stimme hören. Warum hatte er nicht an mehreren Stellen nachgesehen? Warum hatte er Vaughn nicht beobachtet, um zu sehen, ob er Fotos am See machte? Er hätte ihn aufhalten können.

»Können wir uns treffen und darüber reden?«

»Er *kannte* Amber.«

Weiteres Schweigen. Thompson drehte sich zu der Stelle um, wo ich Amber gefunden hatte. Sein Schatten hinter ihm war lang. »Was wissen Sie von Amber?« Seine Stimme war leise, er war auf der Hut.

»Die ganze Stadt spricht darüber.«

»Wir haben noch keine Erklärung abgegeben.«

»Ambers Auto wurde abgeschleppt. Sie war es. Die Leute sind nicht blöd.«

»Haben Sie sie mit jemandem gesehen?«

»Nein, aber Vaughn ist ständig auf diesem Highway unterwegs. Er kannte Shannon, und Hailey ist seine Nichte. Sie wird vermisst, oder nicht? Und jetzt Amber. Er isst die ganze Zeit im Diner.« Ich dachte an alles, was Vaughn mir über den Killer erzählt hatte. Er hatte von sich selbst gesprochen.

»Das ist alles? Mehr haben Sie nicht?« Einen Moment lang dachte ich, er würde mir nicht glauben, doch dann begriff ich, dass sich hinter seiner Wut nur Enttäuschung verbarg. Etwas in ihm glaubte mir tatsächlich. Vielleicht ahnte er, dass mit Vaughn etwas nicht stimmte. Vielleicht ermittelte er bereits gegen ihn.

»Ich kann nicht mehr sagen.«

»Wenn Sie Angst haben, können wir für Ihren Schutz sorgen.« Wie sollte das funktionieren? Sollte ich zu einer Pflegefamilie? Oder neue Papiere bekommen? Vaughn würde mich trotzdem finden können.

»Wenn Sie keinen Weg finden, ihn zu fassen, wird noch eine Frau sterben.«

Ich schob das Telefon in meine Tasche. Stunden später saß Thompson immer noch in seinem Wagen und bewachte den Tatort. Die Cops würden wiederkommen. Vielleicht jemand aus der Stadt. Forensik-Experten. Aber die würden nichts finden. Vaughn war der erste am Tatort gewesen. Er war mit ihrer Leiche allein gewesen. Genau wie mit Shannon. Jede Spur, der man nicht nachgegangen war, war inzwischen verschwunden oder vernichtet.

Wolf und ich liefen den Hang hinunter in den Wald.

13

Ich versteckte das Bike unter einem Baum, geschützt von herunterhängenden Zweigen, dann schaute ich zum Himmel hoch, lauschte auf Hubschrauber oder das Brummen von Drohnen. Es war erst eine Woche her. Die Medien könnten immer noch in der Gegend sein. Ich zog den Kopf wieder ein. Zu schnell. Die Bäume drehten sich. Ich ging in die Hocke, trank einen großen Schluck Wasser.

Wolf saß vor mir und starrte mich an.

»Sorry«, sagte ich. »Es geht schon wieder. Es ist die Hitze.« In den letzten Nächten hatte er mich ein paarmal mit einem ängstlichen Winseln geweckt, sich an mich gedrückt und mir das Gesicht abgeleckt, während ich schluchzte. Jeden Morgen scheuchte er mich aus dem Bett, trieb mich zum Fluss, zwang mich, weiter zu angeln. Ich brachte alle Briefe, die ich Amber geschrieben hatte, zum Ufer und las sie laut. Ich musste immer wieder Pausen machen, wenn mir der Atem stockte, bis ich es bis zum Ende geschafft hatte. Dann riss ich sie in winzige Fetzen, ließ sie wie Konfetti auf das Wasser regnen und sah zu, wie die Strömung mir auch sie wegnahm.

Langsam stand ich auf und ging den Pfad entlang. Wolf trottete voraus. Als wir den Drahtzaun von Jonnys Farm erreichten, fand ich die versteckte Stelle, wo ich den unteren Teil anheben und darunter hindurchkriechen konnte. Wolf ging vor und wartete mit zuckenden Ohren auf der anderen Seite auf mich.

Jonny arbeitete vor der Werkstatt an seinem Dirt Bike.

T-Shirt, Boardshorts und eine umgedrehte Basecap. Er trug seine In-Ear-Kopfhörer und sang den Refrain laut mit, wobei er einige Stellen summte. Ich erkannte die Melodie. »Counting Stars« von OneRepublic. Unsere Lieblingsband. Für einen Moment konnte ich fast so tun, als sei es der letzte Sommer, und wir würden zusammen an unseren Bikes arbeiten. Wir würden uns darüber streiten, welchen Schraubenschlüssel wir nehmen mussten, oder über den Songtext. Ich hatte mir meinen eigenen Text ausgedacht und ihn laut gesungen.

Lately Jonny been, Jonny been winning races
Dreaming about all the bikes he'll get for free

Ich hob einen Kieselstein auf. Er lag warm und glatt in meiner Hand, und ich reckte den Arm, um ihn auf Jonny zu werfen, doch in diesem Moment öffnete sich die Vordertür seines Hauses, und ein Mädchen kam heraus, mit zwei Bechern in den Händen. Langes schwarzes, vom Schlaf zerzaustes Haar und eines von Jonnys T-Shirts, das ihr bis zu den Schenkeln reichte. Nackte Beine. Alles andere war wahrscheinlich ebenfalls nackt. Kristin Hampstead. Sie hatte dieses Jahr mit Jonny die Schule beendet. Seit wann waren die beiden zusammen? Er hatte nie von ihr erzählt. Vielleicht waren sie einfach nur befreundet, und sie war gestern Abend abgestürzt.

Sie trat vor Jonny, und er stand lächelnd auf, während er die Kopfhörer aus den Ohren nahm. Sie reichte ihm einen Becher und wandte ihm dabei ihr Gesicht zu. Er küsste sie. Es dauerte eine ganze Weile. Seine Hand lag an ihrem Rücken und wanderte tiefer. Sie waren definitiv nicht nur Freunde.

Wolf sah mich an.

»Gute Frage«, murmelte ich tonlos. Ich wollte nicht zusehen, wie sie herummachten, aber ich konnte nicht gehen. Ich schürzte die Lippen und stieß einen schrillen Pfiff aus. Dreimal hintereinander. Jonny unterbrach den Kuss, wandte den Kopf und schaute in Richtung Wald. Ich zog mich in den Schatten der Bäume zurück. Er sagte etwas zu Kristin, gab ihr noch einen Kuss, und sie ging ins Haus. Als sie die Stufen hinaufstieg, ließ sie die Hüften schwingen. Jonny sah ihr nach, bis die Tür geschlossen war, dann lief er hinter seine Werkstatt.

Wolf und ich krochen aus dem Unterholz und bewegten uns von Baum zu Baum. Wir trafen Jonny neben dem Holzstapel hinter der Werkstatt, wo man uns weder vom Haus noch von der Straße aus sehen konnte. Jonny stand im Schatten. Wolf stürmte los, um ihn als Erster zu begrüßen, ich kam langsam nach. Wir umarmten uns. Er roch nach Öl und Benzin von seinem Bike und nach frischem Feuerholz.

»Hailey.« Mit angespannter Miene und besorgtem Blick löste er sich von mir. »Ich muss dir etwas sagen.« Er hielt immer noch den Kaffeebecher in der Hand, unten am Bein, die Fingerspitzen am Rand, als hätte er vergessen, dass er ihn dabeihatte. Ich nahm ihm den Becher aus der Hand und trank einen großen Schluck.

»Ich weiß von Amber. Ich habe sie gefunden.«

»Scheiße.« Er stand einen Moment wie erstarrt, Gefühle blitzten in seinem Gesicht auf. Schock, Entsetzen, Verwirrung, dann Mitleid. Er umarmte mich erneut, fester diesmal, stieß dabei gegen den Kaffeebecher in meiner Hand und verschüttete Flüssigkeit auf mein Bein. Ich ließ mich einen Moment von ihm halten, mit steifem Körper, doch ich war den Tränen zu nahe. Ich löste mich von ihm.

»Es war Vaughn. Ich weiß, dass er es war.«

»Was redest du da?«

»Er war als Erster am Tatort.«

»Das bedeutet nicht …«

»Er hatte Fotos von ihr auf seinem Computer. Ich habe ihr Tattoo gesehen.«

Jetzt schwieg Jonny mit blassem Gesicht.

»Er wusste ganz genau, wo er im Graben nach ihrer Leiche suchen musste, und er hat noch mehr Fotos von ihr gemacht – er hat es nicht einmal sofort gemeldet. Sie lag einfach nur da in der Hitze …« Ich brach ab, als ich mir vorstellte, wie er neben ihrem leblosen Körper gekauert hatte. Meine Augen füllten sich mit Tränen, die mir über die Wangen liefen und von meinem Kinn tropften. »Die Vögel haben an ihr *herumgehackt*, Jonny. Er hat sie mit ihrem eigenen T-Shirt erwürgt.«

»O Mann.« Jonny ergriff meine Hand. »Es tut mir so leid, Hailey.«

Ich hob meine freie Hand, wischte mir das Gesicht in der Ellenbeuge ab und holte ein paarmal stockend Atem. »Ich habe Thompson angerufen. Ich denke, er glaubt mir. Ich weiß es nicht.«

»Scheiße. Was, wenn Vaughn dich findet?«

»Ich habe meinen Namen nicht genannt. Ich habe gesehen, was er ihr angetan hat, Jonny. Ich kann nicht schlafen, ich kann nichts essen. Ich fühle mich so beschissen.« Jonny drückte meine Hand und versuchte mich zu trösten, aber mich konnte nichts trösten. Nichts könnte dieses Gefühl jemals wiedergutmachen. Vaughn hatte mich mit Amber gesehen. Ich hatte ihn auf sie aufmerksam gemacht. Er konnte seine Wut nicht an mir auslassen, also hatte er sich an sie gehalten. »Ich will ihn umbringen.«

»Hailey.« Er packte mich bei den Schultern und sah mir in die Augen. »Mach keine Dummheiten. Überlass es Thompson, okay? Sie ermitteln noch.«

»Hast du etwas gehört?«

»Ich wurde für eine Befragung einbestellt, nachdem sie Amber gefunden haben.«

»Ich *wusste*, dass er versuchen würde, dir das zuzuschieben.«

»Leute haben mich auf der Party gesehen. Am nächsten Morgen hat man mich in meinem Zelt gesehen. Alles okay.«

Ich suchte den Hof ab, atmete ein paarmal tief ein. Hinter der Werkstatt war es heiß, die Morgensonne wurde vom Metallblech der Wand reflektiert. Ich wollte wieder zurück in meinen friedlichen Wald, an den kühlen Fluss.

»Warum ist Kristin hier?«

»Sie hat sich gestern Abend gefürchtet. Viele Frauen haben gerade Angst. Wir haben nur ein bisschen rumgemacht.«

Ich hatte noch nie mit jemandem rumgemacht. Hatte noch nie Sex gehabt. Amber und ich hatten nur fünf perfekte Stunden allein miteinander verbracht. Die Bilanz unserer Beziehung, aber es hatte sich nach so viel mehr angefühlt. Meine Brust wurde eng, die Rippen zogen sich zusammen, als sei auf meinem Rücken eine Naht, die jemand zu fest zugenäht hatte.

Ein Geräusch verriet, dass die Vordertür geöffnet wurde. Jonny erstarrte. Ich griff nach Wolfs Bandana.

»Jonny?« Sie war auf der Suche nach ihm.

»Yeah, eine Sekunde!« Er schlang seine Arme um mich – eine rasche, schmerzhafte Umarmung, mit der er mir fast die Knochen brach.

»Kommst du klar?«, flüsterte er mir ins Ohr. »Du könntest auch in der Werkstatt bleiben.«

Ich schüttelte den Kopf. »Ich komme nächste Woche wieder.«

»Das rate ich dir auch, sonst komme ich nachsehen.« Er ließ mich los, kraulte Wolfs Hals, dann verschwand er um die Ecke und rief laut nach Kristin. »Willst du frühstücken?«

Aus dem Schatten sah ich zu, wie er zum Haus zurückging. Vielleicht tat Kristin ihm gut. Sie würden etwas essen und den Tag zusammen verbringen. Sie könnten anfangen, sich regelmäßig zu treffen, und eines Tages heiraten. Jonny könnte

Kinder haben. Ein normales Leben. Ich wünschte ihm das. Er hatte es verdient, glücklich zu sein.

Doch für mich kam keines dieser Dinge in Frage.

Ich dämmte die Wände und den Fußboden der Hütte, indem ich Gras, Rinde, Zweige, Blätter und Tannennadeln in die Zwischenräume füllte. Ganz in der Nähe fand ich eine Höhle, die ich als Vorratskeller nutzen konnte. Ich rollte einen Felsbrocken davor und verkeilte ihn mit einem Pfosten und einem Seil, so dass ich ihn, wenn nötig, einfach wegstemmen konnte. Jonny machte saure Gurken, Tomaten, Pfirsiche und Fisch ein. Er achtete auf Sonderangebote und legte Vorräte an Trockennahrung an. Ich sagte ihm, dass er eines Tages eine gute Hausfrau abgeben würde. Er sagte mir, dass ich ein schlechter Ehemann wäre.

In einem von Dads Büchern wurde vorgeschlagen, ein zweites Basislager anzulegen, ein Erdloch, in dem man verschiedene überlebenswichtige Dinge aufbewahrte – Wasser, Trockennahrung, alles, was man brauchte, um ein Feuer zu machen, und Waffen. Ich wählte eines der Gewehre und ein Klappmesser aus. Jetzt konnte ich davonlaufen, falls jemand die Hütte entdeckte.

Ich plante Fluchtrouten – über die Felsen Richtung Norden, den Fluss entlang oder durch das Tal nach Osten. Wenn ich auf einen Forstweg stieß, auf dem ich in der Falle sitzen würde, suchte ich einen anderen Weg. Ich hängte ein paar Böller an die Stolperdrähte – wenn jemand auf den Draht trat, würde am Auslöser gezogen, und der Böller würde hochgehen. Der Krach würde meilenweit widerhallen. Ich hielt nach Stellen Ausschau, wo ich versteckte Fallgruben graben könnte, um jeden zu erwischen, der sich zu dicht an die Hütte schlich, aber ich stieß immer wieder auf Felsen und Wurzeln und musste von vorn anfangen.

Ich ging nie in die Nähe der tieferen Stellen weiter unten am Fluss, denn ich wusste, dass dort die Männer aus der Gegend gern angelten. Aber ich schlich dorthin, wo sie ihre Trucks parkten, und plünderte vorsichtig ihre Ausrüstung, stahl Dinge, deren Fehlen nicht sofort auffallen würde. Ich erbeutete Seile, Draht und Fischnetze. Manchmal auch etwas zu essen, wie Chipstüten, Schokoriegel oder ein Sandwich aus einer Kühltasche. Jede kostenlose Mahlzeit bedeutete, dass meine Vorräte länger reichen würden.

Mit dem Oktober kam der Regen, und er schien nie wieder aufzuhören. Gray Shawl Mountain machte seinem Namen alle Ehre. Im Wald war es düster von den tief hängenden Wolken und vom Nebel, der durch die Bäume waberte. Meine Kleidung war ständig feucht und hing am Ofen. In der Hütte roch es nach nassem Fell und Rauch. Alles war klamm. Ich schleppte haufenweise Holz in die Hütte, um es neben dem Feuer zu trocknen, und jeden Tag suchte ich nach mehr. Mir ging das Gas aus, und ich musste auf dem Holzofen kochen.

Mit Ästen und umgefallenen Bäumen tarnte ich meine Hütte vor neugierigen Blicken. Ich baute eine Einfriedung, doch der Wind fegte alles um. Dann ging mir das Seil aus, mit dem ich die Äste zusammenbinden konnte. Ganz in der Nähe von meinem Bike wurde eine Zeder entwurzelt und stürzte krachend um, dass die Erde bebte. Wolf rannte panisch davon, und ich jagte ihm nach. Zweige brachen über meinem Kopf, Bäume schwankten, und Blitze schossen über den Himmel. Als ein Blitz einen Baum in der Nähe des Flusses traf, kam Wolf zurück – er rannte direkt auf mich zu. Wir versteckten uns in der Hütte unter unseren Decken, während die Welt um uns herum heulte und tobte. Am nächsten Morgen inspizierte ich den Schaden. Teile des Daches waren weggeweht worden, und der Regen hatte die Latrine geflutet.

Ich vergrub meine Dosen und den Müll so tief, dass kein Tier sie wieder ausgraben könnte. Das Dach war undicht, und der Regen ruinierte mein Mehl. Meine Hände waren ständig mit Blasen bedeckt. Ich färbte mein Haar noch zweimal und kürzte es mit der Schere. Ich konnte nicht im Fluss schwimmen, also erwärmte ich Wasser auf dem Ofen und machte Katzenwäsche, dann klopfte ich Wolf den Schmutz ab und bürstete sein verfilztes Fell, wobei er leise grollte.

Jedes Mal, wenn ich Jonny sah, sagte er: »Ich hasse es, dass du ganz allein da oben bist.«

»Ich habe Wolf.« Ich sagte ihm, dass alles in Ordnung sei. Er sollte nicht wissen, dass ich kämpfen wollte. Ich *wollte*, dass es schwer war. Ich musste bis zur Erschöpfung Holz hacken, meilenweit am Fluss entlanglaufen und nach Nahrung suchen. Ich musste mich darauf konzentrieren, mich und Wolf am Leben zu erhalten. Andernfalls würde ich daran denken, was Vaughn Amber angetan hatte. Und dann würde ich deswegen etwas unternehmen wollen.

14

November. Die Bäume wurden rot und gelb und warfen ihre Blätter ab. Frost ließ den Boden gefrieren. Die Tage wurden kürzer, unsere langen Ausflüge durch das Tageslicht und das Wetter begrenzt. Ich trug Dads unförmige Daunenjacke und meine wollgefütterten Stiefel. Selbst in der Hütte musste ich zwei Schichten Flanell und Thermounterwäsche tragen. Wir schliefen in zwei Schlafsäcken und hielten das Feuer im Ofen die ganze Zeit am Brennen.

Überall im Wald trieben sich Jäger herum. In der Ferne ertönten Schüsse. Ich behielt Wolf immer in meiner Nähe, rief nach ihm, sobald er anfing, herumzustreunen. Dad hatte früher lange Jagdausflüge gemacht, allein oder mit Freunden, und wenn er zurückkehrte, roch er nach Holzfeuer und Bier. Jetzt musste ich an ihn denken, als Wolf und ich vom Fluss zurückkamen, mit frischen Forellen an meinem Rucksack. Ich hatte sie am Flussufer ausgenommen. Zwei gehörten mir, die dritte bekam Wolf. Er hatte die Flusskrebse überbekommen und gelernt, dass er sich, wenn er ganz nah am Ufer stand, im seichten Wasser einen springenden Fisch schnappen konnte.

Dad wäre beeindruckt. Ich konnte ihn vor mir sehen, wie er Wolfs Flanke tätschelte, mit ihm balgte und ihn einen guten Jungen nannte. Es tat weh, mir vorzustellen, wie es hätte sein können.

Wolf blieb stehen. Er versteifte sich, die Ohren zuckten hin und her, und er hob schnüffelnd die Schnauze. Er hatte irgendetwas gewittert. Wir liefen ein paar Schritte, dann blieb er erneut stehen und schaute über die Schulter. Ich folgte seinem Blick, sah aber nichts.

»Was ist los?«, flüsterte ich.

Seine Aufmerksamkeit galt wieder dem Pfad. Die Haare an seinem Nacken und Rücken stellten sich auf, ein tiefes Knurren stieg aus seiner Kehle empor.

Ich schob den Sicherungshebel an meinem Gewehr zurück, hielt es an meiner Seite, den Finger am Abzug, und starrte in den Wald. Die Vögel waren verstummt, die Atmosphäre hatte sich verändert. War es ein Jäger, der auf Wild aus war? Ein Tier? Wir waren heute weit flussabwärts gelaufen. Es wäre nicht so leicht, zur Hütte zurückzurennen. Die kleinen Härchen an meinem Nacken kribbelten.

Nach einer Weile drehte Wolf sich um, und wir gingen weiter. Doch er war angespannt und blieb ein paarmal witternd stehen. Ich packte mein Gewehr fester. Wolf blieb erneut stehen und schnüffelte auf dem Boden neben dem Pfad. Ich ging in die Hocke. Pfotenabdrücke. Von großen Pfoten, ohne Krallen. Ein Puma. Voll ausgewachsen. Er war unserer Fährte bis hinunter zum Fluss gefolgt, aber wo war er jetzt?

Ich stand auf, legte mein Gewehr an und sah mich um. Ich suchte die Bäume und die Schatten ab. Pumas waren nicht wie Schwarzbären, die normalerweise beim Anblick eines Menschen das Weite suchten. Oder wie Grizzlys, die krachend und brüllend durchs Unterholz stürmten. Pumas schlichen sich an ihre Beute heran und legten sich auf die Lauer. Man bemerkte sie so gut wie nie, bevor sie angriffen. Ich könnte ihn vielleicht mit meinem Messer abwehren, wenn mir die Waffe aus der Hand geschlagen wurde, aber ein Tatzenhieb von einem zweihundert Pfund schweren Puma könnte Wolf töten.

Ich hielt ihn an seinem Bandana fest und lief schneller, während ich unablässig den Wald nach Bewegungen oder Geräuschen absuchte. Wolf lief eng neben meinen Beinen und winselte laut. Wir waren gerade um die letzte Kurve gebogen, als ich ihn sah.

Ein Puma, knapp zehn Meter vor uns. Gelbbraun und riesengroß kauerte er auf einem moosbedeckten Felsen neben dem Pfad. Seine gelben Augen fixierten mich. Er senkte den Kopf.

»Verschwinde!« Ich konnte nicht schießen, ohne Wolf loszulassen, der bellte und sich nach vorne warf. Ich schrie erneut, hob mit der freien Hand das Gewehr, winkte damit wie mit einem Stock und stampfte mit den Füßen auf. Der Puma zuckte nicht einmal mit der Wimper. Langsam wich ich ein paar Schritte zurück und zog Wolf mit mir.

Der Puma stellte sich auf. Er sprang vom Felsen, die Schultern angespannt, den Kopf immer noch gesenkt. Dann war er auf dem Pfad und kam näher. Ich musste schießen.

»Wolf, bleib!«

Doch als ich ihn losließ, um das Gewehr zu heben, stürmte er an mir vorbei, sprintete auf den Berglöwen zu und blieb bellend direkt vor ihm stehen. Der Puma schlug in die Luft und zeigte seine Reißzähne.

Mein Verstand setzte aus. Ich schrie: »Wolf! Nein! Hierher!«

Tänzelnd wich Wolf zurück. Der Puma schlug erneut nach ihm. Er fauchte. Meine Finger tasteten nach dem Abzug. Ich zielte. Wolf war mitten in der Schusslinie. Ich hob den Lauf in den Himmel und schoss.

Der Puma wich ein paar Schritte zurück – Wolf bellte ihn weiter an und hetzte ihn. Ich schoss noch einmal. Der Puma drehte sich nach links und sprang durch das Unterholz in Richtung Fluss. Wolf folgte ihm.

»Wolf, stopp!«

Sie verschwanden, stürmten durch die dichten Farne und

Sträucher und das verwachsene Unterholz. Zweige schlossen sich hinter ihnen. Ich rannte in die Richtung, in der ich Wolf zuletzt gesehen hatte, kletterte über Felsen und drängte mich durch Büsche, die an meinen Haaren, meinen Kleidern und meiner Haut rissen. Keuchend durchbrach ich eine letzte Baumreihe und fand mich hoch über dem Fluss wieder. Ich suchte die Bäume ab, versuchte, Wolf über das Donnern der rauschenden Wasserfälle hinweg zu hören. Wo war er? Dann sah ich etwas Schwarzes aufblitzen und entdeckte ihn in der Ferne.

Er jagte den Puma über eine alte Tanne, die über das Wasser ragte. Unvermittelt hielt der Berglöwe an, drehte sich um und schlug nach Wolf. Er jaulte auf – ein greller Schrei, der sich in mein Inneres bohrte. Ich hob das Gewehr, zielte über den langen Lauf und drückte ab. Die Kugel traf auf Holz, Splitter flogen durch die Luft, aber es genügte, um den Puma zu erschrecken. Er sprang ins Wasser unter sich, tauchte wieder auf und schwamm flussabwärts. Wolf stürmte in den Wald.

Ich hastete am Flussufer entlang, rutschte auf dem Moos aus und kletterte über Felsbrocken, bis ich den Baumstamm erreicht hatte. Ich ließ mich auf die Knie fallen und kroch hinüber. Auf der anderen Seite angekommen, rief und pfiff ich nach Wolf. Ich suchte den Boden, das Gras und die Pflanzen ab. Blutstropfen, rot und glänzend. Ich *musste* ihn finden. Ich folgte seiner Spur über eine Wiese.

»Wolf! Komm her! Wo bist du?«

Ich blieb stehen und hielt den Atem an, bemühte mich, mehr zu hören als die Vögel und den Wind. Ein leises Winseln. Er war ganz in der Nähe. Ich folgte dem Geräusch und entdeckte ihn unter einem Busch kauernd. Er hechelte angestrengt, sein Blick war wild und voller Panik. Ich sank auf die Knie und streichelte zärtlich seinen Kopf.

»Du Dummkopf. Warum musstest du so mutig sein?« Ich versuchte, ruhig und tröstlich zu klingen, doch meine Kehle war eng vor Tränen. Der Puma hatte ihm zwei Wunden an der Schulter zugefügt. Sie reichten nicht bis auf den Knochen, aber ich musste sie säubern. Ich nahm meine Erste-Hilfe-Tasche aus dem Rucksack, riss die sterilen Tupfer auf und drückte sie gegen die Wunden, während ich eine elastische Binde um seinen zitternden Körper wickelte. Es war unmöglich, ihm nicht weh zu tun. Er jaulte auf, warf den Kopf zurück und schnappte in die Luft, dann leckte er meine Hand und bat mich um Verzeihung. Ich rieb ihm den Nacken.

»Alles gut. Du darfst mich beißen, wenn es dir hilft.«

Langsam zog ich ihn unter dem Busch hervor, dann wuchtete ich ihn mir über die Schulter. Er jaulte erneut, und ich konnte die Tränen nicht zurückhalten. Was sollte ich machen? Ich würde es nicht zurück über den Baumstamm schaffen – nicht mit dem zusätzlichen Gewicht. Ich musste einen Umweg gehen und hoffen, dass der Puma nicht Jagd auf uns machte.

Als wir es endlich weit genug flussabwärts geschafft hatten, war ich außer Atem, mein Hemd und mein Haar waren schweißnass. Ich überquerte den Fluss an einer Stelle, wo das Wasser flach war und die Felsen eng beieinander lagen. Unablässig hielt ich nach dem Puma Ausschau. Er könnte immer noch in der Nähe sein. Jetzt waren wir für ihn leichte Beute.

Auf der anderen Flussseite schleppte ich Wolf den Pfad hinauf, blieb immer wieder stehen, um zu verschnaufen. Ich überlegte, eine Trage zu bauen, aber ich hatte mein Beil nicht dabei und auch keine Möglichkeit, das Holz zusammenzubinden. Schwankend legte ich den restlichen Weg zur Hütte zurück. Wolf hatte aufgehört zu bluten, aber er hatte offenbar Schmerzen und zitterte am ganzen Körper. Ich machte es ihm auf dem Bett bequem, wusch die Wunden aus und verband sie. In meiner Erste-Hilfe-Tasche befand sich ein Fläschchen Hanföl. Ich war mir unsicher wegen der Dosierung, aber ich träufelte ihm etwas ins Maul.

Wolf wollte nichts fressen, also kroch ich neben ihn, meine Brust und Bauch an seinem runden Rücken, seine Hinterläufe auf meinem Schoß. Ich streichelte seinen Kopf, seine weichen Ohren, seine Schnauze.

»Du wirst wieder gesund. Alles wird wieder gut.«

Er drehte den Kopf und leckte meine Tränen fort, dann ließ er den Kopf auf das Kissen sinken. Ich hielt ihn in meinen Armen und verbarg mein Gesicht in seinem weichen Fell.

Eingemummelt in meinen Parka, Kapuze auf dem Kopf und Schal um dem Hals, stand ich draußen vor der Hütte. Der Schnee war bereits mehrere Zentimeter hoch, und es wurde rasch mehr. Das Schneegestöber blendete mich. Ich riss den Schal vom Mund und fummelte am Mikroknopf des Funkgeräts herum.

»250 H, bitte melden. Wolf ist verletzt. Wir brauchen Medizin – Antibiotika.« Ich ließ den Mikroknopf los und wartete auf Jonnys Antwort. *Bitte, bitte, bitte.* Doch ich hörte nur statisches Rauschen. Ich schaute in den Himmel, der schwer war vom Schnee. Vermutlich kam das Signal nicht durch.

Wind peitschte mir den Schnee ins Gesicht und trieb mich zurück in die Hütte. Ich knallte die Tür zu. Wolf blickte nicht von seinem Lager vor dem Ofen auf. Ich öffnete eine Packung Räucherlachs und stapfte in meinen Stiefeln zu ihm. Seit zwei Tagen schaffte ich es nur, ihm mit einer Spritze etwas Brühe in den Mund zu träufeln, damit er wenigstens nicht dehydrierte. Ich wedelte mit dem Lachs vor seiner Nase herum.

»Probier es, zumindest ein Stückchen. Bitte!« Er öffnete die Augen, sah mich blinzelnd an und wandte sich ab. Ich hob den

Verband an, um mir die Wunde anzusehen, aber ich wusste bereits, was ich sehen würde. Die Wundränder waren geschwollen und gerötet. Ich säuberte sie erneut, legte einen frischen Verband an und ließ Wolf neben dem Feuer liegen.

Ich packte ein paar Sachen ein, stopfte Essen, Wasser, Notfallausrüstung und das Funkgerät in den Rucksack. Die Smith & Wesson wanderte ins Holster, das Gewehr schnallte ich mir auf den Rücken. Dann wickelte ich Wolf vorsichtig in die Wolldecke und hob ihn hoch.

Wir nahmen das Dirt Bike, bis der Schnee zu tief wurde und die Reifen durchdrehten, dann musste ich es zurücklassen. Ich hob Wolf aus seiner Kiste und stellte ihn in den Schnee. Er wirkte etwas wacher, aber immer noch benommen, und er hatte Mühe, stehen zu bleiben. Er versuchte, auf mich zuzuhumpeln.

»Nein. Bleib.«

Ich schob das Dirt Bike in eine Höhle unter einem Baum, bedeckte es mit Müllsäcken und dann mit Zweigen – so vielen, wie ich von den nächsten Bäumen abhacken konnte. Ich wusste nicht, wann ich es schaffen würde, zurückzukommen, oder ob ich es überhaupt wiederfinden würde. Ich markierte einen der Bäume mit Wolfs Bandana.

Ich stapfte durch Schneewehen, die sich wie Treibsand anfühlten, an meinen Stiefeln saugten und mich festhielten, bis ich mich losreißen konnte. Ich trug Wolf auf den Schultern, mit der Decke über ihm. Sein Kopf steckte im Fell meiner Kapuze. Schnee wehte mir in die Augen und blendete mich. Meine Finger in den Handschuhen wurden taub. Ich atmete heftig, als ich eine Anhöhe erklomm, auf die Knie fiel und taumelnd wieder auf die Beine kam. Der Wind prügelte auf meinen Rücken ein, tobte durch Schneisen im Wald und griff mich von der Seite an. Ich wollte es bis zum unteren Lager schaffen, dann könnte ich erneut versuchen, Jonny mit dem Funkgerät zu erreichen. Doch der Weg war verschwunden. Ich blieb stehen und drehte mich um. Es musste doch *irgendetwas* geben, woran ich mich orientieren konnte. Ich konnte nicht weiter als ein paar Schritte sehen. Die Welt war vollkommen weiß geworden.

Ich stolperte über einen zugeschneiten Baumstamm. Wolf rutschte mir von der Schulter, landete in einer Schneewehe und versank so tief darin, dass ich fast nicht mehr an ihn herankam. Sein Fell war schneeverklumpt. Ich hob ihn auf die Arme und taumelte ein paar Schritte weiter. Ich schaffte es nicht. Der Schneefall war zu heftig. Wir mussten in einer Schneesenke an einem Baum Schutz suchen. Sobald der Sturm vorüber war, würde ich mich wieder orientieren können.

Meine Wimpern waren schneeverklebt. Mein Gesicht brannte. Ich fand eine Stelle unter einer großen Tanne, schnitt die unteren Äste ab und legte sie um uns. Ich flocht sie ineinander zu einer Art Wand und Dach. Als Markierung riss ich ein Stück von meinem Hemd ab und band es an den Baum. Ich hatte zwei Notfalldecken in meinem Rucksack. Ich faltete das dünne, silbrige Material auseinander und benutzte eine, um das Dach abzudichten. Auf den Boden legte ich weitere Zweige, damit wir nicht direkt auf der Erde lagen. Neben dem Eingang zu unserer Schneehöhle schichtete ich Holz und abgebrochene Zweige auf, die ich rund um den Baumstamm fand, und machte ein Feuer. Ich wickelte uns beide in die zweite Notfalldecke.

Während der Nacht kuschelten wir uns aneinander. Immer wieder probierte ich das Funkgerät aus, aber ich hörte nur statisches Rauschen. Das Feuer ging aus, und ich hatte kein trockenes Holz mehr. Der Wind hatte nicht nachgelassen. Als der Schnee sich über uns häufte und uns wie in einem Kokon einschloss, wurde die Welt ganz still. Ich konnte nicht aufhören zu zittern.

Ich zog das Notizheft aus meinem Rucksack und schob es in meine Innentasche. Wenn jemand meine Leiche fand, dann würde man wissen, wer ich war. Sie würden alles über Vaughn erfahren. Es wurde immer anstrengender, wach zu bleiben. Meine Lider wurden immer schwerer. Das Funkgerät hielt ich fest umklammert in der Hand.

Wolf stieß mich mit der Pfote an und leckte mein Gesicht ab.

»Es tut mir leid«, flüsterte ich. »Es tut mir so leid.« Ich betete, dass Wolf überleben würde. Mit meinem Körper konnte ich ihn noch eine Weile warm halten. Er hatte ein dickes Fell, aber er kämpfte gegen die Infektion, und er hatte seit Tagen nichts gefressen. Er drückte sich gegen meine Brust, seine Wange an meiner, und blies mir seinen warmen Atem gegen den Hals. Mir war nicht länger kalt. Ich hatte kein Gefühl mehr in den Händen und Füßen. Und ich war müde. So müde.

Ich träumte, ich wäre mit Amber am See. Der Geruch ihrer Haut. Kokosduft. Ihr kirschrotes Haar ergoss sich über ihre wunderschönen Lippen. Wir hatten einen perfekten Kuss geteilt. In diesem einen Augenblick hatte ich alles gehabt. Lange Sommertage. Schwimmen mit Jonny. Mein Körper fühlte sich jetzt warm an. Ich aalte mich in der Sonne; das Gesicht erhoben, sog ich die Sonnenstrahlen auf. Ich hörte unsere Dirt Bikes über die Rennpiste donnern. Immer lauter. Bis sie alles andere übertönten. Das Brummen pulsierte in meinem Körper wie elektrischer Strom.

Wir waren so schnell. Niemand konnte uns aufhalten.

TEIL II

15

BETH | September 2018

Beth stieß die Tür auf, balancierte vorsichtig das Papptablett mit dem Kaffee und fluchte, als jemand sie anrempelte. Das Letzte, was sie brauchte, war ein Fleck auf ihrer weißen Bluse. Sie hatte nur zwei gute Kostüme, die sie gewissenhaft wechselte und mit einem Schwamm in ihrem winzigen Badezimmer säuberte. Weitere Büroangestellte stießen sie auf dem Weg zu ihren Skinny Vanilla Lattes oder Matcha Green Tea Frappuccinos an. Man kam in Vancouver keinen Block weit, ohne über einen Coffeeshop zu stolpern.

Sie ließ die Tür los und lächelte entschuldigend, als diese in einen Hipster schwang, dann tauchte sie ins Gedränge auf dem Gehweg ein und wieder auf, vorbei an Geschäftsleuten, Yogis und Touristen mit Kameras. Sie schaute auf die Uhr. Fünf Minuten, um in ihr Büro zu gelangen. Sie beschleunigte ihr Tempo, genoss das Klackern ihrer Absätze auf dem Beton. An manchen Tagen hatte sie immer noch das Gefühl, sie würde die Erwachsene nur spielen.

Ihr Handy in der Tasche piepte. Sie runzelte die Stirn. Um den Anruf anzunehmen, müsste sie stehen bleiben, wodurch sie sich verspäten würde. Aber was, wenn es einer der Rechtsanwältinnen war? Jemand, der in letzter Minute noch eine Bestellung für einen glutenfreien Muffin aufgeben wollte? Nein. Sie würden zu beschäftigt damit sein, sich auf das Meeting vorzubereiten. Sie ging weiter.

Das Telefon piepte erneut. Verstummte. Piepte noch einmal.

Nur eine Person war so hartnäckig. Beth drängte sich an eine Hauswand, stellte das Tablett auf einen Sims und zog ihr Telefon heraus. Ambers Foto füllte das Display aus. Beth wischte, um den Anruf anzunehmen.

»Hi, was ist los? Ich arbeite.«

»Ich dachte, du machst ein Praktikum?«

»Das läuft aufs Gleiche hinaus.« Sie holte meistens den Kaffee und saß in Meetings herum, aber das klang nicht annähernd so beeindruckend. Jeden Morgen ging Beth an den Türen vorbei, hinter denen die Anwälte in ihren großen Büros saßen, und sagte sich, dass sie eines Tages ebenfalls dazugehören würde. Okay, bis dahin waren es noch eine Menge Tage. Drei Jahre bis zum Bachelorabschluss. Dann konnte sie sich für Jura bewerben. Sie musste einfach nur am Ball bleiben.

»Gehst du am Sonntag in die Kirche?«

»Leider.«

»Wie hältst du das nur aus?« Beth wusste, dass Amber vom obligatorischen Frühstück bei den Eltern sprach, das auf den Gottesdienst folgte. Weder Amber noch Beth waren besonders gottesfürchtig, aber selbst die Kirche war nicht so langweilig, wie das Essen am Tisch hin und her zu reichen, während ihre Mom und ihr Dad über die Predigt, das Wetter und die diesjährige Tomatenernte plauderten. Früher hatten Beth und Amber Münzen geworfen, wer diesmal eine Krankheit vortäuschen oder überraschend zur Arbeit durfte.

»Seit du mich verlassen hast, habe ich keine Wahl.« Beth sagte die Worte leichthin, aber sie meinte es ernst. Sie vermisste ihre kleine Schwester, auch wenn sie verstand, warum sie gegangen war.

»Es tut mir leid.« Amber seufzte. »Ich weiß, dass ich dich damit allein gelassen habe.«

Beth schaute erneut auf die Uhr. Sie würde beim Gehen

weiterreden müssen. Sie hob das Tablett auf, spannte die Finger darunter an, um es gerade zu halten, und ging die Straße entlang.

»Ist alles in Ordnung?«

»Kannst du ein Gebet für Hailey sprechen?«

»Immer noch keine Nachricht?«

»Noch nicht.« Ambers Stimme klang dumpf, ein Tonfall, den sie immer hatte, wenn sie jetzt über Hailey sprach. Beth hätte gern etwas Aufbauendes gesagt, aber sie wollte ihr auch keine falschen Hoffnungen machen. Sie hatte Amber eine Nachricht geschickt, sobald sie in den Nachrichten gesehen hatte, dass man Haileys Fahrrad und ihr Smartphone gefunden hatte. *Bei dir alles in Ordnung?* Amber hatte geantwortet: *Ich glaube, sie hat es mit Absicht gemacht, um die Leute auf eine falsche Fährte zu locken. Ihr Onkel ist unheimlich.* Vielleicht, aber Beth fürchtete, dass die Gerüchte vielleicht doch stimmten.

»Warum kommst du nicht auf einen Besuch vorbei? Du könntest das Gebet selbst sprechen.«

»Meine Reifen sind abgefahren. Ich warte auf meinen nächsten Gehaltsscheck.«

»Ich hasse es, dass du in Cold Creek bist.« Nur Amber würde nach Yukon fahren, um sich mit Freunden auf einem Festival zu treffen, zum Tanken in der gruseligsten Stadt überhaupt anhalten und, anstatt weiterzufahren, dort einen Kellnerjob annehmen. In den ersten beiden Monaten war Ambers Instagram-Account voll mit Bildern von ihr beim Yoga neben Flüssen oder auf Felsvorsprüngen. Doch seit Haileys Verschwinden hatte sie nichts mehr gepostet.

»Ich fahre nicht per Anhalter, aber ja, ich hasse es auch.«

Das war neu. Vielleicht war Amber doch nicht so hoffnungsvoll, wie Beth gedacht hatte.

»Kommst du zurück nach Vancouver?«

»Ich bin mir nicht sicher. Ich könnte immer noch weiter nach Yukon.«

»Und was willst du da? Yogakurse für Grizzlybären anbieten?«

Amber lachte. Sie schien wegen Beths Spott niemals beleidigt zu sein. Oder wegen irgendjemandes Spott. In der Schule konnten die Kinder sie nicht mobben, weil es Amber einfach egal war.

»Vielleicht kellnere ich weiter. Es macht Spaß. Wir können nicht alle geniale Rechtsanwälte werden.«

Beth hörte den neckenden Tonfall, trotzdem runzelte sie die Stirn, als sie durch die gläserne Drehtür trat und auf die Fahrstühle zuging. »Du könntest auch Anwältin werden. Du bist viel zu schlau, um die Schule zu schmeißen.«

»Und du bist zu schlau, um Anwältin zu werden.«

Beth verdrehte innerlich die Augen. Manchmal machte Ambers freigeistige Hippiehaltung sie fuchsteufelswild. »Ich muss aufhören. Ich stehe am Fahrstuhl.«

»Ich bin dieses Wochenende am See – falls du mich nicht erreichen kannst. Hab dich lieb.«

»Ich hab dich auch lieb.«

Nachdem sie sich verabschiedet hatten, schob Beth das Telefon in die Tasche und drückte den »Nach-Oben«-Knopf mit dem Ellbogen. Amber wusste nicht, was sie redete. Anwältin zu sein war das *Größte.*

Beth sah ihrer Mom zu, die sorgfältig das Besteck platzierte. Sie hatte ihren Teil in der Scharade gespielt und Hilfe angeboten, doch ihre Mutter würde niemals zulassen, dass jemand anders den Tisch deckte, und das wussten sie beide. Genauso verhielt es sich auch, wenn sie versuchte, das Geschirr abzuwaschen oder das Essen abzuräumen. Jede Hilfe wurde abgelehnt.

Hinter geschlossenen Türen hatten Amber und Beth gekichert und ihre Mutter die »irre Madeline« genannt. Sie ersannen Geschichten und malten sich Szenarien aus, in denen ihre stets zurückhaltende Mutter explodieren und den Tisch umwerfen würde, so dass die Tomatensuppe und die Käsesandwiches auf den polierten Bodenfliesen landeten, während ihr Vater mit verblüffter Miene zusah. Jenem Gesicht, das er immer machte, wenn jemand von ihnen wütend zu sein schien.

Beths Mom stellte die Schüssel auf den Tisch – wieder einmal Tomatensuppe – und setzte sich. Sorgfältig breitete sie die Serviette auf ihrem Schoß aus und nickte. Beths Dad nahm seinen Löffel. Beth tat es ihm nach.

»Es war ein guter Gottesdienst heute«, sagte Beths Dad – wie jeden Sonntag. Die Schwestern hatten ihm den Spitznamen »Steven der Gerechte« gegeben, da er ihr ganzes Leben lang für sie alles in zwei exakt große Hälften geteilt hatte. Beth brummte leise eine Zustimmung, doch eigentlich hatte sie den Großteil des Gottesdienstes damit verbracht, über Amber nachzudenken. Hätte sie ihr das Geld für neue Reifen leihen sollen? Durch Studentendarlehen und Kreditkarten hatte Beth bereits Schulden in Höhe eines kleinen Vermögens angehäuft – auszusehen wie eine erfolgreiche Frau in der Stadt war nicht gerade billig. Genauso wenig wie ihre Wohnung, obwohl sie sich die mit drei Mitbewohnerinnen teilte. Aber sie machte sich Sorgen. Beth spähte auf das iPhone auf ihrem Schoß. Amber hatte auf ihre morgendliche Nachricht noch nicht geantwortet.

Ihre Mom schaute über den Tisch. »Bitte leg dein Telefon weg.«

»Tut mir leid.« Beth legte es an den Rand des Tisches, sichtbar genug, um ihre Mutter zu ärgern. Beth gehorchte zwar, aber sie hatte keine Bedenken, die Grenzen ein wenig auszureizen. »Ich warte auf eine Nachricht von Amber.«

»Hast du mit ihr gesprochen?« Ihr Dad fragte vorsichtig, als würde er sich seinen Weg durch die Worte ertasten, und warf einen Blick auf ihre Mom, um ihre Reaktion abzuschätzen.

»Sie hat Donnerstag angerufen.« Beth überlegte, ob sie ihnen erzählen sollte, dass ihre Schwester neue Reifen brauchte. Doch Amber war stolz. Sie wollte, dass ihre Eltern glaubten, sie käme allein zurecht, und Beth wollte ihr dabei nicht in den Rücken fallen. »Es scheint ihr ganz gut zu gehen. Sie überlegt, ob sie nach Yukon fahren soll.«

Der Löffel ihrer Mom schlug klappernd gegen den Teller, als sie ihn in die Suppe tauchte. »Ich glaube, uns steht eine neue Hitzewelle bevor. Ich mag mir gar nicht ausmalen, wie hoch die Rechnung für die Klimaanlage ausfallen wird.«

Beth starrte ihre Mutter an. Hatte sie gerade tatsächlich das Thema gewechselt und redete jetzt von der *Klimaanlage*?

»Wenn du Amber anrufen würdest, könntest du sie bitten, nach Hause zu kommen.«

»Sie hört nicht auf uns.«

»Bibelzitate sind kein Gespräch, Mom. Kannst du ihr nicht einfach sagen, dass du sie vermisst? Sie muss das von uns allen hören – und sie muss ihren Schulabschluss machen.« Beth schaute zwischen ihren Eltern hin und her. »Könntet ihr nicht hinfahren und sie zum Lunch einladen oder so?«

Ihre Mom wedelte mit der Hand durch die Luft und legte sie schließlich an ihre Kehle. »Es ist ein langer Weg.«

»Wir könnten zusammen fahren.«

»Sie will uns nicht in ihrem Leben haben. Das hat sie deutlich gemacht.«

»Sie möchte nur, dass ihr akzeptiert, dass sie ...«

»Beth.« Die Stimme ihres Vaters brachte sie zum Schweigen. Er sagte nur ihren Namen, aber das genügte. Sie war zu weit gegangen. Sie konnte das Erröten ihrer Mutter sehen, das Zittern ihrer Lippen.

»Es tut mir leid«, murmelte Beth.

Ihre Mutter räumte den Tisch ab, während Beth und ihr Dad sich unterhielten: *Der Job gefällt dir also? Behandeln sie dich gut?* Mit ihrem Zahnarzt führte sie spannendere Gespräche. Jetzt wusch ihre Mutter das Geschirr ab, während ihr Dad sich eine Dokumentation über historische Bienenzucht ansah. Ihre Eltern weigerten sich, eine Geschirrspülmaschine zu kaufen. Sie waren beide Lehrer und verdienten anständig, aber sie spendeten so viel wie möglich der Kirche. Ihre Wohltätigkeit ging nicht so weit, dass sie ihrer Tochter die Ausbildung bezahlten. Sie glaubten, harte Arbeit sei gut für die Seele.

Beth setzte sich auf die Veranda, von wo aus sie nach vorn zur Straße und in den Garten blicken konnte, und nahm sich einen Moment Zeit, bevor sie sich durch den Verkehr in die Stadt kämpfen würde. Die Blumenbeete ihrer Mutter waren die reinste Farbexplosion. Die North Shore Mountains schienen in der Ferne blau in der Luft zu schweben. In zwei Monaten würde es fast jeden Tag regnen, die Stadt würde grau werden und die Berggipfel schneeweiß.

Sie schaute erneut auf ihr Smartphone. Drei unbeantwortete Textnachrichten. Amber hatte gesagt, sie würde am Wochenende zum See fahren, aber Beth hatte angenommen, dass sie vermutlich dort zelten und am Sonntagmorgen zurück sein würde. Sie musste beschlossen haben, länger zu bleiben. Dann war ihr Smartphone wahrscheinlich tot, oder sie hatte schlechten Empfang. Beth schaute auf Facebook nach. Amber hatte seit Tagen nichts mehr gepostet.

Als sie ein Auto hörte, das sich in der Ahornallee, in der ihre Eltern wohnten, näherte, blickte Beth auf. Ein Streifenwagen.

Schwarz und weiß. Cops aus der Stadt. Sie suchte die anderen Häuser ab. Ihre Eltern lebten in einer ruhigen Wohngegend. Sie konnte sich nicht vorstellen, dass einer der Nachbarn etwas angestellt hatte, was einen persönlichen Besuch rechtfertigte.

Vor dem Haus auf der anderen Straßenseite hielt der Streifenwagen an. Beth wartete darauf, dass die Officers ausstiegen, doch dann fuhr das Auto noch ein Stück vor und wendete. Sie mussten die falsche Adresse haben. Gebannt sah sie zu. Es war wie russisches Roulette. Welches Haus würde es treffen?

Der Wagen parkte vor dem Haus ihrer Eltern. Als Beth zwei Polizisten mit ernsten Mienen aussteigen sah, stand sie auf. Beide Männer trugen Uniform. Einer von ihnen blickte sie an, und Beth wusste Bescheid.

Amber würde nicht zurückrufen.

16

Beth setzte sich auf den Verandastuhl, stellte den Teller auf den Beistelltisch und lehnte sich zurück, so dass sie hinter den Blumenampeln für die Vans der Nachrichtensender nicht zu sehen war. Diese ersten paar Tage waren schrecklich gewesen, Reporter drängten sich auf dem Gehweg, stürzten sich mit vorgestreckten Mikrophonen auf sie und brüllten ihre Fragen, sobald Beth oder ihre Eltern sich blicken ließen. Am Ende hatte sich ihr Vater auf die Vordertreppe gestellt und höflich darum gebeten, sie in Ruhe trauern zu lassen. Natürlich ignorierten die Reporter ihn.

Seit die Nachricht bekannt geworden war, meldeten sich alle möglichen Leute bei ihr – die Rechtsanwälte, bei denen sie arbeitete, Studentinnen aus ihren Kursen an der Uni und junge Männer, die sie in letzter Zeit gedatet hatte. Sie schickten Mitleidsbekundungen und mehr oder weniger subtile Fragen. Sie gab kurze Antworten und lernte ihre Sätze auswendig.

Wir versuchen, stark zu sein, es ist eine schwere Zeit, wir wissen die Anteilnahme zu schätzen.

Reporter machten Screenshots von Ambers Facebookseite, von all ihren Fotos, Kommentaren und Memes, von allem, was sie gelikt hatte, und veröffentlichten das Selfie von Amber und Hailey, bevor Beth die Seite ihrer Schwester privat stellen konnte. Ihre Eltern wussten nichts von der erbarmungslosen Natur der sozialen Medien. Beth hatte selbst nicht begriffen, wie schlimm es werden würde.

Sie entdeckte ein Foto von sich selbst, aufgenommen am Vortag, als sie den Küchenabfall rausgebracht hatte, und war schockiert, wie gealtert sie darauf aussah. Sie alle sahen älter aus. Außer Amber. Sie würde niemals älter als achtzehn Jahre, drei Monate und zehn Tage werden.

Beth kaute an einem Bissen Thunfisch-Nudelsalat und wünschte, sie hätte ein Glas Wein, mit dem sie die Croutons herunterspülen könnte. Die Küchentür hinter ihr öffnete sich, ein kalter Luftzug streifte sie, sie hörte leises Stimmengewirr. Die Tür schloss sich wieder. Beth starrte auf den Garten und lauschte dem leisen Scharren von Schuhen. Sie hoffte, dass die Schritte zur anderen Seite der Veranda abbiegen würden, doch jemand kam zu ihr und blieb neben ihr stehen. Beth blickte auf. Ein dunkelhaariger Mann, hochgewachsen, in einem marineblauen Anzug. Constable Thompson. Einer der Cops, die in Cold Creek den Fall ihrer Schwester bearbeiteten.

Sie richtete sich auf. »Ist etwas passiert? Soll ich meinen Dad holen?«

»Nein, nein. Ich hatte Termine in der Stadt. Ihre Eltern hatten mich gebeten, vorbeizuschauen.« Er schwieg kurz. »Tut mir leid, falls ich Sie belästige. Ich wollte Ihnen nur kurz mein Mitgefühl ausdrücken.« Sein Blick wanderte zu den Bussen der Nachrichtensender. »Ich kann sie bitten zu verschwinden.«

Sie hatte ihn beim Gottesdienst nicht gesehen, aber es schien, als hätte sich die gesamte Stadt in die Kirche gedrängt. Gemeindemitglieder, Nachbarn, Familie. Ambers kreative Schulfreunde mit den bunten Haaren, Tattoos und Bodypiercings. Beth war Ambers Freundeslisten durchgegangen und hatte jeden von ihnen persönlich angeschrieben.

Sie legte ihre Gabel auf den Teller. »Haben Sie schon etwas gegessen?« Wie oft hatte sie das heute schon gesagt? *Vielen*

Dank, dass Sie gekommen sind. Haben Sie schon etwas gegessen? »Die Leute haben so viel mitgebracht.«

Er nickte. »Ihre Mom macht mir ein Paket zum Mitnehmen.«

Beth stellte sich vor, wie er Auto fuhr und dabei Torten und Kekse aß, die Spanakopita krümelte auf seine hübsche Krawatte, während er über Beweise oder Zeugenaussagen nachdachte. Vielleicht war es nicht das erste Mal. Vielleicht war sein Kühlschrank vollgestopft mit Töpfen und Backformen von Müttern von Mordopfern.

Die Polizei vor Ort hatte ihre Familie als erste befragt. *Hatte Ihre Tochter mit jemandem Probleme? Hatte Ihre Schwester einen festen Freund? Irgendwelche bekannten Drogenprobleme?* Ihre Eltern hatten gestottert und gestammelt und sich hilfesuchend angeschaut. Beth hatte schweigend daneben gesessen und durch die Textnachrichten ihrer Schwester gescrollt, als sei die Antwort irgendwo unter ihnen versteckt und sie habe sie nur irgendwie überlesen.

Dann war Thompson gekommen und hatte weitere Fragen gestellt. Ihre Fragen hatte er kaum beantwortet, da die Ermittlungen noch liefen. Seitdem hatte er ein paarmal angerufen. Es gab keine Verdächtigen – zumindest hatte ihnen niemand etwas darüber gesagt. Beth fand, sie sollten nach Cold Creek fahren und dort mit der Polizei reden. Doch ihr Vater hatte nur mit verschlossener Miene erklärt: »Lass sie ihren Job machen.«

Thompson lehnte sich an die Verandabrüstung. Beth wandte den Blick ab. Es fiel ihr schwer, ihm in die Augen zu schauen. Sie musste immer daran denken, was er wusste. Wahrscheinlich hatte er die Leiche ihrer Schwester gesehen. Es würde Fotos geben. Allein der Gedanke daran bescherte Beth Albträume, aus denen sie verschwitzt, mit rasendem Herzen und im Bettzeug verheddert aufschreckte. Sie hatte angefangen, wieder im Haus ihrer Eltern zu schlafen.

»Wann hört das auf?« Mit einer Bewegung des Kinns deutete sie auf die Presse.

»Schwer zu sagen. Das Interesse ist groß.«

»Ich habe von den anderen Fällen gelesen. Es gibt eine eigene Website.« Amber war jetzt eines der Cold-Creek-Highway-Opfer. Berühmt. Beth hatte nie zuvor begriffen, was Trauer war. Es war ein Konzept, etwas, von dem sie gelesen hatte. Wie Mutterschaft. Jetzt höhlte es sie aus, raubte ihr den Atem. Ihre Schwester hatte *gelitten.* Sie konnte sich vorstellen, wie heftig Amber sich gewehrt haben musste, wie sie geschrien und gebettelt haben würde. Beths Verstand war ein Spukhaus, das sie nie verlassen konnte.

»Auf diesen Seiten tummeln sich jede Menge Verschwörungstheoretiker und Hobbydetektive. Sie nutzen verletzliche Menschen aus. Ich rate Ihnen, damit aufzuhören, sie zu lesen, wenn Sie können.«

»Ich will einfach nur Antworten.« Sie *brauchte* sie.

»Wir arbeiten hart daran, sie zu finden. Das versichere ich Ihnen. Wir haben neue technische Möglichkeiten, mehr Überwachungskameras. Geben Sie die Hoffnung nicht auf. Einige der anderen Familien haben Trost in Selbsthilfegruppen gefunden.«

»Meine Eltern haben ihre Kirche.«

»Und Sie?«

»Es fühlt sich immer noch so unwirklich an.« Sie hatte nicht vorgehabt, ihm davon zu erzählen. Was glaubte sie denn? Dass er sich umdrehte und sagte: *Ach, in Wirklichkeit ist es auch gar nicht passiert. Ein schrecklicher Irrtum. Sorry, tut mir leid.*

Er verlagerte sein Gewicht und zupfte am Revers seines Blazers. Die Bewegung lenkte ihren Blick auf sein Gesicht. Braune Augen voller Mitgefühl. Das war zu viel für sie. Es schmerzte, ihren Kummer so deutlich gespiegelt zu sehen.

»Ich muss meiner Mom helfen.« Sie stand auf und wischte sich ein paar Brotkrumen vom Rock. »Vielen Dank, dass Sie gekommen sind. Ich bin sicher, dass es meinen Eltern viel bedeutet.« Sie lächelte steif und eilte ins Haus.

Die Küche war blitzblank. Die Frauen der Gemeinde hatten saubergemacht, alles aufgeräumt und den Kühlschrank mit den Resten des Essens aufgefüllt. Beth saß mit ihren Eltern im Wohnzimmer und trank Tee. Der Fernseher war ausgeschaltet. Seit es passiert war, hatte ihr Vater keine Nachrichten mehr geschaut, doch Beth würde sie sich heimlich ansehen, sobald sie ins Bett gegangen waren. Sie fürchtete sich vor dem, was sie möglicherweise entdecken würde, aber sie wollte unbedingt herausfinden, ob es Fortschritte gab. Winzige Neuigkeiten. Sie hatte Twitter und Facebook von ihrem Smartphone gelöscht.

Ihre Mom starrte ins Leere. Das Haar hing ihr feucht in die Stirn, der Pony war zerzaust, die Wangen von der Hitze oder ihren Gefühlen gerötet. Sie schaute unablässig zur Küche, als würde sie nach irgendetwas suchen, was noch zu tun wäre. Das Leben ihrer Mutter spielte sich nur noch zwischen Schlafzimmer und Küche ab.

»Warum habt ihr diesen Officer eingeladen?«

Langsam drehte ihre Mutter sich um, blinzelte und leckte sich über die trockenen Lippen. Zuerst hatte Beth sich gefragt, ob sie sich das nur einbildete, dieses Gefühl, ihre Mutter würde sich durch zähflüssiges Wasser bewegen, und hatte es auf den Schock und die Trauer geschoben, aber dann hatte sie die Tabletten im Badezimmer ihrer Mutter gefunden.

»Wir …« Ihre Mutter suchte nach Worten. »Wir wollten, dass er eine Verbindung zu Amber spürt.«

Spielte das eine Rolle? Beth war nicht sicher, aber die Idee gefiel ihr. Thompson würde härter arbeiten und selbst der kleinsten Spur nachgehen, wenn er an ihre Familie dachte, die darauf wartete, dass der Fall aufgeklärt wurde.

Ihr Vater schaute aus dem Fenster. »Sind die Reporter noch da draußen?«

»Ja.«

»Am Montag bringe ich dich zu deinem Auto. Wenn sie zu aggressiv werden, können wir die Polizei rufen. Denk nur daran, nichts zu sagen. Zeige keine Reaktion.« Ihr Dad zog die Brauen zusammen. Das war aus ihnen geworden. Menschen, die nach Wegen suchten, sich vor der Welt zu verstecken.

»Ich weiß nicht, ob ich schon bereit bin, wieder zur Arbeit zu gehen.«

Beide Eltern sahen sie an. Wer würde zuerst sprechen?

»Du darfst nicht noch länger fehlen.« Ihre Mutter. Beth war nicht überrascht. Ihre Mom liebte es, den Nachbarn und Gemeindemitgliedern von ihrer Tochter, der zukünftigen Anwältin, zu erzählen. Beth wollte nicht an den kleinen, verborgenen Teil von sich denken, der froh wäre, wenn sie das alles hinter sich lassen könnte.

»Eine Woche noch.«

»Du willst die Situation doch wohl nicht ausnutzen.«

»Es ist ja nicht so, als würde ich massenweise Zuckerpäckchen mitgehen lassen. Es sind ohnehin nur noch zwei Wochen, dann geht die Uni wieder los. Aber vielleicht setze ich dieses Semester aus.«

»Das ist keine gute Idee, Tiger. Mach das nicht.« Die Stimme ihres Vaters überschlug sich fast, als würde er plötzlich in Panik geraten, sie könnte aus dem Fenster springen.

»Ich mache im Januar weiter.« Beth war fassungslos, dass sie das so schockierend fanden. Wie konnten sie von ihr erwarten, einfach weiterzumachen wie zuvor? Alles, was über das Herumsitzen in diesem Zimmer hinausging, kam ihr vor wie eine unmöglich zu bewältigende Aufgabe. Einkaufen, die Post holen, Nachrichten beantworten – all das gehörte zu ihrem vergangenen Leben.

»Du darfst das Böse nicht gewinnen lassen.« Ihre Mutter dieses Mal. Die Worte waren nur ein Flüstern, doch laut genug. Wenn Beth nicht weitermachte, ließ sie alle im Stich. Einschließlich Gott.

»Du musst beschäftigt bleiben«, fügte ihr Vater hinzu. »In Zeiten des Unglücks müssen wir uns auf das Gute konzentrieren. Einen Sinn in freiwilliger Arbeit finden. Die Kirche kann einen immer gebrauchen.«

»Das ist nicht euer Ernst!«

»Zu unterrichten ist eine wichtige Arbeit, und die Kirche ist unsere Familie.«

Richtig, aber für Beth war sie das nicht. Trotz aller Unterschiede waren Amber und sie sich in diesem Punkt einig gewesen. Es war, als hätten sie ein Tennisdoppel gespielt, und jetzt hatte Beth ihre Partnerin verloren. Wenn eine von ihnen Hilfe bei einer Entscheidung über irgendetwas gebraucht hatte, hatten sie einander um Rat gefragt. Selbst bei unwichtigen Dingen wie dem richtigen Farbton des Lippenstifts, der Kleidung oder den Schuhen.

»Ich tanke dein Auto voll, bevor du morgen in die Stadt fährst.« Und mit dieser Ankündigung ihres Vaters war die Diskussion erledigt. Sie schickten sie nach Hause.

»Wenn es etwas gibt, das du gerne aus dem Zimmer deiner Schwester hättest, sag Bescheid. Die Frauen von der Gemeinde kommen nächste Woche, um ihre Kleider einzupacken.«

Beths Hand an der Teetasse bebte, das Porzellan schlug gegen die Untertasse. Ihre Mutter zuckte zusammen.

»Ihr wollt ihr Zimmer jetzt schon ausräumen?«

»Die Kirche unterstützt viele Familien in Not.«

Und was war mit Beths Not, mit ihrer Trauer um ihre Schwester? War das nicht auch wichtig? Sie wollte für Amber kämpfen – und für sich selbst –, aber sie spürte nur einen dichten Schleier aus Müdigkeit.

»Ich glaube, ich werde mich hinlegen.«

»Das ist eine gute Idee.« Ihre Mutter starrte Ambers Babyfoto an der Wand an. Geistesabwesend legte sie eine Hand auf ihren Bauch, als würde sie sich daran erinnern, wie sie sie sicher in sich getragen hatte.

»Ich werde Cracker backen. Sie passen gut zum übrig gebliebenen Eintopf.«

Beth suchte im Badezimmerschrank nach Schmerztabletten, nahm zwei davon und schaute kurz über die Schulter. Keine Schritte. Sie öffnete den Kosmetikschrank ihrer Mutter und sah sich den Inhalt an – Hautcreme, Puder, rosa Lippenstift. Die Tabletten waren nicht da. Sie schlich durch den Flur ins Schlafzimmer ihrer Eltern. Auf dem Nachttisch fand sie das verschreibungspflichtige Fläschchen mit dem Etikett *Madeline Chevalier.*

Xanax. Beth nahm sich eine Tablette, legte sie sich unter die Zunge und ging in Ambers Zimmer. Die meisten Habseligkeiten ihrer Schwester waren bereits fort – sie hatte sie mitgenommen, als sie ausgezogen war. Doch Beth sah Amber immer noch auf dem Boden sitzen und Musik hören, meditieren oder verdreht in einer komplizierten Yogahaltung verharren. Mit dem Finger strich sie über den Stapel spiritueller Bücher, in denen es um Selbstwahrnehmung, Achtsamkeit und Transzendenz ging.

Beth zupfte ein Bild von Amber und sich aus der Ecke des Frisierspiegels. Bis auf den schiefen Schneidezahn, den sie beide hatten, sahen sie sich nicht ähnlich, und das nicht nur, weil Amber insgesamt kräftiger wirkte – mit ihren großen Augen, den vollen Lippen und wildem Haar. Sie war ausdrucksstark in ihren Gesten und ihrem Lächeln. Sie sang aus vollem Hals, wann immer sie einen Song hörte, der ihr gefiel.

Auf dem Foto trug Amber ein schulterfreies Top und Shorts. Beth wirkte steif und sah in ihrer Robe zum Schulabschluss überhitzt aus, ihr blondes Haar klebte an der Stirn. Ambers Haar, normalerweise karamellbraun, war damals türkis gewesen, was eine ganze Reihe elterlicher Strafpredigten nach sich gezogen hatte, in dem Sinne, dass niemand sie damit ernst nehmen würde, was, wie Amber sagte, genau der Punkt war.

In der Highschool waren sie sich hin und wieder auf dem Flur begegnet – Amber in einer Wolke aus Lavendelduft unterwegs zur Theaterprobe oder zum Tanzkurs, Beth mit Spannungskopfschmerzen auf der Suche nach ihrer Lerngruppe. Jede machte ihr eigenes Ding. Beth war stolz darauf, die Verantwortungsvolle, Ruhigere zu sein. Sie war aber auch stolz darauf, dass Amber nicht das gleiche Pflichtgefühl verspürte, dass sie sich frei genug fühlte, ihren eigenen Weg zu gehen. Doch jetzt war Amber tot, und Beth hatte das Gefühl, die Pflicht würde sich wie hohe Mauern um sie schließen. Sie starrte auf die Fotografie in ihrer Hand. Ihre Eltern hatten sich so gefreut, hatten sie zu einem besonderen Abendessen ausgeführt und allen erzählt, dass ihre Tochter im Herbst auf die Universität gehen würde.

Beth hatte angefangen, sich zu fragen, ob Amber nicht recht hatte und die Arbeit als Rechtsanwältin sie wirklich glücklich machen würde. Nichts davon spielte noch eine Rolle. Sie war alles, was ihre Eltern jetzt noch hatten.

Am Morgen würde sie in der Kanzlei Bescheid sagen, dass sie zurückkommen würde.

17

Juli 2019

Beth schob sich durch die Menge auf das weiße Zelt und den Tisch am Ende des Parkplatzes zu. Als sie die Crew des Nachrichtensenders sah, änderte sie die Richtung. Sie fand einen Platz im Schatten, von wo aus sie den Trommelkreis der First Nations sehen konnte. Manche Leute sangen dazu, andere tanzten. Sie wusste nicht, wie sie das bei dieser Hitze aushielten. Ihr Sommerkleid klebte bereits an ihren Beinen.

Ein paar Gruppen hatten Transparente dabei: *Gerechtigkeit für die Opfer! Der Highway muss sicher werden! Bringt unsere Mädchen nach Hause!* Andere hielten bunte Plakate mit Bildern der Opfer hoch, auf denen mit Edding das Datum stand, an dem sie zuletzt gesehen worden waren, sowie Botschaften an ihre Liebsten. *Wir vermissen dich!*

Die Menschen trugen gelbe Warnwesten. Am Rand der Menge parkte ein Wagen mit Lautsprechern auf dem Dach, über und über mit Bildern von weiteren vermissten und ermordeten Frauen behängt. Sie entdeckte Ambers Fotos unter ihnen und verspürte einen Anflug von Panik und Übelkeit. Wie sollte sie das schaffen? Sie presste sich die kalte Wasserflasche an ihren Nacken und die Stirn.

In ihrer Nähe im Schatten wurde leise gesprochen. Als sei es unanständig, zu lachen oder die Stimme zu heben. Ein paar der Frauen sahen wütend aus. Die verstand sie besser. Sie sah einer älteren Frau der First Nations in die Augen, die ein Kind dabeihatte. Sie hielten ein Transparent mit der Forderung *Wir brauchen Antworten!*, die sorgfältig mit roten Buchstaben über das Foto eines der Opfer geschrieben worden war. Ein hübsches Mädchen mit langem schwarzem Haar. Beth kannte den Fall. Sie war schon vor Jahrzehnten gestorben. Ihre Familie hielt die Erinnerung an sie immer noch wach. Würde Beth auch eines Tages mit ihren Enkelkindern zu Gedenkfeiern gehen?

Fast ein Jahr war vergangen, und Ambers Tod war immer noch nicht aufgeklärt. Als Beth online gelesen hatte, dass es in der Stadt jedes Jahr eine Gedenkfeier mit anschließendem Trauermarsch gab, um die Erinnerung an die Opfer wachzuhalten, hatte sie es ihrer Therapeutin gegenüber erwähnt. Diese sagte: »Manche Menschen finden Frieden in Ritualen. Es ist einen Versuch wert, denken Sie nicht?«

Beth dachte nicht nach.

Sie hatte die Sache komplett aus ihrem Gedächtnis gestrichen, bis sie ihre Wohnung verloren hatte – ein bedauerlicher Nebeneffekt, nachdem sie ihren Praktikumsjob verloren hatte. Vielleicht hatte ihre Therapeutin recht. Sie musste zu dieser Gedenkfeier gehen, um endlich damit abschließen zu können. Dann konnte sie wieder auf die Beine kommen. Als sie vor einer Stunde in der Stadt eingetroffen war und das Willkommensschild gesehen hatte, packten sie einen Moment lang Zweifel, doch dann hatte sie Ambers Stimme so deutlich gehört, als säße sie neben ihr. *OMG. Es ist so hübsch wie auf einer Postkarte, Beth. Die Berge, der Fluss, und es gibt hier eine riesige Elchskulptur. Ich habe sie Elvis getauft.*

Vor der Gedenkfeier war Beth an dem Haus vorbeigefahren, in dem Amber eine Kellerwohnung gemietet hatte, hatte in den Garten gespäht, den sie geliebt hatte. *Ich darf alles pflücken, was ich will.* Ihre Eltern hatten im letzten Sommer veranlasst, dass der Vermieter all ihre Sachen zurückschickte. Ambers Armband mit dem Schildkrötenanhänger, das zu Beths Armband passte, fehlte. Thompson hatte gesagt, dass der Killer es möglicherweise behalten hatte.

Jetzt schaute Beth auf ihr Handgelenk und drehte das Armband so, dass die Schildkröte nach vorn rutschte und die kleinen grünen Steine im Licht funkelten. Sie hatte gelesen, dass Mörder gerne den Tatort ihres Verbrechens aufsuchten. Vielleicht war es mit dem Trauermarsch so ähnlich. Wenn er hier war, würde er dann das Armband wiedererkennen?

Sie schob ihre Handtasche ein Stück höher auf die Schulter. Das Gewicht an ihrer Seite beruhigte sie. Der Revolver war teuer gewesen, genau wie der Unterricht am Schießstand, und es war absolut illegal, dass sie die Waffe heimlich mit sich herumtrug. Aber das war ihr egal.

Sie musterte die Männer um sie herum. Sie sahen ganz normal aus, aber das hatte nichts zu bedeuten. Ständig blieben Killer unterm Radar. Ted Bundy zum Beispiel. Sie prägte sich ihre Gesichter ein.

Eine Frau in einem roten Kleid trommelte die Menge zusammen. Sie erklärte, dass sie jetzt durch die Stadt zum Highway und bis zur Plakatwand laufen würden, wo sie Blumen und Kerzen niederlegen würden. Beth war erleichtert, dass der Trauermarsch nur bis dorthin führte. Sie wollte den Graben nicht sehen, in dem man die Leiche ihrer Schwester gefunden hatte. Sie hatte das Kreuz im Internet gesehen. Jemand hatte ein Foto davon gemacht, und dieses Bild, der Kontrast des strahlend weißen Kreuzes vor dem dunklen Wald, hatte ihr für mehrere Tage den Boden unter den Füßen weggerissen.

Die Frau rezitierte jetzt ein Gedicht, oder vielleicht war es auch ein Gebet. Beth konnte sich nicht auf die Worte konzentrieren. Sie senkte den Kopf. Sie spürte, dass jemand sie beobachtete, und sah sich um. Polizeiuniform. Ein großer Mann mit hellem Haar und hellen Augen. Die hübsche schwarzhaarige Frau neben ihm hielt sich ein Taschentuch ans Auge.

Ambers Stimme flüsterte in ihrem Kopf. *Sein Name ist Vaughn, und er ist so ein Arschloch. Alle haben Angst vor ihm. Er sieht aus wie der Bösewicht in einem Spionagefilm.*

Beth ließ den Blick an ihm vorbeiwandern, dann senkte sie erneut den Kopf. Sie war sicher, dass er sie erkannt hatte. Die Fotos ihrer Familie waren überall im Internet zu finden.

Die Frau vorne sprach vom Gemeinschaftssinn und davon, dass jeder auf den anderen achtgeben sollte. Dann sagte sie: »Sergeant Vaughn hat noch ein paar Dinge hinzuzufügen.«

Der große Cop ging nach vorn und ergriff mit herrischer Stimme das Wort. »Ich weiß, dass ihr Angst habt und dass ihr frustriert seid. Wir haben unsere Patrouillen am Highway und rund um den See verstärkt, aber wir brauchen eure Hilfe. Ihr müsst wachsam bleiben. Fahrt nie allein, wenn es sich vermeiden lässt. Sorgt dafür, dass eure Fahrzeuge straßentauglich sind. Fahrt nicht per Anhalter. Nehmt keine Anhalter mit.« Er schwieg und sah sich um. »Wenn euch irgendetwas Merkwürdiges auffällt, meldet es. Ihr alle wisst, dass Hailey, meine Nichte, immer noch vermisst wird, und ich will nicht, dass eine weitere Familie diesen Schmerz durchmachen muss.«

Beth erstarrte. Die Wut, die sie seit fast einem Jahr heruntergeschluckt hatte, wollte heraus. Wenn er nicht wollte, dass irgendjemand diesen Schmerz spürte, dann hätte er den Killer finden müssen, *bevor* Amber sein nächstes Opfer wurde. Er hätte *damals* die Patrouillen verstärken sollen. Er hätte ihn *damals* aufhalten sollen.

Sie drehte sich um und ging durch die Menge zurück. Es war ihr egal, ob sie Leute anrempelte. Ihr Auto steckte in der Menge fest. Sie fluchte leise, dann sah sie sich um. Sie würde eine Tasse Kaffee trinken und warten. Die nächste Möglichkeit schien ein Diner zu sein. *Mason's Diner* verkündete das Neonschild. Es musste das Restaurant sein, in dem Amber gearbeitet hatte. Sie zögerte.

Hinter ihr begann die Menge, *Amazing Grace* zu singen.

Also gut. Der Diner konnte auch nicht quälender sein als das. Eine Glocke klingelte fröhlich, als sie die Tür aufstieß. Der Diner war sauberer als erwartet, und es roch nach frisch gebackenen Keksen und Hausmannskost. Ihr Magen knurrte. Sie konnte sich nicht erinnern, wann sie zuletzt etwas gegessen hatte.

Es gab ein paar freie Tische, aber sie beschloss, sich auf einen der mit rotem Kunstleder bezogenen Barhocker an den Tresen zu setzen. Die Kellnerin, eine Frau mittleren Alters mit grau werdendem braunem Haar und einer nüchternen Stimme, fragte: »Brauchen Sie die Karte, meine Liebe?«, und stellte ihr ein Glas Wasser hin.

»Ja, bitte.«

Beth trank das kalte Wasser aus, dann konzentrierte sie sich angestrengt auf die Speisekarte. Amber hatte in diesem Diner gearbeitet. Sie hatte hinter diesem Tresen gestanden und die Tasten der Registrierkasse gedrückt. An dem Tag, an dem sie gestorben war, war sie durch diese Tür gegangen, zum See gefahren und nie wieder zurückgekommen.

Als die Kellnerin erschien, um ihre Bestellung aufzunehmen, entschied Beth sich spontan für einen Burger, Pommes und einen Milchshake. Ambers Lieblingsessen – sie war zwar ein Hippie, aber eindeutig keine Veganerin gewesen. Das Essen kam prompt, sah gut aus und schmeckte sogar noch besser. Beth schob sich die Pommes in den Mund, trank zwischendurch von ihrem Milchshake und biss vom Burger ab, wobei sie sich zu erinnern versuchte, wann sie sich das letzte Mal eine Mahlzeit wirklich hatte schmecken lassen.

»Sie sehen aus, als hätten Sie eine Mission.« Beth hob den Kopf. Ein bärtiger Mann stand hinter dem Tresen, ein Tuch über der Schulter, die Arme verschränkt. Er war stämmig, aber nicht auf bedrohliche Weise. Verlässlich. Das musste Mason sein.

Schweigend starrte Beth ihn an.

Er hob die Brauen. »Alles in Ordnung mit Ihnen?«

»Meine Schwester.« Sie schluckte. »Amber hat hier gearbeitet.«

»Oh.« Er lehnte sich an den Tresen und sah ihr in die Augen. »Sie sind wegen der Gedenkfeier gekommen.«

»Ja.« Es gefiel ihr, dass er nicht gesagt hatte, wie leid es ihm täte, oder irgendeine andere der üblichen Beileidsbekundungen von sich gegeben hatte. Ihr war nicht klar gewesen, wie sehr sie angefangen hatte, diese zu hassen.

»Und warum sind Sie dann nicht da draußen?«

Sie zuckte mit den Achseln. »Ich hatte nicht das Gefühl, dazuzugehören.« Das hörte sich wahrscheinlich seltsam an. Wer sollte mehr dazugehören als die Schwester eines der Opfer? Aber er nickte, als ergäbe das durchaus Sinn.

»Wie lange bleiben Sie in der Stadt?«

»Nur heute vermutlich.«

»Sie entscheiden sich spontan?«

»Ich befinde mich gerade an einem Wendepunkt. Ich bin pleite und hab keine Wohnung.« Sie probierte ein schiefes Lächeln, doch zu ihrem Erstaunen konnte sie es ihm erzählen, ohne sich verlegen zu fühlen. Andererseits schien er auch nicht zu den Typen zu gehören, die von einer zukünftigen Anwältin besonders beeindruckt wären.

»Suchen Sie einen Job?«

»Wie meinen Sie das?«

»Ich könnte noch eine Kellnerin für den Sommer gebrauchen. Der Job gehört Ihnen, wenn Sie wollen.«

»Im Ernst?«

»Ihre Schwester war eine gute Seele.«

Beth hatte vorgehabt, zu ihren Eltern zu fahren und ihnen die Neuigkeit zu überbringen, dass sie die Uni geschmissen hatte, weil sie durch die Prüfung gerasselt war – was sie dann auch den Praktikumsjob gekostet hatte. Sie wussten nicht einmal, dass Beth in Cold Creek war. Als sie ihnen von der Gedenkfeier und dem Trauermarsch erzählt hatte, hatten sie nur gemeint, es sei zu weit weg. Beth war aufgefallen, dass ihre Mutter einen zunehmenden Widerwillen entwickelte, das Haus überhaupt noch zu verlassen. Selbst die Lebensmittel bestellte sie online im Supermarkt.

Doch es wurde nicht darüber gesprochen. Es wurde über gar nichts gesprochen.

Sie dachte an den Sergeant, der über Sicherheit gesprochen hatte. Was sollten ein paar zusätzliche Patrouillen schon bringen? Sie hatten es aufgegeben, den Mörder ihrer Schwester zu finden, und warteten einfach nur auf das nächste Opfer. Sollte sie nach Hause fahren und dasselbe machen? Auf das nächste Opfer warten? Sie hatte sich die Waffe aus einem ganz bestimmten Grund gekauft. Sie war bisher noch nicht bereit gewesen, sich das einzugestehen, aber jetzt war sie hier. In der Stadt, in der ihre Schwester gestorben war, und es bot sich ihr die Chance, den letzten Tagen ihres Lebens nachzuspüren. Auf der Gedenkfeier hatte Beth keinen Frieden gefunden. Keine Antworten. Wie sollte sie ohne sie nach Vancouver zurückkehren? Sie starrte das Armband an ihrem Handgelenk an.

»Muss ich irgendein Bewerbungsformular ausfüllen?«

Eine Woche später überquerte Beth die Straße zum Motel, todmüde von der langen Schicht im Diner. Die Abendluft war so dick und feucht, dass das Tanktop an ihrem flachen Bauch und am Rücken klebte. Sie strich über die losen Strähnen aus ihrem Haarknoten, die sich an ihrem Hals kräuselten, und lief schneller, um dem Gehweg zu entkommen, dessen Hitze durch die dünnen Sohlen ihrer Sandalen drang. Die Tüte vom Diner mit den Essensresten schlug leise raschelnd gegen ihre nackten Beine. Sie brauchte eine kalte Dusche und einen noch kälteren Drink.

Sie näherte sich dem Fenster des Motelbüros. Die Managerin saß hinter ihrem Schreibtisch und beobachtete sie, doch Beth sah ihr nicht in die Augen. Das vermied sie seit dem ersten Morgen, als die große, stämmige Frau in Jeans und weißem Männerhemd an ihrer Tür aufgetaucht war.

»Mein Name ist Rhonda. Sorry, dass ich nicht da war, als du gestern Abend eingecheckt hast, Beth. Ich habe bei der Gedenkfeier geholfen.« Sie hatte ihr zwei Päckchen Kaffee gereicht. »Für den Fall, dass du Koffein brauchst.«

»Danke.«

Beth hatte gedacht, sie hätte klar gezeigt, dass für sie die Unterhaltung damit zu Ende war, doch Rhonda hatte es nicht eilig gehabt zu verschwinden. Sie lehnte sich gegen den Türrahmen, das silberne Haar zu einem langen Zopf geflochten, der ihr über die Schulter hing. Ihre Haut war glatt, die Augenbrauen dunkel, und Beth vermutete, dass sie schon jung ergraut war.

»Ich bin die Administratorin der Facebook-Gruppe für Verbrechen hier in der Gegend. Ich leite auch eine für die Opfer. Ich moderiere das Forum und so. Du würdest staunen, wie viele Beiträge da kommen. Von überall.« Ihr Blick schweifte durch das Zimmer hinter Beth. Es war ihr Motel – was glaubte sie, was sie zu sehen bekäme? Sie sah wieder Beth an. »Also, sag Bescheid, wenn du irgendetwas gepostet haben willst.«

Da begriff Beth. Rhonda war eine dieser Hobbydetektivinnen, vor denen Thompson sie gewarnt hatte. Wahrscheinlich schaute sie sich jede Dokumentation über Mordfälle auf Netflix an und lud sich jeden True-Crime-Podcast herunter, sobald er erschien.

Sie zwang sich zu lächeln. »Das weiß ich sehr zu schätzen. Ich muss noch ein paar Anrufe machen, wenn du mich also entschuldigen würdest …« Sie trat zurück und schloss die Tür, nicht ohne kurz die Verärgerung auf Rhondas Gesicht aufblitzen zu sehen.

Beth ging am Büro vorbei, ohne Rhonda anzuschauen, und lief weiter durch den Laubengang zur Rückfront des Gebäudes. Ihre Sandalen klatschten laut über den Boden. Sie blickte zu keinem der dunklen Fenster. Das Motel war fast leer. Die meisten Reisenden räumten sonntags ihre Zimmer.

Sie steckte den Schlüssel ins Schloss. Sie musste ein paarmal kräftig rütteln und mit der Schulter gegen das Türblatt stoßen, bevor die Tür aufsprang. Das *Crows Pass* sollte wie eine Art Holzlodge aussehen, mit hellroten Türen und schütteren Tannen, die vor jedem Zimmer gepflanzt worden waren, aber es ähnelte eher einem baufälligen Sommerlager für heruntergekommene Holzfäller. Doch es hatte die besten Zimmerpreise. Und es lag am günstigsten.

Amber hatte im selben Motel gewohnt, während sie sich nach einer Wohnung umgeschaut hatte, die sie mieten könnte, und sie hatte Beth von der neugierigen Chefin erzählt, die sie ständig abfing, um ein Schwätzchen mit ihr zu halten. Doch Beth hätte nicht gedacht, dass die Frau ihre morbide Neugier so offen zeigen würde.

Als sie das Zimmer betrat, schaute sie aus dem dreckigen Fenster zum Truckstop auf der anderen Straßenseite. Schwerlaster und Sattelschlepper fuhren in großen Kurven vom Platz, die Auspuffrohre qualmten wie Teufelshörner. Das hohe Neonlichtzeichen von *Mason's Diner* blinkte im diesigen Abendhimmel. Die Berge bildeten eine dunkle Silhouette. Schon bald würden die ersten Sterne zu sehen sein. Außerhalb der Stadt leuchteten sie heller, und die Straßen waren ruhiger. Um zehn war alles zu, bis auf den Pub und den einzigen Pizzaladen.

Im Zimmer war es sogar noch heißer als draußen, und Beth riss das Fenster auf, nachdem sie das Holzstück entfernt hatte, mit dem der Fensterflügel zur Sicherheit von innen verkeilt war. Auf der anderen Straßenseite verließen ein paar Männer den Diner und gingen zum Parkplatz. Ihr Lachen wehte bis zu Beth. Als zwei Frauen an ihnen vorbeigingen, drehten die Männer sich um und starrten ihnen hinterher. Einer der Männer pfiff.

Sie hatten Beth den ganzen Abend beobachtet, hatten um extra Ketchup und Getränke gebeten und sich gegenseitig angefeuert, während sie sie anzüglich angrinsten. Am liebsten hätte sie ihnen einen Teller mit heißem Essen in den Schoß geschmissen, aber wenn sie damit anfing, müsste sie bei jeder Schicht mit Essen um sich werfen. Sie hatte gelernt, dass Cold Creek mehr als seinen Anteil an Schweinen hatte, und sie sprach nicht von denen, die auf den Farmen lebten. Erst gestern hatte sie einen alten Mann erwischt, als er ihr auf den Busen starrte. Wie war Amber damit umgegangen? Hatte sie gelacht und die Kerle abblitzen lassen? Hatte sie mit ihrem Mörder gesprochen, hatte sie ihm sein Essen gebracht?

Beth tat, als würde sie ihre Waffe ziehen und damit auf ihre Köpfe zielen. »Peng, peng.«

Eine Xanax. Das war alles, was sie sich für diesen Moment gestattete. Später konnte sie noch eine nehmen, um zu schlafen. Sie schloss die Augen und ließ die kleine blaue Pille unter ihrer Zunge zergehen. *Komm schon. Lass deine Magie spielen.*

Während sie darauf wartete, dass die Wirkung der Tablette

einsetzte, aß sie das Schinken-Käse-Sandwich, das sie aus dem Diner mitgenommen hatte. Das Brot blieb ihr in der Kehle stecken. Sie klappte das Sandwich auseinander und zog den Schinken und den Salat heraus. Ihre Cola hatte bereits Raumtemperatur und war vom geschmolzenen Eis wässrig geworden, aber sie wollte nicht rausgehen, um sich mehr zu holen. Die Eiswürfelmaschine stand neben dem Büro.

Ihr Haar war noch nass vom Duschen, ein paar Wassertropfen liefen ihr unter dem fadenscheinigen Handtuch über den Rücken. Das Handtuch war so klein, dass sie es sich kaum um den Körper wickeln konnte. Sie hatte die Beine vor sich ausgestreckt, die Holzbretter drückten gegen ihre Schulterblätter. Ihr blasses Gesicht leuchtete im Spiegel über dem Tisch auf. Wenn sie blinzelte, sah sie Amber.

Sie kletterte aus dem Bett, um ihr Handy zu holen, und scrollte durch die Liste der verpassten Anrufe, bis sie den ihrer Eltern fand. Ihr Daumen schwebte über ihrer Nummer.

Vor einer Stunde hatte ihre Mutter eine Nachricht auf ihrer Mailbox hinterlassen, aber Beth konnte nicht vom Diner aus anrufen – sie wollte nicht riskieren, dass ihre Mutter im Hintergrund etwas hörte. Sie holte tief Luft, ermahnte sich, klar und deutlich zu sprechen, damit ihre Mom nicht bemerkte, wie verwaschen ihre Stimme klang, den leicht nuschelnden Tonfall.

Ihre Mutter meldete sich beim ersten Klingeln. »Bist du gerade nach Hause gekommen?«

»Ich musste noch ein paar Schriftstücke aufsetzen.« Die Lügen kamen ihr inzwischen ganz leicht über die Lippen. Manchmal fühlte es sich an, als sei es die Wahrheit. Vielleicht machte sie in einem anderen Universum tatsächlich diese Dinge.

»Dann ist ja gut.« Ihre Mom schwieg. Beth spürte, dass sie überlegte, was sie als Nächstes fragen sollte. Als müsste sie sich ins Gedächtnis rufen, wie ein normales Gespräch funktionierte. Letztes Mal hatte sich Beth Geschichten über die Anwälte in der Kanzlei und die faszinierenden Fälle ausgedacht und ihrer Mom erzählt, die Fenster in den Büros würden vom Boden bis zur Decke reichen und man habe einen Blick über die ganze Stadt. Es war meilenweit von ihrer momentanen Realität entfernt. Sie berührte die Tagesdecke mit dem Blumenmuster, sah den abgewetzten Tisch an, den durchgetretenen Teppich. Die schmutzigen Fenster.

»Morgen nehme ich an einem Meeting mit einigen Mandanten teil.«

»Das ist ein großer Schritt. Du hast es verdient.« Ihre Mom klang so erfreut, dass Beth die Zähne zusammenbeißen musste, als ihr Magen sich vor Scham verkrampfte. Sie brauchte einfach noch etwas Zeit. Dann würde sie sich eine gute Erklärung ausdenken. Ihre Eltern brauchten niemals etwas von diesem Ausflug zu erfahren.

Beth griff nach dem Pillenfläschchen auf dem Nachttisch, das neben ihrem Schulabschlussfoto mit Amber stand. Sie hatte es in ihre Sonnenblende geklemmt, als sie aus Vancouver losgefahren war. Schwestern auf einem Roadtrip. Sie hielt das Mikrophon ihres Telefons zu und schüttelte eine Tablette aus dem Glas.

»Ich sollte Schluss machen. Ich muss mir noch was zu essen bestellen.«

Geflüster im Hintergrund, etwas darüber, dass sie so spät noch arbeitete. Ihre Mutter gab weiter, was sie gesagt hatte. »Dein Vater möchte mit dir sprechen.« Stille, als das Telefon weitergereicht wurde.

»Brauchst du irgendetwas? Ist mit dem Wagen alles in Ordnung?«

»Alles super.« Sie schob die Pille unter die Zunge. Das Auto. Das verdammte alberne Auto. *Na ja, Dad, im Moment ist es mit allem vollgestopft, was ich besitze, aber das willst du vermutlich gar nicht hören.*

»Gut, sehr gut.« Weiteres Geflüster im Hintergrund.

»Mach nicht mehr so lange, Liebling.« Ihre Mom war wieder dran, ihre Stimme klang weit entfernt und hallte nach. Sie hatten auf Lautsprecher gestellt. »Sehen wir dich am Sonntag in der Kirche?«

»Ich muss arbeiten.«

»Wir werden für dich beten.«

»Danke.« Beth hoffte, dass sie aufrichtig klang. Oder wenigstens nüchtern. »Ich rufe euch in ein paar Tagen an, okay?« Sie machte ein Kussgeräusch und beendete den Anruf, ohne sich zu verabschieden.

18

Beths Telefonwecker bohrte sich in ihren Schädel und stimmte in den pochenden Kopfschmerz ein, verstärkte die tanzenden Punkte vor ihren Augen. Schwerfällig drehte sie sich um und setzte sich auf die Bettkante. Die Kaffeemaschine im Zimmer schaffte es, dass der Kaffee nach verbranntem Plastik schmeckte, aber sie tat zwei Päckchen Zucker und Sahne dazu und kippte nacheinander drei Tassen herunter.

Sie stolperte ins Badezimmer, putzte sich die Zähne und band ihr Haar zu einem hohen Pferdeschwanz zusammen. Make-up – aber nicht zu viel. Lipgloss, ein Klacks Selbstbräuner, ein rascher Strich Mascara. Sie schlüpfte in die engen Shorts und das weiße T-Shirt. Ihr Frühstück bestand aus einem Proteinriegel, zwei Schmerztabletten und einem letzten Schluck kalten Kaffees. Dann schnappte sie sich ihre Tasche und eilte über die Straße zum Diner.

Der Koch bereitete alles für den morgendlichen Ansturm vor, und es roch nach Speck, Würstchen und Ahornsirup. Ihr Magen knurrte, und ihr fiel ihr trostloses Abendessen vom Vortag wieder ein. In ihrer Pause würde sie sich etwas Billiges bestellen. Sie band sich die Schürze um und stopfte sich den Bestellblock in die Tasche. Mason kam mit einer Packung Servietten aus dem Lagerraum.

»Morgen, Beth.«

Sie erwiderte den Gruß und ging auf ihren Platz. Ihre Hand zitterte, als sie nach der Kaffeekanne griff. Sie hoffte, es würde

Mason nicht auffallen. Er hatte ihr eine Chance gegeben. Sie wollte es nicht vermasseln.

Sie hatten etwa eine halbe Stunde geöffnet, als zwei Cops hereinkamen, bullig mit ihren schusssicheren Westen und den Uniformen. Beth erkannte sie sofort. Thompson mit der adretten Frisur, der zur Beerdigung gekommen war, und der *andere*. Haileys Onkel. Sein Kopf schwenkte herum, um den Raum zu überprüfen, eine Hand auf dem Funkgerät an seiner Weste. Ihre Blicke trafen sich, und er nickte ihr zu.

Thompson blieb an einem Tisch stehen, um mit einer Familie der First Nations zu reden. Er lächelte das Baby an und kitzelte es am Fuß. Vaughn ging weiter und setzte sich in eine Nische. Thompson kam kurz darauf nach. Der Diner füllte sich, laute Männerstimmen, das Poltern schwerer Arbeitsstiefel. Beth schnappte sich die Speisekarten und ging hinüber zu den Cops.

»Guten Morgen, Officers.«

»Beth. Schön, Sie wiederzusehen.« Thompson. Er wirkte nicht überrascht, dass sie im Diner arbeitete. Das hatte sich rasch herumgesprochen. Sie hatte die ganze Woche über neugierige Blicke geerntet. Er deutete über den Tisch. »Das ist Sergeant Vaughn.«

Der ältere Mann musterte sie prüfend. »Du bist Amber Chevaliers Schwester?«

»Ja, Sir.«

»Die meisten Leute hier nennen mich Vaughn.« Er streckte die Hand aus, und Beth schüttelte sie hastig. Die Förmlichkeit machte sie verlegen. »Ich fand es schade, dass du die Gedenkfeier so früh verlassen hast.«

So viele Menschen, und trotzdem war sie ihm aufgefallen. Warum? »Es war zu erdrückend.«

»Das kann ich mir gut vorstellen. Falls du Fragen hast, kannst du jederzeit aufs Revier kommen.«

»Danke.« Doch sie begriff nicht, was das bringen sollte. Das Mitgefühl in seinem Blick zählte nicht. Er hatte jetzt nicht mehr Antworten als vor einem Jahr.

»Ist deine Familie hier?«

Sie zögerte. »Nein.«

Er schaute zu Thompson, der die Unterhaltung mit einem neutralen, unverbindlichen Lächeln verfolgte. Ob Cops das vor dem Spiegel übten? Vielleicht wartete er auch einfach nur auf seinen Kaffee.

»Willst du nicht zurück nach Vancouver?«

Wie schaffte er es, diese einfachen Fragen wie ein Verhör klingen zu lassen? Sie begann, sich einfach nur dafür schuldig zu fühlen, dass sie *hier* war. Kein Wunder, dass Amber ihn einen Kontrollfreak genannt hatte.

»Meine Schwester hat immer davon gesprochen, wie schön die Gegend hier ist.« Sie zwang sich zu einem fröhlichen Lächeln. »Ich hole Ihnen den Kaffee.«

Für die restliche Zeit, in der die beiden Cops im Diner waren, blieb sie ständig in Bewegung, was im morgendlichen Hochbetrieb nicht schwer war. Als sie ihre Bestellungen aufnahm, schrieb sie rasch alles auf, nahm die Speisekarten und füllte ihnen Kaffee nach, aber sie trödelte nicht herum und gab Vaughn keine Gelegenheit, ihr weitere Fragen zu stellen.

Als die Cops ihre Mahlzeit fast beendet hatten, kam ein Trupp junger Männer herein und setzte sich an den Tresen. Sie sahen aus, als stammten sie von hier, trugen T-Shirts, Jeans und Baseballcaps, unter denen ihre Haare hervorlugten, oder hatten glattrasierte Schädel. Ihre schweren Schritte und die abgespannten Gesichter verrieten, dass sie vermutlich mit einem Kater aufgewacht waren. Willkommen im Club. Sobald sie konnte, brachte Beth ihnen Kaffee und Wasser.

Sie ging an ihnen vorbei und trug ein Tablett für einen anderen Tisch, als einer von ihnen sich umdrehte und sie ansah. Braunes Haar unter einer roten Cap, blaue Augen und für ein Landei ziemlich gut aussehend. Weißes T-Shirt, gebräunte, muskulöse Arme. Sie konnte fast das Heu und die frische Luft an ihm riechen.

Ihr Fuß verfing sich im Bein eines Hockers, und sie schwankte zur Seite. Das Tablett neigte sich, die Teller rutschten zum Rand. Hilflos versuchte sie, es wieder auszubalancieren, doch der junge Mann war schneller. Er hob den Arm und hielt das Tablett fest. Seine Finger lagen unter dem Tablett dicht neben ihren. Ihre Blicke trafen sich, und sie hielten inne, immer noch zusammen das Tablett haltend. Ein dumpfes Geräusch, das laute Klappern von Geschirr, als würde jemand hinter ihnen eine Tasse zu schwungvoll absetzen. Er schaute in den Diner, und sein Mund verzog sich zu einer Grimasse.

Sie folgte seinem Blick. Vaughn starrte ihn an, seine Miene kalt und ausdruckslos. Der Mann ließ das Tablett los und stand auf. Er war groß, und sie standen immer noch so nah beieinander, dass sie den Kopf in den Nacken legen musste, um zu ihm aufzuschauen. Er sah sie an, der Blick verhangen. Sie trat zurück. Er schnappte sich seine Schlüssel vom Tresen, sagte etwas zu einem seiner Freunde, warf Beth einen weiteren Blick aus seinen dunkelblauen Augen zu und stieß die Tür auf. Sie ging weiter zu dem Tisch, an dem die Gäste auf ihr Essen warteten.

Kurz darauf ertönte das Quietschen von Reifen, und ein silberner Truck älterer Bauart fuhr vom Parkplatz und hinterließ eine große Abgaswolke. Beth drehte sich um, um zu sehen, ob Vaughn ihm folgen würde, doch er trank seinen Kaffee und unterhielt sich mit Thompson, als sei nichts geschehen.

Allmählich ließ der Ansturm nach. Thompson und Vaughn waren schon vor über einer Stunde gegangen und hatten ein üppiges Trinkgeld für sie auf dem Tisch liegen lassen. Mason räumte die Gläser weg, während Beth neben ihm die Ketchupflaschen auffüllte.

»Heute Morgen war hier ein Typ, zusammen mit ein paar Freunden. Als er die Cops gesehen hat, ist er wieder abgezogen. Er war keine zwei Minuten hier.«

»Jonny«, sagte er.

Derselbe Jonny, den Amber erwähnt hatte? Haileys bester Freund. *Ich habe viel mit Jonny geredet, seit sie abgehauen ist. Wir helfen einander, das durchzustehen.*

»Steckt er irgendwie in Schwierigkeiten?«

»Hailey hat sich weggeschlichen, um mit ihm Party zu machen, als sie verschwunden ist.« Er stieß einen Seufzer aus und schüttelte den Kopf. »Das Mädchen hatte echt was im Kopf, sie war ein richtiger Freigeist, weißt du. Wie deine Schwester. Am Morgen, als ich dich dort drüben gesehen habe, erinnerte ich mich, dass Hailey und Amber im letzten Sommer an derselben Stelle gestanden hatten.« Er deutete auf das Ende des Tresens. »Ich konnte sie glasklar sehen, dann habe ich geblinzelt, und sie waren beide verschwunden.« Er schaute wieder Beth an. »Sorry, Mädchen. Du hast deine eigenen Erinnerungen, mit denen du fertigwerden musst. Du solltest dir nicht auch noch die von einem alten Mann wie mir anhören müssen.«

Mason ging davon, um eine Frau zu bedienen, die an der Kasse stand. Beth starrte auf das Ende des Tresens, die leeren Hocker. Einen Moment lang konnte sie die beiden jungen Frauen ebenfalls sehen, ihre flirrenden Gestalten in den Luftmolekülen erstarrt, doch dann, genau wie Mason gesagt hatte, waren sie wieder verschwunden.

Am Ende der Woche wurde Beth wahnsinnig von der stickigen Hitze in ihrem Motelzimmer, vom permanenten Murmeln der

Stimmen anderer Gäste, das sie durch die dünnen Wände hörte, von den Toilettenspülungen und dem lauten Klicken der uralten Fernbedienung, wenn sie nach einem Film suchte, den sie sich anschauen könnte. An einem Freitagabend musste irgendetwas passieren. Sie zog ein kurzes Sommerkleid an, trug Lippenstift auf und ging über die Straße.

Der Pub lag gleich um die Ecke vom Diner, ein flaches Gebäude mit schmutzigen Fenstern. Zigarettenstummel bedeckten den Gehweg davor, und als sie die Tür aufstieß, wurde sie vom Geruch nach bitterem Bier überwältigt. Dunkel und heruntergekommen. Perfekt.

Sie setzte sich auf einen Hocker und ignorierte eine Gruppe Männer an der Dartscheibe. Einer von ihnen spähte zu ihr herüber, bis er an der Reihe war. Der Barkeeper war ein grauhaariger Mann, der aussah, als sollte er irgendwo in einem Schaukelstuhl sitzen, anstatt Drinks auszuteilen. Als er kam, bestellte sie ein Glas Rotwein und schob ihren Ausweis über den Tresen. Er warf kaum einen Blick darauf, ehe er zurückschlurfte.

Der Wein war trocken und schmeckte, als sei er in einem Eimer gegoren, trotzdem wurden aus dem einen Glas rasch zwei, während sie auf ihrem Smartphone herumscrollte und sich Teile eines Baseballspiels ansah. Sie hatte nichts zu Abend gegessen, und der Wein schlug ziemlich heftig ein. Sie torkelte den Flur entlang zur Damentoilette, schloss die Tür mit einem Tritt hinter sich, wobei sie fast das Gleichgewicht verlor. Sie versuchte, all die Sprüche und Namen zu lesen, die auf die Rückseite der Metalltür geritzt waren, und fragte sich, wie wohl das Leben derjenigen aussah, die sich dort verewigt hatten.

Bevor sie wieder zur Bar zurückging, ließ sie Wasser über ihre Handgelenke laufen, hielt sich die kalten Handflächen an die Wangen und lockerte ihr Haar auf. Frischer Lippenstift.

Für wen? Für niemanden, aber sie mochte die Routine. Die Normalität dieser kleinen Momente, selbst wenn sie zwei Anläufe brauchte, um es richtig hinzubekommen.

Der Mann, der sie zuvor beäugt hatte, setzte sich auf den Barhocker neben sie. *Woher kommst du, Süße? Brauchst du Gesellschaft?* Sie ignorierte ihn, bis er leise *Schlampe* murmelte und mit den anderen Typen aufbrach. Die Bar war leer. Genau wie ihr Glas. Sie spähte auf den Boden des Glases.

»Was ist denn mit *dir* los?«

Sie sackte am Tresen zusammen und legte die Stirn auf die warme nackte Haut ihres Arms.

»Hey, schläfst du etwa ein?«

Sie blickte auf. Vaughn. Er trug ein blaues Hemd und dunkle Jeans. Blinzelnd sah sie ihn an.

»Ich bin volljährig.«

»Ich weiß.« Er setzte sich auf den Hocker neben ihr, winkte dem Barkeeper und bestellte ein Bier. Als er sich umdrehte, stieß sein Knie gegen ihres. Sie drehte sich weg. »Alles in Ordnung mit dir? Das hier ist ein raues Pflaster.«

»Im Hotel ist es zu heiß. Ich musste da raus.« Der Barkeeper brachte Vaughn ein gezapftes Bier, und als Beth ihm ihr leeres Glas entgegenstreckte, schenkte er ihr noch einen Wein ein.

»Du wohnst im Motel?« Vaughn warf ihr einen weiteren prüfenden Blick zu.

Sie konzentrierte sich darauf, das Glas an ihren Mund zu bringen, ohne etwas zu verschütten. »Fürs Erste.« Es hörte sich an wie *Fürscherschte*, und sie unterdrückte ein Kichern. Das war nicht lustig. Schon seit sehr langer Zeit war nichts in ihrem Leben lustig.

»Hast du zu Hause Probleme? Ich meine mich zu erinnern, dass deine Eltern erzählt hätten, du würdest Jura studieren.«

»Ich will nicht drüber reden.« Stirnrunzelnd sah sie ihr leeres Glas an, fuhr mit dem Daumen über das kondensierte Wasser, bis sie merkte, dass sie Ambers Namen schrieb, und wischte es sauber.

»Okay. Wir können auch einfach nur hier sitzen.«

»Sie müssen nicht den Babysitter für mich spielen.«

»Diese Stadt ist kein Ort, an dem eine junge Frau allein sein sollte. Und ich rede nicht nur vom Highway.«

Beth runzelte die Stirn. »Mir geht es gut.«

»Ich weiß, die Jungs hier können ganz harmlos aussehen, aber ein paar von ihnen ... Nimm zum Beispiel Jonny. Ich habe euch beide heute Morgen gesehen. Du weißt nicht, auf was du dich da einlässt.«

»Ich lasse mich auf überhaupt nichts ein.« Beth hatte nicht einmal ein Wort mit Jonny gewechselt, doch Vaughn tat so, als hätte sie sich ihm an den Hals geworfen.

»Ich schlage vor, du hältst es auch weiterhin so.«

Es gefiel ihr nicht, dass er es wie einen Befehl klingen ließ.

»Wie lange willst du in Cold Creek bleiben?« In seiner Stimme schwang etwas mit, ein Unterton, dessen Bedeutung ihr entging.

»Bis ich bereit bin, weiterzuziehen. Ist das gegen das Gesetz? Hätte ich irgendein Formular ausfüllen müssen?« Sie kippte ihren restlichen Wein in einem Zug herunter.

Seine Brauen senkten sich, verdunkelten seine Augen. »Ich bin sicher, dass Großstadtmädchen wie du an ein anderes Leben gewöhnt sind, aber hier im Norden achten wir aufeinander. Und ich weiß gerne, was vor sich geht.«

»Kleinstadt-Cops wie Sie haben vermutlich nichts anderes zu tun.«

»Du hast ein freches Mundwerk.« Vaughn sah sie an, als erwartete er von ihr, dass sie sich entschuldigte, aber sie schuldete ihm gar nichts. Sie hatte ihn nicht eingeladen, sich neben sie zu setzen. Sein Gesichtsausdruck veränderte sich, wurde beinahe berechnend, und sie erschrak. Was sah er in ihr?

»Wissen deine Eltern, dass du in Cold Creek bist?«

»Was hat das mit irgendetwas zu tun?« Ausweichen, ablenken. Darin war sie gut, und einen Moment lang empfand sie Stolz, bis sein Blick sie wieder festhielt.

»Ich merke es, wenn jemand Hilfe braucht.«

»Mir fehlt nichts, aber jetzt muss ich zurück ins Motel.« Sie wandte den Blick von ihm ab und räusperte sich. Was war bloß mit diesen Cops los? Anstatt sich um ihre geistige Gesundheit zu sorgen, sollte er lieber den Mörder finden.

Er berührte flüchtig ihren Nacken und ließ die Hand auf ihrer Schulter liegen, als wollte er sie festhalten. Sie schauderte, und er murmelte: »Darf ich dir noch einen Drink ausgeben?«

19

Seit einer Stunde saß Beth auf dem Bett, das Smartphone in der Hand, und starrte auf die verriegelte Tür. Ihr Gesicht war heiß vom Weinen, die Augen blutunterlaufen. Vom Wassertrinken war ihr schlecht geworden. Kaffee hatte auch nicht geholfen. Unter der Dusche war ihr schwindlig geworden, so dass sie sich mit gesenktem Kopf hinsetzen musste, während sie darum betete, nicht auf diesen schmutzigen Fliesen ohnmächtig zu werden.

Ihr Vater ging nach dem zweiten Klingeln ran. »Beth? Was ist los?« Er flüsterte, doch ihre Mutter würde ihn ohnehin nicht hören. Mittlerweile schlief sie bis mittags.

»Tut mir leid, dass ich dich geweckt habe.«

»Nicht doch«, sagte er. »Ruf an, wann immer es sein muss.«

»Ich habe einen schlimmen Morgen.«

Schweigen. Dann: »Hast du etwas gegessen? Wenn du Mahlzeiten auslässt, sinkt dein Blutzuckerspiegel.«

»Das ist nicht das Problem.«

»Du musst auf dich aufpassen, Beth.«

Sie zog die Knie an ihre Brust, kniff die Augen zusammen und konzentrierte sich auf die Atemgeräusche ihres Dads, bis der Schmerz in ihrem Bauch nachließ, doch der saure Geschmack des Weines blieb. Sie fuhr mit der Zunge in ihrem Mund herum. Bitteres Bedauern mit einer Note jämmerlichen Versagens. Sie lächelte fast.

»Geht es Mom und dir gut?«

»Gott sorgt für uns.«

Sie wusste nicht, was sie antworten sollte. Wie sollte sie erklären, dass sie sie um die Fähigkeit beneidete, alles im Licht ihres Glaubens zu betrachten, sie aber zugleich dafür hasste? So leicht sollte es nicht sein.

»Wenn du zur Kirche kämst …«

»Mir geht es gut, Dad. Es war nur ein übler Moment.« Sie bemühte sich, fröhlicher zu klingen. »Aber das Praktikum ist klasse. Ich lerne jede Menge neue Freunde kennen.« Sie dachte an Vaughn. Den Pub. Er hatte sie nach Hause gebracht. Er hatte die Tür aufgeschlossen. Was war danach passiert? Hatten sie geredet? Hatte sie geweint? Oder noch schlimmer? Sie war zum ersten Mal so betrunken gewesen, dass sie einen totalen Blackout hatte, und das ausgerechnet in Gegenwart eines Cops.

Sie war vollständig angekleidet aufgewacht, aber ihr Koffer war durchwühlt worden. Der Inhalt ihrer Tasche lag ausgekippt auf dem kleinen Tisch. Sie erinnerte sich vage, irgendwann einen Autoalarm gehört zu haben. Hatte sie versucht, das Zimmer zu verlassen? Sie stellte sich vor, wie sie herumgetorkelt war, in dem Versuch, sich umzuziehen, doch irgendwann aufgegeben hatte.

»Das ist gut, Tiger – damit hast du einen Fuß in der Tür.« Ein kleines Stocken in der Stimme, dann räusperte er sich. »Vergiss nicht, demnächst bei deinem Auto einen Ölwechsel machen zu lassen.«

»Mach ich. Danke, Dad. Ich muss jetzt aufhören.« Sie stützte die Stirn auf ihre Knie. Nach ein paar Augenblicken kam sie schwankend auf die Beine. Sie musste zur Arbeit.

Vaughn kam mit Thompson zum Lunch und setzte sich in ihren Bereich. Sie sah sich nach Mason um, in der Hoffnung, eine plötzliche Magen-Darm-Grippe vortäuschen zu können.

Sie hätte keine Probleme, das glaubhaft rüberzubringen. Er kam aus der Küche. Sie machte einen Schritt auf ihn zu, doch im selben Augenblick sah er Vaughn, zog ein verärgertes Gesicht und machte abrupt kehrt. Resigniert schnappte sie sich die Kaffeekanne und die Speisekarten.

»Guten Morgen, Officers.«

Mit einem freundlichen Lächeln blickte Vaughn auf. Würde er etwas sagen? Würde er zugeben, dass sie sich am Abend zuvor gesehen hatten?

»Morgen, Beth. Kaffee wäre großartig.«

»Sicher.« Sie gab ihnen ihre Becher und schenkte ihnen ein, wobei sie die Armmuskeln anspannte, damit ihre Hand nicht zitterte. Als sie ihnen die Speisekarten reichte, sah sie zu Thompson. Er starrte sie eindeutig an. Du lieber Himmel. Was hatte Vaughn ihm erzählt?

Vaughn redete während der gesamten Mahlzeit, und Thompson hörte mit ernstem Gesicht zu. Als Beth ihnen ihr Essen brachte, schwiegen sie und dankten ihr mit einem kurzen Lächeln. Es war klar, dass sie ungestört sein wollten. Sie war erleichtert – und fragte sich zugleich, warum Vaughn tat, als hätte es den letzten Abend nicht gegeben. Vielleicht war es einfach keine große Sache. Vielleicht hatte er schon eine Menge betrunkener junger Frauen nach Hause gebracht.

Sie wartete mit dem Abräumen der Teller, bis Thompson auf die Toilette verschwand. Vaughn schrieb eine Nachricht auf seinem Smartphone. Sie dachte, er würde sie weiterhin ignorieren, doch dann blickte er auf.

»Wie fühlst du dich?«

»Etwas ramponiert. Danke, dass Sie mich in mein Zimmer gebracht haben.«

»Denk dir nichts dabei. Das gehört nur zu meinem Job.«

»Ich hoffe, ich war nicht allzu peinlich.«

»Überhaupt nicht. Es ist eine sehr schwierige Zeit.« Er stand auf, als Thompson zurückkam, und sah ihn an. »Kannst du das übernehmen? Ich habe kein Bargeld dabei.« Er wartete Thompsons Antwort nicht ab, ehe er sagte: »Wir sehen uns auf dem Revier«, und ging hinaus.

Thompson reichte ihr einen Zwanziger. »Stimmt so.« Er hielt einen Moment lang ihren Blick fest, doch sie wurde nicht schlau aus seiner Miene. »Wie ich hörte, haben Sie gestern einen der hiesigen Jungs kennengelernt.«

Sie hatte also recht. Vaughn hatte es ihm erzählt, und so wie Thompson davon sprach, klang es, als würde mehr dahinterstecken. Er wollte auf etwas Bestimmtes hinaus. »Eigentlich nicht. Ich habe mich nur mit dem Sergeant unterhalten.«

»Sind Sie gut in Ihr Motel zurückgekommen?«

Beth runzelte die Stirn. Es war offensichtlich, dass es ihr gut ging – sie stand direkt vor ihr. »Sergeant Vaughn hat mich begleitet.« Nie im Leben würde sie zugeben, dass sie sich kaum daran erinnerte.

»Das ist gut. Fall Sie jemals jemand anderen zum Reden brauchen ...« Er hielt ihr seine Visitenkarte hin. »Darauf steht, wie Sie mich erreichen können. Meine Handynummer steht auf der Rückseite.« Er schob sein Portemonnaie in die Hosentasche.

Sie nahm die Karte. »Danke.« Als Amber starb, war Beth wütend gewesen, weil in jener Nacht kein Cop Patrouille gefahren war. Sie hatte sich gesagt, das Gebiet sei zu groß, sie könnten nicht jede Meile und jede Minute abdecken. Jetzt waren da gleich zwei Cops, die zu glauben schienen, sie könnte nicht einmal allein eine Straße überqueren.

Stirnrunzelnd und mit enttäuschter Miene sah Rhonda sie an. Sie stand auf der anderen Seite des Empfangstresens.

»Du checkst schon wieder aus? Ist mit dem Zimmer irgendetwas nicht in Ordnung?«

Sie erwartete eine Erklärung, warum sie auszog und wohin sie ging, doch Beth spürte den Blick jedes einzelnen Opfers auf den Plakaten, die die Wände im Frühstücksraum hinter ihr bedeckten. Sie war gestern hier gewesen, um sich einen Saft und einen Muffin zu holen, als Rhonda nicht da war, aber sie war so schockiert von dem Anblick gewesen, dass sie mit leeren Händen wieder gegangen war. Von jeder Frau, die je in dieser Gegend getötet worden war oder vermisst wurde, war ein Foto fein säuberlich an das Schwarze Brett gepinnt, mit kleinen ausgeschnittenen Herzen, ausgedruckten Zitaten und Engelsflügeln.

»Nein, mit dem Zimmer ist alles in Ordnung.« Sie schob Rhonda ihre Karte hin und tat, als sei sie mit ihrem Handy beschäftigt, während Rhonda die Karte in das Gerät schob.

»Oh«, sagte Rhonda, und Beth blickte auf. Rhonda drückte ein paar Tasten, dann sah sie Beth an. »Es scheint ein Problem zu geben. Nicht genügend Deckung.«

»Kannst du die halbe Summe probieren?«

Rhonda zog die Karte erneut durch. »Das scheint zu gehen.«

»Die andere Hälfte zahle ich bar.« Beth zog ihr Trinkgeld vom Wochenende aus der Tasche und legte es auf den Tresen. »Hier sind noch einmal hundert. Den Rest hole ich sofort von der Bank.«

»Hör zu.« Rhondas Stimme wurde leutselig. »Ich versteh schon. Wenn's eng wird mit dem Geld, können wir uns schon irgendwie einigen.«

»O nein. So ist es nicht. Meine letzte Kreditkartenabrechnung ist nur noch nicht bezahlt.« Sie wedelte mit der Hand in der Luft herum, als hätte sie einfach zu viel um die Ohren. Die

Vorstellung, Rhonda irgendetwas schuldig zu bleiben, war ihr absolut zuwider. »Ich bin gleich wieder zurück.« Beth stieß die Tür auf und ging entschlossen zum Geldautomaten am Truckstop. Als sie ihren Kontoauszug sah, zuckte sie zusammen. Sie würde kaum die Rate für ihr Studentendarlehen zusammenbekommen.

Sie bezahlte ihre Motelrechnung und zwang sich, Rhonda zu sagen, wie sehr sie ihre Rücksichtnahme und Diskretion in dieser schweren Zeit zu schätzen wisse. Dann fuhr sie direkt in den nächsten Secondhandladen. Dort erstand sie ein Zelt, einen Campingstuhl, Kochgeschirr, einen Gaskocher, Wasserflaschen, eine Kühlbox und ein paar Vorratskisten. Den Rest kaufte sie im Gemischtwarenladen, wobei sie sich nur das Billigste aussuchte. Einen dünnen Schlafsack, Rucksack, Wanderstiefel, einen Kompass, von dem sie nicht wusste, wie man ihn benutzte, und Bärenspray, von dem sie hoffte, dass sie es niemals brauchen würde.

Sie wollte vor dem Dunkelwerden fertig sein, aber als sie ein paar Lebensmittel und ein billiges Sixpack Bier eingekauft hatte, war die Sonne bereits hinter den Bäumen verschwunden. Als sie an der Plakatwand am Beginn des Highways vorbeikam, konnte sie sie nicht ansehen und fragte sich unwillkürlich, wie oft Amber an genau derselben Warnung vorbeigefahren sein musste. Hatte sie geglaubt, sie sei in Sicherheit, weil sie im Auto gesessen hatte?

Beths Schultern waren angespannt und ihr Kiefer hart, als sie den Zeltplatz erreichte. Hier hatte Amber ihren letzten Abend verbracht. Hier hatte sie gelacht, war geschwommen und hatte mit ihren Freunden getrunken. Hier hatte sie Hailey zum ersten Mal geküsst. Beth hatte in ihrer Wohnung in Vancouver gesessen und ihr Takeaway-Sushi ausgepackt, während sie ihr Handy ans Ohr geklemmt und ihrer Schwester zugehört hatte, wie sie ihr das stille Mädchen beschrieben hatte, das so gerne draußen war und in das sie sich verliebt hatte.

Sie hat mich gepflückt wie einen Strauß Wildblumen.

Beth hatte nicht gewusst, wie dunkel es auf dem Zeltplatz sein würde, wie sehr die Baumriesen und das Laub den sternenklaren Himmel und jeden Hinweis auf den Mond verdeckten. Sie rumpelte den schmalen Schotterweg entlang.

Camper, die vor ihren Gaskochern saßen, drehten sich zu ihr um, Männer mit Basecaps und einem Bier in der Hand, Familien. Sie fand eine freie Stelle am Ende des Zeltplatzes und parkte den Wagen.

Bei laufendem Motor und verriegelten Türen griff sie in die Tasche und fand ihr Pillenfläschchen, schraubte den Deckel auf und legte sich eine Tablette unter die Zunge. Sie wartete, atmete lange und tief ein und dachte an Amber. *Der See ist so klar und frisch. Wenn ich darin schwimme, ist es, als würde ich alles abstreifen.*

Als Beths Herz aufhörte zu rasen, nahm sie ihre Taschenlampe und stieg aus. Der Platz war klein, vielleicht dreieinhalb mal dreieinhalb Meter, mit einem rustikalen braunen Picknicktisch. War dies der Tisch, auf dem ihre Schwester mit Hailey gesessen hatte? Sie würde sich das Foto noch einmal ansehen und versuchen, die Stelle mit dem Ausblick zu finden.

Auf den Plätzen direkt neben ihr zeltete niemand. Das Licht der Taschenlampe erfasste einen schmalen Pfad, der zum See führte. Beth drängte sich ein paar Schritte durch dornige Sträucher, bis sie am Seeufer stand. Es gab keinen Strand, keinen Sandstreifen. Die Bäume wuchsen bis ans Wasser. Auf der anderen Seite des Sees leuchteten die Lichter in den Hütten wie funkelnde Sterne. Jemand spielte leise Gitarre. Warmes Wasser schlug plätschernd gegen ihre Füße. Grillen. Die Stimmen der anderen Camper wurden herbeigetragen, Gelächter, Kinder.

Sie schloss die Augen und lauschte, rief sich in Erinnerung, wie es sich anfühlte, eine Familie zu sein. Ganz zu sein. Sie wiegte ihren Körper, bewegte sich mit den Wellen, ließ den Nachtwind mit ihren Haaren spielen. Ihre Gedanken stimmten sie melancholisch, aber das war ihr egal. Es war ihr lieber als die schroffe Trauer. Sie war müde, was sie erst jetzt merkte.

Als sie zu ihrem Auto zurückging, fielen die Mücken über ihre Arme und Beine her. Sie wollte nicht im Dunkeln nach den Toiletten suchen, also ging sie hinter einen Busch, dann putzte sie sich die Zähne mit etwas Wasser aus der Flasche. Sie rollte den Schlafsack aus, breitete ihn über die Rückbank und schlug ein Kissen auf, das sie sich aus dem Motel *geborgt* hatte. Shorts und Tanktop behielt sie an und rollte die Fenster ein paar Zentimeter herunter, genug, um etwas Luft und ein paar eigensinnige Mücken hereinzulassen, die sie zwischen den Händen zerquetschte und mit Feuchttüchern abwischte.

Die Waffe lag versteckt unter dem Fahrersitz, geladen und gesichert. Sie flüsterte Ambers Foto einen Gutenachtgruß zu und schob es unter die Sonnenblende, dann starrte sie aus dem Fenster in die Dunkelheit. Sie aß einen Proteinriegel und spülte ihn mit lauwarmem Bier herunter, bis sie aufhörte, auf jedes Geräusch zu lauschen, und ihre Lider schwer wurden. Bis ihr Verstand sich nicht mehr an irgendwelche Sorgen klammern konnte und keine Gefahr bestand, dass sie Albträume bekam. Bis da nur noch samtige, tröstliche Dunkelheit war.

20

Beth kletterte aus dem Auto und schob ihre Füße in die Flipflops, die sie neben der Tür stehen gelassen hatte. Sie rieb sich die Arme, überrascht von der morgendlichen Kühle, und schaute auf den See. Nebel trieb in einem zarten Schleier über die Oberfläche, legte sich über den Steg und das Ufer und ließ es aussehen, als wüchsen die Bäume in der Luft. Als ob der Zeltplatz nicht schon unheimlich genug war …

Nachdem sie einen Hoodie aus ihrer Tasche gekramt und eine Jogginghose angezogen hatte, ging Beth zu den Waschräumen – die Waffe in der Tasche des Kapuzenpullovers. Sie achtete auf die anderen Camper. Sie war die Einzige, die so weit draußen stand. Am nächsten zu ihr parkten drei Trucks auf einem Platz. Einer mit einem Camper, zwei mit Zeltaufbauten. Sie hörte lautes Schnarchen. Den ganzen Bierdosen auf dem Tisch und den Dirt Bikes hinten auf den Trucks nach zu urteilen, handelte es sich um eine Gruppe junger Männer.

Sie stieß die Tür zum Waschraum mit dem Fuß auf, dann wich sie zurück, für den Fall, dass ein Tier herausgerannt kam. Stille. Sie schlich hinein, die Hand an der Waffe, und sah unter jeder Kabinentür nach. Der Waschraum gefiel ihr nicht, das Oberlicht aus Plastik, die schmuddelige Glühbirne, die flackernd an- und ausging. Als sie den dünnen Duschvorhang beiseite zog, lief eine Spinne hektisch über die schwarze Gummimatte.

Sie würde die Toiletten benutzen, aber duschen würde sie erst später, wenn alle auf dem Zeltplatz wach waren und ihre

Hilfeschreie hören könnten. Einen Moment lang glaubte sie, sie hätte außerhalb des Gebäudes etwas rascheln gehört. Sie hielt inne, den Kopf geneigt, doch sie hörte das Geräusch nicht noch einmal.

Beth ging zurück zu ihrem Platz und starrte in die Schatten im Unterholz. Ein Baumstumpf sah aus wie ein Bär, und ein dunkler Schatten hätte der langgestreckte Körper eines Pumas sein können. Sie versteifte sich, doch dann landete ein kleiner Vogel auf dem umgestürzten Baum.

Den Rest des Weges beeilte sie sich. Kaffee. Essen. Vernunft. Sie hob den Deckel ihres Gaskochers und besah sich die Vorrichtung. In den nächsten frustrierenden fünfzehn Minuten schob sie immer wieder das Ventil auf die Gasflasche und zog es wieder ab. Der Brenner klickte jedes Mal, sprang jedoch nicht an. Sie füllte die Luft mit so viel Gas, dass sie hoffte, nicht den Zeltplatz in die Luft zu jagen. Sie knallte den Deckel wieder drauf, dann setzte sie sich auf den Picknicktisch und aß ein paar Hände voll trockenen Müslis.

Sie hatte noch nie zuvor ein Zelt aufgebaut. Die Zeltstangen rutschten ständig weg, wenn sie versuchte, sie durch die kleinen Schlaufen zu schieben, und sie musste dreimal neu anfangen. Sie hatte keinen Hammer, also benutzte sie einen Stein, um die Heringe in den Boden zu schlagen. Sie räumte ihren Seesack ins Zelt.

Als sie die Kühlbox aus dem Kofferraum holte, schwappte das aufgetaute Eis darin herum. Sie zog einen durchweichten Eierkarton heraus, der ihr in den Händen zerriss. Ein paar Eier fielen herunter und zerschlugen auf dem Boden. Mit einer Tasse kratzte sie die Sauerei zusammen und warf alles in ihre Feuergrube.

Sie starrte hinaus auf den See, sah zu, wie der Nebel sich allmählich verzog, und kratzte an den Schwellungen ihrer Arme.

Natürlich gab es Mücken, wenn man neben einem See und einem langsam fließenden, mit Algen bedeckten Bach übernachtete. Ganze Schwärme und Wolken von ihnen. Sie beugte sich vor und erschlug eine, die gerade selig Blut an ihrer Zehenspitze saugte. In der Stadt würde sie sich Mückenspray besorgen müssen.

Sie stand immer noch vorgebeugt da, als sie ein paar Spuren im Sand sah. Waren das Abdrücke von Pfoten? Sie betrachtete sie genauer. Ganz eindeutig Pfotenspuren. Sie richtete sich auf. Sie führten zum Unterholz am Bach.

Sie wirbelte herum – und schrie auf. Eine schwarze, zottelige Gestalt lief um die Feuerstelle. Die Kreatur hob den Kopf und starrte sie an. Ein blaues Auge. Ein braunes.

Sie atmete auf. Ein Hund. Sie hätte fast eine Herzattacke bekommen. Wo war sein Besitzer? Sie schaute den Mittelweg hinunter. Der Zeltplatz war ruhig. Vielleicht hatte jemand ihn rausgelassen, damit er pinkeln konnte. Er sah aus wie einer dieser Hunde, die Schafe hüteten. Er könnte auch von einer Farm in der Nähe gekommen sein.

Der Hund stand einfach nur da und beobachtete sie. Beth wusste nichts über Hunde – ihre Mutter hatte nie einen gewollt. Sie war nicht sicher, ob er auf etwas zu fressen wartete oder jeden Moment angreifen würde. Er wedelte nicht mit dem Schwanz, aber er knurrte auch nicht.

Sie pfiff und streckte eine Hand aus. Hunde schnüffelten doch ständig, oder nicht? Seine Nase zuckte, aber er kam nicht näher. Sie runzelte die Stirn. Er setzte sich auf seine Hinterläufe. Na großartig. Glaubte er, sie würde ihm sein Frühstück machen? Wie wurde sie ihn jetzt wieder los?

»Ksch!« Sie klatschte zweimal in die Hände.

Er stand auf und schlenderte bedächtig auf sie zu.

»Stopp!« Sie streckte die Hand aus, Handfläche nach vorn,

aber er war bereits stehen geblieben und schnüffelte an der Feuerstelle herum, wobei er seine ganze Schnauze mit Asche beschmierte. Er leckte die Eier auf. »Hast du Hunger?« Sie ging am Rand ihres Stellplatzes entlang und hielt beide Hände in die Höhe, als könnte sie ihn dadurch dazu bewegen, an Ort und Stelle zu verharren.

Sie hatte ihren Picknicktisch erreicht und schaute sich um. Wo war das Bärenspray? Oder irgendetwas, das Krach machte?

Der Hund entfernte sich von der Feuerstelle und schnüffelte an ihrer Kühlbox herum, die sie offen gelassen hatte. Sie hörte lautes Knirschen. Er schluckte etwas herunter und leckte sich die Lippen. Ihre Eier.

»He! Verschwinde!«

Er sah sie kurz an, dann senkte er erneut den Kopf. Sie machte einen Schritt auf ihn zu und klatschte lauter in die Hand. Er zuckte nicht einmal zusammen. Stattdessen hob er eine Pfote und stieß die Kühlbox an, bis sie umkippte. Das Wasser lief heraus. Mit einer Pfote wühlte er in ihrem restlichen Essen, riss mit den Krallen eine Packung Speck auf und zog geschickt die Scheiben heraus.

Mit halb offenem Mund sah sie ihm zu. Was für eine Unverschämtheit von diesem Hund. Er schlang das Essen nicht herunter, und er war auch nicht abgemagert, soweit sie das unter dem dichten Fell erkennen konnte, aber er schien nicht regelmäßig gebürstet zu werden. Die Haare waren stellenweise verfilzt, die weißen Flecken waren schmutzig, und an seinem Unterbauch hingen Dreckklumpen.

Mit ausgestreckter Hand machte sie einen Schritt auf den Hund zu. Dieses Mal würde sie etwas anderes ausprobieren. »Hi, Kleiner. Darf ich dich streicheln?« Ihre Stimme war weich und gurrend.

Der Hund beäugte sie misstrauisch und schaute kurz zum

Waldrand, seine Ohren zuckten erst in die eine, dann in die andere Richtung. Sein Nackenfell war so dicht, dass Beth nicht erkennen konnte, ob er ein Halsband trug. Er ging zur Rückseite der Kühlbox und hielt sich ein paar Schritte von ihr fern.

Sie entspannte sich. Er verzog sich offenbar.

Fehlanzeige. Mit hochgereckter Nase blieb er vor dem Picknicktisch stehen und schnüffelte systematisch hin und her. Ihre Tüte mit dem Müsli. Sie lag immer noch offen auf dem Tisch.

»Nein!« Sie wedelte mit dem Arm, um ihn zu verscheuchen. »Verschwinde!«

Der Hund sah sie an, hob langsam eine Pfote und legte sie auf den Sitz der Bank.

»Denk nicht mal daran!« Sie machte ein paar Schritte auf ihn zu.

Schon war er auf dem Tisch, schnappte sich die Tüte und sprang auf der anderen Seite wieder herunter, ihre Müslipackung im Maul. Er landete so leise, dass er kaum ein Geräusch dabei machte, dann stürmte er in den Wald.

Sie starrte auf die Stelle, an der er verschwunden war. Es war, als hätten die Bäume ihn verschluckt. Sie konnte nicht einmal einen Zweig knacken hören. Vielleicht sollte sie auf dem Zeltplatz herumfragen und sich vergewissern, dass niemand seinen Hund vermisste. Dann würde sie energisch vorschlagen, dass die Besitzer besser auf ihn aufpassen sollten.

Die Typen auf dem nächsten Platz waren aus ihrem Camper und den Zelten gekrochen. Sie tranken Kaffee aus Edelstahlbechern und lachten leise. Sie sahen jung aus. Einer briet Eier und Speck auf einem Grill. Der Geruch ließ ihr das Wasser im Mund zusammenlaufen. Warum hatte der Hund nicht *sie* belästigt?

Als sie zu ihnen hinüberging, lächelten sie ihr neugierig zu. Sie sprach den Schwarzhaarigen an, der am freundlichsten aussah. Außerdem kam er ihr bekannt vor. Sie musste ihn irgendwo in der Stadt gesehen haben.

»Habt ihr vielleicht einen Kaffee für mich übrig? Mein Gaskocher ist kaputt.«

»Klar«, sagte er, füllte einen Becher und reichte ihn Beth.

»Danke.« Sie lächelte. »Hast du einen schwarzen Hund?«

»Nee.« Er zuckte mit den Achseln und sah sie neugierig an. »Arbeitest du nicht im Diner?« Jetzt wusste sie, woher sie ihn kannte. Sie hatte ihn mit Jonny zusammen gesehen. »Ich dachte, du würdest im Motel wohnen.« Neuigkeiten machten hier wirklich schnell die Runde. Was er wohl noch alles über sie wusste?

»Ja, aber das wurde mir zu teuer.«

»Ich bin Andy.« Er streckte die Hand aus, und sie schüttelte sie, dann schaute sie auf ihre Uhr.

»Ich muss los. Ist es okay, wenn ich den Becher später zurückbringe?«

Er nickte, und sie spürte, dass er ihr nachsah, als sie zurückging. Würde er Jonny erzählen, dass sie auf dem Zeltplatz war?

Beth ging noch zu den wenigen anderen Campern – einem jungen Paar und einer Familie –, aber niemand von ihnen hatte einen Hund. Als sie beim Diner ankam, war Mason im Lagerraum und packte die morgendliche Lieferung aus. Er war immer der Erste, der kam, und der Letzte, der ging. Sie hatte ein paarmal gesehen, wie er die Truckfahrer auf dem Parkplatz besucht hatte, noch ehe der Diner öffnete.

»Hi, Mason, kann ich mir nach der Arbeit ein paar Reste mitnehmen? Ich bin raus an den See gezogen und hab da einen Hund herumlaufen sehen. Vielleicht ist es ein Streuner.«

Er richtete sich auf. »Was zum Teufel machst du da draußen?«

Sie hob die Hand, um den Rest des Vortrags zu stoppen, von dem sie wusste, dass er kommen würde. »Ich schlafe im Auto. Keine Angst.«

Sein Blick verriet, dass er den Wagen auch nicht für sicher hielt. »Schließ immer gut ab, und du kannst die Reste haben. Aber lass nichts draußen herumliegen, sonst lockst du Aasfresser an.«

»Okay, danke.«

Als sie ihre Schicht beendet hatte, stieg sie vorsichtig in ihren Wagen. Er war so heiß, dass sie das Lenkrad nur mit Servietten anfassen konnte und auf dem Sitz ganz nach vorn rutschte, damit ihre nackten Beine das Kunstleder möglichst wenig berührten. Ein paar Straßen weiter entdeckte sie einen Supermarkt und genoss die kühle Luft, als sie am Eisfach herumtrödelte und überlegte, welches Eis sie nehmen sollte. Zerstoßenes? Oder als Block?

»Willst du da reinsteigen?«

Sie drehte sich um und erschrak, als sie Jonny sah. Er hatte die Arme verschränkt, eine Hand an jedem Bizeps, die Beine leicht auseinander, aber seine Haltung wirkte nicht aggressiv. Eher entspannt, vielleicht sogar neugierig.

»Gute Idee. Es ist einfach zu heiß.« Sie deutete auf das Eis. »Ich weiß nicht, was besser ist.«

»Ein Block hält länger.«

»Danke.« Sie hob einen aus dem Kühler und legte ihn in ihren Einkaufswagen.

»Du bist Ambers Schwester.«

»Du bist Haileys bester Freund.«

Er musterte sie prüfend. Ob er schon gewusst hatte, dass sie Ambers Schwester war, als er in den Diner gekommen war? Fühlte er diese merkwürdige Verbindung ebenfalls? Sahen Trauer und Schmerz von seiner Seite genauso aus?

»Meine Freunde haben dich auf dem Zeltplatz gesehen. Brauchst du Hilfe?«

»Ich komme nicht mit meinem Gaskocher klar.« Sie lächelte. »Kochen war noch nie mein Ding, aber es wäre nett, wenn ich mir einen Kaffee machen könnte, ohne dabei selbst in Flammen aufzugehen.«

»Das wäre wirklich schade. Ich komme später mal vorbei.« Er erwiderte ihr Lächeln. Perfekte weiße Zähne. Er schaute über ihre Schulter, und sein Lächeln schmolz dahin, bis sein Mund eine flache Linie war. Sie folgte seinem Blick. Zwei Frauen standen in der Fleischabteilung und beobachteten sie. Dann drehten sie sich um. Jonny wandte sich wieder Beth zu. »Warum campst du allein da draußen?«

Allmählich wurde sie sauer – warum glaubte jeder, er hätte das Recht, ihr Vorträge zu halten? Dann fiel ihr auf, dass seine Stimme nicht belehrend geklungen hatte, nur neugierig.

»Amber hat den See gemocht.«

»Hast du keine Angst?«

»Vermutlich habe ich das Gefühl, dass mir das Schlimmste bereits zugestoßen ist.«

Er wippte auf den Fersen, und sie wartete auf eine weitere Warnung oder darauf, dass er sie mit unbehaglicher Miene ansah.

»Campst du gern?«

»Letzte Nacht war mein erstes Mal. Die Rückbank war ziemlich unbequem.«

Jetzt würde er sich über sie lustig machen oder spöttisch lachen. Was wusste ein Stadtmädchen wie sie schon vom Wald? Seine Miene veränderte sich nicht.

»Für alles gibt es ein erstes Mal.«

»Vermutlich.«

Die Stimmung veränderte sich, bot Gelegenheit für zu viele

Überlegungen. Das Schweigen dehnte sich aus. Er würde schon bald weggehen. Ihm würde nichts mehr einfallen, was er sie mitten auf dem Gang im Supermarkt fragen könnte.

Sie mochte es nicht, wenn Dinge zu Ende gingen. Nicht, wenn es von jemand anderem ausging.

»Ich sollte besser los, bevor das Eis schmilzt. Du reparierst meinen Gaskocher, und ich mache dir etwas zu trinken, okay?«

Er nickte, und sie schob ihren Wagen weiter, konzentrierte sich auf ihre Einkäufe, packte ein paar Sachen ein, schaute bewusst nicht zurück.

Ihre letzte Station war der Spirituosenladen, wo sie eine Flasche billigen Wodka, Cola und ein paar Zitronen kaufte. Sie würden einen Drink trinken. Sie würde ihn besser kennenlernen, und vielleicht würde er ihr mehr von Hailey erzählen. Vielleicht fand sie ja heraus, warum Vaughn ihn so sehr hasste.

21

Die Sonne verschwand. Sie war schwimmen gewesen und hatte ihre Haare in der Sonne trocknen lassen, während sie am Steg saß. Jedes Mal, wenn sie ein Fahrzeug hörte, schaute sie zum Weg, der über den Zeltplatz führte, aber immer noch kein Zeichen von Jonny. Sie zog ihre Shorts und das T-Shirt an und ging zurück zu ihrem Platz, dann blieb sie stehen. Ein weißes Polizeiauto parkte hinter ihrem Wagen.

Als sie daran vorbeiging, erkannte sie Vaughn, der etwas in sein Telefon tippte. Er merkte, dass sie neben seinem Fenster stand, und stieg aus, die Hand am Gürtel neben seiner Waffe.

»Wie ich sehe, hast du dich bereits häuslich eingerichtet.«

Sie folgte seinem Blick zu ihrem Lager, verärgert über seine Aufmerksamkeit. Hatte er die anderen Camper auch überprüft oder nur sie? Die Jungs nebenan arbeiteten an ihren Motorrädern und unterhielten sich leise. Einer von ihnen warf ihnen einen verstohlenen Blick zu, senkte den Kopf aber sofort wieder. Kein Bier weit und breit. Die Musik war leise.

»Stimmt irgendetwas nicht?«

»Ich habe nur gehört, dass du hier draußen bist. Ich wollte sichergehen, dass du okay bist.«

Sie war jetzt seit insgesamt vierundzwanzig Stunden »hier draußen«, die Hälfte davon hatte sie im Diner verbracht. Niemand auf diesem Zeltplatz kannte sie, und sie bezweifelte, dass einer der Jungs mit Vaughn geredet hatte.

»Mir geht es gut.«

»Jeden Sommer gibt es Leute, die in den Bergen oder außerhalb des Zeltplatzes campieren.« Er deutete auf den dichten Wald hinter dem See. »Das Land ist in Privatbesitz, es gehört einer Holzfirma, aber manche Leute glauben, sie stünden über dem Gesetz. Wenn du irgendetwas siehst, was dir nicht richtig vorkommt, sag mir Bescheid.«

»Okay.«

Er ging zum Gaskocher und öffnete ihn. »Sorg dafür, dass du immer einen Eimer Wasser bereitstehen hast. Kein Lagerfeuer. Nicht ein einziger Funke. Und bring keinen Kunststoff in die Nähe des Kochers.« Im Ernst, hielt er diesen Vortrag tatsächlich jedem, der hier zeltete? Er benahm sich, als hätte sie noch nie zuvor ein Feuer gesehen.

»Ist das alles? Ich wollte heute nicht lange aufbleiben.«

Langsam hob er die Brauen, seine ernste Miene wirkte nun verärgert, fast überrascht. Er war nicht daran gewöhnt, abgewiesen zu werden, und für einen Moment bedauerte sie es. Wenn sie ihn verärgerte, könnte er ihr gegenüber neue Informationen über die Ermittlungen zurückhalten.

»Ich weiß es wirklich zu schätzen, dass Sie nach mir schauen.« Sie lächelte gezwungen.

Seine Stirn glättete sich, und er nickte ihr zu. »Falls du irgendetwas brauchst, ruf die …« Abrupt drehte er sich um und schaute zur Straße, als ein Fahrzeug auf den Zeltplatz einbog.

Ein silberner Truck kam um die Kurve. Beth stieß den Atem aus und hielt dann die Luft an, als ihr einfiel, wie Jonny das letzte Mal reagiert hatte, als er Vaughn gesehen hatte. Würde er denken, sie hätte ihm eine Falle gestellt? Er hielt bei seinen Freunden an und sagte etwas durchs Fenster. Sie lachten. Dann legte er den Gang ein und kam zu ihrem Platz, wo er dicht neben Vaughn parkte.

Der Schirm von Jonnys Baseballcap beschattete sein Gesicht, als er ausstieg. Er hob den Kopf und sah Beth in die Augen. Sie konnte nicht erkennen, ob er sauer war. Er sagte nichts, als er sich an die Vorderseite seines Trucks lehnte, die Beine an den Knöcheln verschränkt, die Arme gebeugt, während er sich am Kühlergrill abstützte.

»Was tust du hier draußen?« Vaughn versuchte nicht einmal, höflich zu klingen.

»Mein bestes Leben leben.« Johnny grinste.

Vaughn ging auf ihn zu, dann an ihm vorbei, schaute sich erst die Rückseite des Trucks an, dann in die Fahrerkabine. Bevor Jonny etwas sagen konnte, riss er die Fahrertür auf und tastete unter dem Sitz. Diese Durchsuchung war nicht legal.

»Hast du getrunken?«

»Nein.«

Vaughn schloss die Tür und stellte sich so dicht vor Jonny, dass ihre Nasen sich fast berührten. »Einmal Scheiße bauen. Mehr brauche ich nicht.« Vaughn sagte die Worte leise, doch Beth hörte sie und räusperte sich. Vaughn wartete eine Sekunde und starrte Jonny an, dann wandte er sich ab und ging zu seinem Wagen. Er schaute über die Schulter zu Beth. »Halt deine Wertsachen sicher verschlossen. Hier treibt sich allerlei diebisches Gesindel herum. Die ziehen dich bis aufs letzte Hemd aus.«

Vaughn setzte zurück und verfehlte Jonny nur um Haaresbreite. Jonny zuckte nicht einmal zusammen oder schaute in seine Richtung. Sein Blick war auf Beth gerichtet.

Als sie hörte, wie Vaughns Truck auf den Highway einbog, ließ sie die Schultern fallen. Die Jungs auf dem nächsten Stellplatz begannen, sich in normaler Lautstärke zu unterhalten. Musik erfüllte die Luft. Jonny schaute zu ihnen. Sie fragte sich, ob Vaughns Unterstellung ihn ärgerte. Dachte er, sie würde es glauben?

»Wow. Vaughn ist ja die reinste Stimmungskanone.«

»Kotzbrocken trifft es eher.«

Jonny ging zum Picknicktisch, hob die Abdeckung des Gaskochers hoch, fummelte am Zünddraht herum und schraubte den Gastank fest an. Er nahm ein Feuerzeug aus der Tasche und zeigte ihr wortlos, wie sie den Kocher in Gang setzte. Hellblaue und goldene Flammen flackerten auf.

»Soll ich etwas auf den Grill legen?«

»Gerne. Hast du Hunger? Ich habe ein paar Hamburger.« Sie klappte den Deckel der Kühlbox auf.

Er schaute hinein, bemerkte die Tüte mit den Essensresten obenauf und warf ihr einen neugierigen Blick zu.

Sie lachte. »Die sind für einen Hund, der heute Morgen hier herumgewühlt hat.«

»Ein Hund?«

»Ja, ein schmuddeliges schwarzes Vieh, das mir mein Frühstück gestohlen hat.«

Er hob den Kopf und sah sie überrascht an. »Mit einem blauen Auge?«

»Ja, genau.«

»Den Hund kenne ich. Er ist ein Streuner. Er treibt sich hier manchmal am Zeltplatz herum.«

»Warum hat ihn noch niemand eingefangen?«

Er lächelte. »Er ist schnell und geschickt. Glaub mir, der verhungert schon nicht. Die Leute lassen Essen für ihn liegen, und er weiß, wie er allein überlebt.« Er deutete auf die Hütten und sah dann Beth an. »Er ist kein Schoßhund. Er ist lieber frei, und er wird dich beißen, wenn du versuchst, ihn zu fangen.«

»Woher weißt du das?«

»Weil ich es versucht und dabei fast meine Hand verloren habe.« Er rieb sich seine Handfläche, dann wandte er sich wieder dem Gaskocher zu. »Hast du etwas Käse für die Hamburger?«

Sie saßen sich am Picknicktisch gegenüber, und die Laterne verbreitete ein trübes Licht. Es gefiel ihr, dass sie seine Augen sehen konnte – blau mit dunklen Wimpern. Sein Gesicht hatte kräftige Züge, ein kantiges Kinn. Er hatte sich nicht rasiert, und als er seine Cap abnahm und sich mit den Fingern durchs Haar fuhr, war es zerzaust. Sie schenkte ihm Wodka und Coke ein – und dachte, dass er vielleicht nein sagen würde, in Anbetracht von Vaughns Warnung, doch er trank unbekümmert. Zuerst sprachen sie nicht viel. Nur über Unverfängliches. Wo seine Familie lebte, was er auf der Farm machte, dass er Rennen mit dem Dirt Bike fuhr. Falls Jonny auffiel, dass sie nicht viel von sich erzählte, kommentierte er es nicht. Das Einzige, was er sagte, war: »Du hast einen Aufkleber von der Uni an deiner Stoßstange.«

»Ja. Ich wollte mal Anwältin werden.« Blöder Wodka. Damit war sie viel zu leicht herausgeplatzt. Sie lenkte die Unterhaltung wieder auf ihn. »Vaughn hasst dich.«

»Iceman.«

»So nennst du ihn?«

»Alle hier nennen ihn so. Weil er so aussieht.« Er machte eine kreisende Bewegung um sein Gesicht. »Und wegen seines Auftretens. Er schikaniert mich, seit Hailey verschwunden ist. Davor auch schon.«

»Du warst ein Verdächtiger.«

Neugierig starrte er sie an. Nicht beleidigt. »Du scheinst eine Menge darüber zu wissen.«

»Mason hat es mir erzählt.« Sie wollte ihm nicht sagen, dass Amber ebenfalls von ihm gesprochen hatte. Um ihn nicht verlegen zu machen. Vom Wodka wurde ihre Zunge schwer, ihre

Stimme rauer, die Arme und Beine warm und die Muskeln entspannt. Sie begannen, sich auf den Tisch zu lehnen, mehr zueinander hin. Seine Knie berührten ihre, und er nahm sie nicht weg. Männerstimmen und Gelächter auf dem anderen Stellplatz.

Jemand schrie: »Wo ist Jonny?«

Er schaute über seine Schulter. »Ich muss noch eines ihrer Bikes aufladen. Bin gleich wieder zurück.« Er faltete seine langen Beine auseinander, ging um seinen Truck herum und verschwand in der Dunkelheit.

Sie spielte mit ihrem Becher und blickte sich um. Im Dunkeln sah alles anders aus, aber solange Jonny in der Nähe war, hatte sie keine Angst. Es war offenkundig, dass Vaughn sich in ihm irrte. Er war kein Mörder. Er konnte es nicht sein. Sie hatte es gewusst, sobald sie den Schmerz in seinem Gesicht gesehen hatte, als er Haileys Namen ausgesprochen hatte.

Vom Röhren des Bikes schreckte sie hoch. Sie stand auf und schaute zum anderen Stellplatz, der jetzt von Scheinwerfern hell erleuchtet war. Jonny saß rittlings auf einem weißen Dirt Bike, die Beine auf dem Boden. Er ließ den Motor ein paarmal aufheulen und wechselte brüllend ein paar Worte mit Andy, dem dunkelhaarigen Typen, der ihr am Morgen den Kaffee ausgegeben hatte. Jonny wirkte entspannt und unbekümmert. Als würde er viel Zeit auf einem Bike verbringen. Er schob es mit den Beinen an und rollte damit zu seinem Truck. Er stellte das Bike ab, zog eine Rampe von der Ladefläche und fuhr mit dem Bike hinauf.

Beth starrte auf seine Hände, als er das Bike mit Gurten sicherte. Seine Bewegungen waren schnell und geübt. Die Männer, die sie kannte, konnten Schriftstücke aufsetzen und einen Deal aushandeln, während sie unter einem Regenschirm im verregneten Vancouver ein Taxi heranwinkten. Früher hatte sie das für den Inbegriff von Selbstvertrauen gehalten, aber Jonny hatte im kleinen Finger mehr davon als diese Anzugträger.

Dieses Mal saßen sie enger zusammen. Beth wusste nicht, wer von ihnen den ersten Schritt gemacht hatte, aber es endete damit, dass sie auf derselben Seite des Tisches saßen. Jonnys Arm fühlte sich warm an, als er ihn an ihren drückte, und ihre Beine berührten sich. Sie hatten Karten gespielt. Er war schnell und hatte ein gutes Pokergesicht. Sie hatte noch nichts gewonnen. Sie lachte und legte ihre letzten Karten ab. Legte den Kopf auf ihre Arme.

»Puh. Ich muss ins Bett.«

»Ich warte, bis du dich sicher eingeschlossen hast.« Er hatte sie schon zu den Waschräumen begleitet. Hatte draußen gestanden und ein Lied gepfiffen, dann hatte er sie gestützt, als sie beim Herauskommen über eine Wurzel gestolpert war. Hatte ihr Glas sicher abgestellt. Den Deckel auf die Colaflasche geschraubt, damit sie nicht schal wurde. Sie hatte all diese Dinge bemerkt. Hatte festgestellt, dass er eine kleine Mulde oben auf der Lippe hatte und dass er nach Holz und Erde roch. Er hatte eine träge Art, sie anzuschauen, die Lider auf Halbmast, doch seine Augen leuchteten auf, sobald er einen Witz erzählte. Wenn er lachte, legte er eine Hand auf die Brust, warf den Kopf zurück und zeigte seinen braungebrannten Hals. Er hatte eine angenehme Stimme. Beth schloss ein paarmal die Augen, nur um dieses Schnurren zu hören, das aus seinem Mund kam. Ihre ganz persönliche Gutenachtgeschichte.

»Du kannst in meinem Zelt schlafen.« Sie hob den Kopf. »Warte. Du hast keine Decke.«

Er machte eine unbestimmte Geste über seine Schulter. »Ich habe einen Schlafsack dabei.«

Sie lachte und stupste ihm sanft gegen den Arm. »Du bist gut vorbereitet.« Fragend sah er sie an, als wollte er herausfinden, ob sie mit ihm flirtete. Tat sie das? Vielleicht. »Bitte. Ich würde mich sicherer fühlen – wenn ich wüsste, dass du ganz in der Nähe bist.«

»Bist du dir sicher? Iceman hat gesagt, ich sei höchst verdächtig, schon vergessen?«

»Ich weiß, dass du ein guter Mensch bist.«

Er wirkte überrascht und sprang so schnell auf, dass sie Angst hatte, er würde gehen, aber er lief nur zu seinem Truck. Er holte einen Schlafsack und warf ihn ins Zelt. »So gut bin ich gar nicht.«

Beth rollte sich in der Dunkelheit ihres Autos zusammen. Sie hatte die Fenster ein paar Zentimeter offen gelassen, um frische Luft zu bekommen, und hörte, wie Jonny sich im Zelt herumwarf. Das Nylon des Schlafsacks raschelte leise. Sie stellte es sich ziemlich unbequem auf dem Boden vor. Vielleicht würde er aufgeben und auf dem Stellplatz seiner Freunde schlafen, doch nach einer Weile hörte das Rascheln auf. Er war eingeschlafen. Nachdenklich starrte sie an die Decke des Wagens.

Beth öffnete die Tür. Sie knarzte laut in der Dunkelheit. Der Mond war voll, und sie brauchte keine Taschenlampe. Auf dem anderen Stellplatz war alles ruhig. Die Musik hatte schon vor Stunden aufgehört. Leise schlich sie zum Zelt, tastete nach dem Reißverschluss und begriff, dass er ihn offen gelassen hatte. Für den Fall, dass sie ihn brauchte? Oder hatte er genau darauf gehofft?

Der Mond schien durch das Zeltdach und tauchte Jonnys Gestalt in ein dunkles Blau, nur sein Gesicht leuchtete heller. Sein Oberkörper war nackt, nur sein Po lag halb im Schlafsack. Die Jeans hatte er beiseite geworfen. Ein Arm lag über seinem

Kopf. Er atmete tief, ohne zu schnarchen. Sie kroch neben ihn. Wenn er plötzlich aufwachte, würde er dann um sich schlagen? Einen merkwürdigen Moment lang wollte sie wissen, wie er aussah, wenn er wütend war. Sie wollte alle Gesichtsausdrücke von ihm kennenlernen.

Einer ihrer Finger schwebte über der kleinen Mulde seiner Oberlippe, dann ließ sie ihn ganz, ganz langsam sinken, bis er in der warmen Mulde lag.

Er riss die Augen auf. Seine Hand packte ihr Handgelenk, und sie schnappte nach Luft. Sobald er sie erkannte, ließ er sie los, aber er sprach kein Wort.

Sie öffnete den seitlichen Reißverschluss am Schlafsack und rutschte neben ihn, spürte die Hitze seiner Beine neben sich. Ihre Haare fielen auf seine Brust. Sie atmete den männlichen Geruch ein, der an seinen Schultern haftete, dem Hals, dem Kinn; fuhr mit ihrer Wange über die Bartstoppeln. Er erschauderte. Sie presste ihre Lippen auf seine. Er bewegte sich nicht. Eine Sekunde lang. Zwei. Drei. Dann wanderte seine Hand an ihrem Arm hinauf zu ihrem Haar.

Im Zelt war es bereits warm, als sie erwachte, die Vögel sangen laut in den Bäumen in der Nähe. Sie war verkatert, hatte verklebte Augen, einen trockenen Mund und Kopfschmerzen, bei denen sie die Augen zukniff und betete, die Vögel würden endlich den Schnabel halten. Jonnys Arm lag unter ihrer Wange, seine Brust an ihrem Rücken.

»O Mann, ich brauche Wasser.« Seine Stimme erschreckte sie, und sie zuckte zusammen. Er beugte sich über sie und griff nach seinen Boxershorts, zog sie an und danach seine Jeans. Beth setzte sich auf, hielt den Schlafsack vor ihre Brust und stellte fest, dass ihm ein Zigarettenpäckchen aus der Tasche gefallen war. Sie hob es auf und sah Jonny an.

»Du rauchst?«

Er war gerade dabei, das Zelt zu öffnen; jetzt hielt er inne und schaute sie über die Schulter an. Von seiner guten Laune war nichts mehr zu merken. »Nein. Ich habe aufgehört. Es war eine Sache zwischen Hailey und mir. Sie wollte nie, dass ich rauche, aber ich hatte immer ein Päckchen dabei, und sie hat es immer weggeworfen.«

So wie er sie ansah, hatte sie plötzlich das Gefühl, etwas sehr Persönliches in der Hand zu halten, ein Erinnerungsstück, und sein Erröten verriet ihr, dass er es bedauerte, ihr davon erzählt zu haben.

Sie reichte ihm die Zigaretten und griff nach ihrem Seesack. »Ich sehe dich draußen.«

Als sie angezogen war, kroch sie aus der Zeltklappe. Er lehnte am Picknicktisch und schaute auf den See. Lächelnd drehte er sich um. Sie wollte das Lächeln erwidern, aber sie war eine andere Beth als gestern Abend. Jetzt, in der hellen Morgensonne und nüchtern, war das alles viel zu schwer.

»Du arbeitest heute doch nicht, oder?« Er blinzelte ihr zu. »Wir könnten den Tag zusammen verbringen.«

Verwirrt sah sie ihn an. Sie musste ihm gestern Abend erzählt haben, dass heute ihr freier Tag war. Natürlich könnten sie den Tag zusammen verbringen. Schwimmen gehen. Er könnte ihr die Gegend zeigen. Sie könnten sich besser kennenlernen. Welche Musik sie mochten, was sie zum Lachen brachte. Vielleicht würde er ihr etwas über ein paar Leute aus der Stadt erzählen. Er würde ihr vertrauen und Erinnerungen mit ihr teilen. Und dann? Das konnte doch nichts werden.

»Ich bleibe nicht lange in Cold Creek.«

Er sah sie fragend an. »Ja, und?«

Er begriff nicht, und sie war nicht sicher, ob es daran lag, dass er es nicht gewohnt war, von einer Frau eine Abfuhr zu bekommen, oder ob er es einfach nicht verstanden hatte. Sie wusste nur, wie sie mit einem Anflug von Panik merkte, dass er sofort verschwinden musste. Wenn er noch eine Minute länger blieb, würde sie ihn erneut in ihr Zelt einladen.

»Gestern Abend. Es war schon okay ... aber ich wollte nicht ...«

»Schon in Ordnung.« Er nickte, und sein Blick war auf irgendetwas hinter ihrer Schulter gerichtet.

»Ich mag dich.« Sie zögerte, versuchte, die richtigen Worte zu finden. »Ich bin nicht gut im Umgang mit Leuten.«

»Das ist ja ganz was Neues.« Er lächelte, die weißen Zähne blitzten auf, und sie konnte immer noch nicht sagen, ob er aufrichtig unbeeindruckt war oder nur so tat. »Keine Angst. Ich muss heute ohnehin das Bike reparieren.« Er drehte sich um und ging zu seinem Truck. Sie machte einen Schritt. Sie wollte laut rufen: *Halt. Lass uns etwas unternehmen*, aber er öffnete die Tür und fuhr schließlich mit einem kurzen Winken davon.

Sie beschäftigte sich auf ihrem Stellplatz, fegte die Tannennadeln weg, die auf alles gefallen waren, sortierte ihre Vorräte und räumte ihre Kleider im Zelt auf. Die Luft schmeckte immer noch nach Jonny, ein unbeschreiblicher Geruch. Von der Sonne gewärmte Haut, Zedern, ein Hauch von frisch gemähtem Gras. Sie erwischte sich dabei, auf die Stelle zu starren, an der sie geschlafen hatten, und kroch hastig aus dem Zelt.

Der Steg sah einladend aus, das Holz leuchtete in der Morgensonne fast weiß. Beth machte sich einen Kaffee, schnappte sich eine Zeitschrift, die sie im Laden gekauft hatte, und ging zum Steg, doch sie überflog nur ein paar Seiten. Die meiste Zeit starrte sie die Hütten am anderen Ufer an und dachte an Vaughns Auftauchen auf dem Zeltplatz. An den Besuch des Hundes. An irgendetwas anderes als Jonny. Einmal glaubte sie, etwas im Unterholz rascheln zu hören, und fragte sich, ob der

Hund zurückgekommen war. Als sie sich schnell umdrehte, sah sie etwas Kleines einen Baumstamm hinaufrennen. Ein Streifenhörnchen.

Der Wald war dunkel und dicht. Es war schwer, tiefer als ein paar Meter hineinzublicken. Der Hund könnte sie in diesem Moment beobachten, und sie würde es nicht wissen. Ein Paradies für Spanner. Beth sah sich um und dachte daran, dass Amber und Hailey ein paar Wochen vor Haileys Verschwinden zusammen am See gewesen waren. Shannon Emerson war wahrscheinlich ständig hier gewesen. Was, wenn der gemeinsame Nenner nicht der Highway, sondern der *Zeltplatz* war? Alle Jugendlichen aus der Gegend hingen hier ab. Man konnte die Mädchen beim Schwimmen beobachten oder dabei, wie sie sich in ihren Zelten auszogen.

Das Auto ihrer Schwester war an einem Forstweg gefunden worden. Woher wusste der Mörder, dass sie dort geparkt hatte, wenn er ihr nicht vom Zeltplatz aus gefolgt war? Er hätte sogar auf der Gedenkfeier sein können. Shannon war von einem Feld verschwunden, das nur wenige Meilen vom Zeltplatz entfernt lag.

Alle waren überzeugt, dass es sich bei dem Mörder um einen Trucker handelte, aber es könnte jemand Neues sein. Jemand, den niemand auf dem Radar hatte. Vaughn hatte gesagt, eine Menge Leute würden wild campen, und die Morde waren immer im Sommer passiert. Es könnte ein Herumtreiber sein, ein Einsiedler aus den Bergen, der die Menschen und die Gesellschaft hasste. Sie stellte sich einen ungepflegten, bärtigen Survivaltypen mit wilden Haaren und bösartigem Blick vor.

Warum war Jonny sich so sicher, dass der Hund ein Streuner war? Er könnte diesem Bergmenschen gehören, der ab und zu in die Stadt fahren müsste, um seine Vorräte aufzufüllen. Wahrscheinlich hatte er einen Truck oder einen Camper, mit dem er über die Forstwege kam. Ihr stockte der Atem, als sie sich ein langsam fahrendes Fahrzeug vorstellte, und ihre Schwester, die allein neben ihrem Wagen stand. Beth zwang sich, an etwas anderes zu denken, irgendetwas anderes. Den sandigen Strand von Hawaii. Das türkisblaue Wasser.

Wasser. *Fluss*wasser.

Gestern Abend hatte Jonny ihr erzählt, dass der See von einem Fluss gespeist wurde, der aus den Bergen kam. Er hatte auf den Wald hinter dem Zeltplatz gezeigt und etwas über gute Angelstellen gesagt.

Wenn jemand sich im Wald versteckte, wäre es vernünftig, in der Nähe eines Flusses zu parken. Trinkwasser, eine Möglichkeit, sich zu waschen und zu fischen. Es gäbe Zeichen menschlicher Aktivität. Ein altes Lagerfeuer, Fußspuren im Sand, Bierdosen, Papier oder ein Stück Alufolie.

Vielleicht auch ihre leere Müslitüte.

Sie musste ja nicht weit laufen. Sie würde sich umsehen und schauen, ob sie ein paar Pfotenabdrücke fand, denen sie folgen könnte. Zurück an ihrem Stellplatz, kritzelte sie eine Notiz und hinterließ sie an ihrer Windschutzscheibe. *Ich laufe ein Stück am Fluss entlang.* Sie starrte auf den Zettel. Und wenn Vaughn noch einmal vorbeikam? Die Vorstellung, ihm mitten im Wald über den Weg zu laufen, war genauso gruselig wie eine Begegnung mit dem Bergmenschen. Sie zerknüllte den Zettel.

Sie wollte nicht, dass er nach ihr suchte.

22

Beth stopfte ein paar Sachen in ihren Rucksack – Fernglas, Wasserflasche, Müsliriegel, einen Apfel, den Kompass und das Bärenspray. Dann verteilte sie Sonnenmilch auf ihre nackten Beine und Arme. Ihre Stiefel waren neu, das Leder glatt und steif, also klebte sie Pflaster an die Fersen und hüpfte ein wenig herum, stellte sich auf die Hacken, dann auf die Zehen, um das Leder etwas geschmeidiger zu machen.

Sie betrat den Wald dort, wo sie den Hund hatte verschwinden sehen, und folgte einem schmalen Pfad. Ihr Pferdeschwanz wippte, die Schultern waren gerade. Es dauerte nicht lange, da klebten ihr Gesicht und ihr Hals vor Schweiß. Sie hatte ihr T-Shirt ausgezogen und es sich um die Hüfte gebunden und lief jetzt nur in einem schwarzen Sport-BH durch den Wald. Ihre Waffe steckte im Rucksack, das Bärenspray hing am vorderen Gürtelhaken.

Sie blieb ein paarmal stehen, um zu pfeifen und laut zu rufen: »Komm her, Junge!« Sie klatschte in die Hände, denn sie hatte gelesen, dass laute Geräusche Bären verscheuchten, aber den Hund auf dem Zeltplatz schienen sie nicht erschreckt zu haben. Sie hoffte, dass er sie an der Stimme wiedererkennen und in der Hoffnung auf mehr Fressen zu ihr kommen würde.

Binnen der ersten Stunde hatte sie ihr Wasser ausgetrunken. Sie musste anhalten, um die Riemen ihres Rucksacks neu einzustellen. Ihre Schultern waren bereits wundgescheuert, die Beine wurden schon rosa – selbst im Wald brannten die

Sonnenstrahlen wie glühende Schwerter durch das Blätterdach, und sie hatte die ganze Sonnenmilch bereits weggeschwitzt. In ihren Shorts war ihr kühl, aber sie hatte nicht daran gedacht, dass ihre Haut ganz zerkratzt werden und der gesamte Wald voller Kriebelmücken sein würde. Schon bald waren ihre Arme und Beine blutverschmiert.

Je schmaler der Pfad wurde, desto dichter wurde das Unterholz. Zu beiden Seiten wuchsen Brombeeren und Dornensträucher, Tannen standen dicht an dicht. Sie war am Verdursten. Sie wusste, dass der Fluss irgendwo westlich von ihr durch den Wald führte. Sie hielt den Kompass fest, drehte sich erst in die eine, dann in die andere Richtung. Der Pfeil blieb zitternd über dem W stehen. Sie blickte auf und sah den Pfad, dem sie folgen musste. War das überhaupt ein Pfad? Sie rückte ihren Rucksack zurecht und lief weiter. Je tiefer sie in den Wald vordrang, desto kühler wurde die Luft.

Sie hörte etwas in der Ferne. Wind? Nein, es war das Rauschen des Flusses. Sie lief schneller. Als sie die Hügelkuppe erreichte, konnte sie durch die Bäume hinunter in eine Wasserrinne blicken. Als sie das dunkelgrüne Wasser sah, blieb sie stehen. *Das* war der Fluss?

Sie hatte sich vorgestellt, der Fluss wäre breit und flach mit einem sandigen Ufer. Kein wildes, wogendes Ungeheuer, das sich durchs Land fraß. Das Ufer bestand zu beiden Seiten aus nacktem Fels und steilen Schotterböschungen. Ineinander verhakte Baumstämme lagen kreuz und quer über den tiefsten Stellen, dichtes Unterholz säumte den Fluss und bildete eine undurchdringliche Mauer. Hier konnte niemand zelten. Vielleicht wurde das Ufer weiter stromaufwärts flacher?

Sie kletterte weiter. Als sie einen Hügelkamm erreichte, auf dem vor einiger Zeit sämtliche Bäume gefällt worden waren, stolperte sie zu einem halbverrotteten Baumstamm, der von der Sonne grau geworden war. Die Lichtung war groß und mit Bruchholz bedeckt wie mit knochigen Zahnstochern. Einige der Stumpen waren geschwärzt. Weidenröschen und verschiedenen Beeren kämpften ums Überleben.

Beth versuchte, ihre schmerzenden Waden zu massieren, doch dadurch fing ihr Sonnenbrand an zu brennen. Sie setzte sich, um die Beine auszustrecken und ihren Füßen eine Pause zu gönnen. Als sie den Rucksack abnahm, hatte sie weiße Streifen auf der Schulter, wo die Gurte die Haut vor der Sonne geschützt hatten.

Sie wandte ihr Gesicht dem wolkenlosen blauen Himmel entgegen. Ein Adler stieß einen Schrei aus, der sie bis ins Mark erschreckte. Sie zog ihr Fernglas hervor und beobachtete, wie der Adler einen Sturzflug machte, dann richtete sie den Blick auf das Tal unter sich. Sie sah keine auffälligen Stellen, wo jemand lagern könnte.

Sie packte das Fernglas wieder ein und wischte sich mit dem T-Shirt den Schweiß von der Stirn. Sie sah auf die Uhr. Es war elf Uhr. Seit zwei Stunden war sie im Wald. Es kam ihr vor wie eine halbe Ewigkeit. Sie band sich das T-Shirt wie ein Bandana auf den Kopf und machte sich auf den Rückweg. Genug war genug.

Sie dachte, dass es bergab leichter werden würde, doch während sie weiterlief, stieg die Sonne immer höher und stand bald darauf direkt über ihrem Kopf. Wie lange würde sie noch brauchen, bis sie den Zeltplatz erreichte? Sie schaute auf die Uhr. Mittag. Wenn sie in diesem Tempo weiterlief, wäre sie aus dem Wald heraus, bevor die heißesten Stunden des Tages anbrachen. Sobald sie wieder an ihrem Stellplatz war, würde sie sofort in den See springen. Ihr Mund war wie ausgedörrt. Sie blieb stehen, um ein paar Beeren zu pflücken, und stellte fest, dass sie auf einen schmalen, zugewucherten Tierpfad starrte, der an dichtem Brombeergestrüpp entlangführte. Vielleicht benutzten Wildtiere diesen Weg, um zum Trinken an den Fluss zu gelangen? Sie schob den Rucksack zurecht, stellte einen der Gurte neu ein und zuckte zusammen, als das raue Material über ihren Sonnenbrand scheuerte. Sie schob sich durch die Brombeerranken.

Sie erreichte einen Felsvorsprung und blieb stehen, die Hände an den Hüften. Für einen Moment bewunderte sie den Ausblick und war froh über den frischen Lufthauch und das dichte Laub. Es hatte ihr gutgetan, aus ihrem Trott herauszukommen, auch wenn sie nichts gefunden hatte. Sie stieß einen tiefen Seufzer aus.

Ein lautes Geräusch hinter ihr. Ein Zweig war zerbrochen. Sie wirbelte herum. Ein Reh mit sanften Augen trat langsam hinter einem Baumstamm hervor, wobei es vorsichtig die Hufe hob. Beth hielt die Luft an, weil es so nah war. Dann entdeckte das Tier sie, sprang mit großen Sätzen davon und brach durch das Unterholz.

Mit klopfendem Herzen stand Beth ganz still da und lachte über sich selbst. Vielleicht war das Reh ein Zeichen von ihrer Schwester. *Du gehörst nicht in diesen Wald. Geh zurück in die Stadt, Beth!*

In ihrer Überraschung hatte sie den Kompass fallen lassen. Jetzt beugte sie sich vor, um ihn aufzuheben. Der Rucksack rutschte ihr über die Schultern, und sie verlor das Gleichgewicht. Mit einem Fuß stand sie auf einem bemoosten Stein, und der Stiefel glitt weg. Sie fiel auf die Knie, die Hände griffen ins Moos. Sie versuchte, irgendetwas zu packen, aber der lockere Untergrund zerfiel unter ihren Händen. Ihre Stiefel rutschten noch weiter. Jetzt lag sie auf dem Bauch.

Langsam glitt sie über die Felskante, griff nach Zweigen, Ästen und Wurzeln, nach dem harten Felsen. Beinahe konnte sie sich festhalten, doch dann riss die Wurzel, an die sie sich klammerte, und sie stürzte in die Tiefe.

Sie fror. Sie griff nach der Decke, um sie sich höher über die Schulter zu ziehen, doch da war nur Luft. Etwas zog von hinten an ihr und zerrte sie zurück. Sie öffnete die Augen, stöhnte und schluckte einen Mundvoll Wasser. Keuchend spuckte sie das Wasser aus und drehte sich zur Seite. Sie versuchte, sich aufzurichten. Alles drehte sich, und sie lehnte sich an einen Felsen – der Großteil ihres Körpers war im Wasser.

Gebell. Eine nasse Zunge leckte an ihrer Wange und ihrer Stirn. Rau und beharrlich. Sie drehte sich um und erschrak, als sie den schwarzen Hund sah. War *er* das? Sie streckte eine Hand aus, aber er sprang zurück. Er nahm einen Gurt ihres Rucksacks ins Maul und zog kräftig daran.

»He! Lass das!«

Langsam setzte sie sich auf, hielt sich den Kopf und blinzelte in die Sonne. Ihre Hand fühlte sich klebrig an. Sie zog sie weg und schnappte nach Luft, als sie das Blut sah. Prompt bereute sie es, als ein heftiger Schmerz in ihre Rippen schoss. Der Hund hatte sich außerhalb ihrer Reichweite hingesetzt und beobachtete sie mit zuckenden Ohren.

»Ich habe dich gesucht.« Das Sprechen tat weh. Sie schmeckte Blut. Einen schwankenden Moment lang starrte sie ihn an, dann beugte sie sich vor und übergab sich. Sie beugte sich über den Fluss und schöpfte mit der hohlen Hand Wasser in den Mund. Als sie versuchte aufzustehen, schwankte sie und stolperte nach hinten. Sie war sicher, dass sie erneut stürzen würde, und streckte die Arme aus, um das Gleichgewicht nicht zu verlieren.

Beth streifte den nassen Rucksack von den Schultern und stöhnte bei jeder Bewegung. Sie holte ein weiteres T-Shirt heraus, das ebenfalls nass war, und hielt es sich an den Kopf. Sie sah den Hund an. »Danke, dass du mich geweckt hast.« Seine Rute schlug auf den Boden. Das war neu. Letztes Mal hatte er sie ignoriert. »Bist du mit jemandem zusammen hier?« Er wedelte erneut. Der Bergmensch? Möglicherweise beobachtete er sie. Sie drehte sich um und blickte in den Wald, suchte die Schatten ab, Baumstümpfe, die aussahen wie kauernde Menschen. »Ist da jemand?«

Schweigen antwortete ihr.

»Ich habe den Verstand verloren.« Sie fing an, den Kopf zu schütteln, und verzog das Gesicht, als ihr erneut übel wurde. Sie brauchte ein paar Versuche, bis sie sich vorbeugen und ihre Wasserflasche auffüllen konnte. Sie zögerte, als sie an Bakterien denken musste, aber das Wasser hier floss schnell. Das war doch gut, oder? Es musste in Ordnung sein. Sie trank in großen Schlucken, dann befestigte sie die Flasche am Rucksack. Der Hund sah ihr zu.

Sie begann, über die Felsen zu klettern. Sie überlegte, wie weit sie noch laufen musste, bis sie wieder am Zeltplatz war. Kannte sie überhaupt den Weg? Am Flussufer blieb sie stehen.

»Ich bin echt am Arsch.«

Sie beugte sich vor und erbrach das Wasser, das sie gerade getrunken hatte. Der Hund lief in Richtung Wald, doch am Ufersaum blieb er stehen. Als würde er warten. Als sie in seine Richtung ging, jaulte er kurz auf, drehte sich um und lief einen Pfad entlang.

Sie blieb stehen und dachte nach. Führte er sie zurück zum Zeltplatz? Vielleicht war sie verrückt. Ihr Kopf pochte heftig. Die Bäume um sie herum schienen zu verschmelzen. Sie schloss die Augen, wartete, bis das Schwindelgefühl nachließ, und machte einen zögerlichen Schritt auf den Hund zu. Er wedelte mit dem Schwanz. Okay. Sie ließ ihn den Anführer spielen. Er schien sich sicherer zu sein, wo er hinging, als sie es war.

Sie brauchte den ganzen Nachmittag. Ein paarmal blieb sie stehen, um an ihrem Wasser zu nippen. Zwischen den Schlucken machte sie jedes Mal eine Pause, um sicherzugehen, dass sie es bei sich behielt. Jedes Mal, wenn sie über die Schulter schaute und suchend in den Wald sah, jaulte der Hund ungeduldig, und sie ging weiter, doch sie wurde immer langsamer.

Sie fiel auf die Knie und stützte sich auf die Hände, um wieder zu Kräften zu kommen, doch ihre Arme gaben unter ihr nach, und sie brach mitten auf dem Pfad zusammen. Der Boden unter ihrem Körper war kühl. Ihr Atem ging stockend. Der Hund bellte ihr ins Gesicht.

»Ich muss mich ausruhen«, sagte sie schwach. »Ein paar Minuten.«

Der Hund gab keine Ruhe. Er bellte unaufhörlich, kam bis auf wenige Zentimeter an sie heran, knabberte an ihren Stiefeln und sprang wieder zurück.

»Geh weg!« Sie sammelte eine Handvoll Erde und warf damit nach ihm, doch er lief nicht davon. Er schnappte nach dem Gurt ihres Rucksacks, stemmte die Pfoten auf den Boden und begann knurrend zu ziehen und den Kopf hin und her zu werfen. Sie stöhnte und verfluchte ihn, doch sie stemmte sich wieder auf die Knie.

Der Hund machte einen Satz nach vorn, immer noch wütend bellend.

Schwankend stand sie auf und stolperte hinter ihm her. Als der Weg ihr vertrauter vorkam, begriff sie, dass sie fast am Ziel war, und lief schneller. Sie keuchte heftig, rang um Atem. Dann fiel ihr die Waffe ein – sie lag ganz oben in ihrem Rucksack. Sie blieb stehen, entfernte mit zitternden Fingern die Patronen und stopfte die Waffe ganz nach unten in ihren nassen Rucksack.

Taumelnd trat sie vom Pfad auf den Weg des Zeltplatzes. Sie wandte sich um und sah den Hund am Waldrand stehen. Er drehte sich um und verschwand.

»He, alles in Ordnung?« Ein lauter Ruf. Der schwarzhaarige Typ vom anderen Stellplatz. Gestern hatten sie sich Schinkenspeck gebraten. Sie hätte zu gerne eine Scheibe davon abbekommen.

Sie sackte auf dem Boden zusammen.

Beth wachte vom Lärm auf. Hellgrüne Wände, in einer Ecke hing ein Fernsehgerät, ein weißes Brett mit roter Beschriftung – der Name der Tagesschwester, das Datum, Beths letzte Kontrolle der Vitalfunktionen, der Name der zuständigen Ärztin und ein fröhlicher Smiley.

Der Lärm setzte erneut ein. Sie drehte den Kopf nach rechts. Jonny saß breitbeinig auf einem Stuhl und beobachtete sie, das Kinn auf eine Hand gestützt, einen Pappbecher in der anderen Hand.

»Ich habe dir einen Kaffee mitgebracht. Er steht auf dem Nachttisch.«

»Danke.« Ihre Kehle fühlte sich trocken und heiser an. Langsam richtete sie sich auf und griff nach dem Kaffee. Als sie sich streckte, zuckte sie zusammen. Sie musste daran denken, wie es sich angefühlt hatte, vom Felsen zu stürzen, das Gefühl, nichts unter den Füßen zu haben und mit den Händen in die Luft zu greifen. Das Merkwürdigste war das Gefühl von Enttäuschung, als sie aufgewacht war. Sie hätte gedacht, dass sie, wenn sie dem Tod jemals nahekommen würde, ihre Schwester in der Nähe spüren, vielleicht sogar ihre Stimme hören würde. Doch da war nur der Hund gewesen.

Jonny stand auf und reichte ihr den Becher, dann stellte er das Bett so ein, dass sie bequem sitzen konnte. Sie nahm einen

Schluck und lehnte den Kopf zurück. Hatte Jonny sie erst an diesem Morgen auf dem Zeltplatz zurückgelassen? Sie malte sich aus, wie sie jetzt wohl aussah. Die Schwestern hatten ihr ins Bad geholfen, damit sie sich das Blut aus den Haaren waschen konnte. Sie hatte sich im Spiegel angesehen, erschrocken über ihr blasses Gesicht, die dunklen Schatten unter den Augen und die üble Prellung an der Schläfe. Wie sich herausstellte, bluteten Kopfwunden heftig, aber die Verletzung war nicht so tief wie befürchtet. Sie hatte nur ein paar Stiche gebraucht. Der Bereich um die Wunde war geschwollen und tat bei jeder Berührung weh. Die Mutter aller Beulen.

Blinzelnd sah sie Jonny an. »Wie lange bist du schon hier?«

»Erst ein paar Minuten.«

»Hat dein Freund dir Bescheid gesagt?«

»Andy? Ja.«

Sie erinnerte sich an die Fahrt im Rettungswagen, daran, wie die Trage geruckelt hatte, als die Sanitäter sie über die Bordsteinkante und in die Notaufnahme gefahren hatten. »Er hat was gut bei mir.«

»Sag ihm das bloß nicht. Er wird sich von dir zum Dinner einladen lassen.«

Sie sah ihn an. War das Eifersucht? Sie konnte es nicht sagen. Seine Stimme klang neckend, aber sie waren so merkwürdig auseinandergegangen. »Ich könnte ihm einen angebrannten Hotdog anbieten.«

Er lachte. »Das ist immer noch besser als das Krankenhausessen. Vor ein paar Jahren hatte ich mir die Hand gebrochen. Hailey hat Milchshakes eingeschmuggelt und sich jedes Mal unter dem Bett versteckt, sobald jemand vom Pflegepersonal hereinkam.«

»Nett. Du hattest einen eigenen Lieferservice.«

»Sie hat nur versucht, von der Schule wegzukommen«, sagte

er und lachte noch einmal unbekümmert. »Sie wollte immer nur raus und hat ständig die Schule geschwänzt. Trotzdem hatte sie immer gute Noten.«

»Wie seid ihr Freunde geworden?«

»Wir waren fast noch Kinder, da hat sie mir das Motorradfahren beigebracht. Wir mochten beide die gleichen Dinge.« Er rieb an einem ausgeblichenen Fleck an seiner Jeans. Beth stellte sich vor, wie sie Dirt Bike fuhren, zum See gingen, vom Steg sprangen. Sie konnte das Echo ihres Lachens hören. Sie war ein Geist, immer in seiner Nähe.

»Amber und ich hatten nicht viel gemeinsam, aber ich glaube, das war der Grund, warum wir so gut ausgekommen sind. Ich musste keine Angst haben, dass sie mir meine Klamotten klaut.« Eine tröstliche Wärme breitete sich in ihrer Brust aus, eine Erinnerung an Amber, die ihren Kleiderschrank durchsucht. *Wieso ist alles grau? Du brauchst mehr Farben!*

»Familie ist etwas anderes.«

»Meine ist total verkorkst.« Sie seufzte. »Ich lüge meine Eltern seit Monaten an. Sie wissen nicht, dass ich die Uni geschmissen habe. Sie wissen nicht einmal, dass ich in Cold Creek bin.«

»Echt jetzt?« Er hob eine Braue.

»Ich kann mich irgendwie zu nichts mehr aufraffen. Mir ist alles egal.« Sie verfiel in Schweigen. Sie war froh, dass er nicht nach weiteren Einzelheiten fragte. Er nippte an seinem Kaffee, die langen Beine an den Fußgelenken übereinandergeschlagen. So war er auch im Bett gewesen, wie ihr einfiel. Er hatte niemals ihre Grenze überschritten oder sie zur Eile gedrängt. Es war wie ein leichter, unbekümmerter Tanz gewesen. Sie wünschte, sie wären wieder in einem abgedunkelten Zelt. Und würden ihre Körper sprechen lassen.

»Ich habe für eine Weile mit den Rennen aufgehört«, sagte

Jonny. »Es kam mir so dumm und oberflächlich vor. Wer interessiert sich schon dafür, Trophäen zu gewinnen, wenn die beste Freundin verschwunden ist? Es hat eine Weile gedauert, bis ich darüber hinweg war.«

»Wie hast du es geschafft?« Sie beobachtete sein Gesicht, das Spiel seiner Emotionen.

»Der Gedanke ließ mir keine Ruhe, dass ich Hailey dadurch verriet. Früher ist sie zu jedem Rennen gekommen, koste es, was es wolle, und ich dachte, dass ich vielleicht anfangen sollte, so viel Vertrauen in mich zu setzen wie sie.«

Beth dachte über das nach, was er gerade gesagt hatte. »Amber war so etwas wie ein Hippie. Wahrscheinlich würde sie mir jetzt sagen, dass ich auf einer spirituellen Reise bin und mit dem Flow gehen muss.« Beth warf die Hände in die Luft und legte sie vor ihrem Herzen zu einer Gebetshaltung zusammen. »Namaste.«

Er lächelte. »Du könntest ein Yogastudio eröffnen.«

»Ha. Bring mich nicht zum Lachen. Das tut weh.« Sie atmete langsam aus und ließ ein paar der Gefühle los, die ihr die Kehle einschnürten. »Amber hat Hailey wirklich gemocht.«

»Hailey hat sie auch sehr gemocht. Sie war ziemlich sauer, als sie sich nicht sehen konnten.«

»Warum war Vaughn so streng zu ihr?«

»Das ist die größte Scheiße überhaupt. Wir haben ein paar verrückte Sachen gemacht, aber Hailey war *gut*. Sie hat mich vom Trinken und von Drogen abgehalten – und sie hat dafür gesorgt, dass meine Prügeleien nicht ausgeartet sind. Sie war meine Stimme in der Dunkelheit, verstehst du? Die Person, die mit dir weitergeht, wenn du selbst den Weg nicht sehen kannst.«

Mit einem Anflug von Sehnsucht dachte Beth über seine Worte nach. Amber war ihre Stimme gewesen. Vielleicht fühlte sie sich seit ihrem Tod deswegen so schwerelos. Ohne jeden Anker. Verloren.

»Als Kinder steckten wir einmal in einer Silbermine fest«, sagte er. »Ich hatte Panik wegen der Fledermäuse, und Hailey sagte, ich solle nicht so ein Baby sein.« Er lachte. »Sie hat mich da rausgezerrt und die ganze Zeit davon geredet, dass sie mich niemals vergessen lassen wird, dass sie die Mutigere von uns beiden ist.«

»Klingt, als wäre sie großartig gewesen.«

»Sie hat sich vor nichts gefürchtet.« In seiner Stimme schwang so viel Bewunderung mit, dass Beth um seinetwegen noch trauriger wurde. Denn am Ende hatte es nicht gereicht, mutig zu sein. Er begriff die harte Wahrheit im selben Moment wie sie, und sein Lächeln verschwand. »Auf jeden Fall hat sie Amber wirklich gemocht. Vaughn hat sie zusammen gesehen. Er ist ausgeflippt.«

»Ist er homophob?«

Er zuckte mit den Achseln. »Ich glaube, er wollte einfach nicht, dass Hailey Spaß hat.«

Beth wälzte all diese neuen Informationen wie Steine am Strand in ihrem Kopf hin und her und suchte nach etwas, das sie herauspicken konnte. Wer könnte sie noch zusammen gesehen haben?

»Mir ist aufgefallen, dass die meisten Opfer irgendwann am See gewesen sind. Als sei das der Ort, wo alle hingehen. Ich habe überlegt, ob der Mörder sie dort beobachtet hat.«

»Wie meinst du das?«

»Was, wenn er sich irgendwo im Wald versteckt? Vaughn sagte, hier in der Gegend würde oft wild gecampt, obwohl es verboten ist. Danach hatte ich im Wald gesucht. Nach Anzeichen, dass jemand dort draußen lebt. Vielleicht am Fluss.«

»Mann, das wäre echt krass.« Jonny schüttelte den Kopf.

»Aber wenn dort draußen jemand leben würde, hätte ein Jäger oder ein Dirt Biker ihn längst entdeckt.«

»Ich weiß nicht. Als ich am Fuß des Felsens aufgewacht bin, hat dieser Hund mir das Gesicht abgeleckt und laut gebellt. Er hat mich zum Zeltplatz zurückgeführt. Warum sollte er das tun, wenn er wirklich ein Streuner ist?«

»Okay, was für Drogen geben sie dir hier?«

»Ich meine es ernst. Er muss jemandem gehören.«

»Niemand könnte in diesen Bergen leben. Nicht einmal ein erfahrener Wildnisführer.« Überrascht sah Beth ein Schimmern in Jonnys Augen. Er blinzelte ein paarmal und räusperte sich. Dann warf er seinen Kaffeebecher in den Mülleimer.

»Hey – ich wollte dich nicht aufregen.«

»Ist schon okay. Aber jetzt lasse ich dich in Ruhe.« Er stand auf.

»Du musst nicht gehen.« Sie blinzelte, und ihr fielen die Augen zu. Sie war so müde. Das Gewicht der ganzen Geschichte lastete auf ihr. Die Geister von Amber und Hailey erfüllten den Raum.

Sie spürte, dass er ihre Hand drückte. »Bleib tapfer!«

Als sie die Augen öffnete, um sich zu verabschieden, war er bereits verschwunden.

23

Sie behielten sie noch eine Nacht im Krankenhaus, und als sie aufwachte, lag ihr Seesack im Zimmer. Der Krankenpfleger sagte ihr, ein junger Mann habe ihn vorbeigebracht, zusammen mit ihren Schlüsseln. Ihr Auto stünde auf dem Parkplatz. Sie brauchte gar nicht erst nach einer Beschreibung zu fragen. Sie wusste, dass es Jonny gewesen war. Sie schaute sich die Sachen an, die er eingepackt hatte: Shorts, Tops, Toilettenartikel, Unterwäsche und BHs. Seltsamerweise war ihr das nicht peinlich. Sie fühlte sich getröstet. Vielleicht fühlte es sich so an, wenn man einen festen Freund hatte. Dass da jemand war, der sich um einen kümmerte.

Am Tag zuvor hatte sie ihren Rucksack durchgesehen, hatte die feuchten Sachen herausgeholt, um sie auf der Heizung zu trocknen. Erleichtert hatte sie festgestellt, dass ihre Waffe, eingewickelt in ein Shirt, noch da war.

Jetzt packte sie alles wieder ein und dachte daran, dass nichts davon ihr am Ende geholfen hatte. Als sie ein paar Bissspuren auf den Gurten des Rucksacks entdeckte, musste sie lächeln. Ihr Hundeengel.

Ein Geräusch von der Tür, jemand räusperte sich. Sie schloss den Rucksack und schaute über die Schulter. Vaughn. Sie versteifte sich.

Er trat ins Zimmer. »Ich bin froh, dass du gesund und munter bist. Ich habe gestern Abend nach dir gesehen, aber da hast du geschlafen.«

Ein Angstschauder kroch ihr wie eine Spinne über den Rücken. Er war hier in ihrem Zimmer gewesen, während sie *geschlafen* hatte? Die Schwester hatte ihr Tabletten gegeben. Sie erinnerte sich an Albträume, dunkle Gestalten, das Gefühl, zu fallen.

Sie ging auf die andere Seite des Bettes. »Das wusste ich nicht.«

Ohne dass sie ihn dazu aufgefordert hatte, setzte er sich auf den Stuhl neben dem Fenster und legte einen Stapel Zeitschriften ab. Modemagazine. »Ich war mir nicht sicher, was du gerne liest.« Er streckte die Beine von sich, schwarze Stiefel mit dicken Schnürsenkeln, die Arme vor der Brust verschränkt, so dass sein Bizeps sich wölbte. Auf die meisten Leute würde diese Haltung lässig wirken, doch auf Beth machte er eher einen aggressiven Eindruck. Als wollte er ihr zeigen, wie groß er war und dass er es nicht eilig hatte. Er hatte alle Zeit der Welt – und nutzte sie, um sich auf Beth zu konzentrieren.

»Ich werde heute entlassen, aber danke.«

»Soll ich dich irgendwohin fahren?«

»Mein Auto ist hier.«

Er musterte sie. »Du hättest am Fluss sterben können.«

»Ich könnte überall sterben.«

»Allein durch diese Wälder zu laufen, ohne jede Erfahrung, war nicht gerade klug.« Sein tadelnder Tonfall war mehr als herablassend. Wie hielt seine Frau es nur mit ihm aus?

»In Zukunft werde ich vorsichtiger sein.« Wenn sie ihm seinen Willen ließ, hatte er vielleicht das Gefühl, seinen Job getan zu haben.

»Wie ich hörte, hattest du gestern Besuch.«

»Sollte man in einem Krankenzimmer nicht etwas Privatsphäre haben?«

»In dieser Stadt bleibt nicht viel verborgen. Wenn ihr zwei euch trefft, ist das deine Entscheidung.« Er hob die Hände und sagte dann beiläufig: »Er hat auch Shannon Emerson gedatet.« Er beobachtete sie, als sie sich aufs Bett sinken ließ. Er grinste. »Das wusstest du nicht, was?«

»Es ist ein kleiner Ort.«

»Sie war in jener Nacht mit ihm auf dem Feld. Und irgendwie war sie am Schluss allein.«

Sie runzelte die Stirn. »Das heißt nicht, dass …«

»Du glaubst, all diese Mädchen hätten einfach nur *Pech* gehabt? Er ist alle paar Tage in den Diner gekommen, aber *so* gut sind die Burger auch nicht. Er hatte ein Auge auf deine Schwester geworfen.«

Jonny hatte auf diesem Stuhl gesessen. Sie hatten unbefangen über Amber und Hailey gesprochen. In seiner Gegenwart fühlte sie sich getröstet und sicher. Sie hätte gespürt, dass etwas mit ihm nicht stimmte, als sie zusammen getrunken hatten. Sie hätte es *gewusst*. Sie hätte nie mit dem Mörder ihrer Schwester schlafen können.

»In dieser Stadt kennt wahrscheinlich jeder jeden. Das hat gar nichts zu bedeuten.«

Er stand auf. »Klar doch. Ich wette, Amber hat genauso gedacht. Wenn du nicht zu ihr willst, halte dich von ihm fern. Ich will nicht deine Knochen einsammeln müssen.«

Es war makaber, wie er das sagte, schockierend brutal, und so, wie seine Augen aufblitzten, als sie nach Luft schnappte, erzielte es genau die beabsichtigte Wirkung. Solch hässlichen Worten konnte sie nichts entgegensetzen.

»Also dann, pass auf dich auf.« Seine Schuhe quietschten auf dem Boden, als er sich umdrehte und mit großen Schritten hinausging.

Nachdem er verschwunden war, blieb Beth noch ein paar Minuten auf dem Bett sitzen, dann packte sie rasch ihre Sachen. Die Zeitschriften ließ sie liegen.

Ihr Wagen war vollgetankt. Am Abend, als sie vom Diner nach Hause an den See gefahren war, war der Tank nur ein Viertel voll gewesen. Jonny hatte getankt. Sie starrte die Tankanzeige an. Warum hatte er ihr nichts von Shannon erzählt? Es musste eine Lüge sein. Aus irgendwelchen Gründen manipulierte Vaughn sie. Vielleicht, um an Jonny heranzukommen?

Sie bog vom Krankenhausparkplatz auf die Straße und sog scharf die Luft ein, als sie über eine Bodenschwelle fuhr. Ihre Rippen waren geprellt, nicht gebrochen, aber es würde eine Weile dauern, bis sie abgeheilt waren, und sie musste noch einmal wiederkommen, um die Fäden an ihrer Kopfwunde ziehen zu lassen. Die Ärztin hatte ihr gesagt, dass sie vorsichtig sein sollte, damit sie nicht noch eine Gehirnerschütterung bekam. Sie versprach, nicht wieder von irgendwelchen Felsvorsprüngen zu fallen.

Mitten in der Woche war der Zeltplatz fast leer. Eine Familie belegte einen Stellplatz in der Nähe des Eingangs, und auf einem Platz in der Mitte standen ein Truck mit Autokennzeichen aus Alberta und ein Camper. Drei bullige Männer standen um ihren Grill herum, tranken Bier und bewunderten ihre Dirt Bikes.

Enttäuscht stellte Beth fest, dass Jonnys Freunde nicht mehr da waren. Sie hatte in ihnen so etwas wie ihre Beschützer gesehen. Zumindest waren sie keine Fremden. Jonny glaubte vielleicht nicht, dass es einen Bergmenschen gab, aber sie war nicht überzeugt. Entweder das, oder dieser Hund war immer noch dort draußen.

Sie suchte ihren Stellplatz und den Weg zum Seeufer ab, sah aber keine Pfotenabdrücke. Sie hatte frische Reste mitgebracht, für den Fall, dass er wieder auftauchte. Er hatte sich einen Burger verdient – nein, ein großes *Steak*! Schließlich hatte er ihr das Leben gerettet.

Sie kroch ins Zelt, um sich umzuziehen, und erstarrte. Ihre

Sachen waren völlig durcheinander. Was hatte Jonny gedacht, als er ihre Tasche durchsucht hatte? Hatte er das Gefühl gehabt, ihre Privatsphäre zu verletzen? Wenn sie seine Sachen durchgesehen hätte, hätte sie innegehalten, um an seinen Hemden zu riechen. Sie beschloss, die Kleider so liegen zu lassen, wie er sie hinterlassen hatte, verstreut und aus ihren ordentlichen kleinen Stapeln gerissen.

Die Wodkaflasche lag in der Kühlbox auf der Seite, die restliche Flüssigkeit war ausgelaufen. Sie hatte auf dem Weg hierher eine neue Flasche gekauft. Einen Drink in der Hand, die Wodkaflasche unterm Arm, ging sie zum Steg und setzte sich in der Mitte auf die warmen Holzplanken. Sie zog die Knie an die Brust, schlang die Arme darum und fragte sich, ob Amber und Hailey auch an dieser Stelle gesessen hatten.

Drei Frauen. Zwei waren tot, eine wurde vermisst. Jonny hatte ein Alibi für die Zeit, in der Hailey verschwunden war, und wenn es irgendeinen echten Beweis gäbe, dass er etwas mit Ambers oder Shannons Tod zu tun hatte, hätten die Cops ihn längst verhaftet. Es war nur Vaughns fixe Idee. Jonny hatte nicht einmal versucht, Beth allein zu erwischen. Sie war diejenige, die ihn nach draußen auf den Zeltplatz und dann in ihr Zelt eingeladen hatte.

Trotzdem. Warum hatte Jonny ihr nichts von Shannon erzählt? Sie dachte kurz nach, dann nahm sie ihr Handy und ließ die Finger über dem Display schweben. Es war eine schlechte Idee, einem Typen zu schreiben, wenn man aufgewühlt war. Besonders, wenn man von irgendwelchen Pillen high war und sich vielleicht ein wenig einsam fühlte.

Rasch tippte sie: *Danke, dass du mir mein Auto vorbeigebracht hast*, und schickte die Nachricht ab, bevor sie es sich anders überlegen konnte. Sie war nur höflich. Wenn er antwortete, klasse. Wenn nicht, auch gut.

Sie hob die Wodkaflasche hoch und ließ die Flüssigkeit darin kreisen. Die Cola war auf ihrem Stellplatz in der Kühlbox. Der Weg kam ihr ziemlich weit vor für etwas, das sie nicht brauchte. Sie setzte die Flasche an die Lippen und trank den Wodka pur, dann ließ sie sich auf den Rücken fallen und die Beine ins kalte Wasser baumeln. Sie wartete darauf, dass der Alkohol zusammen mit den Schmerztabletten seine Wirkung tat.

Bye-bye Probleme, hallo Vergessen.

Die Rückenlehne drückte unangenehm gegen ihr Gesicht. Beth versuchte, sich aufzusetzen, und schrie leise auf, als sie den Schmerz in ihrer Rippe spürte. Ach ja. Das hatte sie ganz vergessen. Sie presste die Hände an die Seite ihres Kopfes und zuckte zusammen, als sie die genähte Wunde und die Beule berührte, die immer noch ziemlich geschwollen war.

Sie schloss die Augen, bis der Schmerz etwas nachgelassen hatte, dann setzte sie sich langsam auf, machte Bestandsaufnahme von ihrem Körper, ihrem Auto und der Hitze, die sie zu erdrücken schien. Ihr Haar fühlte sich verschwitzt an. Sie trug immer noch die Kleidung vom Vortag. Ihre Füße waren schmutzig. In ihrem Bettzeug, auf den Sitzen und dem Boden hingen Sand und Dreck. Irgendwie hatte sie es geschafft, schmutzige Fußspuren auf dem Armaturenbrett zu hinterlassen. Als hätte sie wild um sich getreten. Sie starrte die Spuren an und wollte sich zwingen, sich daran zu erinnern. Wann hatte sie auf dem Vordersitz gesessen? Was hatte sie sonst noch getan? Ihr Blick landete auf ihrem Smartphone.

O nein. Hatte sie jemandem geschrieben? Sie konnte sich nicht erinnern, ob Jonny ihr geantwortet hatte. Sie erinnerte sich vage, dass sie auf ihr Telefon geschaut hatte und wütend geworden war oder vielleicht auch traurig. Wenn das Glück auf ihrer Seite war, war sie so klug gewesen, mit diesen Gefühlen nichts zu unternehmen. Sie drückte den Home-Button. Das Telefon blieb schwarz. Sie schaute auf ihre Uhr – sie war nicht an ihrem Handgelenk. Sie musste sie auf dem Picknicktisch liegen gelassen haben. Die Sonne war bereits aufgegangen, aber die Luft war kühl. Sie vermutete, dass es noch ziemlich früh war.

Als sie nach der Autotür tastete, stellte sie fest, dass sie nicht verriegelt war. Sie war nicht einmal richtig zugeschlagen. Mit der Hand tastete sie unter dem Fahrersitz. Die Waffe war noch da. Sie stieß die Tür auf und lief stolpernd zum Waschraum. Ein paarmal blieb sie stehen, um sich würgend über die Büsche zu beugen, wobei sie jedes Mal keuchte, wenn ihre Rippen sich zu sehr bewegten. Anschließend schob sie mit den Füßen etwas Erde über das Erbrochene.

Als sie mit der Morgenwäsche fertig war, fand sie eine halbe Flasche abgestandenes, lauwarmes Wasser in ihrer Kühlbox und trank es mit zwei Schlucken aus. Sie fand ihre Uhr. Sie würde demnächst zur Arbeit aufbrechen.

Sie putzte sich die Zähne und drehte ihr Haar zu einem chaotischen Knoten zusammen, wobei sie ein paar Strähnen heraushängen ließ, um die Stiche zu verbergen. Vorsichtig tupfte sie sich etwas Schminke auf die Prellung und wühlte in ihren Sachen, bis sie saubere Shorts und ein weites T-Shirt gefunden hatte. Hoffentlich würde der Stoff nicht am Sonnenbrand auf ihren Schultern scheuern. Sie schluckte eine Schmerztablette – und nach kurzem Überlegen ein paar Bröckchen von einer Xanax – und setzte sich hinters Lenkrad.

Der Motor sprang nicht an. Sie probierte es erneut. Nichts.

»Verdammter Mist!« Sie trommelte mit den Fäusten auf das Lenkrad. Gab es irgendein Limit dafür, wie dumm sie gestern Abend gewesen war? Da sie die Tür nicht ordentlich geschlossen hatte, musste die Innenbeleuchtung die ganze Nacht gebrannt haben, so dass ihre ohnehin schon schwache Batterie vollends den Geist aufgegeben hatte. Jetzt hatte sie also kein Wasser, nichts zu essen und ein nicht funktionierendes Auto. Und wenn sie nicht in die Stadt kam, würde sie auch noch ihren Job verlieren.

Sie stieg aus und sah sich auf dem Zeltplatz um. Die Familie am Eingang hatte ihr Zelt verlassen; das Auto war weg. Der Truck mit dem Alberta-Kennzeichen war ebenfalls verschwunden, aber die Stühle um den Grill waren noch da. Wahrscheinlich fuhren sie mit ihren Bikes herum.

Beth warf ein paar Sachen in ihren Rucksack, steckte die Waffe in die Seitentasche und lief in Richtung Highway. Trucks fuhren an ihr vorbei, ein paar Autos. Falls irgendjemand sich fragte, warum eine junge Frau am Highway entlanglief – an *diesem* Highway –, dann hielt jedenfalls niemand an, um zu fragen.

Sie war erst zehn Minuten unterwegs, doch ihre Rippen taten schon so weh, dass sie nur ganz flach atmen konnte. Ihre Lippen waren trocken und aufgerissen. Sie leckte erneut darüber.

Als sie ein Fahrzeug hinter sich langsamer werden hörte, legte sie eine Hand an den Rucksackgurt, in die Nähe der Waffe, und spähte über die Schulter. Ein Streifenwagen. Sie ließ die Hand sinken. Vaughn? Das wurde langsam verdammt unheimlich. Konnte man einen Cop wegen Belästigung anzeigen?

Der Wagen fuhr nun langsam neben ihr. »Soll ich Sie mitnehmen?«

Sie schaute durch das offene Fenster. Thompson.

Sie seufzte erleichtert und nickte. »Das wäre klasse.« Die Türen entriegelten sich mit lautem Klacken, und sie setzte sich in das klimagekühlte Innere. Als sie den Sicherheitsgurt über ihre Brust zog, zuckte sie zusammen.

Thompson griff hinter den Sitz und reichte ihr eine Flasche Wasser – kaltes, *perfektes* Wasser. Sie trank so schnell, dass sie Hirnfrost bekam, und rieb sich die Stirn.

»Danke, dass Sie mich einsammeln. Meine Autobatterie ist tot, und ich konnte meinen Handyakku nicht aufladen.«

»Ich gebe Ihnen Starthilfe.« Er machte mitten auf dem Highway eine Kehrtwende und fuhr zurück zum Zeltplatz. »Sie sollten hier nicht allein herumlaufen.«

»Ich wollte nicht per Anhalter fahren. Ich wollte in einer der Hütten um Hilfe bitten.«

»Trotzdem keine gute Idee.« Er runzelte die Stirn, die Sonne schien auf sein pechschwarzes Haar, das noch so glatt zurückgestrichen war, als hätte er erst vor kurzem geduscht. Die Ärmel seiner Uniform hatten frische Falten.

»Ich glaube nicht, dass es auf dem Zeltplatz sehr viel sicherer ist.«

»Stimmt, aber dort sollten Sie auch nicht herumhängen.«

»Bitte.« Sie hob die Hand. »Sparen Sie sich Ihren Atem. Ich habe das alles schon von Vaughn gehört. Gott, es ist, als würde er sich für meinen persönlichen Retter halten. Besucht er jeden Patienten im Krankenhaus?«

»Er sorgt sich um die Menschen, die hier leben.«

Beth schnaubte. »Nicht um alle.«

»Warum sagen Sie das?« Thompson warf ihr einen raschen Seitenblick zu. Er versuchte, beiläufig zu klingen, aber sie sah, dass seine Augen schmal wurden.

»Er hasst Jonny, hasst ihn *wirklich*. Er glaubt, er hätte Amber getötet.« Sie war zu high, um darüber zu reden, aber sie konnte sich nicht zurückhalten. »Ist das der Grund, warum man ihren Mörder nicht gefunden hat? Hat er andere Verdächtige überhaupt in Betracht gezogen? Ich dachte, Cops sollten keinen Tunnelblick haben.« Rumpelnd bogen sie vom Highway auf die Zufahrt zum Zeltplatz.

»Vaughn ist nicht der einzige Ermittler in diesem Fall.«

Sie sah ihn kurz an. »Ich vertraue Jonny.«

Sie waren bei ihrem Auto. Thompson hielt an und holte die Starthilfekabel aus seinem Kofferraum. Beth setzte sich hinters Lenkrad und folgte seinen Anweisungen. Als ihr Wagen ansprang, reckte Thompson den Daumen in die Höhe. Sie ließ den Motor laufen und stieg aus. Er räumte die Kabel weg.

»Danke. Hoffentlich komme ich nicht zu spät zur Arbeit.«

Er nickte und sah sie nachdenklich an. »Was Sie über Sergeant Vaughn sagten, dass er überall auftaucht, wo Sie hingehen ... Ich bin sicher, dass er nur auf Sie aufpasst. Aber wenn Sie sich unbehaglich fühlen, wenn Sie mit ihm allein sind, oder wenn Sie irgendwann das Gefühl haben, etwas würde nicht stimmen, rufen Sie mich an.«

»In dieser Stadt stimmt *gar* nichts, Thompson.« Sie zog die Tür auf, zuckte zusammen, als ihre Rippen protestierten, und setzte sich auf den Fahrersitz. »Wen soll ich deswegen anrufen?«

Sie schloss die Tür, bevor er antworten konnte.

Mason musterte sie scharf. Er hatte ein Geschirrtuch über der Schulter und einen Bestellblock in seiner Schürze stecken. »Bist du sicher, dass du fit genug bist, um heute zu arbeiten?«

»Ich schaffe das schon.«

»Du fängst vielleicht am besten damit an, die Tische in den Nischen abzuwischen.« Er machte ein besorgtes Gesicht, als könnte sie ein Tablett fallen lassen oder sämtliche Bestellungen durcheinanderbringen. Damit lag er möglicherweise gar nicht so falsch. Sie war im Waschraum gewesen, hatte sich kaltes Wasser ins Gesicht und über den Hals gespritzt und ihr Make-up aufgefrischt. Trotzdem war sie noch ziemlich wacklig auf den Beinen.

Sie ging zu einer Nische, machte den Tisch sauber, wischte etwas Ketchup ab, der an die Wand und auf einen der Bilderrahmen gespritzt war. »Woher hast du all die alten Fotos?«

»Ich habe sie zusammen mit dem Diner gekauft. Haileys Vater hat mir die Geschichte zu jedem einzelnen Bild erzählt. Er wusste alles über die Gegend. Kannte jeden Berg, jeden Fluss. Hailey war genau wie er.«

Beth musterte die Fotoreihe und hielt bei einer Schwarzweißaufnahme inne, die eine kleine Holzhütte zeigte. Heller Rauch quoll aus einem Ofenrohr, das als Schornstein diente. Die Hütte schien direkt in den Felsen hineingebaut worden zu sein. Sie trat näher und tippte auf das Glas. »Was ist das hier?«

»Die Hütte? Minenarbeiter haben sie früher benutzt, aber die Silbermine wurde schon vor Jahren stillgelegt. Wahrscheinlich ist das Gebäude längst in sich zusammengefallen.« Die Türglocke klingelte, und Mason setzte sich in Bewegung, um die Gäste zu bedienen.

Später, als Mason im Vorratsraum zu tun hatte und Beths Smartphone wieder aufgeladen war, überprüfte sie ihre Nachrichten – und krümmte sich innerlich, als eine ganze Reihe Textblasen aufpoppten. Eine nach der anderen. Alle an Jonny.

Ich sagte DANKE. Es wäre einfach nur höflich, darauf zu antworten.

Wo steckst du? Ignorierst du mich?

Ich muss dich etwas fragen.

Hast du dein verdammtes Telefon verloren?

Okay, du bist also einfach nur ein Volltrottel.

Er hatte kein einziges Mal geantwortet. Ihre Worte leuchteten nackt auf dem Display. Kleine grüne Blasen einer Katastrophe. Sie kniff die Augen fest zusammen und schüttelte den Kopf. Dumm, dumm, dumm.

24

Sie brauchte etwas Nahrhafteres als Wodka. Als sie in den Laden ging, hörte sie das Knattern lauter Motoren und drehte sich um. Ein paar Trucks mit Dirt Bikes auf den Ladeflächen donnerten mit voll aufgedrehter Musik an ihr vorbei. Sie wartete, bis alle weg waren. Jonnys Truck war nicht darunter gewesen.

»Sie fahren zur Grube«, sagte der Kassierer, als sie fragte.

»Zur Grube?«

»Ja, die alte Kiesgrube. Es ist jetzt eine Motocross-Piste. Sie veranstalten jedes Wochenende Rennen.«

Beth bezahlte ihre Einkäufe mit den zerknitterten Scheinen ihres Trinkgeldes und überredete den Kassierer, ihr eine Karte auf die Rückseite des Kassenbons zu malen. Sie würde nicht mit Jonny reden. Sie wollte ihn nur beim Rennen sehen.

Die Straße wand sich durch ein ausgedehntes Waldstück. Weit und breit keine Häuser. Sie dachte schon, sie hätte sich verfahren, als sie um eine scharfe Kurve bog und eine lange Reihe Trucks entlang der Schotterstraße sah. Einige waren neu, andere alt, mit eingebeulten Seiten und riesigen Reifen, die allesamt staubbedeckt waren. Mehrere von ihnen hatten Anhänger, die im Moment leer waren. Jede Menge Typen schlenderten herum, aber es gab auch ein paar junge Frauen in Bikinitops und Shorts.

Als Beth aus dem Wagen stieg, hörte sie die Dirt Bikes. Sie klangen wie wütende Wespen, ein mächtiges Dröhnen, das ihren Körper mit einer seltsamen Vorfreude erfüllte. Sie ging auf eine Menschengruppe zu. Ein Radio spielte Country-Musik. Ein paar Leute hatten Stühle, Kühlboxen und Sonnenschirme mitgebracht. Ein Typ stand neben einem kleinen Fass und verkaufte Bier. Von ihrem restlichen Trinkgeld kaufte Beth sich eines. Sie kippte die schäumende, kühle Flüssigkeit herunter, während sie sich durch eine Menschentraube schob und in die Grube hinunterschaute. Zehn Motorräder fuhren im Kreis, auf und ab über die Hügel, und der hochspritzende Dreck verfolgte sie wie der Atem eines Drachen.

Einer der Fahrer lag weit in Führung. Als er über einen hohen Erdhügel fuhr, schoss er so hoch durch die Luft, dass er den Lenker nur noch mit einer Hand festhielt. Sein ganzer Körper flog hinter ihm, bis er irgendwie wieder in Position kam, auf dem Boden landete und sofort den nächsten Hang in Angriff nahm.

Sie schnappte nach Luft. Die junge Frau neben ihr sah sie mit einem freundlichen Lächeln an. »Alles okay?«

»Wer ist das?«

»Jonny Miller.« Das Mädchen klang überrascht, als würde hier jeder diesen Namen kennen. Sie drehte sich um und sah Beth genauer an. Ihr Blick fiel auf die Schwellung an Beths Schläfe, und sie hob die Brauen. »Oh! Du bist die neue Kellnerin. Du wohnst auf dem Zeltplatz, oder? Mein älterer Bruder, Andy, hat dir geholfen …« Sie deutete auf Beths Kopf, dann machte sie ein verlegenes Gesicht.

»Genau. Das bin ich.«

»Cool.« Das Mädchen nahm einen Schluck von ihrem Bier. »Bist du das erste Mal hier an der Grube?«

Beth nickte. »Ich wusste nicht, dass Menschen so fahren können.«

»Sie sind nicht alle so gut. Jonny ist der Beste.« Sie zeigte auf die Bikes, die ihm folgten. »Niemand holt ihn ein.« Sie wirkte aufgeregt, ihre Wangen waren gerötet. »Er kennt Tricks, die nur Profifahrer kennen. Er könnte ein Profi werden, aber er lehnt jedes Angebot ab.«

»Wieso?«

Ihr stolzer Gesichtsausdruck verschwand. »Wegen Hailey McBride. Jonny wird nicht von hier fortgehen, solange man ihre Leiche nicht gefunden hat.« Sie riss die Augen auf. »Tut mir leid. Ich habe nicht an deine Schwester gedacht …«

»Ist schon okay. Ich weiß, dass du nicht gefühllos sein wolltest.« Sie beobachtete Jonny für einen Moment. »Schade, dass er sein Leben so in die Warteschleife gepackt hat.«

»Jonny hat das Gefühl, es sei seine Schuld, weil sie raus ist, um sich mit ihm am See zu treffen. Aber sie war schon immer ziemlich wild und hat ihr eigenes Ding gemacht. Mit Iceman zusammenzuleben muss ein Albtraum für sie gewesen sein.« Sie sah Beth an. »Du hast Vaughn vermutlich schon kennengelernt.«

»Leider. Bist du mit Hailey zur Schule gegangen?«

»Ja, aber ich habe sie nicht gut gekannt.« Sie zuckte mit den Achseln. »Sie war immer nur mit Jonny zusammen.«

»Das muss schwierig gewesen sein, sobald er eine Freundin hatte.«

»Er ist nicht der Typ für eine feste Freundin.«

Was bedeutete das? Schlief er gleichzeitig mit mehreren Frauen? Er war ihr nicht wie ein Frauenheld vorgekommen, aber vielleicht funktionierte ihr Radar nicht richtig. Diese Verbindung zwischen ihnen könnte sie blind gemacht haben.

»Ich habe gehört, dass er Shannon gedatet hat, als sie verschwand.«

Das freundliche Lächeln der jungen Frau verschwand, und ihre Augen wurden schmal. Sie trat einen Schritt zurück. »Davon weiß ich nichts.« Sie bahnte sich einen Weg durch die Menge.

Beths Blick folgte dem pinkfarbenen Tanktop des Mädchens, als es sich bis zum Ende der Rennpiste durchschob, wo eine Gruppe Jungs um Jonny herumstand. Sie erkannte Andy. Jonny hatte seinen Helm abgenommen. Er trug eine Sonnenbrille, eine schwarze Motorradjacke, Rennhosen und schwarze Stiefel. Er saß immer noch auf seinem Dirt Bike, die Beine links und rechts am Boden, eine Hand am Lenker. Sie wusste nichts über diese Motorräder, aber seines sah groß und leistungsstark aus.

Das Mädchen sagte etwas. Alle drehten sich um und sahen zu Beth. Sie hob grüßend ihr Bier. Jonny startete sein Bike und fuhr davon, gefolgt von einer Staubwolke. Wollte er sie wirklich so unverhohlen ignorieren? Ganz offen? Er schien hinter die Grube zu fahren. Gab es dort noch eine Straße?

Sie stieg in ihr Auto und fuhr herum, bis sie Jonny entdeckte, der sein Bike auf seinen Truck lud. Er hatte seine Jacke ausgezogen und trug nur noch ein T-Shirt und seine Rennhose. Als sie aus dem Auto stieg, zog er ein Bier aus der Kühlbox hinter sich, riss die Lasche ab und nahm einen tiefen Schluck.

Er setzte sich auf Heckklappe. »Solltest du dich nicht lieber schonen?«

»Mir geht's gut. Ich wollte mich dafür bedanken, dass du mir mein Auto gebracht hast.«

»Du bist den ganzen Weg gekommen, um mir das zu sagen?«

»Nein …« Sie sah sich auf der verwaisten Straße um. Im Hintergrund war immer noch das ständige Jaulen der Dirt Bikes zu hören. Wie sollte sie das ansprechen? Es gab keinen einfachen Weg, jemanden zu fragen, ob er ein Lügner war. Sie blickte ihm in die Augen. Indigoblau, während der Rest seines

Gesichts im Schatten lag. »Ich möchte mich für die ganzen Nachrichten letzte Nacht entschuldigen.«

Er sah sie an. »Ich hab die erste nicht beantwortet, weil ich gearbeitet habe. Als ich später auf mein Handy geschaut habe, hattest du schon die ganzen anderen abgefeuert. Es schien kein guter Zeitpunkt zu sein, um darauf zu antworten.«

Sie schaute hinunter auf ihre staubigen Zehen in den Flipflops. »Ich war ziemlich neben der Spur. Wie sich herausgestellt hat, sollte man Schmerzmittel nicht mit Alkohol mischen. Wer hätte das gedacht?« Sie brachte ein Lächeln zustande, aber er lächelte nicht zurück.

»Warum warst du durcheinander?«

»Vaughn ist im Krankenhaus aufgekreuzt. Er sagte, du hättest Shannon Emerson gedatet.« Sie suchte in seinem Gesicht nach seiner Reaktion.

Er seufzte und schüttelte enttäuscht den Kopf. »Wir sind ein paarmal ausgegangen, aber sie mochte einen meiner Freunde lieber. Sie waren zusammen auf der Party.«

»Du musst wütend gewesen sein.«

»Nicht auf sie, aber ich war sauer auf meinen Freund. Wir haben uns gestritten, ich habe mich betrunken und bin in meinem Truck eingepennt.« Er legte eine Hand auf sein Herz. »Ich habe Zeugen.«

»Warum hast du mir das nicht erzählt?«

»Normalerweise verteile ich keine Liste, mit welchen Frauen ich schon geschlafen habe. Aber jetzt, wo ich weiß, dass du Erkundigungen über mich einholst, werde ich dich immer auf dem Laufenden halten, okay?« Sein Tonfall war sarkastisch, doch sein Blick und die Art, wie er sein Kinn hob, verrieten, dass er verletzt war. Dann flackerte Ärger darin auf. Ihre Erleichterung hatte sich auf ihrem Gesicht gezeigt und ihre ursprünglichen Zweifel noch schlimmer gemacht.

»Ich glaube nicht, dass du der Mörder bist.«

»Und deswegen soll ich mich jetzt gut fühlen?«

»Es tut mir leid, okay? Vaughn schafft es einfach, mir solche Sachen in den Kopf zu setzen.«

»Darin bist du selbst auch ganz gut.«

Sie zuckte zusammen. Er hatte recht, und das tat weh. »An diesem Morgen auf dem Zeltplatz wollte ich nicht so klingen, als hätte ich bei dir nur etwas Ablenkung gesucht. Ich *mag* dich, aber ich bin in Panik geraten.«

»Kein Problem. Am Ende des Sommers wirst du doch sowieso verschwinden, oder nicht? Ich will mich auf niemanden einlassen, den ich verlieren werde.«

Jemand, den er verlieren wird. Sie hörte die Wahrheit im harten Klang seiner Stimme. Er mochte sie, und das machte ihm Angst. Sie wünschte, sie wäre mutiger und könnte ihm sagen, dass er der erste Mann war, mit dem sie je die ganze Nacht verbracht hatte – bisher war sie immer direkt danach gegangen, hatte Sex betrachtet wie einen Besuch beim Arzt. Eine notwendige Maßnahme, um gelegentlich körperliche Erleichterung von Anspannung und Stress zu erlangen.

»Ich ... ich weiß einfach nicht, was ich will.«

Er hob eine Braue. »Schon klar. Das habe ich gemerkt.« Er seufzte, schwang sich hinten auf den Truck, nahm ein Werkzeug aus einer Metallkiste und begann, an einem der Reifen herumzuschrauben.

»Stimmt es, dass es Sponsoren gibt, die wollen, dass du für sie Rennen fährst?« Er warf ihr einen raschen Blick zu, arbeitete aber weiter. Wahrscheinlich hatte sie das verdient und sollte ihn endlich in Ruhe lassen. Aber sie musste einfach fragen. »Bleibst du wegen Hailey in Cold Creek?«

Er stand auf und drehte den Schraubenschlüssel in der Hand, während er sie ansah. »Bock auf einen Ausflug?«

Sie fuhren zusammen in seinem Truck die Berge hoch, holperten über Forstwege, die aussahen, als seien sie in vielen Jahren von winterlichen Sturzbächen ausgewaschen worden, mit langen Furchen quer über die Fahrbahn, Schlaglöchern, die so tief waren, dass Beth die Stoßdämpfer ächzen hörte. Jonnys Miene war ruhig, seine Hände lagen entspannt auf dem Lenkrad und trommelten im Takt zur Radiomusik.

Hin und wieder nippte sie an dem Bier, das er ihr gegeben hatte, und fragte sich, warum sie sich so zu ihm hingezogen fühlte. War es das Verbrechen, das sie beide verband? Oder der Kick, etwas zu unternehmen, das außerhalb ihrer Komfortzone lag? Nein, es war mehr als das. Er hatte eine Güte an sich, von der sie etwas für sich wollte. Er gehörte zu den Menschen, die für dich in ein brennendes Haus laufen oder in tiefes Wasser springen würden. Der seiner Freundin treu blieb, auch wenn sie niemals zurückkam. Sie rieb mit den Händen über ihre Beine, um die Gänsehaut zu vertreiben.

»Hast du Angst?«

»Ein wenig vielleicht.«

»Es gibt keinen Grund, sich Sorgen zu machen. Du bist bei mir.« Er schenkte ihr eines seiner Lächeln von der Seite, das ihre Bauchmuskeln zum Kribbeln brachte. Der Truck wurde langsamer und hielt auf einer Lichtung an.

Er reichte ihr einen zweiten Helm – kleiner als seiner. Sie fragte nicht, wem er gehörte, nicht einmal, als seine Hand die Haut unter ihrem Kinn berührte, als würde er sich vergewissern, dass sie ihn richtig aufgesetzt hatte.

Als er das Dirt Bike auf die Rampe von seinem Truck schob und ihr ein Zeichen gab, sich hinter ihn zu setzen, zögerte sie. Jonnys Blick traf ihren durch das Visier seines Helms mit einem neckenden Funkeln. Auf gar keinen Fall würde sie kneifen. Sie schwang ein Bein über den Sitz, schob ihre Beine links und rechts an seine Hüften und schlang die Arme um seinen harten Bauch.

Er startete den Motor und fuhr auf die Mitte der Straße. Er fuhr schnell, so schnell, dass der Fahrtwind ihr den Atem aus der Kehle stahl und ihr Herz gegen ihre Rippen pochte, aber sie hatte keine Angst mehr. Sein Körper war warm, seine Schulterblätter beweglich. Er tippte ihr Bein an und zeigte ihr, wie sie das Gewicht verlagern musste, wenn er eine Kurve fuhr. Als das Bike in einer Kurve zur Seite rutschte, klemmte sie ihre Schenkel fest zusammen. Er gab Gas, und sie preschten vorwärts. Das Bike richtete sich auf.

Über seine Schulter brüllte er: »Im Zweifelsfall immer Gas geben.«

»Was soll das heißen?«, brüllte sie zurück.

»Manchmal verliert man die Kontrolle, dann musst du nur das Gas aufdrehen und einfach mitgehen.«

Sie presste ihre Wange an seinen Rücken und schloss die Augen, ließ das Dröhnen des Motors und die Geschwindigkeit alles wegwischen. Es war ein Rausch, die Steigerung der Angst, das Trommeln, das durch ihren Körper ging.

Sie fuhren eine Stunde lang, bis sie aufhörte, ihn so fest zu umklammern, und anfing, den Ausblick zu genießen. Im Wald war es kühler als in der Stadt, und die Forstwege waren mit staubigem Farn, Sträuchern und wilden Heidelbeeren gesäumt. Die Sonne malte helle Flecken auf die Bäume und den Weg vor ihnen, und gelegentlich öffnete sich die Straße zu einer offenen Fläche mit gefällten Bäumen, deren Stümpfe längst ausgeblichen waren.

Sie fuhren zurück zu seinem Truck. Er parkte das Bike, und sie kletterte herunter, ziemlich unsicher auf den Beinen, was sie zum Lachen brachte. Sie nahm den Helm ab, fuhr sich mit den Fingern durchs zerdrückte Haar und fühlte sich befangen, als er sie dabei beobachtete. Sie wollte nicht, dass der Tag zu Ende ging, aber sie wusste nicht, was sie dagegen tun könnte.

»Wir hätten etwas zu essen mitnehmen sollen. Ich bin am Verhungern …«

»Wir können dein Auto holen, und dann mache ich dir bei mir etwas zum Abendessen«, sagte er. »Was meinst du?«

Sie lächelte. »Perfekt.«

Sein Haus war eine Überraschung. Es hatte weiße Schindeln und eine Veranda mit himmelblauen Loungesesseln. Der Rasen war gemäht, die Blumenbeete vor dem Haus waren sauber gejätet. Der Gemüsegarten war in ordentlichen Reihen angelegt, einige Sträucher zusammengebunden. Sie hatte einen Jungen in ihm gesehen, aber er war erwachsener als die meisten Männer, die sie in Vancouver kannte.

An jeder Ecke des Hauses hing eine Überwachungskamera, außerdem noch eine über der Tür. Sie drehte sich um und entdeckte eine weitere an der Werkstatt. Dirt Bikes waren teuer, und er besaß wahrscheinlich auch einiges an Werkzeug, aber sie fragte sich, ob diese ganzen Kameras mehr mit Vaughn als mit möglichen Dieben zu tun hatten.

Sie folgte ihm ins Innere des Hauses, lief über die Holzdielen aus abgezogenem glattem Buchenholz. Die Einrichtung war schlicht, ein Couchtisch aus einer Zedernholzplatte, ein abgenutztes Ledersofa und ein Küchentisch im Stil der 1950er mit Aluminiumbeinen und einer glänzenden orangen Kunststoffplatte. Er sah ihr Lächeln und zuckte mit den Achseln.

»Er gehörte meiner Grandma.«

Genau wie die avocadogrünen Teller und Tassen, wie Beth erfuhr, als sie draußen auf der Veranda aßen. Das Abendlicht tauchte ihre nackten Füße in Gold, dort, wo sie nebeneinander auf dem Geländer ruhten. Hin und wieder rutschte die Seite seiner Ferse an ihren Fuß. Sie wich nie zurück.

Nachdem sie in behaglichem Schweigen gemeinsam aufgeräumt hatten, brachte er sie zur Garage und holte ein Kinder-Dirt-Bike heraus, das er für einen Nachbarn repariert hatte. Als er sagte, dass er ihr das Fahren beibringen würde, lachte sie, hörte aber damit auf, als er ihr den Helm entgegenhielt.

»Was ist? Glaubst du, du schaffst das nicht?«

Sie riss ihm den Helm aus der Hand. »Wie startet man dieses Ding?«

Sie lag auf der Seite, den Hals in seiner Armbeuge, den Rücken an seiner Brust. Das regelmäßige Pochen seines Herzens hallte in ihr nach. Am Abend zuvor waren sie in sein Schlafzimmer gestolpert, bevor es dunkel geworden war, ihre Hand in seiner. Keiner von ihnen hatte etwas gesagt, unter den Decken war nur Murmeln zu hören, das Wispern seiner rauen Stimme.

Er rührte sich hinter ihr und gähnte. Sie würden demnächst reden müssen, sich eingestehen, was geschehen war und was es bedeutete. Sie war unschlüssig: Wollte sie wirklich in diesem Ort festhängen? Oder sollte sie zurück an die Uni? Könnte sie zu den Frauen gehören, die ihr Leben für einen Mann änderten? Sie war hier, um abschließen zu können, nicht, um einen Freund zu finden. Aber so, wie Jonnys Hand über ihren Arm wanderte und sanft auf ihrer Hüfte liegen blieb, bedeutete ihm diese Nacht etwas.

Sein Schlafzimmer war eine weitere Überraschung gewesen. Keine Poster von Bikes oder nackten Frauen. Keine leeren Bierflaschen auf dem Nachttisch. Stattdessen hingen da Reiseplakate und eine Weltkarte mit bunten Stecknadeln – Orte, von denen sie annahm, dass er sie einmal besuchen wollte. Er besaß auch ein paar gerahmte Fotos. Eines zeigte ihn beim Angeln am Fluss, den Kopf lachend zurückgeworfen. Beth war fast sicher, dass Hailey das Foto gemacht hatte, aber sie wollte nicht fragen. Es gab ein Bild von den beiden, die Gesichter dicht zusammen und nach oben gewandt. Ein Selfie. Sie sahen sonnengebräunt und glücklich aus, mit einem Hauch von nackten Schultern und Wasser im Hintergrund. Der See.

»Ich mache uns einen Kaffee.« Er rollte sich zu seiner Bettkante. Sie hörte, wie er sich hinter ihr bewegte, Schubladen öffnete und sie leise wieder schloss.

Mit langen Schritten ging er durch den Raum. Sie betrachtete ihn verstohlen über ihren Arm hinweg, halb versteckt unter dem Kissen. Die Bettwäsche duftete nach Zitrone und war schneeweiß. Hatte er sie vorsorglich gewaschen, falls er am Wochenende eine Frau mit nach Hause nahm? Vielleicht war schon eine unter der Woche hier gewesen. Sie schob den Gedanken beiseite.

Jetzt schlüpfte er in seine Jeans, zog sie über seine langen, muskulösen Beine. Sie wandte den Blick ab. Die Schublade seines Nachttischs stand halb offen. Sie rutschte näher zu seiner Seite des Bettes, um sie zu schließen – und hielt inne, als sie ein schwarzes Handy entdeckte. Sein iPhone in der blauen Hülle lag auf dem Tisch. Sie schaute zu ihm hoch.

»Du hast zwei Telefone?«

Er folgte ihrem Blick. »Das ist außer Betrieb. Hailey und ich hatten Prepaidhandys, damit sie mich anrufen konnte, wenn es mit Vaughn zu krass wurde.« Er trat an die Schublade, nahm das Telefon und starrte es an. »Ich hatte ganz vergessen, dass es noch da ist. Ich werde es aufladen und einem meiner Brüder schenken.«

»Hailey musste so viel heimlich machen?«

»Vaughn ist ein Arschloch. Darum habe ich dir gesagt, du sollst dich von ihm fernhalten.«

»Hat er ihr weh getan?«

»Er ist ein paarmal grob geworden.«

Sie hielt seinem Blick stand. Vielleicht log er. Vielleicht war er ein Drogendealer und brauchte ein Wegwerfhandy, aber er war offenkundig aufgebracht. Sein Mund war angespannt, sein Blick glasig.

»Es tut mir leid.«

Er nickte und blinzelte ein paarmal. »Du nimmst Zucker und Milch, richtig?«

»Ja.« Sobald Jonny das Zimmer verlassen hatte, setzte Beth sich auf, das Laken um den Körper gewickelt, und fuhr sich mit den Fingern durchs Haar, um es zu entwirren. Sie blickte zur Tür, dann sah sie auf das Selfie an der Wand, konzentrierte sich auf Haileys hellgrüne Augen, ihr hübsches Lächeln. Sie konnte sich nicht vorstellen, wie es für Jonny sein musste, zu wissen, dass Haileys Leiche immer noch irgendwo dort draußen war. Allein. Wenn Beth nicht gewusst hätte, wo Amber war, hätte sie den Verstand verloren.

»Ich wünschte, ich könnte dich für ihn finden«, flüsterte sie in das leere Zimmer.

25

Für den restlichen Morgen schien es Jonny gut zu gehen, während sie ihren Kaffee im Bett tranken und zusammen duschten und während er Schinken und Eier briet. Aber genau das war der Haken an der Sache – es *schien* ihm gut zu gehen. Beth hatte in ihrem Leben selbst oft genug anderen etwas vorgespielt, um zu wissen, wann jemand das tat.

Ihre Schritte knirschten auf dem Kies, als er sie nach draußen zu ihrem Auto brachte. Sie dachte, sie würden sich küssen, doch er zog sie nur für eine rasche Umarmung an sich, die mit einem vagen »Schreiben wir uns später?« endete. Einen Moment lang fragte sie sich, ob er so distanziert war, weil er immer noch dachte, sie würde nicht wissen, was sie wollte, doch als sie ihm in die Augen blickte, sah sie nur Traurigkeit darin.

»Alles in Ordnung bei dir?«

»Das Telefon zu sehen …« Er hakte die Daumen in seine Gürtelschlaufen, so dass ein Streifen seiner goldbraunen Haut zu sehen war. Erst letzte Nacht hatte sie diese Linie mit den Fingern nachgezeichnet.

»Das hat Erinnerungen wachgerufen«, sagte sie.

»Manchmal trifft es mich einfach hart«, erklärte er. »Und dann brauche ich ein paar Tage, um mich wieder zu berappeln, verstehst du? Aber ich möchte nicht, dass du denkst, ich würde versuchen, dich loszuwerden.«

»Das denke ich nicht. Wir entscheiden einfach nach Lust und Laune, okay?«

»Cool.« Er trat zurück, damit sie genug Platz hatte, um die Tür zu öffnen.

Sie lächelte und winkte kurz, als sie davonfuhr. Wenn er Zeit für sich brauchte, dann würde sie ihm diese Zeit geben.

Beth stapelte schmutziges Geschirr in die Plastikwanne. Sie wünschte, der Tag wäre schon vorbei, damit sie endlich auf dem Zeltplatz ein wenig Schlaf bekommen konnte. Sie dachte an ihr Gespräch mit Jonny. Wie es sich wohl anfühlte, wenn man beim Verschwinden der besten Freundin als Verdächtiger galt? Beth lächelte, als sie an die Erinnerung dachte, von der er ihr erzählt hatte – wie Hailey ihn aus der Silbermine geführt hatte. Sie stemmte die Wanne auf die Hüfte und warf einen kurzen Blick auf das Bild mit der Hütte der Minenarbeiter. Sie konnte das Gefühl immer noch nicht abschütteln, dass der Hund jemandem gehörte, der in den Bergen lebte. Er könnte in dieser Hütte leben. Hailey und Jonny hatten die Mine vor ein paar Jahren gefunden. *So* schwer konnte es also nicht sein, sie aufzuspüren. Morgen hatte sie ihren freien Tag, und sie könnte sich auf die Suche machen. Beth überlegte, ob sie Jonny eine Nachricht schicken und ihn nach weiteren Einzelheiten fragen sollte, aber er hatte deutlich gemacht, dass er seine Ruhe brauchte.

Nach der Arbeit fuhr sie in das kleine Heimatmuseum und tat, als würde sie sich umschauen. Der Angestellte wusste nichts von einer aufgegebenen Mine. Leider wusste er dafür viel über das Holzfällen und den Niedergang der Holzindustrie. Als Beth ihm endlich entkam, suchte sie einen Coffeeshop mit WLAN und googelte, bis ihr die Augen brannten. Sie bekam einen Treffer zu einer Silbermine in einem uralten Zeitungsartikel, die Sprache war steif, die Ortsbeschreibung verwirrend – *Black Bear Bluffs, the Deep River Pools, Burnt Fir Tree,*

Horseshoe Trail –, und sie enthielt Beschreibungen wie »entlang einer tannengesäumten Au mit Wildblumen«. Sie ging weiter zur Bücherei und druckte dort ein paar Satellitenkarten und grobe Skizzen von stillgelegten Forstwegen aus.

Am Abend saß sie mit der Laterne am Tisch und puzzelte die Karten zusammen. Die Black Bear Bluffs waren eine Felsformation, die fast senkrecht entlang des Flusses verlief, angefangen an der breitesten Stelle. Möglicherweise waren das die »tiefen Becken«, die in dem Zeitungsartikel erwähnt wurden. Und der Horseshoe Trail führte vielleicht vom Fluss zur Hütte, die in diese Felsen hineingebaut worden sein musste. Es schien nicht weit entfernt zu sein, aber bei ihrem letzten Ausflug hatte sie gelernt, dass der Wald trügerisch sein konnte. Sie musste gut vorbereitet sein.

Um zehn schickte Jonny ihr eine Nachricht. Das Piepen überraschte sie, da sie bereits auf dem Rücksitz ihres Wagens döste.

Langer Tag, bin auf dem Weg ins Bett, hoffe, dir geht es gut.

Sie las die Nachricht ein paarmal, aber sie war nicht sicher, ob er eine Antwort haben wollte. Ehe sie darüber nachdenken konnte, tippte sie *Mir geht's gut. Jemand hat mich gestern Abend lange wachgehalten, so dass ich auch schon im Bett bin.*

Sie wartete ein paar Minuten, doch er meldete sich nicht noch einmal.

Am Morgen zwang sie sich, einen matschigen Haferbrei herunterzuwürgen. Dann sprühte sie sich von Kopf bis Fuß mit Insektenspray ein und zog ihre Baumwollsocken an. Eine weite Wanderhose würde ihre Beine schützen, ein langärmliges T-Shirt ihre Arme bedecken. Sie zog ihren Pferdeschwanz durch ein Baseballcap. Zwei Flaschen Wasser wanderten in ihren Rucksack. Sonnenmilch. Plus eine Notfalldecke. Sie befestigte ihr Bärenspray am Tragegurt und hängte sich eine Pfeife um den Hals. Den Revolver stopfte sie in die Seitentasche und übte das Herausziehen, aber sie kam sich albern vor, so als würde sie einen Cop nachmachen.

Mit ihrem Wagen fuhr sie langsam über die Forstwege, bis sie zu schmal und unpassierbar für sie wurden, dann stellte sie das Auto ab, lief los und folgte dabei der Karte, die sie gebastelt hatte. Das Unterholz war dichter als erwartet, und das Terrain war steil. Die Muskeln an der Vorder- und Rückseite ihrer Oberschenkel brannten von der Anstrengung. Nachdem sie eine Stunde stramm marschiert war, trug sie nur noch ihren Sport-BH und hatte sich das Shirt um die Hüfte gebunden. Sie hatte den unteren Teil ihrer Hose abgenommen, so dass sie jetzt bloß noch Shorts trug. Die Luft roch verrußt von Waldbränden, und schwarzer Rauch wehte Richtung Westen. Dadurch wirkte der Himmel schwer und der Wald wie eingehüllt.

Die Sonne stieg höher. Seit gefühlten Meilen folgte sie dem Fluss über einen zugewucherten Forstweg, der oberhalb des Ufers verlief, bis sie auf einen natürlichen Damm stieß. Die umgestürzten Bäume waren alt, das Holz schon lange ergraut, weiteres Bruchholz hatte sich darin verfangen. Farne und Heidelbeersträucher wuchsen aus den vermoosten, verrotteten Stämmen. Sie zog ihr Fernglas heraus. Die Biegung des Flusses passte zu dem Gebiet, das sie auf ihrer Karte markiert hatte, doch wahrscheinlich hatte der Fluss Tausende solcher Biegungen und Schleifen. Trotzdem lohnte es sich, sich die Sache genauer anzusehen.

Schon bald stieß sie auf einen schmalen Wildpfad, der durch das Unterholz zum Fluss hinunterführte. Sie kroch unter Baumstämmen hindurch und suchte sich ihren Weg durch das Gebüsch, klammerte sich an der steilen Böschung an Wurzeln und Zweige. Unten angekommen, kam sie schneller voran. Sie sprang von Felsen zu Felsen, bis sie eine Stelle mit flacherem Wasser fand. Sie watete zum anderen Ufer und schaute aus schmalen Augen zu den steilen Felsen hoch, die flussaufwärts über dem Wasser aufragten. Das könnten die Black Bear Bluffs sein, aber wie sollte sie da hochkommen? Der flache Uferstreifen endete und ging unvermittelt in den steilen Hang über. Sie würde nicht riskieren, ein zweites Mal abzustürzen. Sie musste einen anderen Weg finden.

Sie drehte sich um und hielt auf den Wald zu. Sie lief immer geradeaus, bis sie weiter nördlich einen Weg durch die Bäume entdeckte. Er müsste später wieder zum Steilufer zurückführen. Die Bäume standen hier weiter auseinander, und es gab nicht so viel dichtes Unterholz, durch das sie sich kämpfen musste, doch sie strauchelte, als ihr Fuß sich in einer Wurzel verfing. Sie blickte nach unten. Etwas Blasses, Langes lag vor ihr. Knochen, und es lagen noch mehr davon herum.

Beth erstarrte. Menschliche Knochen? Sie zwang sich, genauer hinzuschauen. Sie sah einen Brustkorb, nicht besonders groß, aber ohne die anderen Stücke konnte sie es nicht einschätzen. Einige Teile waren von Moos überwachsen, andere vom Boden bedeckt. Es gab keinen Schädel.

Dann entdeckte sie den Kieferknochen. Lang, mit einer ganzen Reihe von Zähnen. Es waren zu viele, als dass sie von einem Menschen stammen könnten. Die Panik ebbte ab. Etwas war an dieser Stelle gestorben, vielleicht ein Reh, aber es war nicht Hailey. Trotzdem hatte sie ein unbehagliches Gefühl. Es lag an der Art, wie die Bäume sie verbargen. An der Stille des Waldes.

Rasch ging sie weiter. Mit schnellen Schritten lief sie um die Baumstämme herum. So schnell, dass sie nicht mehr zurückweichen konnte, als der Boden mit lautem Knacken unter ihr nachgab. Sie krachte durch eine Schicht Erde und Äste, landete hart auf dem Rücken und starrte in den Himmel.

Sie blieb liegen, alle viere von sich gestreckt, und schnappte heftig nach Luft, bis ihr Atem wieder ruhiger wurde. Sie wischte sich die Erde aus den Augen und spuckte etwas davon aus. Sie musste in eine Art Grube gefallen sein, eine natürliche Aushöhlung.

Sie setzte sich auf und sah die Äste, die mit ihr nach unten gefallen waren. Sie waren auf Länge geschnitten worden. Das hier war menschengemacht. Eine Falle – vielleicht von einem Jäger. Sie stand auf und klammerte sich in die Erde an den Wänden der Grube. Dreckklumpen zerbröselten in ihren Händen. Sie rammte die Stiefelspitzen in die Wände und versuchte sich hochzuziehen, aber sie fiel immer wieder zurück. Sie hielt inne. Es musste einen besseren Weg geben. Sie könnte ihre Waffe benutzen, um Stufen in das Erdreich zu graben, oder sie könnte einen Teil der Wände abtragen und eine Art Rampe bauen.

Über sich hörte sie Geräusche. Lief da jemand herum? Ein Tier oder ein Mensch? Sie rührte sich nicht und lauschte. Zweige brachen, Laub raschelte. Sie zog die Waffe aus dem Rucksack und zielte damit auf den Himmel. Schnüffelnde Geräusche, die sich um die Grube bewegten. Sie folgte ihnen mit der Waffe. Was zum Teufel war das? Ein Bär? Eine schwarze Nase tauchte am Rand auf, und darunter lugte eine rosige Zunge hervor. Der Rest des Kopffells kam in Sicht. Ein blaues Auge, ein braunes – ihr Müslidieb, der schwarze Hund.

Er stieß ein aufgeregtes Fiepen aus, das in ein langes Jaulen mündete, dann drehte er sich um und blickte über die Schulter. Eine schlanke Gestalt stand im Schatten, gerade außer Sichtweite. Der Bergmensch.

»Ich habe eine Waffe«, rief Beth.

Der Schatten trat vor. Die Sonne stand schräg hinter seiner Schulter und tauchte sein Gesicht in Dunkelheit. Er hielt etwas in seinen Händen. Beths Finger am Abzug zitterte. Die Gestalt trat noch einen Schritt näher, und die Sonnenstrahlen erhellten für einen Moment die Wangenknochen, einen Mund. Es war eine junge Frau. Schwarzes Haar, zu einem wilden Kurzhaarschnitt geschnitten und vom Wind zerzaust. Grüne Augen starrten am Lauf eines Gewehrs entlang zu ihr herunter.

Beth kannte diese Augen, aber das konnte nicht sein. Sie starrte zurück, nahm jeden Zentimeter vom Gesicht der jungen Frau in sich auf. Die gebogenen Brauen, das stolze Kinn, die geblähten Nasenlöcher. Ihre Haut war schmutzig und von der Sonne zu einem Walnussbraun gefärbt, aber das konnte ihre Sommersprossen nicht verbergen. Hailey McBride.

TEIL III

26

»Bist du allein?« Hailey richtete ihren Blick auf Beth, sah sich im Wald um, den Finger immer noch am Abzug. Ein zweites Gewehr hing über ihrem Rücken, und an der Hüfte trug sie ein Messer in einer Scheide.

»Ja.« Lebte Hailey seit *einem Jahr* hier draußen in der Wildnis? Das konnte nicht sein. Sie sah viel zu gesund aus. Ihr zerschlissenes T-Shirt zeigte sehnige Arme, und ihre Beine in den Shorts waren muskulös.

»Gib mir deine Waffe.«

»Ich werde dir nichts tun.«

»Die Waffe – oder du kannst sehen, wie du allein aus der Grube kommst.«

Beth überlegte kurz, aber ihr blieb kaum etwas anderes übrig. Sie brauchte Haileys Hilfe. Sie konnte nur hoffen, dass sie nicht komplett durchgeknallt war. Beth vergewisserte sich, dass die Waffe gesichert war, und warf sie hoch über den Rand.

Hailey bückte sich, um sie aufzuheben, und schob sie in den Hosenbund ihrer Shorts. Sie starrte zu Beth herunter. »Warte.« Sie drehte sich um und verschwand.

Beth hörte das Knacken von Zweigen, ein leises Ächzen, dann sah sie das knorrige Ende eines langen Baumstamms über dem Grubenrand auftauchen. Beth wich aus, als der Stamm herunterrutschte und sich neben ihr in der Grubenwand verkeilte. Sie kletterte daran hoch, stellte ihre Füße auf die abgebrochenen Zweige und packte die raue Rinde, die in großen

Stücken abfiel. Hailey stand am Rand der Grube, das Gewehr zielte auf den Boden. Als Beth oben angekommen war, drehte sie sich auf den Rücken und atmete keuchend. Der Hund stieß sie mit seiner nassen Schnauze am Hals an.

»Hi, alter Junge.« Sie hob den Arm, um ihn zu streicheln.

»Wolf, komm her.« Hailey pfiff scharf, und er lief zu ihr.

So, so, der Hütehund hieß also Wolf. Das ergab ungefähr genauso viel Sinn wie der Rest dieser Situation. Beth setzte sich auf und rieb sich ihre geprellte Schulter.

»Wie hast du mich gefunden?«, wollte Hailey wissen.

»Ich habe gar nicht nach dir gesucht. Ich hatte keine Ahnung, dass du überhaupt noch lebst. Ich bin Beth – Amber war meine Schwester.« Hailey wirkte nicht überrascht. Ihre Miene war eher ausdruckslos. Beth dachte daran, dass sie sich schon vorher im Wald verfolgt gefühlt hatte, und wie der Hund sie gefunden hatte. Die Fußspuren an ihrem Stellplatz.

»Du hast mich beobachtet.« Sie musste ihr Auto durchsucht haben, ihre Tasche, ihren Führerschein gesehen haben.

Haileys Schweigen war Antwort genug.

»Alle suchen nach dir. Jonny glaubt, du wärst tot!«

Hailey antwortete immer noch nicht, doch in ihren Augen flackerte etwas auf. Schuldgefühle? Nein, sie beobachtete Beth, als wartete sie darauf, dass sie eins und eins zusammenzählte.

»O mein Gott. Er weiß, dass du hier bist.« Seine Trauer war ihr so echt vorgekommen. Echter als dieser Moment, in dem sie hier im Wald stand und eine Frau ansah, die eigentlich tot sein sollte.

»Du hast meine Frage nicht beantwortet.«

»Ich habe nach der Hütte der Minenarbeiter gesucht. Jonny hat sie einmal erwähnt, und ich habe das Foto im Diner gesehen.« Beth sah Wolf an. »Er sagte, der Hund sei ein Streuner. Vermutlich war das auch eine Lüge.«

»Jonny passt auf, dass dir nichts passiert. Du weißt nicht, auf was du dich hier eingelassen hast.«

»Dann sag du es mir.«

Trotzig hob Hailey ihr Kinn. »Vaughn hat Bilder von mir auf seinem Computer – und von anderen Frauen. Von Amber. Er hat überall versteckte Kameras.«

Beth wurde schlecht. Sie wusste genau, worauf Hailey hinauswollte – sie sah die Angst in ihrem Gesicht. Sie hielt Vaughn für den Mörder. Konnte das sein? Auch Scham spiegelte sich in ihren Zügen. Deswegen war sie weggelaufen. Möglicherweise hatte er sie missbraucht. Amber hatte angedeutet, dass es Probleme gab. Dann begriff sie noch etwas – Amber hatte *gewusst*, dass Hailey davongelaufen war. Deshalb war sie immer so ausweichend gewesen.

»Warum hast du es niemandem erzählt?«

»Ich habe es versucht, aber er hat mich bedroht. Und auf den Fotos sind keine Gesichter zu sehen. Ich wusste nicht, dass Amber eines der Mädchen auf den Fotos war, bis ich ihre Leiche gefunden habe.« Hailey starrte auf Beths Handgelenk, wo das Armband baumelte. »Ihr Armband ist verschwunden.«

Hailey war diejenige, die Amber gefunden hatte. Ihr Gesicht verriet das Grauen, das sie gesehen hatte. Beth wollte schreien und davonlaufen und weinen. Ihre vertrauensselige, süße Schwester, die die Welt hatte sehen wollen, die so lustig und charmant gewesen war. Die niemals irgendjemandem weh tun wollte.

»Du musst es der Polizei erzählen.«

»Er *ist* die Polizei. Wieso kapierst du das nicht? Ich habe Thompson erzählt, dass Vaughn in dieser einen Nacht in deinem Zimmer war. Ich habe anonyme Anrufe gemacht. Es ist *egal*. Sie werden ihn niemals erwischen.«

»In meinem Zimmer?«

»Als er dich von der Bar zum Motel gebracht hat, war ich

auf dem Parkplatz. Ich musste einen Autoalarm auslösen, um ihn wieder rauszuscheuchen.«

Beth versuchte, all die Informationen zu verarbeiten, die auf sie einprasselten. Sie erinnerte sich dunkel an den Krach des Alarms, daran, dass ihre Kleidung am Morgen durchwühlt gewesen war. Hatte Vaughn von ihr ebenfalls Fotos gemacht?

»Du sagst, Vaughn hat versteckte Kameras? Ich werde sie finden.«

»Tu, was immer du willst, aber lass mich aus dem Spiel.« Hailey zerrte Äste über die Grube und warf Blätter und Erde darauf. Schließlich stand sie am Rand und wischte sich die Hände ab. Beth sah ihr verunsichert zu. Sollte sie helfen? Waren sie fertig mit Reden? Hailey zog die Gurte an ihrem Rucksack fest und sah Beth an. »Wenn du irgendjemandem erzählst, wo ich bin, wird Vaughn mich umbringen.«

»Ich werde es niemandem sagen, natürlich nicht, aber du musst mir *irgendetwas* geben. Ich brauche mehr Informationen.«

Hailey griff in ihren Hosenbund, zog Beths Waffe hervor und bedeutete ihr, sie zu nehmen. Beth trat vor und riss sie ihr aus der Hand. Sie wollte Hailey packen. Wollte sie zwingen, mit ihr zu gehen. Wolf beobachtete sie, als würde er ihren inneren Kampf spüren – und das gefiel ihm nicht. Sie wich zurück.

»Es gibt da jemanden«, sagte Hailey und biss sich auf die Unterlippe. »Emily. Sie dealt. Die Leute sagen, sie würde für Vaughn spitzeln, aber ich glaube, sie hasst ihn. Wenn du mit ihr redest und sie ein Parfüm trägt, das nach bitteren Orangen riecht, dann war sie eindeutig in seinem Truck.«

»Wie kann ich dich wiederfinden?«

»Gar nicht.« Hailey zog sich durch einen schmalen Spalt zwischen den Bäumen zurück, Wolf folgte ihr auf den Fersen, und dann waren sie verschwunden. Beth wartete einen Moment und machte schließlich ein paar Schritte durch die Bäume hinter ihnen her. War die Hütte hier in der Nähe? Vielleicht konnte sie sie sehen. Sie blieb stehen. Es gab keine Pfade, keine Spuren, denen sie hätte folgen können.

Der plötzliche Lärm eines Dirt Bikes schnitt durch den Wald und scheuchte die Vögel in den Bäumen auf. Beth warf sich hinter den nächsten Busch. Gleich darauf kam sie sich albern vor, als sie merkte, dass das Geräusch sich immer weiter entfernte. Hailey war wieder unterwegs.

Beth saß an ihrem Picknicktisch, schaute in die tiefstehende Sonne und feierte den Sonnenuntergang mit Wodka. Es war ein Wunder, dass sie es vor Einbruch der Dunkelheit aus dem Wald geschafft hatte. Die Bäume hatten so eng gestanden und den Himmel und die Sonne verfinstert. Sie war vom Pfad abgekommen und hatte mehr als eine Stunde gebraucht, um den Weg wiederzufinden. Schließlich hatte sie einen Hügelkamm erreicht, wo sie sich auf einen Baumstumpf stellen und die Berghänge unter sich betrachten konnte, die sich in verschiedenen Grünschattierungen vor ihr ausdehnten. Als ihr klar wurde, dass sie ziemlich weit östlich herausgekommen war, hatte sie sich ihren Weg durch die gefällten, verwitterten Stämme und Äste gebahnt, die am ganzen Abhang den Boden wie brüchige Knochen bedeckten, bis sie in der weichen Erde auf ihre Stiefelabdrücke stieß. Von dort aus hatte sie sich zurückgekämpft.

Ihre Hose war zerrissen. Sie hatte sich das Gesicht zerkratzt. Ihre Sonnenbrille irgendwo unterwegs verloren. Aber das war alles nicht wichtig. Das war nicht der Grund, warum sie das Gefühl hatte, sich nicht mehr rühren zu können, warum ihre Arme und Beine schwer waren. Sie befand sich am Fuß eines weiteren Berges, doch dieser war steiler und gefährlicher. Sie hatte einen Verdächtigen für den Tod ihrer Schwester und keine Möglichkeit, es zu beweisen.

Sie sah auf ihr Smartphone. Ihr Finger schwebte über der letzten Nachricht von Jonny. Sie hatte den ganzen Tag nichts von ihm gehört. Sie hatte gedacht, er bräuchte Zeit für sich, weil er so aufgewühlt war, doch wahrscheinlich hatte er Angst, weil sie sein zweites Handy gesehen hatte. Er hatte sie belogen. Sie wollte ihm gründlich die Meinung sagen, aber sie war noch nicht bereit dazu. Heute Abend, wenn sie betrunken war. Sonst würde sie daran denken müssen, wie er sie geküsst hatte, und dass sie ihm Dinge erzählt hatte, die sie noch nie jemandem erzählt hatte. Dass sie das Gefühl hatte, er sei der einzige Mensch, der verstand, wie groß ihr Schmerz war. Dann würde sie daran denken, wie sie sich, als sie Haileys Gesicht gesehen hatte, für einen kurzen, strahlenden, hoffnungsvollen Moment vorgestellt hatte, Amber wäre vielleicht auch noch am Leben. Womöglich versteckte sie sich zusammen mit Hailey, und die Polizei hatte einen Fehler gemacht. Doch Beth war allein den Berg heruntergekommen.

Sie nahm noch einen Schluck Wodka und starrte auf das dunkle Display ihres Handys.

27

HAILEY

Hastig machte ich mich auf den Weg, auch wenn ich damit ein Risiko einging. Beth war bereits auf dem Weg durch den Wald, zurück zu ihrem Auto. Noch schlimmer – was, wenn sie nach der Hütte suchte? Ich glaubte nicht, dass sie sie finden würde, trotzdem schnappte ich mir für alle Fälle meine Fluchttasche, bevor ich aufbrach. Würde sie in die Stadt oder direkt zu Jonny fahren? Das Funkgerät hatte letzte Woche seinen Geist aufgegeben – die Batterien waren leer. Ich musste weiter vom Berg runter, damit mein Telefon Empfang hatte und ich ihn anrufen konnte. Dann würde ich zu meinem unteren Lager zurückkehren und mich dort über Nacht verstecken. Ich biss die Zähne zusammen. Wie konnte Jonny nur so unvorsichtig sein?

Ich hatte mit ihr *gesprochen*. Mit Beth. Ambers Schwester. Sie hatten den gleichen schiefen Schneidezahn. Den gleichen flüssigen Tonfall, den weichen Rhythmus. Ihr musikalisches Lachen. Ich hatte Beth gehört, als sie mit Jonny zusammen gewesen war. An dem Abend, als sie getrunken hatten.

Wolf bewegte sich in seiner Kiste, versuchte, das Gewicht besser zu verteilen. Wir fuhren schnell. Wir schossen um die Kurven, flogen über Bodenwellen. Sonnenstrahlen fielen durch das Blätterdach und warfen trügerische Schatten, die Unebenheiten und Wurzeln im Boden verbargen. Ich war seit zehn Minuten unterwegs, als etwas von unten meinen Reifen packte und das Bike zur Seite schleuderte. Ich flog durch die Luft und landete hart auf einen Felsen. Nach Luft schnappend, blieb ich liegen. Der Aufprall hatte den Atem aus meiner Lunge gepresst, aber ich schien mir nichts gebrochen zu haben. Ich drehte mich um. Wolf war verschwunden.

»Wolf?« Stille. Ich stemmte mich auf die Knie und rief: »Wolf?«

Er kam zwischen ein paar Büschen hervorgekrochen und schüttelte den Kopf, dass die Ohren nur so flogen.

»Tut mir leid, Junge.« Ich tastete ihn nach Blut oder Knochenbrüchen ab, dann verbarg ich mein Gesicht in seinem Nackenfell. Er brummte mir leise ins Ohr. Als ich ihn losließ, schaute er erst den Weg hinunter, dann auf mich.

»Okay, schon gut.« Ich humpelte zum Bike und hob es auf. »Verdammt.« Der Kupplungshebel war gebrochen und hing am verbogenen Lenker. Ich besah mir die Sache genauer. Wolf beobachtete mich mit schräg gelegtem Kopf. Nur mit viel Glück könnte ich das Bike an einem steilen Abhang starten.

Ich schob das Bike hinter einen Baum und bedeckte es mit Zweigen. Meine Schulter tat weh, und ich hatte Kratzer im Gesicht. Vorsichtig tastete ich die empfindliche Stelle ab und zuckte zusammen, als ich die Schwellung berührte. Wo sollte ich einen Kupplungshebel für mein Bike herbekommen? Dann fiel mir der Truck mit dem Alberta-Kennzeichen und den Dirt Bikes hinten drauf ein, den ich das letzte Mal am See gesehen hatte, als ich Beth nachspioniert hatte.

Ich brauchte eine Stunde für die zweieinhalb Meilen bis zu meinem unteren Lager, wo das alte Mountainbike versteckt war, das Jonny mir besorgt hatte. Es war später Nachmittag, und die Hitze hing immer noch im Wald. Ich machte eine Pause, teilte mir etwas zu essen und Wasser mit Wolf. Er lief neben meinem Rad her, als ich den Rest des Weges fuhr. Als ich endlich den äußersten Rand des Zeltplatzes erreichte, schimmerte warmes Abendlicht durch die Bäume.

Ich kauerte mich in die Nähe des Eingangs, wo mehrere Balken auf dem Display einen guten Empfang anzeigten, und rief Jonnys Wegwerfhandy an. Keine Antwort. Entweder arbeitete er bei seinen Eltern, oder Beth hatte ihn bereits angerufen. Ich schickte ihm eine Nachricht – mit dem Code, den wir vereinbart hatten, für den Fall, dass man mich jemals entdecken würde.

Habe das Teil, das du wolltest. Wir reden wegen des Preises.

Er würde ausflippen und sich fragen, was los war, aber er würde auch wissen, dass ich in Sicherheit war und mich in meinem unteren Lager versteckte. Oder zumindest würde ich das, sobald ich den Hebel geklaut hatte.

Der Wald fiel steil zum See ab, so dass ich am Hang oberhalb des Zeltplatzes entlanglaufen, mich hinter den Bäumen verstecken und die Stellplätze unter mir checken konnte. Andys Truck war weg. Er und seine Jungs campten während des Sommers oft hier draußen. Sie bestahl ich nie.

Ich fand den Platz, an dem die Männer aus Alberta campierten. Drei von ihnen saßen auf Klappstühlen um eine Feuerschale herum und tranken Bier. Es würde noch eine Weile dauern, bis sie schlafen gingen. Ich lief den Wildpfad weiter entlang, bis ich näher an Beths Platz war. Ihr Auto war noch nicht da.

Am ersten Morgen, als sie am See übernachtet hatte, hatte ich ihren Aufkleber von der Uni an der Rückscheibe wiedererkannt. Ich hatte ihn an dem Abend gesehen, als ich draußen vor dem Motel gewartet hatte, um einen Blick auf Ambers Schwester zu werfen. Jonny hatte mir erzählt, dass sie im Diner arbeitete. Als ich Vaughns Stimme hörte, warf ich mich auf den Boden und beobachtete, wie er Beth in ihr Zimmer half. Sie stolperte, und er legte ihr einen Arm um die Schulter. Als er eine ganze Weile nicht herauskam, suchte ich ein teures Auto, riss am Türgriff und klopfte auf die Motorhaube, bis ich den Alarm ausgelöst hatte. Vaughn stürzte aus dem Zimmer, und als ich durch das Zimmerfenster spähte, lag Beth auf dem Bett, alle viere von sich gestreckt. Ihr Kleid war bis zur Taille hochgeschoben. Vaughn hatte Fotos von ihr gemacht. Die Waffe in ihrer Tasche war eine Überraschung gewesen.

Ich nutzte meinen Rucksack als Kissen und ruhte mich, an den Stamm einer alten Tanne gelehnt, aus. Wolf saß neben mir und hob schnüffelnd die Nase in die Luft. Seine Ohren zuckten. Ich kaute an meinen Nägeln und machte mir Sorgen um Jonny. Sobald ich mein Dirt Bike repariert hatte, würde ich zu seinem Haus fahren und herausfinden, ob mit ihm alles in Ordnung war.

Beths Wagen rollte über den Platz, wurde langsamer und blieb neben ihrem Zelt stehen. Ich schlich mit Wolf an dem kleinen Bach entlang. Durch eine Mauer aus Farn beobachteten wir sie, wie sie ein Sandwich aß und sich Wodka in eine rote Plastiktasse goss. Sie saß auf ihrem Picknicktisch, starrte hinaus auf den See und hielt ihr Smartphone fest. Sie schaute ein paarmal darauf, aber sie schickte keine Nachricht und rief auch niemanden an.

Sie schenkte sich noch einen Drink ein. Danach noch ein paar. Kein Mix. Ich erinnerte mich, wie schockiert und sauer sie ausgesehen hatte, als ihr klar geworden war, dass Jonny sie belogen hatte.

Es wurde dunkel, und ihr Kopf sackte nach unten. Sie legte das Telefon auf den Tisch, stand auf, kauerte sich hinter einen Baum und stolperte dann zu ihrem Auto.

Ich wartete fünfzehn Minuten, dann schlich ich am Seeufer entlang und um das Heck ihres Autos herum. Langsam hob ich den Kopf und lugte durch die Seitenscheibe. Sie lag auf der Rückbank, zu einer Kugel zusammengerollt, die Augen geschlossen. Ein Arm hing schlaff herunter.

Wolf und ich teilten uns etwas von ihrem Obst, eine Scheibe

Käse und ein Brötchen. Sie besaß nicht viel Kleidung, nichts, was sich für ein Leben in den Bergen eignete. Ihr Pillenfläschchen lag wie immer versteckt an der Seite im Zelt. Die Tabletten gingen langsam zur Neige. Wieder vor dem Zelt, erstarrte ich, als ich ein vibrierendes Geräusch hörte, ein leises Summen. Etwas leuchtete auf dem Picknicktisch. Ihr Telefon. Ich scrollte durch ihre Anruferliste. Sie hatte weder die Cops noch Jonny angerufen. Sie hatte ihm auch keine Nachrichten geschickt – jedenfalls nicht in letzter Zeit. Es gab andere. Ich überflog sie. Wenn sie am Morgen wütend aufwachte, rief sie womöglich wegen Vaughn die Polizei an.

Ich steckte ihr Telefon in meine Tasche.

Die Rednecks aus Alberta tranken immer noch, doch die meisten anderen Camper hatten sich zurückgezogen. Ich hielt mich im Schatten und schlich über einen Stellplatz mit einem blauen Zelt. Die Leute hatten einen schicken SUV, und ihre Ausrüstung war nagelneu. Ich fand eine Tüte Chips, eine Taschenlampe, ein Messer, Toilettenpapier und eine Kühlbox voller Hotdogs und Steaks. Meine Hand fuhr suchend über die Sachen, ohne dabei auch nur ein Rascheln zu verursachen. Ich warf Wolf ein Wiener Würstchen zu, und er fing es geschickt und leise aus der Luft, seine Zähne berührten sich kaum.

Auf einem anderen Stellplatz sackte ich ein Feuerzeug, ein paar Packungen mit Fertiggerichten, ein langärmliges Shirt und eine Tüte Marshmallows ein. Ich stopfte so viel wie möglich in eine extra Tasche, die ich in meinem Rucksack dabeihatte, und hängte sie mir über die Schulter. Als ich fertig war, kletterte ich den Hang wieder hoch, um von meinem Versteck oberhalb des Platzes noch für eine weitere Stunde den Rednecks beim Trinken zuzusehen.

Ich war gerne zu dieser Zeit der Nacht am See. Der ruhige Zeltplatz. In wenigen Wochen würde das Wetter umschlagen, und Jonny würde anfangen zu drängen, ich sollte aus den Bergen herunterkommen. Er wollte, dass ich nach Yukon ging. Ich drehte mich auf den Rücken und blickte hinauf in den sternenbedeckten Himmel. Im letzten Winter hatte ich gedacht, ich würde halluzinieren, als ich mitten im Schneesturm die Augen aufgeschlagen und in Jonnys Augen gestarrt hatte. *Hailey? Wach auf!*

Was ich gehört hatte, war ein Schneemobil gewesen, nicht die Dirt Bikes aus meiner Phantasie. Meine Funksprüche waren durchgekommen, knisternd und bruchstückhaft, aber es hatte gereicht. Er hatte sich das Schneemobil seines Dads ausgeliehen und war losgerast, um uns zu retten. Als er näher kam, hörte er Wolf jaulen. Er hatte uns zurück in die Hütte gebracht, mich am Feuer in unzählige Decken gewickelt, mir warme Umschläge gemacht, um mich aufzuwärmen, und mir Brühe zu trinken gegeben. Wolf hatte dieselbe Behandlung bekommen plus Antibiotika. Jonnys Dad hatte immer ein paar für die Farmtiere im Haus.

Als Wolf und ich wieder zu Kräften gekommen waren, nahm Jonny uns mit in sein Haus. In seiner Werkstatt bauten wir einen Bunker, aber meistens blieben wir in Jonnys Haus und versteckten uns, sobald jemand auftauchte. Den ganzen Winter über half ich Jonny, Bikes zu reparieren, und wir malten seinen Helm an. Blaue Flammen. Wir sahen Filme, spielten Karten, und ich schaute auf Lanas Facebook-Seite nach, wie es Cash ging – sie hatte nichts von ihren Bildern auf privat gestellt. Wir waren in Sicherheit und hatten es warm, aber ich vermisste meine Berge. Meine Hütte. Wie sollte ich von hier fortgehen?

Ich drehte mich wieder auf den Bauch und beobachtete die Camper aus Alberta. Als die letzten beiden ins Bett getorkelt waren, zog ich ein Paar Lederhandschuhe an, nahm meinen

Schraubenschlüssel aus dem Rucksack und vergewisserte mich zweimal, dass mein Messer im Holster an meiner Wade steckte. Ich ließ Wolf am Ende des Pfads zurück, damit er mein Mountainbike bewachte. Er beschwerte sich mit einem leisen Knurren, doch ich wollte nicht, dass er verletzt wurde.

Ich wartete noch zehn Minuten im Schatten hinter ihrem Camper. Die Lichter waren aus, die Jalousien geschlossen. Nichts rührte sich. Lautes Schnarchen. Ich schlich dorthin, wo sie ihre Bikes abgestellt hatten. Ich hatte den Hebel bereits abmontiert und wollte ihn gerade entfernen, als die Tür des Campers aufsprang und an die Seite krachte. Ich riss den Hebel los und warf mich auf den Bauch.

Eine schwerfällige Gestalt leuchtete mit einer Taschenlampe über den Platz. Sein Körper war im Schein der Lampe gut zu erkennen. Hochgewachsen mit rasiertem Schädel und einer Reihe Tattoos an beiden Oberarmen. Wenn der mich erwischte, würde er brutal werden. Er suchte nach etwas auf dem Picknicktisch, stolperte über leere Bierdosen und rülpste laut. Er sammelte sein Handy ein. Das helle Display beleuchtete sein Gesicht, als er grob darauf herumwischte und dabei vor sich hin murmelte.

Die Displaybeleuchtung ging aus. Er legte das Telefon weg. Das Licht der Taschenlampe traf einen Baum neben ihm. Mit schweren Schritten stolperte er zum Rand des Stellplatzes, zog den Reißverschluss seiner Hose auf und fing an, in einem lauten Strahl zu pinkeln, wobei er erneut rülpste. Als er fertig war und versuchte, sich die Hose hochzuziehen, ließ er die Taschenlampe fallen. Der Strahl zielte genau in meine Richtung, wie eine Kompassnadel. Ich hielt den Atem an.

Er bückte sich, um die Taschenlampe aufzuheben, und einen Moment lang sah es aus, als würde er zum Camper zurückgehen. Doch er musste meine Anwesenheit gespürt haben, oder er wollte noch ein letztes Mal nach seinem Bike sehen, denn er drehte sich um – und richtete den Strahl der Lampe direkt auf mich.

Ich sprang auf, schnappte mir den Kupplungshebel und sprintete in den Wald. Das dichte Unterholz griff nach mir und stellte sich mir in den Weg, schickte mich in Sackgassen. Ich musste im Zickzack laufen. Für einen großen, betrunkenen Kerl bewegte er sich ziemlich schnell, Stiefel polterten hinter mir, sein keuchender Atem klang wie das Grunzen eines Bären.

Ich schaute über die Schulter – und trat in ein Wasserloch, das bis auf den schlammigen, teerartigen Morast am Grund ausgetrocknet war. Mein Fuß sank ein. Ich warf mich zur Seite und prallte auf den Boden, ließ den Schraubenschlüssel und den Hebel fallen. Bevor ich Luft holen konnte, war der Kerl über mir. Ein harter Schlag in meine Eingeweide, dann in den Rücken. Er drehte mich um. Eine Faust knallte in mein Gesicht – Schmerzschock, Zähneklappern.

Lautes Bellen. Er drehte sich um, um nachzusehen. Mein Knie in seine Eier.

Der Mann packte eine Handvoll Matsch und schleuderte mir das Zeug ins Gesicht, füllte meinen Mund damit. Ich würgte an dem Dreck, versuchte, ihn auszuspucken, bevor ich ihn herunterschluckte. Wolf griff den Mann knurrend an. Er schrie und trat um sich. Wolf jaulte auf. Der Mann stand auf und trat erneut zu. Ich tastete im Matsch herum, bekam meinen Schraubenschlüssel zu fassen, und in einer schnellen Bewegung sprang ich auf und zog ihm das Ding über den Schädel. Er grunzte, ging aber nicht zu Boden und schlug mir den Schraubenschlüssel aus der Hand. Er zog seine Schulter zurück, bereit, erneut zuzuschlagen. Wolf sprang ihn an und verbiss sich in seinem Arm. Der Mann schrie und versuchte ihn abzuschütteln, während er sich umdrehte. Ich hob einen Stein vom

Boden auf und schlug mit aller Kraft auf den Schädel des Mannes ein. Er fiel zu Boden. Wolf landete, immer noch knurrend, neben ihm und schüttelte den Arm des Mannes mit den Zähnen hin und her. Ich zog ihn fort.

Ich sah auf den Mann hinunter. Er lag auf dem Rücken, die Taschenlampe neben seiner geöffneten Hand. Ich stieß den großen Körper mit dem Fuß an, beugte mich vor und lauschte. Er atmete – und an seinem Schädel war kein Blut zu sehen. Sein Hemd war am Arm zerrissen, und Wolf hatte seine Haut aufgekratzt, aber keine der Wunden blutete heftig. Mit der Taschenlampe des Kerls suchte ich den Schraubenschlüssel und den Kupplungshebel. »Wolf, lass uns verschwinden.«

Wir liefen den Bach entlang zurück. Bei jedem Schritt und jedem Atemzug schmerzten meine Brust und die geprellten Rippen. Mein Gesicht fühlte sich geschwollen an, meine Lippen waren wund. Ich schmeckte Blut. Er würde mich wohl für einen Jungen halten, aber es war trotzdem ein Problem. Er würde den Diebstahl melden. Er hatte Hundebisse.

Beths Telefon vibrierte, während ich rannte. Jemand rief sie an.

28

BETH

Beth schreckte aus dem Schlaf hoch, als sie ein lautes Klopfen an ihrer Heckscheibe hörte. Sie setzte sich auf, zog die Decke hoch über ihre Brust, die nur von einem dünnen Tanktop bedeckt war. Sie erkannte das Gesicht, das sie anstarrte. Thompson. Sobald sich ihre Blicke trafen, wandte er sich ab, als wollte er ihr ein wenig Privatsphäre lassen.

»Kann ich mit Ihnen reden?«, rief er durch das Fenster.

Sie nickte und zog ihren Kapuzenpullover über, ehe sie aus dem Wagen kletterte. In ihrer Yogahose, ungeschminkt und mit zerzausten Haaren, fühlte sie sich schutzlos. Unsicher wischte sie sich ein paar Strähnen aus dem Gesicht.

»Tut mir leid, dass ich Sie geweckt habe«, sagte Thompson. »Letzte Nacht hat es einen Vorfall auf dem Zeltplatz gegeben.«

Beth erstarrte. War eine weitere Frau überfallen worden? »Was ist passiert?«

»Ein Camper hat jemanden bei dem Versuch erwischt, ein Dirt Bike zu stehlen.« Er deutete auf die Camper aus Alberta. »Ein Mann wurde angegriffen. Haben Sie irgendetwas gesehen oder gehört?«

»Nein. Ich bin früh schlafen gegangen.«

»Okay.« Er schaute über ihre Schulter auf die leere Wodkaflasche und die einzelne Tasse. Party for One. »Falls Ihnen irgendetwas einfällt, kommen Sie auf dem Revier vorbei oder rufen Sie an und fragen nach mir.«

»Klar.« Sie lächelte ihn schmallippig an. War dies der Moment, in dem sie einfach damit herausplatzen sollte, dass sie Hailey gefunden hatte? Sie brachte es nicht fertig.

Thompson winkte kurz und ging davon. Sie beobachtete, wie er mit anderen Campern sprach, dann drehte sie sich zu ihrem Platz um. Sie wollte sehen, ob sie eine Nachricht bekommen hatte, und vielleicht ein Treffen mit Jonny vereinbaren. Aber es gab ein Problem. Das Telefon war nicht auf der Rückbank. Es lag auch nicht vorn im Wagen. Sie suchte im Fußraum, draußen unter dem Wagen, auf dem Picknicktisch, im Zelt, auf dem Steg und in den Waschräumen. Bevor sie schlafen gegangen war, hatte sie es noch gehabt, aber danach konnte sie sich an nichts mehr erinnern.

Sie presste die Hände an die Schläfen, drückte gegen den Kopfschmerz an und versuchte nachzudenken. Ein Dieb war auf dem Zeltplatz gewesen, und jetzt war ihr Smartphone verschwunden. Sie ließ die Hände sinken und suchte den Boden ab, den ganzen Weg bis zum Seeufer und rund um die Bäume im näheren Umkreis. Pfotenspuren von einem Hund und daneben Stiefelabdrücke. Hailey.

Als Beth dreißig Minuten später geduscht und fast nüchtern den Diner betrat, legte Mason gerade Wechselgeld in die Kasse. Lächelnd sah er sie an. Seine braunen Augen zwinkerten ihr zu und strahlten eine Wärme aus, von der sie das Gefühl hatte, sie nicht zu verdienen. Haileys Geheimnis lastete schwer auf ihr.

»Bist du fertig für den Ansturm?«

»Und ob. Ich muss vorher nur noch kurz verschwinden.« Sie wusch sich die Hände, zupfte an ihrem Haar herum und trug Lippenstift auf, während sie sich nach versteckten Kameras umsah. Sie band ihre Schnürsenkel neu und schaute unter die Toilette. Sie füllte das Toilettenpapier nach, nahm ein Papiertuch und wischte damit am Rand des Spiegels und am Fenster entlang. Keine merkwürdigen Erhebungen oder Bohrlöcher. Keine Gegenstände, die dort nicht hingehörten.

Wie kam Vaughn damit durch?

Eine Stunde dauerte ihre Schicht bereits, und ihre Nervosität hatte nicht nachgelassen. Sie hielt nach Jonny oder irgendeinem seiner Freunde Ausschau, wartete auf Thompson und Vaughn. Jedes Mal, wenn die Tür geöffnet wurde, drehte sie den Kopf, und ihr Herz schlug schneller. Sie vergaß Bestellungen, verschüttete Wasser.

Mason hielt sie hinterm Tresen auf, legte seine große Hand auf ihren Arm. Warm und fest. Am liebsten hätte sie sich bei ihm angelehnt. »Alles in Ordnung mit dir, Mädchen?«

»Es tut mir leid. Es hat einen Überfall auf dem Zeltplatz gegeben. Ganz nah bei meinem Stellplatz.«

»Verdammt, das wusste ich nicht. Nimm dir eine Tasse Kaffee und mach eine Pause.«

»Bist du sicher? Es ist total voll.«

»Ich muss meine Gäste schützen.« Er lächelte. »Geh schon. Schnapp ein wenig frische Luft an der Hintertür. Das ist ein Befehl.«

Sie lachte entschuldigend und salutierte auf dem Weg nach draußen vor ihm. Sie lehnte sich an die Ziegelmauer im Durchgang und musterte die Mülltonne. Ging Hailey auf Diebestour, um die Reste der Camper zu stehlen? Sie hatte ein Jahr lang in den Bergen überlebt. Beth dachte an die vielen Gläser mit dem eingemachten Gemüse und Obst, die sie in Jonnys Haus gesehen hatte. Sie hatte ihn wegen seiner Fertigkeiten als Hausmann aufgezogen. Jetzt begriff sie, dass er es aus Notwendigkeit tat.

Männerstimmen näherten sich auf dem Gehweg. Beth schaute zum Eingang der Gasse und erschrak, als sie Jonny und seine Freunde erkannte.

»Hey!«, rief sie, und er wirbelte herum. Er gab seinen Kumpels ein Zeichen, dann kam er durch den Gang auf sie zu, die Hände in den Vordertaschen seiner Jeans. Er bewegte sich lässig, eine sanfte Brise wehte ihm seinen langen Surferpony aus der Stirn und gab den Blick auf seine Augen frei. Er hatte ein großartiges Gesicht. Ein wundervolles, perfektes *Lügengesicht*. Am liebsten hätte sie ihn geschlagen.

»Was tust du hier hinten?« Er lehnte sich neben sie an die Wand.

»Ich mache Pause.« Sie bemerkte die feuchten Haare an seinem Hals und dachte daran, wie sie zusammen in seinem Haus geduscht hatten. Er hatte ihr die Haare gewaschen, hatte sorgfältig jede Strähne bearbeitet und sie unter dem Wasserstrahl geküsst. Das konnte doch nicht alles eine Lüge gewesen sein.

»Ich habe dich gestern Abend angerufen«, sagte er. »Und dir heute Morgen eine Nachricht geschickt.«

»Ich habe es nicht mitbekommen. Ich kann mein Telefon nicht finden.«

»Du brauchst da draußen ein Handy. Es ist zu gefährlich.«

»Ich glaube, es wurde gestohlen.« Seine Besorgnis machte sie schon wieder wütend. Er wusste, dass Vaughn möglicherweise ein Mörder war, und er hatte ihr nie etwas davon gesagt. Sie wollte ihn anschreien, aber sie war nicht sicher, wie sie ihm sagen sollte, dass sie sein Geheimnis kannte. Sie wollte es hinausschieben. »Hast du von dem Raubüberfall auf dem Zeltplatz gehört?«

»Yeah.« Er schnaubte. »Kann es kaum abwarten, dass Vaughn mir die Schuld dafür gibt.«

»Wo warst du?«

Stirnrunzelnd sah er sie an. »Zu Hause. Ich habe dir doch gesagt, dass ich Zeit für mich brauche.«

Klar. Zeit, um Hailey zu betrauern, die vermutlich tot war.

»Nun, während du *nachgedacht* hast, bin ich in den Bergen

gewesen. Ich habe die alte Hütte der Minenarbeiter gesucht, aber eine viel größere Überraschung gefunden.«

»Wovon redest du?« Er stieß sich von der Mauer ab.

»Hailey.«

»Das ist unmöglich.« Er starrte sie an, als hätte sie den Verstand verloren. Natürlich würde er es abstreiten. Er vertraute ihr nicht, kannte sie eigentlich gar nicht. Trotzdem verwandelte sich ihr Ärger in Wut.

»Sie hat mir von Vaughn erzählt. Ich weiß, dass du ihr hilfst.«

Die Angst verschwand aus seinen Augen, und jetzt sah er sauer aus. »Hailey ist verschwunden.«

»Lass das. Ich weiß Bescheid, okay? Ich werde es niemandem erzählen.«

»Du weißt nicht, in was du da hineingeraten bist.«

»Es war meine Schwester, die umgebracht wurde, schon vergessen?«

»Geh zurück nach Vancouver, bevor dir etwas zustößt. Sag deinen Eltern die Wahrheit.«

Dicke, bittere Wut umschloss ihre Kehle. Er benutzte das, was sie ihm im Krankenhaus erzählt hatte, gegen sie.

»Du machst dir keine Sorgen um mich – sondern um *sie*.«

Er hielt ihrem Blick stand, und einen Moment lang glaubte sie, dass er weiterhin darauf beharren würde, Hailey sei tot, doch dann wandte er den Blick ab.

»Zwing mich nicht, mich entscheiden zu müssen.«

»Ich zwinge dich zu gar nichts.« Doch es tat weh, vor allem, weil sie bereits wusste, für wen er sich entscheiden würde. Warum sollte er auch nicht? Hailey war seine beste Freundin. Er hatte bewiesen, dass er alles für sie tun würde. »Hast du mit mir rumgemacht, weil du sicherstellen wolltest, dass ich sie nicht finde? Ging es die ganze Zeit nur darum? Du hast mich immer wieder abgelenkt.«

Er sah ihr in die Augen. Würde er es jetzt zugeben? Würde er Haileys Namen aussprechen?

»So war es nicht. Ich sah dich ins Motel gehen. Ich dachte … du bist so schön. Ich wollte dich anhalten und mit dir reden, aber ich wollte nicht, dass du mich für einen Mistkerl hältst, der ungefragt Frauen anmacht. Ich wusste nicht, dass du die neue Kellnerin bist, von der alle Typen geredet haben, bis ich dich im Diner gesehen habe.«

Sie erinnerte sich an das Aufblitzen von Wiedererkennen, das sie in seinem Blick bemerkt hatte, als sie fast ihr Tablett hatte fallen lassen. Diese Verbindung. Sie hatte sich nicht geirrt. Da war etwas zwischen ihnen.

»Kannst du heute Abend zum See kommen? Es ist sicherer, wenn wir dort reden.«

»Ich arbeite lange. Mein Dad baut eine neue Scheune.«

»Wann immer du Zeit hast. Komm einfach zum Zeltplatz. Du schuldest mir eine Erklärung.«

Er nahm sein Baseballcap ab und fuhr sich aufgewühlt durch die Haare. »Gut.« Er drehte sich um und ging, doch er wandte sich nicht zum Diner, sondern in die entgegengesetzte Richtung. Würde er sich auf die Suche nach Hailey machen? Welche Geheimnisse teilten sie noch? Sie lauschte, bis Jonnys lauter Truck davonfuhr, dann eilte sie in den Diner.

Jonnys Freunde hatten bestellt, während sie draußen war, und jetzt musste sie ihnen ihr Essen bringen. Was er ihnen wohl erzählen würde, warum er so plötzlich weggemusst hatte? Sie erkannte Andy und stellte die Teller mit Eiern und Speck vor ihm und seinen Freunden ab.

»Danke, dass du mich neulich gerettet hast.«

»Ich kann doch eine Lady in Not nicht im Stich lassen.« Andy lächelte. Die beiden anderen schaufelten ihr Essen in sich hinein, aber Beth merkte, dass sie sie genau beobachteten. »Komm doch nächstes Wochenende bei uns vorbei. Trink ein Bier mit uns.«

Die Tür hinter ihr öffnete sich, und eine warme Bö streifte ihre Beine. Schwere Schritte, und ehe sie sich umdrehen konnte, lag Vaughns Hand schwer auf Andys Schulter.

»Belästigst du diese junge Dame?«

Das Lächeln verschwand von Andys Gesicht. »Nein, Sir.« Er starrte auf seinen Teller und formte stumm die Worte *Fuck you.* Die Lippenbewegung war kaum zu erkennen, doch Vaughn musste etwas gesehen haben, denn er bohrte seine Finger so tief in Andys Schulter, dass dieser sich zusammenkrümmte.

Vaughn wartete kurz, dann zog er seine Hand weg und wandte sich an Beth. »Kaffee bitte, wenn es dir passt.«

Vaughn starrte sie mit diesem kalten Blick an, aber sie brachte kein Wort heraus vor Panik. Hailey war am *Leben.* Er hatte Fotos von Mädchen. Von Amber. Er hatte ihr nachspioniert, sie gestalkt. Hailey hielt ihn für den Mörder. Vaughn runzelte die Stirn, ihr Schweigen machte ihn misstrauisch.

»Natürlich.« Sie brachte ihn zu einem Tisch, schluckte hart und versuchte, ihren Atem unter Kontrolle zu bringen. Sie musste sich zusammenreißen, oder er würde merken, dass sie Angst vor ihm hatte. Sie schnappte sich die Kaffeekanne und hielt den Arm ganz steif, damit ihre Hand beim Einschenken nicht zitterte.

»Thompson sagt, du hättest vom Raubüberfall nichts mitbekommen. Es muss ein ziemliches Gebrüll gegeben haben. Das Opfer hat es übel erwischt.«

»Ich habe nichts gehört. Wollen Sie Ihre Eier wie immer?«

»Klingt gut.« Er schaute zurück zu den Jungs. Keiner von ihnen sah in seine Richtung, aber sie unterhielten sich leise, und Beth wusste, dass sie seinen Blick spürten. Andy zog unter seiner Basecap ein finsteres Gesicht.

»Hängst du immer noch mit Jonny ab?« Vaughn sah wieder sie an.

»Nein«, platzte sie heraus, dann packte sie erneut die Angst. Hatte er den Diner beobachtet? Er könnte Jonny im Durchgang gesehen haben. »Wir haben uns zerstritten.«

»Alles in Ordnung?«

»Sie hatten recht. Er gehört nicht zu den Leuten, mit denen ich gerne zu tun habe. Wir sind einfach zu verschieden. Aber egal, Sie sind nicht hier, um sich meine Probleme anzuhören.«

»Die Polizei hilft, wo sie kann. Und du bist jetzt eine von uns. Ich war gestern am Zeltplatz, um nach dir zu sehen …« Ein weiterer Schauer lief ihr über den Rücken. Er hatte nach ihr gesucht.

»Ich war zum Einkaufen in der Stadt. Wahrscheinlich haben Sie mich verpasst.«

»Hm.«

Sie schaute über die Schulter. »In der Küche ist viel los. Ich gebe besser Ihre Bestellung auf.« Sie ging, bevor er ihr noch mehr Fragen stellen konnte.

Während sie ihn und die anderen Gäste bediente, sorgte sie dafür, dass sie es stets eilig hatte, wenn sie an seinen Tisch kam. Als er fertig gegessen hatte, bat er um frischen Kaffee, aber er musste einen Funkruf erhalten haben, denn er warf Geld auf den Tisch und verschwand, ehe sie ihm den Kaffee bringen konnte.

Sie sah zu, wie sein Streifenwagen vom Parkplatz fuhr, dann vergewisserte sie sich, dass ihre Tische alle versorgt waren, und ging zu Andy. Wenn Jonny ihr nicht erzählen wollte, was sie wissen musste, dann musste sie sich eben etwas anderes einfallen lassen. Sie setzte sich auf den leeren Platz neben Andy und schob ihm die Rechnung zu.

»Ich muss dich etwas fragen.«

Er gab ihr einen Zwanziger und musterte sie von der Seite. »Was gibt's?«

»Ich möchte etwas Gras kaufen.«

»Ausgerechnet Gras? Vaughn hat dich im Auge.«

»Ich weiß.« Sie machte ein angewidertes Gesicht. »Er ist ein Arschloch.«

Andy trank seinen letzten Schluck Kaffee. »Sag ich doch. Keine gute Idee.«

»Ich hab gerade echt eine Scheißzeit, okay? Ich brauche etwas, damit ich besser schlafen kann, und ich habe gehört, es gibt jemanden, der das Zeug verkauft. Emily. Wo kann ich sie finden?«

»Du scheinst eine Menge zu wissen.« Seine Augen wurden schmal. »Warum fragst du mich dann?«

»Ich weiß nicht, wo sie wohnt.«

Er sah die anderen beiden Typen an. Einer zuckte mit den Achseln, der andere tippte etwas auf seinem Handy.

»Sie arbeitet auf der Blaubeerfarm. Sie ist jeden Tag dort – die Farm gehört ihren Großeltern.« Andy stand auf und schnappte sich seine Jacke von der Stuhllehne. Sie nahm den Geruch von Holzfeuer wahr und dachte an Jonny. Hoffentlich suchte Vaughn nicht nach ihm. Andy blieb zurück, während seine Freunde die Tür aufstießen. Als sie ihm in die Augen schaute, wirkte er besorgt.

»Zieh Jonny nicht in die Scheiße mit rein. Er hat schon genug Ärger.«

»Mach ich nicht.«

»Gut.« Er nahm seinen Schlüssel und gesellte sich zu den

anderen auf dem Parkplatz. Ihre großen Trucks fuhren röhrend davon. Andy hielt sein Telefon am Ohr. Wen er wohl anrief?

Als die Sonne hinter einer Wolke verschwand, kühlte die Luft ab, doch der Gehweg war immer noch heiß, als sie zu ihrem Auto ging. Zuerst überprüfte sie, ob Vaughn irgendwo auf dem Parkplatz stand. Eine kurze Google-Suche, und sie hatte die Adresse der einzigen Blaubeerfarm in Cold Creek. Sie schloss demnächst.

An einem weißen Schild mit einem gemalten Haufen Blaubeeren und dem fröhlichen Hinweis *Zum Selbstpflücken!* fuhr Beth von der staubigen Landstraße ab.

Der Hofladen war hellblau gestrichen und hatte weiße Fensterläden. Eine Glocke klingelte leise, als Beth die Tür aufstieß. Hinter dem Tresen befestigte eine junge Frau Bänder an Körben mit Blaubeeren. Auf den Regalen im Laden wurden weitere Produkte angeboten – Marmelade, Sirup, Tassen mit Blaubeermotiven. Emily trug ein lila Tanktop mit dem gleichen Logo, das auch auf dem Schild zu sehen war. Beth hätte erwartet, dass sie härter aussehen würde. Vielleicht blondiert, mit Tattoos an den Armen, stark geschminkt. Aber wenn das hier Emily war, dann war sie zierlich und dunkelhaarig und hielt sich aufrecht wie eine Ballerina.

»Sag Bescheid, wenn du Hilfe brauchst.« Emily blickte auf, während sie weiter an dem Korb vor sich herumbastelte. Sie sah müde aus – oder gelangweilt.

Beths Gesicht fühlte sich heiß an, und ihr kamen Zweifel an ihrer ganzen Mission. Wie sollte sie eine Fremde etwas so Persönliches fragen?

Dann sah Emily sie genauer an. »Bist du neu im Ort?«

»Ich bin Beth.« Sie trat näher an den Tresen. »Amber Chevalier war meine Schwester.«

»Oh.« Emily riss die Augen auf. »Das tut mir leid.« Ihre Miene wechselte von Überraschung zu Verwirrung. Als Nächstes würde sie misstrauisch werden. Beth brauchte etwas Nettes zur Eröffnung.

»Sie hat immer so gut von diesem Städtchen gesprochen, dass ich es mir selbst ansehen wollte.« Bewundernd sah Beth sich im Laden um. »Sie hat eine Blaubeerfarm erwähnt, die sie gern mochte.«

»Echt? Ich kann mich nicht erinnern, dass sie jemals hier gewesen wäre.«

»Kanntest du sie?«

»Ich habe sie ab und zu gesehen.« Sie bastelte wieder an dem Korb herum, dann schob sie die Blaubeeren über den Tresen. »Hier – die gehen aufs Haus.« Sie griff nach einer kleinen Flasche Desinfektionsmittel neben der Kasse und tat sich ein paar Tropfen auf die Hand. Beth konnte einen kurzen Blick auf das Etikett werfen. Blutorange. Der bittere Orangenduft, den Hailey erwähnt hatte. Also musste Emily in Vaughns Truck gewesen sein.

»Danke.« Beth ließ die Hände am Korb liegen, aber sie blieb stehen. Sie konnte nicht gehen, bevor sie herausgefunden hatte, was Emily über Vaughn wusste, aber sie war nicht sicher, wie sie das Gespräch beginnen sollte. Die Wut, die sie hierhergetrieben hatte, hatte ihr leider keine Anweisungen mit auf den Weg gegeben. »Ich wollte auch mit dir reden …« Sie sah Emily in die Augen, versuchte, ihr mit Blicken irgendwie zu verstehen zu geben, dass es dringend war. »Vaughn schleicht mir dauernd nach.«

»Ach ja?« Emily verschränkte die Arme vor der Brust und war sofort auf der Hut. »Und was hat das mit mir zu tun?«

»Ich habe gehört, dass er das bei dir auch gemacht hat.«

»Wer hat dir das erzählt?«

»Die Freundin einer Freundin.«

»Sie hat gelogen.« Sie schaute auf Beths Tasche auf dem Tresen. »Nimmst du das hier auf?«

»Nein. Mein Telefon wurde geklaut.« Sie öffnete die Tasche und ließ Emily einen Blick hineinwerfen. »Sieh selbst nach. Ich bin nicht hier, weil ich dir Ärger machen will. Ich will nur Vaughn stoppen, bevor er sich noch eine Frau am Highway holt.«

»Du glaubst, er hat sich *Amber* geholt?«

»Sie hätte ihm vertraut.« Emily wirkte so schockiert, dass Beth sich fragte, ob es ein Fehler gewesen war, ihr von diesem Verdacht zu erzählen. Sie wollte nicht, dass sie Vaughn warnte.

»Du solltest nicht herumlaufen und solche Sachen erzählen.«

»Hast du Angst vor ihm?«

»*Alle* haben Angst vor Vaughn.«

»Ja, aber du hast noch mehr Grund dazu. Er hat Fotos von dir gemacht.« Eine weitere Gelegenheit für Emily, alles zu erzählen, aber ihr Gesichtsausdruck veränderte sich. Aus Vorsicht wurde Wut.

»Ich weiß nicht, wovon du da redest.«

»Ich werde es niemandem erzählen, ich schwöre es. Aber ich muss herausfinden, ob er der Mörder ist, und wenn du mir nicht hilfst, wird noch eine Frau sterben.« Jemandem Schuldgefühle einzupflanzen war immer heikel, aber verzweifelte Zeiten verlangten schmutzige Tricks.

Emily musterte sie einige Sekunden lang. Jetzt sah Beth die harte Seite an ihr. Ihre Miene verriet weder Angst noch Verlegenheit. Sie wog ihre Entscheidung sorgfältig ab.

»Meine Großeltern brauchen mich. Ich bin die Einzige, die ihnen auf dem Hof helfen kann.«

»Okay …« Beth wartete. Worauf wollte sie hinaus?

»Ich verdiene hier nicht viel Geld. Das bekomme ich woanders her.« Emily schwieg, eine Braue hochgezogen, doch Beth konnte die Puzzleteile noch nicht zusammenfügen.

»Du meinst, du verkaufst Marihuana? Das weiß ich.«

»Ich verkaufe eine Menge Dinge.« Emily streckte ihre Hand aus. »Her mit der Kohle.«

»Du willst mich erpressen?«

Emily verdrehte die Augen. »Wenn du mehr über Vaughn erfahren willst, musst du dafür schon was springen lassen.«

»Ich habe nicht viel …« Beth holte ihr gesamtes Trinkgeld hervor und warf es auf den Tresen. Emily zählte die Scheine und stopfte sie in ihre Tasche. Dann sah sie Beths Armband an.

»Was ist damit?«

»Nein. Das ist etwas Besonderes.« Beth zögerte, dann zog sie ihren Ring ab, einen von Diamanten eingefassten Smaragd. »Die Diamanten sind klein, aber echt.« Ihre Eltern würden wütend sein. Der Ring war ein Geschenk zum Schulabschluss gewesen. Aber wenn Beth ihn nutzen konnte, um damit den Mord an ihrer Schwester aufzuklären? Dann *mussten* sie es verstehen.

Emily nahm den Ring, schob ihn an ihren Finger und hielt die Hand in die Sonne, die durch das Fenster fiel. Sie wandte sich wieder an Beth. »Wenn du irgendjemandem erzählst, dass wir gesprochen haben, werde ich alles abstreiten und sagen, dass du lügst. Ich werde keine offizielle Aussage gegen Vaughn machen. Ist das klar?«

Das war keine gute Nachricht. Beth würde ihre Vorwürfe nicht untermauern können, wenn sie zur Polizei ging, aber vielleicht hatte man dort andere Möglichkeiten, Emily zu überreden, ihr Wissen zu teilen.

»Vor ein paar Jahren hat er mich dabei erwischt, wie ich mit einem Truckfahrer in seinem Sattelschlepper herumgespielt habe …« Sie sah Beth an. Klar. Emily hatte kein Scrabble mit ihm gespielt. »Ich schätze, Mason hat Vaughn gesagt, dass ich in dem Bereich arbeite. Mason hat mich gesehen, als er sein Take-away-Essen ausgeliefert hat.«

Beth nickte und dachte an die unzähligen Male, als Mason mit einer braunen Papiertüte den Diner verlassen hatte, mit dem Essen für einen hungrigen Fahrer, der zurück auf die Straße musste. Wegen des Highway-Killers schickte Mason nie eine seiner Kellnerinnen zu den Trucks. »Hat Vaughn dich verhaftet?«

»Nein. Es war merkwürdig. Er hat mich mit einer Verwarnung davonkommen lassen. Dann hat er mich eines Tages aufgegabelt, als ich durch die Stadt gelaufen bin, und hat gesagt, er will mit mir reden. Er fuhr mit mir zum See und sagte, dass er eine bessere Möglichkeit für mich hätte, etwas Geld zu verdienen – wenn ich aufhörte, am Truckstop abzuhängen.«

»Fotos?«

»Ja, aber das war keine große Sache. Auf den Bildern war mein Gesicht nie zu sehen. Ich musste mich nur auf den Boden legen und so tun, als würde ich schlafen.«

Beth wurde schlecht vor Angst. Begriff Emily denn nicht? Vaughn hatte gewollt, dass sie ganz still lag. Wie eine Leiche.

»Hat er jemals irgendetwas getan ...«

»Er hat mich nie angerührt. Ehrlich, ich habe gar nicht kapiert, warum er die Fotos haben wollte, es schien ihn überhaupt nicht anzumachen. Vielleicht hat er sie später benutzt.« Sie zuckte mit den Achseln. »Dann ist ihm das vermutlich irgendwann zu langweilig geworden, und er hat angefangen, mich für andere Sachen zu bezahlen. Tipps, Informationen, wer mit wem und wo Party macht.«

»Machst du das immer noch?«

Emily zuckte erneut mit den Achseln, griff nach dem Desinfektionsmittel und rieb sich die Hände damit ein, auch zwischen den Fingern. Es war, als wollte sie sich buchstäblich von jeder Schuld reinwaschen.

»Manchmal. Einmal wollte er, dass ich eine versteckte Kamera in der Damenumkleide im Freibad anbringe.«

Beth hatte sich wirklich Mühe gegeben, Emily nicht zu verurteilen, aber jetzt konnte sie ihren Mund nicht halten.

»Du hast ihm *geholfen*?«

»Geht mich doch nichts an, was er mit dieser Kamera gemacht hat.« Sie erwiderte Beths Blick mit einem feindseligen Funkeln. »Er hat mir einen Haufen Geld dafür gegeben – damit konnte ich den neuen Brunnen für die Farm finanzieren.«

»Weiß er, dass du Drogen verkaufst?«

»Es gefällt ihm, dass ich ihm sagen kann, wer etwas kauft. Aber er will nicht, dass ich zum Truckstop gehe. Im letzten Herbst hat er mich einmal erwischt und gesagt, dass er mich verhaftet, wenn er mich noch einmal dort sieht.«

Beth spürte Ärger in ihrer Kehle aufsteigen, als hätte sie etwas Verdorbenes gegessen, aber sie konnte es nicht ausspucken. Wenn alles, was Emily sagte, stimmte, dann war Vaughn mehr als imstande, jemanden umzubringen.

Beth fragte sich, wann er Amber anvisiert hatte. Hatte er ihr auch Geld angeboten, damit er Fotos von ihr machen konnte? Hätte Amber sich darauf eingelassen? Beth wusste nicht, was schlimmer war – die Vorstellung, dass Amber für ihn posierte, oder dass sie es für möglich hielt.

»Und du willst wirklich keine Aussage machen? Thompson scheint ein guter Cop zu sein.«

»Machst du Witze?« Emily ließ die Arme sinken, ihr feenhaftes Gesicht verzog sich verärgert. »Hast du überhaupt *zugehört*, was ich gesagt habe? Ich werde niemals gegen Vaughn aussagen. Er hat nichts mit mir getan, was ich nicht wollte, und dieses Geld hat mir *geholfen.* Ich werde nicht ewig in diesem Kaff bleiben.«

»Okay, okay. Entschuldige.«

Emily kam um den Tresen herum und rauschte an ihr vorbei, wobei sie einen Hauch von Orangenduft verströmte. Sie ging zur Tür und drehte das *GEÖFFNET*-Schild um.

»Wir haben geschlossen.«

Auf der anderen Seite der Tür blieb Beth stehen. »Falls du deine Meinung änderst …«

Die Angst war zurückgekehrt und verzerrte Emilys Lippen, bis ihr Mund nur noch ein weißer Strich war. »Komm nicht wieder her. Nächstes Mal rufe ich ihn an.« Sie schloss die Tür.

Beth hörte das leise Klappern eines Riegels. Irgendwie war sie zu derjenigen geworden, von der die Gefahr ausging.

29

HAILEY

Wolf sprang vom Gepäckträger des Mountainbikes und rannte voraus, nahm ein paar Abkürzungen und tauchte mit hechelnder Zunge wieder auf. Ich holte alles aus meinen Beinen heraus. Schweiß weichte mein Shirt durch, den Riemen meiner Cap. Ich rieb mir das Gesicht mit dem Arm ab und schmeckte Blut. Ich hatte die Wunde an der Lippe wieder aufgerissen.

Jonny würde schon bald zur Arbeit aufbrechen. Ich bog um eine Kurve, segelte über eine Rampe und landete auf dem tieferen Abschnitt der Piste. Der Aufprall drückte mir den Atem mit einem schmerzhaften *Wusch* aus der Lunge. Meine Rippen taten immer noch weh. Auch mein Stolz war arg ramponiert. Als ich es letzte Nacht zu meinem Dirt Bike zurückgeschafft hatte, bekam ich den Kupplungshebel nicht los. Zu allem Überfluss hatte mein Vorderreifen auch noch Luft verloren. Ich hatte das Loch übersehen, als ich ihn zum ersten Mal überprüft hatte.

Ich verlangsamte das Tempo, rollte den Abhang hinter Jonnys Grundstück hinunter und brach durch den Waldsaum. Das Knallen von Metall. Die Tür seines Trucks. Dann sprang der Motor röhrend an. Am Zaun hielt ich inne und sah dem Truck durch die Bäume nach, wie er in der Auffahrt verschwand. Ich warf mein Bike auf den Boden und verzog das Gesicht, als meine Rippen zusammengedrückt wurden. Ich rieb über den Verband. Ich würde warten müssen. Ich hatte zu große Schmerzen, um irgendwo anders hinzugehen, und ich brauchte Jonny, damit er mir Flickzeug besorgte.

Wolf und ich machten es uns im Schatten eines Baumes bequem. Ich riss die Chipstüte auf, die ich letzte Nacht gefunden hatte, und teilte mir einen Hotdog mit Wolf. Er legte den Kopf auf meine Beine. Ich döste ein, schreckte jedoch auf, als Wolf den Kopf hob und mit zuckenden Ohren zur Straße schaute. Ein Fahrzeug. Jonny war noch nicht lange fort, dreißig Minuten höchstens. Ich stand auf, bereit, loszurennen, falls es Vaughn war.

Der Motorenlärm wurde lauter. Jonnys Truck blitzte silbern am Ende der Straße auf. Er fuhr schnell. Die Drehzahl des Motors ging runter, als er in seine Auffahrt abbog, doch er fuhr immer noch schnell. Ich schaute zur Straße. Niemand folgte ihm. Warum raste er wie ein Irrer? Vor seinem Haus trat Jonny scharf auf die Bremse, und die Reifen rutschten über den Kies. Eine Staubwolke wirbelte auf. Er sprang heraus und verschwand in der Werkstatt. Wolf sah mich an. Ich schüttelte den Kopf und gab ihm das Zeichen, dass er hierbleiben sollte. Jonny benahm sich merkwürdig, und ich würde mich nicht von der Stelle rühren, bevor ich nicht wusste, dass es sicher war.

Das große Werkstatttor öffnete sich. Jonny rollte sein Dirt Bike heraus, startete es und fuhr direkt Richtung Pfad, der hinter seinem Grundstück entlangführte. Er schaute kein einziges Mal zur Straße. Er wollte nicht jemandem entkommen. Er wollte mich suchen.

Das Bike hielt an dem kleinen Tor. Das metallene Klicken des Torschlosses. Eine Minute später kam Jonnys blauer Helm in Sicht. Er stand auf den Pedalen, die Arme gebeugt, während er das Bike den Pfad hinauflenkte. Ich gab Wolf ein Zeichen, und er trottete aus dem Schatten und setzte sich mitten auf den Weg, wo Jonny ihn sehen würde. Jonny hielt an und nahm den Helm ab.

»Wolf? Was machst du hier, Kumpel? Wo ist sie?« Er stieß

unseren Pfiff aus und starrte in den Wald. Ich trat ins Sonnenlicht, und er riss die Augen auf. »Was ist mit deinem Gesicht passiert?«

»Ich habe mein Bike geschrottet, habe einen Kupplungshebel geklaut und bin erwischt worden.«

»*Du* warst das? Das war echt dumm, Hailey.«

»Beth von der Silbermine zu erzählen, war dumm.«

»Ich habe ihr eine Geschichte erzählt, wie du mir *geholfen* hast. Ich hatte keine Ahnung, dass sie versuchen würde, dich zu finden. Ich bin auch sauer, okay? Ich muss heute Abend zu ihr auf den Zeltplatz, damit wir reden können.« Er sah tatsächlich besorgt aus – aber warum? Weil Beth ohne sein Wissen losgezogen war, um mich zu suchen, oder weil er sie mochte?

»Du hättest nichts mit ihr anfangen dürfen.«

»Das ist eine Sache zwischen ihr und mir.« Er verschränkte die Arme vor der Brust.

»Kumpel, sie ist nicht dein Typ. Sie weiß nicht einmal, wie man einen Grill anbekommt.«

»Na und?« Er kniff die Augen zusammen. »Hast du ihr Telefon mitgenommen?«

»Ich wollte nicht, dass sie die Cops anruft.«

»Gib es zurück. Sie hätte die Cops längst angerufen, wenn sie das gewollt hätte. Es wird ohnehin Zeit, dass du aus den Bergen kommst. Du hast es versprochen.«

»Ich sagte, nach dem Sommer.«

»Du hättest dich ernsthaft verletzen können, als du dein Bike geschrottet hast, und dann das da.« Er deutete auf mein Gesicht. »Vaughn wird es herausfinden – *irgendjemand* wird es herausfinden.«

»Nicht, wenn deine Freundin verschwindet.«

»Sie versucht herauszufinden, was mit ihrer Schwester passiert ist.«

»Und ich versuche dafür zu sorgen, dass ihr nicht das Gleiche zustößt.«

»Du solltest noch einmal mit Thompson reden.«

»Warum? Er hat nichts unternommen, als ich ihm gesagt habe, dass Vaughn in Beths Motelzimmer war. Cops halten zusammen.«

Er nestelte an seinem Helm herum und stieß einen tiefen Seufzer aus. »Was für Teile brauchst du?«

»Flickzeug für meinen Reifen, und ich kann den Hebel nicht allein reparieren.«

»Du könntest in der Werkstatt bleiben.«

Ich schüttelte den Kopf. »Zu riskant. Ich werde den Wald nicht verlassen.«

»Also gut, aber ich muss heute bis spät auf der Farm arbeiten. Ich versuche, vor Anbruch der Dunkelheit zurück zu sein. Bleib in der Nähe. Wir fahren zusammen hoch und reparieren dein Bike. Danach treffe ich mich mit Beth. Gib mir ihr Telefon.«

»Es ist bei meinem Bike und meinen Klamotten.«

»Sie ist nicht sicher ohne Telefon.«

»Sie hat eine Waffe.«

»Stimmt.« Er dachte nach. »Ich nehme es heute Abend mit.« Er trat vor und zog mich in eine raue Umarmung, die mich von den Füßen riss. Mein Gesicht schabte über die Bartstoppeln an seinem Kinn. Er ließ mich los. »Halt dich vom Zeltplatz fern. Wir treffen uns später hier.«

Ich fand eine Wasserrinne hinter Jonnys Haus und verbrachte den Großteil des Tages damit, etwas Schlaf nachzuholen. Ein paarmal schlug ich die Augen auf und entdeckte Wolf, der am Ufer saß, den Wald beobachtete und auf mich aufpasste. In der Nähe zankten sich ein paar Krähen in den Bäumen und weckten mich. Wolf kam zu mir und stupste mich an, um mir zu zeigen, dass er froh war, dass ich endlich wach war. Ich kraulte ihn am Kopf, dann zog ich Beths Smartphone aus dem Rucksack und scrollte langsam durch die Fotos von Amber, die ich nie zuvor auf Facebook oder Instagram gesehen hatte. Ich blickte hinauf in den Himmel. Jetzt konnte ich Beth ihr Telefon zurückgeben.

Als die Sonne unterging, machte ich mich auf den Weg näher an Jonnys Haus heran. Inzwischen hätte er mit der Arbeit fertig sein müssen, aber in seinem Haus brannte kein Licht, und auch sein Truck stand nicht in der Auffahrt.

Der Akku meines Wegwerfhandys war alle. Ich nahm Beths Handy. Ebenfalls leer. Ich wog das Risiko ab. Ich hatte keine Bewegung auf der Straße oder dem umliegenden Wald gesehen. Wolf würde es wissen, wenn Vaughn hier herumschlich. Ich würde in Jonnys Haus gehen und sein Festnetztelefon benutzen.

Ich tippte seinen Sicherheitscode ein, machte aber kein Licht im Haus. Ich hatte es bis in die Küche geschafft, als Scheinwerfer auf der Straße aufleuchteten. Ich drehte mich um, bereit, Jonny an der Tür zu treffen. Ich schaute noch einmal aus dem Fenster, in der Erwartung, ihn die Auffahrt hochfahren zu sehen. Die Scheinwerfer bewegten sich nicht mehr – jetzt blitzten rote und blaue Lichter hinter ihm auf. Er wurde von der Polizei angehalten.

Wolf knurrte, als er begriff, dass ich ihn im Haus zurücklassen wollte, und versuchte, sich an meinen Beinen vorbeizudrücken. Ich hielt ihn mit einer raschen Handbewegung auf, dann schlich ich zur Hintertür hinaus und rannte über den Hof in das Waldstück, das das Haus von der Straße abschirmte.

Wenige Schritte vor mir zeichneten sich Jonnys Umrisse in Vaughns Scheinwerferlicht ab, während er am Kotflügel auf der Fahrerseite seines Trucks lehnte. Er stand mit dem Rücken zu mir, so dass ich sein Gesicht nicht sehen konnte, aber ich spürte seine Angst. Seine Hände und Beine waren gespreizt, während Vaughn ihn abtastete.

»Rühr dich bloß nicht von der Stelle.« Vaughn drückte Jonnys Kopf nach unten, so dass seine Wange auf die Motorhaube gepresst wurde – obwohl Jonny keinen Ton gesagt hatte und keinen Widerstand leistete. »Bleib hier stehen.«

Vaughn umkreiste den Truck und hob die Plane über der Ladefläche an. Er leuchtete mit seiner Taschenlampe herum. Man hörte Metall auf Metall kratzen, als er etwas näher zu sich zog.

Er pfiff. »Nette Werkzeuge. Teuer. Hast du für den ganzen Kram bezahlt?«

»Yeah.«

»Ich wette, du hast keine Rechnungen dafür.«

Jonny hielt den Mund. Ich kroch näher, kletterte die Böschung hinunter. Ich trat auf einen Ast und erstarrte. Vaughn kam zur Vorderseite des Trucks und richtete den Strahl seiner Taschenlampe auf Jonny.

»Du glaubst wohl, du könntest abhauen.«

»Ich habe mich nicht bewegt.«

Vaughn ging mit der Hand an der Waffe auf ihn zu, und ich versteifte mich, bereit, vorzupreschen, doch er blieb an der Fahrertür stehen und öffnete sie, um seine Inspektion fortzusetzen. Er fand Jonnys Helm, nahm ihn heraus und ließ ihn auf den Schotter fallen, während er Jonny anstarrte.

Sogar in der Dunkelheit sah ich Jonnys Gesicht rot werden, er verzog wütend den Mund, aber er sagte nichts. Vaughn stellte einen Stiefel auf den Helm und trat ihn grinsend auf dem Schotter hin und her. Ich konnte das Knirschen der scharfen Steine an der Farbe hören – die blauen Flammen, für die wir Stunden gebraucht hatten, um sie aufzumalen.

Vaughn ließ den Helm auf dem Boden liegen und wandte sich wieder dem Truck zu. Er durchsuchte das Handschuhfach, riss Papiere heraus, überprüfte die Konsole, sah unter dem Vordersitz nach.

»Sieh mal an, was ich hier gefunden habe.« Er trat von der Tür weg und hielt im Licht seiner Taschenlampe eine kleine Tüte mit weißem Pulver in die Höhe. »Du bist also zum Drogendealer aufgestiegen.«

»Das gehört mir nicht!« Jonny hob den Kopf von der Motorhaube. »Das haben Sie mir in den Truck gelegt.«

Vaughn ging wieder zu ihm und knallte seinen Kopf auf die Motorhaube. Jonnys Beine zitterten, aber er blieb stehen.

»Ich hab gesagt, keine Bewegung. Du bist ein kleiner, verdammter Loser. Weißes Pack. Du riechst sogar nach Scheiße.« Er beugte sich vor und schnüffelte an Jonnys Haar. »Genau wie ich dachte.«

Ich zog mein Messer und hielt es fest in der Hand, aber ich wusste nicht, was ich tun sollte. Wenn ich es warf und Vaughn verfehlte, würde er mich verfolgen. Wenn ich traf, hätte ich einen Cop getötet – schlechte Idee.

Einen Stein. Das würde ich zuerst versuchen. Ich fand einen neben meinen Füßen und schleuderte ihn in den Wald. Vaughn wirbelte herum und zog seine Waffe. Er blieb angespannt stehen und lauschte. Das einzige Geräusch war Jonnys keuchender Atem. Vaughn machte ein paar Schritte auf die Stelle zu, wo der Stein gelandet war.

Ich duckte mich tief ins Unterholz und kroch näher. Ich war jetzt nur ein paar Schritte hinter Vaughn. Wagte ich es, zum Truck zu laufen? Ein Zweig verhakte sich in meinem T-Shirt und brach. Jonny riss die Augen auf, als er mich sah. Er hustete, um das Geräusch zu übertönen. Vaughn drehte sich zu ihm um.

»Hab ich dir nicht gesagt, du sollst die Fresse halten?«

»Ich weiß, dass Sie Bilder von Hailey gemacht haben.« Jonny sah mir in die Augen. »Sie hat mir alles erzählt. Perverses Schwein.« Vaughn trat ihm zwischen die Beine, und Jonny ging keuchend in die Knie. Vaughn trat mit den Stiefeln auf ihn ein, dann setzte er sich auf seinen Rücken, packte seine Haare mit einer Hand und drückte Jonnys Gesicht auf den Boden.

»Du versuchst, dich mir zu widersetzen, du kleiner Dreckskerl? Du versuchst, dir meine Waffe zu schnappen?« Er rammte seine Faust in Jonnys Rippen – zwei Mal, mit aller Kraft. Jonny ächzte und rang um Luft.

Ich schob mich unter den Truck. Scheiß drauf. Es war mir egal. Ich würde Vaughn umbringen.

Jonny spuckte Dreck aus und lachte irre. »Verdammter Kinderficker.« Warum hielt Jonny nicht den Mund? Er machte alles nur noch schlimmer.

Vaughn kniete jetzt auf seinem Rücken. Das Klicken von Handschellen. »Du bist verhaftet.«

»Weswegen?«

»Besitz verbotener Substanzen. Das reicht für den Anfang. Ich werde schon dafür sorgen, dass du im Knast bleibst.«

Jonny lachte erneut, doch er war wütend, als sich unsere Blicke unter dem Truck trafen.

Mit den Lippen formte er die Worte: *Verschwinde hier!*

»Wo ist Hailey? Was hast du mit ihr gemacht?« Vaughn bohrte sein Knie in Jonnys Niere.

»Ich weiß nicht ... wo sie ist.« Stöhnend und keuchend presste er die Worte hervor.

»Du warst mit ihr an dem Abend zusammen. Ich weiß, dass ihr zusammen wart.«

»Sie ist nie gekommen.«

Vaughn knallte Jonnys Gesicht erneut auf den Boden. Der

harte Untergrund traf auf Knochen, und über Jonnys Auge riss die Haut auf. Seine Nase war bereits blutig, genau wie sein Mund. Im schwachen Licht war die Farbe dunkel. Ich rutschte auf dem Bauch nach vorn. Zentimeterweise.

»Stopp!« Jonny meinte mich, nicht Vaughn, aber ich hatte nicht die Absicht, ihn hier allein zu lassen, damit er Vaughn aufstachelte, ihn umzubringen. Es war, als wollte er bestraft werden. »Man wird Sie erwischen.« Jonny starrte immer noch mich an, Blut tropfte ihm ins Auge.

Es ist mir egal, formte ich mit meinem Mund und machte eine Bewegung, als würde ich jemandem die Kehle aufschlitzen.

Vaughn lachte. »Dafür, dass ich meinen Job mache?«

»Na los, verhaften Sie mich«, sagte Jonny. »Schaffen Sie mich in den Knast.« Er versuchte, Vaughn dazu zu bringen, ihn wegzuschleifen. Weg von mir.

Vaughns Funkgerät knackte. Er zögerte, dann stand er auf und ließ Jonny auf dem Boden liegen. Ich kroch unter die Achse, nutzte die Reifen als Deckung. Mein Gesicht war nur wenige Zentimeter von Jonnys entfernt. Vaughn setzte sich in seinen Wagen und sprach in sein Funkgerät. Hatte er Jonny gemeldet? Womöglich war ich die Einzige, die wusste, dass er ihn angehalten hatte. Ohne Zeugen konnte er machen, was er wollte.

»Ich werd ihn aufschlitzen«, zischte ich.

»Verschwinde verdammt nochmal von hier.« Wegen der aufgeplatzten Lippen konnte Jonny nur verwaschen sprechen. »Wenn er dich erwischt, war das ganze letzte Jahr umsonst.« Er drehte den Kopf, um zu Vaughns Wagen zu schauen. »Du musst mein Haus klarmachen. Schmeiß das Wegwerfhandy weg. Und such Beth. Erzähl ihr, was passiert ist.«

»Ich kann dich nicht allein lassen.«

»Er wird mich nicht umbringen. Er will mir für alles die Schuld geben.«

Reifen auf Asphalt, ein Motor. Ein weiterer Wagen kam die Straße hoch – und die Scheinwerfer würden mich erfassen. Ich rollte mich zu einer Kugel zusammen und drängte mich dicht an den großen Reifen. Der Wagen wurde langsamer und hielt an.

Der Motor erstarb. Eine Tür wurde geöffnet und zugeknallt. Dann stieg Vaughn aus seinem Wagen und knallte die Tür ebenfalls zu. »Was machst du denn hier?« Er klang sauer.

»Du bist nicht ans Funkgerät gegangen.« Thompsons Stimme. Gut. Es sei denn, er entpuppte sich ebenfalls als mieser Cop. Ich spähte seitlich um den Reifen herum.

»Mr. Miller hier ist zu schnell gefahren.«

»Was ist mit seinem Gesicht passiert?«

»Er hat sich der Festnahme widersetzt.«

»Er lügt«, schrie Jonny vom Boden. »Er wollte mich einfach nur verprügeln.«

»Ich hab Drogen in seinem Handschuhfach gefunden. Sieht aus wie ein paar Gramm Kokain. Ich knaste ihn ein.«

»Das hat er mir untergeschoben!«, rief Jonny. »Ich deale nicht – da können Sie jeden fragen!«

»Das reicht jetzt.« Vaughn ging zu Jonny, zerrte ihn an den gefesselten Armen hoch und brachte ihn zu seinem Wagen. Jonny stolperte und verlor das Gleichgewicht. Sie verschwanden aus meinem Blickfeld.

Ich hörte, wie eine Tür geöffnet wurde. Krach, als würden Körper rangeln, ein unterdrückter Schmerzenslaut, dann wurde die Tür zugeschlagen. Vaughn und Thompson entfernten sich ein paar Schritte vom Wagen – kamen aber näher zu mir.

»Er sieht übel aus«, sagte Thompson. »Du solltest den Doc einen Blick auf ihn werfen lassen.«

Vaughn schnaubte. »Er ist ein Dreckskerl, der mit Drogen dealt. Und er hat versucht abzuhauen. Er hat es verdient, glaub mir. Lass den Truck abschleppen. Ich will, dass er beschlagnahmt wird.«

Vaughn fuhr davon. Ich wartete darauf, dass Thompson zu seinem Wagen zurückging, aber seine Schritte führten ihn in die entgegengesetzte Richtung. Er öffnete die Fahrertür von Jonnys Truck. Es klang, als würde er ihn durchsuchen, doch dabei ging er methodischer vor als Vaughn. Wonach suchte er?

Angespannt lag ich da, meine Finger bohrten sich in den Boden. Endlich knirschten Thompsons Stiefel auf dem Kies, als er zu seinem Wagen ging. Seine Tür wurde geschlossen. Ich hatte nicht viel Zeit.

Ich robbte zur Rückseite von Jonnys Truck, rollte hervor und kroch in den Wald, bis ich Schutz zwischen den Bäumen fand. Dann sprang ich auf und sprintete zu Jonnys Haus.

30

BETH

Beth wartete stundenlang. Sie starrte hinaus auf den See und ärgerte sich über sich selbst, weil sie enttäuscht war. Jonny vertraute ihr nicht – und vielleicht hatte er recht. Warum behielt sie die Wahrheit für sich? Sie sollte es Thompson erzählen. Er musste gegen Vaughn ermitteln. Aber sie kam immer wieder zurück auf den anderen Punkt. Wenn sie Thompson alles erzählte, würde sie Hailey in Gefahr bringen.

Ohne ihr Smartphone fühlte sie sich verloren. Sie war sicher, dass Hailey es gestohlen hatte und auch die Teile vom Bike. Diese frischen Pfotenabdrücke, die sie am See entdeckt hatte, waren ein eindeutiger Fingerzeig. Außerdem hatte sie im Diner jemanden sagen hören, dass der Typ aus Alberta gebissen worden war. Gegen Mitternacht gab sie es auf, auf Jonny zu warten, und rollte sich auf der Rückbank ihres Autos zusammen. Sie nahm eine Xanax und, als die nicht wirkte, noch eine zweite.

Am nächsten Morgen machte sie sich mit trockenem Mund und groggy für die Arbeit fertig. Als sie die Fahrertür öffnete, hielt sie inne und versuchte zu begreifen, was sie da sah. Ihr Smartphone lag auf dem Fahrersitz. Schwarzes Display. Tot. Hailey hatte ihr Telefon zurückgebracht.

Beth blickte sich um, aber der Zeltplatz war ruhig. Sie würde das Handy im Diner aufladen und nachsehen, ob Jonny ihr geschrieben hatte.

Als sie in die Stadt kam, herrschte bereits der morgendliche Hochbetrieb. Sie eilte in den Diner und rief Mason ein »Tut mir leid« zu, während sie sich ihre Schürze umband. »Probleme mit dem Auto.«

Er runzelte die Stirn. »Schon wieder?«

»Yeah, ich hatte die Innenbeleuchtung angelassen. Zu blöd.« Sie verschwand hinter dem Tresen, schnappte sich ihren Bestellblock und schob ihn sich in die Tasche. »Was sind die Specials heute?«

Er zeigte auf die Tafel. »Fleischpasteten-Sandwich. Wir haben gestern darüber gesprochen.«

»Klar, natürlich.«

»Bist du sicher, dass du in Ordnung bist? Hast du mit Jonny gesprochen?«

Sie hielt inne, die Speisekarten in der Hand. »Nein. Ist etwas passiert?«

»Er wurde gestern Abend verhaftet. Vaughn hat ihn angehalten und Drogen in seinem Truck gefunden.«

Drogen? Sie hatte Jonny nie etwas Stärkeres als Wodka zu sich nehmen sehen. »Ist er im Gefängnis?«

»Seine Eltern haben ihn heute Morgen auf Kaution rausgeholt.«

Sie sah auf die Uhr, dann wieder zu Mason, aber er konnte ihre Gedanken lesen.

»Ich brauche dich heute hier. Es wird voll werden – und der Junge wird ohnehin den meisten Teil des Tages schlafen. Wie es aussieht, hat er Widerstand geleistet und den Preis dafür bezahlt. Geh nach der Arbeit zu ihm. Dann kannst du etwas zu essen für ihn mitnehmen.«

Der Tag schien endlos. Sie behielt die Tür im Auge, in der Hoffnung, Jonnys Freunde würden hereinkommen, damit sie ein paar Informationen bekäme, aber die ließen sich nicht blicken, und sie kannte die anderen Stadtbewohner nicht gut genug, um einfach zu fragen. Die Stimmung im Diner wirkte gedämpft. Alle spürten, dass Ärger in der Luft lag.

Als sie fertig war, stellte Mason ein Carepaket für Jonny zusammen – Suppe, Muffins, ein Stück Torte, Burger und Pommes – und erklärte, das gehe aufs Haus. »Sag ihm, er soll bald mal wieder vorbeischauen.«

Sie schnappte sich ihre Tasche und fuhr zu Jonny. Sein Truck stand nicht in der Auffahrt, aber sie wusste nicht, ob die Cops den Wagen nicht vielleicht beschlagnahmt hatten. Sie klopfte an die Tür. Stille. Sie klopfte erneut, lauter, dann rief sie ihn über Handy an. Es klingelte im Haus, dann verstummte es abrupt. Jetzt wurde sie wütend. Sie stand auf seiner Veranda, die Hände voll Essen, und er *ignorierte* sie?

Beth schaute zur Überwachungskamera in der Ecke, streckte die Zunge raus und ging zum Ende der Veranda, wo das Küchenfenster einen Spalt offen stand.

Sie stellte sich mit einem Fuß auf einen der Loungesessel, schob das Essen durchs Fenster auf die Arbeitsplatte und stemmte sich in die Höhe. Jonny bog um die Ecke – und blieb stehen.

»Was machst du da?«

Sie rutschte das letzte Stück von der Arbeitsplatte und hielt einen Pappkarton hoch. »Essen.«

Er trug ausgeblichene Jeans, aber kein Hemd, und hatte jede Menge Prellungen. Ein Auge war geschwollen und dunkelviolett, und seine Wange war zerkratzt, als hätte man ihn über den Boden geschleift. Seine Rippen schillerten in verschiedenen Blautönen, und er hielt eine Eispackung daran. Wie konnte ein Cop jemanden so verletzen und damit durchkommen?

»Ich habe Probleme mit dem Kauen.«

Sie schluckte. »Es sieht furchtbar aus.« Sie kam näher, nahm seine freie Hand und verwob ihre Finger mit seinen. Sie dachte nicht darüber nach, ob sie ihn berühren sollte. Wie er von ihr weggegangen war. Dass er ihr nicht geschrieben hatte.

»Du musst ihn anzeigen.«

»Ich habe es versucht.« Er zog seine Hand zurück, setzte sich an den Küchentisch und sog angesichts des Schmerzes die Luft ein. »Die Suppe riecht lecker.«

Sie wusste nicht, ob er sich ihrer Berührung oder ihren Worten entzogen hatte. Um ihre Verlegenheit zu überspielen, holte sie einen Teller aus dem Schrank und füllte ihm Hühnersuppe auf. Er nahm den Löffel, rührte halbherzig in der Suppe, hob ihn aber nicht zum Mund.

»Was passiert jetzt?«

»Ich werde wegen Drogenbesitzes und Diebstahls angeklagt. Ich muss vor Gericht.«

»Ist das wahr? Hattest du Drogen dabei?«

»Vaughn hat sie mir untergeschoben.«

Sie setzte sich ihm gegenüber, erleichtert, dass es nicht seine Drogen waren, aber besorgt, wie er aus diesem Schlamassel wieder herauskommen sollte. Sein Wort würde gegen das von Vaughn stehen. Jonny musterte sie, seine Augen waren dunkelblau, sein Kinn fest. War er sauer, weil sie wegen der Drogen nachgefragt hatte?

»Ich hatte Flickzeug für Hailey besorgt«, sagte er. »Sie hatte einen Unfall, als sie vom Berg herunterwollte. Jetzt ist mein Truck beschlagnahmt, und das Flickzeug ist darin eingeschlossen.«

Deswegen war er so angespannt. Endlich gab er zu, dass Hailey lebte und dass er an ihrem Verschwinden beteiligt war. Das musste bedeuten, dass er ihr vertraute.

»Ich kann helfen.«

»Du darfst da nicht mit reingezogen werden. Ich werde mir etwas einfallen lassen.«

»Ich hänge bereits mit drin.«

»Ich habe dich angelogen, Beth. Über eine Menge Sachen. Du solltest mich hassen.«

»Bitte sag mir nicht, wie ich mich fühlen soll. In meiner Welt hat eine lange Zeit nichts mehr einen Sinn ergeben. Wenn die Leute mich gesehen haben, haben sie Amber gesehen. Sie wollten wissen, wie ich damit klarkomme, wie meine Eltern klarkommen. Aber was sie wirklich hören wollten, waren all die schrecklichen Details. Du hast mich nicht so behandelt – und ja, unsere Situationen sind unterschiedlich. Doch wir haben beide jemanden verloren.«

»Ich weiß, dass du Ambers Tod aufklären willst, aber ich muss Hailey beschützen.«

»Und was ist mir dir? Wer passt auf dich auf?«

»Meine Eltern haben einen Anwalt für mich gefunden.« Er lehnte sich auf seinem Stuhl zurück und zuckte zusammen. Seine Eispackung war geschmolzen, das blaue Gel matschig geworden. Beth fand eine frische Packung im Eisfach und gab sie Jonny.

»Hailey hat dein Smartphone«, sagte er. »Ich wollte es dir zurückgeben.«

Es war also tatsächlich Hailey gewesen. Beth nickte. »Ich habe es heute Morgen gefunden.«

»Das ist gut.« Er atmete langsam aus. »Sie hat mein Bike genommen, damit sie mobil ist. Sie wird zurückkommen, sobald sie glaubt, dass es sicher ist. Sie lag unter dem Truck, als ich zusammengeschlagen wurde.«

Hailey musste vor Wut und Angst außer sich gewesen sein. Beth erging es schon allein bei der Vorstellung so.

»Ich bin froh, dass sie nicht irgendetwas Verrücktes gemacht hat.«

»Allerdings. Ich hatte Angst, sie würde Vaughn umbringen.« Er stemmte sich vom Stuhl hoch und humpelte zur Couch, wo er sich mit einem Stöhnen auf das Polster sinken ließ. »Verdammt, tut das weh.«

Beth nahm die Suppe und stellte sie auf den Couchtisch. Jonnys Augen fielen ihm zu. Er hielt sich die frische Eispackung an die Rippen. »Tut mir leid, dass ich unhöflich war«, murmelte er. »Ich bin müde.«

»Ist schon in Ordnung.« Sie bemerkte eine Decke, die jemand über einen Sessel geworfen hatte, und legte sie über Jonny. Seine Mundwinkel hoben sich zu einem leisen Lächeln, und er streckte den freien Arm aus, um ihren sanft zu berühren. Ein stummes Dankeschön.

»Ruh dich aus«, flüsterte sie.

Sie saß in dem Sessel und starrte auf das Pillenfläschchen auf dem Couchtisch. Sein Atem wurde tiefer. Sie betrachtete die schwachen Muster aus marmorierten Grün- und Blautönen auf seinem Brustkorb. Fingerknöchel, die harte Kante eines Stiefels, ein Tritt mit der ganzen Sohle. Vaughn hatte einen mit Handschellen gefesselten, auf dem Boden liegenden Mann getreten und verprügelt.

Sie stellte sich vor, wie Vaughn ihre Schwester schlug. Sie hätte keine Chance gehabt. Keine Frau könnte es mit Vaughn an Kraft aufnehmen. Der einzige Weg, Vaughn zu schlagen, bestand darin, ihn auszutricksen.

Sie musste ihn allein erwischen.

Beth verließ Jonnys Haus, bevor er aufwachte, und als sie an diesem Abend auf dem Zeltplatz war, schickte sie ihm keine Nachricht. Sie hatte klargestellt, dass sie auf seiner Seite war.

Der Rest lag bei ihm. Für den Fall, dass Hailey wieder zum Zeltplatz kam, ließ Beth eine Wasserflasche und ein paar Müsliriegel auf dem Picknicktisch liegen. Zusammengerollt auf der Rückbank lauschte sie auf Schritte, aber die einzigen Lebewesen, die sie hörte, waren Grillen und Frösche.

Am Morgen überprüfte sie ihre Nachrichten. Jonny hatte nicht geschrieben. Stur und stolz. Sie duschte kurz und fuhr zum Diner. Die Sonne stand bereits hoch am Himmel, und sie ließ das Autofenster offen. Der Wind spielte mit ihren Haaren.

Die Oldies am Tresen meckerten über die Rekordtemperaturen und beschwerten sich bei Mason, er solle die Klimaanlage aufdrehen, die schon jetzt am Limit lief. Beth steckte ihr Haar zu einem Dutt zusammen und legte sich kalte Tücher in den Nacken, wann immer sie die Gelegenheit dazu hatte. Sie hetzte durch den Diner, schenkte Wasser und eisgekühlten Tee nach, machte Milchshakes für plärrende Kinder und verteilte Eiscreme, die anfing zu schmelzen, bevor sie sie an den Tisch gebracht hatte.

Sie war sicher, dass Vaughn vorbeikommen und sich mit Jonnys Verhaftung brüsten würde, und sie drehte sich so oft zum Parkplatz um, dass sie einen steifen Hals bekam. Er verpasste das Frühstück, dann den Lunch. Sie hatte fast aufgegeben, als sein Truck gegen Ende ihrer Schicht auf den Parkplatz rollte.

Ein paar Männer warfen ihm finstere Blicke zu, als er allein hereinkam, mit durchgedrücktem Rücken und der Hand am Waffengurt. Beth fragte sich, ob sie von der Sache gehört hatten – viele Leute schienen Jonny und seine Familie zu kennen. Vaughn bemerkte es entweder nicht, oder die Reaktionen waren ihm egal. Er rutschte in seine übliche Nische und lächelte freundlich, als er Beth ansah.

Sie brachte ihm Kaffee und eine Speisekarte. Während sie

ihm einschenkte, versuchte sie, den Mut zu sammeln, um ein Gespräch mit ihm anzufangen, doch er kam ihr zuvor.

»Deine Schicht müsste bald zu Ende sein.« Erschrocken von dem plötzlichen rauen Ton in seiner Stimme, verschüttete sie etwas Kaffee auf dem Tisch. Während sie die Pfütze aufwischte, sah sie ihn durch ihre gesenkten Wimpern an.

»Ja.« Hastig dachte sie nach. Wie sollte sie ihn allein erwischen? Vielleicht in seinem Truck? »Sobald ich hier raus bin, muss ich zur Tankstelle laufen. Mein Tank ist leer, und die Zapfsäule beim Truckstop ist anscheinend kaputt.« Die Gäste beschwerten sich schon den ganzen Nachmittag darüber. Es wäre perfekt, wenn er den Köder schlucken würde. Sie schaute aus dem Fenster. »Große Lust habe ich nicht. Es ist so heiß …«

»Soll ich dich zur Tankstelle fahren? Ich habe einen Reservekanister.«

Sie kaute auf der Innenseite ihrer Wange, als würde sie darüber nachdenken. »Ich weiß nicht …«

Er lehnte sich gegen die Lehne der Sitzbank. »Du hast schon gehört, dass Jonny Miller verhaftet wurde.« Das war eine Feststellung, keine Frage.

Die Kaffeekanne wurde kalt, und sie hatte einen Diner voller Gäste, die auf ihre Bestellungen warteten, aber sie musste diese Sache durchziehen, bevor sie den richtigen Moment verpasste. »Ich habe davon gehört.«

»Ich habe dir gesagt, dass er nur Ärger macht.« Er hatte ein grausames Funkeln in den Augen, während er sie aufmerksam beobachtete. Sie wusste nicht, ob er wollte, dass sie wütend wurde oder ihm dankbar war.

»Ich wusste nicht, dass er Drogen nimmt. Sie hatten recht.« Sie musste fast würgen, als sie die Worte aussprach, aber es war offensichtlich, was er von ihr hören wollte.

Er nickte und trank einen Schluck Kaffee. »Ich nehme einen

Teller von Masons Hackbraten, und wenn du hier fertig bist, besorgen wir dir dein Benzin.«

»Ich will Ihnen keine Mühe machen.«

»Und ich will nicht, dass du hier allein herumläufst.« Als sei sie sein Besitz. Als ginge es ihn etwas an, was sie tat. *Du bist ein Psychopath, und ich werde es beweisen.*

»Das wäre nett von Ihnen.«

Als sie ihre Schürze weghängte und Mason hinterm Tresen erzählte, dass Vaughn sie zur Tankstelle fahren würde, huschte ein merkwürdiger Ausdruck über sein Gesicht.

»Was hast du vor, Mädchen?«

»Nichts. Er hat es mir angeboten.« Dann holte sie ihre Tasche und ging, ehe Mason noch etwas sagen konnte, doch sie spürte, dass er ihr nachsah, die Arme vor der Brust verschränkt, bis sie zur Tür hinaus war.

Vaughn öffnete die Beifahrertür für sie. Als er vorn herum zur Fahrertür ging, drückte sie den roten Knopf an ihrem Telefon und hielt es, versteckt hinter ihrer Tasche, in der Hand.

Im Streifenwagen war es heiß und stickig. Vaughn drehte die Klimaanlage voll auf und richtete den Ventilator auf ihre nackten Beine. Sie zitterte, und obwohl sie seine Augen hinter seiner Sonnenbrille nicht erkennen konnte, hatte sie das Gefühl, dass das auch seine Absicht gewesen war. Als sie losfuhren, zupfte sie an ihrer Shorts herum und ließ ihre Finger über ihre Oberschenkel gleiten. Vaughn warf einen kurzen Blick auf ihre Beine.

»Wie läuft's im Diner?«

»Gut. Ich mag Mason.«

»Gehst du am Ende des Sommers zurück nach Vancouver?«

»Ich werde nach Hause fahren, aber mit Jura höre ich auf. Vielleicht mache ich irgendetwas mit Kunst. Ich mag Mode.«

»Das wäre eine ziemliche Kehrtwende.«

»Ich habe mich schon immer für Klamotten interessiert. Ich hatte mal einen älteren Freund – ich habe ihn in der Mall kennengelernt. Er sagte, ich könnte glatt als Model arbeiten, und meine Eltern sind ausgeflippt. Sie haben mich gezwungen, mit ihm Schluss zu machen.«

»Klingt, als wollten sie dich beschützen.«

»Glauben Sie, ich könnte Model werden? Ich bekomme ziemlich viele Likes auf Instagram.«

»Pass bloß auf, was du da postest. In den sozialen Medien liegen ziemlich viele Spinner auf der Lauer.« Er schaute zu ihr. »Deine Schwester hat viele Fotos gepostet. Wir wissen nicht, ob jemand auf diesem Weg auf sie aufmerksam geworden ist.«

»Versuchen Sie, mir Angst zu machen?«

»Ich versuche zu verhindern, dass dir etwas zustößt.«

»Sind Sie deswegen Cop geworden? Weil Sie gerne Frauen retten?«

Er sah sie an. »Worauf willst du hinaus?«

»Ich will, dass die Polizei mehr Zeit in den Fall meiner Schwester investiert.« Sie zog ihr Bein ein Stückchen höher und drehte sich mehr zu Vaughn. »Sie können mir helfen … und vielleicht gibt es etwas, das ich für Sie tun kann?«

Er bremste so plötzlich ab, dass sie nach vorn geschleudert wurde und der Sicherheitsgurt sich schmerzhaft in ihre Brust schnitt. Sie versuchte, den Gurt zu lösen, und mühte sich mit dem Verschluss ab.

»Ich weiß nicht, was für ein Spiel du hier spielst, aber da musst du dich schon etwas schlauer anstellen. In dieser Stadt gibt es einen Killer, und du bist genau sein Typ.« Er öffnete die Beifahrertür. »Steig aus. Du kannst zurücklaufen.« In letzter Sekunde packte er sie am Handgelenk und drehte es, bis sie ihr Smartphone fallen ließ. Er überprüfte die Kamera, wischte mit dem Finger über das Display und löschte das Video. Dann gab er ihr das Smartphone zurück.

»Aufnahmen von jemandem ohne dessen Wissen zu machen, ist illegal.« Er zeigte auf die Tankstelle. »Da kannst du dir einen Reservekanister ausleihen.«

Er ließ sie mit schmerzendem Handgelenk an der Straße stehen. Er hatte ihr das Armband in die Haut gepresst, und die Kette hatte einen feinen Abdruck hinterlassen. Es musste eine Botschaft sein. *Verschwinde, oder du endest wie Amber.*

31

HAILEY

Ich spießte das letzte Stück Torte auf und stellte den Teller für Wolf auf den Boden. Er schnüffelte daran, probierte von der Zitrone und warf mir einen schrägen Blick zu. Ich zuckte die Achseln. Er schnaubte und begann, die Kuchenkrümel und die restliche Sahne aufzulecken. Die Zitronenfüllung ließ er übrig.

Jonny öffnete langsam die Augen. »Beth hat die Torte für mich mitgebracht.«

»Warum hast du ihr nicht aufgemacht? Sie ist durchs Fenster geklettert, als wäre sie Romeo und du Julia.«

»Du hast mir schon wieder nachspioniert.«

»Ich habe auf dich aufgepasst. Du hast geschlafen, seit sie gegangen ist.«

»Warst du seit gestern die ganze Zeit im Haus?«

»Gestern Abend habe ich mich für eine Weile verzogen, habe mich vergewissert, dass Beth in Sicherheit ist, und bin dann zurückgekommen. Jemand muss dir doch deinen erbärmlichen Arsch retten.« Ich war zu aufgewühlt gewesen, um viel zu schlafen. Ich hatte in seinen Zeitschriften gelesen und sein Facebook-Profil benutzt, um mir die neuesten Fotos von Cash und Lana anzusehen.

»Ha!« Er stemmte sich zentimeterweise hoch, bis er saß, und zuckte zusammen. »Scheiße, tut das weh.«

»Du hast meine Frage nicht beantwortet. Warum hast du sie ignoriert?«

»Du hattest recht, okay? Ich hätte nichts mit ihr anfangen

sollen. Ich habe versucht, ihr dieses Chaos zu ersparen.« Er deutete von sich zu mir.

»Ich wäre beleidigt, wenn ich nicht mit dir einer Meinung wäre.«

Er nickte. Ich wusste, dass er Beths Klopfen nicht ignoriert hatte, weil er wollte, dass sie wegging. Ganz im Gegenteil. Leider.

Er sah mich an. »Mit dir alles okay?«

Ich nickte. »Ich habe dein Bike aus dem Fass neu aufgetankt. Kann ich es benutzen, bis wir meines repariert haben?«

»Klar. Ich hole dir dein Flickzeug, sobald ich meinen Truck zurückhabe, aber es wird noch ein paar Tage dauern, bis ich wieder in die Berge fahren kann.«

»Vaughn muss mal von seiner eigenen Medizin kosten.«

»Halt dich von ihm fern.«

»Du weißt, dass er sich gerade erst warmläuft. Als Nächstes wird er sich etwas ausdenken, damit er einen Durchsuchungsbeschluss für dein Haus bekommt. Wir müssen den Bunker in der Werkstatt besser verbergen.« Das Letzte, was wir brauchten, war, dass Vaughn mein Winterversteck fand.

»Andy will, dass ich seinen Truck repariere. Ich werde ihn bitten, ihn über dem Eingang abzustellen.«

»Überprüf die Aufnahmen der Kameras und lösch alle Dateien, auf denen ich zu sehen bin.«

»Schon passiert. Gleich, als ich aus dem Knast raus war. Ich wollte sehen, ob es Aufnahmen davon gibt, wie Vaughn mich anhält, aber es war zu weit oben an der Straße. Ich konnte nur Scheinwerfer erkennen.«

»Du solltest Andy bitten, ein paar Nächte hier zu bleiben. Vaughn versucht, dir etwas Schlimmeres anzuhängen. Je mehr Alibis, desto besser.«

»Worauf genau willst du hinaus?«

»Ich bin mir nicht sicher. Ich weiß nur, dass Vaughn nicht damit gerechnet hat, dass Thompson hier auftaucht. Es hat ihn davon abgehalten, das zu Ende zu bringen, was er eigentlich vorhatte.«

Jonny nickte und dachte über das nach, was ich gesagt hatte. »Ich mache mir Sorgen um Beth. Sie will Rache, und sie hat eine Waffe. Kannst du auf sie aufpassen?«

»Klar. Kein Problem. Ich werde dafür sorgen, dass sie nicht in seine Nähe kommt.«

Im Gegensatz zu Jonny machte ich mir keine Sorgen um Beth. Vaughn würde sie nicht anrühren, weil ich ihn selbst umbringen würde. Ich dachte daran, wie Dad in unserer Auffahrt gestanden und das Unkraut mit dem Schweißbrenner abgebrannt hatte. »Du musst es bis zu den Wurzeln ausrotten, oder es kommt immer wieder.«

Einen Selbstmord zu inszenieren wäre ziemlich schwierig. Es wie einen Unfall aussehen zu lassen wäre noch schwerer. Es musste ein fehlgeschlagener Raubüberfall sein. Der Diner in der Nacht wäre am naheliegendsten. Ich könnte durch den Wald kommen, ohne gesehen zu werden, und ich kannte mich mit den Örtlichkeiten aus. Ich wollte Mason nicht das Leben schwermachen, aber wenn alles nach Plan lief, würde er sich schlimmstenfalls eine neue Tür kaufen müssen.

Vaughn war jeden Donnerstagabend auf Patrouille. Das Timing war perfekt. Ich ließ Jonnys Dirt Bike am Ende des Highways stehen und befahl Wolf, darauf aufzupassen. Er knurrte mich an, sauer, weil er etwas verpasste, aber ich hatte zur Versöhnung ein Stück Knochen aus Jonnys Gefriertruhe für ihn mitgenommen.

Ich joggte durch den Wald, ganz in Schwarz gekleidet, die Haare unter einer Strickmütze verborgen. Mein Gesicht hatte ich mit schwarzem Fett eingeschmiert. Die Smith & Wesson rieb an meiner Hüfte an der Haut, das Holster scheuerte. Ich blieb nicht stehen, um es besser einzustellen. Ich war high vom Adrenalin, hellwach und bereit zu kämpfen.

Vaughn würde bezahlen. Für Amber. Für Jonny. Für *alle*, denen er jemals etwas getan hatte oder in Zukunft etwas getan hätte. Als ich den Parkplatz vor dem Diner erreichte, kauerte ich mich hinter einen Truck.

Der Diner war dunkel. Das Neonschild summte und knackte. Beim Truckstop war es ruhig, nur ein paar Sattelschlepper parkten davor. Keiner davon hatte den Motor laufen, doch sie konnten jeden Moment losfahren. Manche Fahrer schliefen lieber tagsüber und fuhren ihre Touren nachts, wenn die Straßen frei waren. Tief gebückt lief ich los, wich den Stellen aus, wo das Schild den Gehweg erhellte, und verschwand im Durchgang. Ich schob mich an der Mauer entlang, deren Ziegel von der Sonne des Tages noch warm waren.

Ich musste mich beeilen. Sobald ich das Schloss geknackt und die Tür geöffnet hatte, ging der Alarm los. Ich schlug mit dem Griff des Revolvers darauf herum, bis er Ruhe gab, dann schlich ich in den Diner. In der Dunkelheit konnte ich die Umrisse der Registrierkasse auf dem Tresen erkennen. Ich riss sie los, schmiss ein paar Gläser und Gewürzständer auf den Boden. Ich warf die Kasse hinunter und trat auf der Tastatur herum. Und jetzt raus und hinter der Mülltonne verstecken, bis Vaughn auftauchte.

Direkt vor dem Gebäude heulten Sirenen auf, blitzende Lichter strahlten durch die Fensterscheiben und huschten über die Wände. Ein Wagen oder zwei? Ich konnte es nicht erkennen, aber sie waren verdammt schnell hier. Sie mussten ganz in der Nähe gewesen sein. Wenn ich versuchte, durch die Tür zu entkommen, würden sie mich erwischen. Ich musste mich verstecken. Ich kroch über den Boden und rutschte unter eine Sitzbank.

»Polizei!« Vaughn war bereits an der Hintertür.

Ich drückte mich noch tiefer unter die Bank, die Waffe bereit, und sah, wie Vaughns Beine in Sicht kamen. Mit schmalen Augen hob ich die Waffe und zielte. Er bewegte sich durch den Raum, leuchtete mit einer Taschenlampe in jede Ecke.

»Kommen Sie mit erhobenen Händen raus!«, schrie er. Seine Beine drehten sich mal in die eine, dann in die andere Richtung. Er blickte sich hektisch im Raum um. Weitere Lichter blitzten an den Wänden auf. Die Verstärkung war eingetroffen. Sie würden ebenfalls zur Hintertür hereinkommen. Ich konnte nicht entkommen.

Dann fiel mir die lose Deckenplatte ein, von der Amber mal erzählt hatte.

Vaughn stand vor dem Tresen und suchte den Gastbereich ab.

Ich kroch vorwärts, die Waffe vor mir, und schoss auf die Trinkgläser und die verspiegelte Wand hinter ihm. Er duckte sich hinter den Tresen und erwiderte das Feuer. Ich zielte auf die runde schwere Lampe über seinem Kopf. Die Kugel traf die Kette, die Lampe krachte auf den Boden und zerbrach. Vaughn ächzte.

Als ich den engen Gang hinunterrannte, schoss ich ein paarmal nach hinten. Im Lagerraum kletterte ich auf das Regal. Ich brauchte zwei Versuche, bis ich die richtige Platte gefunden hatte, und zog mich hoch.

Polternde Schritte unter mir. Schwerer Atem.

»Hinten ist er nicht raus …«, rief Vaughn. »Ich hätte ihn vorbeilaufen sehen.«

»Er muss hier irgendwo sein. Überprüf den Kühlraum.« Der andere Mann klang nach Thompson. Sie verschwanden. Eine Tür wurde aufgerissen und krachte gegen eine Mauer.

»Komm mit erhobenen Händen raus!« Jetzt waren sie im Waschraum.

Ich robbte seitlich weiter, bis ich auf den Querbalken lag. Auf dem Dachboden war es drückend heiß; mir lief der Schweiß in die Augen und blendete mich. Ich ging in die Hocke und lief auf den Balken weiter, vorsichtig, damit ich kein Geräusch machte. Ich überprüfte jeden Zentimeter auf einen Lichtschimmer von den Scheinwerfern der Streifenwagen draußen. Amber hatte gesagt, dass sie ihren Rauch durch eine Belüftungsklappe nach draußen pusten konnte. Ich *musste* diese Öffnung finden. Schließlich entdeckte ich einen hellen Fleck am anderen Ende.

Als ich näher kam, löste ich die Abdeckung, zwängte mich hindurch und landete auf dem Dach. Die Teerpappe war warm und klebte an meinen Händen. Ich schaute über den Rand. Es war zu hoch, um zu springen. Ich rutschte zurück und sah mich um.

Am Ende des Gebäudes lag eine alte Sperrholzplatte auf dem Dach, als sei sie nach einer Reparatur dort vergessen worden. Das nächste Dach gehörte zu den Waschräumen des Truckstops. Tief gebückt schlich ich zu der Sperrholzplatte. Weitere Cops könnten schon unterwegs sein. Ich war sauer, weil ich Vaughn nicht erwischt hatte. Ich schob die Holzplatte über die beiden Dächer und kroch langsam hinüber.

Jetzt war ich zwar weiter vom Diner weg, aber immer noch aufgeschmissen. Ich konnte es vielleicht schaffen, auf der Rückseite des Gebäudes hinunterzuspringen. Dann wäre ich im Schatten und von der Straße aus nicht zu sehen, doch es bestand die Gefahr, dass ich mich dabei verletzte. Und ich müsste immer noch durch den Wald zum Dirt Bike kommen, ohne dass die Cops mich erwischten.

Ein Dieselmotor startete laut dröhnend, und ich warf mich auf den Bauch. Dann hatte ich eine Idee. Ich spähte erneut über den Rand des Daches. Ich konnte durch die Windschutzscheibe des Sattelzuges sehen, der auf der anderen Seite des Platzes parkte. Der Fahrer beobachtete den Diner, während er seinen Truck anrollen ließ. Wahrscheinlich hatte er die Schüsse gehört und wollte weg, bevor die Cops ihn ewig hier festhielten.

Ich wartete, bis er einen weiten Bogen fuhr und dabei dicht am Rand des Gebäudes vorbeikam. Ich stieß mich ab, machte einen Hechtsprung und landete mit einem harten Aufprall oben auf der Ladung. Ich klammerte mich an die metallenen Zurrketten und rechnete damit, dass der Fahrer eine Vollbremsung hinlegen oder einer der Cops schreiend auf ihn zurennen und ihn anhalten würde, doch der Truck fuhr weiter. Zwei weitere Streifenwagen rasten mit Blaulicht und Sirenen an uns vorbei und kamen mit quietschenden Reifen vor dem Diner zum Stehen.

Der Sattelschlepper fuhr quer durch die Stadt und brachte mich bis zum Anfang des Highways. Als er an einer roten Ampel hielt, vergewisserte ich mich, dass niemand hinter uns war, und rutschte an den hinteren Halteketten herunter. Als er anfuhr, sprang ich.

Der Boden raste auf mich zu, Erdboden, Steine. Ich fiel hart, rollte ein paar Fuß weit, bis ich keine Luft mehr bekam. Meine Hände taten weh, mein Handgelenk fühlte sich an, als hätte ich es nach hinten überdehnt, und ich hatte mir die Knie aufgeschürft. Ich blieb einen Moment still liegen, um wieder zu Atem zu kommen. Überrascht, dass ich es geschafft hatte, hörte ich, wie der Sattelschlepper sich auf dem Highway entfernte. Die Straße war ruhig. Ich sprang auf und lief los.

32

BETH

Beth nippte an ihrem Kaffee, der ohne Milch bitter schmeckte, und beobachtete, wie der Nebel über den See zog. Es wäre ein friedliches Bild, wenn sie sich nicht so zerbrochen gefühlt hätte. Was sollte sie tun? Mit ihrem Versuch, Vaughn eine Falle zu stellen, hatte sie alles nur noch schlimmer gemacht. Sie rieb sich ihr Handgelenk. Sie konnte seinen harten Griff immer noch spüren.

Jonny wusste nichts von ihrem jämmerlichen Spionageversuch – und sie würde den Teufel tun, es ihm zu erzählen. Nach vierundzwanzig Stunden ohne Nachricht hatte er gestern Abend endlich geschrieben.

Sorry wegen der Funkstille. Habe ausgeschlafen. Alles okay bei dir?

Mir geht's gut. Brauchst du Gesellschaft?

Andy ist hier. Wir vernichten ein paar Bier.

Cool. Ich hatte einen langen Tag und werde wohl früh schlafen gehen.

Gute Nacht.

Sie versuchte, sich nicht getroffen zu fühlen. Er ging nur auf Distanz, weil er glaubte, sie so zu schützen. Doch inzwischen hatte sie sich selbst eine Zielscheibe auf den Rücken gemalt.

Sie hatte nicht gelogen, sie war wirklich müde gewesen, trotzdem hatte sie kaum geschlafen. Immer wieder war sie in Gedanken die Autofahrt mit Vaughn durchgegangen, und die einzigen anderen Camper auf dem Platz hatten bis spät in die

Nacht gefeiert. Zumindest hatte sie sich dadurch weniger allein gefühlt.

Unvermittelt wurde die morgendliche Stille durch das Knirschen von Reifen unterbrochen. Sie schaute über die Schulter. Jemand fuhr auf den Zeltplatz. Der Motor war laut. Jonny?

Sie stand auf und hörte, dass der Wagen an den anderen Stellplätzen vorbeifuhr. Er schien zu ihr zu wollen. Ein Truck kam in Sicht. Rot. Sie konnte nicht durch die Windschutzscheibe sehen, nur der Wald spiegelte sich darin, aber sie erkannte den Campingaufbau. Es schien Masons Truck zu sein. Sie hatte ihn ein paarmal vor dem Diner parken sehen, doch normalerweise fuhr er mit seiner Harley zur Arbeit.

Der Truck hielt an, die Fahrertür öffnete sich, und Mason stieg mit einem entschuldigenden Lächeln aus.

»Alles in Ordnung?«, rief er. »Du siehst aus, als hättest du dich zu Tode erschreckt.«

Es war merkwürdig, ihn hier zu sehen. Ihren Chef. Sie hatte ihn noch nie irgendwo anders als im Diner gesehen.

»Tut mir leid, ja, ich bin etwas schreckhaft. Es ist ziemlich unheimlich hier, jetzt, wo die meisten Camper weg sind. Was führt dich her?«

»Letzte Nacht wurde im Diner eingebrochen.«

Sie runzelte die Stirn. Bedeutete das, dass sie keinen Job mehr hatte? »O nein! Das ist ja schrecklich.«

»Allerdings. Es gab eine Schießerei, aber es wurde niemand verletzt. Vaughn glaubt, dass es dieselbe Person war, die diese Camper aus Alberta überfallen hat.«

Beth dachte an Hailey. War sie das gewesen? Aber warum? Ein Einbruch im Diner zog nur Aufmerksamkeit auf sich, und das war vermutlich das Letzte, was sie im Moment brauchte.

»Der Diner ist jetzt also geschlossen?«

»Für ein paar Tage. Aber ich könnte etwas Hilfe beim Aufräumen gebrauchen. Wie geht's der Batterie?« Mit einem Nicken deutete er auf ihr Auto.

»Sie ist unzuverlässig. Heute Morgen habe ich es noch nicht versucht.«

»Ich könnte es mir mal ansehen.«

»Danke, das wäre nett.« Sie setzte sich hinters Lenkrad, öffnete die Motorhaube und drehte den Schlüssel um, als Mason sie darum bat. Sein Schatten verschwand unter der Haube. Sie dachte an ihren Dad. Er wäre besorgt, weil ihr Auto nicht richtig funktionierte. Sie empfand einen Anflug von schlechtem Gewissen, weil sie sich seit Tagen nicht bei ihren Eltern gemeldet hatte.

»Wann hast du das letzte Mal den Ölstand überprüft?«

Gute Frage. Sie hatte es schon vor Wochen tun wollen, bevor sie Vancouver verlassen hatte.

»Keine Ahnung.«

Geräuschvoll inspizierte Mason den Motor, Metall schepperte. Er machte ein missbilligendes Geräusch. »Pech gehabt. Du kannst nicht fahren, oder du ruinierst dir den Motor.« Mason schloss die Motorhaube mit einem Knall. Sie stieg aus, um mit ihm zu reden, während er seine Handschuhe auszog und sie zurück in seinen Werkzeugkasten warf. »Ich nehme dich mit.«

»Danke.« Erleichtert lächelte sie ihn an.

»Kein Problem. Ich fahre dich später auch wieder zurück, und dann füllen wir dein Öl nach.« Er stemmte die Hände in die Hüften und schüttelte den Kopf. »Gut, dass ich nachgesehen habe.«

Sie dachte an Amber, die an einer einsamen Straße liegen geblieben war und darauf gewartet hatte, dass jemand ihr half. Dann stellte sie sich vor, wie sie selbst mit qualmendem Motor liegen blieb. Eine Panne, und das war's. Zur falschen Zeit am falschen Ort.

Sobald sie auf dem Highway waren, scrollte sie durch ihre Nachrichten. Ob Jonny von dem Einbruch wusste? Es wäre unhöflich, ihm in Gegenwart von Mason zu schreiben, der angefangen hatte, ihr mehr von dem Schaden zu erzählen. Sie würde warten, bis sie beim Diner waren. Sie schob ihr Smartphone zurück in die Tasche und stellte fest, dass sie ihre Schlüssel im Zündschloss hatte stecken lassen. Sie verzog das Gesicht. Na super.

Mason schaute zu ihr. »Ich kenne ein paar Handwerker, die die Wände reparieren und die Fenster austauschen können. Wir können schon bald wieder aufmachen.«

»Wahrscheinlich wird die halbe Stadt heute mit Hammer und Säge vor der Tür stehen.«

Er lachte. »Es gibt hier einige gute Leute.«

»Was hat dich nach Cold Creek verschlagen?«

»Ich war eine Weile in einem Biker-Club. Kein Hardcore, nur ein paar Kerle, die gerne Harley fahren. Ich war Koch im Clubhaus, und mein Essen schien ihnen immer geschmeckt zu haben. Irgendwann bekam ich einen Job als Koch in einem Holzfällerlager und konnte genug Geld zusammenkratzen, um den Diner zu kaufen.« Er zuckte mit den Achseln. »Der Rest ist Geschichte.« Er schaute kurz zu ihr. »Ich wette, deine Eltern vermissen dich.«

»Sie wissen nicht, dass ich in Cold Creek bin. Ich wollte sie nicht ängstigen.«

»Ich würde es ihnen nicht verübeln, dass sie sich Sorgen machen.«

»Ich will nicht nach Hause, bevor ich Antworten habe.«

»Antworten?«

»Ich will Ambers Mörder finden. Ich glaube, sie kannte ihn …« Sie sah Mason an und überlegte, ob sie ihren Verdacht teilen sollte. Doch er könnte es Vaughn erzählen.

»Du glaubst nicht, dass es Zufall war?«

»Amber war klug. Sie wäre niemals mit einem Fremden irgendwohin gegangen.«

Er starrte auf die Straße vor ihnen. »Was glaubst du, warum er sie ausgesucht hat?«

Sie rieb über ein paar Kratzer auf dem Armaturenbrett. Seine Frage wühlte sie auf. Sie dachte nicht gerne darüber nach, dass der Mörder Amber ausgewählt, sie beobachtet und abgewartet hatte, als wäre sie ein Spielzeug auf einem Fließband, das er sich schnappen konnte, wenn er bereit war. »Er wusste, dass sie keine Familie hier in der Gegend hatte. Vielleicht dachte er, dass niemand sie als vermisst melden würde. Psychopathen wie er machen Jagd auf verletzliche Frauen.« Sie wandte ihre Aufmerksamkeit vom Armaturenbrett ab und sah aus dem Fenster. Die Bäume flogen vorbei.

Es würde nie wieder einen Sommer geben, in dem die Hitze sie nicht mit Grauen erfüllen würde. Keinen Spaziergang im Wald neben ausgetrockneten Flussbänken, keine ruhigen Schotterpisten und staubige Gräben unter hohem Gras, ohne dass sie an den Mord an ihrer Schwester denken müsste. Es war alles verzerrt und grässlich, dunkel und böse.

»Wahrscheinlich hast du recht.« Er beugte sich vor, um das Radio anzustellen, stieß dabei gegen seinen Kaffeebecher und kippte ihn um. Kaffee lief in die Konsole und den Tassenhalter und ergoss sich über Beth. Sie zuckte zurück und wischte sich die heißen Spritzer von den Beinen.

»Verdammt, hast du was abbekommen?«

»Ja, aber das meiste ist auf dem Sitz gelandet.«

»Ich glaube, im Handschuhfach müssten ein paar Servietten sein.«

»Okay.« Sie beugte sich vor und schob ein paar Papiere in dem Fach herum. »Ich sehe keine.«

»Warte.« Er wurde langsamer und hielt am Straßenrand an. »Vielleicht im Seitenfach in der Tür?«

Sie schaute nach unten, doch da waren nur Kassenbons und Verpackungen von Schokoriegeln. Eine Bewegung, ein Schatten, der auf sie zuraste. Ihr Kopf knallte mit einem scheußlichen Knacken gegen das Seitenfenster. Sie keuchte auf, umklammerte ihren Schädel. Mason. Er griff sie an. Sie musste hier raus. Sie tastete nach dem Türgriff, doch er packte sie an den Haaren und riss sie schmerzhaft zurück. Sie zerrte an seiner Hand, an seinen Fingern.

Zweige schlugen gegen die Fenster und die Windschutzscheibe. Sie waren wieder unterwegs, der Wagen polterte über einen Forstweg. Ihr dröhnte der Schädel. Helle Lichter. Ein Funkenregen explodierte vor ihren Augen und machte die Welt zäh und klebrig. Sie griff nach ihrem Hinterkopf, nach ihrem Haar, versuchte, den Druck von Masons festem Griff zu lockern. Mit der freien Hand öffnete sie den Sicherheitsgurt. Der Wagen hielt mit einem Ruck an.

Etwas Warmes tropfte seitlich an ihrem Gesicht herunter. Ihr Blick verschwamm. Übelkeit stieg ihr in der Kehle hoch. Sie drehte sich auf ihrem Sitz um, zielte kratzend auf sein Gesicht. Ihre Fingerspitze erwischte etwas Feuchtes, Weiches. Sein Auge.

Er brüllte auf – und ließ ihr Haar los. Sie erwischte den Türgriff, fiel aus dem Truck und landete rücklings auf dem Boden. Die Luft entwich aus ihrer Lunge. Ihre Zähne schlugen aufeinander.

Arme und Beine tauchten neben dem Truck auf. Er landete auf ihr wie eine Spinne, setzte sich rittlings auf ihre Hüften, das Gesicht voller Wut und glänzend vor Schweiß, den Mund geöffnet – das Maul eines Riesen.

Ein, zwei, drei harte Schläge ins Gesicht, ihr Mund füllte

sich mit Blut. Erde in den Augen, eine schwere Hand legte sich über ihre Lippen, presste ihre Zähne zusammen. Blauer Himmel über ihr. Dann wurde alles grau.

Ihr letzter Gedanke galt ihren Eltern.

33

HAILEY

Geduckt hinter den Bäumen sah ich zu, wie Beth in Masons Truck stieg. Er startete den Motor, wendete, und die beiden fuhren davon. Wolf neben mir winselte. Er starrte Masons Truck hinterher, schaute wieder mich an.

»Ich weiß.« Jeder einzelne Kerl, den ich kannte, schien ganz versessen darauf, Beth zu helfen. Ich hatte gerade pfeifen wollen, damit sie mich bemerkte, als ich Masons Truck hörte. Jetzt würde ich einen anderen Weg finden müssen, um Jonny eine Nachricht zukommen und ihn wissen zu lassen, dass mit mir alles okay war. Als ich vom Sattelschlepper gesprungen war, hatte ich das Display des Wegwerfhandys zerbrochen und konnte es nicht mehr einschalten, aber zu Jonny zu fahren war riskant, solange Andy noch dort war.

Wolf entwischte mir, rannte am Ufer entlang, die Nase am Boden. Vor Beths Wagen, dort, wo Mason gestanden hatte, blieb er stehen und schnüffelte am Rand der Motorhaube. Ich pfiff nach ihm, doch er lief weiterhin mit aufgestelltem Nackenfell herum, bis er zu der Stelle kam, an der Masons Truck gestanden hatte. Er schaute erneut zur Straße, die Ohren gespitzt.

Ich folgte Wolfs Spuren am Seeufer entlang und kam vor Beths Wagen wieder heraus. Ich berührte einen Tropfen Motoröl auf der Stoßstange und zerrieb ihn zwischen meinen Fingern. Ich hatte gesehen, dass Mason nach dem Öl gesehen hatte, und hatte angenommen, dass dort das Problem lag. Ihre

Schlüssel steckten noch im Schloss. War sie schon wieder high? Vorletzte Nacht hatte ich unbemerkt die Autotür geöffnet und ihr Smartphone wieder auf den Sitz gelegt, während sie geschlafen hatte.

Ich setzte mich auf den Fahrersitz und öffnete die Motorhaube. Das Öl war fast voll und sah sauber aus. Die Verbindungen an der Batterie saßen fest. Ich setzte mich wieder rein und ließ die Tür offen, für den Fall, dass ich hinausspringen musste. Der Wagen sprang beim ersten Versuch an. Der Tank war nur zu einem Viertel gefüllt, aber das reichte, um in die Stadt zu kommen. Warum war sie nicht selbst gefahren? Ich sah mich in ihrem Auto um, entdeckte ein paar Münzen auf der Konsole und steckte sie ein. Ich würde versuchen, Jonny von einem Münztelefon aus anzurufen, sobald es dunkel war.

Hinter der Sonnenblende klemmte ein Foto. Ich zog es heraus. Amber und Beth. Ich erkannte das Bild von Ambers Facebook-Seite. Ich zeichnete die Umrisse ihres hübschen Gesichts mit dem Finger nach.

Wolf stellte seine Vorderpfoten auf meinen Schoß und sah mich winselnd an. Ich kraulte ihn am Nacken. Er stupste mich an der Brust an. Sein Winseln wurde intensiver, schriller.

Ich sah auf den Weg, der über den Zeltplatz führte. Beth hatte überrascht gewirkt, als Mason aufgetaucht war, also hatte sie ihn nicht erwartet. Er war früh gekommen, als niemand anders wach war.

Woher hatte er gewusst, dass sie eine Fahrgelegenheit brauchen würde? Der Diner würde heute doch gar nicht öffnen.

Amber hatte ebenfalls für Mason gearbeitet. Sie hatte ebenfalls ein unzuverlässiges Auto gehabt – in ihrem Fall waren es Reifenprobleme gewesen. Wenn Mason angehalten und angeboten hätte, sie mitzunehmen, wäre sie eingestiegen. Jeder hätte seine Hilfe angenommen, auch ich. Aber Mason war einer von den Guten. Er konnte es nicht sein. Unmöglich.

Vor einem Jahr war ich in Vaughns Truck gewesen, auf dem Highway hinunter zum See. Ich versuchte, mich daran zu erinnern, was er über den Mörder gesagt hatte. Ein Satz tauchte aus der Dunkelheit auf.

Er hält bereits nach seinem nächsten Opfer Ausschau.

In die Stadt zu fahren war riskant. Vaughn würde in höchster Alarmbereitschaft sein. Oder vielleicht war es gerade ein guter Zeitpunkt. Er würde nicht damit rechnen, dass der Einbrecher so bald erneut in die Nähe des Diners kommen würde. Ich fuhr schnell über den Pfad, den Blick auf jede Biegung, jede Schwelle im Boden konzentriert. Jonnys Bike war schwer. Ein falscher Jump, und Wolf und ich würden durch die Luft fliegen. Es musste einen guten Grund geben, warum Mason Beth mitgenommen hatte. Wahrscheinlich half sie ihm dabei, Putzzeug für den Diner zu kaufen. Trotzdem kamen die Gedanken immer wieder: Warum hatte sein Truck diesen Camperaufbau? Ich hatte nie erlebt, dass er Ausflüge unternahm, zur Jagd ging oder Ähnliches. Er fuhr gern mit seiner Harley zum Diner. Warum hatte er heute den Truck genommen?

Am Stadtrand versteckte ich Jonnys Dirt Bike in einer Baumgruppe, dann liefen Wolf und ich zu dem Waldstück gegenüber dem Diner. Ich holte mein Fernglas heraus.

Mason stand am vorderen Tresen. Er stellte irgendetwas mit der Kasse an, wahrscheinlich versuchte er, sie wieder in Gang zu bringen. Beth konnte ich nirgendwo sehen. Die Zeit verstrich. Die Sonne stieg höher, drang durch die Bäume und heizte den Wald auf. Dreißig Minuten später fegte Mason den Boden, schob die Glassplitter zu Haufen zusammen, stellte umgekippte Stühle auf. Immer noch kein Zeichen von Beth.

Weitere fünfzehn Minuten vergingen. Die Angst in meinem Bauch wuchs. Sie würde nicht in der Küche oder im Lagerraum sein. Der Diner war geschlossen, und in den Räumen war nichts beschädigt.

Masons Truck stand im Durchgang, nah an der Hintertür. Als wollte er ihn im Auge behalten. Ich starrte den Campingaufbau an. Die Vorhänge vor den Fenstern. Ich wollte hineinschauen, aber dabei könnte mich jemand sehen. Ich beobachtete die Schaufensterscheibe des Diners weitere zwanzig Minuten.

Da stimmte etwas nicht, da stimmte etwas ganz und gar nicht. Beth steckte in Schwierigkeiten. Mason hatte ihr etwas angetan. Ich wartete, bis ein paar Autos vorbeigefahren waren, gab Wolf ein Zeichen, dass er warten sollte, und lief mit hochgezogenen Schultern über die Straße. Ich drückte mich an die Mauer des Durchgangs, schlich näher an den Truck und schaute vorn hinein.

Beige karierte Sitzbezüge. Ordentlich. Am Rückspiegel baumelte ein Duftbäumchen. Keine Tasche einer jungen Frau. Kein Blut.

Ich kletterte auf den hinteren Reifen auf der Fahrerseite, drückte mich gegen die Wand des Campers und spähte durch das schmutzige Fenster. Die Vorhänge versperrten den Blick auf den Großteil des Inneren. Ich sah den Boden und einen Teil des Schlafbereichs. Ich drückte ein Ohr an das Glas und sagte leise: »Beth?«

Keine Antwort.

Ich kletterte herunter und kehrte in den Wald zurück. Wenn Beth nicht im Camper war, war sie vielleicht in Masons Haus gefangen. Er lebte auf einem großen Stück Land mehrere Meilen hinter dem See, abseits einer Schotterstraße, die zum zweiten Gipfel des Berges führte. Keine halbe Meile von der Stelle entfernt, wo Dad mit seinem Truck verunglückt war. Nur einen Monat vor dem Unfall war ich mit Dad zusammen bei Mason gewesen, um ein paar Werkzeuge vorbeizubringen, die er sich ausleihen wollte. Mason hatte uns am Fuß der Auffahrt getroffen. Jetzt fragte ich mich, was er damals gebaut hatte. Nach der Beerdigung hatte er die Werkzeuge zurückgegeben.

Ich brauchte Hilfe. Ich ließ das Fernglas über den Truckstop schweifen. Drei Sattelschlepper standen dicht beieinander. Die Fahrer standen herum, Kaffeebecher in den Händen.

»Bleib!«, sagte ich zu Wolf. Er murrte, dann suchte er sich eine Stelle am Boden und buddelte sich eine flache Mulde. Er warf sich hinein und legte den Kopf auf die Vorderpfoten. »Ich brauche nicht lange.«

Ich schlich unter den Bäumen bis zur Kurve und wartete, bis sich eine Lücke im Verkehr auftat, bevor ich über die Straße rannte und mich zwischen den Sattelschleppern versteckte. Ich vergewisserte mich, dass niemand mich gesehen hatte, und schlich um die Rückseite der Schlepper herum, bis ich bei der Telefonzelle war. Die Männer waren ganz in ihre Unterhaltung vertieft.

Ich steckte eine von Beths Münzen ins Telefon. Es dauerte eine Weile, bis Thompson ranging. Ich wollte schon auflegen, als ich endlich seine Stimme hörte.

»Thompson.«

Ich hielt den Mund nah ans Mikrofon, das ich mit der Hand verdeckte. »Beth, die neue Kellnerin im Diner, ist verschwunden. Mason hat etwas mit ihrem Wagen angestellt, damit er sie mitnehmen konnte, aber sie ist nicht mit ihm im Diner. Er hat sie irgendwohin gebracht.«

Eine Pause, dann: »Woher wissen Sie das?«

»Das ist egal. Sie müssen seinen Camper durchsuchen.«

»Als Sie letztes Mal angerufen haben, haben Sie behauptet, Vaughn sei der Mörder.«

»Vaughn ist ein perverses Schwein. Ich habe nicht gelogen – aber Mason hat Beth etwas angetan, ich schwöre es. Bitte überprüfen Sie es einfach, okay? Oder ich werde selbst mit ihm reden.«

»Halten Sie sich von Mason fern. Ich werde mich darum kümmern.«

»Sie könnte *verletzt* sein.«

»Halten Sie sich von ihm fern, verstanden?« Dieses Mal legte er zuerst auf.

Ich kehrte zurück zu meinem Platz unter den Bäumen, wo Wolf wartete. Schwanzwedelnd sprang er auf und stieß mir seine Schnauze ins Gesicht, als ich in die Hocke ging und ihm sein Nackenfell kraulte.

»Guter Junge.«

Ich lehnte mich mit dem Rücken an einen Baum und hielt das Fernglas auf den Diner gerichtet. Die Sonne stand jetzt hoch und brannte heiß, selbst hier im Schatten. Mein Haar unter meiner Basecap war schweißnass. Ich nahm sie ab und wischte mir über die Stirn. Wolf und ich leerten meine letzte Flasche Wasser, lauwarm von der Sonne.

Ein Streifenwagen tauchte auf der Straße auf und parkte vor dem Diner. Ich hielt den Atem an, wartete, wer aussteigen würde. Schwarzes Haar, hochgewachsen, schmale Schultern. Er trug eine dunkle, verspiegelte Sonnenbrille. Thompson.

Er ging meinem Anruf tatsächlich nach. Ich überprüfte den Streifenwagen, vergewisserte mich, dass Vaughn nicht bei ihm war, dann schaute ich auf die Straße. Kein Zeichen einer Verstärkung. Ich konzentrierte mich wieder auf Thompson.

Er stand jetzt an der Tür zum Diner und sah sich um, die

Hand an der Waffe. Er wirkte angespannt. Ich duckte mich tiefer. Spürte er, dass ich in der Nähe war und ihn beobachtete?

Nach einem kurzen Moment schob er seine Sonnenbrille hoch und betrat den Diner.

34

BETH

Als sie erwachte, war es stockfinster. Sie war benommen, nur halb bei Bewusstsein und hatte schlimme Schmerzen. Ihr Kopf war schwer und pochte, ein Helm aus Qualen. Wo war sie? Sie lag auf dem Boden, zu einer unbequemen Position verdreht. Sie versuchte, die Augen zu öffnen, doch die waren so verquollen, dass sie nur blinzeln konnte.

Ihre Zunge war geschwollen, was sie erst merkte, als sie damit gegen den Stoffball in ihrem Mund stieß. Blut und Spucke ließen sie würgen. Ihr Rücken war durchgebogen, die Hände hinter ihrem Rücken an die Fußknöchel gefesselt.

Keuchend lag sie ganz still und lauschte angestrengt. Verkehrslärm in der Ferne. War sie neben einer Straße? Sie spürte Bewegung, Vibrationen um sie herum. Sie befand sich in einem Fahrzeug – dem Camper? Sie rutschte nach vorn und stieß gegen etwas Hartes. Sie hob den Kopf und stieß erneut irgendwo an. Sie keuchte auf. Übelkeit und Schwindelgefühl. Von irgendwoher kam frische Luft. Sie rutschte zurück und stieß gegen ein weiteres Hindernis. Sie lag in einer Kiste oder einem Holzverschlag. Vielleicht in einer Art Schrank. Sie versuchte zu schreien, brachte aber nur ein Stöhnen und Ächzen heraus, dann begann sie zu schluchzen, woraufhin sie würgen musste. Sie zitterte am ganzen Körper. Sie war allein und hilflos. Niemand wusste, wo sie war. Niemand würde merken, dass sie verschwunden war.

Sie fand die Stelle, durch die die Luft hereinkam, und hielt ihre Nase daran. Kühle. Die Außenluft? Wo immer sie war, er wollte, dass sie atmen konnte. Er sparte sie für etwas auf. Entsetzen stieg in ihr hoch. Sie warf sich herum, trat um sich und wand sich, bis sie völlig erschöpft war, heftig keuchte und keine Kraft mehr zum Kämpfen hatte.

Die Bewegung hörte auf. Eine Trucktür wurde geöffnet. Sie konnte es durch das Luftloch hören. Bedeutete das, dass jemand ihre Schreie hören könnte? Sie wartete, bereit, auf jede Weise zu kämpfen, die sich ihr bot. Sie stellte sich vor, wie er sie herauszerrte. Stellte sich vor, wie er mit einem Messer auf sie einstach, die Klinge in ihr Fleisch bohrte. Ihr Atem wurde schneller, gleich würde sie hyperventilieren. Sie versuchte, sich zu konzentrieren, versuchte, sich an den Selbstverteidigungskurs zu erinnern, den sie mal besucht hatte.

Die Zeit verstrich. Er war nicht gekommen. Wo hatte er sie stehen gelassen? Sie starrte in die Dunkelheit. Sie musste pinkeln, und schließlich, als sie es nicht mehr aushielt, machte sie in ihre Shorts. Vielleicht würde er das hassen. Vielleicht schlug er sie dafür. Vielleicht wäre es ein Segen. Er würde sie nicht am Leben lassen. Das wusste sie bereits. Was immer er vorhatte, sie würde nicht davonkommen.

Beth dachte an Amber und schloss die Augen, als ihr die Tränen kamen. Sie betete zu ihr, ihr Hilfe zu schicken. Sie wiederholte es immer wieder, ein Mantra der Verzweiflung. Sie wusste nicht, wie lange sie schon gefangen war. Sie war sicher, dass sie eine Gehirnerschütterung hatte. Sie sank in einen benommenen Schlaf, wachte von ihrem pochenden Schädel wieder auf. Sie hatte noch nie solche Schmerzen gehabt. Nichts hatte sie je darauf vorbereitet. Sie wollte aus ihrem zerschlagenen Körper heraustreten.

Stimmen. Sie kamen näher. Sie hob den Kopf, versuchte, durch das kleine Luftloch zu lauschen. Die Stimmen klangen tief und rau. Männer. Sie lag ganz still. Sie brauchte einen Plan. Wenn er die Kiste öffnete, könnte sie so tun, als sei sie tot. Sie könnte hochschießen und ihm den Kopf ins Gesicht rammen.

»Vaughn hat gestern Nacht überall nachgesehen.« Masons Stimme in einiger Entfernung, als stünde er nicht direkt neben dem Camper.

»Ich muss nur noch einmal überprüfen, wo er eingedrungen ist.« Die andere Stimme kam ihr bekannt vor. Thompson? Eingedrungen? Was bedeutete das? Sie konnte nicht richtig nachdenken, vom Druckgefühl in ihrem Kopf drehten ihre Gedanken sich im Kreis. Tür. Die Dinertür. Der Truck stand im Durchgang neben dem Diner.

»Bist du heute ganz allein hier?«

»Ich hab dem Koch einen Tag freigegeben. Ich hatte gehofft, Beth könnte mir ein paar Stunden helfen, aber sie ist nicht gekommen.«

»Du warst nicht auf dem Zeltplatz?«

Sie bewegte ihren Körper, aber sie konnte ihre Beine nicht strecken und bekam kaum ein leises Klopfen hin. Sie versuchte, laut zu stöhnen, spannte ihre Halsmuskeln an, stieß die Töne tief aus ihrer Brust hervor.

»Nein. Ich bin direkt hierhergekommen. Wieso?«

»Sie ist verschwunden. Ihr Zelt, ihr Auto, alles ist noch da.«

Halt. Jemand hatte gemerkt, dass sie verschwunden war. Jemand hatte die Polizei gerufen.

»Hast du Jonny schon überprüft? Sie haben sich neulich gestritten. Sie war ziemlich sauer, als sie zurückkam.«

»Wirklich?«

»Ja.« Mason log und lockte Thompson auf eine falsche Fährte. Beth verlagerte ihr Gewicht, schaukelte hin und her. Wenn sie den Camper zum Wackeln bringen könnte, würde es

Thompson auffallen. Ihre Schultern stießen gegen die Seitenwände, aber das Geräusch wirkte gedämpft, als läge sie einem Kokon, als sei die Kiste ausgepolstert.

»Ich werde ihn anrufen. Ich bin sicher, dass es ihr gut geht, aber wir müssen der Sache nachgehen.« Thompson wirkte so ruhig, so unberührt. Wie konnte er Masons Lügen glauben? Sie wollte schreien. »Du parkst ja heute hier hinten. Brauchst du Hilfe beim Ausladen oder so?«

»Ich hatte ein paar Werkzeuge dabei, die habe ich schon drin. Aber danke.«

Einen Moment blieb es still, dann fragte Thompson: »Ist mit deinem Auge alles in Ordnung? Es ist ziemlich gerötet.«

»Ich muss ein paar Splitter abbekommen haben, als ich die Trümmer zusammengefegt habe.« Mason räusperte sich. »Wenn es dir nichts ausmacht, ich muss wieder rein ...«

»Klar. Sag Bescheid, wenn du etwas von Beth hörst.«

»Natürlich. Ich mache mir auch Sorgen um sie.«

Thompson brach auf. *Nein, nein, nein.* Beth streckte ihren Körper und zerrte an den Fesseln. Die Muskeln in den Schultern schmerzten, die Haut an ihren Handgelenken brannte, aber sie musste Thompsons Aufmerksamkeit erregen. Sie schluckte ihre Spucke herunter, würgte und keuchte, die Augen tränenüberströmt. Einen lähmenden Moment lang dachte sie, es sei aus mit ihr. Sie würde ersticken, allein in einer Kiste, aber schließlich bekam sie doch noch etwas Luft durch die Nase. Gerade rechtzeitig, um zu hören, wie sich Schritte entfernten.

Beth wachte auf, den Kopf in eine Ecke gequetscht. Sie war in einen erschöpften Schlaf gefallen. Ihr Verstand hatte vor Schreck ausgesetzt. Jetzt war der Camper wieder in Bewegung. Sie wusste nicht, wie lange sie schon auf der Straße waren. Stunden? Sekunden? Jede Meile brachte sie dem Tod näher.

Sie stellte sich vor, wie die Polizei bei ihren Eltern vor der Tür stehen würde, um ihnen zu sagen, dass sie auch ihre zweite Tochter verloren hatten. Sie würden für immer allein bleiben.

Mason. Die ganze Zeit über war es Mason gewesen. Sie hatte mit ihm gearbeitet, mit ihm geredet. Dieselbe Luft wie er eingeatmet. Hatte mit ihm gelacht. Sie war so dankbar gewesen, als er ihr den Job gegeben hatte. Hailey hatte nie vermutet, dass er der wahre Mörder war. Niemand hatte das, und dabei war er die ganze Zeit *hier* gewesen. Vor aller Augen, mitten unter ihnen.

Der Truck hielt an. Irgendwo wurde eine Tür zugeknallt. Dann gab es ein Geräusch in der Nähe, ein Schloss wurde mit einem Klicken geöffnet. Die Campertür. Schritte, scharrende Geräusche über ihr. Sie versuchte, sich auf die Seite zu drehen, damit sie ihn mit der Stirn im Gesicht treffen konnte, aber dann wurde der Deckel angehoben, und sie war geblendet von der Helligkeit. Etwas kam in ihr Blickfeld. Sie blinzelte. Masons Augen und sein Bart schwebten direkt über ihr, dann sauste seine Faust auf sie nieder.

Als sie erwachte, lag sie auf einem Betonfußboden. Hände stießen sie grob hin und her. Ihre Arme fielen zur Seite. Die Fesseln waren fort, aber ihre Muskeln waren taub und prickelten. Der Blutkreislauf musste erst wieder in Gang kommen. Sie war immer noch geknebelt, und ihre Haut war kalt. Dann die plötzliche Erkenntnis. Sie war nackt. Sie rollte sich auf die Knie, und etwas Hartes donnerte auf ihren Rücken. Sie fiel flach auf den Boden, ihr Gesicht schrammte über den Betonfußboden. Die Hände packten sie und drehten sie um. Sie schaute zu Mason hoch.

Er ragte vor ihr auf, eine Metallstange in der Hand. An seinem Hals hing eine Kamera.

»Du wirst für mich posieren.«

Beth schüttelte den Kopf, die Hände bittend vor sich ausgestreckt. Sie flehte ihn mit ihren Blicken an.

»Du bist die Erste, mit der ich etwas Zeit habe.« Er klang so erfreut, als er ihr diese Neuigkeit mitteilte, als würde er erwarten, dass sie sich geehrt fühlte. »Bei den anderen ging alles viel zu schnell. Ich musste die Fotos machen, nachdem sie tot waren. Aber jetzt habe ich die Kühlbox in den Camper eingebaut. Als du in den Diner gekommen bist, war mein Glückstag.« Sie starrte ihm ins Gesicht, auf seinen Mund, der sich bewegte und all diese wütenden, schrecklichen Dinge sagte. Das konnte nicht das Ende ihres Lebens sein. Sie war erst einundzwanzig. Sie durfte nicht so sterben wie ihre Schwester. Sie musste sie rächen. Sie musste ihre Familie wieder in Ordnung bringen.

Mason klemmte sich die Metallstange unter den Arm, hob die Kamera und nahm sie ins Visier. Er drückte auf den Auslöser. Sie verbarg ihr Gesicht mit einer Hand, versuchte, sich zusammenzurollen und sich mit der anderen Hand zu bedecken.

»Das ist gut«, sagte er. »Das gefällt mir.«

35

HAILEY

Thompson plauderte kurz mit Mason. Dann fuhr er davon. Ungläubig sah ich zu. Sollte ich zu Masons Haus fahren oder hierbleiben? Unentschlossen lief ich am Waldrand hin und her. Wolf beobachtete mich. Gegen Mittag sah ich eine Bewegung hinter den Fenstern des Diners. Das *Geschlossen*-Schild bewegte sich, als würde Mason es kontrollieren. Wenige Minuten später öffnete sich die Seitentür, und er stieg in seinen Truck. Er hatte ziemlich lange gewartet, und ich wunderte mich über seine Geduld. Die Vorstellung, dass er womöglich ihre Leiche loswerden wollte, verwandelte meine Beine in Brei, aber auf dem Highway konnte ich ihm mit dem Bike nicht folgen. Meine Unentschlossenheit war wie weggeblasen. Ich musste zu seinem Haus und hoffen, dass sie noch am Leben war.

Ich fuhr wie der Henker, Wolf hielt hinter mir das Gleichgewicht, als ich eine Kurve nach der anderen nahm. Als ich mich Masons Haus näherte, kam ich an der Stelle vorbei, wo Dad verunglückt war. Die Wunde am Baum war immer noch zu sehen, dort, wo er mit seinem Truck durch die Luft geflogen war. Ich habe nie begriffen, warum er so schnell gefahren war. Er war sonst nie zu schnell unterwegs. Normalerweise nahm er nicht einmal diese Route hoch in die Berge. Jetzt fragte ich mich, ob Dad womöglich bei Mason vorbeigefahren war, um sein Werkzeug abzuholen, und dort etwas gesehen hatte. Etwas Übles. Ich schluckte hart.

Hinter der nächsten Kurve fuhr ich quer über die Straße,

flog über einen Graben und fuhr mit dem Bike einen Abhang hinauf, der so steil war, dass ich Mühe hatte, die Balance zu halten. Oben angekommen, drehten die Reifen durch und schleuderten Dreck hoch. Wolf lehnte sich an meinen Rücken. Auf der anderen Seite rollten wir hinunter in die Senke und hielten neben einem Bach.

Ich befahl Wolf, auf das Dirt Bike aufzupassen, gab ihm den letzten Knochen und lief so schnell ich konnte den Hügel in Richtung Masons Haus hinauf. Es bestand die Möglichkeit, dass Wolf mir folgte, aber ich würde ihn nicht anbinden. Ich wollte, dass er ungehindert losrennen konnte, sobald er meinen Schrei hörte. Ich hatte immer noch meinen Rucksack und meine Handschuhe dabei. Ich würde keine Fingerabdrücke hinterlassen. Ein Messer steckte im Futteral an meiner Wade, das andere an meinem Gürtel. Ich wusste nicht, was für Waffen Mason womöglich hatte. Ich wünschte, ich hätte meinen Revolver noch, aber ich hatte meine gesamte Munition verfeuert, als ich versucht hatte, Vaughn in den Hinterhalt zu locken, und hatte keine Zeit gehabt, Nachschub zu holen.

Masons Haus stand auf einer kleinen, von Bäumen umgebenen Lichtung. Ich betrachtete es vom Waldrand aus. Klein, rustikal, Holzverkleidung. Kein Lebenszeichen. Hinter dem Haus, am Ende einer zweiten Auffahrt, befand sich ein großes Gebäude mit Wänden aus Wellblech. Eine Garage. Masons Truck parkte davor. Er war rückwärts herangefahren, als hätte er etwas aus dem Camper geladen. Mein Magen machte eine hässliche Drehung.

Ich musterte das Haus mit dem Fernglas. Eine Überwachungskamera an der Vordertür. Der musste ich aus dem Weg gehen. Ich lief von Baum zu Baum, bis ich die Garage erreicht hatte. Der Motor des Trucks knackte noch.

Das Gebäude war alt, das Metallblech rostig, es hatte ein

halbmondförmiges Dach und ein Betonfundament. Ich hielt mein Ohr an die Wand und hörte gedämpfte Geräusche. Ein Scharren, dann ein klirrender Ton. Ketten? Ich presste die Hände an die Augen und schaukelte auf den Fersen hin und her.

Was sollte ich tun? Ich wünschte, Jonny wäre hier. Ich wünschte, mein Dad wäre bei mir.

Ich schlich weiter zur Vorderseite der Garage. Die Tür stand einen Spalt offen. Ein Stein war darunter geklemmt. Es war still. Das klirrende Geräusch hatte aufgehört. Ich duckte mich tief und blieb links von der Tür. Wenn er sie plötzlich aufstoßen sollte, wäre ich dahinter.

Ich schlich näher, spähte durch den Spalt. Meine Knie wurden weich. Beth stand nackt auf einem Hocker. Ihr Hals steckte in einer Schlinge. Der Kopf hing nach unten, und ihr blondes Haar fiel wie ein unordentlicher Schleier über die eine Hälfte ihres Gesichts. Ein paar Strähnen waren blutgetränkt. Ihre Hände und Füße waren frei, aber an den Gelenken hatte sie rote Abschürfungen. Seile lagen auf dem Boden.

Sie war noch am Leben.

Die Schlinge war an einer Kette befestigt, die von einem der Deckenbalken herunterhing. Mason stand mit einer Kamera neben ihr. Er griff ihr unters Kinn. Ihre Augen waren geschlossen, und sie war geknebelt, die Lippen zurückgezogen. Ihr Körper zuckte, als sie erschauderte.

Ich verdrehte die Finger und zog vorsichtig die Tür auf. Mason konzentrierte sich immer noch auf Beth. Wenn sie mich sah, schrie sie möglicherweise. Konnte ich mich irgendwo verstecken? Auf allen Seiten der Garage standen Werkbänke, Werkzeugkisten, Holzverschläge und Fässer. Im hinteren Bereich der Garage entdeckte ich seine Harley-Davidson. Ich zog die Tür etwas weiter auf – prüfte, ob die Scharniere quietschten – und schlüpfte durch den Spalt. Mein T-Shirt verhakte sich. Ich griff nach unten, zerrte an dem Stoff. Wenn er sich jetzt umdrehte, würde er mich sehen.

Langsam ging Mason um Beth herum und hielt die Kamera mit einer Hand, als wäre das hier ein verdammtes Modeshooting. Beth hatte lange rote Striemen am Oberkörper, den Armen und den Beinen. Ich hatte solche Striemen schon einmal gesehen. Bei Amber. Dann sah ich die Metallstange am Boden neben seinen Füßen. Er hatte Beth geschlagen, bevor ich gekommen war. Er würde sie erneut schlagen.

Endlich bekam ich mein T-Shirt frei und kroch über den rauen Beton in einen dunklen Winkel, wo ich mich hinter einem Fass verbarg. Ich griff nach unten und zog langsam das Messer aus dem Gürtel.

Mason erstarrte, wie ein Tier im Wald, und drehte sich um. Ich hielt den Atem an. Er ging zur Tür. Ich zog den Kopf ein, krümmte die Schultern, machte mich ganz klein.

Er öffnete die Tür und sah sich um. Ich betete, dass Wolf mir nicht gefolgt war, betete, dass ich keine Fußspuren hinterlassen hatte. Nach einem langen Moment zog er die Tür fest hinter sich zu.

Ich beobachtete ihn, als er sich flüchtig im Raum umsah, dann konzentrierte er sich wieder auf Beth. Sie stöhnte, rührte sich träge. Sie hob den Kopf, und ihre Augen weiteten sich, als sie ihn sah. Sie schrie unter ihrem Knebel, wich zurück und fiel vom Schemel. Sie wurde gewürgt, ihre Beine traten um sich, die Hände umklammerten das Seil um ihren Hals. Mason packte ihre Hüfte und stellte sie zurück auf den Schemel. Sie schwang die Faust, versuchte, ihn zu schlagen, aber er wich ihr mühelos aus.

»Mach das noch einmal, und ich lasse dich sterben.« Jetzt erkannte ich seinen Plan. Sie war gezwungen, seine Quälereien zu erdulden, oder sie würde sich selbst strangulieren. Beth stand auf dem Schemel, ihre Brust hob und senkte sich, Tränen liefen ihr übers Gesicht. Am liebsten hätte ich ihr ein Zeichen gegeben, dass sie ruhig bleiben sollte, dass ich sie retten würde, aber das durfte ich nicht riskieren.

Mason bückte sich, hob die Metallstange auf und begann, um Beth herumzugehen. Er schlug ihr auf den Po, und sie schrie auf, bog sich zur Seite, bis sie beinahe erneut herunterfiel.

Instinktiv streckte ich die Arme aus, um ihr zu helfen, meine Hände griffen ins Leere, dann riss ich mich zusammen. Doch ich war nicht schnell genug gewesen, und Beth sah mich. Ihre Augen starrten blind in die Ecke. Sie stöhnte. Ich hielt einen Finger vor den Mund. Sie blinzelte langsam.

Mason schlug sie erneut mit der Stange auf den Po, und sie warf sich nach vorn, konnte sich gerade noch mit einem Zeh festhalten, bevor sie nach vorn schwang. Mason hob die Kamera und machte ein paar Fotos von den Spuren, die er auf ihrer Haut hinterlassen hatte. Er trat näher heran, machte eine Nahaufnahme von dem roten Muster.

Ich konnte nicht einfach hier hocken bleiben und zusehen. Er könnte sie so hart treffen, dass er sie umbrachte. Sie könnte vom Schemel geschlagen werden und ersticken. Aber von meiner sitzenden Position aus konnte ich das Messer nicht werfen. Ich musste stehen, und ich hatte nur einen Wurf – wenn ich ihn verfehlte, könnte er uns beide töten.

Mason schlug sie erneut. Beth kniff die Augen vor Schmerz zusammen, aber dann riss sie sie wieder auf. Ein Ausdruck, den ich nicht ergründen konnte, legte sich über ihr Gesicht. Dunkel und entschlossen.

Beth spannte die Beine an, und als Mason vor ihr stand, trat sie zu. Im letzten Moment drehte er sich weg, ihr Fuß verfehlte sein Ziel, und der Schwung riss sie vom Schemel. Dieses

Mal bewegte sie sich zu schnell, um sich wieder fangen zu können, und ihr Hals zuckte, als sie sich hilflos im Kreis drehte.

Ich dachte nicht nach. Ich bewegte mich einfach. Ich sprang auf, holte Schwung, konzentrierte mich auf Masons breiten Rücken und schleuderte mein Messer mit aller Kraft. Im letzten Moment bewegte er sich, tänzelte um Beths kreiselnden Körper herum. Das Messer traf ihn an der Schulter.

Er brüllte auf, ließ die Kamera und die Metallstange fallen.

Beths Gesicht wurde rot. Blutrot. Sie würgte.

Mason griff hinter seinen Kopf und riss das Messer heraus. Er wirbelte herum und sah mich, der Mund in seinem zerzausten Bart stand weit offen. Seine Überraschung verwandelte sich bereits in rasende Wut.

Er stürzte sich auf mich, mein Messer fest in der Hand. Mir blieb keine Zeit, mein zweites Messer aus dem Wadenholster zu ziehen. Ich rannte direkt auf ihn zu, ließ mich fallen und trat die Beine unter ihm weg. Er fiel krachend auf den Rücken. Beth drehte sich immer noch. Ich beugte mich vor und trat den Schemel so, dass sie ihre Füße darauf bekam. Mason rappelte sich hoch. In einer einzigen Bewegung schnappte ich mir die Metallstange vom Boden, sprang auf und schlug sie ihm mit aller Kraft über den Schädel. Die Stange prallte ab, und ich spürte die Erschütterung bis in meinen Arm.

Schwankend sank er auf die Knie, aber er war immer noch bei Bewusstsein. »Haywire«, krächzte er. »Sieh dich an, gesund und munter.« Er lachte, ein wahnsinniges Geräusch, bei dem es mir eiskalt über den Rücken lief.

Ich stürzte mich mit der Metallstange auf ihn. Er schwang seinen Arm. Das Messer verfehlte mein Gesicht, doch sein Arm erwischte mich am Kinn. Der Schwung haute mich um. Die Stange glitt mir aus den Händen, und ich rutschte gegen

Beths Schemel. Sie baumelte wieder in der Luft, zuckend und würgend. Ich hatte mich im Schemel verhakt.

Mason griff nach mir, hielt das Messer wie einen Dolch. Ich drehte mich auf den Rücken, trat ihm mit dem Stiefel in die Nase und spürte, wie der Knochen unter meinem Absatz nachgab. Ich beeilte mich, Beth zu helfen. Ihre Zehen landeten auf dem Schemel. In einem Nahkampf konnte ich Mason nicht besiegen – er hatte die längeren Arme. Ich tastete die Werkbank nach Werkzeugen ab. Was könnte ich als Waffe benutzen?

»Ich habe die Polizei gerufen«, keuchte ich. »Sie wird jeden Moment hier sein.«

Er wischte sich das Blut von der gebrochenen Nase. Kein Lachen dieses Mal. Sein Blick ruhte abschätzend auf mir. Ich griff nach einer langen Kette, die auf der Werkbank lag, schwang sie blitzschnell, schlang sie um sein Handgelenk und riss ihn zu mir. Mein Messer fiel ihm aus der Hand und schlitterte zum anderen Ende des Raums. Ich bückte mich, zog mein zweites Messer aus dem Wadenholster und hielt es vor mich, bereit zum Angriff. Doch Mason ging nicht auf mich los, er hatte sich zu Beth umgedreht.

Er zog den Fuß zurück, um den Schemel wegzutreten. Beth schwang ihren Körper hoch, schlang die Beine um seinen Kopf und drückte kräftig zu. Er schlug wild auf sie ein.

Ich versenkte mein Messer in seinem Rücken und riss es wieder heraus.

Mason drehte sich um. Ich zog die Klinge über seinen Hals, schlitzte ihm die Halsschlagader auf. Er machte ein ersticktes Geräusch, und an seinen Lippen bildete sich eine schaumige rote Blase, während er seine Kehle umklammerte. Blut quoll in einem dunklen Strom durch seine Finger. Er brach zusammen, fiel auf die Knie, kippte zur Seite und rollte mit vor Entsetzen weit aufgerissenen Augen auf den Rücken. Ein letztes Röcheln.

Beths Füße waren wieder auf dem Schemel gelandet. Sie starrte Mason an und schluchzte durch den Knebel. Ich schob eines der Fässer heran und begann die Schlinge durchzuschneiden. Die Fasern waren dick, aber schließlich fiel das Seil ab. Ich war nicht kräftig genug, um sie zu halten, aber ich versuchte, ihren Fall mit meinem Körper ein wenig abzubremsen. Sie fiel kopfüber und prallte mit einem dumpfen Geräusch auf den Betonboden. Sie rührte sich nicht.

Ich sprang vom Fass und entfernte den Knebel, der von Speichel und Blut durchweicht war. Ich tätschelte ihre malträtierten Wangen mit den Fingern. »He, wach auf!« Flatternd öffnete sie die Lider und holte einmal tief Luft, dann noch einmal, würgend und wimmernd. »Langsam, atme ganz langsam.«

Sie packte mein Handgelenk und sah sich panisch um. »Wo ist er?« Ihre Stimme klang rau und wund, aber sie konnte sprechen. Das war eine gute Nachricht.

»Er ist tot.« Sie warf den Kopf zurück und verdrehte die Augen. »Nicht wieder ohnmächtig werden, bitte! Beth? Beth!« Ich berührte ihren Hals, tastete nach ihrem Puls. Sie schnappte nach Luft. Ihre Lunge und ihr Herz versuchten, das Versäumte nachzuholen. Ihre Haut war so rot und zerschlagen. Was, wenn ihre Kehle zuschwoll? Ich musste Hilfe holen. Mason würde ein Telefon im Haus haben. Ich stemmte mich hoch.

Beth schlug die Augen auf. »Geh nicht«, flüsterte sie.

»Ich mache den Notruf von seinem Haus aus. Ich tue so, als wäre ich du.«

»Es muss meine Stimme sein.« Sie zuckte zusammen, als sie schluckte. »Sie werden sich die Aufnahme anhören. Hilf mir zu laufen.«

Ich dachte kurz nach. Könnte ich sie tragen? Sie war nicht viel größer als ich, aber sie war verletzt. Sie sollte still liegen bleiben. Sie streckte die Hand aus und kniff mir in die Wade. Ich schrie auf.

»Mach schon, Hailey.«

»Also gut. Aber wenn du ohnmächtig wirst, ist es nicht meine Schuld.« Ich schob meinen Arm unter ihren Nacken und zog sie langsam in eine sitzende Position. Ihr Körper wankte, die Lider flatterten, aber sie hielt durch und nickte, als sie bereit für den nächsten Schritt war. Ich stand auf und zog sie mit mir. Sie taumelte, und ich hielt sie an der Taille fest, dann humpelten wir langsam zum Haus.

Wir schafften die letzten unsicheren Schritte, und ich öffnete Masons Tür. Einen Moment fürchtete ich, er hätte eine Sprengfalle oder so etwas gebastelt, aber nichts geschah. Im Inneren des Hauses war es dunkel, die Wände waren holzvertäfelt, auf dem Boden lag braunes Linoleum.

In der Küche ließ ich Beth zu Boden gleiten, holte eine Tüte Erbsen aus der Gefriertruhe, wickelte sie in ein Handtuch und hielt ihr die Eispackung in den Nacken. »Das war ein Wahnsinnsauftritt gerade von dir. Dieser Move mit den Beinen? Ich dachte, ich bin bei der Wrestling-WM.«

»Bist du etwa nett zu mir? Bin ich gestorben?«, flüsterte sie.

»Halt den Mund, oder du bekommst deinen Knebel wieder.«

Sie schnaubte, aber ich wusste, dass sie dankbar war für meinen blöden Witz. Ich wusste nicht, wie ich sonst mit allem umgehen sollte, was gerade passierte. Masons blutüberströmte Leiche in der Garage. Beth nackt vor mir. Ich zog eine Decke von der Couch und wickelte sie darin ein. »Alles wird gut.« Dieses Mal war meine Stimme ernst, und ich sah ihr in die Augen. »Es ist vorbei.«

Sie legte den Kopf auf die Knie und begann zu weinen. Ich rieb ihr den Rücken unter der Decke. Ich konnte nichts tun, damit sie sich besser fühlte. Sie brauchte mehr Hilfe, als ich ihr geben konnte.

»Du musst ins Krankenhaus. Ich suche ein Telefon.«

Sie hob den Kopf. »Vaughn darf dich nicht sehen.«

»Das habe ich auch nicht vor. Ich muss noch die Überwachungskameras entfernen.« Ich würde Masons Computer oder was auch immer er als Datenspeicher für die Aufnahmen nutzte, mitnehmen müssen. Das war Diebstahl von Beweismaterial, aber Beth schien sich über diesen Teil keine Gedanken zu machen, und ich wollte sie gar nicht erst darauf bringen.

Ich fand Masons Festnetztelefon auf dem Couchtisch im Wohnzimmer. Ich schaute in den Flur. Die Schlafzimmer mussten dort hinten sein. Vielleicht gab es auch ein Büro.

Beth sah gar nicht gut aus. Dort, wo sie keine blutigen oder violetten Schwellungen hatte, war ihr Gesicht blass. Ich drückte die Tasten und hielt ihr das Telefon ans Ohr. Sie sprach mit ihrer heiseren, verletzten Stimme. »Hilfe, ich brauche Hilfe.«

Ich kaute an den Fingernägeln und schaute aus dem Fenster, während sie den Leuten vom Notruf so viel erzählte, wie sie konnte. Als sie fertig war, nickte sie mir zu.

»Er hat Messerstiche im Rücken. Du wirst alles erklären müssen.« Ich wischte mein Messer mit einem Papiertuch sauber, entfernte meine Fingerabdrücke und steckte das schmutzige Papier in meine Tasche.

Ich drückte ihre Finger um das Messer. »Sie werden das hier suchen.«

»Ich werde sagen, er hätte mich abgeschnitten. Wir haben gekämpft, und ich konnte ihm das Messer abnehmen.«

»Die sind nicht blöd.«

»Sie werden abgelenkt sein. Ich bin das Opfer, keine Verdächtige.«

»Vaughn wird nach Beweisen suchen, dass ich eines von Masons Opfern war.«

»Ich werde sagen, er hätte von dir erzählt.«

»Okay, das ist gut.«

Wir hatten nicht viel Zeit. Ich stand auf und lief in den Flur. Drei Zimmer. Eines stand voller Kartons und sah aus wie ein Lagerraum. Eines war ein Gästezimmer mit einem schmalen Bett, und beim letzten handelte es sich um ein Büro mit einem Aktenschrank und einem Schreibtisch. Auf dem Tisch bemerkte ich ein iPad. Ich blickte mich um, konnte aber keinen Computer entdecken. Ich hatte ihn auch nie mit einem Laptop im Diner gesehen. Ich musste hoffen, dass das iPad alles war, was er hatte, und dass er darauf die Aufnahme der Überwachungskamera abspeicherte.

Wieder im Wohnzimmer, öffnete ich die Vordertür. Noch keine Sirenen. Ich stellte mich auf eine Kiste auf der Veranda und riss die Kamera aus der Wand. Es hinterließ ein paar kleine Löcher, aber die Cops würden nicht mit Sicherheit wissen, was dort gehangen hatte.

Beth lag zusammengekauert in dieser hässlichen Decke. Ich hockte mich vor sie.

»Ich brauche sein Handy. Hast du ihn damit gesehen?«

»Ich kann mich nicht erinnern.«

»Ich sehe in der Garage nach, bevor ich gehe.« Ich lief zur Tür und schaute zu ihr zurück. »Du wirst wieder gesund. Der Rettungswagen wird gleich hier sein.«

»Ich habe nie die Stelle gesehen, wo Amber gestorben ist. Der Graben.«

»Okay …« Ich starrte sie an, eine Hand am Türgriff. Sie murmelte etwas, und ich hatte Angst, sie würde einen Schock erleiden. Irgendwelche Nebenwirkungen der Gehirnerschütterung.

»Ich weiß, dass da ein Kreuz ist«, sagte sie. »Aber ich konnte nicht hinfahren. Warum tun Menschen das? Sie wurde dort abgeladen wie ein Stück Müll.« Sie sah mich an, als wollte sie, dass ich ihr alles erklärte, aber ich wusste nicht, was ich sagen sollte. Ich war nicht gut in dieser Art Unterhaltung.

»Ich glaube, es hilft ihnen.«

»Es hilft?« Sie erstickte ein bitteres Lachen. »Wie soll das helfen?«

»Sie wollen sie wissen lassen, dass sie nicht vergessen wird.«

Ihre Augen füllten sich mit frischen Tränen, sie schluckte und zuckte zusammen. »Sie haben sie nicht einmal gekannt.«

Ich senkte den Kopf und nickte, weil es keine Rolle spielte, was ich sagte. Sie war erschöpft, hatte Schmerzen, und es gab nichts, was diese Wunden würde heilen können. In der Ferne heulten Sirenen.

»Ich muss gehen.«

Sie schaute zu mir hoch. »Pass auf dich auf.«

»Mir kann nichts passieren. Wir haben den großen bösen Wolf getötet.« Ich zog eine Grimasse, dann lief ich zur Tür hinaus und sprintete zur Garage. Ich sammelte mein Messer ein, das ich Mason aus der Hand geschlagen hatte, und fand sein Handy in seiner Hosentasche. Seine Leiche kam mir bereits kühler vor, sein blinder Blick war zur Seite gerichtet, das Blut bildete eine große dunkle Pfütze. Ich dachte an Amber.

Ich schaute zu ihm hinunter. »Ich hoffe, du verrottest in der Hölle.«

Die Sirenen wurden lauter, als ich durch den Wald rannte. Schon bald huschten rote und blaue Lichter über die Bäume und blitzten hinauf in den Himmel. Wolf sprang an mir hoch und japste vor Erleichterung.

»Halt dich fest. Wir müssen schnell sein.« Ich stieg auf das

Bike, und Wolf sprang in seine Kiste. In weniger als einer Minute waren wir auf dem Forstweg. Ich hoffte, die Sirenen würden den Krach des Motorrads übertönen. In der Nähe der Stelle, wo mein Dad verunglückt war, schlitterte ich um die Kurve und hielt den Atem an, doch dann fing eine unsichtbare Hand das Bike auf. Ich straffte mich und fuhr aus der Kurve. Ich hatte es geschafft.

36

BETH

Hailey war verschwunden. Ihre Wanderstiefel waren nicht mehr zu sehen, die Tür hatte sich hinter ihr geschlossen, und Beth war allein. In Masons Haus. Sie zog die Decke enger um ihre Schultern. Sie wollte nicht, dass Fremde ihren nackten, zerschlagenen Körper sahen. Sie übergab sich würgend auf den Boden und weinte, als die bittere Säure durch ihre wunde Kehle floss.

Sie musste nachdenken, durfte sich nicht verplappern, durfte nichts über Hailey preisgeben. Heiße Tränen brannten auf ihrem zerschundenen Gesicht. Sie hoffte, dass Hailey entkam.

Die Sirenen waren jetzt ganz nah. Direkt vor dem Haus. Sie klangen wie lange Schreie, die niemals aufhörten. Beth hielt sich die Ohren zu und bemerkte noch mehr Blut, sah ihre aufgescheuerten Handgelenke.

Ihr Körper fühlte sich an, als würde er unter Strom stehen. Sie spürte jede Faser einzeln. Hailey gegenüber hatte sie so getan, als ginge es ihr einigermaßen, als könnte sie mit dem Schmerz umgehen. Sonst hätte Hailey sie nicht allein gelassen. Und dann hätte man sie gefasst. Vielleicht sollte das nun nicht mehr wichtig sein, schließlich war Mason tot. Aber es kam ihr vor, als würde es jetzt erst recht eine Rolle spielen. Als sei es der letzte Grund, an dieser Welt festzuhalten.

Eine der Sirenen verstummte mit einem plötzlichen *Iuuuo* vor dem Haus. Lichter huschten rhythmisch über die Wand. Die Tür wurde aufgestoßen, Vaughn stürmte mit gezogener Waffe herein. »Polizei!«

Beth drückte sich gegen den Schrank und versuchte, ihre verletzten Hände zu heben. »Ich bin allein.«

Breitbeinig und mit gezogener Waffe sah Vaughn sich um. »Wo ist er?«

»Tot«, krächzte sie. »In der Garage.« Er lief weiter ins Haus hinein, sprach in sein Funkgerät. Sie verstand die Codes nicht, die schnell gesprochenen Worte. Sie dachte, Vaughn würde nach ihr sehen, ihr erste Hilfe leisten, stattdessen rannte er den Flur hinunter zur Rückseite des Hauses. Sie lehnte den Kopf an den Schrank, verwirrt und benommen vor Schmerzen. Weitere Sirenen waren draußen zu hören, doch Vaughn war immer noch in den anderen Räumen. Lärm an der Tür. Rettungssanitäter.

Ein Mann und eine Frau in Uniform. Sie knieten sich neben sie. Öffneten ihre Koffer. Sie sprachen leise mit Beth, während sie behutsam einen Finger an ihr Handgelenk legten und ihren Puls ertasteten. Er musste hastig und abgehackt sein. Sie beobachtete den Flur. Vaughn kam zurück. Er musterte sie mit prüfenden Blicken. Beriet sich mit einem anderen Officer, der eben durch die Tür kam.

Die Sanitäter legten sie flach auf den Boden und setzten ihr eine Sauerstoffmaske auf. Sie versuchte, tief einzuatmen, aber ihre Kehle war wie zugeschnürt, und sie zerrte an der Maske. Die Sanitäterin redete mit tröstlicher Stimme auf sie ein, sagte ihr, dass alles gut werden würde. Beth schloss die Augen. Mehr Polizei. Mehr Stimmen. Thompson war da, kniete neben ihr und sprach mit den Sanitätern. Er hielt ihre Hand.

Thompson half auch, sie in den Krankenwagen zu laden. Sie gaben ihr irgendetwas über eine Braunüle, und der brüllende Schmerz wurde zu einem leisen Summen. Die Geräte wackelten, als sie schnell um die Kurven fuhren, ein Sanitäter sagte etwas in ein Funkgerät. Worte, die sie nicht verstand. Sie rasten mit ihr zur Notaufnahme, schoben sie durch die Schwingtüren, wo Ärztinnen und Pfleger sich um sie drängten und weitere Anweisungen riefen. MRT, Wunden nähen, Verbände, Beruhigungsmittel. Irgendwann wurde sie in ein Zimmer geschoben, und sie musste eingeschlafen sein, denn als sie erwachte, saß Vaughn auf dem Stuhl neben ihrem Bett, während eine Pflegerin ihre Vitalfunktionen überprüfte.

Die Pflegerin sah Vaughn an. »Ermüden Sie sie nicht. Sie muss ihre Kehle schonen.« Sie berührte Beths Hand. »Drücken Sie auf den Knopf, wenn Sie mich brauchen.« Beth wollte sie zurückhalten, wollte sie anflehen zu bleiben, doch die Frau mit dem raschelnden Kittel war bereits zur Tür hinaus.

»Du bist eine mutige junge Frau«, sagte Vaugh. »Sieht so aus, als hättest du einen höllischen Kampf hinter dir.«

Sie kniff die Augen fest zusammen. Sie hing in der Luft und drehte sich endlos lange im Kreis. Mason kam mit dieser Metallstange auf sie zu. »Ich will nicht reden.« Sie wollte nie wieder daran denken. Sie würde die Pflegerin um mehr Tabletten bitten. Sie würde den Rest ihres Lebens high bleiben.

»Ich habe nur ein paar Fragen.«

»Warum ist Thompson nicht hier?« Ihr Körper fühlte sich so leicht an, als würde sie von sich selbst wegtreiben. Die Pflegerin. Sie musste ihr mehr Schmerzmittel geben.

»Wo ist Masons Handy?«

»Keine Ahnung. Ich hab es nicht gesehen.«

»Hat er von irgendwelchen anderen Opfern gesprochen?« Vaughn klang weit entfernt, dabei saß er so nah bei ihr. Wie schaffte er es, dass seine Stimme im Raum herumwanderte?

»Amber.« Sie brachte es kaum heraus, ihre verletzte Kehle schien den Namen ihrer Schwester nicht herausgeben zu wollen, damit sie sie dicht bei sich behalten konnte.

»Sonst noch jemand?«

Sie hatte einen Plan. Sie musste sich erinnern. »Hailey. Er sagte, er hat sie umgebracht.«

»Hat er gesagt, was er mit ihrer Leiche gemacht hat?«

Sie schüttelte den Kopf. Vaughn atmete seufzend aus, dann legte er seine Hand auf ihre. Sie hasste dieses warme Gewicht auf ihrer Haut. Sie wollte ihre Hand wegziehen, aber sie war wie festgenagelt.

»Ich hoffe, wir werden mehr Antworten haben, wenn wir mit der Durchsuchung seines Grundstücks fertig sind. Hast du in einen der anderen Räume geschaut? Nachdem du es von der Garage ins Haus geschafft hast?«

Sie schüttelte erneut den Kopf. Ihre Lider waren so schwer. *Sag nichts mehr. Er wird dich austricksen. Reinlegen.* Sie zog ihre Hand weg und tastete nach dem Rufknopf. »Ich brauche Wasser.«

»Eine Frage noch. Warum hat er dich abgeschnitten, ohne deine Hände und Füße zu sichern?«

»Ich hab so getan, als wäre ich bewusstlos.«

»Du hast ihm die Kehle aufgeschnitten. Direkt an der Halsschlagader. Er ist innerhalb weniger Sekunden verblutet. Dazu braucht man viel Kraft.« Er starrte sie an, versuchte, sie zu erschrecken, suchte nach einer Lüge.

Sie wollte den Rufknopf drücken, doch ihre Kraft schwand. Sie brauchte zwei Anläufe, um den richtigen Punkt zu finden. Es klingeln zu lassen. Vaughn half ihr nicht. »Gehen Sie. Ich bin müde.«

»Ich gehe.« Er stand auf und trat ans Fußende des Bettes. Er legte eine Hand auf ihren Fußknöchel, wo Mason sie gefesselt hatte, und drückte auf ihren Verband. Sie keuchte auf, und der plötzliche Schmerz in der Kehle ließ sie würgend husten. »Wir reden ein anderes Mal weiter.«

Er ging hinaus, als die Pflegerin ins Zimmer kam.

Licht drang durch ihre Lider, ein weicher Schimmer, dann der Geruch von Desinfektionsmitteln, Plastik und Erbrochenem. Piepsende Geräusche und Bewegungen. Eine warme Hand fuhr über ihre Fingerknöchel und hielt ihre Finger. Sie hob die Lider, blinzelte ein paarmal, um die tanzenden weißen Lichter zu vertreiben. Das Gesicht ihrer Mutter tauchte auf, der tadellose blonde Bob. Ein paar Strähnen waren hinters Ohr geschoben, ein paar fielen ihr ins Gesicht. Die Falten an ihrem Mund waren tief, die blauen Augen voller Tränen.

»Beth.« Sie umfasste ihr Gesicht mit beiden Händen. »Ich danke Gott.«

Beth hob die Hand zu den Verbänden an ihrer Kehle und zuckte zusammen, als der Tropf an ihrem Arm zog. Ihre Zunge fühlte sich dick an, und im Ohr hatte sie ein merkwürdiges Schrillen. Krankenhaus. Sie war im Krankenhaus. Vaughn war in ihrem Zimmer gewesen. Sie erinnerte sich, dass sie geweint hatte. Ärzte und Schwestern hatten sie berührt. Wie viele Tage waren seitdem vergangen? Einer? Zwei? Tag und Nacht verschmolzen miteinander. Sie war immer wieder aufgewacht.

»Beweg dich nicht.« Ihre Mutter zog das Kissen gerade. »Hast du Durst?« Beth nickte, und ihre Mutter hielt ihr einen Strohhalm an den Mund. Mit der anderen Hand hielt sie die Tasse. Sie bebte. Fasziniert von dem leichten Zittern starrte Beth die Hand an. Wie die Flügel von Schmetterlingen. Die Schmerzmittel flossen durch ihren Körper und gaben ihr das Gefühl zu schweben. Später würde sie Kopfschmerzen bekommen, und ihr würde übel werden. Aber jetzt war alles gut.

»Ich habe ihnen gesagt, sie sollen euch nicht anrufen.« Die Worte kamen stockend aus Beths trockenem Mund und hingen wie ausgesetzt in der Luft.

Ihre Mom zuckte zusammen und machte ein paar Schritte näher zu ihrem Dad am Ende des Bettes. Er war so groß. Wie eine Eiche. Furchtlos und stark. Heute allerdings sah er einfach nur müde aus.

»Tut mir leid.« Beth sammelte ihre Gedanken. »Ich wollte nicht, dass ihr Angst bekommt. Ich wollte es euch selbst sagen.«

»Constable Thompson hat uns angerufen.« Ihre Mutter starrte Beths Tropf an, als hätte sie Angst, Augenkontakt könnte sie verschwinden lassen. Oder vielleicht war es auch einfach nur zu schmerzhaft, ihr Gesicht zu betrachten. Beth hatte ihre Verletzungen noch nicht gesehen, aber ihre Augen und Lippen fühlten sich geschwollen an, die Wangenknochen schmerzten, und das Sprechen tat ihr weh. Selbst die Zähne pochten. Beth zog eines der Kissen hoch, damit sie aufrechter sitzen konnte.

Ihre Mom hob den Blick. »Wir begreifen nicht, warum du hier bist. Das Praktikum ...«

»Ich habe gelogen, Mom. Ich habe die Uni geschmissen. Ich habe sämtliche Prüfungen vermasselt.«

Der Mund ihrer Mutter öffnete sich. Ihr Dad blinzelte einmal, dann noch einmal.

»Du hast gelogen?« Ihre Stimme war gedämpft. Die ersten Vorboten des schlechten Gewissens rührten sich in Beths Bauch, aber sie hatte Unterstützung von den Medikamenten in ihren Adern und war mutig.

»Wir reden nicht. Wir reden nie über irgendetwas Wichtiges.«

»Du *erzählst* uns nichts.« Ihr Dad wirkte erschüttert. Er hatte eine Hand an sein Herz gelegt.

»Ihr *fragt* nie.«

»Wir wollten dir Raum geben.«

»Raum? Wofür? Ich konnte nicht zur Uni gehen. Ich konnte gar nichts tun. Ich dachte, ich würde den Verstand verlieren.«

»Mein Gott.« In schmalen Rinnsalen liefen ihrer Mutter

Tränen übers Gesicht, die Mascara bildete dunkle Schlieren, die bis zu ihrem Mund herunterliefen. Verblüfft sah Beth sie an.

»Gott hat damit nichts zu tun. Ich verstehe nicht, wie ihr nach dem, was Amber zugestoßen ist, noch weiter zur Kirche gehen könnt. Warum hat Gott sie nicht beschützt, Mom? Das ist die wahre Lüge. Es gibt keinen Himmel. Keine Gnade oder Engel. Sie ist nur noch ein Haufen Knochen. Sie ist *tot.*«

Die Brust ihrer Mutter hob und senkte sich mit raschen Atemzügen, doch sie hielt ihre Gefühle immer noch fest, hatte die Arme um den Körper geschlungen. Beth hätte sie am liebsten geschüttelt, damit sie endlich losließ.

Ihr Dad kam näher. »Beth, du warst immer so unabhängig, hast uns fortgestoßen, wolltest alles allein machen. Wir lieben dich, Schatz. Wir haben dich immer geliebt. Wenn du nicht mehr zur Uni gehen willst, werden wir damit zurechtkommen. Du kannst wieder zu Hause einziehen.«

»Ihr seid nicht wütend?«

Ihre Mom zog ein Taschentuch hervor und schnäuzte sich. »Ich bin *fuchsteufelswild*, weil du in diese schreckliche Stadt gekommen bist. Ich hasse es, dass du uns angelogen hast. Ich hasse es, dass du auf einem Zeltplatz gewohnt hast. Du hast dein Leben riskiert, und wofür? Hast du versucht, uns zu bestrafen? Meinst du nicht, wir haben genug gelitten?« Beth hatte ihre Mutter noch nie so zornig erlebt. Ihre Zähne waren zusammengebissen, die Halsmuskeln sehnig und angespannt. Die irre Madeline lugte hinter der sorgfältig aufgebauten Fassade ihrer Mutter hervor.

»Ich konnte einfach nicht mehr. Ich konnte nicht mehr so tun als ob.«

»Als ob *was?*«

»Als ob ich perfekt wäre. Ihr wolltet immer, dass alles ganz toll aussieht. Unser Haus musste immer ordentlich sein. Wir mussten diese Kleidchen zur Kirche anziehen. Wir mussten uns für Freiwilligendienste melden und handgeschriebene Dankeskarten verteilen und im Chor singen. Du hast unsere Zeugnisse mit in die Kirche genommen und herumgezeigt.«

»Ich war so stolz auf euch!«

»Hör auf, Beth, bitte hör damit auf.« Ihr Dad stieß einen tiefen Seufzer aus und fuhr sich mit der Hand durch sein dichtes Haar, das beinahe vollständig ergraut war. »Vielleicht hätten wir in ein paar Dingen offener sein sollen, aber wir gehen zur Kirche, weil es uns hilft. Glauben ist eine Entscheidung, Beth. Wirfst du uns vor, dass wir versuchen, Frieden zu finden?«

»Ich verstehe einfach nicht, wie ihr es *könnt*.«

»Wir wachen jeden Tag auf und vermissen sie. Immer wieder gehen wir alles durch, was wir hätten anders machen können. Wir zählen die Jahre bis zu unserem eigenen Tod, wenn wir sie wiedersehen. Wir sehen uns Fotoalben an, sitzen in ihrem Zimmer. Wir weinen die ganze Nacht. Ist es das, was du hören musst?«

»Ja«, flüsterte sie. »Ich muss das alles hören.«

»Wir können nur durch eine Tür gehen, wenn du sie öffnest.«

Erinnerungen vermischten sich mit Gefühlen, und Beth wusste nicht mehr, was wahr war. Hatte sie ihre Eltern ausgeschlossen? War sie diejenige, die andere Menschen von sich stieß?

»Ich hätte mir bei Amber mehr Mühe geben müssen«, sagte ihre Mom. »Aber sie hat immer die Schule geschwänzt und ist mit ihren Freunden herumgezogen. Ich war es leid, zu kämpfen.«

»Ihr hättet sie nach Hause holen sollen.«

»Sie hat nie auf unsere Nachrichten geantwortet. Wir dachten, sie bräuchte eine Weile Abstand von allem, und irgendwann würde sie schon merken, wie schwer es ist, ganz allein auf sich gestellt zu sein.« Die Stimme ihrer Mutter brach.

Amber hätte diese Party ausfallen lassen können. Sie hätte den See mit jemandem zusammen verlassen können. Wie viele Momente der Entscheidung hatte es gegeben, in denen ihr Tod hätte verhindert werden können? Es gab Tausende Szenarien.

»Ich kann nicht mehr sprechen.« Beth konnte nicht verhindern, dass Tränen ihre Augen füllten, die schreckliche, grauenvolle Erkenntnis, dass mit Masons Tod nicht alles wieder gut war. Der Schmerz war immer noch derselbe.

»Die Ärzte meinen, du wirst noch ein paar Tage im Krankenhaus bleiben«, sagte ihr Dad. »Und danach sollte jemand gut auf dich aufpassen. Wir nehmen dich mit zurück nach Vancouver.«

»Ich bin hier noch nicht fertig. Meine Sachen sind auf dem Zeltplatz, und ich muss mich noch um ein paar Dinge kümmern.«

»Wir können deine Sachen zusammenpacken.«

»Ich sagte, ich bin noch nicht *fertig*. Es ist nicht wie durch Magie alles wieder gut, nur weil Mason tot ist. Ich habe mein Leben verkorkst. Ich will keine Anwältin mehr werden. Ich weiß nicht, was ich will.« Die Atmosphäre im Zimmer schien immer dichter zu werden, wie tausend Stimmen, die alle auf einmal redeten.

Cold Creek zu verlassen würde bedeuten, Amber zurückzulassen. Es würde bedeuten, zu *leben*. Beth würde Jonny und Hailey nie wiedersehen. Sie würde sich um alles Mögliche kümmern müssen. Sie würde sich einen Job suchen und eine Zukunft aufbauen müssen.

»Du musst dich nicht heute entscheiden. Wir bleiben im Ort.«

Beths Blick verschwamm vor Müdigkeit, als sie zur Zimmerdecke hochschaute. Sie ließ die Lider zufallen. Schläfrigkeit legte sich über sie wie eine schwere Decke.

»Das Auto ist kaputt«, sagte sie mit verwaschener Stimme zu ihrem Dad und zwang sich, die Lider zu heben, damit sie ihn ansehen konnte. Eine Pflegerin war ins Zimmer gekommen. Sie hantierte mit einem Plastikbeutel herum, tat etwas in den Tropf. Wärme umhüllte ihre Hand. Die große Hand ihres Vaters umfing ihre Finger wie ein Kokon.

»Ich sorge dafür, dass jemand sich die Sache anschaut.«

»Ruh dich aus.« Die Stimme ihrer Mutter. Leise, aber fest, wie früher, als sie sie abends ins Bett gebracht hatte. Sie hatte immer das Licht ausgeschaltet, obwohl Beth die Dunkelheit gehasst und steif unter ihrer Decke gelegen hatte, bis Amber sich auf Zehenspitzen in ihr Zimmer geschlichen und das Licht wieder angemacht hatte. Für einen Moment sah sie das Gesicht ihrer Schwester über ihrem Bett schweben, die Augen dunkel und ernst. Sie sagte etwas über Hailey. Beth versuchte zu sprechen, wollte fragen, ob mit ihr alles in Ordnung war, aber sie konnte den Mund nicht öffnen. Das letzte Bild, das ihr durch den Kopf ging, war Hailey, die durch den Wald lief.

37

BETH

Thompson kam am nächsten Tag und klopfte kurz an der Tür, ehe er eintrat. Er trug einen dunkelblauen Anzug und hatte das Haar ordentlich gestutzt. »Wie fühlen Sie sich?« Er setzte sich auf den Stuhl neben dem Fenster.

»Als hätte ein Psychopath versucht, mich umzubringen.« Beths Kehle fühlte sich besser an, jetzt, wo die Schwellung allmählich abklang, aber sie hatte immer noch Kopfschmerzen und sah nur verschwommen. Sie rutschte im Bett nach oben.

»Ich bin froh, dass er es nicht geschafft hat. Geht es Ihnen gut? Ich meine nicht dieses ganze Zeug.« Er zeigte auf ihre Verbände und den Tropf. »Ich meine hier.« Er tippte auf sein Herz.

Er war die erste Person, die sie das fragte, und die Tränen, die ihr unvermittelt in die Augen stiegen, waren ihr peinlich. Besonders, da seine Nettigkeit wahrscheinlich nur ein Trick war, damit sie ihm vertraute.

»Ich konnte noch gar nicht alles verarbeiten.«

»Bei der Opferberatung gibt es ein paar sehr gute Therapeutinnen.«

»Was ist mit meinen Rechten als Opfer? Ich fand es sehr unangenehm, dass Vaughn mich verhört hat.«

»Sergeant Vaughn?«

»Gibt es hier noch einen anderen Vaughn?« Dann sah sie sein verwirrtes Gesicht und begriff, dass er gar nicht gewusst hatte, dass Vaughn im Krankenhaus gewesen war. »Ihre Kommunikation scheint nicht die beste zu sein.«

»Wahrscheinlich hatte er noch nicht die Gelegenheit, mir davon zu erzählen.«

»Klar.«

Ihr Blick machte deutlich, was sie von seiner Rechtfertigung hielt.

»Ich würde Ihnen gerne ein paar Fragen stellen.«

»Welchen Zweck sollte das haben? Mason ist tot.«

»Wir haben immer noch einige ungeklärte Fälle.«

»Haben Sie Ambers Armband gefunden?«

»Noch nicht. Aber die Durchsuchung von Masons Grundstück ist noch nicht abgeschlossen.«

Sie würden nach Gräbern und Knochen suchen. Nach persönlichen Gegenständen. Ambers Tasche war niemals gefunden worden. Beth fragte sich, was Mason mit ihrer eigenen gemacht hatte. Am Ende hatte ihr die Waffe nichts genützt. Sie zog die Decke enger um ihren Körper. »Hat Vaughn etwas in den Zimmern gefunden?«

»Was meinen Sie damit?«

»Bevor Sie ankamen, hat er das Haus durchsucht.« Sie dachte daran, wie Vaughn schnurstracks in den Flur gelaufen war. Als wüsste er genau, wohin er musste. Dann hatte er auch noch diese seltsamen Fragen gestellt, ob sie in den anderen Zimmern gewesen sei. Vielleicht täuschte ihre Erinnerung sie aber auch.

»Wie lange war er alleine dort?«

»Ich weiß es nicht. Meine Erinnerung ist sehr schemenhaft. Er kam hereingestürmt und ist nicht einmal stehen geblieben, um zu sehen, wie es mir geht. Und als ich aufgewacht bin, hat er dort gesessen.« Sie deutete auf den Stuhl. »Er hat schreckliche Dinge gesagt, hat gefragt, wie ich Mason umgebracht habe, und von meiner Schwester gesprochen. Ich will nicht wieder mit ihm reden.«

»Das brauchen Sie auch nicht. Aber ich bin ein guter Zuhörer. Können Sie mir erzählen, was passiert ist?«

Dieses Mal hatte sie bessere Antworten parat.

Beth blinzelte ein paarmal, als sie aus einem Nickerchen erwachte, dann fielen ihr die Augen erneut zu. Sie würde wieder schlafen, denn im Schlaf quälten sie keine Erinnerungen. Ein Geräusch. Jemand war im Zimmer an ihrer Seite. Mit einem Ruck öffnete sie die Augen und drehte den Kopf. Jonny stand am Fenster und schaute nachdenklich zu den Bergen. Die ehemals violetten Prellungen an seinem Kinn waren mittlerweile hellgelb. Sie räusperte sich, und er drehte sich um. Ihre Blicke trafen sich, dann wanderte sein Blick von den Verbänden an ihrer Kehle zu den Wunden an ihren Armen und wieder zurück zu ihren geschwollenen Augen und Lippen. Jemand vom Pflegepersonal hatte ihr das Blut aus den Haaren gewaschen, aber ein paar Stiche waren als hässliche Andenken geblieben.

»Wie bist du an den Cops vorbeigekommen?«

»Thompson hat mich durchgelassen. Vor dem Krankenhaus lauern jede Menge Reporter.«

»Vermutlich bin ich jetzt berühmt. Wow.« Sie reckte die Faust in die Luft und bereute es prompt, als die Braunüle vom Tropf sie unangenehm pikste. Sie ließ die Hand wieder sinken.

»Du hast dein Frühstück nicht gegessen.«

Nicht? Wie spät war es? Sie schaute auf das Frühstückstablett. Der Haferbrei war fest geworden, der braune Zucker zu einer schmutzigen Pfütze zerlaufen. Anscheinend hatte sie ein paar Schlucke Kaffee herunterbekommen, aber sie erinnerte sich nur an die Erschöpfung, daran, wie ihr Körper zurück ins Kissen gesunken war.

»Du hattest recht mit dem Essen. Ein angebrannter Hotdog wäre besser.«

»Ich hätte dir etwas mitbringen sollen.«

»Ich freue mich einfach nur, dich zu sehen.«

Sie schauten sich einen Moment an, dann setzte er sich auf den Stuhl neben sie und rutschte näher. Er verwob seine Finger mit ihren und lehnte seine Stirn an ihren Arm. »Als ich gehört habe, was passiert ist …« Seine Lippen streiften beim Sprechen ihre Haut, und ein warmes Gefühl breitete sich in ihrem Körper aus. »Wenn du ihn nicht getötet hättest, hätte ich selbst Jagd auf ihn gemacht.«

Sie versteifte sich, und er musste es gespürt haben, denn er hob den Kopf und sah sie an. Seine blauen Augen wirkten im Krankenzimmerlicht fast schwarz. »Tut mir leid. Wir müssen nicht darüber reden.«

Sie schaute zur Tür und flüsterte: »Hailey.« Sein Mund öffnete sich, und sie legte ihre Finger auf seine weichen Lippen, damit er keine Fragen stellte. »Sie hat mir das Leben gerettet.« Sie wusste nicht, wer eventuell im Flur stand. Sie brauchte keine Ärztin oder einen tratschsüchtigen Pfleger, der sie belauschte.

»Geht es ihr gut?«

»Ich denke schon. Ich habe sie weggeschickt, bevor die Cops da waren.« Beth hob die Hand und berührte den Verband an ihrer Kehle. »Wenn ich hier rauskomme, erzähle ich dir mehr.«

»Gehst du nicht zurück nach Vancouver?«

»*Willst* du denn, dass ich gehe?«

»Ich will nicht, dass du dich in all den Lügen verfängst. In diesem Rachefeldzug, den Vaughn gegen mich führt. Er hat meine Brüder und meinen Dad angehalten«, sagte Jonny. »Er sucht nach irgendetwas.«

Das war keine richtige Antwort. Sie starrte ihn an, und er wurde rot und senkte den Blick auf ihre verschränkten Hände.

»Nur, damit ich es richtig verstehe«, sagte sie. »Du hast

Angst, dass ich, wenn wir uns treffen, einen Strafzettel wegen Geschwindigkeitsübertretung bekomme?«

»Ich weiß nicht, *was* er tun wird. Das ist das Problem.«

»Du brauchst keine Ausrede, um mir zu sagen, dass du kein Interesse an einer Beziehung hast, Jonny.«

»Unsinn, darum geht es doch gar nicht.«

»Ich werde dich nicht zu etwas überreden, das du ganz offenkundig nicht willst.« Sie versuchte, ihre Hand wegzuziehen, aber er ließ sie nicht los. »Keine Sorge. Wir hatten unseren Spaß. Ich hab's kapiert.«

»Du hast gar nichts kapiert. Du bist frei. Du kannst diese Stadt verlassen, aber ich nicht.«

»Was, wenn ich nicht frei sein will?«

»Auf dich wartet ein super Leben. Ich will nicht der Kerl sein, den du später einmal bereust.«

»Ich glaube, das tue ich bereits.« Er wirkte verblüfft und zuckte kurz zusammen, doch dann nickte er. Einmal, zweimal, als würde er sich in Erinnerung rufen, dass es das war, was er gewollt hatte. Dass sie wütend wurde.

Eine Pflegerin tauchte in der Tür auf. »Alles in Ordnung?«

»Ja. Er will gerade gehen.« Sie versuchte ein weiteres Mal, ihre Hand wegzuziehen, und endlich ließ Jonny sie los. »Ich fühle mich nicht gut.« Sie wandte den Blick ab und lauschte seinen Schritten, als er den Raum verließ.

Die Pflegerin kontrollierte ihren Tropf. »Ich wusste gar nicht, dass Sie mit Jonny Miller zusammen sind.«

»Bin ich auch nicht.« Sie kratzte am Verband an ihrem Handgelenk. Sie würde nicht weinen. Nicht vor dieser Frau, die es allen erzählen würde. »Können Sie mir noch mehr Schmerzmittel geben?«

»Sie bekommen schon ziemlich …«

»Bitte. Es tut wirklich weh.«

»Okay.« Ihre Stimme wurde weicher, und sie tätschelte Beths Hand. »Ich werde sehen, ob ich Ihnen noch etwas geben kann.«

Zwei Wochen waren vergangen. Die Prellungen waren größtenteils abgeheilt, die Fäden gezogen. Die Flashbacks und Albträume waren immer noch ein Problem, was ihren Xanax-Konsum in alarmierende Höhen trieb. Sie musste bald für Nachschub sorgen.

Beth schluckte eine weitere Pille. Sie saß in ihrem Auto, das sie auf einem schmalen Forstweg geparkt hatte. Ihr Rucksack war mit Vorräten und Wasser gefüllt, und sie hatte eine Karte eingepackt. Sie hatte ein orangefarbenes Band mitgebracht, um den Weg zu markieren.

Ihr Smartphone fühlte sich in ihrer Hand warm an. Sie hatte ihre Eltern erneut angelogen. Sie hatten vereinbart, sich in ein paar Stunden mit Beth im Motel zu treffen. Sie glaubten, sie sei beim Arzt, und angesichts ihres jüngsten Versprechens, ehrlich zu sein, wären sie ausgesprochen sauer, dass sie sich auf die Suche nach Hailey machen wollte. Aber es war wichtig. Beth würde ihr helfen, Vaughn ein für alle Mal loszuwerden.

Ihre Eltern hatten ihr Geld angeboten, damit sie neu anfangen konnte. Sie würde es mit Hailey teilen. Sie würden eine Wohnung in Vancouver finden, in der Hunde erlaubt waren. Sie könnten beide neu anfangen.

Sie lief den Pfad entlang. Es fühlte sich gut an, etwas frische Luft und Sonne zu bekommen. Seit sie aus dem Krankenhaus entlassen worden war, hatte sie nicht viel Bewegung gehabt, aber sie trieb sich an. Thompson war fast jeden Tag gekommen. Sie täuschte einen Schock und Erinnerungslücken vor, um einige Ungereimtheiten nicht erklären zu müssen.

Sie hatten Ambers Armband in Masons Haus gefunden. Sie

hatte darum gebeten, es zurückzubekommen, und man hatte ihr gesagt, dass sie es eines Tages bekommen würde – sobald die Untersuchungen abgeschlossen waren. Die Polizei glich Masons DNA mit den alten Fällen ab und grub immer noch sein Grundstück um. Thompson sagte, das könnte noch eine Weile dauern.

Eine Reihe von mit orangefarbenen Bändern verzierten Bäumen hinter sich lassend, folgte Beth dem Flussufer, bis die grauen Felswände den Uferstreifen ablösten. Sie musste ganz in der Nähe des Steilufers sein und drang tiefer in den Wald ein. Ihre Schritte wurden von einer Decke aus Tannennadeln und Moos verschluckt. Ein Vogel stieß einen durchdringenden Schrei aus, und sie blickte auf. Sie erkannte die Zeder, an der ein hufeisenförmiger Zweig hervorragte. Sie hatte ihn zuvor schon einmal gesehen, als sie auf dem Rücken in der Grube gelegen und zum Himmel hinaufgestarrt hatte.

Sie suchte den Boden nach Vertiefungen ab. Da, im Schatten eines großen Baumes. Es war kaum zu erkennen, nur eine winzige Abweichung im Waldboden. Sie bückte sich, wischte Blätter und Erde zur Seite, bis sie auf die Äste stieß, die darunter verborgen waren. Die Grube.

Jetzt musste sie die Hütte finden. Sie war nur wenige Minuten unterwegs, als sie auf eine kleine Lichtung stieß. Der Waldboden war mit Farnen und Scheinbeeren bedeckt. Ihr Stiefel verfing sich in etwas. Sie erstarrte und schaute nach unten. War das … eine Schnur? Sie folgte dem dünnen Band mit ihrem Blick. Eine Stolperfalle? Vorsichtig zog sie ihren Fuß zurück. Sie würde keinen Zentimeter weitergehen. Sie wusste nicht, was Hailey noch alles installiert hatte. Landminen? Bei dieser Frau war alles möglich.

Beth nahm ihren Rucksack ab und trank etwas Wasser, dann pfiff sie ein paarmal, variierte dabei Höhe und Länge des Tons.

Keine Antwort außer von den Vögeln. Es wurde Zeit, die Sache zu beschleunigen.

»Hilfe!«, schrie sie. »Hilfe! Wolf, komm her!« Sie schrie weiter, drehte sich dabei im Kreis und legte die Hände an den Mund, damit ihre Stimme weiter trug. Etwas raschelte im Unterholz. Sie bückte sich und hob einen Stock auf. Ein zotteliger schwarzer Körper schoss mit aufgeregtem Gebell zwischen zwei Bäumen hervor. Er tanzte um sie herum und hechelte sie mit einem breiten Grinsen an. Sie ließ den Stock fallen.

»Hi, Wolf! Willst du einen Keks?« Sie bot ihm einen Hundekeks aus ihrer Tasche an, den er vorsichtig entgegennahm, auf den Boden legte, beschnüffelte und schließlich vernehmlich zwischen den Zähnen zermalmte.

Hailey tauchte zwischen den Bäumen auf, ein Gewehr auf der Hüfte. Sie runzelte die Stirn und machte ein besorgtes Gesicht. Sie musterte Beth von oben bis unten. »Bist du verletzt? Du hast um Hilfe gerufen.«

»Ich wollte nicht deinen Namen brüllen.«

»Warum bist du hier?«

»Um mich zu vergewissern, dass bei dir alles okay ist.« Wolf lehnte sich an Beths Bein. Sie kraulte seinen Nacken.

»Du bist mit deinen Verletzungen den Berg hochgelaufen?« Haileys Stirn war immer noch gerunzelt. »Was, wenn du wieder gestürzt wärst? Du hättest Jonny fragen können.«

»Mir geht es schon viel besser – und Jonny und ich reden nicht.«

Hailey ließ das Gewehr sinken. »Was ist passiert?« Warum hatte er Hailey nichts von ihrem Gespräch im Krankenhaus erzählt? Bedeutete das, dass es ihm leidtat?

»Warum fragst du nicht ihn?« Als Hailey eine Braue hob, merkte Beth, wie kindisch sie klang. Sie entspannte ihre Schultern und rieb Wolfs Kopf, bis er zufrieden brummte. »Wir wollen einfach verschiedene Sachen. Ich gehe bald nach Vancouver zurück. Du solltest mit mir kommen.«

»Du machst Witze, oder?«

»Nein. Ich kann dir helfen.«

»Mir geht es gut. Jonny hat mir noch ein Dirt Bike für mein unteres Camp gebracht.«

»Ihr zwei klaut jetzt also Motorräder?«

»Es ist sein altes.« Hailey runzelte die Stirn. »Was willst du hier? Bist du hergekommen, um mir Vorträge darüber zu halten, wie ich mein Leben zu leben habe?«

»Ich biete dir einen Weg hier *raus*. Ich habe Vaughn erzählt, dass Mason zugegeben hat, dich getötet zu haben, aber ich weiß, dass er mir nicht glaubt. Ich habe gehört, dass er jeden Tag am Tatort ist, um nach Beweisen zu suchen.«

»Wahrscheinlich suchen sie Masons Handy und sein iPad.«

»Glaubt du, da ist irgendetwas drauf? Fotos vielleicht?«

»Keine Ahnung. Sie sind mit Passwörtern gesichert.«

»Ziemlich krass, dass Mason und Vaughn beide Fotos von jungen Frauen gemacht haben.« Beth und Hailey sahen sich an, als sie überlegten, was das bedeutete.

Hailey öffnete den Mund, um etwas zu sagen, doch sie hielt inne, als Wolf ein leises Knurren ausstieß. Sein konzentrierter Blick war auf den Wald gerichtet, in die Richtung, aus der Beth gekommen war, die Ohren gespitzt und der ganze Körper starr. Seine Lefzen waren zurückgezogen, die weißen Reißzähne gut zu erkennen.

Hailey packte ihr Gewehr fester. »Stell dich hinter mich.«

»Was ist das?«

»Schritte. Jemand ist dir gefolgt.«

Beth brauchte keine zweite Aufforderung. Hastig stellte sie sich zu Hailey. »Gib mir eine Waffe.« Die Cops hatten ihren

Revolver im Zuge der Ermittlungen konfisziert, und ihr Bärenspray steckte noch im Rucksack.

Hailey griff an ihrem Bein nach unten und nestelte an etwas unter ihrer Jeans herum. Neben ihr knurrte Wolf immer noch, das Fell am Nacken und auf dem Rücken hoch aufgestellt. Er sah aus, als würde er jeden Moment ins Unterholz stürmen. Hailey pfiff kurz, und er erstarrte. Ein Ohr zuckte in ihre Richtung und deutete dann wieder nach vorn.

Vaughn trat zwischen den Bäumen hervor.

38

HAILEY

»Du bist also am Leben.« Vaughns Augen traten vor Wut fast aus den Höhlen, seine bleiche Haut war gerötet und verschwitzt. Er trug Tarnkleidung und eine schwarze Basecap. »Wusste ich es doch! Du steckst hinter alldem!«

»Ich habe deine widerlichen Bilder gefunden.« Ich wollte hart klingen, aber ich hörte das Zittern in meiner Stimme. Der Gewehrgriff klemmte an meiner Schulter, der Lauf zielte auf Vaughns Brust. Ich hatte nicht genug Zeit gehabt, das Messer aus dem Wadenholster zu ziehen. Wolfs tiefes Knurren vibrierte über die Lichtung. Er bellte einmal scharf.

Vaughn legte die Hand auf den Griff seiner Waffe. »Sobald er eine Bewegung macht, erschieße ich ihn.«

Ich hörte Beth kurz nach Luft schnappen, und meine Kehle war plötzlich wie zugeschnürt. Er würde es tun. Daran bestand kein Zweifel. Würde er mich als Nächstes erschießen? Das konnte er nicht. Beth war Zeugin. Dann wurde mir klar, dass die Leute mich bereits für tot hielten, und Beth hatte wahrscheinlich niemandem erzählt, wohin sie wollte.

Vaughn sah zu Beth. »Danke für die Bänder, die du überall hinterlassen hast.« So hatte er uns also gefunden. Beth hatte ihre Route markiert. Wenn wir hier lebend rauskamen, würde ich sie windelweich prügeln.

»Du kannst mich nicht verhaften«, sagte ich. »Ich habe nichts Verbotenes getan.«

»Ich will Masons Telefon und sein iPad.«

»Ich weiß nicht, wovon du redest.«

»Gib mir, was ich haben will, und ich verschwinde.«

Ich lachte. »Du würdest mich nicht in Ruhe lassen. Du willst mich umbringen.«

»Ich könnte dich jetzt töten, wenn ich wollte.«

Beth trat hinter mir hervor. »Ich habe Thompson erzählt, dass Sie Fotos von Mädchen und jungen Frauen machen. Im Moment spricht er mit Emily, und wenn mir irgendetwas zustößt, wird er wissen, dass Sie es waren.«

»Emily ist ein unzuverlässiges Mädchen mit Drogenproblemen«, sagte Vaughn herablassend. »Und was immer Hailey dir erzählt hat, es ist eine Lüge. Sie hat versucht, mich zu erpressen, und gedroht, mich mit Fotos in Zusammenhang zu bringen, die sie selbst gemacht hat. Wenn ich ihr kein Geld gäbe, würde sie davonlaufen.«

»Das wird dir niemand glauben«, sagte ich.

»*Dir* wird niemand glauben. Du hast die ganze Stadt ein Jahr lang belogen. Du *und* Jonny, und jetzt bist du eine Mörderin. Ich weiß, dass du Mason getötet hast.«

»Du bist verrückt.« Ich drückte das Gewehr fest an meine Schulter.

»Mason hat Fehler gemacht.« Beths Stimme klang wütend, nicht ängstlich. Sie würde ihn provozieren. »Sie machen auch Fehler. Die Leute werden erfahren, dass Sie ein mieser, krimineller Cop sind.«

Vaughn öffnete sein Holster und legte die Hand an die Waffe. Die Muskeln seines Unterarms traten sehnig hervor. »Niemand wird irgendetwas erfahren.«

»Halt!« Mein Finger am Abzug war angespannt, bereit, abzudrücken, doch wenn ich danebenschoss oder ihn nur verletzte, würde er uns mit Sicherheit töten. »Sie lügt. Wir haben keine Beweise für gar nichts. Nimm mich fest und lass sie laufen. Du hast doch selbst gesagt, dass uns niemand glauben wird, oder? Ich bin nur eine Lügnerin, und sie ist eine Trinkerin.«

Beth sah mich wütend an. »Ich bin keine Trinkerin!«

»Ich habe die leere Wodkaflasche gesehen.« Ich blinzelte ihr zu und hoffte, dass sie begriff, dass ich mit meinem Vorstoß nur mehr Zeit gewinnen wollte.

»Das war ich nicht allein!«

»Bitte.«

»Maul halten, ihr zwei«, blaffte Vaughn.

Wolf bellte, ein scharfer, andauernder Lärm. Vaughn wurde nervöser. Ich sah es an seinem Gesicht, an seiner Hand, die die Waffe fester packte. Ich konnte Wolfs Bandana nicht packen, ohne das Gewehr loszulassen. Dann geschah, was ich befürchtet hatte. Er stürmte los.

Ich ließ das Gewehr fallen und warf mich auf Wolf, aber Vaughn hatte bereits einen Schuss abgefeuert. Der Krach war ohrenbetäubend und hallte in meinem Kopf wider. Ein heißes Brennen in meiner Schulter. Wolf kämpfte, um von mir wegzukommen, und knurrte Vaughn an. Beth schrie. Ich blickte auf.

Vaughn kam quer über die Lichtung auf uns zu. Ich musste etwas tun. Beth kniete neben mir auf dem Boden und drückte ihre Hand auf meine Schulter. »Du bist verletzt!«

Ich schaute auf mein zerrissenes T-Shirt, die blutige Wunde. Eine Fleischwunde. Nichts Ernstes.

»Lauf. Nimm Wolf mit. Lauf zur Hütte – am Ende des Steilufers.«

Vaughn kam näher, und Wolf flippte aus, er drehte und wand sich knurrend. Er riss sich los und rannte auf Vaughn zu, der breitbeinig dastand, beide Hände an der Waffe.

»Nein!« Ich hob einen Stein auf, zielte auf Vaughn und traf ihn am Handgelenk. Seine Hand zuckte, und sein Schuss wurde abgelenkt. Wolf jaulte auf und drehte sich um, um verwirrt sein Hinterteil anzusehen.

Vaughn zielte erneut. Keine Zeit, unter den Zweigen nach dem Gewehr zu suchen.

»Verschwinde!«, schrie ich Beth an, als ich auf Vaughn zusprintete und ihn am muskulösen Unterarm erwischte. Sein Schuss ging erneut daneben. Ich stürmte an ihm vorbei. Vaughn wirbelte herum und nahm die Verfolgung auf.

Es klang, als würde ein Bär hinter mir durchs Unterholz brechen. Schwere Schritte, knackende Zweige – aber das war gut, denn so wusste ich, wo er war. Es wäre ein Leichtes für mich, in den dichteren Teilen des Waldes unterzutauchen, den Pfad zu verlassen, eine von tausend verschiedenen Routen zu nehmen, auf denen er mir stolpernd folgen und sich schließlich verlaufen würde, aber ich wollte, dass er mir auf den Fersen blieb. Ich wollte, dass er auf dem Pfad blieb, auf dem ich eine Leuchtpistole versteckt und Fallen gestellt hatte. In meinem unteren Lager hatte ich weitere Waffen.

Nachdem ich Beth gerettet hatte und in die Berge entkommen war, hatte ich mir Sorgen gemacht, dass Vaughn es herausfinden und sich auf die Suche nach mir machen würde. In den letzten zwei Wochen hatte ich mich auf diese Möglichkeit vorbereitet.

Ich fand meinen Rhythmus, schob die Sträucher aus dem Weg und zerbrach dabei hin und wieder ein paar Zweige, wirbelte Moos und Erde auf, damit er meine Spuren sehen konnte. Ich schaffte es, mein Tempo beizubehalten, ohne außer Atem zu geraten. Vaughn war kräftig und würde ohne Weiteres mit mir mithalten können, aber ich kannte diesen Wald.

Beth und Wolf. Ihre Namen hallten bei jedem Schritt in mir wider. Hoffentlich hatte Beth zugehört und versuchte nicht, uns zu folgen. Ich wusste nicht, ob sie Wolf den ganzen Weg würde tragen können oder wie übel er verletzt war. Kannte sie sich mit erster Hilfe aus? Der Gedanke an Wolf ließ mich schneller laufen, und mein Atem wurde keuchender.

Keine schweren Schritte hinter mir, keine knackenden Zweige. Hatte ich Vaughn abgehängt? Ich schaute über die Schulter und stolperte über eine Wurzel. In einer einzigen Bewegung rollte ich mich ab und sprang wieder auf die Füße, doch ich hatte mich am Ellbogen und den Knien verletzt.

Ich sah die Tanne, auf der ich ein paar Dinge versteckt hatte. Ich packte den untersten Ast und zog mich hoch. Ich fand das Messer und die Leuchtpistole, die ich in die Beuge zwischen zwei Ästen gelegt hatte. Ich wartete. Im Wald blieb es ruhig. Ich lauschte angestrengt. Wenn er einen anderen Weg genommen hatte, würde ich ihn verfolgen müssen.

Auf dem Pfad näherten sich Schritte. Er lief nicht sehr schnell, das Tempo war gleichmäßig, und er klang nicht atemlos, eher bedächtig. Als sei er sich sicher, dass er mich auf jeden Fall finden würde. Ich war so wütend, dass ich mich am liebsten nach unten geschwungen und ihm direkt ins Gesicht getreten hätte. Ich presste mich, so eng es ging, an den Baum, doch es war, als würde er meine Anwesenheit spüren. Er wurde langsamer, drehte den Kopf erst in die eine, dann in die andere Richtung, die Waffe schussbereit in den Händen. Er wusste, dass ich in der Nähe war. Ich wartete, bis er sich in der richtigen Position befand.

Die Leuchtpistole in meiner Hand war rutschig vom Schweiß. Er war fast unter mir. Jetzt bewegte er sich schneller – seine Schritte waren zu lang. Er würde schon bald außer Sicht sein. Ich zielte auf seinen Rücken, zog den Abzug mit einer raschen Bewegung und packte mit der anderen Hand den nächsten Ast, um nicht herunterzufallen. Die Leuchtfackel blieb im Boden hinter ihm stecken und ging hoch. Die Luft schien zu beben. Rauch hüllte mich ein. Vaughn fiel auf die Knie, hob die Waffe und feuerte.

Peng.

Ich klammerte mich an den Ast.

Peng, Peng.

Hatte er noch mehr Munition dabei? Er stand für mich im falschen Winkel, um ihn angreifen zu können. Das Wurfmesser lag in meiner rechten Hand, aber wahrscheinlich würde ich bestenfalls seine Schulter treffen, und dann würde ich meine Position verraten.

Mit gezogener Waffe stand er auf und sah sich um. Sein Körper war in Alarmbereitschaft, die Arme in Schussposition. Er starrte jeden Baum an, in jeden Schatten, ließ den Blick hin und her wandern. Bald würde er nach oben schauen.

Ich konnte unmöglich aufstehen. Ich musste darauf hoffen, dass mein Ziel mir nicht entwischen würde. Ich packte das Messer, kniff die Augen zusammen, hielt den Atem an und warf. Die Klinge drehte sich und blitzte auf – Vaughn machte einen Schritt nach rechts und wandte sich um. Die Klinge drang mit einem leisen, satten Geräusch in sein Fleisch.

Ich hatte ihn am Oberschenkel erwischt.

Er schaute hoch, sah mich direkt an – und hob die Waffe. Ich sprang auf den Boden, prallte hart auf und kam mit einer Rolle rückwärts wieder auf die Füße. Ich rannte los. Beim Sprung aus dem Baum schien ich mir etwas verstaucht zu haben, ein scharfer Schmerz schoss mir in die Beine. Ich wusste nicht, wie tief mein Messer in Vaughns Bein eingedrungen war, ob ich irgendwelche Adern getroffen hatte, aber ich konnte hören, wie er hinter mir durch den Wald stürmte. Er war dadurch nicht langsamer geworden.

Ein lautes Krachen, und ein Ast neben mir zersplitterte. Der Pfad mündete auf ein offenes Felsplateau, wurde auf der anderen Seite wieder schmaler und führte dann über eine langgestreckte Hügelflanke bergab. Ich rannte über lose Erde und kleine Steine, verlor das Gleichgewicht und rutschte auf dem Rücken nach unten. Ich schaute hoch. Vaughn stand oben am Hang und zielte nach unten. Ein weiteres lautes Krachen. Ich rollte mich zur Seite und warf mich den Steilhang hinunter in ein paar dichte Büsche, die bei meinem Sturz größtenteils zusammenbrachen. Ich sprang auf und rannte weiter.

Vielleicht zehn Minuten später konnte ich ihn nicht mehr hören. Ich hatte das Gefühl, aus tausend kleinen Wunden zu bluten. Meine Stürze hatten mich ziemlich mitgenommen, Steine hatten meine Arme und Beine zerkratzt, Zweige hatten mich zerstochen. Bänder waren gezerrt, Sehnen vibrierten vor Anspannung, meine Lunge bettelte mich an, stehen zu bleiben. Schweiß lief mir übers Gesicht und in die Augen.

Die Bäume standen jetzt enger zusammen, der Wald wurde dichter und schloss die Sonne aus, der Berg legte seine Hand um mich. Ich war fast da. Ich verlangsamte mein Tempo zu einem leichten Trab. Die kleine Lichtung, auf der ich mein unteres Lager eingerichtet hatte, war leer. Ich fand den markierten Baum, grub den Seesack aus, nahm das Gewehr und entsicherte es. Ich schaute über meine Schulter.

Der Wald war still. Ich würde noch ein wenig warten, dann müsste ich mich auf den Rückweg machen, um ihn zu suchen. Vielleicht hatte das Messer doch größeren Schaden angerichtet als gedacht. Ich nahm eine Flasche Wasser aus dem Sack, kroch auf Knien hinter einen Baum und trank. Anschließend spritzte ich mir etwas Wasser ins Gesicht und in die Haare.

Schritte. Ich presste mich an die raue Rinde, stützte das Gewehr auf mein Knie. Vaughn kam in Sicht. Die Vorderseite seiner Hose war blutgetränkt, der Stoff war feucht und glänzte. Er atmete schwer und sah sich um.

Ich legte den Finger an den Abzug. Er wandte sich ab. Dieser erste Schuss musste sitzen, musste direkt durch sein Herz gehen. Ich dachte schnell nach, aber nicht schnell genug. Er hatte meinen Seesack entdeckt. Jetzt wurde sein Körper von einem Baum verdeckt, als er sich bückte und meine Vorräte durchwühlte.

Wenn ich jetzt schoss, würde ich den Baum treffen.

Er hielt inne und sah sich um. Er war immer noch hinter dem Baumstamm. Sein Atem ging nicht länger angestrengt und stockend, sondern war wieder ruhiger und gleichmäßiger. Er kam wieder zu Kräften.

»Ich trage eine kugelsichere Weste, du solltest also besser sicher sein, wo du triffst.«

Ich unterdrückte ein Keuchen, mein Finger rutschte vom Abzug. Ich hob den Blick vom Sucher, um ein größeres Bild zu bekommen. Er drehte den Kopf wie eine Eule, starrte hinauf in die Bäume, suchte den Boden ab, spähte in die Schatten. »Lass mich raten, du hast Fallen aufgestellt. Kleine Überraschungen für mich? Das ist der einzige Grund, warum du noch hier bist.« Er zielte mit seiner Waffe nach links, schwang sie dann weit nach rechts und lachte leise. »Wer von uns wird zuerst einknicken, was meinst du?«

Ich musste versuchen, ihn am Kopf zu erwischen. Aber er war ständig in Bewegung, verbarg sich hinter einem Baum und glitt dann hinter den nächsten. Nur die Spitze seiner schwarzen Cap war zu sehen, hier und da blitzte ein Stückchen Haut auf. Wenn ich wieder losrannte, würde er mir folgen, aber möglicherweise würde er nicht direkt über die Fallgrube laufen. Meine zweite Überraschung.

Ich trat hinter dem Baum hervor, der Gewehrlauf zeigte nach unten. Es war riskant, aber ich glaubte nicht, dass er mich erschießen würde – jedenfalls nicht sofort.

»Du hast gewonnen.«

Er stand ganz still, hob langsam die Hand mit der Waffe und ließ den Blick über meinen Körper wandern. »Du gibst auf.«

»Ich kann nicht …« Ich drückte meine Hand gegen meine Brust. »Ich glaube, ich habe mir die Rippen gebrochen.« Ich taumelte und bohrte den Gewehrlauf in den Boden, als sei ich so schwach, dass ich mich darauf abstützen musste.

»Wirf das Gewehr weg.«

Ich ließ es auf den Boden fallen und versetzte der Waffe noch einen kleinen Tritt, um sie von mir wegzuschieben.

Er musterte mich scharf. »Hast du noch irgendwelche Messer dabei?«

Sollte ich lügen? Er könnte mich durchsuchen. Ich hob den Saum meines T-Shirts und warf mein Messer weg.

»Dreh deine Taschen um«, sagte er. »Zieh deine Hosenbeine hoch.«

Ich hasste es, auch mein zweites Messer an der Wade herauszurücken, aber ich hatte keine Wahl. Ich zog es hervor und warf es neben das andere.

»Das ist alles?«, fragte er und sah mich an.

»Ja.« Wenn er jetzt nicht in die Grube fiel, war ich so gut wie tot. Ich holte ein weiteres Mal mühsam Luft, rieb mir mit meinem verletzten Arm über den Mund, damit es so aussah, als würde ich bluten. »Meine Lunge«, röchelte ich. »Ich glaube, meine Lunge ist punktiert.«

»Stell dich hierhin.« Er deutete mit der Waffe auf eine Stelle vor ihm. Die Grube befand sich zwischen uns. Ich musste auf ihn zugehen und dann stehen bleiben, damit er den Rest der Strecke zu mir kam. Ich taumelte vorwärts. Das war nicht einmal gespielt – meine Beine waren schwach und vom Laufen verkrampft. Als ich glaubte, nah genug am Rand der Grube zu sein, verdrehte ich die Augen und ließ mich fallen.

»Verdammt nochmal!« Schritte, die auf mich zukamen. Ich war auf der Seite gelandet und konnte ihn nicht sehen. Ich atmete flach und wartete auf das Geräusch brechender Äste. Er war nur noch wenige Schritte vor mir. Warum war er noch nicht abgestürzt? Lag ich an der falschen Stelle? Dann endlich geriet alles ins Rutschen – doch der Boden unter mir gab ebenfalls nach. Ich lag zu nah am Rand. Ich klammerte mich an die Wurzeln und spürte, wie sein großer Körper von hinten gegen meine Beine krachte. Er packte meine Fußknöchel, als er nach unten fiel. Meine Hände rutschten von der Wurzel, und ich fiel mit ihm zusammen, Erdbrocken prasselten auf uns herab.

Er landete neben mir, dann drehte er sich, so dass er auf mir saß, einen Arm quer über meiner Kehle – gerade genügend Druck, um mich ruhig zu halten. Sobald ich mich bewegte, würde er mich ersticken. Sein Kopf verdeckte den Himmel.

Ich versuchte, ihm das Gesicht zu zerkratzen. Er schlug mit der Hand zu, in der er die Waffe hielt, und traf damit meine Stirn. Heftiger Schmerz und weiße Blitze hinter meinen Augen. Ich sackte zusammen.

»Keine Bewegung!« Die Stimme kam von oben. Männlich. Ein zweiter Cop. Vielleicht Thompson. Der Arm an meiner Kehle wurde zurückgezogen. Ich schnappte nach Luft. Mein Kopf pochte, der Schmerz dehnte sich aus und drückte gegen den Schädel, als würde er sich mit Blut füllen.

»Du bist verhaftet, weil du einen Officer angegriffen hast.« Vaughn saß immer noch rittlings auf mir und atmete schwer. Er schaute über die Schulter. »Ich habe Hailey gefunden. Sie hat gerade versucht, mich umzubringen.«

»Nein!« Meine Stimme klang heiser und atemlos. »Er lügt.«

Metallisches Klirren. Vaughn holte seine Handschellen heraus und drehte mich so grob und schnell um, dass mein Gesicht über den Erdboden schrammte. Er ließ die Handschellen erst am einen, dann am anderen Handgelenk einrasten.

Ich wollte widersprechen, wollte Thompson alles erklären, doch Vaughn riss an meinen Armen, seine Knie bohrten sich in meine Schenkel. Ich schrie auf und schluckte Dreck. Er packte mich unter den Schultern. Thompson beugte sich vor und zog mich heraus – Vaughn schob von unten. Thompson legte mich auf den Bauch. Geräusche hinter mir. Er half Vaughn aus der Grube.

Ich drehte den Kopf. Sie standen ein paar Schritte von mir entfernt. »Lassen Sie mich nicht mit ihm allein. Er hat auf meinen Hund geschossen – Beth ist weggelaufen. Sie brauchen Hilfe!«

Vaughn schüttelte den Kopf. »Hailey hat ihr Verschwinden vorgetäuscht. Jonny hängt wahrscheinlich mit drin. Beth hat es irgendwie herausgefunden. Ich hatte das Gefühl, dass sie nicht die Wahrheit darüber gesagt hat, was mit Mason passiert ist, also bin ich ihr in die Berge gefolgt. Als ich Hailey zur Rede gestellt habe, hat sie ein Messer nach mir geworfen.« Vaughn zeigte auf sein Bein, wo das Blut durch seine Hose sickerte.

»Es war Selbstverteidigung!«

Vaughn sah Thompson an. »Ich nehme sie mit.«

»Ich mache das«, sagte Thompson. »Du bist verletzt.« Thompson bückte sich, zog mich an der Taille hoch und half mir auf die Füße. Ich taumelte, als mir plötzlich das Blut in den Kopf stieg.

»Sie müssen mir glauben! Er will mich fertigmachen.«

Vaughn schnaubte »Ist sie nicht überzeugend? So hat sie mich in ihre Falle gelockt.«

»Du hättest Verstärkung anfordern sollen.«

»Du willst mir meine Arbeit erklären, Thompson?« Vaughns Stimme wurde tiefer. Die beiden sahen sich einen langen Moment an, dann nickte Vaughn. »Wir reden später darüber.«

»Ich war es. Ich habe Sie angerufen.« Ich drehte mich um, um Thompson anzusehen. Die Worte stürzten nur so heraus. »Er hat Fotos von mir gemacht – nicht nur von mir. Auch von anderen Frauen.«

»Halt dein verdammtes Maul!« Vaughn trat vor, doch Thompson stellte sich vor mich. Vaughn baute sich dicht vor ihm auf. »Was machst du da, Officer?«

»Ich beschütze eine Zeugin, *Sir.* Du hast dich nicht im Griff.«

»Ich habe mich nicht im Griff? Und wie nennst du es, sich einem ranghöheren Officer zu widersetzen? Na los, zeig mich an und ruiniere deine Karriere. Ich werde dafür sorgen, dass du nur noch Schreibtischdienst schiebst. Wenn du Glück hast.« Vaughn ging um ihn herum, um mich zu packen, doch Thompson drehte uns schnell, so dass ich hinter ihm blieb.

»Sie wird nirgendwo mit dir hingehen.«

»Willst du mir erzählen, du glaubst diesen Scheiß? Sie hat Wahnvorstellungen.« Mit den Armen fuchtelnd, deutete er in den Wald. »Sie hat hier wie ein Tier gelebt. Wir müssen sie auf ihren Geisteszustand untersuchen lassen.«

»Ich weiß nicht. Ihre Geschichte ergibt Sinn. Ich habe dich beobachtet, Vaughn.«

»Ach ja?« Er war so nahe, dass er und Thompson sich fast an der Nase berührten. Seine Nackenmuskeln waren angespannt. Er roch nach Schweiß und Blut. »Du drohst mir?«

»Das sind keine Drohungen.« Er stieß Thompson gegen die Brust, so dass dieser rückwärts stolperte. Thompson ließ mich los, und ich verlor das Gleichgewicht und fiel auf die Knie. Thompson warf sich auf Vaughn, umklammerte ihn wie ein Bär und brachte ihn zu Fall. Sie wälzten sich auf dem Boden und rangen um Thompsons Waffe.

Ich kam auf die Füße, rannte unbeholfen zu meiner Ausrüstung, die Hände auf dem Rücken gefesselt. Da, eines meiner

Messer. Ein Schuss ertönte. Sie kämpften immer noch. Ich wusste nicht, ob einer von ihnen verletzt war. Ich stellte einen Fuß auf das Futteral und versuchte, das Messer herauszuziehen.

»Hände hoch!«

Ich erstarrte, doch Vaughn sah nicht mich an. Keuchend und mit blutender Nase stand er über Thompson und zielte mit der Waffe auf seinen Kopf. Thompsons Lippen waren blutig, er hatte eine tiefe Wunde an der Wange und eine über dem Auge. Langsam hob er die Hände.

»Vaughn. Tu das nicht. Du wirst für Jahre ins Gefängnis wandern.«

»Das werden sie mir erst mal nachweisen müssen, Thompson. Ich hab eine Verrückte erwischt.« Mit einem Nicken deutete er auf mich. »Und als ich sie verhaften wollte, hat sie mir meine Waffe abgenommen.«

»Ich habe bereits eine Akte über dich angelegt – ich wusste, dass du Dreck am Stecken hast. Es wird Fragen geben.«

»Das spielt keine Rolle. Ich kann dafür sorgen, dass sie verstummen. Glaubst du, du wärst der Erste, der versucht, mich fertigzumachen?« Er spannte den Hahn. »Tut mir leid, dass es so enden muss, Thompson.«

39

BETH

Beth schob einen Arm unter Wolfs Bauch, den anderen unter sein Hinterteil, dann stemmte sie ihn hoch und lief los. Halb taumelte sie, halb rannte sie durch den Wald. Sie lief im Zickzack durch die Bäume und hoffte, dass sie dahinter verborgen blieben. Sie suchte die Schatten vor sich nach dem Steilufer ab. War sie schon in der Nähe? Sie hatte die Orientierung verloren. Alles sah gleich aus. Wolf winselte, dann wurde er still. Er zitterte am ganzen Körper. Aus Angst, er könnte verbluten, blieb Beth hinter einer Zeder stehen und legte ihn auf den Boden. Als sie seine Flanke berührte, schnappte er nach ihr, die Zähne schlugen klappernd aufeinander. Sie riss die Hand zurück, zog sich ihr T-Shirt über den Kopf und band ihm die Schnauze zu.

»Hör auf. Ich versuche, dich zu retten.« Er knurrte und wand sich, aber er bekam seine Schnauze nicht auf. Vorsichtig tastete sie das Fell an seiner Flanke ab, und aus seinem gedämpften Jaulen schloss sie, dass sie die Stelle gefunden hatte, die ihm Schmerzen bereitete. Mit den Fingern teilte sie das Fell, entdeckte die lange, tiefe Wunde, und zuckte zusammen. Blut. Zerfetztes Fleisch. Sie holte tief Luft.

»Es sieht gar nicht so übel aus. Du wirst wieder gesund.« Sie hatte keine Ahnung, ob das stimmte, aber es war ein schlechter Zeitpunkt, ihm zu erklären, dass sie überhaupt nichts über verletzte Hunde wusste.

Beth löste das Tuch aus ihren Haaren, wickelte es um seinen Bauch und übte Druck auf die Wunde aus. Über den abgehackten Atem von ihnen beiden versuchte sie zu hören, wohin Vaughn und Hailey gelaufen waren, aber vergeblich. Sie hoffte, dass Hailey zurechtkam.

»Okay. Wir kriegen das hin.« Beth zögerte, dann lockerte sie das T-Shirt um seine Schnauze. Als er sie nicht biss, lockerte sie den Stoff noch etwas mehr und hob ihn wieder hoch.

Sie blickte zum Himmel und versuchte, den Stand der Sonne zu erkennen, aber durch das dichte Blätterdach konnte sie nichts sehen. Sie lief langsam weiter. Wolfs Körper wurde mit jeder Minute schwerer, und ihre Schultern und der Rücken taten ihr weh. Sie verlagerte Wolfs Gewicht, und er winselte. Dort, wo sein Rücken an ihren Arm gedrückt wurde, war es feucht. Er blutete immer noch. Sie zwang sich, weiterzugehen, und stolperte durch das Unterholz. Dann hörte sie Wasser rauschen.

Die Bäume lichteten sich, und sie erreichte den Fluss. Sie war in die falsche Richtung gelaufen. Sie schaute am Ufer entlang in beide Richtungen. Keine Spur von Hailey oder Vaughn. Sie ging in die Hocke und setzte Wolf ab, eine Hand tröstend auf seinem Rücken. Sie atmete ein paarmal tief ein.

Der Fluss wirkte an dieser Stelle flach. Unter der Wasseroberfläche waren Felsen und helle sandige Stellen zu erkennen. Wo war das Steilufer? Es müsste flussaufwärts sein. Sie erinnerte sich an die breite Stelle, die Felsen, die steile Böschung. Wenn sie ein Stück ins Wasser hinauswatete, könnte sie vielleicht um die nächste Biegung schauen.

»Warte hier, Junge. Ich sehe mich um und komme zurück.« Wolf winselte, kam mühsam auf die Beine und machte ein paar humpelnde Schritte auf sie zu. »Bleib!« Sie streckte die Handfläche aus, wie sie es bei Hailey gesehen hatte.

Wolf blieb stehen, doch er hatte die Stirn in Falten und die Ohren angelegt. Beth machte ein paar vorsichtige Schritte ins

Wasser und schnappte nach Luft, weil es so kalt war. Sie schaute über die Schulter. Wolf stand jetzt auf einem Felsen, den Hinterlauf angehoben, so dass nur noch seine Krallen den Boden berührten, und hörte nicht auf zu winseln.

Die Steine waren rutschig. Langsam watete sie in das eiskalte Wasser, setzte jedes Mal den Fuß vorsichtig auf und hielt die Arme ausgebreitet, um das Gleichgewicht zu wahren. Als sie sich der Flussmitte näherte, begann die Unterströmung, an ihren Knien zu zerren. Sie schirmte ihre Augen gegen die Sonne ab, musterte das Ufer flussaufwärts, dann flussabwärts, wo das Wasser tiefer wurde und, dem weißen Schaum nach zu urteilen, auch wesentlich schneller floss. Es sah fast aus, als würde es durch eine Wasserrinne rauschen. Sie drehte sich zu Wolf um und stellte fest, dass er ihr ins Wasser gefolgt war.

»Nein. Stopp!« Sie hob die Hand. »Bleib!« Aber er versuchte weiterhin, zu ihr zu gelangen. Auf seinen drei gesunden Beinen humpelte er unbeholfen weiter und versuchte, über einen Felsen zu kriechen. Beth lief zu ihm zurück, taumelte durch das Wasser. »Bleib!« Er bellte frustriert.

Sie war fast bei ihm, nah genug, um die Hand auszustrecken und seine Schnauze zu berühren, während sie versuchte, irgendein Geräusch zu machen, das einen Hund beruhigen würde, doch dabei beugte sie sich zu weit vor. Ihr linker Fuß rutschte aus und geriet zwischen zwei Felsen, und sie verdrehte sich den Knöchel. Sie landete seitlich im Wasser und tauchte unter. Hustend und keuchend hob sie den Kopf. Sie griff nach den Felsen und mühte sich, wieder auf die Beine zu kommen, doch die Strömung war zu stark. Sie wurde flussabwärts mitgerissen wie auf einer Rutsche.

Wild bellend sprang Wolf auf sie zu. Das Wasser hob ihn hoch, und er begann zu schwimmen, mit den Pfoten im Wasser paddelnd. Er wurde an ihr vorbeigetrieben.

Sie warf sich nach vorn und klammerte sich mit einem Arm um seinen Hals. Er drehte seinen Körper. Dann begriff sie, dass er auf das Ufer zuhielt – und er war ein kräftiger Schwimmer. Vielleicht hatten sie eine Chance.

Sie bewegte sich zusammen mit Wolf, paddelte mit ihrem freien Arm im Wasser und trieb sie so vorwärts. Doch das Wasser floss zu schnell und war so kalt, dass ihre Beine taub wurden. Der Strand verschwand, und stattdessen trieben sie erst an Bäumen und schließlich an Felsen vorbei. Sie erreichten die hohen Felswände der Schlucht. Sie würden durch die Rinne hinabstürzen.

Die Stromschnellen ließen sie auf und ab hüpfen. Beth hielt sich an Wolf fest, und sie versuchten beide, ihre Köpfe über Wasser zu halten. Sie gingen ein paarmal unter, doch Beth klammerte sich an seinen Hals, und sie tauchten immer wieder auf. Einmal gerieten sie in einen Strudel, und er wurde ihr aus den Armen gerissen, doch dann kreisten sie wieder umeinander, und sie bekam seinen Körper zu fassen.

Sie sausten durch die Schlucht, in der Felsen zu beiden Seiten hohe, zerklüftete Wände bildeten, bis sich der Fluss zu einem breiten Becken weitete. Abgestorbene Baumstämme ragten an den Seiten ins Wasser, und sie griff nach den Zweigen, als sie darunter hindurchgetragen wurden, doch das Holz war morsch und zerbrach in ihren Händen.

Ihre Schwimmbewegungen wurden schwächer, und ihr klapperten die Zähne. Sie dachte an Unterkühlung. Wie lange dauerte so etwas? Vielleicht war es schon so weit. Wolf paddelte kaum noch. Sie trieben hilflos kreiselnd im Fluss. Sie hörte auf zu kämpfen, schob ihre Hand unter Wolfs Bandana und hoffte, dass sie, wenn sie das Bewusstsein verlor, ihn nicht mit in den Tod ziehen würde.

Als sie Schüsse hörte, zuckte sie zusammen und strampelte im Wasser. Sie drehte den Kopf, bis sie das Ufer sehen konnte. Wolf begann, ebenfalls um sich zu treten, seine Pfoten klatschten über die Wasseroberfläche.

Sie entdeckte einen weiteren ins Wasser hängenden Baum, an einer Stelle, an der der Fluss wieder schmaler wurde. Wenn sie in derselben Geschwindigkeit weitergetrieben wurden, könnte sie sich vielleicht so weit strecken, dass sie ein paar Zweige zu fassen bekäme. Von dort aus wären es nur noch wenige Meter zum Ufer.

Zu schnell oder zu langsam, und sie würden ihre vielleicht letzte Chance verpassen.

»Komm, Junge!«, rief sie mit vor Kälte zitternden Lippen. »Los!« Sie teilte das Wasser mit ihrem freien Arm, streifte mit dem Fuß einen Felsen und stieß sich davon ab. Sie konzentrierte all ihre Muskelkraft und sämtliche Energie auf diesen einzigen Moment. Wolf musste die Verzweiflung in ihrer Stimme gehört haben, denn er legte sich ins Zeug wie ein Pferd auf den letzten Metern eines Rennens. Der Baum war in Reichweite.

Beths Körper zielte in die richtige Richtung, und sie kämpfte gegen die Unterströmung, die sie immer wieder ins tiefe Wasser ziehen wollte. Sie konnte jeden Zweig erkennen, Moos und verrottete Äste, und dann entdeckte sie den großen Felsen unter dem Baum. Sie streckte den Arm aus, und ihre Hand umklammerte raues Holz. Dann zog sie sich mit letzter Kraft auf den Felsen. Mit der anderen Hand hielt sie immer noch Wolfs Bandana fest. Er war im Wasser und krallte sich mit wildem Blick an den Felsen.

»Stopp!« Entweder, seine Kräfte schwanden, oder er verstand, denn sein Körper erschlaffte, und er trieb wieder im Wasser. Mit einem Arm klammerte sie sich an den Ast, mit dem anderen zog sie ihn neben sich auf den Felsen. Ohne ihr zu danken, kletterte er über sie, sprang vom Felsen in das flache Uferwasser und von dort in den Sand. Dann musste ihm das Adrenalin ausgegangen sein, denn er brach zusammen, die Zunge hing ihm aus dem Maul, und seine Rippen hoben und senkten sich hektisch.

Beth nahm denselben Weg wie er, rutschte vom Felsen, watete zu ihm – und sank auf die Knie. Er winselte und drehte schnappend den Kopf, als sie gegen seinen Hinterlauf stieß. Die Kälte hatte die Blutung gestoppt, aber die Wunde war groß. Sein Bein zitterte, als sie mit der Hand darüberstrich, und er leckte ihren Arm. Während sie mit der anderen Hand ihr eigenes Bein rieb, um die Blutzirkulation wieder in Gang zu bringen, schaute sie zum Wald hoch. Keine weiteren Schüsse. Was hatte das zu bedeuten?

Wolf beobachtete ihr Gesicht, als sie aufstand und taumelte, als ihr das Blut in die Beine sackte. Ihre Kleider klebten an ihrem Körper, die Haare wanden sich um ihr Gesicht.

Sie hob die Hand. »Bleib!«

Wolf legte den Kopf auf seine Vorderpfoten und beobachtete sie weiterhin aufmerksam, aber es war klar, dass er völlig ausgelaugt war. Seine Flanken hoben und senkten sich. Stolpernd lief Beth in die Richtung, aus der die Schüsse gekommen waren, und suchte den Wald ab. Sie nahm einen Pfad die Böschung hinauf, der an einer Mauer aus Bäumen zu enden schien. Als sie sich umdrehte, wehte ihr ein saurer Geruch in die Nase. Irgendetwas Vertrautes. Benzin?

Sie drängte sich durchs Gebüsch und fand einen roten Benzinkanister und ein Dirt Bike.

Sie musste ganz in der Nähe von Haileys unterem Lager sein. Beth kroch weiter und spähte durch eine Lücke zwischen den Bäumen in eine Schlucht hinab. Sie entdeckte Hailey auf einer kleinen Lichtung – ihre Hände waren auf dem Rücken gefesselt. Was sie sah, war eine Art Standbild. Vaughn hatte sich mit einer Waffe in der Hand drohend vor Thompson aufgebaut.

Beths einzige Waffe war das Dirt Bike. Sie dachte fieberhaft nach. Wenn sie das Bike durch die Bäume schieben könnte, könnte sie es starten und auf der anderen Seite hinunterrasen. Das würde Vaughn ablenken.

Es klang einfach, aber das Bike war schwer, und ihre Muskeln waren geschwächt. Als sie den Grat erreicht hatte, lag Thompson am Boden, sein Gesicht war blutig, und er hielt die Hände über den Kopf.

Vaughn stand über ihm.

Ein tiefer Atemzug, und sie stieß sich ab. Das Bike war riesig, und sie stürzte fast, als sie über eine Wurzel flog und die Reifen durchdrehten. Sie setzte einen Fuß auf den Boden, neigte sich gefährlich zur Seite und korrigierte im letzten Moment.

Thompson, Hailey und Vaughn blickten auf, als sie durch das Unterholz brach. Vaughns Arm schwang herum, und er zielte mit der Waffe auf Beth. Sie drückte den Zündschalter. Der Motor röhrte. Das Vorderrad ging hoch, und sie beugte sich vor und schoss den Hügel hinunter.

Thompson trat Vaughn in den Schritt. Vaughn beugte sich vor, eine Hand zwischen den Beinen. Er senkte die Waffe, aber sie zielte erneut auf Thompson, der versuchte, sich wegzudrehen.

Beth hatte den Fuß des Hügels fast erreicht. Nur noch ein paar Meter. Das Vorderrad des Bikes traf auf eine Bodenschwelle, und sie wurde vom Sitz gerissen. Doch sie ließ den Lenker nicht los und zielte mit dem Bike auf Vaughn, dann spürte sie den Aufprall seines Körpers, der unter ihr zerschmettert wurde. Das Bike brach aus. Sie flog. Bäume und der Himmel rasten vorbei, dann prallte sie auf den Boden und bewegte sich immer noch weiter, rutschte auf dem Bauch. Der Atem wurde aus ihrer Lunge gepresst, Dreck füllte ihren Mund, und die Zähne schlugen aufeinander. Sie hatte eine letzte Sekunde, um sich an die Warnung der Ärztin vor einer zweiten Gehirnerschütterung zu erinnern, bevor sie den Arm hochriss, um ihren Kopf zu schützen, und gegen einen Felsen krachte.

Das Rettungsteam kam mit geländetauglichen Fahrzeugen. Ein roter Hubschrauber schwebte über ihnen. Thompson rief Befehle in sein Funkgerät. Beth stand unter Schock und lag auf dem Rücken, den zerkratzten und blutenden Arm auf der Brust. Ihr klapperten die Zähne, als einer der Sanitäter eine Decke über sie legte.

Irgendwo hinter ihnen beschwerte sich Hailey auf ihrer Trage. »Ich kann laufen. Ich muss zu meinem Hund.«

Die Rotorblätter des Hubschraubers wirbelten die Luft auf, als er mit Vaughn davonflog. Wenn er per Hubschrauber abtransportiert wurde, musste sein Zustand kritisch sein. Beth befürchtete, dass er sterben könnte. Dann würden sie niemals Antworten bekommen. Nie erleben, dass er bestraft wurde.

»Der Suchtrupp hat deinen Hund bereits gefunden.« Thompsons Stimme klang belegt, und er näselte durch die geschwollene Nase. »Sie leisten bei ihm gerade erste Hilfe.«

»Er wird weglaufen.«

»Dazu ist er zu schwach.« Beth trug eine Halskrause und konnte nur Haileys Beine sehen, die um sich traten, als sie versuchte, sich von der Trage zu rollen.

»Wahrscheinlich wird er verbluten! Ich habe dir gesagt, du sollst ihn nicht allein lassen!«

»Ich musste dich retten!«

»Ich habe nicht um Hilfe gebeten.« Weitere Kampfgeräusche.

»Lassen Sie mich los!« Stoff riss, dann ertönte die Stimme eines Mannes, der vor Schmerz aufheulte. Irgendetwas klatschte auf nackte Haut. Hailey kämpfte gegen den Sanitäter.

»Stopp!« Thompsons Stimme.

»Wolf *braucht* mich.« Ein frustrierter Schrei von Hailey, dann eine verwirrende Stille. Beth wartete, dachte, dass Hailey vielleicht ihren nächsten Schritt plante, doch ihre Beine lagen ganz still.

Eine Sanitäterin kniete neben Beth, zog einen der Gurte nach und sagte: »Sie haben ihr etwas gegeben, damit sie sich ausruht. Sie kommt wieder in Ordnung.«

Beth schloss die Augen. Jetzt konnten sie sich beide ausruhen.

Beth schlurfte in Haileys Zimmer, wobei sie das Gestell mit ihrem Tropf hinter sich herzog. Sie hatten ihr das Krankenhaushemd so zugebunden, dass es so viele ihrer Prellungen verbarg wie möglich – unter dem dünnen Stoff sah sie aus, als hätte sie sich in blauer und violetter Farbe gewälzt. Wenigstens hatte sie keine Knochen gebrochen. Zumindest nicht ihre. Bei Vaughn sah das anders aus.

Hailey saß gegen die Kissen gestützt, die Arme vor der Brust verschränkt. Als Beth hereinkam, runzelte sie die Stirn. »Ich bin zu müde zum Reden. Die Pfleger halten mich die ganze Zeit wach.« Sie waren seit zwei Tagen im Krankenhaus, und wie Beth gehört hatte, stritt Hailey sich ständig mit dem Pflegepersonal, nahm ihre Medikamente nicht und weigerte sich, ihre Tante zu sehen. Letzteres überraschte Beth. Nach einem Jahr wollte sie ihre Familie nicht wiedersehen?

»Ich wollte nur wissen, ob du mit Thompson gesprochen hast.«

»Er kommt jeden Tag her. Es nervt.« Hailey sah sie mit hochgerecktem Kinn an, als wollte sie Beth auffordern, ihr zu widersprechen.

»Sie haben Vaughn verhaftet.« Beth machte eine Pause. »Aber das hat Thompson dir vermutlich schon erzählt.«

»Yeah.«

Beth wusste nicht, was sie sonst noch sagen sollte. Sie wollte nicht zurück in ihr einsames Zimmer. Sie sah sich in Haileys Krankenzimmer um. Es hatte dieselbe Größe, aber Hailey hatte mehr Blumen, riesige Blumensträuße. Vielleicht waren sie von Jonny.

Er hatte Beth nur zwei kurze Nachrichten geschickt, seit sie im Krankenhaus war. *Unglaublich, dass du Vaughn umgefahren hast. Du bist meine Heldin.* Dann, kurz darauf, eine weitere Sprechblase, als hätte er erst überlegen müssen, was er sonst noch schreiben könnte: *Sag Bescheid, wenn du etwas brauchst.*

Als sei Beth eine Nachbarin, die ihn gebeten hatte, ihre Blumen zu gießen, während sie eine kleine Auszeit im Krankenhaus nahm. Sie hatte nicht zurückgeschrieben.

Haileys Tasche lag auf dem Stuhl. Beth fragte sich, wo die Kleider hergekommen waren, und begriff, dass Jonny sie geholt haben musste. Sie dachte daran, dass er das auch für sie getan hatte.

Halt. War Haileys Tasche halb *aus*gepackt oder halb *gepackt*? Beth schaute Hailey kurz an und entdeckte den wachsamen Ausdruck in ihrem Blick. Dann machte es Klick. Es war nicht so, dass Hailey sich nicht freute, sie zu sehen. Es passte ihr nur nicht, dass Beth in ihrem Zimmer war.

Beth sah sich erneut um, langsamer diesmal. Haileys Tropf baumelte lose am Halter – ihre Hand ruhte auf ihrem Handgelenk. Das Tablett mit ihrem Abendessen war leergeräumt. Der Puddingbecher stand oben auf ihrem Seesack. Beth ging hinüber und kramte rasch darin herum – Gabeln, Messer, eine Saftpackung, ein Kanten Brot.

»Hey! Weg von meinem Zeug!« Hailey war bereits aus dem Bett und schob sie zur Seite.

»Willst du abhauen?«

Hailey riss Beth das Brot aus der Hand. »Das geht dich nichts an.«

»Du läufst schon wieder weg.«

»Ich laufe überhaupt nicht weg. Ich gehe nach Hause.«

»Die Ärzte haben dich aber noch nicht entlassen, oder?«

Hailey verdrehte die Augen. »Mir geht es gut. Sie haben zusammengeflickt, was es zu flicken gab.«

»Und was ist mit Wolf?«

»Er erholt sich bei Jonny.«

»Du ziehst dich also aus allem zurück? Was ist mit dem Prozess?«

»Sie haben genug Beweise. Sie brauchen mich nicht.«

»Bist du dir da ganz sicher?«

»Ich muss hier raus. Ich kann nicht atmen bei dem ganzen Krach. Ständig platzt jemand vom Pflegepersonal rein. Oder irgendwelche Besucher.«

»Du meinst Leute?«

»Ja, verdammte *Leute*.« Hailey zog ihre Jeans an, drehte sich um, um das Krankenhaushemd auszuziehen, und streifte sich ein T-Shirt über. »Wir sind verschieden – du und ich. Du hast eine Familie, zu der du zurückgehen kannst. Du hast deine Eltern noch.«

War das das Problem? Dass Hailey keine Zukunft für sich sehen konnte?

»Du kannst nicht zur Hütte zurück. Alle wissen, dass du dort lebst. Sie werden dir keine Ruhe lassen. Sie werden Fotos von dir machen wollen, Fotos mit dir. Du wirst es hassen.«

Hailey hörte nicht zu, sondern schnappte sich die Decke vom Bett, die sie zu einer Kugel zusammenrollte. Dann betrachtete sie die Kabel, als würde sie überlegen, wie sie die verwenden könnte.

»Das Pflegepersonal wird die Polizei rufen.«

»Ich wurde nicht verhaftet.«

»Die Cops wollen, dass du in der Nähe bleibst.«

»Mir egal, was die wollen.«

Beth wurde sauer. Wie konnte Hailey nur so blind sein? Sah sie denn nicht, was das bedeuten würde? »Was ist mit Jonny?«

Hailey warf sich einen Kapuzenpullover über und schob die Füße in die staubigen Arbeitsstiefel, die sie unter dem Stuhl hervorzog. Sie schwang sich den vollen Seesack auf die Schulter, setzte eine Baseballcap auf und ging zur Tür.

»Jetzt, wo Vaughn weg ist, ist er in Sicherheit.«

»Außer, dass du ihm sein Leben ruinierst.«

Hailey wirbelte herum. »Das ist nicht wahr!«

»Er sagt alle Rennen ab, verliert jede Möglichkeit zu reisen! Du kennst die Karte an der Wand in seinem Schlafzimmer. Glaubst du, die hängt da nur, weil er sie sich so gerne anschaut?«

»Er lässt keine Rennen ausfallen. Das hätte er mir erzählt.« Doch Beth konnte sehen, dass der Zweifel in Hailey Blick wuchs. Sie fragte sich, ob Beth recht hatte. Vielleicht hatte Jonny seine eigenen Geheimnisse.

»Du weißt, wie loyal er ist. Nur seinetwegen kannst du weiterhin in den Bergen leben. Während du tust, was du willst, hältst du ihn davon ab, irgendetwas von dem zu bekommen, was er will.«

Hailey schaute hinunter auf ihre Stiefel.

Beth kam näher und blieb vor ihr stehen. »Er wird dich dort draußen niemals allein lassen«, sagte sie leise. »Das musst du mit bedenken. Wie immer du dich entscheidest, du entscheidest für euch beide.«

Hailey schüttelte nur den Kopf. Beth konnte ihr Gesicht nicht sehen, wusste nicht, ob sie weinte oder wütend war. Sie wusste nicht, was sie sonst noch sagen sollte, um zu ihr durchzudringen.

»Ich gehe«, flüsterte sie. Hailey blickte nicht auf. Sie blieb reglos stehen. Beth merkte, dass sie angestrengt nachdachte. Sie wollte ihr sagen, dass alles gut werden würde. Aber woher sollte Beth das wissen? Hailey würde ihre Worte durchschauen und sie als die Halbwahrheit erkennen, die sie waren. Keine von ihnen wusste, was am Ende dabei herauskommen würde.

Leise verließ Beth das Zimmer. Sie drehte sich nicht um, um nachzusehen, ob Hailey über den Krankenhausflur schlich, die Tasche über der Schulter. Sie wartete nicht ab, ob sie das Quietschen der Stiefelsohlen auf dem Linoleum hörte.

Was jetzt geschah, lag allein bei Hailey.

40

HAILEY

Ich tat das letzte Pulver in die Maschine, drückte den Schalter und lauschte dem stetigen Blubbern. Schon bald roch es in der Küche nach frischem Kaffee. Ich fand zwei Becher, füllte sie beide und ließ einen auf dem Tresen stehen, während ich Zucker und Sahne in meinen tat – ein Luxus. Im Kühlschrank sah es trostlos aus, aber im Schrank entdeckte ich ein paar Kekse. Ich setzte mich an den Tisch, aß schweigend die Kekse und gab Wolf hin und wieder ein Stückchen ab. Er lag halb unter meinem Stuhl, sein Kopf ruhte auf meinem Fuß. Ab und zu stupste er mich mit der Schnauze an. Seine Flanke war rasiert, die Schusswunde ordentlich in einer langen Naht vernäht.

Am Ende des Flurs rauschte die Toilettenspülung. Thompson war wach. Er kam in die Küche, rieb sich mit der Hand übers Haar und blinzelte im schwachen Licht. Zum Glück trug er Pyjamahose und ein T-Shirt, oder die folgende Unterhaltung könnte peinlich werden.

Er tastete nach seiner Brille auf dem Tresen und setzte sie auf. Ein weiteres Gähnen, dann hob er die Arme über den Kopf und streckte sich. In seinem Rücken knackte es. Ich nippte schweigend an meinem Kaffee. Wolf wedelte mit dem Schwanz, ein leises Klopfen auf dem Boden, während er Thompsons Bewegungen verfolgte.

Thompson sah den Kaffeebecher auf dem Tresen. Er hob ihn an die Lippen, nahm einen tiefen Schluck und drehte sich um. »Ich mag meinen Kaffee stärker.«

»Ich bin keine Barista.«

»Das merke ich.« Er setzte sich mir gegenüber.

Ich schob ihm ein paar Kekse zu. »Du hast nur noch ein Stück Brot übrig. Dieses Käsezeug.«

»Du weißt, dass ich auch eine Haustür habe?«

»Auf den Baum zu klettern hat mehr Spaß gebracht. Mir ist langweilig.«

»Such dir bessere Hobbys.«

»Soll ich anfangen zu stricken? Nadeln könnten ganz interessant sein.« Ich machte eine stechende Bewegung in der Luft. »Oder vielleicht sollte ich häkeln. Gibt es da nicht ein paar fiese Haken?«

»Genug. Was ist los?«

»Steckt Jonny in Schwierigkeiten?« Als Thompson mich im Krankenhaus befragt hatte, hatte ich ihm nur das Wesentliche erzählt – Vaughn habe mich bedroht, als ich entdeckte, dass er Nacktfotos machte. Ich hätte Angst gehabt, also sei ich weggelaufen und hätte mein Fahrrad am Grund der Schlucht versteckt. Mein Smartphone war in den Bach gefallen. Mir sei nicht klar gewesen, dass es aussehen würde, als sei ich entführt worden. Es tue mir alles sehr, sehr leid.

Ich hatte ihm erzählt, dass Jonny keine Ahnung gehabt habe, dass ich weggelaufen war. Aber wie sollte ich dann erklären, dass ich gesehen hatte, wie Vaughn Jonny Drogen untergeschoben hatte, ohne zuzugeben, dass Jonny und ich doch Kontakt hatten?

»Du schwörst, dass er dir nicht geholfen hat, und bis jetzt haben wir kein Diebesgut in deiner Hütte gefunden. Wir haben also keinen Grund zu der Annahme, dass du hinter den Diebstählen hier in der Gegend steckst.«

Jonny war bereits oben gewesen und hatte alles weggeräumt. Niemand außer mir würde wissen, welche Sachen aus meinem alten Haus gestohlen waren. Die persönlichen Dinge waren versteckt, Jonny hatte sie alle gerettet.

»Was ist mit den Drogen, die Vaughn angeblich bei ihm gefunden hat?«

»Die Anklage wurde fallengelassen.«

»Habt ihr schon Masons iPhone und sein iPad gehackt? Was ist darauf?«

»Die Ermittlungen laufen noch. Ich kann nicht darüber reden.«

»Ihr hättet beides nicht einmal, wenn ich es euch nicht gegeben hätte.«

»Wir hätten beides schon vor *Wochen* gehabt, wenn du die Dinger nicht gestohlen hättest.«

»Ich hatte *Gründe.«* Wie hätte ich das Smartphone der Polizei übergeben sollen, ohne zuzugeben, dass ich Beth geholfen hatte? Am Ende hatte ich erklärt, dass sie, als ich in der Garage angekommen war, Mason bereits umgebracht hatte. Ein Plan, den wir flüsternd zusammen ausgeheckt hatten, sobald ich in der Notaufnahme erwacht war.

Thompson stieß seinen Atem aus und blickte zur Decke hoch, als müsste er entscheiden, ob er mir vertraute. Oder als würde er Gott bitten, mich aus seinem Haus zu entfernen. Er sah mich wieder an.

»Vaughn hat bei Drogenlieferungen über den Truckstop beide Augen zugedrückt – und sich das gut bezahlen lassen. Mason hatte es irgendwie herausgefunden; entweder hat er es selbst gesehen, oder er hat davon gehört. Im Gegenzug für sein Schweigen verlangte er von Vaughn, für ihn Bilder von jungen Frauen zu machen. Wahrscheinlich war das ein Weg für ihn, Macht über Vaughn auszuüben und gleichzeitig sein eigenes Risiko, erwischt zu werden, zu minimieren. Wie es aussieht, hatte Vaughn selbst gar kein Interesse an den Bildern. Er wollte nur seinen Job, seine Familie und sein bequemes Leben behalten.«

Geld. Darum war es die ganze Zeit gegangen? Er hatte unsere Körper für Geld verkauft. Er war in seinem großen Haus herumgelaufen und hatte teure Urlaube gemacht, für die er mit Dingen bezahlt hatte, die ihm nicht gehörten. Mit unserer Privatsphäre, mit uns selbst.

»Wusste er, dass Mason der Killer war?«

»Er sagt, nein, aber wir untersuchen immer noch jeden Fall. Ich glaube, Vaughn hatte ihn in Verdacht, vor allem, nachdem Amber getötet worden war.«

Ich dachte an all die Warnungen, die Vaughn mir mitgegeben hatte, nicht mit dem Fahrrad zum See rauszufahren. Er wusste, dass der Mörder mich auf dem Schirm hatte, weil er ihn mit Fotos von mir versorgt hatte.

Thompson trank einen Schluck Kaffee und setzte den Becher ab. »Da gibt es noch etwas, was du wissen solltest. Mason hat seine Überwachungsvideos in der Cloud gespeichert. Wie es aussieht, hat dein Dad ihn dabei gestört, als er dieses Fach in seinen Camper gebaut hat, und es ist zu einer Auseinandersetzung gekommen. Dein Dad ist gegangen, aber Mason ist ihm gefolgt. Wir haben einen zerbeulten Kühlergrill und eine zerdrückte Stoßstange in Masons Garage gefunden. Es gibt Spuren von blauer Farbe. Wir glauben, dass sie vom Truck deines Dads stammt. Wir warten noch auf die Ergebnisse der Kriminaltechnik.«

»Mason hat ihn von der Straße gedrängt.« Ich sagte die Worte ganz langsam und nahm die Wahrheit darin auf. Ich hatte vermutet, dass Dad versucht hatte zu entkommen, aber ich hätte nicht gedacht, dass Mason den Unfall tatsächlich verursacht haben könnte. Er hatte meinen Vater umgebracht. Jeder letzte Rest Schuld, weil ich einem anderen Menschen das

Leben genommen hatte, löste sich in Luft auf. Ich hatte Mason viel zu leicht davonkommen lassen. Ich hätte ihn leiden lassen sollen.

»Vaughn hat den Unfallbericht geschrieben. Wir werden also die Ermittlungen wiederaufnehmen und überprüfen, ob er da etwas vertuscht hat.«

Vaughn war derjenige gewesen, der mir von dem Unfall erzählt hatte. Immer wieder hatte er durchblicken lassen, mein Vater sei schuld, dass ich jetzt allein war. Er wollte unsere Bindung zerstören. Vaughn hatte so viel kaputtgemacht, aber meinen Dad konnte er mir niemals stehlen. Dad war die ganze Zeit bei mir. Ich sah ihn, wenn ich Wolf beim Fischefangen beobachtete. Ich dachte an ihn, wenn ich an einem kalten Morgen Feuer machte. Jeder Schritt, den ich tat, war in irgendeiner Weise von meinem Vater geformt. Ich stellte mir vor, wie er auf einem Felsvorsprung stand und über den Fluss blickte, die Arme zum Himmel erhoben, und jubelte, weil Vaughn endlich gefasst war.

»Beth sagt, dass du meine Aussage brauchst. Dass ich als Zeugin aussagen muss.«

»Wir brauchen alles, womit wir die Anklage gegen Vaughn untermauern können.«

»Was ist mit Emily?«

»Bis jetzt streitet sie alles ab. Deine Tante will helfen, aber sie weiß nicht viel. Sie war entsetzt, als wir die versteckte Kamera in deinem Schlafzimmer gefunden haben. Sie möchte mit dir reden.«

»Klar doch. Damit sie mir erzählen kann, dass sie mich hasst, weil ich ihr Leben ruiniert habe.« Wie sollte ich meinem kleinen Cousin Cash gegenübertreten? Würde er weinen oder mich ignorieren? Vaughn war die einzige Vaterfigur in seinem Leben. Lana war so glücklich gewesen. Jetzt hatte sie alles verloren. Sie würde ganz neu anfangen müssen.

»Ich glaube, du traust ihr zu wenig zu. Sie ist nur froh, dass du lebst.«

»So einfach ist das nicht.« Lana würde Fragen haben. Sie würde Dinge verstehen wollen, die nicht einmal ich verstand. Ich fütterte Wolf mit weiteren Kekskrümeln und streichelte das samtweiche Fell seiner Ohren.

»Du willst schon wieder weglaufen.« Thompson sah mich fest an. »Darum geht es hier. Du versuchst dir einzureden, dass du niemandem wichtig bist, also ist das in Ordnung.«

»Bist du jetzt ein Seelenklempner oder was?«

Er beugte sich vor. »Wir müssen sichergehen, dass die Anklagen gegen ihn hieb- und stichfest sind, oder seine Anwälte werden einen Weg finden, ihn da rauszuboxen. Du hast mich angerufen, als du noch am Tatort von Ambers Ermordung warst. Du hast ihn in Beths Motelzimmer gehen sehen. Ich muss *alles* wissen, Hailey. Datum, Zeit, Ort.«

»Das ist schwer.« Ich rieb über meine Haare, die kurzen Strähnen. Zu reden bedeutete zu fühlen.

»Ja, das ist es. Du hast eine Menge durchgemacht. Aber Vaughn kann dir nicht mehr weh tun.«

Ich schaute zu Wolf hinunter. Er legte sein Kinn auf mein Knie, lehnte sein Gewicht an mein Bein und sah mich leise schnaubend an. Er wusste immer genau, was er sagen sollte.

Ich wandte mich wieder an Thompson. »Ich mache es.«

»Großartig. Wir können dafür aufs Revier gehen. Ich muss nur kurz duschen.«

»Ich will es dir jetzt erzählen. Solange du keine Uniform trägst.«

Er starrte mich über den Tisch an. Ich starrte zurück. Er stand auf und schenkte uns beiden Kaffee nach. Während ich mir Zucker und Sahne nahm, zog er sein Telefon heraus und legte es auf den Tisch.

Er wischte mit dem Finger über das Display und öffnete die Aufnahme-App. »Aussage der Opferzeugin Hailey McBride, 15. August 2019.« Er nickte mir zu. »Wann immer du so weit bist.«

Ein Atemzug. Zwei Atemzüge. Ich war nicht in dieser Küche. Ich lief über ein offenes Feld. Ich hatte ein Gewehr über meiner Schulter. Ich senkte den Blick, konzentrierte mich auf meine Beute.

»Ich kam vom See nach Hause. Es war dunkel. Ich hörte einen Truck hinter mir …«

41

BETH

Beth hielt an, eine Staubwolke hinter ihren Reifen. Sie parkte neben Jonnys Truck. Seine Vordertür öffnete sich, und Hailey tauchte auf der Veranda auf, Wolf neben ihr. Sie humpelte ein paar Stufen herunter. Jonny war drüben beim Schuppen und arbeitete an einem Dirt Bike – ein zweites stand daneben. Einen Schraubenschlüssel in der Hand, hielt er inne und sah zu, wie Beth aus dem Wagen stieg.

»Ich dachte, du wärst schon weg von hier.« Hailey verschränkte die Arme vor der Brust. Wolf trottete mit wedelndem Schwanz zu Beth und schnupperte an ihren Händen. Sie kraulte ihn an den Ohren und strich ihm über den Kopf. Schweigend sah Hailey zu. Beth kraulte Wolf noch einen Moment länger.

»Thompson hat mir erzählt, dass du hier bist. Ich wollte mich verabschieden.«

Hailey schaute an Beth vorbei zu ihrem Auto. Der Kofferraumdeckel stand halb offen und war über ihre Campingausrüstung gebunden. »Du kannst genauso gut packen, wie du ein Zelt aufbauen kannst.«

»Wie ich sehe, hast du nichts von deinem sonnigen Gemüt verloren. Wie läuft's mit der Rückkehr in die Zivilisation?«

Hailey zuckte mit den Achseln. »Ich gewöhne mich daran.«

»Eine große Anpassung.«

»Ich bin kein Tier.«

Beth hob eine Braue. »Bist du dir da ganz sicher?«

Hailey lachte – das Geräusch überraschte Beth. Sie hatte sie nie zuvor lachen hören. Sie hatte sie nicht einmal lächeln sehen. Hailey sah jetzt mehr aus wie das Mädchen auf ihrem Vermisstenplakat. Ihr Haar hatte wieder seine natürliche Farbe, glänzte kupfern in der Sonne und war zu einer jungenhaften Frisur geschnitten. Die ausgewaschene Jeans saß auf ihrer schmalen Hüfte, und ein weißes Tanktop zeigte ihre gebräunten Arme. Die Prellungen waren verblasst. Hailey nahm die letzten Stufen, blieb am Fuß der Treppe stehen und lehnte sich ans Geländer.

»Bleibst du jetzt für immer hier?«, fragte Beth.

»Erst einmal. Jonny will reisen, also bleibe ich vielleicht bei meiner Tante. Wir haben geredet. Sie braucht Hilfe mit meinem Cousin.«

Beth versuchte, nicht auf die Neuigkeiten über Jonny zu reagieren. Es spielte keine Rolle, wohin er ging. Sie hatte ihre eigenen Pläne. »Bevor ich fahre, wollte ich noch Ambers Kreuz besuchen.« Sie rieb sich die Arme. Die Brise hob eine Strähne ihres Haars und brachte einen Hauch von Herbst und feuchtem Laub mit sich. Dinge, die kommen würden.

»Gut.« Hailey wandte den Blick ab und schwieg einen Moment. »Da wachsen Wildrosen.« Sie zeigte auf einen grünen Busch vor dem Haus, mit roten Früchten an langen Ranken. »Sie blühen nicht mehr, aber die Hagebutten bleiben noch ein paar Monate hängen und ernähren die Vögel. Wildrosen sind zäh. Du kannst sie mitsamt den Wurzeln rausreißen, sie abmähen oder in Brand stecken, sie kommen trotzdem immer wieder. Sie hören nie auf zu leben.«

»Wie Unkraut also.«

Stirnrunzelnd sah Hailey die Sträucher an. »So ähnlich.«

Beth hatte das Gefühl, es vermasselt zu haben. Hailey hatte versucht, ihr etwas zu sagen, und sie hatte sie enttäuscht. Sie hatte sie nicht verstanden. Hailey hatte Beth das Leben gerettet, und sie war ihre letzte Verbindung zu Amber. Beth wollte nicht, dass dieses Band zerriss.

Sie machte ein paar Schritte auf Hailey zu, nahm ihren Arm und zog ihn zu sich heran. Sie ließ Ambers Armband in ihre offene Hand fallen.

Hailey starrte die Goldkette an. »Was ist das?«

»Sie würde wollen, dass du sie bekommst. Du hast sie gefunden. Du hast auf sie aufgepasst.« Hailey schaute misstrauisch zu ihr auf. Beth lachte. »Du meine Güte, ich mache dir doch keinen Heiratsantrag.«

»Gut, denn du bist nicht mein Typ.«

»Ich bin von *niemandem* der Typ.« Dieses Mal erntete Beth ein Grinsen, und obwohl Hailey immer noch kratzbürstig war, schloss sie die Finger um das Armband.

»Macht uns das zu Schwestern?«

»So ähnlich.«

Hailey lächelte. »Ich hole Jonny für dich.« Sie drehte sich um und ging hinüber zu den Bikes, wo Jonny ihr einen Helm reichte. Er schaute zu Beth und sagte etwas zu Hailey. Beth schob die Hände in die Hosentaschen.

Jonny kam in seinen Motorradstiefeln auf sie zu. Direkt vor ihr blieb er stehen und sah ihr in die Augen. »Du hast vermutlich keine Zeit für einen Ausflug?«

Sie konnte nicht sagen, ob er es ernst meinte oder nur das Eis brechen wollte. »Meine Eltern warten im Motel. Meine Mom ist vermutlich schon bei ihrer zehnten Tasse Kaffee.«

»Alles klar.« Er schwieg einen Moment, sein Blick wanderte über ihre Schulter zu ihrem Wagen, und sie wusste nicht, ob sie sich verabschieden sollte. Doch dann atmete er hörbar aus und sah sie an. »Tut mir leid, dass ich so ein Arschloch war. Ich musste mich um ziemlich viel kümmern. Ich bin nicht gut damit umgegangen.«

»Ich auch nicht.« Sie betrachtete ihre Hände, als wären sie der Schlüssel, um die nächsten Worte leichter zu machen. Alles, was sie sah, waren abgebrochene Fingernägel. »Ich muss zum Arzt. Ich bin tablettenabhängig. Vielleicht brauche ich eine Therapie. Ich weiß nicht. Irgendwas.«

Er wirkte nicht überrascht, und sie begriff, dass er das mit den Tabletten und dem Trinken längst wusste, aber sie schämte sich nicht. Sie war nicht perfekt. Sie wollte nicht mehr perfekt sein.

»Und danach?«

»Keine Ahnung.« Sie schaute zu Hailey, die breitbeinig auf ihrem Bike saß, ein Fuß auf dem Boden, der andere auf dem Pedal. »Mein Leben ist immer noch ziemlich verkorkst, aber ich versuche es.«

»Es zu versuchen ist gut. Kann ich dich mal anrufen?«

Sie riss den Kopf hoch und sah ihn an. Er wollte reden? Wollte sie das? Sie hatte sich angewöhnt zu glauben, dass sie sich auf einer Einbahnstraße befanden, die an einer Mauer endete. Jetzt sah er sie mit wachsamer Miene an.

»Was, wenn ich dich bitte, mich zu besuchen?«

»Ich habe einen Truck.« Er trat näher und beugte sich vor, bis seine Wange neben ihrer war – eine zarte Berührung seiner Haut – und seine Lippen ihr Ohr streiften. »Im Zweifelsfall immer Gas geben.«

Die Erinnerung überkam sie, wie er sie zu der Tour auf seinem Dirt Bike mitgenommen hatte, ihre Arme fest um ihn geschlungen, wie frei sie sich gefühlt hatte, wenn er die scharfen Kurven nahm. Immer schneller.

»Klar doch!«

Jonny lächelte, als er zurückwich, das Flüstern seines Atems wanderte von ihrem Ohr zu ihrem Nacken. Er setzte seinen Helm auf, so dass nur noch die Augen zu sehen waren, und ging zu den Bikes.

Beth kehrte zu ihrem Auto zurück, ließ sich auf den Sitz sinken und kurbelte das Fenster herunter, um die heiße Luft herauszulassen, aber sie wollte noch nicht fahren. Sie hatten ihre Räder gestartet, die Motoren heulten auf, blaue Abgase stiegen in die Luft. Hailey fuhr voran, Jonny folgte, und Wolf sprang hinterher.

Sie waren am Waldrand und würden schon bald außer Sicht sein. Beth hielt den Atem an. Haileys Bike verschmolz mit den Schatten und hinterließ nur eine Staubwolke auf dem Pfad.

Im letzten Moment blickte Jonny zurück zu Beth, dann fuhr er hinter Hailey in den Wald.

Beths Reifen knirschten auf dem Kies des Seitenstreifens. Das Auto vibrierte, als sie den Kupplungshebel auf Parken stellte. Sie blieb einen Moment sitzen und starrte durch die Windschutzscheibe auf den Graben, die grünen Sträucher, die Zweige, die bis auf den Boden reichten, das hohe gelbe Gras. Der Motor knackte, als er abkühlte, die Klimaanlage rauschte. Sie wollte eine Xanax, aber sie hatte alle Tabletten ihrer Mutter gegeben.

Sie schloss die Augen. Langer Atemzug. Kurzer Atemzug.

Die Tür quietschte in der stillen Sommerluft laut in den Angeln, und Beth verbrannte sich fast die Hand am Metallrahmen. Sie packte die Tür, um sich zu wappnen, dann machte sie ein paar unsichere Schritte an der Straße entlang. Sie konzentrierte sich auf das Geräusch ihrer Flipflops und das Summen einer Fliege neben ihrem Ohr. Das Gras war so dicht und so hoch, dass sie das weiße Kreuz auf der anderen Seite des Grabens nicht sah, bis sie davorstand. Wenn Hailey an jenem Tag die Raben nicht bemerkt hätte, wäre Amber vielleicht nie gefunden worden.

Das Druckgefühl in ihrer Brust wurde stärker, ein Schluchzen entwischte in einem würgenden Atemzug, den sie nicht zurückhalten konnte.

Jemand hatte ein Foto von Amber in eine Plastikhülle gesteckt und an das Kreuz geheftet. Beth kannte das Bild nicht. Amber saß mit irgendwelchen Leuten auf einer Heckklappe, den Mund zu einem breiten Lächeln geöffnet, während sie ihr Bier hochhielt, eine Zigarette in der anderen Hand. Es war ein schlechtes Foto. Darauf sah sie aus wie ein Partygirl. Wie jemand, der tot in einem Graben endete. Beth streckte die Hand aus, um es abzureißen, doch dann hielt sie inne. Amber war an diesem Abend *glücklich* gewesen. Jemand wollte sich auf diese Weise an sie erinnern.

Beth sank auf die Knie, das Gras um sie herum war weich, ein paar Ranken kratzten an ihrer Haut und verhakten sich darin. Der Boden vor dem Kreuz war mit Blumen übersät, einige davon standen in Vasen. Es gab welche aus Plastik und echte, die vertrocknet waren. Sie hob einen umgefallenen Teddybären auf, wischte das Moos und die Erde ab und stellte ihn aufrecht wieder hin. Briefe und Karten steckten in Plastikhüllen oder waren an Ambers Kreuz geheftet. Beth riss eine ab und las das Gedicht darin über ein Leben, das zu früh vorbei war. Ihre Augen brannten vom Mascara und der Sonnenmilch. Sie riss einen Brief ab. Er stammte von jemandem, der Amber vom Diner gekannt hatte, der ihr fröhliches Lächeln geliebt hatte. Beth las jeden Brief und jede Karte. Von Menschen, die Amber niemals kennengelernt hatten, und von Leuten, die sie kannten. Worte des Bedauerns und der Trauer. Gebete. Beth empfand nicht die Wut, die sie erwartet hatte. Sie fühlte sich getröstet, dass sie sich an ihre Schwester erinnerten. Sie schaute wieder auf das Foto von Amber auf der Heckklappe, auf ihr Lächeln. Sie hatten den gleichen schiefen Schneidezahn.

»Ich werde dich nie vergessen.« Sie verstummte und räusperte sich. Es fühlte sich merkwürdig an, die Worte laut auszusprechen, aber sie musste hoffen, dass Amber sie irgendwie hören konnte. »Du hast Nektarinen geliebt, und du hast so viele davon gegessen, bis du Bauchschmerzen bekommen hast. Du hast deine Zehennägel im Sommer rosa und im Winter rot angemalt. Du mochtest Taylor Swift und kanntest die Texte all ihrer Songs. Du wolltest ein Buch über das Reisen und über die Menschen schreiben, denen du begegnen würdest. Du glaubtest, dass es irgendwann einmal echte Einhörner gegeben haben musste, und du warst wütend, weil sie verschwunden waren. Du glaubtest an den Himmel und hast gesagt, der Tod sei nur traurig für die Menschen, die zurückbleiben.« Beth hielt erneut inne und holte ein paarmal tief Luft. »Ich werde es genauso sehen, okay? Ich werde glauben, dass du deinen Frieden hast und dass ich dich wiedersehe.«

Beths Blick wurde wieder klarer, und sie starrte auf einen der Sträucher, der im Graben wuchs. Als sie die Dornen und die roten Hagebutten sah, runzelte sie die Stirn. Sie pflückte eine der Früchte, damit sie sie genauer betrachten konnte, rollte die ovale rote Frucht zwischen den Fingern hin und her, atmete den süßen Duft ein. Sie schaute sich um. Die Sträucher waren überall, bedeckten die Stelle, an der Ambers Leiche gelegen hatte. Die Ranken wuchsen bis in die Bäume, krochen wie wabernder Rauch durch den Graben.

Wilde Rosen.

EPILOG

Ich folgte Beth aus dem Graben zu ihrem Wagen, meine Schritte schwebten über ihren. Ich setzte mich neben sie auf den Beifahrersitz. Ich hoffte, sie würde das Fenster unten lassen. Es ließ ihr Haar über ihr Gesicht wehen, und dann würde sie es mit einer raschen Handbewegung fortwischen und die Luft gegen mich drücken. Das war so nah an einer Berührung zwischen uns wie möglich. Ihr Blick war jetzt weicher, immer noch glasig von den Tränen, aber ihre Augen sahen aus wie der See nach einem heftigen Sturm. Alles war aufgewühlt – und dann nichts mehr. Flach. Ruhig. Natürlich hatte ich alles gehört, was sie gesagt hatte.

Wir können das, eintauchen und wieder auftauchen. Nicht immer freiwillig. Ich war bei ihr im Diner, im Motel und in seiner Garage. Ich wollte helfen, wollte ihm ins Ohr schreien und ihn zerkratzen, aber er konnte uns nie hören – wir hatten es zuvor schon versucht. Das Einzige, was ich tun konnte, war, das Licht ihrer Seele zu halten, als ich es aus ihrem Körper tropfen sah, während sie kreiselnd an der Kette hing und ihr Atem langsam an Farbe verlor. Ich umschloss ihr Licht mit meinen Händen, hielt es warm, dann keuchte sie kurz auf, und es kehrte in sie zurück, ein helles Gelb mit Spuren von Blau.

Einmal hat Hailey mich fast im Wald gesehen. Sie sah so schön aus, als ihre Hände in den Fluss tauchten, um Wasser zum Trinken zu schöpfen. Das Licht ihrer Seele ist rosa, aber sie wäre wütend, wenn sie das wüsste. Sie würde sich wünschen, dass es schwarz oder rot ist.

Normalerweise hielt ich mich von Hailey fern. Ihre Erinnerungen an mich hatten immer noch die heftige Intensität der ersten Liebe. Sie war auch meine gewesen. Ich würde gerne weinen, aber ich konnte nicht sehr viel mehr tun, als ein Geräusch zu machen, das irgendwo zwischen einem kräftigen Windhauch und dem Schrei eines Adlers lag, und wenn ich ihr zu nahe käme, würde sie mich spüren, als würde ein Rasiermesser über ihre Haut fahren. An jenem Tag am Fluss ging ich zu ihr. Ich musste einfach den winzigen Raum betreten, der zwischen uns und den Lebenden existiert. Manchmal, wenn wir Glück haben und den richtigen Zeitpunkt erwischen, können wir ihnen einen Duft schicken, die Worte eines Liedes oder einen kurzen Gedanken, um sie zu trösten. Doch in diesem Moment beugte sie sich vor, und ich beugte mich vor, und dann, für eine verwirrende Sekunde, spiegelte sich im Wasser mein Schatten in ihrem. Für einen wunderbaren Herzschlag flirrten wir zusammen, dann wich ich hastig zurück, und der Wind blies die Wasseroberfläche sauber.

Sie blieb sehr lange dort sitzen und starrte in die Tiefe. Was hätte ich nicht dafür gegeben, ihr sagen zu können, dass ich bei ihr war. Wolf sah mich, das weiß ich mit Sicherheit. Er hob den Kopf, seine Ohren zuckten, und er blickte mir direkt in die Augen. Es war nicht das erste Mal. Wolf und ich waren schon zuvor zusammen durch den Wald gelaufen, hatten über Hailey gewacht, während sie schlief. Es gefiel ihm, wenn ich das Gras bewegte, so dass er eingebildeten Kaninchen nachjagen konnte.

Als Beth losfuhr, schoben sich Wolken vor die Sonne, und ein leichter Nieselregen färbte den hellen Asphalt kohlrabenschwarz. Die Luft, die durch das Fenster drang, brachte einen

Hauch von Ozon mit sich, den Geruch eines nahenden Sommergewitters. Brutal und unvorhersehbar. Sie würde die Stadt bald verlassen müssen, um nicht in das Unwetter zu geraten.

Das Auto fuhr durch eine Gestalt, die mitten auf der Straße stand. Beth sah sie nicht, aber sie zitterte und drehte das Radio lauter. Sie runzelte die Stirn, als versuchte sie herauszufinden, woher dieses merkwürdige Gefühl gekommen war. Ich drehte mich um und beobachtete die Frau mit dem Rucksack über der Schulter, der Kapuze über dem gesenkten Kopf, den Shorts und den Cowboystiefeln.

Sie streckte den Daumen aus. Ein blauer Truck tauchte aus den Schatten auf und wurde langsamer, der verchromte Kühlergrill sah aus wie die Zähne eines Hais, die roten Scheinwerfer bildeten Blutstropfen auf Beths regennasser Heckscheibe. Die Beifahrertür wurde geöffnet, und die junge Frau rannte auf den Truck zu. Sie stieg ein. Ihre langen Beine waren das Letzte, was von ihr zu sehen war. Dann wurde die Straße dunkel. Ihre Reise war schon vor Jahren zu Ende gegangen.

Wir erreichten das Ende des Highways. Eine Frau der First Nations kauerte in der Nähe der Plakatwand neben der Straße, die Arme um die Beine geschlungen, das Gesicht tränenverschmiert. Schwarzes glattes Haar, dunkle Augen und ein rotes Kleid. Weitere Frauen kamen und stellten sich hinter sie.

Beth sprach in ihr Handy. Ihre Stimme klang sanfter, weniger wütend, als sie mit unserer Mutter sprach, aber ich spürte die Angst, die unter ihrer Haut kribbelte. Sie fragte sich, ob sie es schaffen würde, ob sie das alles ohne mich durchstehen würde, aber das würde sie, und sie hatte jetzt unsere Eltern. Sie warteten im Coffeeshop am anderen Ende der Stadt. Sobald sie sich getroffen hatten, würde sie ihnen nach Vancouver folgen.

Ich blickte zurück zu den Frauen und beobachtete, wie eine nach der anderen aufhörte zu flüstern, in ihre Geschichte zurückkehrte und verschwand. Diese Frauen hatten mit mir getrauert, sie waren es, die mich getröstet hatten, als ich verloren war, weggerissen von meinem Körper, ins Niemandsland geworfen, doch sie wussten, dass ich sie nicht mehr brauchte. Nicht so wie zuvor. So war es einfach manchmal. Die Menschen ziehen weiter, selbst diejenigen, deren Erdenleben vorbei war.

Ich drehte mich zu Beth um. Wir hatten nicht mehr viel Zeit. Ich spürte bereits, wie ich flackerte und mich veränderte. Meine Hand schwebte flatternd über ihrer. Spürte sie meine Liebe? Wusste sie, dass es für mich keinen Schmerz mehr gab? Keine Trauer oder Wut? Ich hoffte es. Sie hatte es geschafft. Sie hatte mich befreit.

Die Straße vor mir wurde weiß und dehnte sich aus zu einem wunderschönen Licht. Das schönste Leuchten, das ich je gesehen hatte, zog mich vorwärts. Ich war da, und dann war ich es nicht mehr.

BRIEF DER AUTORIN

Liebe Leser:innen,
wenn ich mit einem neuen Roman anfange, versuche ich normalerweise, mich nicht von tatsächlichen Ereignissen beeinflussen zu lassen. Doch es gibt Verbrechen, die so verstörend sind, dass sie mir jahrelang nicht aus dem Kopf gehen. Dazu gehören die Geschehnisse am Highway der Tränen im Norden von British Columbia, auf dem seit den 1970er Jahren Frauen ermordet werden oder spurlos verschwinden. Bis zum heutigen Tag sind die meisten Fälle nicht aufgeklärt. Als ich als Teenager in der Gegend aufwuchs, war der Highway eine schreckliche Mahnung daran, niemals per Anhalter zu fahren, eine ständige Erinnerung, wie gefährlich es sein konnte, allein zu einem abgelegenen Ort zu fahren. Das Bild einer einsamen Straße, heimgesucht von den verlorenen Seelen der Frauen, die nach Antworten auf ihren Tod suchen, hat mich tief berührt. Ich fand es tröstlich, die Geschichte zu ändern und ein Ende zu schreiben, bei dem die Gerechtigkeit siegt.

Aus Respekt vor den Opfern, ihren Familien und der Royal Canadian Mounted Police, die an den Fällen des Highways der Tränen gearbeitet hat und immer noch arbeitet, wollte ich meine Geschichte nicht auf diesem Highway oder in einem der betroffenen Orte ansiedeln. Stattdessen erschuf ich die fiktive Stadt Cold Creek, den Cold Creek Highway und den Zeltplatz am See. Die Einzelheiten der Verbrechen, die Figuren in meinem Roman und die geschilderten Ereignisse sind allein meiner Vorstellung entsprungen. Doch es ist und bleibt eine schreckliche Wahrheit, dass indigene Frauen in Kanada deutlich häufiger Opfer von Gewalt und Mord werden als andere Frauen. Es gibt verschiedene wichtige Gruppen, die auf diesen landesweiten Notstand aufmerksam machen. Auf der Webseite *www.mmiwg-ffada.ca* können Sie den Abschlussbericht der nationalen Erhebung über vermisste und getötete indigene Frauen und Mädchen nachlesen.

Um mehr über den Highway der Tränen und die wichtige Arbeit der Carrier Sekani Family Services (CSFS) bei der Vorbeugung gegen Gewalt gegen Frauen zu erfahren, besuchen Sie ihre Webseite www.highwayoftears.org

Die Ermittlungen der kanadischen Polizei RCMP zu den Highway-Morden, das Projekt E-Pana, begannen 2005 und werden bis heute aktiv weitergeführt. Wenn Sie über hilfreiche Informationen verfügen, kontaktieren Sie die BC Crime Stoppers unter www.bccrimestoppers.com.

Diese Geschichte triggert möglicherweise verstörende Erinnerungen bei Verbrechensopfern. Falls Sie – oder jemand, den Sie kennen – Unterstützung benötigen, wenden Sie sich bitte an das Canadian Resource Centre for Victims of Crime unter www.crcvc.ca oder an Ihr örtliches Kriseninterventionszentrum. (In Deutschland z. B. unter www.hilfe-info.de oder beim *Weißen Ring*, Anmerkung des Verlags.)

Alles Gute,
Chevy Stevens

DANKSAGUNG

Es gibt einen Grund, warum dieses Buch Jennifer Enderlin gewidmet ist, meiner geduldigen, scharfsinnigen Lektorin, und Mel Berger, meiner gleichermaßen geschätzten Agentin. Ich habe das große Glück, mit beiden seit Beginn meiner Karriere zusammenzuarbeiten, mittlerweile seit mehr als zwölf Jahren. Dieses Buch war das bisher schwerste für mich. Nicht so sehr die Arbeit selbst, sondern das Entwickeln der Story. Sie haben mich niemals gedrängt. Haben nie dafür gesorgt, dass ich mich schrecklich fühlte mit all meinem Herumirren und den Fehlstarts. Mel sagte immer wieder: »Das Buch ist fertig, wenn es fertig ist.«

Und weißt du was, Mel? Du hattest recht! Es ist endlich fertig geworden. Ja, ich verspreche, dass ich an meinem nächsten Buch arbeite, und Jen, du bist einfach die Beste und cooler als der Rest.

Carla Buckley, meine liebste Freundin und Kritikpartnerin, hat Teile dieses Buches fast so oft gelesen wie ich. Danke, dass du immer nur eine Facetime-Sitzung weit entfernt warst und die tausend E-Mails beantwortet hast, die ich dir geschickt habe, als ich mich dem Ende des Buches näherte. Du bist das Yin zu meinem Yang. Die Butter auf meinem Toast. Der Deckel auf meinem Topf. Der Zucker in meinem Kaffee.

Beth Helms, die mir ihren Namen geliehen hat, hat mich dazu gebracht, mir das harte Zeug, dem ich am liebsten ausweichen würde, ein zweites Mal anzuschauen, und hat mich mit ihren geistreichen Textnachrichten bei Laune gehalten. Ich habe so viel von dir gelernt. Das meiste davon kann ich hier nicht wiederholen. Ich freue mich auf unsere nächste Runde Faulenzen.

Robin Spano, ich danke dir zehnmal dafür, dass du bereit warst, einen Entwurf zu lesen, während du dich mitten in der Covid-19-Krise zu Hause um ein kleines Kind kümmern musstest. Ich weiß, wie kostbar jede Minute deines Tages ist, und ich weiß dein aufschlussreiches Feedback und deine Ermutigungen stets zu schätzen.

Ingrid Thoft, meine Sister-Wife, wir waren viel zu lange getrennt. Ich freue mich auf den Tag, an dem wir wieder vereint sind und Grasshoppers in der Sonne im Hotel Valley Ho trinken können.

Roz Nay, meine Lieblings-als-ob-Erzfeindin, du weißt, was du getan hast.

Bei William Morris Endeavor Entertainment möchte ich Tracy Fisher, Caitlin Mahony, Carolina Beltran, Sam Birmingham, Anna Dixon und James Munro danken.

Bei St. Martin's Press danke ich Brant Janeway, Katie Bassel, Lisa Senz, Kim Ludlam, Tom Thompson und Erik Platt. Erica Martirano, eines Tages werden wir in unseren zusammenpassenden Corgi-Pyjamas rumgammeln, Schokolade essen, mit Hunden spielen und über Promis herziehen. Vielen Dank euch allen für eure Hilfe bei so vielen Dingen. Mike Storrings, Sie haben ein großartiges Cover gestaltet. David Cole, Sie haben jetzt sechs Bücher von mir mitlektoriert, und ich bin voller Ehrfurcht vor Ihrem scharfen und aufmerksamen Blick.

Raincoast Books, ich bedanke mich für alles, was Sie für mich in Kanada getan haben. Ich danke auch meinen ausländischen Verleger:innen und Übersetzer:innen, die meine Geschichten in der ganzen Welt verbreiten.

Bei Recherchefragen geht mein Dank an Corporal R. Jo, der all meine schriftlichen Fragen beantwortet hat, selbst wenn es sich um längere Szenarien handelte, die aus dem Zusammenhang gerissen wahrscheinlich ziemlich merkwürdig wirkten. BJ Brown danke ich für die hilfreichen Telefonanrufe und E-Mails. Steve Unischewski für die Informationen über Dirt Bikes. Alle Fehler gehen auf meine Kappe oder auf das Konto meiner kreativen Auslegung.

Connel, wie du sagtest, warst du jetzt ein paarmal mit mir auf diesem Highway, und du bist ein großartiger Copilot. Danke, dass du dafür sorgst, dass die Familie intakt bleibt, und für all die Male, in denen du mir Essen an den Schreibtisch gebracht hast, mir ziellose Recherchefragen beantwortet hast, mir in meinen Panikattacken zugehört und mir versichert hast, dass alles gut werden wird. Ja, du kannst am Sonntag angeln gehen. Wir wissen beide, dass du sowieso gehen wirst.

Mein Schatz Piper, Pipster der Hipster, Pipes, Pipsqueak, Kätzchen – du erfüllst mein Leben mit Freude und Lachen. Ich bin sicher, dass es nicht immer einfach ist, die Tochter einer Autorin zu sein, die stundenlang in ihrem Büro sitzt, aber ich liebe unsere Kuschelpausen, deine Witze und deine Vorstellungen. Du bist ein tolles Kind, und ich bin stolz, deine Mutter zu sein. Bitte schreib nicht eines Tages über mich.

Ziggy und Oona, danke, dass ihr mir beim Schreiben Gesellschaft geleistet und all meine heruntergefallenen Krümel weggeputzt habt. Aber bitte hört auf, die Paketboten von Amazon, die Fahrer von UPS, die Eichhörnchen, die Krähen und die eingebildeten Monster anzubellen. Ich kann dabei so schlecht nachdenken.

Meine wunderbaren Fans, eure Unterstützung erlaubt es mir, das zu tun, was ich liebe, und eure E-Mails, Nachrichten und Social-Media-Kommentare helfen mir durch schwere Tage. Schließlich ein fettes Dankeschön an all meine Freunde und meine Familie, die dafür sorgen, dass es in meinem Leben nicht nur darum geht, Worte auf Papier zu bringen.